Orhan Pamuk

CEVDET UND SEINE SÖHNE

Roman

Aus dem Türkischen
von Gerhard Meier

Carl Hanser Verlag

Die türkische Originalausgabe erschien 1982
unter dem Titel *Cevdet Bey ve Oğulları* bei Karacan in Istanbul.

2 3 4 5   15 14 13 12 11

ISBN 978-3-446-23639-4
© İletişim Yayıncılık A. Ş., 1982, 1995
Alle Rechte der deutschen Ausgabe
© Carl Hanser Verlag München 2011
Satz: Satz für Satz. Barbara Reischmann, Leutkirch
Druck und Bindung: CPI – Ebner & Spiegel, Ulm
Printed in Germany

ERSTER TEIL

1

AM MORGEN

»Der Nachthemdärmel, mein Rücken … Die ganze Klasse … Und die Laken … Herrje, das ganze Bett ist klatschnass! Alles ist nass, und ich bin aufgewacht!« dachte Cevdet. Es war wirklich alles nass, so wie er es gerade geträumt hatte. Grummelnd drehte er sich im Bett herum und dachte erschrocken an seinen Traum zurück, in dem er in der Knabenschule von Kula vor seinem Lehrer gesessen hatte. Dann fuhr er von seinem nassgeschwitzten Kopfkissen hoch. »Genau, wir saßen vor dem Lehrer, und in der ganzen Schule stand uns das Wasser bis zu den Knien. Aber warum? Ach ja, weil es von der Decke herabtropfte! Das salzige Wasser lief mir über Stirn und Brust und verteilte sich im ganzen Raum. Der Lehrer zeigte mit seinem Stock auf mich und rief: Alles nur wegen diesem Cevdet!« Ihn schauderte bei der Vorstellung, wie der Lehrer ihn so anprangerte und die anderen Schüler sich zu ihm umdrehten und ihn vorwurfsvoll ansahen, insbesondere sein zwei Jahre älterer Bruder, dessen Blick voller Verachtung war. Doch der Lehrer, der manchmal die gesamte Klasse durchprügelte, ohne mit der Wimper zu zucken, und der einen Schüler mit einer einzigen Ohrfeige bewusstlos schlagen konnte, kam merkwürdigerweise doch nicht, um ihn wegen des herabtropfenden Wassers zu bestrafen. »Ich war anders als die anderen, ich war allein, und sie verachteten mich«, dachte Cevdet. »Aber keiner wagte es, mich auch nur anzurühren, obwohl doch die ganze Schule mit Wasser voll lief!« Plötzlich wirkte der Alptraum nur noch wie eine nette, harmlose Erinnerung. »Ich war allein und anders als sie, aber sie trauten sich nicht, mich zu bestrafen.« Beim Aufstehen fiel ihm ein, wie er einmal aufs Schuldach gestiegen war und dabei Ziegel zerbrochen hatte.

»Wie alt war ich damals? Sieben? Jetzt bin ich siebenunddreißig und verlobt, und bald werde ich heiraten.« Ganz aufgeregt wurde er beim Gedanken an seine Verlobte. »Ja, bald heirate ich, und dann … Aber was trödele ich da herum! Es ist bestimmt schon spät!« Er eilte zum Fenster und sah zwischen den Vorhängen durch. Es herrschte ein seltsam nebliges Licht draußen. Die Sonne war jedenfalls schon aufgegangen. Kopfschüttelnd besann er sich darauf, dass er ja neuerdings eine Uhr hatte: Nach alttürkischer Zeit war es halb eins. »Jetzt aber Beeilung!« brummte er und eilte auf die Toilette.

Während er sich wusch, verbesserte sich seine Laune. Beim Rasieren fiel ihm der Traum wieder ein. Ihm stand ein Besuch im Konak von Şükrü Paşa bevor, weshalb er den neuen, blitzsauberen Anzug anlegte, ein Hemd mit gestärktem Kragen und eine Krawatte, die ihm besonders elegant erschien. Schließlich setzte er den Fes auf, den er für die Verlobungsfeier eigens hatte aufbügeln lassen. Er besah sich in dem kleinen Tischspiegel, doch obwohl der Anblick ihn überzeugte, legte sich ein leichter Schatten über seine Seele. Dass er so aufgeregt war, wenn er in schicker Kleidung zum Konak seiner Verlobten fuhr, musste doch etwas Lächerliches an sich haben. Ein wenig wehmütig schlug er die Vorhänge zurück. Die Minarette der Şehzadebaşı-Moschee waren in Nebel gehüllt, aber die Kuppel war gut sichtbar. Die Laube im Garten nebenan erschien ihm grüner denn je. »Es wird wohl heiß werden heute.« Unter der Laube leckte sich ausgiebig eine Katze. Ihm fiel etwas ein, und er streckte den Kopf zum Fenster hinaus: Ja, das Coupé stand schon vor dem Haus. Die Pferde wedelten mit dem Schwanz, und der Kutscher rauchte, während er auf Cevdet wartete. Dieser nahm seine Zigaretten, sein Feuerzeug und die Brieftasche an sich, steckte seine Uhr nach einem letzten Blick darauf ein und verließ das Zimmer.

Die Treppe ging er so polternd hinunter wie immer. Und wie immer stand daraufhin gleich Zeliha am Treppenabsatz und eröffnete ihm lächelnd, sein Frühstück stehe bereit.

Cevdet versuchte, sich mit einem hingebrummten »Keine Zeit, muss sofort weg!« an der alten Frau vorbeizudrücken, aber sie protestierte: »Aber doch nicht ungefrühstückt!« Und als sie seine unentschlossene Miene sah, lief sie gleich in die Küche.

Cevdet sah ihr verzagt hinterher, aber davonstehlen konnte er sich nicht mehr. Er überlegte, wie er die Frau nach seiner Heirat loswerden könnte. Sie war eine weitläufige Verwandte von ihm, und die beiden lebten zusammen wie Mutter und Sohn. Als er neun Jahre zuvor das Haus in Haseki gekauft hatte, hatte er sie zu sich genommen, in der Annahme, sie würde sich weniger in sein Leben einmischen als die viel näheren Verwandten, die er in der Gegend hatte. Zeliha war arm und alleinstehend, und dafür, dass sie Cevdet den Haushalt besorgte und für ihn kochte, durfte sie in dem kleinen vierzimmrigen Holzhaus das Erdgeschoss bewohnen. Cevdet sah wieder einmal, wie wohnlich sie sich dort eingerichtet hatte. »Wie soll ich sie nur dazu bewegen, dass sie von mir wegzieht?« Nach der Heirat konnte sie nicht bei ihm bleiben, denn in dem Eheleben, dass er sich ausmalte, war für eine solche Frau kein Platz. So wie er sich die Sache vorstellte, musste er danach zum Hauspersonal ein distanziertes Verhältnis haben, und eine Art Mutter-Sohn-Beziehung ziemte sich da nicht mehr. Zeliha ahnte das wohl. Da sie über die bevorstehende Heirat und den Umzug auf die andere Seite des Goldenen Horns Bescheid wusste, war sie in letzter Zeit besonders eifrig um Cevdet bemüht. Nun kam sie mit einem Teller in der Hand aus der Küche geeilt.

»Einen Kaffee brauchst du doch auch, Junge. Warte, ich –«

»Ich habe wirklich keine Zeit!« unterbrach Cevdet sie. Lächelnd nahm er das Marmeladenbrot vom Teller, das ihn anstrahlte wie der junge Tag. Er lächelte auch wieder, als er der Frau dafür dankte. Beim Hinausgehen aber wurde ihm schmerzlich bewusst, dass es kein liebevolles Lächeln war, sondern ein mitleidiges, weil er sich von der Frau ja trennen musste. Um nicht grußlos zu gehen, drehte er sich noch einmal um und sagte: »Es kann spät werden heute abend«, aber sein Gewissen wurde dadurch nicht leichter.

Als er auf das Coupé zuging, fiel ihm der Traum wieder ein: »Ich bin eben anders als die anderen, aber keiner bestraft mich dafür!« Das brachte ihn wieder ins Lot. Kaum aber erblickte er den Kutscher, war es um seine gute Laune schon wieder geschehen. Wie alle Kutscher, die über das Privatleben ihrer Kunden gut auf dem laufenden sind, sah der Kerl ihn nämlich an, als wollte er sagen: »Tja, Freundchen, ich weiß ganz genau, was du den ganzen Tag so treibst und was in dir vorgeht!« Cevdet lächelte auch ihn an und fragte ihn nach seinem Befinden. Dann hieß er ihn in sein Geschäft in Sirkeci fahren, setzte sich in die Kutsche und biss in sein Marmeladenbrot. Das Coupé rüttelte zwischen den Holzhäusern von Vefa hindurch. Das Fahrzeug, das in so einem Viertel ganz besonders auffiel, hatte Cevdet für drei Monate angemietet, da es ihm für die Verlobungs- und die Hochzeitsfeier standesgemäß erschien. Als er zwei Monate zuvor erfahren hatte, dass Şükrü Paşa einwilligte, ihm die Hand seiner Tochter zu geben, war er sogleich nach Feriköy geeilt, wo so stattliche Kutschen vermietet wurden, und mit einem Vermieter über drei Monate handelseinig geworden. Beim Haus des Paşas wollte er nicht mit einer gewöhnlichen Mietkutsche vorfahren, aber der Kauf eines Coupés war mit seinen kaufmännischen Grundsätzen nicht zu vereinbaren, denn zusammen mit der Entlohnung des Kutschers und den Stallkosten hätte er sich übernommen. Er biss wieder von seinem Brot ab. Er liebte Marmelade. »Aber diesen Wagen hier länger als drei Monate zu behalten wäre auch verrückt!« dachte er. »Bei der Miete! Langfristig wäre ein Kauf natürlich doch besser … Aber dann müsste ich mich bei den Ausgaben im Laden einschränken. Was soll ich also tun? Diese Hochzeit kommt mich teuer zu stehen, aber das ist nun mal alles notwendig.« Er blühte wieder auf bei dem Gedanken an seine Heirat, an das neue Leben, von dem er jahrelang geträumt hatte, an das Haus, das er kaufen würde, an die nun zu gründende Familie und an seine Verlobte, deren Gesicht er erst zweimal gesehen hatte. Ihm kam zwar in den Sinn, dass viele der Passanten ihn wohl verachteten, weil er mit einem so protzigen Gefährt unterwegs war, aber seiner guten Laune tat das keinen Abbruch. Wieder biss er in sein Brot. »Wenn mich so etwas bekümmern würde, wäre ich doch erst gar nicht Kaufmann geworden!« dachte er. »Und weil sie eben vor derlei zurückschrecken, trauen sich Muslime nicht, Handel zu treiben … Aber ich bin anders! Hm, und wenn meine Frau nun eine solche Kutsche will?« Wieder dachte er voller Genugtuung an seine Verlobte und an sein künftiges Leben. Es gefiel ihm, Nigân, die er doch erst zweimal gesehen hatte, in Gedanken als seine Frau zu bezeichnen. Der Weg führte nun abwärts, und sanft schaukelte die Kutsche hin und her. »Wenn mein Geschäft das hergibt, dann kaufe ich eben eine Kutsche, Liebling!« murmelte er und stopfte sich den letzten Bissen Brot in den Mund. Dann sah er auf seine Finger wie ein Kind, das plötzlich nichts mehr zu essen in der Hand hat. »Diese Heirat wird wohl alles verschlingen, was ich habe!«

Die Kutsche war an der Hohen Pforte vorbei fast bis an den Bosporus hinuntergefahren und nun in eine Seitengasse eingebogen. Der Nebel hatte sich aufgelöst, und es herrschte wieder grelles Sommerlicht. Cevdet schwitzte in seiner Kutsche. »Es wird wohl furchtbar heiß! Was werde ich heute anfangen? Ich muss so schnell wie möglich das Geschäftliche erledigen, und dann schaue ich vielleicht bei meinem Bruder vorbei.« Der Gedanke an seinen Bruder, der in einer Pension in Beyoğlu krank daniederlag, löste bei Cevdet Unbehagen aus. »Und mit Fuat wollte ich zu Mittag essen. Er ist ja aus Saloniki zurück. Und am Nachmittag fahre ich nach Nişantaşı, zum Konak von Şükrü Paşa!« Er war ganz aufgeregt bei dem Gedanken, seine Verlobte vielleicht ein drittes Mal zu Gesicht zu bekommen. »Dann sehe ich mir das Haus an, das der Makler gefunden hat.« Cevdet hatte beschlossen, mit seiner Frau nach Nişantaşı oder Şişli zu ziehen. »Dann fahre ich in den Laden zurück. Viel werde ich mich dort nicht aufhalten können … Was ist eigentlich für ein Tag heute? Montag!« An den Fingern zählte er ab: Vor drei Tagen war auf Sultan Abdülhamit beim Freitagsgebet ein Attentat verübt worden, und genau zwei Wochen zuvor hatte seine Verlobung stattgefunden. »Seit siebzehn Tagen bin ich verlobt!« dachte er. Die Kutsche hielt vor dem Laden.

Als Cevdet den Laden erblickte, wurde sein durch das Geschüttle etwas eingeschläferter Geschäftsgeist sogleich wieder wach. »Die Bestellung für die Farben muss noch geschrieben werden. An wen werde ich wohl die defekten Lampen los? Wenn Eskinazi seine Schulden nicht heute zurückzahlt, dann sage ich ihm …« Er unterbrach sich und sprach beim Übertreten der Schwelle die Eröffnungsformel des Korans. »Ich werde von Eskinazi zweihundert Lira mehr verlangen, und wenn er darauf eingeht, stunde ich ihm das Geld einen Monat länger.« Streng grüßte er einen der beiden Lehrlinge. Den anderen, den er gerne mochte, weil er fleißig und genügsam war, lächelte er an. Dann wandte er sich wieder dem ersten, allzu verträumten Lehrling zu.

»Bestell mir meinen Kaffee! Und eine Pastete dazu!«

Dann ging er wie jeden Morgen eiligen, nervösen Schrittes auf seinen Schreibtisch zu und nahm daran Platz. Er warf rasche Blicke um sich, wie auf der Suche nach irgendeinem Vergehen, das zu ahnden wäre. Dann sah er, dass wie immer seine Zeitung auf dem Schreibtisch lag, der *Moniteur d'Orient*, den alle Kaufleute abonniert hatten, weil er gut über das Geschäftsleben informierte, und der überdies von Nutzen für das Französische war. Er kam etwas zur Ruhe. Gewohnheitsmäßig blickte er zuerst auf das Datum: 24 Juillet 1905; nach dem alten Kalender war das der 11. Juli 1321. Dann ging er die Schlagzeilen durch. Er erfuhr das Neueste über das Attentat auf den Sultan. Dann kam etwas über den Russisch-Japanischen Krieg, aber das interessierte ihn nicht weiter. So blätterte er um zu den Börsennachrichten und fand dort auch zwei Meldungen vor, die für ihn von Bedeutung waren. Im Anzeigenteil erfuhr er, dass der Eisenhändler Dimitri sein Lager auflöste; er musste also in Schwierigkeiten stecken. Panayot, der wie Cevdet mit elektrischen Geräten und Eisenwaren handelte, machte Reklame für seine neueste Ware. Kurz erwog Cevdet, selbst so eine Anzeige aufzugeben, verwarf den Gedanken aber sogleich wieder. Als er auf die Annonce einer Theatertruppe stieß, die ihr neues Programm im Odeon ankündigte, musste er wieder an seinen schwerkranken Bruder denken, dessen Freundin eine armenische Schauspielerin war. Um seinen Bruder zu vergessen, aß er die Pastete, die inzwischen gebracht worden war, trank seinen Kaffee und nahm sich schwerfällig lesend einen neuen Artikel vor. Wie jedesmal bei der Lektüre der Zeitung seufzte er über die vielen französischen Wörter, die er nicht kannte. Und wie jedesmal dachte er an all die Mühe, die er aufs Französischlernen verwendet hatte, und an das Geld, das ihn sein Privatlehrer gekostet hatte. Zusammen mit ihm hatte er im Lehrbuch das in einfachen Sätzen geschilderte Alltagsleben einer französischen Familie gelesen und sich dabei immer selbst nach einer solchen schönen Familie und einem solchen Haus gesehnt. Daran erinnerte er sich gern, und mit seinem von der ersten Zigarette des Tages leicht umnebelten Geist stellte er sich wieder vor, dass auch er bald ein Leben führen würde wie jene französische Familie. Als er den Artikel zur Hälfte durchhatte, kam er zu dem

Schluss, zuviel Zeit damit zu verlieren. Daher legte er den *Moniteur* beiseite und stand auf. Die Pastete war verzehrt, der Kaffee getrunken, die erste Zigarette geraucht, und auch aufs Nachrichtenlesen war die nötige Zeit verwandt worden. Nun fühlte er in sich genügend Kraft, Anspannung und inneres Gleichgewicht, um sich der Arbeit des Tages zu widmen. Sein Rechnen und Sorgen waberte nun nicht mehr nur so dahin wie in den ersten Minuten nach dem Erwachen, und es loderte auch nicht verzehrend wie soeben noch, sondern nun brannte es, wie das im Kopf eines Kaufmanns nun mal zu sein hatte: wie ein starkes, doch unter Kontrolle gebrachtes Feuer. »So, als erstes gehe ich mit Sadık noch einmal die Bücher durch!«

Sadık war Cevdets Buchhalter, zehn Jahre jünger als er, doch wirkte er, als seien sie gleichaltrig. Cevdet ging zu ihm in das Zwischenstockwerk und unterhielt sich eine Weile mit ihm. Als er feststellte, dass sich zwischen den bis Donnerstag eingehenden Geldern und den fällig werdenden Krediten eine kleine Lücke auftat, beschloss er, von Eskinazi seine Schulden einzufordern.

Dann ging der zu den Verkäufern hinunter und sprach mit dem Albaner mittleren Alters, der dort die Leitung innehatte. Cevdet zeigte auf einen mit Farbtöpfen, Lampen und allerlei Zeug vollgestellten Ladentisch und erklärte, die Kunden hätten es gerne, wenn alles einen aufgeräumten Eindruck mache. Der Albaner wusste gar nicht, wie ihm geschah, und versuchte sein Ordnungsprinzip zu verteidigen. Daraufhin stellte sich Cevdet selbst hinter den Ladentisch, räumte strengen Blickes dieses und jenes auf und bediente sogar um des Vorbilds willen einen Kunden. Nachdem er sich sicher war, die Angestellten mit diesem unprätentiösen Gebaren hinreichend beeindruckt und beschämt zu haben, kehrte er an seinen Schreibtisch zurück, von dem er alles überblicken konnte.

Er machte sich daran, bezüglich einer Farbbestellung einen Brief zu schreiben, und war auch gleich, rapide und routiniert, bei der Hälfte angekommen, als ihm wieder einmal einfiel, wie angebracht es doch wäre, für dergleichen einen Schreiber anzustellen. Doch hätte das schon wieder eine neue Ausgabe bedeutet. »Wo mich doch diese Heirat schon so viel kostet!« Da kam der Wächter des etwa zweihundert Schritt entfernten Firmenlagers und meldete, die riesigen Kisten mit den neuen Lampen seien einfach nicht ins Lager hineinzubekommen, und er sorge sich, dass etwas kaputtgehen könne. Verärgert stand Cevdet auf. Er ging auf und ab und ordnete schließlich an, die Kisten alle öffnen und leeren zu lassen. Das war zwar höchst unpraktisch, da die Lampen anschließend nach Anatolien gesandt werden sollten, aber anders war es nun einmal nicht zu bewerkstelligen. Als Cevdet den Wächter wieder los war, schrieb er seinen Brief zu Ende und lamentierte dabei innerlich, wie sehr es ihm doch an Zeit und an Geld mangele. Wem sollte er nur die defekten Lampen verkaufen? Am besten war es wohl, sich darüber mit Fuat zu beraten, seinem Kaufmannskollegen, auf dessen Klugheit und Freundschaft er viel gab. Hastig sah er auf die Uhr: bald halb zwei. Er verließ den Laden und machte sich auf den Weg zu Eskinazi.

2

MUSLIM UND KAUFMANN

Kaum war er aus dem Laden, stellte er erfreut fest, dass die ersten Hürden des Tages schon genommen waren, noch dazu ohne größere Kraftanstrengung, und dass alles seinen gewohnten Gang ging. Unbemerkt von seinem Kutscher, der unter einem Baum mit einem Kollegen ein Schwätzchen hielt, ging er in Richtung Sultanhamam. Der Laden Eskinazis war kaum sechshundert Schritt entfernt. Unterwegs überlegte er, wie er Eskinazi die Sache darlegen und wieviel mehr er für eine Stundung der Schulden verlangen sollte. Dabei grüßte er immer wieder zu anderen Kaufleuten hinüber, und diese gaben ihm mit ihren Blicken und ihrem Lächeln zu verstehen, wie interessiert und verwundert sie zur Kenntnis nahmen, dass sich da ein Muslim unter sie gemischt hatte. Die Blicke besagten: »Schau, schau, da haben wir jetzt einen Kaufmann mit Fes auf dem Kopf! Deinen Mut und deine Entschlossenheit können wir nur bewundern!« Und so wie Cevdet grüßend zurückblickte, hieß das:»Ich weiß schon, was ihr über mich denkt, und ich weiß auch, von welchem Schlag ich bin!« Kurz vor

Eskinazis Laden rief ihm einer der vorwiegend jüdischen und griechischen Kaufleute aus seinem Geschäft heraus zu: »Oh, Lampen-Cevdet! Wie elegant Sie heute sind!«

Um zu zeigen, dass er Sinn für Humor hatte, gab Cevdet zurück: »Elegant bin ich doch immer!« Errötend fiel ihm dann aber ein, warum er sich so feingemacht hatte.

Kaum hatte er den Laden betreten, in dem Eskinazi Baumaterial und Haushaltsartikel verkaufte, erkannte er an der legeren Atmosphäre und der Unbekümmertheit der Lehrlinge, dass der Chef nicht anwesend war, und er ärgerte sich. Einer der Lehrlinge erklärte ihm, wegen Nebels habe der Stadtdampfer von den Prinzeninseln her Verspätung. Cevdet fiel wieder ein, dass Eskinazi die Sommermonate auf Büyükada verbrachte. Er seufzte. Zwischen all den jüdischen, griechischen und armenischen Händlern fühlte er sich doch manchmal mutterseelenallein.

Er beschloss, nicht auf dem gleichen Weg zurückzugehen, sondern über die Hauptstraße. Die Betriebsamkeit dort würde ihn auf andere Gedanken bringen. »Dieses Außenseitertum setzt mir doch manchmal zu! Wie viele Muslime gibt es denn schon, die es so wie ich zum wohlhabenden Kaufmann gebracht haben? In ganz Sirkeci und Mahmutpaşa gibt es außer meinem Laden gerade mal das Stoffgeschäft von diesen Leuten aus Saloniki, den neuen Laden von Fuat und die Apotheke von Ethem Pertev. Und der erfolgreichste davon bin ich. Ich stehe allein da.« Er schwitzte in seiner warmen Kleidung. »In dem Traum war es genauso. Ich gegen alle anderen. Und meine Stirn war ganz nass.« Vergeblich kramte er nach einem Taschentuch. »Na ja, um so etwas wird sich bald meine Frau kümmern!« sinnierte er, doch selbst der Gedanke an seine Heirat und sein künftiges Familienleben war ihm jetzt kein rechter Trost. »Was habe ich getan, um so ganz anders zu sein als die anderen? Ich habe gearbeitet. Ständig gearbeitet, ohne an etwas anderes zu denken, mit nichts anderes im Sinn als der Vergrößerung meines Geschäfts!« Erfreut sah er an einer Ecke einen Saftverkäufer. »Und der Erfolg hat mir recht gegeben …« Er ließ sich ein Glas Saft geben und trank es hastig aus. Das tat ihm gut. Es war doch alles nur wegen dieser fürchterlichen Hitze. Da sprach ihn jemand an.

»Na, Cevdet, wie geht's denn so?«

Es war Doktor Tarık, ein Freund seines Bruders aus der Zeit der militärischen Medizinhochschule. Wie alle Freunde seines Bruders hatte er Cevdet wegen der großen Ähnlichkeit zuerst mit Nusret verwechselt und sah nun eher enttäuscht drein. Er fragte Cevdet nach seinem Bruder; ob er denn genesen sei von seiner Krankheit. Nachdem er erfahren hatte, was ihn interessierte, sagte er mit unverhohlen herablassendem Lächeln: »Und was treibst du so? Immer noch Kaufmann, was?« Und mit einem hingeworfenen Abschiedsgruß verschwand er in dem Menschengewimmel von Sirkeci.

»Kaufmann! Ja, Kaufmann!« dachte Cevdet und ging weiter in Richtung Laden. »Was hätte ich denn sonst machen sollen? Militärarzt so wie er konnte ich ja nicht werden ...« Er erinnerte sich an seine Kindheit und seine frühe Jugend. Sein Vater war ein kleiner Beamter in Kula gewesen. Cevdet hatte die Knabenschule besucht, von der er in der Nacht geträumt hatte. Dann wurde der Vater nach Akhisar versetzt, ein wegen seiner Lage an der Eisenbahn aufblühendes Städtchen. Dort ging Cevdet auf die höhere Schule. Den Sommer über trieb er sich allein in den Gärten herum, in denen kernlose Weintrauben und Feigen angebaut wurden. Die Lehrer sagten, sowohl Cevdet als auch Nusret seien sehr begabt. Ihr Vater Osman führte das auf die Intelligenz der Mutter zurück. Er liebte seine kluge Frau sehr, und als sie schwer erkrankte, ersuchte er wegen der besseren Behandlungsmöglichkeiten um eine Versetzung nach Istanbul. Dem Gesuch wurde nicht stattgegeben, worauf der Vater den Dienst quittierte und mit der Familie nach Istanbul zog. Er brachte seine Frau in einem Krankenhaus unter und machte in Haseki eine Holzhandlung auf. Ein Jahr später ging Nusret auf die militärische Medizinhochschule, und so musste ein halbes Jahr darauf, als nicht die Mutter, sondern der Vater plötzlich starb, Cevdet sich sowohl um die Holzhandlung als auch um die immer noch kranke Mutter kümmern. Bis zu seinem zwanzigsten Lebensjahr betrieb er das Holzgeschäft weiter in Haseki, dann verlegte er sein Lager nach Aksaray, wo er mit Fünfundzwanzig ein kleines Eisenwarengeschäft eröffnete, mit dem er ein Jahr später nach Sirkeci umzog. Im gleichen Jahr starb die Mutter, und Nusret überließ seinen Anteil an der Erbschaft

Cevdet und flüchtete sich nach Paris. Im Jahr darauf brach Cevdet die Beziehungen zu seinen Verwandten in Haseki ab und kaufte ein Haus in Vefa. »Militärarzt wie er konnte ich ja schließlich nicht werden!« dachte er wieder. »Mir tat sich der Weg des Kaufmanns auf, und den bin ich stur gegangen und habe dabei vollbracht, was keiner sich sonst traute. Hätte es mir an Mut gefehlt, so wäre ich immer noch ein kleiner Holzhändler in Haseki!« Beim bloßen Gedanken an seine Verwandten und Bekannten in Haseki und an das ganze Leben in dem Viertel wurde ihm ganz blümerant. »Ich bin vor ihnen weggelaufen. Mit ihnen zusammen wäre ein Kaufmannsleben gar nicht möglich gewesen.« Von weitem sah er seinen Laden. Das Coupé stand unter einem Baum. »Mein Laden!« murmelte er. Seinen größten Erfolg sah er gar nicht einmal im Wechsel vom Holz- zum Eisenwarenhandel, sondern in seinem Einstieg ins Lampengeschäft, den er vor fünf Jahren vollzogen hatte. Seit er das Privileg innehatte, die Stadtverwaltung von Istanbul und die Dampfschiffahrtsgesellschaft als Alleinlieferant mit Lampen zu versorgen, hieß er in Geschäftskreisen nur noch »Lampen-Cevdet«. Der Gedanke daran erfüllte ihn wieder mit Stolz. Seine Firma war seither auf das Vierfache angewachsen. Dass er in der Stadtverwaltung hatte jedermann schmieren müssen, gab der Sache zwar einen unangenehmen Beigeschmack, schmälerte aber keineswegs seinen Erfolg. Schmunzelnd erinnerte er sich wieder an seinen Traum: »Tja, was soll ich machen, mich bestraft eben keiner …« Ihm fiel auch wieder Zeliha ein, die ihn am Morgen auf dem Treppenabsatz abgepasst hatte: »Was soll ich machen, was soll ich machen, so ist eben das Leben!« Er fühlte sich von einem unsichtbaren Panzer umgeben, der ihn unangreifbar machte. Da sah er das Ladenschild über der Tür:

CEVDET UND SÖHNE

EINFUHR – AUSFUHR – EISENWAREN

Mit seiner Ausfuhrtätigkeit hatte er noch nicht begonnen, und Söhne hatte er auch noch keine, aber beides würde noch werden. Als er über die Schwelle trat, dachte er: »Das Geld von Eskinazi habe ich jetzt doch nicht! Ich muss noch mal mit Sadık die Konten durchgehen.

Und überlegen, was ich mit den defekten Lampen anfangen soll … Wie spät ist es eigentlich? Zu nichts hat man Zeit! Im Lager muss ich auch mal nach dem Rechten sehen. Nicht, dass die alles kaputtschlagen … Was will denn der Knirps da?«

Ein kleiner Junge hielt ihm einen Briefumschlag hin. »Das schickte Ihnen Mademoiselle Çuhacıyan!«

»Mademoiselle Çuhacıyan?« dachte er. Erst wusste er gar nicht, wer das sein sollte. Irgend etwas ließ ihn erröten. Er gab dem Jungen ein Trinkgeld. Da fiel ihm wieder ein, dass es sich um die armenische Freundin seines Bruders handelte. Aufgeregt riss er den Umschlag auf und las:

»Lieber Cevdet, Ihr Bruder Nusret ist sehr krank. Gestern abend ist er in Ohnmacht gefallen. Heute morgen ist er einigermaßen bei sich, aber in sehr schlechter Verfassung. Wenn Sie bald kommen und nach ihm sehen würden, wäre das eine große Freude für ihn. Sagen Sie ihm aber bitte nicht, dass ich Ihnen diesen Brief geschrieben habe …«

»Sehr krank, jaja, sehr krank!« murmelte Cevdet. »Bei meiner Mutter hieß es das auch immer, aber gestorben ist sie deshalb noch lange nicht.« Er steckte den Umschlag ein. »Die wollen mir doch nur wieder Geld abknöpfen … Dabei habe ich überhaupt keine Zeit!« Als er sah, wie der auf eine Antwort wartende Junge ihn anstarrte, schämte er sich plötzlich. »Vielleicht geht es ihm wirklich ganz schlecht? Was fährt mir nur alles durch den Kopf? Was bin ich für ein Mensch geworden?« Nervös ging er im Laden auf und ab. »Mein Bruder liegt im Sterben.«

Er gab dem Jungen noch mal ein Trinkgeld und schickte ihn fort. Dann besprach er sich mit dem albanischen Verkäufer und mit Sadık. Er merkte, dass er konfuses Zeug redete und die beiden sich wunderten. »Mein Bruder liegt im Sterben!« dachte er. Er war aufgeregter, als er das von sich erwartet hätte. »Ich muss mich beruhigen.« Er stieg in das Coupé und wies den Kutscher an, nach Beyoğlu zu fahren.

An der Galatabrücke hielten sie an, und der Kutscher entrichtete die Mautgebühr. An der zum Goldenen Horn gewandten Seite der Brücke plärrte wie immer der Limonadenverkäufer. Um die Pfirsiche des Obstverkäufers daneben schwirrten Fliegen herum. In der Ferne, vor der Werft von Kasımpaşa, waren Schiffswracks, schief im Wasser liegende Kähne und verrostete Pontons zu sehen. Das Coupé fuhr wieder an. Der Morgennebel hatte sich gelichtet, und über der Brücke stand ein strahlender, nur von wenigen zaghaften Wölkchen punktierter Himmel. Ein Raddampfer, den Cevdet wiedererkannte, die *Suhulet*, fuhr vom Goldenen Horn aufs Marmarameer hinaus. Mitten auf dem Deck standen ein stattlich gebauter Mann mit einem breiten Hut und eine Frau mit unverschleiertem Gesicht, blickten aufs Meer und hielten dabei ihre beiden in Matrosenanzüge gekleideten kleinen Söhne an der Hand. »So eine Familie!« dachte Cevdet. Neben einem Mast standen zwei Männer mit Fes und beobachteten die Familie ebenfalls. »So eine Familie!« Lastträger mit Schulterhölzern eilten an Herren mit Fes und Krawatte vorbei. Ein anderes Dampfschiff, das Cevdet kannte, nämlich die *Sahilbent*, fuhr auf die Brücke zu. Kinder lehnten am Brückengeländer und sahen zu dem Schiff hinunter. In seinen ersten Monaten in Istanbul war Cevdet auch hierhergekommen und hatte sich am Meer und den Brücken satt gesehen, an den eleganten Kutschen und dem Gewimmel der Leute. Damals gab es noch keinen Kai in Sirkeci. »Damals … Vor zwanzig Jahren!« Als Cevdet einfiel, dass er zum erstenmal mit seinem Bruder hierhergekommen war, versetzte es ihm wieder einen Stich.

Er zog den Brief der Armenierin aus der Tasche und überflog ihn noch einmal. Er sollte Nusret gegenüber den Brief nicht erwähnen. Die Frau liebte seinen Bruder sehr, doch wenn sie noch an solche Kleinigkeiten dachte, konnte es nicht ganz so schlimm um ihn stehen. Cevdet schämte sich nun, dass er zuvor noch gemeint hatte, der Brief sei nur ein Trick, um ihm Geld zu entlocken. »Warum will sie dann, dass ich den Brief nicht erwähne? Weil mein Bruder dagegen war, mir Bescheid zu sagen!« Der Bruder war Cevdet nicht grün, ja verachtete ihn sogar wegen seiner Lebensführung und seiner Auffassungen. Dennoch nahm er Geld von ihm an, hätte ihn aber am liebsten dabei nicht sehen müssen, so dass er sich bei jedem ihrer Treffen furchtbar genierte und jedesmal auch Cevdet mit immer schlimmeren Beleidigungen in Verlegenheit zu bringen suchte. Da Cevdet nur allzugut wusste, wie schwer es ihnen fiel, sich gegenüberzusitzen, besuchte er seinen Bruder nur selten. Ihre Zusammenkünfte liefen meist so ab, dass sie sich erst ein wenig unterhielten und Cevdet dann irgendwann mahnte, wenn sein Bruder seine Krankheit endlich loswerden wolle, dann müsse er unbedingt ins Krankenhaus, worauf der Bruder stets entgegnete, Krankenhäuser seien nur dazu da, um die Leute schneller ins Grab zu bringen, wie er als Arzt schließlich am besten wisse, und dann schwiegen sie sich eine Weile an, bis Cevdet schließlich diskret einen Umschlag mit Geld daließ und ging.

Cevdet las nun noch einmal den Brief der Armenierin und dachte dann darüber nach, inwiefern die Krankheit seines Bruders der ihrer verstorbenen Mutter glich.

Beide waren an Tuberkulose erkrankt. Bei der Mutter hatte sich das Leiden über viele Jahre hingezogen, in ständigem Auf und Ab. Beim Bruder hatte sich die Krankheit zum erstenmal vor drei Jahren bemerkbar gemacht, als er noch in Paris war. Die Mutter hatte fortwährend geklagt und ihrer Umgebung das Leben schwergemacht; darin war der Bruder ihr durchaus ähnlich. Sowohl Mutter als auch Bruder waren stark abgemagert; als Cevdet seinen Bruder zum erstenmal wiedergesehen hatte nach der Rückkehr aus Paris, war er regelrecht erschrocken. Während die Mutter ärztliche Anweisungen strikt befolgte, hatte der Bruder für Ärzte nichts als Spott übrig; schließlich war er selber einer. Darüber hinaus war er Alkoholiker und hatte außerdem die Angewohnheit, sich gegen alles und jedes aufzulehnen. »Er hat eben nie auf sich aufgepasst!« Cevdet liebte seinen Bruder und konnte ihm nicht richtig böse sein, selbst wenn jener ihn noch so sehr verachtete und schalt. Als Kinder spielten sie gemeinsam Verstecken und Himmel und Hölle. Zum Frühlingsfest fuhr man aufs Land und aß Lamm und Helva. Die Mädchen teilten sich in zwei Gruppen auf und spielten »Brautabholen«, und dazu sangen sie. Um Akhisar herum waren herrliche Gärten und Weinberge. »Ach, früher!« Das Coupé war oben beim Tunnel angelangt und fuhr nun auf Galatasaray zu. Vor dem Optikergeschäft Verdoux blieb es plötzlich stehen. Cevdet beugte sich hinaus. Weiter vorne war ein Landauer umgekippt und blockierte die Fahrbahn. Resigniert schaute sich Cevdet um, las die Ladenschilder und beobachtete die Leute.

Aus dem Friseurladen des berühmten Petro kam gerade ein Mann mit Hut heraus. Zwei Christinnen standen vor dem Schaufenster von Jean Botter, über den es hieß, er sei der Schneider des Kronprinzen Reşat. Bei Decugis, der mit Silber und Kristallwaren handelte, glänzte es nur so aus dem Laden heraus. Nicht weit davon war die Konditorei Lebon. Als Cevdet das Schild des Gemischtwarenhändlers Dimitrokopulo und damit eines weiteren Nichtmuslimen sah, überkam ihn wieder das Einsamkeitsgefühl, das ihn schon am Morgen geplagt hatte. Um davon loszukommen, versuchte er sich wieder in Erinnerungen an die Kindheit zu flüchten, an die Gärten von Akhisar. »Ich gehöre weder zu den einen noch zu den anderen!« Der Wagen fuhr wieder los. »Wenn es wenigstens meinem Bruder gutginge und er mich nicht so verachten würde ... Was ist heute nur los mit mir?« Seinen Traum empfand er nun als ungutes Erlebnis. Unter all den Schulkameraden hatte ihn am bösesten sein Bruder angeschaut. »Warum sieht er nur so auf mich herab? Weil er sich für einen Jungtürken hält!«

Mit den Jungtürken war Nusret bei seinem ersten Parisaufenthalt in Kontakt gekommen. Er hatte zunächst die Medizinhochschule mit dem Rang eines Hauptmanns beendet und dann zwei Jahre lang im Krankenhaus Haydarpaşa als Assistenzarzt gearbeitet. Danach war er in diversen Krankenhäusern in Anatolien und Palästina im Einsatz gewesen. Dass er von Stelle zu Stelle gereicht wurde, war vermutlich seinem unverträglichen Charakter und seiner Aufmüpfigkeit geschuldet. In dem Jahr, in dem Cevdet in Aksaray seine Eisenwarenhandlung eröffnete, erwirkte Nusret seine Versetzung nach Istanbul und heiratete ein Mädchen, das die Verwandten in Haseki für ihn ausgesucht hatten. Zwei Jahre später verließ er die schwangere Frau und ging nach Paris. In der Familie und unter den Leuten, mit denen Cevdet nun nichts mehr zu tun hatte, wurde diese Flucht nach Paris auf die Lektüre der seltsamen Zeitschriften zurückgeführt, die Nusret ständig zu Hause las. Stundenlang habe er über der Zeitung *Mizan* gebrütet, in der der Historiker Murat sich schwelgend über die Französische Revolution ausließ. Nusret selbst führte als Grund für seine Reise wie selbstverständlich eine Fachausbildung zum Chirurgen an. Cevdet dagegen hatte mitbekommen, dass Nusret nicht einmal mit ansehen konnte, wie ein Huhn geschlachtet wurde, und vermutete daher, der Bruder habe es zu Hause einfach nicht mehr ausgehalten. Die alte innere Unruhe hatte ihn wohl dazu veranlasst, nach vier Jahren Paris wieder heimzukehren, sich scheiden zu lassen, mit dem Trinken anzufangen, auf den Sultan zu schimpfen, wieder nach Paris zu gehen, sich dort unter den Jungtürken so weit hervorzutun, wie das einem Alkoholiker eben möglich war, und danach, hungrig und arbeitslos, wieder nach Istanbul zurückzukehren. Doch obwohl Cevdet so dachte, war er sich durchaus bewusst, dass sein Bruder ihm in mancher Hinsicht überlegen war und den Leuten herzlicher und vertrauenswürdiger erschien. Das erklärte sich Cevdet damit, dass sein Bruder eben keinerlei Verantwortung auf sich nahm. Er selbst dagegen war ein ordentlicher Mensch, der nie davor zurückscheute, Verantwortung zu übernehmen, und sei es auch nur für sich selbst und sein eigenes Leben. Wenn er sich auch dieser Gedanken ein wenig schämte, so sagte er sich doch:»Ich trage Verantwortung, und ich habe ein Ziel im Leben! Er dagegen ist unbelehrbar und hat nichts anderes als Radau im Kopf!«

3

DIE JUNGTÜRKEN

Das Coupé bog in die Gasse ein, in dem sich das Hotel *Savoie* befand, und hielt ein paar Minuten später vor einem zweistöckigen alten Steinhaus. Cevdet wurde die Tür von der Pensionswirtin geöffnet, die ihm ehrerbietig Platz machte und dabei einen verstohlenen Blick auf die Kutsche draußen warf. Dann ging sie Cevdet auf der Treppe hinterher und nutzte die Gelegenheit, um über seinen Bruder herzuziehen: Er sei zu laut, belästige die anderen Pensionsgäste, und trotz seiner Krankheit führe er sich sittenwidrig auf. Cevdet, der immer Angst hatte, die Frau werde den Bruder aus der Pension hinauswerfen, nickte nur zu allem.»So schlimm kann es also nicht stehen um ihn!«dachte er. Rasch war er oben an der Tür und klopfte an.

Wie erwartet, machte die Armenierin auf. Wie jedesmal, wenn Cevdet sie sah, errötete er. Um das zu überspielen, tat er so, als fiele ihm gerade wieder etwas ein, und mit gedankenvoller Miene trat er ins Zimmer.

»Wie geht es ihm?« fragte er, und da sah er seinen Bruder auch schon halb aufrecht im Bett liegen. »Gar nichts hat er!« dachte Cevdet.

»Ach, du bist es? Wo kommst du denn her?« rief Nusret aus.

Cevdet versuchte aus der Stimme seines Bruders etwas über seinen Gesundheitszustand herauszuhören. Lächelnd ging er zu Nusret und hielt ihm die Wange zum Kuss hin.

»Tuberkulosekranke küsst man nicht!« sagte Nusret, aber er ließ es geschehen. Gnädig sozusagen.

»Wie geht es dir?« fragte Cevdet und setzte sich auf einen Stuhl neben dem Bett.

»Wie bist du auf den Gedanken gekommen, mich zu besuchen?« Misstrauisch sah Nusret seine Freundin an. »Hast du ihn etwa gerufen?«

»Wieso sollte ich das? Er ist von allein gekommen!« Sie hatte eine sanfte, melodische Stimme.

»Man muss mich doch zu einem Besuch bei dir nicht extra rufen!« sagte Cevdet. Schuldbewusst errötete er, wie so oft in Gegenwart seines Bruders. »Wie geht es dir? Was macht deine Krankheit?«

Nusret wandte sich verärgert zu seiner Freundin. »Du hast ihn herbestellt! Jetzt fragt er schon das zweitemal, wie es mir geht! Warum denn?«

»Nusret!« wimmerte Mari. Um ihn zu beruhigen, stand sie auf und ging zu ihm hin. Sie deckte ihn ordentlich zu und sagte dann zu Cevdet: »Es geht Ihrem Bruder nicht gut. Gestern abend stand es ganz schlecht um ihn, er ist sogar in Ohnmacht gefallen. Jetzt macht er einen guten Eindruck, aber lassen Sie sich davon nicht täuschen!«

»Von wegen, überhaupt nichts fehlt mir!« rief Nusret. Er wollte noch weitersprechen, bekam aber keine Luft mehr und konnte nur noch mit vorwurfsvollen Blicken um sich werfen.

Cevdet fragte Mari: »Haben Sie keinen Arzt gerufen?«

»Es braucht keinen Arzt!« brachte Nusret mühsam heraus. »Gibt es einen besseren Arzt als mich? Ärzte sind Menschenfeinde!«

Mari sah Cevdet an, als wollte sie sagen: Was soll ich nur tun? Cevdet dachte:»Dann muss eben ich einen Arzt rufen!« Unter Maris Blicken wurde er ganz verlegen. Die Frau war vielleicht nicht direkt eine Schönheit, aber doch hübsch. Er fragte sich, wie sein kranker und mittelloser Bruder, der dazu noch Alkoholiker war, an solch eine Frau herangekommen war. Er sah sich ein wenig in dem Zimmer um: Auf einem Tisch standen Waschschüsseln, Teller und Gläser, die sichtlich oft benutzt wurden und blitzblank waren. In einer Ecke lag ein Stapel frisch gebügelter Laken und Hemden. Wände, Fenster, Möbel, alles in dem Zimmer wirkte peinlich sauber. Man kam sich weniger in einem Krankenzimmer vor als vielmehr bei wohlhabenden Leuten, die in Erwartung von Gästen ihre Wohnung geputzt hatten. In Cevdet erwachte wieder das Sehnen nach einem Leben mit Frau und Kindern in einem gepflegten Heim, und als er die Armenierin ansah, wurde er sogleich wieder rot. Nusret atmete indessen schwer. Es war Cevdet, als füllten der Bruder und seine Freundin das Zimmer vollständig aus, so dass er selbst ganz überflüssig war. Beim Anblick der Armenierin ging ihm durch den Kopf, dass er nie im Leben die Liebe so einer Frau, ja überhaupt irgendeiner Frau würde gewinnen können.

»Hast du Ziya mal wiedergesehen?« fragte ihn sein Bruder. Ziya war Nusrets neunjähriger Sohn, den er bei Verwandten in Haseki untergebracht hatte.

»Nein«, erwiderte Cevdet verwundert. Sein Bruder wusste doch, dass er nie nach Haseki fuhr. Die Verbindung der beiden Brüder zu Haseki wurde einzig und allein durch Zeliha aufrechterhalten. In letzter Zeit hatte Cevdet von der Frau nichts Neues über Ziya gehört.

»Ich überlege, ob ich den Jungen nicht zu seiner Mutter aufs Dorf schicken soll«, sagte Nusret.»Aber nein, lieber nicht! Soll er besser hierbleiben. Hier lebt er zwar unter Dummköpfen, aber doch wenigstens in der Stadt, nicht wahr?« Er rang eine Weile nach Atem und sagte dann:»Wir haben alle beide den Kontakt zu unseren Verwandten in Haseki aufgegeben. Aber nicht aus dem gleichen Grund. Ich, weil ich ihnen nicht zur Last fallen wollte, und du, damit sie dir nicht zur Last fallen!« Wieder brauchte er Zeit, um zu Atem zu kommen.

Dann blitzte in seinem Gesicht wieder jener vorwurfsvolle Ausdruck auf, den Cevdet nur allzugut kannte.

»Neulich sollst du mit einem Coupé gekommen sein! Ist das deins?«

»Es ist nur gemietet.«

»Gibt es jetzt solche Droschken?«

»Nein, ich habe das Coupé für drei Monate gemietet«, sagte Cevdet verlegen.

»Eine von diesen Angeberkutschen! So wie man einen Gehrock mietet, hast du also jetzt eine Kutsche gemietet, was?« Schmunzelnd sah er zu Mari.

Cevdet fühlte sich nichtswürdig.

Mit einem verächtlichen Lächeln auf den Lippen sagte Nusret: »Bist ja so elegant heute!« Ohne Cevdets Antwort abzuwarten, sagte er zu Mari: »Ich habe dir doch erzählt, dass er sich mit der Tochter eines Paşas verlobt hat, oder?« Und zu Cevdet: »Wie ist sie denn so? Ist sie ein guter Mensch?«

»Ja!«

»Woher willst du das wissen? Wie oft habt ihr euch denn gesehen?«

Cevdet fühlte von Stirn und Nacken den Schweiß herunterlaufen und stand auf. Er kramte nach einem Taschentuch, bis ihm wieder einfiel, dass er keines einstecken hatte. Er setzte sich wieder. »Zweimal«, murmelte er.

»Zweimal also? Ihr habt euch zweimal gesehen, und da weißt du schon, dass sie ein guter Mensch ist! Habt ihr denn miteinander gesprochen dabei?«

Cevdet rutschte ungemütlich auf seinem Stuhl herum.

»Ob ihr miteinander gesprochen habt, frage ich dich! Woher weißt du, dass sie ein guter Mensch ist? Worüber habt ihr geredet?«

»Na ja, unterhalten haben wir uns.«

»Jetzt genier dich doch nicht so!« platzte es aus Nusret heraus. »Es ist doch nicht deine Schuld, wenn du nicht mit ihr geredet hast. Das kommt einfach von diesen verdammten Traditionen, von dem dreckigen, schlechten Leben hier! Weißt du, was ich damit meine? Weißt du, was das hier für eine Welt ist? Nichts weißt du und nickst einfach mit dem Kopf! Dir kann das gleiche passieren! Aber nein, du bist ja nicht so einer! Du hast bald eine Familie … Aber so eine Frau wie die da wird dich nie lieben!«

Gleichzeitig sahen beide zu Mari hin. Cevdet war nun klar, dass diese Scham und dieser Schweiß kein Ende nehmen würden, solange er vor seinem Bruder saß.

»Jetzt werd doch nicht ständig blass oder rot!« sagte Nusret. Er deutete auf Mari: »Sie gefällt dir, was? Du bist ja ganz hingerissen von ihr!«

»Nusret! Bitte!« rief Mari, aber besonders verlegen schien sie nicht zu sein. Sie strahlte einen gelassenen Stolz aus.

»Du gefällst ihm wirklich. Er ist ganz fasziniert!« sagte Nusret lächelnd zu Mari. »Weil du ihm so europäisch vorkommst. Mein Bruder bewundert nämlich alles, was aus Europa kommt. Mit einer Ausnahme …« Er hielt inne, als suchte er das richtige Wort. »Mit Ausnahme der Revolution!« Er drehte sich zu Cevdet um. »Weißt du, was Revolution bedeutet? So eine richtige Revolution mit Blutvergießen und Guillotine? Ach, was sollst du davon schon wissen! Das einzige, was du kennst und liebst, ist doch nur …« Er sprach es nicht aus, sei es, weil er keine Luft mehr bekam, oder weil er nicht so deutlich werden wollte. Dann aber rieb er in bezeichnender Weise Zeigefinger und Daumen aneinander.

Cevdet hielt es nicht mehr aus. Es war schlimmer als in seinem Traum. Er stand auf, tat zwei taumelnde Schritte auf seinen Bruder zu und wimmerte: »Nusret, ich liebe dich doch! Was ist denn los mit uns beiden?«

Zum erstenmal seit Jahren widerfuhr ihnen so etwas. Cevdet war alles unendlich peinlich. Lächelnd blickte er Mari an. »Warum habe ich jetzt das gemacht?« dachte er dann. »Mein Gott, wie ich schwitze!« Es war wirklich schlimmer als im Traum.

Da mühte sich Nusret, seinen Oberkörper aufzurichten, fiel aber sogleich zurück auf das Kissen. Als er es noch einmal versuchte, bekam er einen Hustenanfall. Seiner Kehle und seinen Lungen entfuhr ein entsetzliches Röcheln. Ohne etwas tun zu können, sah Cevdet voller Schreck und Scham dabei zu, wie sein Bruder sich wand. Mari setzte sich neben Nusret und hielt ihn an den Schultern. Um nur irgend etwas zu tun, beschloss Cevdet, das Fenster aufzumachen. Da kam sein Bruder gerade wieder etwas zur Ruhe.

»Nein, mach nicht auf!« rief er Cevdet zu. »Ich will nicht, dass der ganze Dreck hier hereinkommt! Die niederträchtige, elende Luft da draußen und die furchtbare, despotische Dunkelheit sollen mir nicht ins Zimmer herein!« Er redete nun wie in Trance. »Niemand macht das Fenster auf! Solange nicht meine Heimat vor dem Dunkel errettet wird wie Frankreich und Sultan Abdülhamit stürzt und alles hell und sauber und ehrlich ist, macht mir niemand dieses Fenster auf!« Wieder bekam er einen Hustenanfall und schlotterte am ganzen Leib.

Cevdet fiel in seiner Verlegenheit nichts anderes ein, als seinem Bruder das Kopfkissen aufzuschütteln und den zu Boden gerutschten Bettzipfel aufzuheben. Da raunte ihm Mari ganz aufgeregt zu: »Ein Arzt! Holen Sie uns bitte einen Arzt! Ich kann es nicht, weil er mich nicht lässt!«

»Gut!« flüsterte Cevdet. Dann schlich er sich schnell aus dem Zimmer, um seinem hustenden Bruder nicht noch einmal in die Augen sehen zu müssen. Kaum war die Tür hinter ihm zu, hörte er seinen Bruder rufen: »Wo will er denn hin? Etwa einen Arzt holen? Was soll ein Arzt da ausrichten? Ich brauche keinen Arzt!«

4

DIE APOTHEKE

Draußen auf der Straße dachte Cevdet: »Er stirbt! Wenn nicht heute, dann morgen oder spätestens in ein paar Tagen!« Er erschrak über seine Gedanken und versuchte sich zu beruhigen. »Vielleicht ist es ja auch gar nicht so schlimm. Wie oft haben wir solche Krisen bei unserer Mutter durchgemacht!« Der Kutscher stand rauchend da und musterte ihn mit typischem Kutscherblick. »Aber mein Bruder weiß, dass er bald stirbt. Deshalb sagt er ja so furchtbare Sachen!« Er wollte an die beschämende Szene nicht mehr zurückdenken. »Wo finde ich jetzt nur einen Arzt?« Er bog von der Gasse in die Hauptstraße ein. »Wo ist die nächste Apotheke? Das vorne ist die Kanzukapotheke. Und da ist die von Klonaridis!«

Trotz der Hitze war die renommierte Straße, die vom Tunnel bis zum Taksimplatz führte, wie üblich voller Menschen. Cevdet hastete dahin, als würde, falls er zu spät käme, sein Bruder sterben und er selbst dafür verantwortlich gemacht. Am liebsten wäre er regelrecht gelaufen, aber das kam ihm doch übertrieben vor, und auch so rempelte er schon genügend Leute an. Die ruhig ihrem Tagesgeschäft nachgehenden Menschen wichen dem Mann, der sich bei dieser Hitze rempelnd zwischen sie drängte, so gut es ging aus und taxierten ihn mit schläfriger Neugier.

In der Apotheke traf Cevdet den Apotheker Matkoviç und seinen dicken Lehrling an.

»Ist der Doktor da?«

»Der ist beschäftigt«, erwiderte der Apotheker und deutete nach hinten.

»Ich kann aber nicht warten!« brummte Cevdet und riss die Tür zum Untersuchungszimmer auf, ohne sich um die Patienten zu kümmern, die wartend davorsaßen.

Drinnen beim Arzt war eine Frau mit ihrem Kind. Der Arzt hatte dem Jungen einen Löffel in den Mund gesteckt. Beim Anblick der aufgerissenen Tür runzelte der Arzt die Stirn und zog den Löffel wieder heraus.

»Warten Sie bitte draußen!«

»Es ist dringend, Herr Doktor!«

Der Arzt steckte dem Jungen erneut den Löffel in den Mund. »Sie sollen bitte warten, habe ich gesagt!« Dann sagte er zu der Frau etwas auf französisch.

»Es steht aber schlimm!« brachte Cevdet noch heraus, doch als er mit ansah, wie der Arzt sich um den kranken Jungen kümmerte, glaubte er plötzlich selbst nicht mehr, dass sein Bruder sterben würde. Nur um nicht warten zu müssen, sagte er noch: »Ganz schlimm!«

»Ich komme ja gleich. Aber warten Sie jetzt!«

Cevdet ging hinaus. Erst wollte er sich zu den anderen Wartenden setzen, aber dann ließ er es und ging in der Apotheke umher. Schließlich zog er sich in eine Ecke zurück und rauchte nervös. Der Apotheker mischte nach einem Rezept Pülverchen zusammen, und sein Lehrling wog etwas ab. Dann füllte der Apotheker das Gemisch in eine Flasche und reichte sie einem Herrn mit Hut. Ein Mann mit stattlichem Bauch betrat die Apotheke und fragte jovial nach Champagner. Der Apotheker wies den Mann, anscheinend einen Stammkunden, lächelnd auf eine Ecke, in der Champagnerflaschen zu einer Pyramide angeordnet waren. Daneben stand eine weitere Pyramide mit Mineralwasserflaschen. Bevor der dicke Mann seine Wahl traf, las er die Etiketten mit der Seelenruhe von jemandem, der über Zeit und Geld verfügt: Evian, Vittel, Vichy, Apollinaris. Es kam Cevdet in den Sinn, dass die aus dem weit entfernten Frankreich importierten Mineralwasser, der Champagner und die Tobler-Schokolade, die auf einem Tischchen lag, auch von Eskinazi konsumiert wurden, der am Morgen wegen des Nebels Verspätung gehabt hatte. »Und die Paşas in ihren Konaks tun sich auch daran gütlich! Und was mache ich? Ich arbeite, und ich werde heiraten. Mein Bruder ist krank, aber sterben wird er nicht, blendend geht es ihm. Die Armenierin. Für Liebe habe ich vor lauter Arbeit keine Zeit. Dieses lästige Warten! Was steht da auf dem Schaufenster? Ich kann es auch spiegelverkehrt lesen: Ausländische Präparate … Osmanische Präparate.« Der fröhliche dicke Mann wählte seine Flaschen aus und ließ sie zurücklegen; sein Diener werde sie dann abholen. »Jetzt geht er nach Hause, und dann trinkt er diese Sachen. Alle zusammen essen und trinken sie und amüsieren sich … Wenn ich einmal verheiratet bin, werde ich auch … Ethem-Pertev-Tonikum, Krem Pertev … Wann ist denn der Doktor endlich fertig? Sobald die Tür aufgeht, gehe ich hinein … Atkinson-Kölnisch-Wasser … Katran-Hakkı-Ekrem-Hustensaft. Hünyadi-Yanoş-Abführmittel … Als kleiner Junge hatte ich einmal Durchfall, dass ich schon meinte, ich müsste sterben. Das nahm aber keiner richtig ernst. Und wenn ich tatsächlich gestorben wäre? Nein! Endlich geht die Tür auf!«

Cevdet stürzte hinein und stieß dabei die Frau und den Jungen an. Ohne selber daran zu glauben, sagte er: »Es steht ganz schlimm! Beeilen Sie sich bitte, sonst stirbt er vielleicht!«

Der Arzt wusch sich in einer Ecke die Hände. »Wer stirbt? Und wo?«

»Hier ganz in der Nähe, in einer Pension! Gehen wir gleich hin, es ist gar nicht weit!«

»Kann der Patient nicht hierherkommen?« fragte der Arzt. Mit einem fast unsinnig weißen Handtuch trocknete er sich ausgiebig die Hände ab.

»Kann er nicht. Er liegt im Sterben. Aber vielleicht stirbt er ja nicht. Es sind nur ein paar Schritte! Gehen wir am besten gleich hin …«

»Na schön«, brummte der Arzt. »Lassen Sie mich wenigstens meine Tasche mitnehmen!«

Der Arzt vertröstete die wartenden Patienten auf später und ging hinter Cevdet auf die Straße hinaus. Unterwegs fragte er nach dem Zustand des Kranken. Cevdet erzählte von den Hustenanfällen, und da er nichts weiter zu berichten hatte, nannte er einfach den Namen der Krankheit: Tuberkulose. Da setzte der Arzt ein Gesicht auf, als sei er hinters Licht geführt worden, doch war es mit seinem Unmut gleich wieder vorbei: Anscheinend war er im Grunde froh um den Anlass, dem Behandlungszimmer eine Weile zu entrinnen. Er sah sich im Vorübergehen die Auslagen an, musterte Passanten und kaufte sich in einem Geschäft Zigaretten. An Tuberkulose sterbe man nicht so plötzlich, dozierte er und erzählte, wie bei einem früheren Patienten von ihm der Krankheitsverlauf ein ständiges Auf und Ab gewesen sei. Einmal sah er neugierig einer Frau nach, dann fragte er Cevdet nach seinem Beruf und konnte seine Überraschung nicht verbergen, es mit einem Kaufmann zu tun zu haben. Als sie schon in die Gasse einbiegen wollten, traf er an der Ecke einen Bekannten, den er sogleich umarmte. Dann unterhielten die beiden sich lebhaft in einer Sprache, die Cevdet für Italienisch hielt. Cevdet sah auf die Uhr: Viertel nach drei.

Schließlich kamen sie in der Pension an. Auf der Treppe klagte der Arzt über die Hitze, dann machte ihnen Mari die Tür auf.

»Ich will keinen Arzt, macht die Tür wieder zu! Das Dunkel soll hier nicht herein!« rief Nusret.

Der Arzt betrat hinter Mari das Zimmer und schielte schon mal zu dem grummelnden Kranken hinüber. Er stellte seine Tasche ab und wandte sich dann Mari zu, sah sie eindringlich an und sagte bewegt: »Je vous reconnais, Mademoiselle Çuhacıyan!« Plötzlich küsste er ihr die Hand, und als er gravitätisch den Kopf wieder hob, sagte er, diesmal allerdings auf türkisch: »Ich habe Sie in der *Glücklichen Familie* bewundert!«

»Wer ist denn das? Was ist los?« knurrte Nusret. Als er den Arzt lächelnd auf sich zugehen sah, sagte er: »Ihr habt mir da keinen Doktor gebracht, sondern einen Clown!«

Unbeeindruckt fragte der Arzt: »Was fehlt uns denn?«

»Sterben tue ich, an Tuberkulose!«

»Woher wollen Sie denn das wissen?« fragte der Arzt und setzte sich zu Nusret ans Bett.

»Weil ich selber Arzt bin! Außerdem braucht es dazu gar keine Untersuchung. Tuberkulose in meinem Stadium erkennt jeder Arzt auf den ersten Blick. Sehen Sie sich doch mal mein Gesicht an, wie hohlwangig ich bin. Haben Sie an der zivilen Hochschule studiert?«

Der Arzt lächelte gleichmütig und sagte: »Soso, Kollegen sind wir also!«

»Ob zivil oder militärisch: Nach dem Medizinstudium werden die Klugen Revolutionäre und die Dummen Ärzte!« rief Nusret.

»Ich habe ja nie behauptet, klug zu sein!« erwiderte der Arzt und sah lächelnd Mari an, denn sie erschien ihm wohl als die einzige, die seine Nachsicht auch zu schätzen wusste.

»Was sind Sie eigentlich, Jude oder was?«

»Ich bin Italiener«, sagte der Arzt. Dann hielt er den Kopf an Nusrets Brust und machte Anstalten, ihm die Hemdknöpfe zu öffnen. »Sie gestatten doch?«

»Hören Sie auf! Was soll denn das? Fassen Sie mich nicht an!« rief Nusret. Dann sah er aber Maris wütendes Gesicht. »Ist ja schon gut, reg dich nicht auf! Aber Sinn hat das keinen!« Dann wandte er sich an Cevdet: »An dich habe ich eine Bitte. Komm mal her. Du musst mir was versprechen. Ich will meinen Sohn noch einmal sehen. Bringst du ihn mir?«

»Aus Haseki?«

»Ja, aus Haseki. Fahr dort hin und bring mir Ziya. Er ist dort bei einer gewissen Zeynep, das ist eine Tante von ihm oder so etwas. Die musst du finden und den Jungen hierherbringen.«

»Jetzt gleich?« murmelte Cevdet.

»Ja, jetzt gleich! Sofort! Ich weiß, wie peinlich dir das ist, da hinzufahren, aber tu es bitte trotzdem. Wenn du mir schon den Arzt hergeschleppt hast, dann tu bitte auch das für mich. Damit ich den Jungen ein letztes Mal …«

Der Arzt holte gerade sein Stethoskop aus der Tasche und warf ein: »Einen sterbenden Eindruck machen Sie aber nicht gerade! Sie haben kräftige Lungen!«

»Sparen Sie sich Ihr Ärztegewäsch! Tun Sie Ihre Arbeit und kassieren Sie Ihr Geld! Cevdet, kannst du ihn bitte bezahlen? Mehr verlange ich dann nicht mehr von dir!«

Auf dem Weg zur Tür ließ Cevdet auf einem Tischchen neben einem kaputten Aschenbecher zwei Goldstücke. Es freute ihn, dass Mari das sah.

»Mach schnell!« rief sein Bruder. »Wenigstens nützt deine Angeberkutsche jetzt mal zu was!«

5

DAS ALTE VIERTEL

Schuldbewusst ging Cevdet die Treppe hinab. Er gab dem Kutscher als Fahrziel Haseki an und stieg in das Coupé ein. Schwitzend zündete er sich eine Zigarette an. Als der Wagen zu schaukeln begann und draußen vor dem Fenster die Bilder an ihm vorbeidefilierten, kam er – auch mit Hilfe der Zigarette – wieder einigermaßen zu sich. »Warum muss das alles so sein? Und warum bin ich so?« In seinem Kopf lief noch einmal ab, was sich seit dem Morgen zugetragen hatte. Er fragte sich, ob sein Bruder wirklich bald sterben würde. Die Mutter hatte bis kurz vor ihrem Tod immer geklagt, dass es demnächst mit ihr zu Ende gehe, doch in der letzten Woche war sie plötzlich ganz anders gewesen und hatte erklärt, sie fühle sich jetzt besser, und auf einmal war sie tot. Sein Bruder hielt jedenfalls nach wie vor an seiner groben Art fest. Cevdet errötete beim Gedanken an jene schamlosen Reden. Als Nusret ihn gefragt hatte, wie oft er seine Verlobte schon gesehen habe, hatte er mitleidig lächelnd Mari angeblickt. Und als es um die Mietkutsche ging, war es das gleiche gewesen. Wahrscheinlich lachte sein Bruder ihn jetzt noch aus. Cevdet fragte sich, ob die Armenierin dabei auch mitlachte. »Sie mag ja hübsch und anziehend sein, aber hingerissen bin ich keineswegs von ihr! Wie kann er so etwas behaupten? Er hat überhaupt kein Schamgefühl. Außerdem kann ich so eine Frau doch gar nicht bewundern, weil sie keine Frau zum Heiraten ist, sondern eine Schauspielerin, die jeden Abend von Hunderten von Männern angestarrt wird. Und wie der Doktor ihr die Hand geküsst hat! Wie machen sie das bloß? Sie beugen sich vor, küssen die Frau auf die Hand, und danach machen sie so unbefangen weiter wie eh und je. Wie schaffen sie das? Sie sind eben nicht wie wir. Christen!« Cevdet fragte sich, warum er seinem Bruder nicht zeigen konnte, dass er ihn gern hatte und seine Überzeugungen begriff. »Weil ich keine Zeit habe! Wegen des Geschäfts komme ich zu nichts anderem.« Er dachte wieder an die Worte seines Bruders zurück. »Seit er in Paris war, passt ihm hier gar nichts mehr.« Die Kutsche fuhr knarrend über die Holzbohlen der Brücke. Cevdet blickte auf das alte Istanbul, die Kuppeln, das wie tot daliegende Goldene Horn. »Nichts ist ihm mehr recht zu machen! Alles findet er schlecht und verachtenswert. Mich verachtet er auch, aber ich habe Verständnis für ihn!« Er las das Schild auf der anderen Brückenseite: »Die besten Zigarren und Zigaretten, Erzeugnisse der Tabakregie: Tabakhändler Angelidis.« Er zündete sich noch eine Zigarette an und versank im Dunst seiner Gedanken.

Als er vom Kutschenfenster aus die Beyazıtmoschee und daneben das Kriegsministerium sah, dachte er freudig an seine Kindheit zurück. Mit seinem Bruder war er damals oft hierhergekommen. Wenn den Ramadan über im Innenhof der Moschee das Volk sich um die Verkaufsstände drängte, konnte man mit etwas Glück eine wichtige Persönlichkeit sehen. Cevdet bekam damals seinen ersten Minister zu Gesicht. »Der Handelsminister Ahmet Fehmi Paşa war das wohl? Wie lange ist das jetzt her? Achtzehn, neunzehn Jahre? Nusret hatte gerade sein Medizinstudium begonnen, und der Vater lebte noch.« Traurig dachte er an jene Zeit zurück. Er arbeitete damals mit dem Vater zusammen, schnitt Holz und schichtete es auf, und abends war er so müde, dass er nach dem Essen sogleich einschlief. »Ich wollte aber kein tumber Mensch sein, der allein mit seiner Körperkraft arbeitet. Studieren wollte ich und reich werden!« Es freute ihn, dass er an jene Zeit nicht voller Wehmut zurückdachte. »Trotzdem: Damals mochten sich die Leute noch. Mich mochten sie auch. Und ich bin vor ihnen davongelaufen!« Und genau zu diesen Menschen musste er nun zurück. Ihm graute davor. »Vielleicht erkennen sie mich ja nicht mehr. Und wenn doch, dann werden sie mich verachten. Obwohl, vielleicht auch nicht. Mit meiner Kleidung und dem Coupé kann ich Eindruck schinden. Ach, wird das alles peinlich sein!« Er malte sich aus, was ihm widerfahren konnte. »Sie denken bestimmt, ich sei ein undankbarer Kerl, der sich etwas Besseres dünkt. Warum ist nur alles so geworden?« Die Kutsche fuhr am Finanzministerium vorbei. Auf der gegenüberliegenden Straßenseite hatten die Geldwechsler und Wucherer ihre Büros. Wer mit seinem Gehalt nicht auskam, ließ es sich dort vorzeitig auszahlen, zu horrenden Zinsen. Den Gewinn, den die Wucherer einstrichen, hielt Cevdet für unanständig und geradezu widerwärtig. »Alles wegen des Geldes!« dachte er. »Ich bin vereinsamt dadurch! Nur wegen des Geldes! Keiner hat sich etwas getraut, nur ich, und ich habe Geld verdient! Nun verachten sie mich, weil sie finden, ein Muslim solle keinen Handel treiben!« Schwitzend dachte er wieder an die beschämenden Szenen, die ihn erwarteten.

Nach Aksaray bog die Kutsche links ab. Sie kamen jetzt in ein Gewirr von Gassen, aber nach Haseki war es noch ein gutes Stück. Beim Anblick der Gassen dachte Cevdet: »Es ist doch immer noch das gleiche. Nichts hat sich verändert. Die Mauern, die verwitterten Fensterrahmen, die vermoosten Dachziegel. Alles beim alten. Die wohnen hier noch genauso wie vor zweihundert Jahren. Ans Geldverdienen denkt hier keiner. Nie wird irgend etwas Neues unternommen. Woran fehlt es denen nur? Ja genau, an Ehrgeiz! Schau einer sich diesen Dreck an. Niemand kommt auf die Idee, diesen Kehricht einmal wegzuräumen. Da hocken sie sich lieber ins Kaffeehaus und glotzen die Passanten an!« Vor einem Kaffeehaus sah er unter einer Platane Männer im langen orientalischen Gewändern sitzen, die wiederum neugierig schauten, wer da in so einem noblen Gefährt saß. So blickten sie einander an, während das Coupé langsam vorbeischaukelte. Danach knurrte Cevdet:»Was schaut ihr denn so? Was gibt es hier zu sehen? Ein Mann fährt in einer Kutsche vorbei, und schon wird geglotzt! Ach, es ist alles so tot hier! Mein Bruder hat schon recht. Und ich habe auch recht, weil ich kein Faulpelz im Nachthemd bin, sondern ein rechtschaffener Kaufmann!« Das Coupé fuhr nun in das Viertel hinein. Cevdet öffnete das nach vorne gehende Fensterchen und bedeutete dem Kutscher, zwei Straßen später nach links abzubiegen. Da belauschte er zwei in einem Garten spielende Kinder.

»… dann verlierst du nämlich!«

»Ich habe ihm alle Nüsse abgeknöpft, dem Dummkopf!«

Cevdet dachte:»Wir spielten früher mit den Nüssen nur zum Spaß, aber die scheinen das als Glücksspiel zu betreiben und die Nüsse des Verlierers einzuheimsen. Gut so! Wenigstens da hat sich was getan! Da entwickelt sich also ein Profitdenken bei der neuen Generation.« Sogleich schämte er sich aber seiner Gedanken. Als die Kutsche in die bewusste Gasse einbog, sah er beklommen Haus um Haus an. Jedes einzelne erkannte er wieder. Und erneut dachte er, dass sich doch gar nichts verändert hatte. Vor dem Haus von Zeynep rief er dem Kutscher zu, er solle halten.

Cevdet stieg aus und sah sich um. In das Haus nebenan waren sie bei ihrer Ankunft in Istanbul eingezogen. Zehn Jahre hatte er darin gewohnt, aber nun wollte er es nicht einmal mehr anschauen. Er öffnete das Gartentor zu Zeyneps Haus. Dabei ertönte eine am Tor befestigte alte Glocke.»So eine möchte ich auch mal in meinem Haus in Nişantaşı!« Der Garten war wie einst. Der Pflaumenbaum kümmerte dahin wie eh und je. Cevdet klopfte an der Tür und wartete.

Zeynep machte auf. Bevor Cevdet sich noch vorstellen konnte, rief sie schon:»Cevdet! Junge! Wo kommst du denn her?« und umarmte ihn.

Vor Verlegenheit schwitzend küsste Cevdet ehrerbietig ihre Hand. Dabei kamen ihm längst verschollene Gerüche in den Sinn, auch Gegenstände, ein Insekt, eine bestickte Tischdecke.

»Komm doch herein!« sagte die Frau. »Zieh aber die Schuhe aus. Mein Gott, bist du elegant! Was führt dich denn hierher?«

»Weißt du, mein Bruder ist krank …«

»Ach!«

Cevdet glaubte aus diesem Ausruf leisen Spott herauszuhören. Er zog die Schuhe aus, nahm dort Platz, wo Zeynep hingedeutet hatte, blieb dort zappelig sitzen. »Ich bleibe aber nicht lange …«

»Dein Bruder will wahrscheinlich Ziya sehen!«

»Ja!«

»Geht es ihm sehr schlecht?«

»Ziemlich!«

»Du nimmst mir Ziya also weg? Na ja, wozu wärst du auch sonst hierhergekommen …«

»Ach Tante, ich habe einfach nie Zeit! Ich denke so oft an euch, aber ich komme eben zu nichts!«

»Ich hol den Jungen mal her«, sagte Zeynep und stand auf.

Cevdet dachte: »Es ist gar nicht so schlimm wie befürchtet! Sie hat mich freundlich empfangen. Diese Menschen verstehen sich noch auf Herzlichkeit. Und ich bin eben ein Kaufmann geworden. Aber auch dafür haben sie Verständnis … Ich habe mir das alles viel schlimmer ausgemalt! Wie spät ist es eigentlich? Oje, zum Essen mit Fuat werde ich zu spät kommen!«

Bald war die Frau mit einem Tablett und einem Glas darauf wieder zurück. »Kirschsaft! Magst du doch …«

Cevdet errötete vor lauter Verlegenheit und suchte krampfhaft nach den passenden Worten; schließlich bedankte er sich nur.

»Ich habe nach dem Jungen geschickt, er kommt gleich. Geht es seinem Vater wirklich so schlecht?«

Cevdet nickte. Dann schwiegen sie eine Weile.

Schließlich fragte die Frau: »Wie gehen bei dir die Geschäfte, mein Junge?«

Cevdet winkte ab. »Herzlich schlecht!« Dann steckte er hastig die Hand mit dem Ring daran in die Tasche.

»Na ja, es wird schon wieder werden. Zur Zeit geht alles einen schlechten Gang. Möge Gott uns beistehen!«

Wieder schwiegen sie.

Mit einemmal stand Cevdet auf und sagte, Ziya werde von seinem Vater schon erwartet. Zeynep spähte daraufhin aus dem Fenster nach dem Jungen.

»Da kommt er ja! Aber bring ihn mir bloß zurück! Wann kommst du wieder?«

Cevdet versprach, Ziya zurückzubringen, sobald sein Vater ihn gesehen habe. Es könne lediglich sein, dass der Junge ein paar Tage lang bei seinem Vater verbleibe. Dagegen hatte die Tante nichts einzuwenden, aber dennoch legte sie ein gewisses Misstrauen an den Tag, das Cevdet weh tat. Gemeinsam gingen sie hinaus. Da sah Cevdet im Garten doch etwas Neues, nämlich einen Hühnerstall, auf dem ein Huhn herumstolzierte.

Die Glocke rief Cevdet wieder in seine Kindheit zurück. Um das Coupé herum standen neugierige Kinder. Eines davon kam Cevdet bekannt vor.

»Schau mal, Ziya, wer da ist!« rief Zeynep. »Dein Onkel Cevdet! Kennst du ihn noch?«

Der Junge ging einen Schritt auf Cevdet zu. Der elegant gekleidete Onkel schüchterte ihn wohl ein. Ziya blickte abwechselnd Cevdet und Zeynep an und tat dann noch ein paar furchtsame Schritte.

Zuletzt hatte Cevdet ihn sechs Jahre zuvor beim Opferfest gesehen. Damals musste Ziya etwa drei oder vier gewesen sein. Er streichelte dem Jungen über die Wange. Betont freundlich fragte er ihn: »Na, erkennst du mich wieder?«

Der Junge nickte bange.

»Ziya, dein Onkel macht mir dir einen Ausflug, und dann bringt er dich wieder zurück. Hast du Lust auf einen Ausflug?«

»Mit der Kutsche?« fragte der Junge und wandte sich zu dem Coupé um, wo einer seiner Freunde gerade den Kutscher etwas fragte.

»Ja, mit der Kutsche! Dein Onkel wird dich ein wenig herumfahren! Willst du mitfahren in der Kutsche?«

Cevdet schielte zum Kutscher hinüber und hörte gar nicht richtig zu.

»Ja«, flüsterte der Junge.

»Dann geh und zieh dich um. In dem Aufzug kannst du da nicht einsteigen.«

Ziya lief ins Haus. Ein anderer Junge rief:»Mensch, Ziya fährt mit der Kutsche mit!«

Die Tante wandte sich wieder zu Cevdet.»Du bringst ihn aber zurück nach Hause und lässt ihn nicht bei seinem Vater, ja?«

Einer der Jungen, die um die Kutsche herumstanden, sah sich genauestens die Räder an. Zu einem anderen sagte er:»Schau dir mal die Federn an, die sind aus Stahl. Die federn viel besser ab als andere.«

Die Sonne brannte auf die enge Gasse herab. Die Pferde wurden mit ihrem Schwanzschlagen der Fliegen kaum Herr. Aus einem unvergitterten Fenster sah ein alter Mann auf die Kutsche. Es kam ein Wind auf und wehte den Straßenstaub hoch. Alle schlossen unwillkürlich den Mund und kniffen die Augen zu, bis der Wind sich wieder gelegt hatte.

»Schimpft er immer noch auf den Sultan?« fragte die Tante.

»Er ist jetzt sehr krank«, erwiderte Cevdet mit zusammengezogenen Augenbrauen.

Da kam Ziya aus dem Haus gelaufen, und Cevdet küsste noch einmal die Hand der Tante.

Die fasste Ziya am Arm und sagte:»Mach mir ja keine Dummheiten, hörst du? Der Onkel wird dich später wieder heimbringen.« Dabei warf sie Cevdet einen kurzen Blick zu.

Cevdet nahm den Jungen an der Hand und stieg gemeinsam mit ihm ein. Alle anderen Kinder hatten sich um die Kutsche geschart.

Ein Junge rief:»Ziya fährt weg! Ziya fährt weg!«

Die Kutsche fuhr los. Ziya blickte aus dem Fenster so lange zu seiner Tante zurück, bis sie nicht mehr zu sehen war. Dann drehte er sich zu Cevdet um und musterte ihn furchtsam. Als er sich hinreichend in Sicherheit fühlte, sah er nur noch zum Fenster hinaus, um sich nichts entgehen zu lassen und die Ausfahrt möglichst zu genießen.

Cevdet war darum bemüht, mit dem Jungen ins Gespräch zu kommen, doch merkte er bald, dass Ziya dadurch nur beunruhigt wurde, und so verschob er seine Fragen auf später. In Aksaray wies er

Ziya auf die Moscheen und andere Sehenswürdigkeiten hin. Er fragte ihn, ob er denn im Ramadan nie hierhergekommen sei. Er versuchte auch zu erläutern, was es mit dem Kriegsministerium auf sich hatte, doch Ziya gab weniger auf Worte als auf das, was er sah.

Als sie über die Brücke fuhren, sah Cevdet auf die Uhr und stellte erstaunt fest, dass es schon sechs war. Er hatte eigentlich Ziya darüber aufklären wollen, dass sein Vater krank war, doch ging ihm das nicht über die Lippen. Der Blick des Jungen hatte etwas irgendwie Beunruhigendes an sich. Cevdet dachte: »Wenn ich diese Scherereien doch nur schon hinter mir hätte und der Junge bei seinem Vater wäre!« Zur Ablenkung ließ er seine Gedanken zu seinen geschäftlichen Sorgen und Plänen schweifen.

Als sie vor der Pension ankamen, war Cevdet sogleich klar, dass er Ziya nun doch rasch den Zustand seines Vaters beichten musste. So sagte er auf der Treppe: »Dein Vater ist kürzlich von einer Reise zurückgekehrt, und jetzt ist er krank. Wir sind mit der Kutsche herumgefahren, und nun besuchen wir ihn, er will dich nämlich sehen. Da er krank ist, liegt er im Bett, und da ist auch noch eine Frau, die kümmert sich um ihn. Du siehst ihn also jetzt gleich. Es gibt gar nichts zum Fürchten! Und zu Tante Zeynep bringe ich dich heute abend oder spätestens morgen zurück.«

Mari öffnete ihnen die Tür. Sie begrüßte Ziya lächelnd. Dann beugte sie sich zu ihm hinab, küsste ihn auf die Wange und bedeutete ihm, leise zu sein.

»Er schläft!«

Ziya betrat hinter Cevdet zögernd den Raum. Nusret schlief mit dem Rücken zur Tür, und der Junge äugte ängstlich auf die Gestalt unter der Bettdecke. Als hätte er Angst, etwas zu zerbrechen, setzte er sich dann vorsichtig auf den Stuhl, den Mari ihm zuwies.

Mari ging zu Cevdet und flüsterte ihm zu: »Der Arzt hat gesagt, dass es gar nicht gut um ihn steht. Er hat ihm Medikamente verschrieben und ihm eine schmerzstillende Spritze gegeben. Die wollte er erst nicht, aber schließlich hat er eingewilligt, und jetzt schläft er eben.«

»Dann gehe ich jetzt«, flüsterte Cevdet zurück. »Heute abend komme ich wieder!«

»Wie Sie meinen. Und vielen Dank! Ach ja, was ich noch sagen wollte: Erzählen Sie ihm bitte nichts von dem Attentat auf den Sultan. Wenn er davon erfährt, wird er sich aufregen und Fieber bekommen.« Ohne abzuwarten, bis Cevdet hinausging, setzte Mari sich zu Ziya und begann auf ihn einzureden.

Cevdet merkte erstaunt, dass sie mit Ziya nicht wie mit einem Kind sprach, sondern ganz ernsthaft wie mit einem Gleichgestellten. Nun fürchtete er doch, dem Reiz der Frau zu erliegen, und dachte: »Ja schon, aber sie ist doch eine Schauspielerin! Wie sollte sie je eine Familie haben!« Dann ging er hinaus.

6

DAS MITTAGESSEN

Draußen ging Cevdet sogleich zu seinem Kutscher, der wieder eine seiner widerlich stinkenden Zigaretten rauchte. Er teilte ihm mit, er wolle um halb acht am Eingang des Clubs *Serkldoryan* abgeholt werden. Nach orientalischer Zeit war es gerade Viertel nach sechs.

Mit Fuat war er um halb sieben verabredet. Da Cevdet selbst nicht Clubmitglied war, wäre es ihm unangenehm gewesen, allein einfach so hineinzuspazieren, und so ging er lieber noch etwas auf der Hauptstraße herum. Er betrat die Aleppo-Passage und sah sich die Reklamen für Varietétheater an. Einmal hatte er die Vorstellung einer europäischen Operettentruppe besucht und sich dabei furchtbar gelangweilt. Er wunderte sich, worauf die Menschen alles verfielen, um sich die Zeit zu vertreiben, und sah sich die Auslagen, die Passanten, die vorbeifahrenden Kutschen an. Als er sich eine Zigarette anzündete, dachte er wieder daran, dass er nach dem Mittagessen um acht Uhr im Konak von Şükrü Paşa in Teşvikiye sein würde. Da tauchte auch schon Fuat auf.

Cevdet und Fuat waren gleichaltrig und hatten auch sonst einiges gemeinsam. Sie teilten das Schicksal, als Muslime zu wohlhabenden Kaufleuten geworden zu sein, und hatten sich nach dem Kennenlernen rasch angefreundet. Außerdem waren sie beide ledig, waren großgewachsen und schlank und trieben Handel mit Eisenwaren. Damit aber waren die Gemeinsamkeiten erschöpft, wie Cevdet fand, denn Fuat entstammte einer zum Islam übergetretenen jüdischen Familie mit kaufmännischer Tradition, darüber hinaus war er Freimaurer und verfügte in Saloniki über einen ausgedehnten Bekanntenkreis. Seit zwei Jahren gingen die beiden regelmäßig gemeinsam zum Essen, wenn Fuat aus Saloniki, wo er seine Firma und seine Familie hatte, nach Istanbul zu Besuch kam. Sie gingen dabei durch, was sich seit dem letzten Treffen bei ihnen alles getan hatte, erörterten ihre Pläne hinsichtlich einer geschäftlichen Zusammenarbeit oder gar Partnerschaft und ihre jeweiligen Heiratsabsichten und plauderten schließlich ungezwungen über den neuesten Klatsch und Tratsch. Die Freundschaft mit Fuat war für Cevdet auch insofern lehrreich und von Nutzen, als sie ihm ermöglichte, ein wenig am Gesellschaftsleben der Istanbuler Reichen und Privilegierten teilzuhaben und sich in den Elitekreisen zu bewegen, in denen er sonst nur eine Randerscheinung war. Er hatte das Gefühl, durch einen einzigen Besuch in jenem Club ein Mehrfaches von dem zu lernen, was er sich ansonsten durch monatelange Zeitungslektüre und aufmerksames Verfolgen jeglicher Gerüchte mühsam aneignen musste. Hier, umgeben von Samt und Seide, von Kronleuchtern und vergoldeten Sesseln, wähnte er den Geheimnissen der unbegreiflichen und sich ständig wandelnden Welt der Preise und Waren mit einemmal auf die Spur zu kommen.

Sie betraten den Club, gingen die Treppe hinauf und dann zwischen eleganten Sesseln, vergessen dasitzenden Paşas, Botschaftern, vergoldeten Spiegeln, jüdischen Kaufleuten, Levantinern, seidenen Vorhängen und überaus beflissenen Kellnern hindurch bis zu ihrem gewohnten Tisch in einer Ecke. Wie jedesmal war für Cevdet der Weg von der Clubtür bis hin zum Tisch eine wahre Expedition, während der er, zwischen Bangen und Hoffen schwankend, den errötenden, von seltsamsten Gedanken verwirrten Kopf möglichst aufrecht trug, um nicht von der Atmosphäre erdrückt zu werden. Fuat schmunzelte über die Röte im Gesicht seines Freundes und forderte ihn dann auf, von seiner Verlobung zu erzählen.

»Sie ist abgelaufen wie geplant. Das habe ich alles Nedim Paşa zu verdanken, der mir sehr unter die Arme gegriffen hat. Ohne ihn wäre das alles nicht möglich gewesen. Die Hochzeit wird auch in seinem Konak stattfinden!«

»Woher kennst du Nedim Paşa überhaupt?«

»Ach, was heißt kennen, er ist eines Tages in meinem Laden aufgetaucht, und zum Glück hat er Gefallen an mir gefunden. Wie sollte ich sonst einen Paşa kennenlernen, du weißt ja, in meiner Familie verkehren solche Leute nicht. Wenn Nedim Paşa nicht gewesen wäre, hätte ich dieses Mädchen nie und nimmer gefunden! Du kennst mich: Woher hätte ich sonst wissen sollen, dass Şükrü Paşa eine zu mir passende Tochter hat? Ich habe niemanden um mich herum, der solche Dinge weiß.« Dabei senkte Cevdet den Kopf wie ein verzagter kleiner Bruder, der um Zuneigung buhlt.

Als der Kellner kam, fragte Fuat Cevdet mit der Miene des beschützenden großen Bruders: »Was möchtest du denn essen?«

Cevdet kostete es jedesmal aus, bei sich neue kulinarische Vorlieben zu entdecken. Er hatte sich fast durch die gesamte Speisekarte gegessen und festgestellt, dass ihm – nicht anders als den restlichen Gästen – manche Speisen sehr oder außerordentlich zusagten, während ihm anderes nur leidlich oder auch gar nicht schmeckte. Freudig erregt vom Abenteuer der gastronomischen Geschmacksbildung, bestellte er zunächst sein geliebtes Fleischgericht mit Sauce und das Auberginenragout und wollte dann als kleines Experiment herausfinden, was sich hinter dem Begriff »Soupe Anglaise« verbarg.

Als der Kellner wieder fort war, zeigte Fuat diskret auf die Gäste, die an einem der Fenstertische saßen: Der beleibte Herr war Galip Paşa, der schlanke bebrillte Mann in der Mitte ein Dolmetscher und der mit dem blassen Gesicht Monsieur Huguenin, der Direktor der Anatolischen Eisenbahn. Cevdet versuchte sich das alles sofort einzuprägen. Dann sprachen sie über dieses und jenes, und Fuat berichtete von seinen Geschäften. Sie erörterten auch ihre gemeinsamen Pläne, und zwar in einem Ton, als redeten sie von einer angenehmen Erinnerung. Dann brachte der Kellner den ersten Gang. Fuat wurde ganz aufgekratzt und ging in allen Details auf sein Essen ein. Er erzählte von der heißgeliebten Fleischpastete, auf die sich seine Mutter so gut verstehe, und versuchte sich an deren Zubereitung zu erin-

nern. Zwar hatte er gegenüber Cevdet einen dozierenden Ton am
Leibe, doch war bei ihm alles gutgemeint. Nach einer Weile aber runzelte er die Stirn.

»Was bist du denn so trübsinnig heute?«

»Ach, mein Bruder ist schwerkrank.«

»Tatsächlich? Was hat er denn?«

»Tuberkulose. Es geht ihm ganz schlecht. Er kann jeden Tag sterben.«

»Das tut mir aber leid. Dein Bruder gehört doch zu denen, oder?
Du hast ja gar nicht gesagt, dass er aus Paris zurück ist! Na ja. Es ist
natürlich traurig, dass er krank ist, aber wenn er zu denen gehört,
solltest du stolz auf ihn sein!«

Cevdet hatte davon nie etwas gesagt. Zweifelnd sah er seinen
Freund an.

»Du brauchst doch keine Angst zu haben«, beruhigte ihn Fuat.
»Fürchtest du dich etwa vor mir? Es weiß doch jeder Bescheid, der
ein bisschen denken kann. Er ist nach Paris und dort zehn Jahre geblieben, und studiert hat er doch Medizin, an der Militärhochschule?
Dann hat er auch noch dieses Zornige an sich … Und bei alledem soll
er kein Jungtürke werden? Du solltest wirklich lernen, stolz auf ihn
zu sein!«

»Er ist sehr krank, und ich habe Angst um ihn!« erwiderte Cevdet
in klagendem Ton. Die Worte seines Freundes verwirrten ihn.

»Anstatt ihn zu bedauern, solltest du Verständnis für ihn aufbringen!«

»Ich verstehe ihn doch! Gerade heute habe ich mir gedacht: Ich
verstehe ihn, aber ich kann es ihm nicht zeigen!«

»Tja, weil dein Leben dafür zu ruhelos ist! Dabei könntet ihr euch
wunderbar verstehen, wenn ihr nur ein bisschen offener und nach-
sichtiger wärt. Ihr ergänzt euch nämlich! Aber ich merke schon, dass
du mir nicht folgen kannst. Pass auf! Was wollen dein Bruder und
seine Gesinnungsgenossen? Dass die Verfassung wieder in Kraft tritt,
dass das Parlament eröffnet wird, dass Schluss ist mit dem Absolu-
tismus und wir Freiheit bekommen und dass, wenn nötig, Sultan
Abdülhamit gestürzt wird. Vor alledem schreckst du zurück! Und
warum? Weil du darin unbegreifliche, schreckliche Dinge siehst!

Weil du den Nutzen all dessen nicht erkennst! Und weil du Angst vor Scherereien und vor Spitzeln hast!«

»Ich habe mich noch nie um Politik gekümmert und sehe nicht ein, was sie mir als Kaufmann bringen soll!«

»Na schön, das verstehe ich ja, aber hör mir mal zu: Wenn die Freiheit kommt, von der diese Leute reden, hast du dann irgendeinen Schaden davon?« Ganz aufgeregt, aber auch ein bisschen sorgenvoll setzte er hinzu: »Hast du nicht! Nicht den geringsten!«

»Aber einen Nutzen sehe ich auch nicht!« wiederholte Cevdet nur.

»Wenn du so denkst, machst du dir die Sache zu leicht. Ist das Leben etwa so? Ganz und gar nicht! Du sagst, dass du deinen Bruder verstehst, aber das tust du mitnichten. Was will er denn? Freiheit, Selbstbestimmung und so weiter. Denk einfach darüber einmal nach. Ich sage nicht: Tu etwas, sondern nur, dass du nachdenken sollst. Dann wirst du so einiges begreifen. Dass nämlich gar nichts Schreckliches an der Sache ist. Wofür leben wir eigentlich? Nur um Handel zu treiben und Geld zu verdienen? Ganz und gar nicht! Wir möchten eine Familie, ein Heim, Kinder ... Dafür arbeiten wir! Aber wo keine Freiheit ist, sind wir auch darin Beschränkungen unterworfen. Was soll denn schlecht daran sein, wenn alles so frei ist wie drüben in Europa? Unsere Frauen sind wie Sklavinnen, und wer im Ramadan nicht fastet, wird vor ein Gericht gezerrt ... Und weißt du, was das Schlimmste ist? Dass wegen dieser veralteten Regeln und Traditionen nicht Muslime wie du und ich den Handel dominieren, sondern Armenier, Juden und Griechen! Und ich bin ja nicht einmal ein richtiger Muslim! Du stehst also ganz allein da!«

»Ja, das stimmt schon. Aber das bedeutet noch lange nicht, dass ich mich mit solchen Sachen befassen muss. Ich kann mich doch nicht gegen den Sultan auflehnen!«

»Es behauptet doch keiner, dass du das sollst! Aber willst du nicht das Beste für unser Land? Hast du nicht wenigstens für Reformen etwas übrig?«

»Ich sehe nicht ein, was die bringen sollen ... Und selbst wenn, was würde das schon bedeuten?«

»Du siehst nicht ein, was die bringen sollen? Dann bist du also der

Meinung, dass hier in unserem Staat alles zum Besten bestellt ist? Und alles so bleiben soll, wie es ist? Ist das dein Ernst?«

»Das sage ich doch gar nicht!«

»Na, was sagst du dann? Hör mal, hier ist doch einiges im argen. Wir haben keine Freiheit, das Staatswesen ist in einem üblen Zustand, alles ist morsch, das weißt du doch, nicht wahr? Und wenn du es weißt, dann musst du eben … Kellner, räumen Sie doch endlich unsere Teller ab! Also wenn du das weißt, dann musst du doch dafür sein, dass es bei uns vorwärtsgeht und wir uns den Europäern angleichen! Aber nicht dadurch, dass wir hier herumsitzen und mit diesen Dandys essen oder dass wir tanzen, Französisch reden oder einen Hut aufsetzen. Für die Freiheit müssen wir sein! Nun, was sagst du dazu?«

»Dazu sage ich, dass ich als Kaufmann mich in so etwas nicht einzumischen habe!« erwiderte Cevdet lächelnd.

»Ach, du mit deinem berechnenden Kaufmannsgehabe! Was bist du doch für ein Dickkopf! Du verstehst mich sehr wohl, aber du stellst dich dümmer, als du bist. Besteht denn für dich das ganze Leben nur darin, Geld zu verdienen und eine Familie zu gründen?«

Wieder lächelte Cevdet und dachte an seine zukünftige Familie. »Das ist doch schon eine ganze Menge!«

Nun musste auch Fuat schmunzeln. »Du bist ja so was von entschlossen! Ich kann mich nur wundern über dich. Aber du begehst einen Fehler, und ich sage dir auch, welchen, damit es später nicht heißt, ich hätte dich nicht gewarnt!«

»Und was für ein Fehler soll das sein?« fragte Cevdet stirnrunzelnd.

Fuat zündete sich umständlich eine Zigarette an und genoss es, Cevdet auf die Folter zu spannen. Dann sagte er: »Du heiratest zu früh!«

»Ha! Das soll mein Fehler sein? Ich bin eher zu spät dran!«

»Das meinst du nur, aber du irrst dich … Du solltest noch ein wenig warten. Wenn du das tust, dann kannst du vielleicht eine bessere Ehe eingehen. Warte noch, versuche diese Jungtürken zu begreifen, und danach wird sich für dich alles zum Besseren fügen!«

Cevdet lachte: »Du jagst mir ja richtig Angst ein. Bist du etwa selber ein Jungtürke? Das hört sich nämlich ganz so an!«

»Lach du nur! Aber du handelst vorschnell. Hör mir mal gut zu: Abdülhamit wird über kurz oder lang entweder abtreten oder sterben. Und danach …« Er wartete ab, bis der Kellner die Nachspeise serviert hatte. »Und danach werden diese Jungtürken gewaltig an Bedeutung gewinnen. Sie werden die Regierung übernehmen. Schau mich nicht so ungläubig an, ich meine das ernst. Das sind Dinge, die jedermann weiß …«

»Ich erfahre zum erstenmal, dass du so denkst!«

»Ach, Cevdet, du glaubst immer, dich so gut aufs Rechnen zu verstehen, aber eigentlich weißt du gar nichts! Wenn du nur wüsstest! Dann würdest du begreifen, dass du dich unter Wert verkaufst! Wie ist es denn um Şükrü Paşa bestellt? Ich weiß es nämlich, denn ich habe für dich nachgeforscht. Finanziell geht es ihm miserabel. Er hat seine Ländereien verkauft, und für den Konak in Çamlıca sucht er auch einen Käufer. Auch eine seiner Kutschen hat er losgeschlagen … Alles andere als glänzend also. Du freust dich, weil du in eine so gute Familie einheiratest, aber das eigentliche Geschäft haben die gemacht.«

»Als Geschäft habe ich die Sache auch nie gesehen!«

»Schon gut, sei mir nicht böse … Aber begreif wenigstens, was da vor sich geht.«

»Du willst mich nur in die Politik hineinziehen. Auch wenn du dich anscheinend um solche Sachen kümmerst, ich eben nicht! Die Politik ist die eine Sache, und das Kaufmannsdasein ist eine andere. Ich habe noch nie politische Bestrebungen gehabt und finde das alles nicht richtig.«

»So bist du eben mit deiner Kompromisslosigkeit. Ich kann dir einfach nicht beibringen, ein wenig pragmatischer zu sein. Für dich gibt es im Leben nur zwei Haltungen: Entweder man ist für etwas oder man ist dagegen. Und dazwischen gibt es nichts! Dein Bruder ist übrigens genauso. Und er ist dagegen. Anscheinend hat er es mit dem Dagegensein jetzt schon so weit getrieben, dass er sogar gegen das Leben ist. Und das sage ich nicht im Scherz. Ihr seid eben so. Du kennst dich nur mit dem Handel aus und denkst an deine spätere Familie, alles andere ist dir so egal, dass du einfach dagegen bist. Aber so muss es nicht sein, es gibt immer einen Mittelweg.« Er legte sein

Besteck zur Seite. »Nämlich einen Kompromiss. Das müssen dein Bruder und du erst mal lernen. Ihr seid euch so ähnlich, ohne es zu merken!«

Cevdet ging es immer noch um die Klarstellung dessen, was Fuat zuvor gesagt hatte: »Ich verstehe nicht, was du da meinst. Aber eines möchte ich noch einmal betonen: Ob die Tochter von Şükrü Paşa Geld hat oder nicht, spielt für mich keine Rolle!«

»Aber eine Paşatochter wolltest du schon! Schau mich nicht so an, das ist ja keine Schande. Du hast ja sogar recht damit. Um eine gute Familie zu gründen, suchst du ein guterzogenes Mädchen, und die findet man eben derzeit im Umkreis des Sultans. Die wiederum wollen jemanden, der ein bisschen Geld hat, und da kommst du ihnen gerade recht.«

»So denke ich aber nicht! Ich denke, dass …« sagte Cevdet, aber ihm wurde bewusst, dass ihm das, was Fuat gesagt hatte, selbst an die hundertmal im Kopf herumgegangen war. Er hatte es sich nur nie eingestehen wollen. »Ich denke, dass … Ich will eine gute Familie. Und eine gute Arbeit. Eine gute Frau und gute Kinder. Das ist mein Ziel!«

»Das hast du alles schon gesagt. Aber das ist kein Hindernis, um sich mit Politik zu befassen. Und was bedeutet eigentlich Politik? Denk doch darüber einmal nach.«

Cevdet verzog das Gesicht, als hätte er nun endgültig genug. »Du jagst mir Angst ein. Willst du mich etwa in ein Komplott verwickeln? Das kannst du mit deinen Freimaurern machen, aber ich verstehe mich nicht auf so etwas!«

»Du bist mir ein rechter Schlauberger, Cevdet!« Fuat lachte nervös. »Ich kann dir nur das eine sagen: Werde ein bisschen pragmatischer! Komm ab von deinem alles oder nichts! Begreif endlich, dass das Leben aus kleinen Kompromissen besteht. Familie und Geschäft … Und etwas anderes gibt es nicht? Dann ist das Leben aber ziemlich eng und einförmig. Lös dich von dieser Einstellung, wende dich dem Leben zu! Das sage ich dir, aber am liebsten würde ich es auch deinem Bruder sagen. Ich kenne ihn ja nicht, aber er scheint genauso radikal zu sein!«

»Das ist ja genau das, was ich bei ihm verstehe. Das, was du radikal nennst. Also einen Beschluss fassen und sich dann daran halten, koste es, was es wolle. Er hat eine Entscheidung getroffen und will etwas tun. Das verstehe ich, und ich habe sogar Achtung davor. Aber leider kann ich ihm das nicht sagen.« Wütend fügte er hinzu:»Weil ich eben nie Zeit habe!«

»Siehst du! Ihr versteht euch nicht darauf zu leben. Ganz gleich seid ihr zwei. Sei mir nicht böse, aber so seid ihr nun mal!« Er hielt sich die Hände wie Scheuklappen neben das Gesicht.»Außer dem, was hier dazwischenliegt, seht ihr nichts. Ist das Leben so? Was bedeutet überhaupt leben? Etwas sehen, fühlen … Das Leben ist bunt! Ja, was ist für dich überhaupt das Leben?«

Schroff wehrte Cevdet ab:»Die Frage ist unsinnig! Ich bin mit meinem Leben zufrieden!«

»Du hast also allein schon Angst, darüber nachzudenken!«

»Überhaupt nicht! Du bekommst noch eine Antwort!« Er dachte nach.»Leben bedeutet … eine glückliche Existenz!«, doch kaum hatte er das gesagt, kam es ihm so vor, als hätte er Fuat damit recht gegeben.»Nein, nein, so meine ich es nicht!« Wütend setzte er hinzu: »Ich weiß es nicht! Ich denke über so etwas nicht nach und finde die Frage abwegig. Ich wäre dir verbunden, mir nicht mehr mit solchen Themen zu kommen. Und von den Soldaten in Saloniki will ich auch nichts hören. Tu mir den Gefallen und zieh mich nicht in so was hinein. Was du mir schon gesagt hast, werde ich auf der Stelle vergessen.«

»Ach, Cevdet, du bist derartig starrköpfig und orientalisch!« lachte Fuat.»Kellner, die Rechnung bitte!« Immer noch lächelnd sagte er zu Cevdet:»Und trotzdem bin ich froh, dich zum Freund zu haben!«

Cevdet lächelte zurück, erleichtert darüber, dass sie diese entsetzlichen Themen und Fragen nun hinter sich hatten.

Beim Bezahlen ihrer gemeinsamen Mahlzeiten wechselten sie sich ab; diesmal war Fuat an der Reihe. Als sie danach schon an der Treppe waren, rief plötzlich jemand:»Mensch, das ist ja Lampen-Cevdet! Was machen Sie denn hier?«

Es war Moşe, ein Tabakhändler, den Cevdet von Sirkeci her kannte. Cevdet bemühte sich um ein Lächeln.

»Haben etwa Sie die Bombe geworfen, Cevdet?« Moşe neigte zum

Scherzen. »Oder Sie?« Er schüttelte sich vor Lachen. »Mal ganz im
Ernst, was haben Sie denn hier zu suchen?«

Cevdet machte gute Miene zum bösen Spiel. »Ja, was habe ich hier
zu suchen?« dachte er. Er stieg die Treppe hinunter. Plötzlich fühlte
er sich schwach und lächerlich. Er verabschiedete sich von Fuat. Der
Kutscher wartete schon vor der Tür. Die Sonne stand hoch am Himmel, breit und grell. »Wo bin ich nur … Mein Gott, was für eine
Hitze!« Er sagte dem Kutscher, er solle nach Teşvikiye fahren, und
stieg ein. Dann sackte er in sich zusammen und ließ sich von der Kutsche umherschütteln.

7

IM PAŞA-KONAK

Er bedauerte, nach dem Essen kein Schläfchen halten zu können,
und dachte über sein Leben nach. »Was ist für mich das Leben? Ich
habe Fuat gesagt, dass ich das für eine unsinnige Frage halte. Das ist
sie auch, und ich will gar nicht darüber nachdenken. Ich will mir
nicht über das Leben den Kopf zerbrechen, sondern über meine Geschäfte! Was das Leben sein soll! Wo hat er so etwas nur her? Aus
Büchern, aus Europa, von Leuten, die hinter wer weiß was für einem
Komplott stecken! Was das Leben sein soll … Die Frage ist einfach
dumm! Ja, so denke ich, und ich lache auch noch dazu. Hahaha. Wie
dieser Moşe gelacht hat! Über seinen geschmacklosen Scherz! Hast
etwa du die Bombe geworfen, Cevdet? Nein, ich habe Dachziegel
kaputtgemacht. Und dann ist das Wasser von der Decke herabgelau-
fen, und alle haben mich ganz böse angesehen, weil sie in der Klasse
bis zum Knie im Wasser standen. Und ich habe geschwitzt! Was für
ein Alptraum! Allein nach diesem Traum hätte ich mir schon denken
können, was das heute für ein Tag werden würde. Heute! Wie spät ist
es? Bald acht. Şükrü Paşa wird schon auf mich warten.«

Şükrü Paşa hatte Cevdet zu sich bestellt, um etwas über dessen
Zukunftspläne zu erfahren. So zumindest hatte sich der Diener geäu-

ßert, der zu Cevdet in den Laden gekommen war. Cevdet vermutete allerdings, hinter der Einladung stecke vielmehr die Langeweile des Paşas, der nur auf ein Schwätzchen aus war. Da kamen Cevdet wieder die Worte Fuats in den Sinn. »Von den Grundstücken wusste ich schon, und vom bevorstehenden Verkauf des Konaks auch, nur die Sache mit der Kutsche war mir neu. Wenn das stimmt, scheint es wirklich übel um ihn zu stehen. Ob Fuat wohl recht hat? Bin ich im Begriff, einen Fehler zu begehen? Nein! Das sind hässliche Gedanken. Ich will nur Nigân, alles andere interessiert mich nicht.«

Beim Gedanken an Nigân atmete er auf. »Stimmt, ich habe sie nur zweimal gesehen!« Er dachte an die furchtbare Szene bei seinem Bruder zurück. »Und trotzdem habe ich gemerkt, dass sie ein guter Mensch ist. Für so etwas hat man doch ein Gefühl! Und miteinander geredet haben wir ja auch.« Zum erstenmal gesehen hatte er Nigân, als er aus dem Herrenzimmer von Şükrü Paşas Konak getreten war. Bei dem Kasperletheater, das sich Verlobung nannte, hatten sie dann im selben Konak miteinander gesprochen. »Wie geht es Ihnen, gnädiges Fräulein?« hatte Cevdet gesagt, und Nigân hatte erwidert: »Danke, gut, und wie geht es Ihnen?«, und dabei hatte sie wohl versucht, so abgeklärt zu wirken wie eine reife ältere Dame, und da sie ein Erröten mit ihrem Stolz nicht vereinbaren konnte, war sie dann sogleich davongehuscht. Einen etwas stolzen Eindruck machte sie schon, aber sie schien ein guter Mensch zu sein. Cevdet stellte sie daraufhin in den Mittelpunkt seiner Vorstellungen von einem künftigen Heim und einer künftigen Familie. Nigân war nicht sonderlich hübsch, aber ihren Platz in jenen Vorstellungen füllte sie tadellos aus, und Cevdet wusste, dass dies das Entscheidende war.

Als er unter der Wirkung von Essen und Mittagshitze in der Kutsche zu dösen begann, bereute er, im Club nicht doch einen Kaffee getrunken zu haben. Er zündete sich eine Zigarette an und ließ noch einmal Revue passieren, worüber er sich mit dem Paşa wohl unterhalten konnte. Das Coupé bog gerade vor der Harbiyekaserne nach Nişantaşı ab. »Genau, ich kann dem Paşa sagen, dass ich hier ein Haus kaufen werde.« Dabei fiel ihm Zeliha ein, die er im Stich lassen würde, und Haseki, Tante Zeynep und Ziya. Er dachte wieder an die Blicke des Jungen, der einen von unten her so seltsam musterte, dass man ganz unruhig wurde. »Der Junge hat schon etwas Merkwürdiges! Als ob er in seinem Alter schon verschlagen und berechnend wäre! Man kommt sich gleich verurteilt vor, wenn er einen so ansieht!« Sie fuhren über den Nişantaşıplatz. Aus dem Fenster der Kutsche heraus sah Cevdet aufmerksam auf das Steinhaus an der gegenüberliegenden Straßenecke. Er hatte es bereits mehrfach besichtigt und es für seine Zwecke geeignet befunden. Nach dem Besuch bei Şükrü Paşa gedachte er es noch einmal in Augenschein zu nehmen. Wohlwollend ließ er seinen Blick auf den Linden- und Kastanienbäumen im Garten davor ruhen und dachte wieder genüsslich an seine zukünftige Familie. Vor der Teşvikiyemoschee wurde er dann aufgeregt. Ein letzter prüfender Blick auf den Sitz der Kleidung: gut. Ihm schlug das Herz.

Beim Aussteigen wurde er wieder von einem Schuldgefühl erfasst, wie jedesmal, wenn er hierherkam. Der Vorgarten des Konaks war menschenleer. Während er auf die Tür des Empfangsraums zuging, rührte sich in dem weiten Garten nichts weiter als ein Spatz, der sich am Wasser des kleinen Marmorbeckens gütlich tat. Als Cevdet gerade zu dem Klopfring aus Messing griff, ging die Tür auf, und der Küchengehilfe sagte zu Cevdet, der Paşa erwarte ihn oben. Cevdet stieg die Treppe hinauf, sehr bemüht, sie nicht knarren zu lassen. Oben angekommen wurde er von einem weiteren Diener gleichfalls beschieden, dass der Paşa ihn erwarte. »Eine Familie!« murmelte Cevdet. Außer dem Ticken der großen Pendeluhr an der Wand war nichts zu hören. »Eine Familie wie ein Uhrwerk!« Er betrat den weiten Raum, sah aber dort nichts als vielfältiges Mobiliar.

Er blickte sich um: Stühle, Sofas, Sessel, Kronleuchter. Es war angenehm kühl. Er ging ein wenig umher. Bei einem Bild an der Wand fragte er sich, was andere bei dessen Anblick wohl empfinden würden. Die Füße einiger vergoldeter Sessel hatten die Form von Katzenpfoten. Vor einer kleinen Truhe mit Einlegearbeiten aus Perlmutt blieb er stehen. Er fragte sich gerade, wozu sie wohl gut war, als er an einem Stuhl die gleiche Art von Perlmutt entdeckte und dann auch an einem Sessel und einem Sofa, und plötzlich stockte ihm der Atem, denn auf dem Sofa lag jemand! Es war Şükrü Paşa. Unfähig zu einem Gedanken blieb Cevdet zunächst stehen. Dann kam ihm doch in den

Sinn, besser wieder hinauszugehen. Draußen wartete er eine Weile vor der Tür. Die Uhr tickte. Cevdet fasste seinen Mut zusammen, ging wieder hinein und seitlich zum Paşa gewandt hustete er vernehmlich.

»Ach! Ja. Da ist ja unser Herr Schwiegersohn!« murmelte der Paşa und setzte sich auf. »Komm nur her, Junge, ich habe nicht geschlafen, ich habe mich nur ein wenig hingelegt.«

»Habe ich Sie aufgeweckt?« fragte Cevdet und ging auf den alten Mann zu.

»Das war kein Schlafen, sondern nur ein Dösen. Ich muss beim Essen ein wenig zu viel getrunken haben.« Als er sah, dass Cevdet ihm die Hand küssen wollte, sagte er: »Nicht doch!«, aber er ließ es sich gefallen. »Ich wünsche dir, dass auch dir viele die Hand küssen. Warum bist du eigentlich nicht zum Mittagessen gekommen?«

»Ich wusste ja nicht, dass ich eingeladen war, Paşa!«

»Was? Hat Bekir dir das nicht gesagt?« rief Şükrü Paşa, doch seine Entrüstung wirkte reichlich künstlich. Vermutlich war ihm gerade erst wieder eingefallen, dass er Cevdet eben nicht zum Essen geladen hatte. »Der bekommt was zu hören von mir! Jetzt hast du das Essen verpasst! Aber was soll's! Hauptsache, wir können uns unterhalten.« Er vollführte dazu eine Geste, die wohl ausdrücken sollte, wie müßig doch alles war. »Na? Kaffee oder Cognac? Am besten Kaffee und Likör, was? Warum setzt du dich denn nicht hin?« Er gähnte und streckte sich. »Mein Gott, ich muss es beim Essen wirklich übertrieben haben!« Er rief seinen Diener, um Kaffee und Likör kommen zu lassen. »Heiß ist das heute!«

»Ja, sehr heiß«, sagte Cevdet.

»Bei der Hitze kann man ja nicht rausgehen!« Dann korrigierte er sich: »Also ich zumindest nicht. Was hast du denn heute so gemacht?«

Cevdet resümierte seinen Vormittag und ging dabei nur zurückhaltend auf seinen Bruder und dessen Krankheit ein, ausführlich auf das Mittagessen im Club und überhaupt nicht auf seine Fahrt nach Haseki.

»Sehr gut. Du gefällst mir!« versetzte darauf der Paşa. Dann jedoch nahm er sein Lob ein wenig zurück. »Aber du bist noch jung.

Du musst noch unternehmender werden!« Mit kindlicher Miene fragte er dann: »Wie alt bist du denn?«

»Siebenunddreißig.«

»Als ich so alt wie du war, also vielleicht vier, fünf Jahre älter, war ich schon Minister. Aber das waren noch andere Zeiten. Heute muss man sich viel mehr anstrengen und abmühen. Und noch dazu hatte ich Glück damals … Aber warum erzähle ich das überhaupt?« Er setzte ein kindhaftes Lächeln auf und kratzte sich am Bart. »Setz dich doch neben mich, hierher, da drüben sehe ich dein Gesicht nicht richtig.«

Schwitzend wechselte Cevdet auf das Sofa hinüber, auf dem der Paşa zuvor noch gedöst hatte. Der Diener brachte den Kaffee und Likör in kleinen Kristallgläsern.

»Du magst doch Erdbeerlikör?« fragte der Paşa. Und dem Diener rief er hinterher: »Bring uns noch mal Likör! Am besten gleich die ganze Flasche!« Er kippte sein Glas hinunter. Mit einem Blick, als wolle er nun gefälligst unterhalten werden, fragte er Cevdet: »Und was treibst du sonst noch so?«

»Ach, der Laden lässt mir nicht viel Zeit«, erwiderte Cevdet schuldbewusst.

»Tja ja, der Laden! Mit wem triffst du dich denn so, was hast du für Freunde?«

»Das sind auch Kaufleute … Fuat zum Beispiel, von dem ich vorhin erzählt habe.«

»Der ist also aus Saloniki?«

»Ja, Paşa.«

»Hm. Und was sagt er zu dem Attentat?«

»Darüber weiß er nichts. Wir haben auch nicht davon geredet!«

»Also was jetzt: Habt ihr nicht davon geredet oder weiß er nichts?«

»Wir haben nicht davon geredet!«

»Wie kannst du dann behaupten, dass er nichts weiß?«

Der Paşa lachte los, als er Cevdets verdutztes Gesicht sah. Im Grunde lachte er aus freudigem Stolz über seinen Scharfsinn. Das war ein Grund zum Feiern, und schon stürzte er das zweite Glas Likör hinunter. Er fand die Verblüffung seines Schwiegersohns in spe ein wenig lächerlich und versetzte ihm prustend einen Schlag auf die

Schulter. »Bravo, Junge, du gefällst mir! Immer schön vorsichtig, immer auf der Hut. So muss es sein!«

Cevdet errötete.

»Nein, nein, mir gefällt deine bedächtige Art. So muss ein Kaufmann nun mal sein! Und du bist noch dazu ein muslimischer Kaufmann, also hast du es doppelt schwer! Du hast einiges geleistet! Früher verdienten nur die Ungläubigen Geld oder schamlose Beamte. Jetzt ist die Zeit von Leuten wie dir angebrochen. Du bist fleißig, umsichtig, und du neigst nicht zum Unmäßigen.« Sinnierend blickte er auf sein leeres Likörglas. »Warum sind denn die so winzig? Man merkt ja gar nicht, dass man etwas getrunken hat! Ja, also du bist nicht unmäßig, das ist sehr wichtig! Bei uns herrscht ja dieser Hang vor, es immer gleich zu übertreiben. Und seinen Mund muss man halten können. Das ist im Geschäftsleben genauso wichtig wie in der Politik.« Er füllte sein Glas und trank es sogleich wieder in einem Zug leer. »Genau, den Mund halten. Jetzt, wo ich soviel getrunken habe, erzähle ich dir mal was. Ich habe mir nämlich das ganze Leben verpfuscht, weil ich einmal den Mund nicht halten konnte. Hör gut zu!« Der Pascha, ganz aufgekratzt nun, setzte sich zurecht. Er schenkte sich noch einen Likör ein und begann zu erzählen. »Zu meinem Ministeramt hat mir damals Rüştü Paşa verholfen, Gott habe ihn selig. Für das Stiftungswesen war ich zuständig. Kaum war ich ein halbes Jahr im Amt, da veranstaltet dieser Ali Suavi seinen Überfall auf den Sultanspalast. Der Großwesir und ich hören irgendwie davon und eilen zum Palast, wo der Sultan uns auch gleich empfängt. Der Sultan und der Großwesir besprechen sich, und ich höre zu, ohne mich einzumischen. Da sagt der Sultan: Diese Kerle hatten wohl vor, mich zu stürzen; wer weiß, ob da nicht die Minister ihre Finger im Spiel hatten. Völlig falsch! Na gut, dann ist es eben falsch, was geht dich das an, Şükrü? Aber nein, ich kann das Maul nicht halten, und in meinem jugendlichen Eifer lege ich los: Aber ehrwürdiger Sultan, wenn dahinter die Minister steckten, dann würden sie die Sache doch nicht so angehen! Ich meine, auf so etwas Großes lässt man sich doch nicht mit so wenigen Leuten ein. Da bekommen die beiden plötzlich einen Schrecken und denken: Aha, der hat also schon darüber nachgedacht, wie man den Sultan stürzt, das ist ein gefährlicher

Mann. Und auf der Stelle hat mir der Großwesir mein Amt entzogen. Es wurde eine neue Regierung gebildet, aber ohne mich! Siebenundzwanzig Jahre sind seither vergangen, aber nie wieder bin ich Minister geworden! Siebenundzwanzig Jahre lang habe ich Dienst getan, war Gouverneur in Erzurum und Konya, Gesandter in Paris, aber nie wieder Minister. Und warum? Weil ich den Mund nicht halten konnte!« Er lachte auf, wurde aber gleich wieder ernst. »Dabei habe ich mich so bemüht, dem Sultan dienlich zu sein!« Nach einer Pause sagte er: »Du weißt also nicht, wie über das Attentat so geredet wird?«

»Nein!«

»Gut so! Und wenn du was weißt, dann sag es keinem. Du wirst mein Schwiegersohn, und ich mag dich, deshalb gebe ich dir einen Rat: Du darfst niemandem trauen! Vor allem nicht Menschen, die alles hinausposaunen. Es herrscht nämlich eine seltsame Stimmung. Immer mehr junge Leute sind revolutionär gesinnt. Ich weiß, du bist ein vorsichtiger Mensch und lässt dich nicht so leicht mitreißen, aber pass trotzdem auf! Wenn du irgendwo etwas siehst oder hörst, kannst du sicher sein, dass man dich früher oder später mit hineinziehen will. Das darfst du nicht zulassen! Wenn du merkst, dass es Leute mit bösen Absichten sind, die dich zur Sünde verführen wollen, dann sag jemandem wie mir darüber Bescheid. Schau nur, wie es meinem Sohn derzeit ergeht! Der fängt wohl gerade Feuer für solche Dinge. Er studiert Medizin an der Militärhochschule. Donnerstags und freitags wimmelt es hier im Konak von seinen Kommilitonen. Sie ziehen sich in sein Zimmer zurück und hocken dort stundenlang rauchend und flüsternd zusammen. Und wenn ich ins Zimmer platze, sagt keiner mehr ein Wort. Vor allem ein, zwei sind dabei, die schauen mich immer ganz feindselig an. Na ja, es sind junge Leute, die sind voller Eifer, dafür muss man Verständnis haben. Aber ob jeder dieses Verständnis aufbringt? Mein Junge ist ziemlich naiv, der kennt nichts Böses. Aber wer wird das zu schätzen wissen? Damit ihm nichts zustößt und keine Missverständnisse aufkommen, schreibe ich manchmal an den Palast und schildere die Lage. Der Junge ist ja so arglos und denkt sich nichts, und schon steckt er im schönsten Schlamassel! So ist es doch, oder?«

»Ja, Paşa!«

»Du hast ja dein Glas noch gar nicht ausgetrunken! Jetzt aber schnell, dann schenke ich dir wieder ein. Tja, der Jüngere ist eben etwas naiv geraten. Was soll ich dir's verheimlichen, die Mutter meiner Söhne war zwar eine hübsche Frau, aber doch eher etwas beschränkt. Die Mutter meiner Töchter dagegen ist intelligent, und hier im Konak hat sie das Heft in der Hand. Der Jüngere also ist eher leichtgläubig, doch mein Herz – das bleibt jetzt aber unter uns – hängt ohnehin mehr an dem Großen. Ein richtiger Lebemann, ganz nach seinem Vater geraten! Er ist zwar nur ein kleiner Beamter im Übersetzungsbüro der Regierung, aber zu leben versteht er! Und darum mag ich ihn! Ein rechter Schürzenjäger ist er auch! Geht überallhin, wo man sich amüsieren kann, nach Çamlıca, Kağıthane, Beyoğlu … Er hat zahllose Bekannte. Er kennt einfach jeden, und jeder kennt ihn und mag ihn auch, dabei hat er keineswegs ein ungeniertes Wesen, sondern versteht sich zu benehmen. Du musst eines wissen: Um als Beamter hochzukommen, genügt es nicht, fleißig und intelligent zu sein, sondern man braucht vor allem gute Beziehungen. Wenn ich ihn so sehe, muss ich an meine Jugend denken! Welcher Paşa ihn wohl unter seine Fittiche nehmen wird? Das ist nämlich eine Grundvoraussetzung. Im Geschäftsleben mag es möglich sein, einigermaßen unabhängig zu bleiben, doch in der Politik, in diesem Staat, ist das gänzlich ausgeschlossen. Meine Zeit ist vorbei. Man hat sich dreißig Jahre lang nicht meiner erinnert, da wird man es auch fürderhin nicht tun. Ich sage mir immer, hoffentlich gerät er wenigstens an einen guten Paşa!« Er lachte und füllte sein Glas wieder. »Wer von einem schlechten Paşa unterstützt wird, versauert nur mit der Zeit! Dabei liebt mein Junge das Leben doch so sehr!« Mit einemmal wurde der Paşa ernst. »Er hatte eine Kutsche, die war ganz nach seinem Geschmack eingerichtet. Und gezogen wurde sie nicht von zwei gleichen Pferden, sondern von einem Grauschimmel und einem Rappen. Musste ich leider alles verkaufen, weil der Unterhalt zu teuer war. Und das muss ich dir auch noch sagen: Auch dieses Haus kommt mich teuer zu stehen. Nigân hat sich an diesen Luxus gewöhnt. Da musst du aufpassen. Die Kutsche habe ich schon verkauft, und als nächstes ist die Villa in Çamlıca an der Reihe … Verstehst du, was ich meine?«

»Jaja, ich verstehe!«

»Gut so! Und ich verstehe auch!« sagte Şükrü Paşa und lachte. »Unsere Zeit geht vorbei. Man hat es gewagt, auf den Sultan ein Attentat zu verüben. Das Jungvolk wird aufrührerisch. Niemand ist zufrieden mit dem augenblicklichen Zustand. Ein Attentat auf Abdülhamit, wer hätte so etwas je gedacht? Wahrscheinlich wird es dahingehen mit dem Sultan, man wird ihn stürzen. Siebenundzwanzig Jahre lang hat er sich nicht an mich erinnert. Aber weißt du, ich will nicht undankbar sein, mir ist doch einiges zuteil geworden unter seiner Herrschaft. Ich bin Paşa geworden, Minister und, na ja, auch Gouverneur und Gesandter. Um meine Töchter und Söhne mache ich mir nicht zu viele Sorgen. Als Gouverneur habe ich in Erzurum ein billiges Gut gefunden und mir gesagt, das kaufst du jetzt. Es sitzt ein Verwalter darauf, der den Ertrag verbraucht und uns ein bisschen etwas davon schickt. Ich weiß nicht, ob ich nicht auch dieses Gut verkaufen muss. Der Unterhalt des Konaks bringt mich noch um! Ja, und was ich noch sagen wollte: Ich bin sehr zufrieden mit dir, und um die Zukunft Nigâns ist mir nicht bange.«

»Danke, Paşa!« erwiderte Cevdet errötend.

»Und recht vornehm bist du ja auch! Aber du hast ja noch immer dein Glas nicht leergetrunken! Du bist schon sehr, sehr vorsichtig!« Dabei schüttelte er den Kopf.

Cevdet trank verlegen sein Glas aus. Der Likör war ungeheuer süß und klebrig.

»Bravo! Von dem bisschen Alkohol stirbst du schon nicht! Komm, ich schenk dir noch mal ein! Lass dich mal ein bisschen gehen! Ich verstehe schon, aus Achtung willst du in meiner Gegenwart nicht trinken. Gut, habe ich gesehen, gefällt mir. Aber dieses Stadium haben wir doch hinter uns, jetzt ist Zeit für einen freundschaftlichen Umgang! Sag doch mal, wie amüsierst du dich denn so, gibt's da auch mal Frauengeschichten, was hast du für Interessen?«

»Ich bin ja immer beschäftigt, Paşa!«

»Na komm schon, sei nicht so schüchtern!«

»Nein wirklich! Früher bin ich noch manchmal nach Şehzadebaşı gefahren, aber dafür habe ich jetzt auch keine Zeit mehr.«

Der Paşa schüttelte wieder den Kopf. »Aber du hast doch da so ein

Lächeln um die Lippen … Das ist ein sinnlicher Blick, so was erkenne ich sofort!«

Erschrocken stellte Cevdet fest, dass er zum erstenmal einen Anflug von Verachtung für den Paşa empfand. »Du sagst ja nichts! Warum nicht? In dieser Richtung kann man es auch übertreiben, weißt du das? Das ist doch keine Art. Also ich habe zum Glück mein Leben gelebt und alle Gottesgaben dieser Welt hinreichend genossen. Aber du? Na, irgendwas machst du doch bestimmt auch, oder?« Als Cevdets Gesicht sich nicht im mindesten entspannte, sagte der Paşa schließlich: »Na schön, dann lassen wir das Thema! Besonders gesprächig bist du ja nicht. Sowieso habe immer nur ich geredet, und du hast zugehört. Wenn du schon nichts sagst, dann spielen wir eben Tavla! Bist du darin gut?«

»Ich weiß nicht«, erwiderte Cevdet mit der gleichen ausdruckslosen Miene.

Sie setzten sich hin zum Tavlaspielen.

8

ÜBER ZEIT, FAMILIE UND LEBEN

Cevdet spielte nicht gerne Tavla. Die ersten beiden Spiele verlor er doppelt. »Mein Bruder liegt im Sterben, und ich spiele hier Tavla!« dachte er. Schließlich hatte er beim Würfeln mehr Glück und gewann ein paarmal hintereinander. Der Paşa wurde daraufhin gleich viel lebhafter, aber da begann Cevdet auch schon wieder zu verlieren. Als der Paşa einmal den Raum verließ, sah Cevdet auf die Uhr und stellte erschrocken fest, dass es schon auf elf zuging. Er würde also nicht rechtzeitig im Geschäft zurück sein! Cevdet fand das Tavla-Faible und die Geschwätzigkeit des Paşas furchtbar. Im Lauf des Spiels hatte er sich neben diversen Frauengeschichten anhören müssen, in welches Theater der Paşa in Paris immer gegangen war, wie undankbar sich ihm gegenüber einmal ein Sekretär betragen hatte; dass er in Konya einen Brunnen gestiftet und als Stiftungsminister einmal Bestechungsgelder abgelehnt hatte. Als Cevdet gerade wieder verlor, kam der Diener herein und sagte diskret zum Paşa: »Die gnädige Frau möchte zu ihrer Freundin Naime nach Şişli fahren und lässt nach der Kutsche fragen.«

»Jaja, kann sie haben, wo soll ich denn bei der Hitze hinfahren!« erwiderte der Paşa. Dann aber stand er plötzlich auf: »Moment! Wann kommt sie denn wieder? Ist es nicht schon zu spät zum Wegfahren? Frag mal, wann sie wiederkommt. Vielleicht fahre ich noch in den Club.« Er ließ sich wieder in seinen Sessel fallen und lächelte Cevdet gewinnend an. Dann würfelte er zweimal hintereinander einen Sechserpasch, lachte aber nicht einmal auf dabei. Schließlich klappte er das Tavlaspiel zu und stand wieder auf. Mehr zu sich selbst sagte er: »Hm, soll ich noch in den Club? Auf ein Schwätzchen?«

Er wandte sich zu Cevdet: »Was meinst du, sollen wir am Abend gemeinsam in den Club?«

»Aber Paşa, da wäre ich Ihnen doch nur eine Last!« Einen Augenblick hatte Cevdet tatsächlich gemeint, das sei eine Einladung gewesen. Dann merkte er, dass sich der Paşa von ihm einfach nicht unterhalten fühlte.

»Ach was, von wegen Last!« entgegnete der Paşa, aber überzeugend klang das nicht. In bekümmertem Ton fuhr er fort: »Leute wie ich leben in diesem Alter doch nur noch fürs Nichtstun. Ich mache mir keine Gedanken mehr, wie ich den Tag füllen soll. Meine Erinnerungen genügen mir! Aber irgend jemandem muss man sie ja erzählen, nicht? In Europa habe ich gesehen, dass die Leute sich hinsetzen und ihre Erinnerungen aufschreiben. Daraus wird dann ein Buch oder eine Fortsetzungsserie in der Zeitung. Aber hier? Wenn ich nur ein Wort hinschreiben würde, hätte ich gleich den schlimmsten Ärger am Hals. Da lasse ich das schön bleiben! Haha! Wir haben eben keine Freiheit hier, das ist es! Es leben die Jungtürken!« Den letzten Satz hatte er etwas leiser gesagt. »Hm, mein Junge, du mit deiner arglosen Art, was meinst du so, was man mit seinem Leben anfangen soll? Aber davon verstehst du wohl nicht allzuviel, was? Machst ja nicht den Eindruck, als würdest du schrecklich viel lesen! Sei mir nicht böse, ja?«

»Aber ich bitte Sie, Paşa!« sagte Cevdet schwitzend.

»Schon gut, willst eben höflich zu mir sein!« Der Paşa winkte ab. Leicht schwankend ging er nun im Zimmer hin und her. »Du denkst dir wohl, na, der ist ganz schön betrunken. So hast du noch nie einen Paşa gesehen, was? Wie oft hast du überhaupt schon mal mit einem Paşa geredet? Woher kennst du Nedim Paşa?«

»Er ist mal in meinen Laden gekommen«, murmelte Cevdet. Ruckartig blieb der Paşa mitten im Zimmer stehen. Er sah Cevdet an wie eine Küchenschabe. »Ein Kaufmann!« flüsterte er. »Ich hätte nie gedacht, dass ich meine Tochter einmal einem Kaufmann geben würde. Und das noch dazu gern. Ich schätze dich sehr, Junge, versteh mich nicht falsch. Wenn mir manchmal ein paar Grobheiten herausrutschen, dann nur deshalb, weil du mir schon vertraut bist.« Sinnierend stand er da, als würde ihm ein Gebet nicht mehr einfallen. »Warum ist es mit uns so gekommen? Was soll das alles? Warum werden all die Anschläge begangen? Jeder ist unserem Sultan heute feind!« Aus lauter Überdruss oder ganz einfach, weil er sich nicht mehr auf den Beinen halten konnte, sackte er auf das Sofa. »Ich mag dich! Ich mag dich, weil du was von mir hast!«

Cevdet war krampfhaft bemüht, das Geschehen so normal wie möglich hinzunehmen. Er hätte etwas sagen sollen, das wusste er, aber da ihm partout nichts einfiel, schwitzte er einfach nur.

Der Diener kam wieder. »Die gnädige Frau lässt ausrichten, sie werde nur kurz bei Naime bleiben. Sie nimmt auch die Mädchen mit und ist bald wieder da.«

»In Ordnung, sollen sie nur fahren! Aber dass sie mir ja nicht zu spät heimkommt, sonst kann sie was erleben!«

Der Diener ließ sich nichts anmerken; die alkoholbedingten Ausfälle seines Herrn war er sichtlich gewöhnt. »Soll ich jetzt den Tee servieren?« fragte er und setzte dazu ein so verständnisvolles Lächeln auf, als sei er kein Lakai, sondern ein Freund.

»Na bring ihn schon, worauf wartest du? Aber zuerst will ich Kaffee. Du auch, mein Junge?«

»Ich glaube, ich gehe jetzt lieber, ich will Sie nicht länger belästigen.«

»Was, du gehst schon? Nein, nein, so leicht kommt man mir nicht aus. Oder warte mal: Habe ich dich vielleicht gekränkt?«

Cevdet sah nur vor sich hin.

»Bleib sitzen! Ich mag dich, lass dir das gesagt sein. Und du bist nicht der erste, der um ihre Hand anhält!« Er stand auf. Zu dem Diener, der noch immer dastand, sagte er ungehalten: »Worauf wartest du noch? Zwei Mokka mit Zucker!« Und zu Cevdet gewandt: »Du trinkst ihn doch mit Zucker, oder?« Dann ging der Paşa wieder auf und ab. »Ich habe wohl ein bisschen zuviel getrunken heute. Wollte es mir mal gutgehen lassen … Jetzt warten wir auf die Kutsche, und dann fahren wir in den Club! Wo wollen die noch mal hin? Ach ja, zu Naime. Und was machen sie da? Albern kichern, Tee trinken und klatschen. Und dann reden sie von den Büchern, die sie gelesen haben, und von Kleidern … Aus Frankreich soll eine Schneiderin eingetroffen sein, die jetzt von Konak zu Konak geht und dort arbeitet. Meine Frau hat heute morgen schon bei mir vorgefühlt, sie will sie nämlich auch kommen lassen. Wirst sehen, wenn die kommt, dann reden sie Französisch mit ihr, über die Zeit, als wir dort gewohnt haben, und die Mädchen werden Gedichte vorlesen … Ich habe mich an ihr vornehmes französisches Getue noch nicht gewöhnen können. Manchmal denke ich mir, ich hätte beim zweitenmal lieber eine hübschere und dafür weniger intelligente Frau heiraten sollen. Ob ich mir noch mal eine junge hole? Lieber nicht. Da kommt nur Unfrieden ins Haus. Streit tagein, tagaus. Es ist besser so, wie es ist. Ich habe eben eine kluge Frau. Und ihre Töchter sind genauso. Mich finden sie manchmal grob. Und denken gar nicht daran, wer sie überhaupt nach Paris gebracht hat, wo sie das alles gelernt haben. Jetzt wollten sie ein Klavier, also habe ich eines gekauft. Darauf spielen sie und amüsieren sich dabei, und sie lesen Bücher, scherzen herum, äffen irgendwelche Leute nach, und ich verstehe nichts davon, aber ich lasse sie gewähren. Und versteh mich nicht falsch: Eigentlich gefällt mir das alles sogar. So bin ich nun mal. Ich habe es gern, wenn es im Haus fröhlich zugeht. Was soll ich denn hier mit Grabesruhe? Und wir brauchen ja überhaupt diese europäischen Sitten. Wir waren schließlich dort und haben gesehen, was sich alles tut. Bei uns dagegen geht es nicht von der Stelle. Die bauen riesige Fabriken, Bahnhöfe, Hotels … Sie verstehen sich aufs Arbeiten und aufs Amüsement. Na ja, sogar ich in meinem Alter gehe jetzt in einen Club. Was für ein Wort schon: Club!

Wir brauchen auch Fabriken. Aber wer soll die betreiben? Geschäftsleute wie ihr. Aber von wegen, ihr kennt ja nur eines: kaufen und verkaufen. Jetzt, wo es die Eisenbahn gibt, beladet ihr den einen Wagon mit Baumwolle und Tabak und holt aus dem anderen Lampen und Stoffe heraus, und ihr stopft euch dabei die Taschen voll. Ach lass nur, ich mag dich trotzdem, und dass ich Nigân dir gebe, beruhigt mich.« Der Paşa blieb vor dem Fenster stehen. »Schau, die Kutsche fährt vor. Jetzt steigen sie gleich ein.« Er zwinkerte Cevdet zu wie einem Kumpan: »Wenn du deine Verlobte sehen willst, dann komm her!«

Cevdet war sehr danach, aber er zierte sich.

»Ja willst du sie denn nicht sehen? Wohl schon, aber du traust dich nicht. Aber ich bin ja selber schuld, warum habe ich sie nicht hergerufen? Was wäre schon dabei? So rückständig bin ich auch wieder nicht. Du hättest mit uns essen sollen! Ich hatte es ja Bekir gesagt, aber der muss es vergessen haben. Komm, Junge, schau, jetzt steigen sie gleich ein.«

Verlegen stand Cevdet auf und lächelte dazu, als hätte er einen Scherz gehört. Leicht schwankend ging er zum Fenster.

»Na also! Man will doch schließlich seine Verlobte sehen, oder? Weißt du eigentlich, was für ein Mensch sie ist? Ich will dir's mal sagen: Unsere Nigân ist ein intelligentes und vernünftiges Mädchen, aber nun ja, wie du weißt, nicht gerade die allerhübscheste. Sie ist wohlerzogen und vornehm, aber unter uns gesagt kann ich nicht behaupten, dass sie meine Lieblingstochter wäre. Türkân ist von netterem Wesen, und Şükran ist ziemlich nach mir geraten. Nigân ist eher verschlossen. Sie weiß aber, was sie will. Du kannst ihr leicht mit Geschenken eine Freude machen, mit einem Tassenservice etwa, denn Tassen und andere Dinge aus Porzellan liebt sie, oder mit kleinen Vergnügungen. Sie lässt sich gern in der Kutsche spazierenfahren. Allzuviel hat sie von der Welt noch nicht gesehen. Sie ist nicht sehr gebildet, aber doch auch nicht ungebildet. Wie gesagt liest sie Bücher; Gedichte und auch französische Romane, aber Leidenschaft ist das keine. Sie liest nur zum Zeitvertreib, so wie unser Sultan Krimis liest. Für den europäischen Lebensstil hat sie gerade so viel übrig, dass sie mit dir wohl mithalten kann. Dass sie anspruchslos sei, möchte ich nicht gerade behaupten, aber gierig ist sie bestimmt nicht.

Sie hat hier im Hause ein recht unauffälliges Dasein geführt, und was es bei uns an Gutem gibt, das hat sie gelernt, und was es an Schlechtem gibt, das hat sie gesehen. Und ob sie schlechte Angewohnheiten hat ... Doch, ja, eine: Sie zwinkert immer mit den Augen. Da kommen sie heraus.«

Zwischen der Kutsche und dem Eingang zu den Frauengemächern war ein platanenbeschattetes Pflaster. Zuerst sah Cevdet eine hochgewachsene, weißgekleidete Frau heraustreten. Aus dem Lachen des Paşas schloss er, dass es sich dabei um Nigâns Mutter handeln musste. Danach kamen, plaudernd und umherblickend, nacheinander die drei Mädchen heraus. »Sie wissen gar nicht, dass ich im Hause bin!« dachte Cevdet fast schuldbewusst. Die Mädchen wirkten lebhaft und fröhlich. Cevdet bekam nicht heraus, welche davon Nigân war. »Eine Familie!« murmelte er. Ihm war, als hörte er das Ticken der Uhr. Er verstrickte sich immer mehr in seinen Schuldgefühlen. »Eine von denen da!« dachte er angstvoll. »Eine Familie.« Er versuchte, eines der schattenhaft leichten Mädchen in seiner Vorstellung von einem Familienleben unterzubringen. Er merkte, wie heftig ihm das Herz schlug, und schämte sich dafür. »Was bin ich für ein Mensch?« Der Paşa schwätzte weiter vor sich hin, doch Cevdet bekam es kaum mehr mit. Er sah nur hinaus und schwitzte und ekelte sich vor seiner feuchten Hand und vor sich selbst. Da draußen im kühlen Schatten des Baumes stand das seit Jahren erwartete und erträumte Etwas und bewegte sich und lachte. So weit entfernt, so vage! Mit seinem Verstand vermochte er sie einzuordnen, wo sie hingehörte, aber eben nur mit dem Verstand, nicht mit dem Gefühl. Das Gefühl war etwas so schwer zu Manövrierendes wie das Gewissen. Je mehr er schwitzte, um so mehr Schmutz und Schuld pumpte es ihm ins Blut. Er wollte nicht mehr hinaussehen. Die röchelnde Stimme des Paşas sollte endlich verstummen und all die Bewegung aufhören. »Mein Bruder liegt im Sterben!« Er dachte an den Laden und an Eskinazi. Voller Furcht. Der Kutscher öffnete den Schlag.

Da regte sich etwas im Garten draußen. Cevdet hörte Räder quietschen. Ein Pferd schnaubte.

»Ah, das ist Seyfi Paşa!« rief der Paşa aus. »Gott möge es dir lohnen, Seyfi, dass du kommst!«

Der eingetroffenen Kutsche entstieg raschen Schrittes ein großer, aber leicht buckliger Mann mit schwarzem Bart. Als er die in die andere Kutsche einsteigenden Frauen sah, warf er stolz den Kopf zurück. Da geschah etwas Unterwartetes. Die Mädchen gingen nacheinander auf den Paşa zu, knicksten und küssten ihm die Hand. »Bravo!« rief Şükrü Paşa aus. »Sind es nicht brave Mädchen? Das da ist die deine!«

Cevdet kam noch mehr ins Schwitzen. Das Etwas, das gerade an Konturen gewonnen hatte, wurde nun wieder ferner und undeutlicher. Nigân küsste dem Paşa die Hand. Cevdet würde seinen Verstand erheblich bemühen müssen, um sie richtig zu begreifen; das wurde ihm nun klar. »Was ist das für ein Wesen? Was will sie? Und wie?« Mit dem Ding da vorn, das gerade dem Paşa die Hand küsste, würde er sein ganzes Leben verbringen. »Vielleicht … Vielleicht …« murmelte er sorgenvoll. Dann verwandte er wieder seine ganze Kraft darauf, jenem Ding in seinen Vorstellungen einen Platz zuzuweisen.

»Siehst du, dieser Seyfi, das ist ein treuer Freund!« sagte Şükrü Paşa.

Dann stiegen die Mädchen in ihre Kutsche ein, der Cevdet noch hinterhersah.

Der Diener meldete: »Seyfi Paşa ist eingetroffen!«

»Ich weiß schon, soll hereinkommen!« rief Şükrü Paşa. »Seyfi ist so jemand, den ich unter meine Fittiche genommen habe«, erklärte er Cevdet. »Er hat es vernünftiger angefangen als ich, denn er hat es verstanden, sich beim Sultan beliebt zu machen. Ansonsten ist er vom gleichen Schlag wie ich. Er war Gesandter in London. Aber du hörst mir ja gar nicht zu! Ha, jetzt hast du sie also gesehen! Na? Ein Hoch auf Seyfi! Wie hat er nur geahnt, dass ich heute schwermütig bin und Unterhaltung brauche?«

Die beiden Paşas umarmten sich vor der Tür. Seyfi Paşa hatte etwas Hochnäsiges an sich. »Ich bin Kaufmann!« dachte Cevdet.

»Hast du meinen zukünftigen Schwiegersohn schon kennengelernt?« sagte Şükrü Paşa zur Vorstellung.

Sie setzten sich, und der Diener brachte Kaffee. Seyfi Paşa musterte Cevdet verstohlen, Cevdet rutschte unruhig in seinem Sessel hin und her, und Şükrü Paşa erzählte etwas.

Unvermittelt fragte Seyfi Paşa:»Was machen Sie denn beruflich, mein Sohn?«

»Ich bin Kaufmann, Paşa!«

»Soso, Kaufmann also ...« murmelte Seyfi Paşa, wandte sich wieder dem Gastgeber zu und setzte eine interessierte Miene auf.

Şükrü Paşa erging sich nun in Lobeshymnen auf seinen neuen Gast. Wahre Freunde seien etwas immer Selteneres, und kaum noch finde er jemanden, mit dem er sich wirklich unterhalten könne. Er schloss mit der Bemerkung, dass er nun auch seinen Schwiegersohn als einen Freund ansehe, doch hörte sich das eher entschuldigend als aufrichtig an.

Seyfi Paşa fragte:»Quels livres lisez-vous, mon enfant?«

Cevdet wurde ganz aufgeregt, brachte aber sogleich, wenn auch etwas abgehackt, eine Antwort heraus:»Monsieur, je lis Balzac, Musset, Paul Bourget et ...«

Seyfi Paşa unterbrach ihn:»Ist doch gar nicht so schlecht, Ihr Französisch! Wenn Sie öfter reden, wird es noch flüssiger!« Dann begann er Şükrü Paşa über den neuesten politischen Klatsch zu unterrichten.

Cevdet sah zu, wie ihm beim Erzählen der Buckel immer mehr herausstand und sein Bart am Hemdkragen wetzte, und er blickte auch auf den andächtig lauschenden Şükrü Paşa und dachte daran, dass Nigân die Tochter eines der beiden Paşas war und dem anderen zuvor die Hand geküsst hatte, und ihm wurde ganz unwohl dabei. »Das hätte nicht so sein sollen. Irgend etwas ist hässlich daran. Ich bin besser als die!« dachte er. Dann fiel ihm wieder ein, wie Nigân in die Kutsche gestiegen war. Triumphierend empfand er, sie sei genau die Richtige für ihn.»Ja, ich bin besser als die da. Ich bin fortschrittlicher, anständiger!« Fast schon fröhlich stellte er fest, dass alles, was ihm in dem Raum angsteinflößend, unverständlich und unerreichbar erschien, im Grund genommen lächerlich und verdorben war. So sehr erregte ihn dieses Gefühl, dass er schon wieder fürchtete, davon irgendwie befleckt zu werden.»Ich muss hier sofort weg!« dachte er. Da kam der Diener mit dem Teetablett herein.

»Warum hast du denn keine Çörek dazu gebracht?« tadelte ihn Şükrü Paşa. Dann patschte er seinem Freund aufs Knie und rief dazu aus:»Also wie du erzählen kannst!«

Seyfi Paşa verzog das Gesicht. Er wandte sich Cevdet zu und fragte ihn: »Wo wohnen Sie denn?«

»Wir werden in Nişantaşı wohnen!«

»Nein, ich meine jetzt?« erwiderte der Paşa unwirsch.

»In Vefa.« Erleichtert stellte Cevdet fest, dass die Miene des Paşas sich sogleich wieder glättete. »Ich werde mit Nigân in dem Haus in Nişantaşı wohnen!« dachte er. Er wollte so schnell wie möglich seinen Tee trinken und das Haus verlassen.

Seyfi Paşa erging sich jetzt in Auslassungen über das Attentat. Da die Geheimpolizei nicht sorgfältig genug gearbeitet habe, seien der Polizeipräsident und die Untersuchungskommission zur Rechenschaft gezogen worden. Großwesir Ferit Paşa habe einem Bekannten Seyfi Paşas anvertraut, es sei eine erste Spur gefunden worden, und zwar habe man das Nummernschild der Kutsche identifiziert, in der die Bombe explodiert sei. Dann erzählte Seyfi Paşa, wer sich unmittelbar nach dem Attentat heldenhaft und wer sich feige betragen habe. Die beiden Paşas amüsierten sich köstlich über das Verhalten diverser Angsthasen. Dann kamen sie auf das Schlamassel von Fehim Paşa und seiner Mätresse Margaret zu sprechen. Şükrü Paşa rief nach seinem Diener, um die Stimmung mit einem Cognac noch zu heben. Der Diener brachte die bauchigen Cognacgläser, und die Paşas kamen wieder auf das unerschrockene Verhalten Abdülhamits zu sprechen, auf das Glück, dass der Sultan vom Scheich ül-Islam Cemalettin Efendi so lange aufgehalten wurde und so dem Attentat entging, und auf die sechsundzwanzig Unglücklichen, die dabei ihr Leben verloren. Wieder lachten sie darüber, wie feige sich manche Begleiter des Sultans in Deckung geworfen hatten. Dann erzählte Seyfi Paşa eine Begebenheit aus seiner Zeit als Gesandter in London.

»Einmal bekamen wir eine chiffrierte Botschaft mit der Unterschrift Tahsins, des ersten Sekretärs: Es sollte ein sprechender Papagei mit weißem Kopf und weißen Federn gekauft und unverzüglich nach Istanbul geschickt werden … Ich geriet in Panik, als ich das las. Sofort rief ich den Direktor des Londoner Zoos an, und von dem erfuhr ich, dass es sich dabei um einen anderen Vogel handeln müsse. Also sagte ich zum zweiten Sekretär: Schreiben Sie folgende Antwort: ›Es gibt keinen sprechenden Papagei mit weißem Kopf und weißen Federn. Bei dem beschriebenen Tier dürfte es sich um einen Kakadu handeln.‹ Der zweite Sekretär sagte daraufhin: ›Schicken wir doch einfach einen Kakadu, vielleicht merken sie den Unterschied gar nicht.‹ Da konnte ich mich nicht mehr beherrschen und rief: ›Wenn sie den Unterschied nicht kennen, dann sollen sie ihn eben kennenlernen! Chiffrieren Sie mir sofort dieses Telegramm.‹«

Plötzlich stand Cevdet auf: »Ich gehe jetzt, Paşa!«

»Hör dir doch die Geschichte noch fertig an!« sagte Şükrü Paşa. Beim Anblick von Cevdets Miene war es mit seiner Stimmung aber dahin. Er stand auf. »Komm bald wieder; vor der Hochzeit möchte ich dich noch mal sehen.«

Cevdet dachte: »Nigân!« Er schüttelte Seyfi Paşa flüchtig die Hand und ging hinaus. Eigentlich wollte er Şükrü Paşa, der ihn hinausbegleitete, zum Abschied die Hand küssen. Er hörte wieder das Ticken der Uhr. Taumelte leicht. Und küsste die Hand dann nicht. Er lächelte nur. Dann ging er die Treppe hinunter. Der Küchengehilfe öffnete ihm die Tür. Als Cevdet draußen den weiten, klaren Himmel und die strahlende Sonne sah, wurde ihm wieder leichter ums Herz. Es wehte ein frischer, kühlender Wind.

9

EIN STEINHAUS IN NİŞANTAŞI

Die Sonne war schon weit herabgesunken und brannte nicht mehr so. Cevdet sah auf die Uhr: Es war zwei. »Den ganzen Tag vertrödelt!« Dennoch fühlte er eine innere Ruhe einkehren, wie er sie lange nicht verspürt hatte. Es war da eine neue, frische Kraft in ihm, die er bisher nicht recht wahrgenommen, aber wohl schon jahrelang in sich angesammelt hatte. Woher sie stammte und wie sie nun plötzlich zutage getreten war, darüber wollte er nicht weiter nachdenken. Er genoss sie einfach, genoss auch das zarte Sonnenlicht und – nach stundenlanger Abstinenz – den Rauch der ersten Zigarette, der in jede Faser seines Körpers drang. So ging er über das Pflaster, das soeben noch Nigân betreten hatte. »Sie ist die Richtige für mich. Ich habe sie verdient!« Er stieg in die Kutsche und gab als Fahrziel Nişantaşı an. Er ahnte, dass er Nigân lieben würde. Er wollte sie ja lieben, hatte sich das schon oft vorgestellt. Dass Nigân ihrerseits ihn jetzt noch nicht liebte, war ihm klar, doch wusste er, dass das lebhafte Ding, das er vorhin gesehen hatte, von seiner Familie – und mochte diese ihm noch so seltsam, altmodisch und fern erscheinen – dazu erzogen worden war, den Ehemann zu lieben. Wie recht er doch hatte, sie zu heiraten! Dieser Gedanke überwältigte ihn so sehr, dass er beinahe feuchte Augen bekam. »Ich lebe!«

Die Kutsche fuhr an der Teşvikiyemoschee vorbei, in deren Hof sich mächtige Platanen erhoben. Ein alter Mann trat vorsichtigen Schrittes aus dem Hof auf die Straße, die zu beiden Seiten mit Linden und Kastanien bestanden war. Im Garten eines Konaks war Wäsche aufgehängt. In einem anderen Garten plapperten zwei Kinder; ihre Schaukel an einer Linde bewegte sich leicht.

Vor dem Haus in Nişantaşı stieg Cevdet aus der Kutsche. Die kühle Brise blähte seine Rockschöße. Vor und hinter dem steinernen Haus standen ebenfalls Linden und Kastanien, noch junge Exemplare, vom Haus beschattet; sie raschelten im Wind. Als Cevdet durch das Gartentor trat, fühlte er sich erneut darin bestätigt, dass das Haus von allen, die er besichtigt hatte, am ehesten für ihn geeignet war. Auf einem von gepflegten Rosen gesäumten Kiesweg ging er auf das Haus zu. Er klingelte, wartete eine Weile, doch niemand öffnete ihm. Er ging um das Haus herum, und im Garten traf er einen kleinen Jungen an. Der erbot sich, jemanden zu holen, und kam schon bald mit einem älteren kleinen Mann mit riesigen Händen zurück. Cevdet kannte den Mann von einem seiner früheren Besuche, es war der Gärtner.

»Möchten Sie es noch mal besichtigen?«

»Hat niemand Bescheid gesagt?«

»Doch, doch. Die gnädige Frau ist auf den Prinzeninseln.«

»Ich weiß. Ich bin doch nicht zu spät dran?«

»Heute morgen war sie noch da.« Der Gärtner holte einen Schlüssel heraus und sperrte auf. Cevdet trat ein, gefolgt von dem Jungen.

Der Gärtner sagte zu dem Jungen: »Warte du draußen auf uns!« Dann schloss er die Tür.

Da die Läden geschlossen waren, herrschte Halbdunkel im Haus. Dennoch erkannte sich Cevdet in dem Spiegel gegenüber der Tür. Er fand seinen hochgewachsenen schlanken Körper ziemlich straff und sein rundliches Gesicht fröhlich. Er ging auf die Stufen zu, die zu einer weiten Diele hinaufführten. Sie betraten den Salon, und obwohl Cevdet bereits mehrfach dagewesen war, bestaunte er wieder das Mobiliar. Da standen mit Goldbrokat bespannte Stühle, ausladende Sessel mit Einlegearbeiten und wackelige Tischchen. In einem Nebenzimmer befand sich nichts anderes als ein Klavier mit einem Hocker davor und ein alter Stuhl. Der Parkettboden war ungepflegt. An den Wänden hingen Fotos von hässlichen alten Männern mit Bart. Die nicht besonders hohen Zimmerdecken waren mit Stuck verziert: Lorbeerblätter, Rosenblüten und dazwischen herumfliegende pausbäckige Putten. Alles war verstaubt. Auf einem Tischchen stand ein zerbrochener Kerzenhalter. Bei einem hölzernen Aschenbecher war der Rand ganz verbrannt. Eine Stehlampe ließ den Kopf hängen. Inmitten von all dem Schmutz und der Unordnung war ein Sessel sorgfältig abgedeckt. Man wurde aus dem Mobiliar nicht recht schlau, konnte aber doch sein eigenes Leben und seine Pläne zwischen all die Dinge hineinprojizieren.

»Wie es hier aussieht!« sagte Cevdet.

Der Gärtner merkte, dass ihm eine Erklärung entlockt werden sollte. »Nach dem Tod ihres Mannes hat die gnädige Frau beschlossen, das Haus zu verkaufen. Sie hat anscheinend einen Freund auf den Prinzeninseln.«

»Aber lässt man ein Haus so verkommen?« Cevdet wusste selbst nicht, warum er das sagte.

Durch einen kurzen Korridor gelangten sie in den hinteren Teil des Hauses. Die beiden Zimmer dort waren leer. Auf dem Fußboden lagen Papier, kaputte Stühle und Schachteln umher. An den Wänden hingen weitere griesgrämige Alte mit Bart und Hut. Cevdet vermutete, die Räume seien als Kinder- oder Gästezimmer verwendet worden.

Über eine enge, dunkle Treppe stiegen sie ins Obergeschoss hinauf, in dem es nicht anders aussah. Als Cevdet zwei Wochen zuvor gekommen war, hatte bei weitem noch nicht so eine Unordnung geherrscht. Damals war es ihm schwerer gefallen, den Anblick, der sich ihm bot, mit seinen eigenen Vorstellungen zu vereinbaren. Die nunmehr fast leeren Zimmer dagegen konnte er im Geist schon nach seinem Gusto einrichten.

In dem geräumigen Zimmer, das auf den Garten hinausging, stand ein großes Bett. Laken, Bettdecke und das große Kopfkissen für zwei Personen lagen wild durcheinander da. Cevdet bemühte sich, nicht an das zu denken, was er aus dem Fenster von Şükrü Paşas Konak gesehen hatte. Ihn überkam ein Gefühl, als ob alles plötzlich ganz durcheinandergeriete und die Reinheit, um die ihm so zu tun war, mit Dreck und Blut besudelt würde. Er wollte den Anblick des ungemachten Bettes mit keinem seiner Lebenspläne in Verbindung bringen. Um das zerwühlte Laken, die fleckige Bettdecke und den nach Parfum duftenden Morgenmantel nicht weiter sehen zu müssen, richtete er seinen Blick nach oben. An der Wand hing das Bild eines jungen Paares.

Der Gärtner warf einen verächtlichen Blick darauf. »Der gnädige Herr war kein guter Mensch, aber den Garten hat er geliebt. Soll er in Frieden ruhen. Die Frau bringt jetzt sein Geld durch. Angeblich reist sie mit ihrem Freund nach Amerika!«

Darüber wusste Cevdet bereits mehr oder weniger Bescheid. Er hatte über die jüdische Hausbesitzerin in Sirkeci Erkundigungen eingezogen.

Der Gärtner blies seinen Zigarettenrauch in Richtung auf das Bild und sagte dann: »Kaufmann war er, der gnädige Herr!«

Das Zimmer daneben war zugesperrt; der Gärtner erklärte, darin bewahre die gnädige Frau ihre Wertsachen auf. Daneben war noch ein Zimmer, dessen Fensterläden aufstanden. Cevdet fasste ins Auge, sich darin eine Bibliothek einzurichten und auch seinen Schreibtisch dort aufzustellen.

Sie gingen hinunter ins unterste Stockwerk. In den kleinen Zimmern mit den schmalen Fenstern gedachte Cevdet die Köche und die restliche Dienerschaft unterzubringen. Die Toiletten waren unten wie oben Sitzklos nach europäischer Art, doch Cevdet hatte vor, unten ein Stehklosett nach türkischer Sitte einrichten zu lassen. Er betrat noch einen Raum, der sich als Waschküche verwenden ließ.

Daneben war eine geräumige Küche, von der es hinten in den Garten hinausging, doch die Tür war zugesperrt. Cevdet sah zwischen den Jalousien hindurch auf den Garten hinaus. Draußen herrschte noch immer das gleiche sanfte Licht. Der Gärtner schlug vor, durch die Vordertür in den Garten hinauszugehen. Beim Verlassen des Hauses warf Cevdet noch einmal einen verstohlenen Blick in den Spiegel: Es lief alles wie geplant.

Der Junge hatte auf sie gewartet, und sie gingen mit ihm gemeinsam in den Garten. Auch hier wieder Linden und Kastanien. Unter einer Kastanie mitten im Garten standen zwei Stühle, die sich im Kontrast zu den riesigen, gen Haus und Himmel ragenden Ästen, dem fröhlich raschelnden Blattwerk und dem mächtigen, minarettgleichen Stamm ganz mickrig ausnahmen. Nicht nur in dem Baum, im ganzen Garten hielt der kühle Abendwind alles in Bewegung. Ob Blumen, Blätter, Gras oder junge Schößlinge, alles regte und wiegte sich. Cevdet ging ein wenig umher und sah sich dann die Rückwand des Hauses an: Sie war efeubewachsen und wurde sanft von der Sonne beschienen. Er setzte sich unter den Baum; auf dem zweiten Stuhl nahm der Gärtner Platz. Cevdet holte sein Zigarettenpäckchen heraus und hielt es dem Gärtner hin.

»Ein gepflegter Garten«, sagte er beiläufig.

»Ich hänge sehr daran!« erwiderte der Gärtner verschämt.

Cevdet zündete sich seine Zigarette an. Sie blickten zur Sonne hin, die hinter Harbiye allmählich unterging. Der Junge tollte im Garten herum.

»Sie kaufen doch das Haus, oder?«

»Wenn wir uns auf den Preis einigen!«

»Das werden Sie schon, die gnädige Frau möchte so bald wie möglich verkaufen.«

»Gut so! Sie raten mir also zu?«

»Und ob, es ist wirklich schön hier!«

Sie lächelten sich an. Cevdet empfand eine plötzliche Sympathie für den Gärtner und dachte: »Dann kaufe ich es eben!« Er fühlte sich wieder so stark, als trüge er einen unsichtbaren Panzer. »Herrlich, dieser kühle Wind!« Die untergehende Sonne löste nicht Wehmut, sondern brüderliche Gefühle aus.

»Ja, es ist schön in diesem Nişantaşı!« sagte Cevdet.

»Das will ich meinen!« Der Gärtner war nun ganz aufgekratzt.
»Ich bin hier geboren, und ich werde auch hier sterben. Hier waren
mal viele Gemüsegärten, und mein Vater musste die bewachen. Und
früher, so vor hundert Jahren, da gab es hier ausschließlich Gemüse,
Erdbeerfelder und Feigenplantagen. Die Sultane ließen auf den Hü-
geln da gegenüber Schießwettbewerbe veranstalten, und zur Erinnerung daran wurden dann Gedenksteine aufgestellt, von denen hat das
Viertel auch seinen Namen her. Unter Sultan Mecid gab es hier mal
ein großes Beschneidungsfest, da war ich gerade auf der Welt. Mein
Vater war dann Gemüsegärtner. Dann haben sie da unten an der Ecke
den Doppelpalast gebaut. Und später die Moschee, das weiß ich noch.
Und dann haben sie anstelle der Gemüsegärten einen Konak nach
dem anderen gebaut. Es sind nur wenige Gemüsegärten übriggeblie-
ben, da habe ich gearbeitet. Dann wollten die Leute in den Konaks
alle Ziergärten haben. Ich kümmere mich also um den ersten Garten,
da kommt Besuch vorbei, dem gefällt der Garten, und sie fragen, wer
das so hinkriegt, und dann soll ich bei denen auch arbeiten, und jetzt
ist es so, dass ich kaum noch nachkomme mit der Arbeit. Inzwischen
habe ich auch Kollegen hier, und zusammen machen wir –«

Cevdet achtete nicht mehr auf den Gärtner, sondern auf die Ameisen, die vor ihm herumkrochen. Genau zwischen seinen Füßen ver-
lief eine Ameisenstraße, die danach einen Bogen vollführte und in
einem Loch in der Kastanie endete. Von diesem Loch gingen in andere Richtungen weitere Ameisenstraßen aus. Direkt vor Cevdet
mühten sich zwei Ameisen mit einer Kürbiskernschale ab. Cevdet
blickte auf und sah, dass der zwischen den Bäumen umherspazie-
rende Sohn des Gärtners Kürbiskerne kaute.

»Aus dem mache ich auch einen Gärtner! In der Schule ist er nicht
besonders gut, aber für Bäume und Gärten hat er was übrig, dann soll
er eben das machen.«

»Wie heißt er denn?«

»Aziz.«

Cevdet sah wieder zu den Ameisen hinab. Einer Gewohnheit aus
Kindertagen folgend, nahm er sich vor, einer einzelnen Ameise bis
zum Ameisenhaufen hin nachzusehen.

»Dieses Interesse für Gärten hat also immer weiter zugenommen. Es sind reiche Leute hergezogen, die Holzkonaks wurden immer größer gebaut, und dann kamen riesige Pferdeställe dazu, mit Platz für zwei, drei Kutschen. Dann wurden Köche eingestellt, Kutscher, Dienstboten aller Art. Nach den Paşas und Beys sind dann Juden und Armenier gekommen, Kaufleute meist. Die haben sich Beton- und Steinhäuser bauen lassen. Da wurden Bäume gefällt und Pflanzen herausgerissen, damit man Straßen bauen konnte, und mit den Gemüsegärten war es ganz vorbei. Und dann hat unser Sultan anstelle der Holzmoschee eine aus Stein bauen lassen. Das war vor sechs Jahren. Und jetzt haben sie ein Attentat auf ihn verübt. Bis hierher hat man die Bombe gehört.«

Zwei Ameisen hielten neben Cevdets Füßen inne und berieten sich. Eine dritte kam hinzu und mischte sich ein. Sie sagte schnell etwas, streichelte dann denn beiden Freunden über die Beine und lief zum Ameisenhaufen zurück. Cevdet stellte sich vor, dass es vor Sonnenuntergang im ganzen Garten immer nur so wimmelte vor laufenden, redenden und Lasten tragenden Ameisen. Dann dachte er wieder an die Straße in Beyoğlu, an den Laden, an seinen Bruder. Er sah zum Himmel hinauf und sah eine Wolke nach Süden treiben.

»Das Haus ist noch ziemlich neu, solider Stein! Beim Bau habe ich zugeschaut, da haben armenische Steinmetze gearbeitet, der Bauführer war auch Armenier. Der gnädige Herr ist ja leider tot. Die gnädige Frau verkauft nun alles. Wird alles aufgelöst, denn Kinder sind keine da. So ist es, wenn man keine Kinder hat. Die haben hier keine Wurzeln geschlagen. Das muss man aber im Leben, so wie der Baum hier …« Der Gärtner sagte das nicht wie jemand mit viel Lebenserfahrung, sondern eher so, als würde er über sich selber spotten.

Hinter den Bäumen und Konaks ging die Sonne nun vollends unter. Cevdet stand auf. Er genoss den angenehmen Wind und dachte: »Hier werde ich leben!«

Vor der Tür sagte der Gärtner noch: »Kaufen Sie das Haus, es wäre sonst schade um den Garten. Der ist nämlich wirklich schön …«

»Weht hier immer so ein leichter Wind?« fragte Cevdet.

»Abends immer!«

Cevdet ging auf das Coupé zu. Er weckte den schlafenden Kutscher.

10

DER WUNSCH DES KRANKEN

Es dunkelte, doch bei Cevdet machte sich nicht der Unmut bemerkbar, den er zu dieser Stunde sonst immer empfand. Wenn er abends den Laden zusperrte und von Sirkeci nach Eminönü hinüberging, wusste er meist nicht, wie er dem bohrenden Ungenügen in sich beikommen sollte, und er schlug sich an den enggefassten Wänden des Alltagslebens den Kopf ein. Nun aber fühlte er sich so frisch und stark, als hätte der Tag gerade erst begonnen. Seine Nerven waren entspannt, als würde er die Sorgen nicht nur eines Abends, sondern eines ganzen langen Tages mühelos bewältigen können. Nicht einmal nach einer Zigarette verlangte es ihn.

Er hatte den Kutscher angewiesen, nach Beyoğlu zu fahren, zu seinem Bruder. In dem Coupé, in dem es nun nicht mehr so unerträglich heiß war, schaukelte er gemächlich dahin. »Warum ich mich so befreit fühle? Weil mir klargeworden ist, wie recht ich habe! Aber auch der kühle Wind hat mir gutgetan. In diesem Garten in Nişantaşı werde ich noch oft sitzen. Ich werde leben ... Und mein Bruder stirbt!« Zum erstenmal aber löste dieser Gedanke keine Panik mehr bei ihm aus. Er wusste, dass sein Bruder über kurz oder lang sterben würde, doch wenn er diesen Tod bis dahin als etwas Hässliches und Ungerechtes angesehen hatte, das ihn furchtbar allein lassen würde, so erschien er ihm mit einemmal so natürlich wie das Leben selbst. »Schlimm ist nur, dass mein Bruder ausgerechnet an dem Tag an der Schwelle zum Tod steht, an dem ich mich meinem Lebensziel so nahe fühle wie nie zuvor. Aber dafür kann ich doch nichts! Es ist nur die Folge von Entscheidungen, die er und ich getroffen haben.« Das Coupé fuhr nach Beyoğlu hinein. Er sah die in der Dämmerung dahinwandernden Menschen. Nein, auch wenn alles als natürlich hinzunehmen war, trauern würde er um seinen Bruder dennoch.

Er betrat die Pension, hörte sich die Klagen der Wirtin an und überlegte, wie er dem Bruder an seinen letzten Tagen noch eine Freude verschaffen könnte. Zuversichtlich wie nie zuvor ging er die steinerne Treppe hinauf und klopfte an die Tür. »Ich werde ihm sagen, dass ich seine Ansichten für richtig halte. Ob er mir das abnimmt? Ich behaupte einfach, ich hätte es nun eingesehen.« Als aber die Tür aufging und er das betrübte Gesicht Maris vor sich sah, war ihm augenblicklich klar, dass er nichts dergleichen würde sagen können. Und als er die Stimme seines Bruders vernahm, nicht schwach wie bei einem Bettlägerigen, sondern gebieterisch, spürte er auch, woran das lag: Sein Bruder und er empfanden seit jeher nur Verachtung füreinander.

»Was glotzt du denn so? Du siehst mich an wie einen Toten. Ich bin aber noch nicht tot! Mir geht es sogar ausgezeichnet!«

Cevdet musste erst seine Augen an das Halbdunkel im Raum gewöhnen. »Ich sehe dich doch nicht wie einen Toten an!« sagte er. Dann erblickte er Ziya, der reglos wie eine Puppe in einer dunklen Ecke saß. »Herrje, den hätte ich doch nach Hause bringen sollen!«

»Setz dich hierher!« rief Nusret.

Cevdet ließ sich auf den Stuhl neben dem Bett sinken. »Wie geht es dir?«

»Wie soll es mir gehen? Abkratzen werde ich!«

»Nein, du wirst bestimmt wieder gesund!«

»Das sage ich ihm auch«, warf Mari ein. »Aber er sieht immer so schwarz.« Sie zündete eine Petroleumlampe an.

Nusret stützte das Kinn auf die Hand und presste mit Daumen und Zeigefinger seine ohnehin schon eingefallenen Wangen noch weiter zusammen. »Jeder Schwindsüchtige mit so einem Gesicht stirbt binnen einer Woche!«

»Hör bitte auf damit!« flehte Cevdet.

»Du fürchtest dich wohl, was? Du hast Angst vor dem Tod! Weil du lebst und eine Paşatochter heiratest. Du bist gesund!«

»Mach das nicht mehr!«

Nusret wandte sich seinem Sohn zu. »Na, wie sehe ich aus? Fürchtest du dich vor deinem Papa? Bäääh! Ich bin der schwarze Mann! Hahaha, die Hex ist da!«

Der Junge wusste nicht, ob er lachen oder weinen sollte. Da lag der Mensch, der doch am traurigsten sein musste, in seinem Bett und machte Faxen. Schließlich lächelte der Junge doch.

Mari rief aus:»Ich bitte dich inständig, hör jetzt auf, solche Fratzen zu schneiden!«

Da merkte Ziya, dass die Fröhlichkeit nur gespielt war, und verzog das Gesicht. Er war den Tränen nahe.

Nusret nahm daraufhin die Hand aus dem Gesicht und hielt sie sich hinters Ohr.»Schau dir meine Segelohren an!« Als das seinen Sohn nicht aufheiterte, drückte er die Daumen auf die Ohrläppchen, wackelte mit den Händen herum. Auch das blieb ohne Erfolg.»Ach, Mari, geh doch mal runter mit dem Jungen und bestelle ihm ein Tavukgöğsü, das mag er so gern. Dann könnt ihr euch in Ruhe unterhalten. Ich habe inzwischen mit Cevdet was zu besprechen.«

»Du sollst dich aber nicht anstrengen!«

»Ist ja schon gut!«

Mari nahm Ziya bei der Hand und streichelte ihm über den Kopf. Irgend etwas hatte diese Frau an sich, das Cevdet gerne auch bei Nigân gesehen hätte, aber er wusste selbst nicht genau, was. Als die beiden hinausgingen, bekam Nusret einen Hustenanfall. Erst als dieser vorüber war, wurde leise die Tür zugezogen.

»Stell mal die Lampe hierher, damit ich dein Gesicht richtig sehe«, sagte Nusret.»Du musst mir einen Gefallen tun. Für den Jungen …«

Cevdet stand auf, holte die Petroleumlampe vom Tisch und stellte sie auf die kleine Kommode zwischen dem Bett und dem Stuhl, auf dem er saß. Als Nusrets Gesicht so von oben her beleuchtet wurde, sah es noch eingefallener und erschreckender aus.

»Wo soll Ziya denn schlafen?« fragte Cevdet.

»In dem Hotel nebenan, mit Mari. Du hast ja wohl nicht gedacht, ich lasse ihn hier neben der Leiche seines Vaters schlafen, oder?«

»Was redest du denn immer vom Tod?« fragte Cevdet mit stockender Stimme.

»Ach, lass doch das! Meinst du vielleicht, in medizinischen Fragen kannst du mir was vormachen? Von wegen! Ich habe vom Attentat auf Abdülhamit erfahren. Mari und ich haben gestritten deswegen. Warum hast du mir die Sache verheimlicht?«

»Weil ich nicht wollte, dass du dich umsonst aufregst.«

»Aufregen soll ich mich nicht? Und lieber genauso ein Nachtwächter werden wie du, was?«

76

»Ich habe eben nicht daran gedacht. Außerdem meinte ich, du wüsstest schon Bescheid. Und wie sollte ich auch an so etwas denken, bei all der Aufregung um dich ...«

Da merkte er, dass er schon wieder in Schuldgefühle verstrickt war. Er leierte die gleichen Entschuldigungen herunter wie eh und je. »Verachte ich ihn etwa? Er stirbt, und ich bleibe am Leben. Somit habe ich recht und habe gewonnen!«

»Du sagst ja nichts mehr. Woran denkst du?« fragte Nusret.

»An gar nichts!«

»Hab ich dich verletzt? Du verstehst doch hoffentlich, dass ich das nicht voller Abscheu gesagt habe, sondern weil ich oft an dich denke. An ein Leben wie das deine ... Manchmal habe ich richtig Verständnis dafür. Aber ihr dagegen versteht Leute wie mich nicht. Außenseiter werden von keinem verstanden. Wir sind unglücklich. Das verstehst du nicht, du hörst ja nicht einmal zu. Woran denkst du gerade? Wieder an die Geschäfte? Was hast du heute noch so gemacht?«

»Ich war mit Fuat, einem Kaufmannskollegen, beim Essen«, sagte Cevdet. Ganz froh darüber, nun anbringen zu können, was er sich vorgenommen hatte, nämlich dass er die Ansichten seines Bruders richtig fand und diese sich wohl durchsetzen würden, fuhr er fort: »Er hat mir erzählt, dass sich auch in Saloniki etwas tut. Gegen Abdülhamit. Das verstehe ich auch. Er sagt, dass etwas geschehen muss, und er hat auch recht damit ...«

»Ach die! Die werden nie was unternehmen! Die stehen überhaupt nicht mit Paris in Verbindung. Sie sind nichts weiter als ein Haufen Dummköpfe ohne einen einzigen klaren Gedanken im Kopf. Die sind nicht gegen den Sultan an sich, sondern nur speziell gegen Abdülhamit. Nichts als Militärs, die ihren Sold zu niedrig finden. Abgesehen von einer Handvoll von Leuten wie mir sind alle nur gegen Abdülhamit, aber ans Abschaffen der Sultane denkt keiner. Und sollte Abdülhamit mit dem Geldbeutel winken, den Leuten ein Amt in Aussicht stellen oder Anstalten machen, das Parlament wieder zuzulassen, dann würden sie alle herbeigerannt kommen. Sogar der große Mizancı Murat ist still und leise wieder heimgekrochen. Und da soll dieses unentschlossene Soldatenpack etwas bewegen? Nie wird da was daraus!«

Damit waren sie in Gefilde abgedriftet, von denen Cevdet nichts verstand. Kleinlaut sagte er: »Das wusste ich natürlich nicht!«

»Das wusstest du nicht! Woher solltest du auch! Wenn man sich immer nur mit Geld beschäftigt!«

Sie verstummten. Cevdet hatte sich über die unverhoffte Gelegenheit gefreut, sich seinem Bruder gegenüber als tolerant zu erweisen, aber er musste erkennen, dass er wegen seiner Schuldgefühle nicht dazu in der Lage war. Was er hatte sagen wollen, erschien ihm nun unsinnig und fern. Auch mit der Gelöstheit, die er in dem Garten in Nişantaşı empfunden hatte, war es schon wieder vorbei. »Ich werde dort wohnen!« dachte er nur.

»Ich hatte dir gesagt, dass du mir einen Gefallen tun sollst«, sagte Nusret schließlich und sah Cevdet dabei ins Gesicht. »Ich möchte, dass du für Ziya etwas tust. Nach meinem Tod ...«

»Jetzt fängst du schon wieder damit an!«

»Lass doch das Geschwätz! Ich möchte folgendes von dir: Du sollst Ziya nach meinem Tod zu dir nehmen!«

»Zu mir nehmen?«

»Ja, er soll bei dir leben! Dein Haus soll sein Haus sein!«

»Und was ist mit Haseki? Mit seiner Mutter und den anderen Verwandten?«

»Gerade da will ich ihn eben nicht lassen! Wenn er bei denen weiterlebt, machen sie einen Dummkopf aus ihm. Dann wird er genauso vermurkst und träge, genügsam und schlafmützig wie sie! Verstehst du mich?«

»Mein Haus wird Ziya jederzeit offenstehen.«

»Das meine ich nicht. Er soll nicht nur kommen und gehen können, wann er will, sondern bei dir wohnen. Das will ich! Und nach Haseki soll er überhaupt nicht zurück. Und seine Mutter nie wiedersehen. Denn die –«

»Aber ich habe Tante Zeynep doch versprochen, dass ich ihn zurückbringe!«

»Was? Warum hast du so was versprochen?«

»Weil sie so sehr darauf gedrungen hat, dass er bald wiederkommt. Als hätte sie schon geahnt, was du von mir willst ...«

»Soso, geahnt! Sie will ihn also zurück? Sie findet ihn lieb. Eigene

Kinder hat sie ja nicht. Sie wird ihn küssen und streicheln, bis er so verdummt wie sie selber! Und ihren unsinnigen Glauben wird sie ihm einimpfen, ihre Trägheit, ihre ganze erbärmliche Welt! Nein! Ich will nicht, dass mein Sohn so aufwächst! Mein Sohn soll –«

Auf einmal wurde er von einem Hustenanfall geschüttelt. Cevdet hielt ihm den Spucknapf hin, der auf der Kommode stand. Zuerst machte Nusret eine abwehrende Handbewegung, dann aber riss er den Napf an sich und spuckte hinein.

»Du siehst ja, wie schlecht es mir geht! Ich weiß, dass ich nur mehr ein paar Tage zu leben habe. Das einzige, was ich noch will, ist für Ziyas Zukunft sorgen. Und wenn er bei dir lebt, dann habe ich das erreicht! Wenn er dagegen in Haseki bleibt oder im Dorf bei seiner Mutter, dann wird er wie sie an Gott glauben und an alle möglichen Lügen, und er wird so schlafmützig wie die Leute dort und von der Welt nichts begreifen. Sie haben ihn ja jetzt schon fast soweit! Heute morgen hat er mir vom Paradies erzählt und von Engeln und Hexen. Er glaubt an das ganze Zeug. Meine Hexenimitation vorhin hat er gar nicht kapiert. Ich will nicht, dass mein Sohn so ist, verstehst du, Cevdet? Er soll nicht an diese Lügen glauben, sondern an seinen Verstand und an sich selbst. An die Strahlkraft des Geistes … Ich habe ihm doch nicht umsonst einen Namen gegeben, der Licht bedeutet!«

Nach einer Weile fügte er leise hinzu:»Cevdet, wenn du Ziya nicht zu dir nimmst, werde ich nicht in Ruhe sterben können!«

»Es ist nicht recht, immerfort vom Tod zu reden!« rief Cevdet und errötete gleich danach, weil er mit dem, was nicht recht war, eigentlich etwas anderes meinte.

»Versprich es mir! Versprich es mir!« rief Nusret.

»Ich verspreche es dir!« sagte Cevdet. Und dann, als ob es nun nichts Wichtigeres zu tun gäbe, nahm er seinen Fes von der Kommode und strich die Quaste glatt.

»Du versprichst es mir also?«

»Ich habe es doch gesagt!« Cevdet hielt sich die Quaste nah ans Gesicht und kämmte sie mit den Fingern.

»Cevdet, begreif mich, ich flehe dich an! Ich habe diesen Jungen völlig vernachlässigt. Ich habe ihn nach Haseki gebracht und dann versucht, ihn zu vergessen. Jetzt ist mir klar, dass ich etwas für ihn tun muss, aber es ist fast schon zu spät. Du versprichst es mir, ja? Leg doch bitte den Fes weg, damit ich dein Gesicht sehe!«

Cevdet legte den Fes wieder auf die Kommode. Das grelle Licht der Lampe blendete ihn.

»Hast du schon mal was von Prinz Sabahattin gehört?« fragte Nusret. »Na ja, auf jeden Fall ist der jetzt in Paris und gilt auch als Jungtürke. Wie alle Prinzen ist er ein Dummkopf, aber er hat sich doch so seine Gedanken gemacht.« Er wies auf das Bücherregal, das in einer Ecke stand. »Oder er hat, wie fast alle, bei anderen Leuten Gedanken geklaut, aber jedenfalls finde ich richtig, was er sagt. Laut Demoulins ist der Grund für die Überlegenheit der Engländer darin zu suchen, dass dort die Individuen freier sind. Das ist genau das, was bei uns fehlt. Bei uns gibt es keine freien, unternehmenden Menschen, die ihren Verstand benutzen! Bei uns sind alle Sklaven und werden dazu erzogen, zu buckeln und sich zu fürchten und in der Gesellschaft aufzugehen. Was hier Erziehung genannt wird, das sind die Schläge der Lehrer und die blödsinnigen Einschüchterungen durch Mutter und Tanten. Religion, Furcht, dunkle Gedanken, auswendig gelerntes Zeug ... Schließlich und endlich lernt man nichts anderes, als sich zu fügen. Und nie stellt sich jemand quer und strebt aus eigener Kraft empor. Aufstieg ist immer gleichbedeutend mit Unterordnung unter andere, mit Sklaventum. Niemand denkt daran, seine eigene Rechnung aufzustellen. Und denkt einer doch daran, so fürchtet er sich. Höchstens rechnet man sich aus, was einem das Kuschen bringt. Demoulins zufolge haben in zentralistischen Staaten solche Menschen ... Sag mal, hörst du mir eigentlich zu? Ich will nicht, dass mein Sohn so wie diese –« Erneut packte ihn ein Hustenanfall. Als er in den Napf spuckte, wurde es besser.

»Verstehst du, was ich meine? Schau, du hast allein etwas auf die Beine gestellt, also musst du mich doch begreifen.«

»Du überanstrengst dich!«

»Das ist doch keine Antwort! Wenigstens in diesem einen Punkt kannst du mich doch verstehen!«

Cevdet ließ sich diese Gelegenheit nicht entgehen. »Es stimmt, was du sagst. Ich verstehe dich schon. Ich habe dir auch immer recht gegeben, aber ich konnte es nie so richtig zeigen.«

»Von wegen!« Nusret rieb wieder Daumen und Zeigefinger gegeneinander. »Was anderes als das hast du noch nie verstanden! Wenn ich von Licht rede und von Helligkeit, dann denkst du doch nur an glitzernde Geldstücke! Aber das ist gut so. Es ist gut, wenn du nichts anderes als Geld im Kopf hast. Dadurch denkst du rational. Du verstehst mich zwar nicht, aber du hast mir dein Wort gegeben. Deshalb will ich ja auch, dass mein Sohn im Haus eines Kaufmanns aufwächst. Bei einem Kaufmann, und noch dazu, wenn er bei Null angefangen hat wie du, wird alles genau berechnet und geplant. Und wo gerechnet und geplant wird, da herrscht die Vernunft und nicht die Furcht.«

Cevdet tat ganz empört: »Meine Familie wird sich nicht auf Berechnung gründen!« Gleich darauf reuten ihn diese Worte.

»Schon gut, schon gut. Ich weiß, was dir durch den Kopf geht. Und ich weiß auch, wie du dich mir gegenüber geben willst, und dass du mich eigentlich nicht verstehst. Trotzdem ist es besser, wenn er bei dir aufwächst. Er wird sich an dir ein Beispiel nehmen und dadurch zum Individuum werden. Schlagen darfst du ihn natürlich nicht. Lass ihm einfach seine Freiheit, er soll sich beschäftigen, wie er will. Und soll begreifen, dass er mit seinem Verstand etwas anfangen kann, seinem Verstand vertrauen darf. Lass ihn allein in einem kleinen Zimmer wohnen. Mit der Zeit wird er lernen, dass man als freier Mensch leben kann, dass alles, was er in Haseki gelernt hat, nur aus Lügen besteht, und dass all das Gerede von Religion und von Gott nur lauter Hässlichkeit verbergen soll und sie auch noch weiter nährt. Ob er es wirklich lernen wird? Ach, ich weiß es nicht, ich würde es so gern noch miterleben, ich will nicht sterben, ich will nicht sterben, ich will leben und sehen, wie das alles noch ausgeht. Und jetzt will ich etwas essen! Und rauchen!«

»Hast du Hunger?«

»Ja, bring mir ein Kotelett! Der Arzt hat mir heute morgen gesagt, ich soll Kotelett essen! Ha! Fleisch, Milch, Eier, Kotelett …« Er lachte auf. »Ich werde sterben. Unsere Mutter ist ja auch an Tuberkulose gestorben! Halt, was stehst du denn auf, setz dich wieder!«

»Du wolltest doch Fleisch?«

»Fleisch? Ach was, ich habe keinerlei Appetit. Aber essen muss ich eigentlich was. Wenn ich jetzt Fleisch esse, werde ich dann wieder gesund, was meinst du? Ach nein. Nicht in diesem Stadium. So habe ich es ja gelernt als Student.« Er breitete resigniert die Arme aus. »Wenn man in dieses Stadium kommt, ist bald alles vorbei. Und das ist es ja auch.« Er fasste Cevdet am Arm. »Aber das will keiner begreifen. Du sitzt hier und denkst daran, dass du gleich nach Hause gehst und dass du eine Paşatochter heiraten wirst, und du denkst an deine anderen Pläne und Intrigen, aber vergiss nicht: Auch du wirst einmal sterben! Jetzt aber lebst du, und noch dazu verachtest du mich.« Er ließ den Arm seines Bruders wieder los. »Ich verachte dich auch, verstehst du, ich sehe auf dich herab. Weil du so seelenlos bist! Du lebst wie all die anderen Dummköpfe! Geld, Familienleben, alltägliche Nichtigkeiten, Geschäftssorgen … Seelenlos bist du! Ich glaube, es hat geklopft.«

Cevdet stand auf und öffnete die Tür. Es waren Mari und Ziya.

»Wir haben Tavukgöğsü gegessen und Reispudding!« sagte Mari.

»Und hat es geschmeckt?« fragte Nusret.

Ziya merkte, dass die Frage an ihn gerichtet war, lächelte aber nur.

»Ob es geschmeckt hat, Junge? Hm, anscheinend schon. Mari bringt dich jetzt in das Hotel nebenan. Du weißt doch, was ein Hotel ist? Sie geht mit dir dorthin und bringt dich ins Bett. Da schläfst du dann, und zwar allein, du bist doch ein großer Junge und hast keine Angst! Oder hast du doch Angst? Du fürchtest dich wohl vor dem Dunkel, was? Gib doch Antwort … Gib deinem Vater endlich Antwort!« Wütend rief er: »Mari, bring ihn weg! Geh jetzt und schlaf, und lern endlich antworten, wenn man dir eine Frage stellt!«

Mari nahm Ziya bei der Hand: »Komm, ich bringe dich jetzt zu Bett. Ich bin gleich zurück!«

Nusret unternahm einen letzten Versuch: »Was machst du denn jetzt, Ziya?« Als er wieder keine Antwort bekam, lachte er nervös. »Ziya, mein Junge, was machst du jetzt? Weißt du nicht, was Ziya bedeutet? Licht bedeutet es. Und was macht das Licht? Ach, bring ihn weg, er soll schlafen. Setz dich ein wenig an sein Bett und lass die Lampe noch an, denn die haben ihn schon soweit gebracht, dass er sich vor dem Dunkel fürchtet. Fürchtest du dich, Junge? Mit dir rede ich, hast du deine Zunge verschluckt?« Er streckte seine belegte Zunge heraus. »Die Zunge! Ob du sie verschluckt hast, mein Sohn? Der bringt ja keinen Ton heraus vor lauter Angst! Ach, gute Nacht!«

11

INTELLIGENTE UND DUMME

Kaum waren Mari und Ziya draußen, musste Nusret fürchterlich röchelnd husten. »So ein Dummkopf! Mein Sohn ist dumm!« rief er und hustete gleich wieder. »Sie haben ihn zu einem Dummkopf gemacht! Zu einem Dummkopf und Feigling! Wie haben sie das nur so schnell geschafft? Mit ihrem entsetzlichen Aberglauben, ihrer Furcht und wahrscheinlich auch mit Prügeln!«

»So schlimm ist der Junge doch gar nicht!«

»Nicht so schlimm? Siehst du nicht, wie er einen anschaut? So ganz feige von unten her? Du nimmst ihn doch zu dir, ja? Du hast es versprochen!«

»Ja!«

»Versprich es mir noch mal! Damit ich in Ruhe sterben kann …«

»Ich verspreche es dir!« sagte Cevdet. Als er merkte, dass er unwillkürlich schon wieder zu der Quaste griff, steckte er verärgert die Hand in die Tasche. »Ich habe mein Taschentuch vergessen!« dachte er erneut.

»Gut, du hast es also versprochen. Und ich vertraue dir.«

Sie schwiegen. Im Treppenhaus hörten sie Schritte. Jemand ging pfeifend an der Tür vorbei.

»Ha, der pfeift sich eins! Er lebt! Ich will auch leben. Das ist ungerecht! Ich möchte wissen, was die anderen Menschen tun. Seit einem Monat bin ich aus diesem Zimmer nicht herausgekommen. Warum pfeift der? Weil er dumm ist! In dieser hässlichen, fürchterlichen Welt können nur Dummköpfe fröhlich sein. Dummköpfe … Ich bin keiner, ich weiß alles, und ich sterbe. Schau mich doch nicht so an! So angstvoll! Du fürchtest und ekelst dich wohl vor mir?«

»Aber Nusret, ich habe allerhöchste Achtung vor dir!«

»Das will ich aber gar nicht. Weil du glücklich bist! Du bist vielleicht nicht dumm, aber mit deinem Leben zufrieden! Weil du keine Seele hast. Nur wer keine Seele hat, kann so lächerliche Kleider wollen, so eine Kutsche und eine Paşatochter!«

»Ich konnte eben nie so wütend werden wie du!«

»Was sagst du da? Komm, gehen wir raus. Ich will Menschen sehen. Was sie so machen. Ich will sie in ihrem dummen, kleinen Alltagsleben sehen. Was machen sie wohl gerade? Ohne irgend etwas zu merken oder zu begreifen, leben sie dahin und pfeifen dazu noch fröhlich. Im Ramadan fasten sie, abends trinken sie ihren Kaffee und schwatzen dazu, und sie pfeifen. Erinnerst du dich noch an unsere Nachbarin in Kula? Die sagte immer: Pfeift nicht, das ist böse!«

Cevdet erinnerte sich lebhaft an die Frau. »Die fürchtete sich wohl vor zischenden Schlangen!« lachte er.

»Die fürchtete sich vor allem! Und trotzdem lebte sie glücklicher als ich. Wer weiß, vielleicht lebt sie ja heute noch! Wenn sie mich sähe, würde sie sich auch vor mir fürchten. Sie würde sich vor mir ekeln, aber vielleicht auch Mitleid haben und für mich beten. Ach, dieses träge Volk ... Revolution! Weißt du, was das ist? Wir bräuchten eine Revolution, aber keiner weiß, was das ist, denn man hat es den Leuten nicht beigebracht!«

Er schwieg eine Weile. Dann rief er: »Ach, da will ich das Beste für diese Leute und dass sie in einer anständigen Welt leben, und genau deshalb kann ich nicht sein wie sie! Ich liege hier fern von ihnen allein da und warte mit einer Christin zusammen auf meinen Tod. Nein! Ich will leben! Ich will die Leute sehen, will sehen, was passiert! Was glaubst du, was jetzt geschieht? Wer hat wohl dieses Attentat verübt? Aber woher sollst du das wissen!«

»Ja, ich weiß es eben nicht.«

»Natürlich nicht.« Nusret versuchte ein strenges Gesicht zu ziehen, doch seinem Bruder erschien er trotzdem noch liebenswert.

Während sie wieder schwiegen, dachte Cevdet an die zuvor erwähnte Frau zurück. Sie fürchtete sich vor Schlangen, mochte kein Pfeifen und kochte stets Marmelade ein. In ihrem Garten hatte sie Feigen- und Pflaumenbäume stehen. Entweder sie kochte wirklich immer Marmelade ein, oder der kleine Cevdet hatte sie jedesmal, wenn er in ihrem Haus war, bei gerade jener Tätigkeit gesehen, oder aber es hatte sich in dem Haus auch nur so ein süßlicher Duft festgesetzt; auf jeden Fall kam Cevdet immer, wenn ihm die Frau einfiel, zugleich auch ein Marmeladenbrot in den Sinn. Er dachte an dieses

Marmeladenbrot und an jenes andere, das ihm Zeliha am Morgen gereicht hatte, an Marmeladengläser, an das, was im Hause Şükrü Paşas wohl zum Frühstück gegessen wurde, und an noch einiges andere. Er war froh um diese Gedanken, die ihn allmählich der von Tod und Verzweiflung geprägten Atmosphäre des Zimmers entzogen. Auch musste er nun nicht mehr bei dem grellen Licht ins Gesicht seines Bruders sehen. Da merkte er, dass sich etwas regte. Nusret hatte sich aufgerichtet und streckte die Beine zum Bett hinaus.

»Wo sind meine Pantoffeln?«

»Wo willst du denn hin?«

»Aufs Klo. Ich habe zu tun. Erst muss ich mich rasieren. Warum fragst du mich überhaupt. Ich bin gleich wieder da. Dich brauche ich jetzt nicht mehr. Ich will von niemandem Hilfe!« Er öffnete die Tür. »Ich werde mir die Welt und die Menschen anschauen! Bleib nur sitzen, ich komme gleich wieder.«

Cevdet vermutete, dass sein Bruder tatsächlich nur auf die Toilette gehen würde. Er ging im Zimmer auf und ab und sah auf die Uhr: Bald drei … »Am besten, ich schicke den Kutscher nach Hause, der braucht jetzt auch nicht mehr zu warten.« Doch war ihm das zuviel Mühe. »Warum fahre ich eigentlich nicht nach Hause? Jetzt tut sich doch nichts mehr!« Und doch setzte er sich wieder hin und wippte nervös mit dem Fuß, als wartete er auf etwas.

Schließlich wurde die Tür aufgerissen, und Nusret kam wieder herein. Er schrie sogleich los: »Ach Cevdet, der Tod ist etwas Furchtbares, ich will nicht sterben! Da drunten sitzen sie herum und schwatzen und trinken Tee und rauchen … Ich will nicht sterben!« Schwankend ging er auf seinen Bruder zu.

Cevdet fasste ihn unter den Armen und sagte: »Jetzt leg dich erst mal wieder hin, das Stehen ist viel zu anstrengend. Und schrei bitte nicht so!«

»Ich weine!«

»Jetzt komm schon, ich bringe dich wieder ins Bett.«

Nusret aber machte sich los und legte sich schwungvoll selbst ins Bett, um zu zeigen, dass er keiner Hilfe bedurfte. »Die leben da drunten. Und sie werden noch weiterleben. Noch dazu wie Idioten. Und weiterschwatzen werden sie auch. Ich habe ihnen zugehört.

Weißt du, worüber sie geredet haben? Einer hat erzählt, wo er den besten Reispudding gegessen hat, und ein anderer, dass in Üsküdar die Preise viel niedriger sind. Ich hätte ihnen noch weiter zugehört, aber vor ihrer Dummheit und Armseligkeit hat mir gegraut. Sie gähnen, rauchen, reden dummes Zeug, sie leben. Und siehst du: ich weine. Dass es einmal soweit mit mir kommt …« Beschämt zog er sich die Bettdecke bis an die Stirn. Dann schob er sie zurück und rief: »Vielleicht werde ich ja gesund! Dann gehe ich nach Paris und mische wieder mit!« Doch schon hustete er los.

Sein Hustenanfall kam Cevdet länger und schlimmer vor als die bisherigen. »Ja, er stirbt, und das ist furchtbar!« Ihm war, als würde er zum erstenmal die Lage seines Bruders so richtig begreifen. Von dessen Warte aus betrachtet mussten Cevdets kleine Sorgen, seine Tätigkeit im Laden, das Kaufen und Verkaufen der Waren, die Briefe, die er schrieb, um dieses Kaufen und Verkaufen möglichst vorteilhaft zu gestalten, die Verhandlungsgespräche und überhaupt das viele kleinliche Berechnen tatsächlich hässlich erscheinen. Um das zu verdrängen, dachte Cevdet: »Ich werde in Nişantaşı mit Nigân zusammenleben! In dem kühlen, luftigen Garten und in den Zimmern jenes Hauses …«

Nusret rief: »Warum habe ich nur soviel gesoffen? Alles nur wegen dem Alkohol! Wäre ich dem nicht so verfallen, dann würde ich jetzt hier nicht krepieren!«

»Zuviel getrunken hast du wahrlich.« Kaum hatte Cevdet das gesagt, da schien ihm sein Werdegang, den er gerade noch als hässlich empfunden hatte, plötzlich so wie immer, nämlich zusammengesetzt aus lauter nötigen und richtigen Handlungen, und er beruhigte sich wieder. Das aufflammende Schreckensbild, das sein Bruder in ihm ausgelöst hatte, war ihm aber derartig in die Glieder gefahren, dass er Nusret böse war.

»Ich habe also zuviel gesoffen. Nun, gesoffen habe ich tatsächlich. Weil mich nur der Alkohol bremsen konnte. Mein Kopf steckt nämlich nicht voller Profitgier wie der deine, sondern voller Wut und Hass. Aber das kannst du nicht verstehen. Weißt du, was Wut eigentlich ist? Die Wut, die ich empfunden habe, war mir immer das Allerwichtigste. Aus lauter Hass wollte ich alles niederreißen. Und vor allem wollte ich, dass meine Wut nie verraucht. Und das ist mir auch gelungen! Für dich dagegen hat es immer nur Bewunderung und Sehnsucht gegeben. Um zu erreichen, wonach du dich sehntest, hast du auch immer versucht, alles zu verstehen. Ich dagegen will überhaupt nichts verstehen! Wer alles versteht, kann nicht zugleich wütend sein! Und dabei …« Er stockte und hob den Kopf vom Kissen. »Und dabei bin ich ein völliger Idiot. Sogar auf meine erbärmliche Lage bin ich noch stolz. Ein eingebildeter Dummkopf bin ich. Und als Dummkopf werde ich auch sterben! Intelligente Leute leben nämlich irgendwie weiter. Dummköpfe dagegen sterben … Nein, ich werde leben! Glaubst du, ich werde wieder gesund?«

»Natürlich wirst du das! Aber du darfst dich nicht so anstrengen! Schlaf jetzt!«

»Ja, ich werde wieder gesund. Ich muss nur einen Monat lang richtig behandelt werden. Und mich gesund ernähren. Ich werde noch einmal Geld von dir brauchen. Ich zahle dir aber bestimmt alles zurück, darauf lege ich Wert, weißt du. Ich schicke dir dann Geld aus Paris. Dort finde ich bestimmt eine gute Arbeit. Weißt du, was der berühmte Chirurg Blanchot mal zu mir gesagt hat? Dass ich für einen Chirurgen mehr als die nötige Portion Kaltblütigkeit habe. Der findet sicher eine Stelle für mich. Und dann mache ich auch bei der Bewegung wieder mit. Im letzten halben Jahr habe ich begriffen, was bisher falsch gelaufen ist. Als erstes werde ich zu Ahmet Rıza sagen, dass Sabahattin ein Trojanisches Pferd ist. Du kennst doch die Geschichte vom Trojanischen Pferd? Kennst du nicht? Oje, nicht einmal das weiß er! Keiner weiß mehr etwas. Und mich finden sie sonderbar. Ich finde vielmehr sie apathisch. Es ist doch furchtbar hier. Paris dagegen ist voll von Leuten, die das Trojanische Pferd kennen. Du weißt ja gar nicht, wie angenehm es ist, sich mit einem Europäer zu unterhalten! Damit meine ich natürlich nicht die dämlichen Missionare und Banker, die sich hier herumtreiben! Ich meine echte Europäer: Voltaire, Rousseau, Danton … Die Revolution …« Plötzlich stimmte er einen Marsch an.

Resigniert sagte Cevdet: »Du sollst dich doch nicht anstrengen!«

»Sei still und hör dir das da andächtig an!« Dann klang eine Marschmelodie durch den Raum, die wie ein irgendwo hinunterholpernder Stein begann und sich dann immer wieder zusammenballte und entlud.

Von der Melodie war Cevdet angetan; mit dem von seinem Bruder geröchelten Französisch hatte er mehr Mühe.

»Siehst du, das war die Marseillaise!« rief Nusret schließlich aus. »Der ruhmreiche Marsch der Französischen Revolution! Wann kriegst du den hier schon zu hören? Weißt du, was Republik bedeutet? Weißt du natürlich nicht. Şemsettin Sami traute sich nicht einmal, den Begriff in sein großes Französisch-Wörterbuch aufzunehmen. Die Republik ist genau die Regierungsform, die wir brauchen. In Frankreich ist sie eingeführt worden, und zwar zu ebendiesen Tönen. Hör es dir noch mal an: Allons enfants de la …«

Da ging die Tür auf. Mari rief: »Was ist denn da los? Nusret, ich flehe dich an, hör sofort damit auf!«

»Misch du dich da nicht ein! Wenn ich schon sterben muss, will ich dabei wenigstens das da singen!«

»Man hört dich bis raus auf die Straße. Sollen sie uns hier auch noch rauswerfen?« Sie sah Cevdet an. »Sagen Sie doch bitte etwas!«

»Ich habe ihm schon gesagt, dass ich das nicht richtig finde.«

»Ja, versteht mich denn hier keiner!« rief Nusret und sah Mari wütend an.

Mari berichtete, wie sie Ziya zu Bett gebracht hatte. Zuerst habe er sich ein wenig gefürchtet, aber dann sei er doch eingeschlafen. Sie schien den Jungen zu mögen.

»Verblöden haben sie ihn lassen!« rief Nusret. Dann sinnierte er eine Weile. »Na ja, schon seine Mutter war so. Wenn ich sagte, in Europa wollen die Frauen das Wahlrecht und Gleichberechtigung, was hältst du davon, dann sagte sie nur: Wie du meinst. Ich habe sie zurück zu ihrer Familie geschickt! Ich weiß gar nicht, was man sich hier für eine Frau nehmen soll.« Er lächelte Mari an. »Eine Christin soll man sich nehmen.« Dann fragte er Cevdet: »Du meinst also, man kann auch eine Muslimin heiraten? Aber eine Paşatochter ist wohl doch nicht die richtige Wahl. Wir brauchen nämlich eine Revolution, bei der es den Paşas und ihrer ganzen Sippschaft an den Kragen geht! Ob's mal soweit kommt? Ach, Schluss damit!«

»Ja, du solltest jetzt endlich schlafen!« sagte Mari.

»Ich will aber nicht schlafen. Wo ich mich seit Tagen zum erstenmal nicht erschöpft fühle. So ist es aber häufig: Der Patient übersteht die erste Krise und lebt wieder auf. Die zweite Krise dauert ein paar Tage. Erst werde ich im Halbschlaf daniederliegen, dann ganz einschlafen und von Fieberkrämpfen geschüttelt werden, und dann ...« Er hustete wieder kurz. »Und dann sterbe ich. Ich will jetzt aber reden! Ja, reden wir doch! Worüber? Mari, sag doch mal, was du über mich denkst. Und dann, was du von Cevdet hältst ... Na? Warum sagt ihr denn nichts? Ich will jetzt was trinken! Ich fühle mich völlig gesund! Ob die da drunten immer noch schwatzen? Ich schau mal nach. Wenn ja, dann suche ich mir ein Thema, das zu ihnen passt. Rheumatische Beschwerden zum Beispiel, das wäre doch was? Oder dass früher alles billiger war ... Passt auf, ich erzähle euch jetzt von der Revolution! Genau die brauchen wir nämlich! Eine blutige Revolution! Wo sollen die Guillotinen aufgestellt werden? Auf dem Sultanahmetplatz! Da müssen sie tagelang heißlaufen. Von Sultanen, Prinzen, Paşas und ihren sämtlichen Angehörigen und Speichelleckern muss das Blut in Strömen fließen, bis es sich in Sirkeci ins Meer ergießt.«

»Jetzt reicht's aber!« rief Cevdet und stand auf.

»Warum denn? Was passt dir daran nicht? Du bist doch Kaufmann, dir tut keiner was zuleide. Anders kommen wir doch aus dem Dunkel nie heraus. Setz dich hin und hör mir zu. Wo war ich stehengeblieben? Ach ja, bei den Guillotinen. Es darf keinen Pardon geben. Alles muss mit Stock und Stumpf herausgerissen werden. Keinerlei Gnade!« Dann ließ er den gekrümmten Körper wieder aufs Bett fallen. »Aber ich weiß ja, dass das alles nie geschehen wird. Leider! Sie schaffen es einfach nicht. Nie und nimmer! Da muss ich dir was erzählen. Vor drei Monaten, als ich noch nicht so krank war, bin ich mal nach Aşiyan zu Tevfik Fikret gefahren. Er gab gerade Unterricht im Robert-Gymnasium, und ich habe gewartet, bis er fertig war. Danach habe ich ihm gesagt, wie sehr ich seine Gedichte bewundere und dass ich ihn für einen neuen Namık Kemal halte. Er sah mich nur misstrauisch an. Ich überschüttete ihn weiter mit Lobesworten, für die ich mich jetzt nur schämen kann. Dann erzählte ich ihm von der Lage in Europa und davon, was meiner Ansicht nach zu tun ist, um den Kampf hier zu verstärken. Da fragte er mich, warum ich denn aus Europa zurückgekehrt sei. Wahrscheinlich hielt er mich für einen Polizisten. Daran stieß ich mich aber gar nicht, sondern ich trug ihm Gedichte vor, die er geschrieben hatte, und auch Gedichte von Namık Kemal. Getrunken hatte ich auch schon ein wenig ... Von dem steilen Weg dort hinauf war ich noch ganz erschöpft, mir drehte sich der Kopf, und ich steigerte mich immer mehr hinein. Er aber schien gar nichts zu begreifen. Dann führte er mich in seinem Haus herum, dessen Plan er selbst gezeichnet hatte, wie er stolz vermerkte. Und die von ihm gemalten Bilder zeigte er mir. Ja, du hörst schon recht, ein revolutionärer Dichter gibt alles auf und malt Bilder. Und was für welche: herabfallendes Laub. Einen Teller mit Obst darin. Er legt also allen Ernstes zwei Äpfel und eine Orange auf einen Teller und malt das Ganze. Jetzt frage ich dich, ob ein Revolutionär sich so etwas erlauben darf? Darf ein Revolutionär den ganzen Tag auf eine Orange und zwei Äpfel starren und sie abmalen? Und darf ein Revolutionär einem anderen Revolutionär so etwas auch noch zeigen? Ich habe zu ihm gesagt: Warum machen Sie das? Schreiben Sie doch lieber Gedichte! Schreien Sie alles hinaus, damit es jeder hört! Schreien Sie: Volk, erwache, steh auf! Nieder mit dem Despotismus!«

»Sei doch endlich still!« rief Mari.

»Er hatte nur Verachtung für mich übrig, und ein bisschen wollte er mich wohl auch aushorchen ... Dann sagte er, er habe jetzt Unterricht. Zu einer Geste ließ er sich aber doch noch herab, er schenkte mir nämlich einen kleinen Gedichtband. Nicht von sich selbst, sondern von einem französischen Dichter. Anscheinend wurde ihm klar, dass ich doch kein Polizist bin, und da wollte er sich gönnerhaft zeigen. Er lobte den schönen Einband des Buches und erklärte, dass er von dem Autor besonders viel halte. Ich habe mich dann später erkundigt: Es handelt sich bei dem Mann, François Coppée heißt er, um einen tumben Revolutionsgegner, der beim Dreyfus-Prozess auf seiten der Reaktion stand. Wo ist das Buch noch mal, Mari? Ah, da in dem Fach, bring es mir her, dann zerreiße ich es!«

Da fühlte Cevdet plötzlich jene unbekannte Kraft wieder in sich, die er schon am Nachmittag in Nişantaşı verspürt hatte. Er stand auf und rief:»Jetzt reicht es aber!« und wunderte sich dann selbst, dass

dieser Zornesausbruch nicht einmal künstlich wirkte.»Schlaf jetzt
endlich! Sonst rufe ich wieder den Arzt!«

»Hole ihn doch, diesen Italiener, dann habe ich jemand zum Reden. Das Licht der Vernunft hat ja zuerst in Italien geleuchtet, das ist
also die Heimat des Lichts. Na schön, ich werde ein wenig schlafen.
Du kannst gehen, wenn du willst. Wann kommst du wieder?«

»Morgen!« erwiderte Cevdet, aber dann reute ihn sogleich, nicht
lieber übermorgen gesagt zu haben.»Wo ich doch so viel zu tun
habe!« Er ärgerte sich, weil er irgendwie fürchtete, die unselige Atmosphäre in dem Raum bringe seine ganze Ordnung durcheinander.
»Der ganze Tag ist zum Teufel gegangen!« dachte er. Missmutig ging
er im Zimmer umher.

»Was läufst du denn da herum? An was denkst du?« fragte Nusret.
Dann begann er wieder irgend etwas zu erzählen.

Cevdet hörte ihm nicht mehr zu. Als er zur Tür ging, kam Mari
ihm hinterher. Er sagte ihr noch einmal, dass er am nächsten Tag wie-
derkommen werde.

»Ja, bitte, kommen Sie! Wenn Sie da sind, ist er viel angeregter und
lebhafter als sonst …« Sie blickte verschämt zur Seite und fügte
hinzu:»Nur dass er Ihnen ziemlich zusetzt … Der Junge möchte Sie
übrigens auch wiedersehen. Er hat mich vor dem Schlafengehen gefragt, ob Sie ihn wieder spazierenfahren.«

»Ja, das mache ich«, erwiderte Cevdet lächelnd.

12

NACHT UND LEBEN

Als Cevdet die Treppe hinabstieg, sah er drunten die Leute, die um
ein Tischchen mit einer Lampe herumsaßen und plauderten. Als er
an ihnen vorbeikam, verstummten sie, so dass er nicht mitbekam, ob
sie sich nun über den besten Reispudding, die niedrigen Preise in
Üsküdar oder über Rheuma unterhielten. Er trat in die Nacht hinaus
und merkte erst da, wie stickig es in der Pension und in dem Kran-

kenzimmer gewesen war. Es wehte hier genauso ein Lüftchen wie in Nişantaşı. Der Himmel war nun bewölkt. Cevdet weckte den auf seinem weichen Kutschbock schlafenden Kutscher. Bis der wieder einigermaßen zu sich kam, rauchte Cevdet eine Zigarette. Als sich das Coupé mit dem typischen Schaukeln in Bewegung setzte, öffnete Cevdet das Fenster. »Er stirbt, und ich lebe!« Erleichtert stellte er fest, dass er darüber weder ein Schuldgefühl noch Befriedigung empfand. Lächelnd ließ er den ganzen Tag Revue passieren. Er reckte sich und hätte dabei die langen Arme am liebsten zum Fenster hinausgestreckt. Beim Gähnen entfuhr ihm, als er die Kiefer gerade am weitesten aufgesperrt hatte, ein entspanntes Stöhnen. »Endlich nach Hause! In mein sauberes, frisches Bett!« Er ließ den Kopf leicht zurücksinken, dann noch weiter, die Augenlider fielen ihm zu, aber nicht ganz. Verhuscht sah er die Welt da draußen an sich vorbeiziehen, von Insekten umschwirrte Straßenlaternen, dahineilende Menschen, schwache Lichter von irgendwoher. Er lehnte den Kopf an, ließ die leichte Brise, die zum einen Fenster hinein- und zum anderen hinauswehte, über seinen Körper streichen, beteiligte seine Seele nicht an dem, was ihm durch den Kopf ging, hörte nicht auf das feige, verschlagene, unaufhörliche Geschwätz des Bewusstseins und saß so eine ganze Weile einfach reglos da. Immer wieder dachte er an den Satz, der ihn am Nachmittag überkommen hatte: »Ich lebe!« Das Coupé fuhr die Steilstraße hinunter, überholte andere Kutschen, und auf dem Straßenpflaster erklangen die Pferdehufe. Als der Holzboden unter den Rädern der Kutschte knarrte, wusste er, dass sie auf der Brücke angelangt waren.

Während sie die Brücke überquerten, blähte der Wind vom Marmarameer die kleinen Vorhänge des Coupés. Cevdet lehnte sich ans linke Fenster und sog den Wind ein. Das Meer roch nach Tang. Irgendwo in der Ferne glomm ein schwaches rosafarbenes Licht. Es kam ein Südwind auf. Ein an der Brücke vertäutes Schiff hob und senkte sich rhythmisch. Wenn der Beamte, der den Brückenzoll kassierte, seine Zigarette dem Wind zuwandte, glühte sie auf. »Wieder ein Tag vorbei!« seufzte Cevdet. Weder im alten Istanbul noch auf der anderen Seite in Pera waren Lichter zu sehen.

Der sonnenglühende Tag hatte im Nebel begonnen, und als Cevdet daran zurückdachte, verfinsterte sich seine Miene. Er riss ein Streichholz an, das ihm aber vom Wind ausgeblasen wurde, so dass er seine Zigarette erst beim dritten Versuch anzünden konnte. »Dieser Alptraum! Da war schon klar, dass der Tag schlecht beginnen würde. Dann habe ich Eskinazi nicht angetroffen. Und der Junge hat mir den Brief gebracht, von dem ich zuerst dachte, das sei nur ein Trick, um Geld aus mir herauszupressen. Aber ich schäme mich dieses Gedankens nicht!« Den Paşa hielt er im Rückblick doch nicht für so schlimm, sondern ganz einfach für einen gutmütigen Menschen, der Freude an Unterhaltung hatte. Cevdet musste lachen, als ihm die Schürzenjägereien wieder einfielen, die der Paşa beim Tavlaspielen erzählt hatte. Statt sich davon abgestoßen und schmerzlich berührt zu fühlen wie sonst von dergleichen, brachte er mildes Verständnis dafür auf. Gerne dachte er auch an den italienischen Arzt zurück, der in Beyoğlu so lebensfroh durch die Straße gegangen war. Wie er Mari die Hand geküsst und sich auch sonst benommen hatte, daran war zwar etwas typisch Christliches, aber doch auch etwas durchaus Sympathisches. »Irgendwie nett war auch der dicke Mann in der Apotheke, der Champagner und Mineralwasser gekauft hat. So wie die müsste man es machen ... Fröhlich sein, lachen, essen, trinken ... Von jetzt an werde ich auch so leben. Aber ich darf das Geschäft nicht vernachlässigen. Wie soll ich nur beides vereinbaren? Eigentlich bräuchte ich zwei Leben, dann würde ich eines im Geschäft und eines zu Hause verbringen.« In der Ferne hörte er es donnern. »Worte, nichts als Worte ...« Der Wind wehte den einen der kleinen Vorhänge zum Fenster herein und ließ den anderen hinausflattern. »Worte fliegen, Vorhänge fliegen. Ich lebe. Es kommt ein Lodos auf, wahrscheinlich ist morgen das Meer so unruhig, dass sie den Schiffsverkehr einstellen. Ach, dann kommt Eskinazi gar nicht von seiner Insel zurück. Wieder so eine Kaufmannssorge, die einem die Laune vermiest. Buchhalter Sadık wird morgen wieder sagen, Sie müssen diese Schulden eintreiben. Armer Sadık! Ein Buchhalter. Ich bin Kaufmann. Sowohl Fuat als auch Şükrü Paşa haben mich gefragt, was das Leben sei. Zu Fuat habe ich gesagt, das ist eine absurde Frage. Absurd, absurd. Wozu soll man sich so was fragen? So was fragen Bücherwürmer und Verwirrte. Fragt etwa Tante Zeynep sich so was?

93

Die lebt einfach. Und ich auch. Jetzt lege ich mich schlafen, und morgen früh stehe ich wieder auf. Ich kümmere mich um meine Geschäfte, ich werde heiraten, ich werde essen, rauchen, lachen, und das alles noch sehr oft. Und dann werde ich das Zeitliche segnen. Und einen der Tage bis dahin habe ich heute hinter mich gebracht. Und geträumt habe ich etwas! Und mich heute morgen unter diesen christlichen und jüdischen Kaufleuten wieder elend einsam gefühlt. Aber daran will ich jetzt nicht denken ... Was ich jetzt will? Schlafen! Zeliha hat mir das Bett bereitet. Ach, diese Frau!« Es bellten Hunde. »Als Kind habe ich mich vor Hunden gefürchtet. Mein Bruder und ich haben immer draußen gespielt. Beim Frühlingsfest ... Jetzt denke ich schon wieder an dieses Frühlingsfest.« Aus einem Fenster drang schwaches Licht. »Die Lampe stammt vielleicht von mir. Da sitzen vielleicht Leute unter einer bei mir gekauften Lampe zusammen. Und was tun sie? Sich unterhalten. Einer sagt, es kommt ein Lodos auf, darauf der andere, dann hol lieber die Blumentöpfe rein, sonst werden sie weggeweht, dann trinken sie Lindenblütentee und Fruchtsaft, und sie gähnen.« Er gähnte selbst und streckte sich dabei. »Mein Bruder verachtet das alles. Und warum? Weil er meint, er hätte so hehre Gedanken. Vielleicht hat er ja auch recht, und seine Ansichten stimmen. Aber weil er sich für so unfehlbar hält und Dinge fühlt und denkt wie niemand sonst, sieht er auf alle nur herab. Ist es das wert? Ach ...« Wieder gähnte er herzhaft. Das Coupé bog in das Viertel ab. »Zwei Leben bräuchte der Mensch. Zwei Seelen. Eine fürs Geschäftsleben und eine zum Amüsieren. Und die zwei sollten sich nicht ins Gehege kommen, sondern einander eine Hilfe sein. Genau, das ist es. Mein ganzes Leben soll von nun an so sein! Ja, leben werde ich!« Wieder streckte er die Glieder, und als er schließlich aus dem Coupé stieg, konnte er sich nur wundern, wie frisch er sich plötzlich fühlte.

»Heute habe ich Sie ganz schön beansprucht!« sagte er zum Kutscher. Der lächelte, als ob er den ganzen Tag nur auf diesen Satz gewartet hätte.

»Kommen Sie morgen früh um die gleiche Zeit wieder, ja?«

»Geht in Ordnung!«

Die Kutsche fuhr los, und Cevdet sah ihr hinterher, bis der zittrige Schein ihrer Lampen hinter der Straßenecke verschwand. Er ging ins

94

Haus. Im Erdgeschoss war noch ein Lichtschimmer zu sehen. »Sie schläft noch nicht!«

»Wer ist da? Bist du das, Cevdet?«

»Ja, ich bin's!« Er ging auf die Treppe zu.

»Warte mal! Hast du Hunger? Hast du zu Abend gegessen?«

»Nein!« rief Cevdet und bereute es sogleich.

»Dann komm rein, ich habe dir Fleisch mit Auberginenpüree gekocht! Ich habe auf dich gewartet, und dabei muss ich eingenickt sein.« Mit einer Petroleumlampe in der Hand kam Zeliha, leicht taumelnd, aus der Küche heraus.

»Wärst du doch ins Bett gegangen! Wozu hast du denn auf mich gewartet?«

»Einfach so«, erwiderte sie lächelnd. »Der Tisch ist schon gedeckt, Na komm schon!«

Cevdet ging in die Küche und überlegte, wie das Auberginenpüree schmecken und wie schwierig es sein würde, die Frau einmal loszuwerden. »Jetzt vermischt sich schon wieder alles! Wie soll man die zwei Leben auseinanderhalten?«

»Setz dich doch!« sagte Zeliha, froh darüber, sich nützlich machen zu können. »Wie geht es dir? Wer weiß, was du alles gemacht hast! Lass dir mal erzählen, was heute hier im Viertel passiert ist. Du kennst doch Mustafa, der da vorne am Brunnen wohnt, also der kommt gerade von der Moschee nach Hause, und da trifft er an der Ecke den Dings … Willst du eine farcierte Pfefferschote? Nicht wenigstens eine? Also da trifft er Salih und schaut so, was der in der Hand hat … Es wird regnen, was? Also, da hat der einen riesengroßen Schlüssel in der Hand … Und da sagt er, hör mal, Salih, was willst du denn mit …«

ZWEITER TEIL

1

EIN JUNGER EROBERER IN ISTANBUL

»Europa wird von nun an für uns noch eins sein: ein … ein Ziel!
Oder besser gesagt ein Vorbild!« Sait redete ziemlich hastig in dem
durchgerüttelten Speisewagen. »Unseren Stolz müssen wir jetzt einmal beiseite lassen. Ich sage immer: Das Klirren unserer Schwerter
wird nun schon so lange von Gewehr- und Maschinenlärm übertönt … Unser Staat ist nicht mehr der alte Staat, wie ja auch die Welt
nicht mehr die alte Welt ist! Wir haben bald die Hälfte des zwanzigsten Jahrhunderts hinter uns. Februar neunzehnhundertsechsund-
dreißig … Wie weit ist es da noch bis neunzehnhundertfünfzig …
Trinken wir also, vergessen wir unseren Stolz und finden wir uns mit
der Republik und mit Europa ganz einfach ab! Aber Sie trinken ja gar
nichts?«

Ömer versuchte etwas zu sagen. »Februar neunzehnhundert-
sechsunddreißig!« dachte er. »Ich gehe nach Istanbul zurück …«

»Nein, nein, lassen Sie nur, ich verstehe Sie schon«, sagte Sait. »Sie
sind so in Gedanken versunken, auf Sie wartet wohl jemand in Istanbul! Verstehe, verstehe …« Er setzte ein väterliches Lächeln auf.

»Nein, auf mich wartet niemand«, erwiderte Ömer. »Kein Mensch
erwartet etwas von mir!« Er streckte sein Glas zu der Weinflasche,
die Sait in der Hand hielt. »Sie haben recht, bis jetzt habe ich nicht
mitgetrunken, aber das soll nun anders werden!«

»Die Frauen sollen auch mittrinken!« rief Sait. »Wir sind ja noch
nicht in der Türkei!«

Das war eine Anspielung auf den kulturellen Wandel und die Gepflogenheiten in der Türkei, unserer geliebten, traurigen Heimat, auf
die der Zug da um Mitternacht zufuhr. Schon lange wurde bei Tisch

über solche Themen geredet, wurde gelacht und gescherzt. Sait machte sich über seine Frau Atiye lustig: Alkohol so richtig genießen könne diese einzig und allein im Ausland. Daraufhin spöttelte Saits Schwester Güler über ihren Bruder: Ob der etwa nicht jedesmal, wenn er nach Frankreich fuhr, seine Ansichten über Raki und Wein wieder mal völlig umwerfe?

Sait tat so, als ob der Scherz seiner Schwester ihn gekränkt habe. »Über Raki gibt es für mich keine Diskussion«, sagte er. Und zu Ömer gewandt: »Das ist ein Männergetränk!«

Darüber wurde nicht gelacht. Lediglich Sait selbst lächelte zufrieden, weil er in Ömer einen männlichen Bundesgenossen sah.

Bekanntschaft geschlossen hatten sie am Vorabend im gleichen Speisewagen. Sait hatte in dem vollen Waggon gefragt, ob sie sich an Ömers Tisch setzen dürften. Nach den ersten Höflichkeitsfloskeln hatte Sait dem jungen Mann erklärt, was sie nach Paris geführt habe: Er und seine Frau hätten sich nämlich angewöhnt, jedes Jahr nach Europa zu reisen. Diesmal hätten sie auch Saits Schwester mitgenommen, die sich gerade von ihrem Mann getrennt habe. Ömer wiederum hatte erzählt, er sei auf der Rückreise von London, wo er vier Jahre lang Ingenieurwesen studiert habe.

»Aber bei den Frauenrechten sind wir doch so manchem europäischen Land voraus«, sagte Atiye nun.

»Stimmt, und das ist von Bedeutung«, erwiderte Sait. »Tja, wir sind eben eine Republik jetzt.« Mit einem Lausbubenblick, der in seinem Gesicht deplaziert wirkte, fügte er hinzu: »Aber schließlich und endlich haben die Frauen doch überall auf der Welt die gleichen Pflichten.«

Er erntete damit betretenes Schweigen.

»Nun ja, das ist seine Meinung«, kommentierte Atiye knapp die Grobheit ihres Mannes. Allerdings war es nicht ihre Art, sich mit so etwas lange aufzuhalten. Plötzlich leuchteten ihre Augen auf, und sie zog ein paar Fotos aus der Tasche, die sie lächelnd Ömer hinhielt: »Schauen Sie, das da ist meine süße Pflicht!«

Ömer nahm das erste Foto zur Hand und sah darauf einen kleinen Jungen im Matrosenanzug. Eine Hand hatte er auf eine Stuhllehne gestützt, mit der anderen grüßte er.

»Wie alt ist er denn?« fragte Ömer höflichkeitshalber.

»In einer Woche wird er vier! Im März 1932 ist er geboren.«

Ömer dachte: »Und ich bin seit vier Jahren im Ausland!« Er lauschte auf das Rattern des Zuges. »Seit vier Jahren habe ich keinen Fuß in die Türkei gesetzt. Ich bin nach Europa abgehauen, wollte eigentlich promovieren, habe mich aber dann mit einem Ingenieurdiplom begnügt, habe mich auch herumgetrieben und ein wenig an mich selbst gedacht, habe das Erbe meiner Eltern durchgebracht, habe gelebt … Und jetzt fahre ich heim. Ich kehre heim und stürze mich ins Leben, so wie meine Tante das von mir erwartet.«

»Auf dem Bild da war er ein Jahr alt, da haben wir zu uns nach Hause in Teşvikiye einen Fotografen kommen lassen.«

Auf dem Foto lag der Junge auf dem Arm seiner Mutter, während der leicht vorgebeugte Sait seiner Frau eine Hand auf die Schultern legte, aber mehr nach Art eines beschützenden großen Bruders. Die dritte Aufnahme musste aus einem Fotostudio stammen. Das Ehepaar hatte dabei ein gefrorenes Lächeln aufgesetzt. Ob sie auf dem Foto glücklich waren oder diese Pose einfach für angebracht hielten, war nicht recht zu erkennen. Der Junge auf ihrem Schoß machte einen weinerlichen Eindruck.

Ömer merkte, dass er etwas sagen musste. »Ein lieber Junge.«

»Das sagen alle«, rief Atiye sogleich aus. Fröhlich nahm sie die Fotos wieder an sich. Sait wandte sich seiner Frau zu, und gemeinsam schienen sie danach zu fahnden, was genau Ömer an dem Jungen »lieb« gefunden hatte.

»Worauf bin ich eigentlich aus bei meiner Rückkehr nach Istanbul?« dachte Ömer. »Auf eine Frau, ein Kind, eine glückliche Familie und vor allem auf das Geld, das man dazu verdienen muss. Auf alles das also?« Sie waren noch nicht einmal in der Türkei angelangt, aber schon wurde er beim Gedanken an ein kleines Familienglück von einer gewissen Melancholie erfasst. Er stürzte sein Glas hinunter: »Ich trinke noch was!«

»Und ob Sie noch was trinken!« lachte Sait. »Sie sind ja noch jung; wenn Sie jetzt nicht trinken, wann dann?«

Ein von seiner jährlichen Europareise heimkehrender Ehegatte. Er war stolz auf seine junge Frau, blickte gerührt auf die Fotos seines

Sohnes, lebte von Importgeschäften und dachte hin und wieder wehmütig daran zurück, dass er als Sohn eines Paşas aufgewachsen war. Ömer sagte sich:»Ich werde es anders machen! Ich muss über all das hinauskommen! Weiter als die da! Ich muss erst einmal alles erschüttern, kurz und klein schlagen!«

Nach einer Weile sagte Güler:»Du wolltest doch weiter von Europa erzählen, Sait.«

»Ja, stimmt! Von Europa und von uns ... Von meinem Vater, dem Paşa, habe ich ja schon erzählt, nicht wahr? Also dieser Cevdet, mit dessen Sohn Sie befreundet sind, für den haben sich meine Eltern verwendet, als er um die Hand von Nigân angehalten hat. Und die Hochzeit wurde dann in unserem Konak abgehalten. Na ja, den Konak haben wir später von Grund auf renovieren lassen. War einfach nicht mehr zeitgemäß.«

Atiye fragte seufzend:»Was wohl mit uns in zwanzig oder dreißig Jahren sein wird?« Sie sah dabei Ömer an.

»Die erwarten sicher von mir, dass ich was Unterhaltsames beitrage«, dachte Ömer, doch gab er sich lieber dem Schütteln des Waggons und dem Trinken hin.»Sollen wir noch eine Flasche bestellen?« fragte er.

»Aber selbstverständlich!« rief Sait. Er sah voller Wohlwollen auf den jungen Mann, der sich da anschickte, das Leben in Angriff zu nehmen, und er dachte dabei wehmütig an sich selbst und an die verflossenen Jahre zurück.

Der Kellner brachte eine neue Flasche.

Ömer dachte daran, wieviel er zu früheren Zeiten schon getrunken hatte. Angefangen hatte er nach dem Tod seines Vaters, und als auch die Mutter starb, wurde ihm das Trinken zur Gewohnheit. Während seines Ingenieurstudiums in Istanbul war es oft genug vorgekommen, dass er sich ins Nachtleben von Beyoğlu stürzte, bis in den Morgen hinein trank und dann in diesem Zustand an der Hochschule aufkreuzte. Nach dem Diplom sagte er sich, es sei nun Zeit, sich ein wenig woanders umzusehen, und seine Freunde bestärkten ihn darin.»Du hast Geld und Zeit, bist nicht gebunden, da willst du doch nicht immer auf dem gleichen Misthaufen herumkratzen. Also mach, dass du fortkommst, schau dir die Welt an, amüsier dich und lern womöglich noch was dabei!« In England tat er dann, wozu die Freunde ihm geraten hatten. Als er sich einmal verliebte, spielte er schon mit dem Gedanken, zu heiraten und sich ganz dort niederzulassen. Nun sah er sich die vom Kellner gebrachte Flasche an: »Jetzt machen sie bei uns auch schon ganz ordentliche Sachen!« Nach seinem Beschluss, in die Türkei zurückzukehren, waren bei ihm schon Reuegedanken aufgekommen, denn jetzt würde er doch tatsächlich wieder auf dem gleichen Misthaufen herumkratzen. Mittlerweile aber war er guter Dinge. Die Türkei war nun mal sein Misthaufen und ganz auf seinen Ehrgeiz zugeschnitten. Europa dagegen wirkte, als sei es längst erobert. Während er das Flaschenetikett begutachtete, dachte er: »Es mag ein kindlicher Gedanke sein, aber irgendwie hatte ich Angst, dort mein ganzes Leben zu verbringen. Der Himmel kam mir dort so bleiern vor … In der Türkei ist alles ganz anders. So neu, als würde es nur auf mich warten!«

»Hoho, Sie trinken aber ganz schön schnell, ich komme ja kaum mehr nach!«

Beschämt erwiderte Ömer: »Ach ja, wirklich? Mir schmeckt es plötzlich so!«

»Aber so still werden Sie dabei«, sagte Atiye vorwurfsvoll. »Nun sagen Sie schon, woran haben Sie gerade gedacht? Raus mit der Sprache!«

Sait Bey sah seine Frau an, als wollte er sagen: »Jetzt lass den Jungen doch in Ruhe!« Er lächelte Ömer an. Er war darum bemüht, so zu wirken, als kümmerte ihn nicht recht, ob der junge Mann sich nun offenbarte oder nicht, doch von seinem Gesicht ließ sich etwas ganz anderes ablesen, nämlich: »Das würde mich jetzt auch interessieren, was du so denkst!«

»An mich habe ich gedacht!« sagte Ömer.

»Hört, hört!« rief Atiye aus und warf keck den Kopf zurück. »Und was, wenn ich fragen darf?«

»Dass ich so vieles machen will! So vieles vorhabe!«

»Ja natürlich. So jung, wie Sie sind!« erwiderte Sait.

»Nein, so meine ich es nicht. Ich will was anderes damit sagen. Ich denke, dass ich viel unternehmen will, aber das sollen … irgendwie ganz neue Dinge sein!« Er spürte, wie er errötete.

»Ich denke, ich weiß, was Sie meinen«, sagte Sait.

»Ich kann es irgendwie nicht richtig ausdrücken!«

»Versuchen Sie es trotzdem!« versetzte Atiye in der gleichen herausfordernden Art wie schon zuvor.

Nun sah auch Saits Schwester Güler von ihrer Speisekarte auf, in der sie, seit die Familie an dem Tisch Platz genommen hatte, so vertieft las wie in einem Buch.

Ömer sagte: »Sind Sie ... sind Sie eigentlich ehrgeizig, Sait?«

»Wie bitte?« erwiderte Sait lächelnd, zog aber dann die Brauen zusammen. Er wandte sich seiner Frau zu, als müsste er sich vergewissern: »Was meinst du, bin ich ehrgeizig?«

Atiye beeilte sich zu versichern: »Nein, nein, so was ist ihm ganz fremd. Er ist wie ein Lämmchen.« Am liebsten hätte sie losgelacht, aber beim Anblick von Ömers Gesichtausdruck erschrak sie ein wenig. Sie war eine aufgeklärte Frau, fürchtete sich aber, irgendwelche Sünden zu begehen.

»Zum Glück bin ich nicht ehrgeizig!« sagte Sait schließlich. »Meine kleinen Freuden und Sorgen sind mir genug!«

Da lachten sie alle.

»Ich dagegen bin zum Glück ehrgeizig!« sagte Ömer dann. Er merkte, wie Güler ihn dabei ansah. »Und kleine Freuden und Sorgen sind mir eben nicht genug!« Entschuldigend fügte er hinzu: »Ich möchte so vieles unternehmen. Mich nicht mit wenigem begnügen. Ich weiß nicht, ob Sie wissen, was ich meine. Mein Ehrgeiz bezieht sich nicht auf etwas Bestimmtes, sondern ganz einfach auf alles! Ich will alles erobern, was sich mir bietet, das ganze Leben!«

»Tja ja, die Jugend ...« murmelte Atiye.

»Was zum Beispiel möchten Sie erobern?« hakte Sait nach.

»Alles.« Er griff zum Käseteller; nicht um davon zu essen, sondern weil Sait ihm den Teller hinhielt.

»Schaut mal«, sagte Sait, »diesen Käse hier essen die Franzosen vor dem Obst. Er riecht ein wenig streng, was? Aber wenn man sich mal daran gewöhnt hat ...«

»Aber Sait, Ömer erzählt uns doch gerade was ...« unterbrach ihn Atiye.

»Schon gut, wir hören ja zu.«

Ömer fühlte aller Augen auf sich gerichtet und sagte:»Ich habe wohl zuviel getrunken!«

»Aber ich bitte Sie! Sie waren so schön am Erzählen!« wehrte Atiye ab.

»Wissen Sie, für Unterhaltsames hat meine Frau was übrig«, versetzte Sait. Und da ihm schien, der Pfeil habe nicht so recht getroffen, fügte er sogleich hinzu:»Sie ist neugierig auf amüsante und spektakuläre Geschichten. Erzählen Sie also ruhig!«

»Ich bin auch neugierig«, sagte Ömer aufgeregt.»Ich bin neugierig auf alles und will auch gleich alles. Sie haben mich gefragt, was ich denn erobern will. Nun, schöne Frauen, Geld, Ruhm. Na ja, Sie sehen schon. Und ich will das alles unbedingt, auch wenn ich dabei jemandem weh tun muss.«

Sait wandte sich in beschützender Geste zu seiner Frau und seiner Schwester:»Passt auf, die Fleischsauce ist ziemlich scharf. Das Gewürz kommt mir bekannt vor …«

Ömer wurde ganz rot. Atiye sagte:»Ich glaube, ich habe Sie jetzt begriffen: Sie sind ein moderner Rastignac. Sie wissen schon, der Held aus *Vater Goriot* von Balzac. So einer. Ein Eroberer … Ja, das ist wohl der richtige Ausdruck dafür.«

»Ihr Gesicht ist ja ganz rot«, sagte Sait.»Die drehen die Heizung viel zu sehr auf. Soll ich noch eine Flasche bestellen?« Er lächelte nun wieder auf seine väterliche, joviale Art.

»Ja, gerne!«

Atiye, ganz stolz auf ihre Trouvaille, wiederholte:»Genau, ein Eroberer sind Sie, ein Rastignac!«

»Ich ziehe den ersten Begriff vor, wenn Sie erlauben. Ein Eroberer bin ich!«

»Herrlich!« krähte Atiye aufgeregt.»Machen wir doch ein Foto! Geht das hier, Sait?«

»Wohl kaum bei dem Licht. Hast du den Apparat denn dabei?«

Güler sagte unvermittelt zu Ömer:»Eigentlich wirken Sie gar nicht wie ein Türke!«

Sait sagte:»So, lassen wir das Thema! Ich erzähle euch jetzt einen Witz. Treffen im Wald eine Schildkröte und ein Fuchs aufeinander. Sagt der Fuchs …«

Sait trug einen dünnen, gepflegten Oberlippenbart, der sich beim Erzählen zugleich mit der Lippe auf und ab bewegte. Ömer dachte: »So, gleich darf gelacht werden.« Als Sait den Witz fertigerzählt hatte, lachten alle wie auf Kommando los.

Darauf Atiye: »Erzähl doch den mit dem Diener, der immer die Gläser durcheinanderbringt!« Sait lachte auf und fing dann sogleich an zu erzählen. Seine Frau ging dabei so richtig mit und vollführte sogar die gleichen Bewegungen wie er. Der Speisewagen war noch immer bis auf den letzten Platz gefüllt. An einem Tisch saßen vier ältere Herren und prosteten sich lauthals lachend zu. Bei einem von ihnen, aus dessen Westentasche eine glänzende Uhr herausschaute, verwickelte sich beim Lachen der weiße Vollbart mit der Krawatte. An einem anderen Tisch küsste eine Frau mit Hut lächelnd das schlafende Kind auf ihrem Schoß ab. »Ich habe früher auch viel gelacht!« dachte Ömer. An der Ingenieurhochschule hatte er fortwährend Witze gerissen. Zusammen mit Muhittin und Refik hatte er Poker gespielt und sich über alles lustig gemacht. Aber jetzt dachte er ungern daran zurück. Außerdem ließ die Wirkung des Alkohols bei ihm nach, was seiner Stimmung abträglich war. So lauschte er wieder auf die Witze.

Gegen ein Uhr leerte sich der Speisewagen allmählich. Einer der Kellner, die sich in dem Zug immer leicht schwankend fortbewegten, kam auf sie zu und sagte zuvorkommend: »Meine Herrschaften, wir schließen bald. Wir sind nicht mehr weit von Edirne entfernt. Wenn Sie bitte zur Passkontrolle Ihr Abteil aufsuchen möchten!«

»Selbstverständlich, wir gehen gleich«, erwiderte Sait.

Sie saßen aber noch eine Weile schweigend da. Dann griffen die Frauen zu ihren Taschen, und Sait beglich die Rechnung. Atiye sah zum Fenster hinaus. Ömer dachte: »Da sieht man es! Kaum sind wir in der Türkei, werden wir schwermütig.«

Als sie aufstanden, fühlte er sich plötzlich ganz einsam. »Vielleicht laden sie mich ja in ihr Abteil? Dann reden wir dort weiter!« Er sah ihnen nach. »Was soll's? Ich bin ein Eroberer! Ein Rastignac ... Vielleicht habe ich zuviel getrunken, aber der Alkohol tut mir –«

»Bis morgen früh!« rief Atiye ihm noch zu. Sie brachte wohl am meisten Verständnis für ihn auf. Ömer sagte sich, sein Ehrgeiz müsse stark genug sein, um ihm über solche wehmütigen Momente hinwegzuhelfen.

Am nächsten Morgen sah er seine Reisegenossen wieder, als der Zug in den Bahnhof Sirkeci einfuhr. Sie beugten sich zum Abteilfenster hinaus und blickten aufgeregt nach links und rechts. Ömer ging zu ihrem Abteil und verabschiedete sich von jedem mit Handschlag. Sie tauschten noch ein paar Höflichkeiten aus, und Sait sagte väterlich: »Ich habe gestern abend noch an Sie gedacht! Sie haben schon recht mit Ihrem Ehrgeiz. Davon gibt es nicht genug in unserem Land!«

Ömer winkte ab, also wollte er sagen: »Ach was, nehmen Sie doch mein Geschwätz nicht so ernst!« Die beiden Frauen, die nach Angehörigen Ausschau hielten, lächelten über diese Handbewegung. Sie trugen breitkrempige, ansprechende Hüte. Atiye machte von Ömer schnell noch ein Foto. Dann sagte Ömer, er sei jetzt ganz aufgeregt über seine Heimkehr, und verließ ihr Abteil.

Als er mit seinen Koffern dem Zoll entgegenstrebte, sah er die drei noch einmal. Die Hüte der Frauen ragten vom Zugfenster auf den Bahnsteig heraus wie reife Früchte. Atiye winkte dem jungen Mann, den sie interessant fand, noch ein letztes Mal zu. Sait wiederholte, sie müssten sich in Istanbul unbedingt einmal treffen. Als Ömer diese Worte durch den Bahnsteiglärm hindurch nachhallten, merkte er erst, wie gerührt er war. Am Zoll wurde er auf den kleinen Jungen aufmerksam, den er am Vorabend im Matrosenanzug auf dem Foto gesehen hatte. Der Junge saß etwas kratzbürstig auf dem Arm eines Kindermädchens und winkte vage zum Zug hin. Ömer dachte: »Ich werde es schaffen!«

Beim Betreten des Zollgebäudes wurde ihm erstmals so richtig bewusst, dass er wieder in der Türkei war. Es wurde ein freudiges Gefühl in ihm wach, wie er es seit einer Ewigkeit nicht mehr empfunden hatte; ja kaum erinnern konnte er sich an dergleichen. Er suchte nach einem Beamten, dem er seine Koffer vorzeigen konnte. Schließlich stellte er sich bei einem älteren Zollbeamten an. Nach einer Weile drängte sich ein eleganter Mann in einem langen Mantel vor ihn. Der Beamte beschied ihnen, sie warteten bei ihm umsonst, denn die Kontrolle finde bei seinem Kollegen nebenan statt. Drängelnd stellten sich die Leute dort an. Aus einem Raum heraus brüllte jemand nach Leibeskräften. Ein in der Schlange wartender Mann mit Hut klagte, man werde hier reinweg schikaniert. Als Ömer an der Reihe war, trat ein älterer Kollege zu dem Zollbeamten und sagte: »Lass den jungen Mann durch, bei dem ist bestimmt alles in Ordnung!«

Der Zollbeamte brummte: »Jaja, schon gut!« und winkte Ömer durch. Ein Träger schnappte sich Ömers Koffer, und schon standen sie draußen in Sirkeci.

An der Straßenecke stiegen aus einer Trambahn Fahrgäste aus. Dahinter wartete ein Pferdewagen; der Kutscher darauf rauchte. Vier Träger schleppten mit ihren Schulterhölzern ein Fass in Richtung Babıali hinauf. Ein Straßenfeger unterhielt sich mit einem Bettler, der auf der Gehsteigkante saß. Ein eleganter Herr mit Schirm ging nach Karaköy hinüber. Vor einem Lokal wurden aus einem Pferdewagen große Kanister ausgeladen. In einem Taxi las der Fahrer Zeitung. Eine Frau stand mit einem Kind an der Hand vor der Scheibe eines Schuhgeschäfts. Über allem wölbte sich ein heller, federleichter Himmel. Die Luft war feucht.

Der Träger wandte sich zu dem sinnierend dastehenden Ömer um und fragte: »Wohin?«

»Nach Karaköy.«

Er wollte zu Fuß über die Brücke gehen, und so folgten sie dem eleganten Herrn mit dem Schirm. »Ich bin ein Eroberer!« dachte Ömer. Er fühlte sich leicht: Zum erstenmal seit Jahren drückte der Himmel nicht auf ihn herab.

2

DAS FEIERTAGSESSEN

Das Kinn auf die Hände gestützt, sah Nigân auf die bestickte Tischdecke und den Porzellanteller vor sich. »Gut, dass ich das Service mit dem Goldrand habe auflegen lassen! Wie lange das schon unbenutzt im Buffet stand ... Den Nachmittagstee trinken wir dann aus den blaugeblümten Tassen, die meine Großmutter zu meiner Aussteuer beigetragen hat. Leider sind zwei davon schon entzweigegangen. Warum lasse ich eigentlich das Silberzeug nie polieren? Wenn man das nicht an einem Tag wie heute benutzt, wann denn sonst? Man sollte alles viel öfter in Gebrauch nehmen!« Die bestickte Tischdecke hatte sie auch erst zum letzten Opferfest hervorgeholt. Da sie ebenfalls Teil der Aussteuer war, wurde sie also seit dreißig Jahren sorgfältig aufgehoben. Nigân verspürte eine seltsame Lust, alles, was in Schränken, Kisten, Truhen und Buffets gehortet wurde, schnell zu benutzen und zu verbrauchen. »Mir ist, als möchte ich miterleben, dass nicht nur alles verwendet wird, sondern die Tischdecken befleckt werden und zerreißen, Tassen und Teller zerbrechen und Gabeln und Messer verlorengehen! Vor dreißig Jahren haben wir geheiratet; das heißt, dass ich jetzt mit Cevdet schon zum sechzigstenmal einen Bayram feiere! Und alle sind da: mein Mann, meine zwei tollen Söhne, meine Tochter, meine lieben Schwiegertöchter und die zwei Enkel.«

Sie saßen zusammen in dem Haus in Nişantaşı, dessen Fenster auf die Lindenbäume und den berühmten Gedenkstein hinausgingen, und warteten darauf, dass der Koch das Mittagessen hereinbrachte. Nigân schätzte das warme Licht des Kronleuchters, den sie angemacht hatten, da es draußen düster und regnerisch war. Gleich würde, wie bei jedem Bayram, der Koch Nuri die große Servierplatte ins Esszimmer hereintragen und dabei auf Zehenspitzen gehen. Jenes Detail gehörte zum Zeremoniell und wurde mit der gleichen Spannung erwartet wie das Essen selbst.

»Habt ihr gesehen? Eines von den Tieren hatte einen riesigen Kiesel im Bauch. So groß!« sagte Refik, der jüngere von Nigâns Söhnen.

Er zeigte mit Daumen und Zeigefinger an, wie groß der Kiesel war, und malte dazu noch mit dem Finger einen Kreis auf das Tischtuch. »Refik ist immer auf alles neugierig. Das hat er von mir!« dachte Nigân. Dann sah sie zu Osman, dem älteren, der seinem Bruder Antwort gab.

»Im Widder war der drin, oder?«

Gemeint waren die Opfertiere, die man im Garten hinter dem Haus geschlachtet hatte. Dass Nigân zu jedem Opferfest einen Widder und zwei Lämmer schlachten ließ, verschaffte ihr ein Überlegenheitsgefühl, das sich auch jetzt wieder in heftigem Augenzwinkern ausdrückte.

»Na, wo bleibt denn das Essen?« Cevdet war ungeduldig wie eh und je.

Als Nigân sah, wie ihr Mann neben ihr mit seiner altersfleckigen Hand die Gabel umfasste, dachte sie verärgert: »Gleich isst er wieder den Salat aus der Schüssel!« Dann sah sie zu ihrem sechsjährigen Enkel Cemil hinüber, der seiner zwei Jahre älteren Schwester Lâle erzählte, wie der Widder noch gezittert hatte, nachdem die Kehle durchgeschnitten war. Lâle hatte das Schlachten nicht mit ansehen können. Nigân stellte beruhigt fest, dass ihre Enkel einen gesunden und lebhaften Eindruck machten. Ihre Tochter Ayşe dagegen saß wie immer still und trübsinnig da.

Nuri kam aus der Küche heraus, und da Nigân es als erste wahrnahm, verkündete sie mit gelassener Märchenerzählerstimme, es sei nun soweit. Ohne auf Nuris Füße zu blicken, merkte sie an den Bewegungen des Kochs, dass er tatsächlich wieder auf Zehenspitzen ging. Mit blinzelnden Augen sah sie zu, wie er die Servierplatte feierlich auf den Tisch stellte. Nach kurzer andächtiger Stille setzte ein fröhliches Lärmen ein, und jeder begutachtete das servierte Mahl.

Auf der edlen Servierplatte war mit Erbsen verzierter Reis zu kleinen Türmchen angehäuft, die von kleinen Fleischstückchen umgeben waren. Es handelte sich allerdings nicht um Fleisch von den Opfertieren. Neun Jahre zuvor, nach einem ebensolchen Essen zum Opferfest, hatte Cevdet sich, wohl auch infolge des schon am Vormittag reichlich genossenen Likörs, in die Stehtoilette im Erdgeschoss übergeben, wonach man darauf verzichtet hatte, das frische

Fleisch der Opfertiere noch am gleichen Tag zu servieren. Cevdet hatte damals behauptet, sein Unwohlsein sei nicht auf den Likör, sondern auf das Fleisch zurückzuführen, und da er noch mehr Unerquickliches geäußert hatte, war Nigân am darauffolgenden Tag allein zu ihrem Vater gefahren und hatte sich in den Armen ihrer Schwestern Türkân und Şükran gehörig ausgeweint. Mittlerweile war Nigân froh, dass sie nicht mehr das frisch geschlachtete Fleisch servierten, das laut Cevdet »widerlich roch« und einem schwer im Magen lag. Sie nahm die beiden Servierlöffel zur Hand und sah ihre Schwiegertöchter an, die ihr direkt gegenübersaßen. Nach ein paar Sekunden genussvollen Überlegens reichte sie die Löffel Perihan, der jüngeren der beiden Frauen.

»Heute servierst du uns mal!«

Das war ein besonderer Augenblick. Perihan sah errötend auf die Löffel in ihrer Hand, während Cevdet wie gewohnt seinen Teller als erster hinschob und alle anderen aus Vorfreude auf das Essen strahlende Mienen aufsetzten. Nigân war gerührt. »Hübsch ist sie!« dachte sie beim Anblick Perihans. »Wie sie die Haare zu einem kunstvollen Dutt formt, zeugt von Geschmack. Ein dünnes Stimmchen hat sie, aber das macht ja nichts. Refik scheint mit seinem Leben zufrieden zu sein. Ich war es damals auch, als ich mit Cevdet hier einzog. Und zum Glück bin ich es ja heute noch. In einem neuen Haus mit neuer Einrichtung zu leben war wunderschön.«

Cevdet brummte: »Gibt's denn keinen Salat?«

»Ach, den haben sie vergessen!« dachte Nigân. »Und ich habe es auch nicht gemerkt!« Sie rief sogleich nach dem Dienstmädchen. Dann blickte sie zu ihrem Mann hinüber und stellte verärgert fest, dass sein Teller wieder einmal schier überquoll. »Dann wird er ganz schläfrig, und hinterher ist ihm unwohl!« Sie sah Cevdet zu, wie er beim Essen sein ergrautes Haupt zum Teller vorbeugte, sah seine feine, lange Nase und wandte sich schließlich, angenehm berührt von diesem Anblick, ihrem eigenen Essen zu. Bald hörte sie den dozierenden Ton ihres älteren Sohns Osman.

»Dass in Europa ein Krieg ausbricht …«

Osman sprach mit seinem Bruder, und Nigân sah ihnen eine Weile dabei zu. Wie immer, wenn von Krieg die Rede war, fühlte sie sich ungeheuer einsam. Alle paar Jahre musste es immer zu einem Krieg kommen, der zwischen Welt der Männer und ihrer eigenen einen unüberwindlichen Trennstrich zog. Und noch dazu verliefen die Kriege immer gleich, genauso wie jene Männergespräche. »Was soll dieses Gerede? Können sie nicht über etwas anderes sprechen?« dachte sie. Die beiden Söhne diskutierten unverdrossen weiter. Osman gab sich, als wüsste er, dass seine Worte niemanden so recht interessierten, ja nicht einmal ihn selbst. Sowohl sein Ton als auch seine Blicke schienen zu sagen: »Tja, was soll man machen, hin und wieder ist so was einfach nötig!« Refik, wie sein Bruder in Anzug und Krawatte, warf nur ab und an ein paar Worte ein, machte auch mal einen kleinen Scherz, das alles mit einer Miene, als wollte er sich für diese Unterhaltung bei den anderen entschuldigen. Aber es war eben ein ernstes Männergespräch. Nigân kam es so vor, als könnte bei solchen Diskussionen weder sie selbst noch auch irgend jemand anders wirklich das sagen, was er auf dem Herzen hatte. Die Männer wurden mit einemmal noch männlicher, während die Frauen zur Dekoration verkamen. »Dabei bin ich imstande zu sehen und zu denken!« Plötzlich fiel Cevdet in das Gespräch ein.

»Sag mal, Nermin, was meinst du zu der Sache?«

Die erste Essensgier hatte er also hinter sich. Liebend gerne neckte er seine Schwiegertöchter. Osmans Frau sah sich hilfesuchend nach ihrem Mann um und stammelte dann erste Worte, aber Cevdet hörte ihr gar nicht zu und sagte: »Ausgezeichnet, das Fleisch, bravo!«

Nermin verstummte auf der Stelle. Peinliches Schweigen.

»Ja, es ist gut geworden«, sagte Nigân.

Allmählich setzten das Besteckklappern und das fröhliche Plaudern wieder ein. Es wurden die üblichen Feiertagsgespräche geführt, und Nigân saß blinzelnd da und genoss die festliche Stimmung.

»Jetzt hat schon wieder dieses Blinzeln angefangen!«

Als der zweite Gang, Bohnen in Olivenöl, aufgetragen wurde, kam die Rede auf die jüngsten Entwicklungen in Deutschland, auf Refiks Freund Ömer, der gerade aus Europa zurückgekehrt war, auf eine neue Konditorei in Osmanbey und auf die geplante Trambahnlinie, die von Maçka zum Galatatunnel führen sollte. Nigân blickte auf den Teller ihrer Tochter Ayşe: Das Mädchen hatte wieder so gut wie nichts angerührt.

Verärgert sagte Nigân:»Das wird alles aufgegessen!«

»Aber Mama! Das ist zu fett!«

»An dem Fleisch ist kein bisschen Fett dran! Schau, wie es die anderen alle essen!« Dann zog Nigân den Teller der neben ihr sitzenden Tochter zu sich herüber, kratzte von den Fleischstücken ein wenig Fett ab und häufte den über den Teller verstreuten Reis in der Mitte zusammen.»Immer das gleiche!« dachte sie.»Die muss mir doch jedesmal die Laune verderben!« Mürrisch schob sie ihrer Tochter den Teller wieder hin.»Man bringt sie auf die Welt, umsorgt sie sechzehn Jahre lang, tut alles Erdenkliche, und dann hat man so ein kränkliches, verbiestertes Wesen vor sich!«

»Glaubst du etwa, so ein Fleisch bekommt jeder vorgesetzt?« fragte sie vorwurfsvoll.

»Aber Schatz, lass sie doch machen, was sie will. Noch dazu, wo heute ein Feiertag ist«, mischte sich Cevdet ein.

Er war ein Vater, der abends, wenn er nach Hause kam, seiner Tochter einen Kuss auf die Stirn gab, also ein verantwortungsloser Mann, der sich bei seiner Tochter einzuschmeicheln verstand, aber nicht daran dachte, was er damit anrichtete! Nigân verzog nur kurz das Gesicht, und jeder wusste, was damit gemeint war:»Ich erziehe sie, und du verziehst sie!« Nigân dachte:»Wäre ich nicht gewesen, hätte sie nicht mal Klavierspielen gelernt. Die Bohnen soll ruhig ebenfalls Perihan servieren!«

Während sie das Bohnengericht verzehrten, wurde über den Schnee gesprochen, der sich schon seit zwei Tagen im Garten hielt und auf den es in der Nacht noch einmal draufgeschneit hatte, über das ganz andere Wetter, das ein Jahr zuvor Anfang März geherrscht hatte, und über die Erkältung, die Cevdet sich beim Morgengebet in der Teşvikiyemoschee eingefangen hatte. Nigân sah, dass Ayşe immer noch nicht ganz aufgegessen hatte, und sie dachte:»Ich habe wieder nicht gesagt, was ich eigentlich sagen wollte.« Doch was das war, wusste sie selbst nicht genau. Es hatte irgend etwas mit Fröhlichkeit zu tun, aber fröhlich waren an so einem Feiertag ohnehin alle von selbst. »Mir geht es wie meiner Mutter selig!« Die hatte oft in ihrem Sessel in dem Konak in Teşvikiye gesessen und blinzelnd gesagt: »Ach Nigân, ich würde so gerne etwas essen, aber ich weiß einfach nicht, was!«

Das Dienstmädchen Emine brachte nun ein Orangendessert, eine Kreation des Kochs. »Und schon geht das Essen wieder zu Ende!« dachte Nigân. Dieses Feiertagsessen, auf das sie so lange gewartet hatte. Und auch dieser Tag würde zu Ende gehen, dieser Bayram, und dann würde sie wieder auf andere Tage warten. Und auch die voller Wehmut vorübergehen sehen. So floss das Leben dahin und glänzte nur manchmal kurz auf. Das Orangendessert war wirklich sehr gelungen und die Sahne darauf ganz frisch, aber auch das würde sich höchstens bis zum Abendessen so halten. Nigân dachte wieder daran, all das Geschirr zu benutzen, das in den Truhen und Buffets ruhte, dann genoss sie ihr Dessert.

Wie stets erhob sich Cevdet als erster vom Tisch. Als gleich darauf Refik aufstand, sah Nigân auf den letzten Bissen Dessert in ihrem Teller und dachte: »Wenn sie doch wenigstens lernen würden, dass man gemeinsam vom Tisch aufsteht!« Dass Cevdet nichts mehr beizubringen war, wusste sie sehr gut, aber vielleicht war bei Refik noch etwas zu wollen, der war immerhin erst sechsundzwanzig. Als Nigân auch Perihan aufstehen sah, dachte sie: »Soll etwa ich als letzte hier sitzen bleiben?« Geschmeidig stand sie von ihrem Stuhl auf und ging zu Cevdet, der schon in seinem Sessel am Fenster saß, den Kopf zurückgelehnt, die Augen halb geschlossen. »Ob er uns wohl einschläft? Bei dem, was er vertilgt hat, werden ihm die Augen ganz schwer sein.« Wie sie ihn so gegen den Schlaf ankämpfen sah, kamen zwar zärtliche Gefühle in ihr auf, doch eigentlich musste sie ihm böse sein. »Er soll doch jetzt nicht schlafen! Nachher kommt Fuat mit seiner Familie!« Das Feiertagsessen war vorbei. Sie hörte, wie das Geschirr aufgeräumt wurde. »Den Tee trinken wir dann aus den blaugeblümten Tassen!«

3

AM NACHMITTAG

Cevdet sah Nigâns vorwurfsvollen Blick. Als würde er mit ihr sprechen, dachte er:»Schatz, ich schlafe nicht, ich habe mich nur hingesetzt … Ich mache die Augen zu und sitze ein bisschen da, ohne mich zu bewegen. Na ja, vielleicht nicke ich auch ein wenig ein …« Sich nach so einem Festtagsessen in seinem Lieblingssessel auszustrecken, war für ihn der schönste Moment, doch dass er sich nicht zu einem ordentlichen Mittagsschlaf hinlegen durfte, empfand er als Manko.»Aber jetzt rauche ich bald«, tröstete er sich. Er stellte sich eine der drei Zigaretten vor, die er am Tag rauchen durfte, und hörte schon das Ratschen des Feuerzeugs. Dann merkte er, wie ihm die Augen zufielen und er nur noch Geräusche, Düfte und Wärme wahrnahm.

Vom Esstisch her, von der Küche, zu der es ein paar enge Stufen hinabging, aus den anderen Zimmern, dem Treppenhaus, dem Garten, den Bäumen und der Straße hörte er all die Geräusche, die die Fenster erzittern und das Kristall in den Vitrinen erklingen ließen. Er hörte, wie Nermin mit ihren Kindern sprach, wie Emines Pantoffeln über den Boden schlurften, Nuri in der Küche den Wasserhahn aufund zudrehte, Ayşe sich aus dem Krug Wasser in ihr Glas goss, Refik raschelnd seine Zeitung umblätterte und eine Trambahn schwerfällig heranfuhr. All diese vertrauten Vibrationen wirkten einlullend.»Ich werde aber nicht schlafen!« dachte Cevdet.»Jetzt kommt ja gleich Fuat! Mit dem lässt sich so gut über vergangene Zeiten reden. Ach, die Vergangenheit … Die Geschichte dieses Hauses, in dem nun fröhlich gelacht und geplaudert wird. Mir ist alles noch ganz präsent. Wie ich damals das Haus gekauft habe, kurz nach dem Attentat auf den Sultan. Dann unsere Heirat, bald darauf zum Glück der politische Wandel. Ich habe den Garten nebenan hinzugekauft und im Krieg dann mit Zuckerhandel so viel verdient, dass ich ordentliche Verhältnisse schaffen konnte. Die Firma wurde immer größer, und als dann Osman heiraten wollte, haben wir das Haus noch aufgestockt. Das war vier Jahre nach Gründung der Republik. Dann sind die Enkel gekommen. Vor vier Jahren haben wir den Ofen angeschafft, der gerade mit Holz befeuert wird. Ich weiß von allem noch genau das Datum, weil es ja mein Werk ist. Aber wann ist noch mal die Trambahn nach Maçka in Betrieb gegangen? Ah, die kristallene Zuckerdose, die gerade aufging, stammt aus Nigâns Aussteuer. Was reden sie da?«

»Rauf jetzt mit euch, legt euch hin!« rief Nermin.

»Wir sollten doch noch Süßigkeiten kriegen!« Das war einer der Enkel.

»Der gnädige Herr trinkt jetzt seinen Kaffee. Möchten Sie auch einen, Refik?« sagte Emine.

Nigân flüsterte:»Pst, seid ein wenig leiser!«

Jemand ging auf Zehenspitzen vorbei.

»Gehst du gleich aufs Zimmer hinauf?« fragte Perihan.

»Da droben wird aber nicht gespielt. Ihr sollt sofort schlafen!« rief Osman.

»Das Hausmeisterehepaar ist da und wartet«, meldete Nuri.

»Wenn Onkel Fuat kommt, darfst du wieder runter. Aber jetzt schlaf erst mal schön!«

»Zu Tante Mebrure gehen wir übermorgen. Morgen besuchen wir zuerst Tante Şükran.«

»Genau!« dachte Cevdet.»Genau dafür war das alles. Für diese traute Wärme, den bullernden Ofen, die ohrenschmeichelnden Geräusche, für dieses Haus, das funktioniert wie ein Uhrwerk.« Es war alles behaglich und verlockend wie der Schlaf. Mit einemmal wurde es verdächtig ruhig.»Jetzt sind sie wohl auf mich aufmerksam geworden!« Ihm war klar, dass an Schlaf nicht zu denken war. Er hatte zuviel gegessen und sehnte sich nach einer Zigarette; sein Kaffee würde gleich kommen. Es war, als hätte er die Augen geschlossen und den anderen seinen Körper überlassen, damit sie ihn andächtig betrachten und um ihn herum leben konnten.»Sie gehen umher, gähnen, reden, essen Süßes und schielen dabei zu mir in meinem Sessel herüber … Bald werden sie schlafen und zu ihren Verwandtenbesuchen aufbrechen … Ach, ich will morgen nicht mit Nigân in diesen alten Paşakonak! Und diese Paşasöhne will ich erst recht nicht sehen!

Aber daran möchte ich jetzt gar nicht denken! Ich achte lieber auf all den Trubel um mich herum, auf die Düfte und Geräusche ...«
»Der Kaffee! Gnädiger Herr, der Kaffee!«
War er also doch eingenickt! Schnell öffnete er die Augen und war kurz leicht geblendet. Vor ihm stand Emine und stellte die Kaffeetasse auf dem Tischchen neben seinem Sessel ab. »Jetzt rauche ich meine Zigarette!« Das Päckchen *Yaka* und das Feuerzeug lagen noch vom Morgen her auf dem Tischchen. Die Zigarette nach dem Mittagessen war für ihn der Höhepunkt des Tages.

Mehr als drei Zigaretten am Tag zu rauchen war ihm vom Hausarzt Dr. İzak verboten worden. Cevdet hatte ein halbes Jahr zuvor eine leichte Herzattacke erlitten, die sein Arzt als ernsthafte Angelegenheit bezeichnet hatte, während er selbst geneigt war, der Sache nicht allzuviel Bedeutung beizumessen. Erst sollte ihm das Rauchen schon ganz untersagt werden, doch auf sein inständiges Bitten hin hatte der Arzt ihm schließlich drei Zigaretten pro Tag genehmigt. So rauchte er nun jeweils eine Zigarette nach dem Frühstück, dem Mittag- und dem Abendessen. Nigân zählte die Zigaretten in seinem Päckchen nach. Anfangs hatte Cevdet es noch mit Schummeleien versucht, doch Nigân war ihm auf die Schliche gekommen und hatte ihm weinend eine Szene gemacht. So rauchte er also nun die zweite Zigarette des Tages. »Was nützt es, dass ich nur noch so wenig rauche? Mir fällt das Treppensteigen noch immer gleich schwer, ich bekomme immer noch manchmal keine Luft mehr und habe auch immer noch diese Ängste.« Er seufzte wieder wegen des Mittagsschlafs, um den er gebracht wurde.

Als er mit seiner Zigarette fertig war, hörte er die große Wanduhr im Obergeschoß zweimal schlagen. Nigân sagte, Fuat sei schon überfällig.

»Die kommen bestimmt gleich!« erwiderte Cevdet.

Dann war es eine Weile still. Draußen fuhr eine Trambahn vorbei. Refik faltete seine Zeitung zusammen und ging mit seiner Frau nach oben. Emine räumte die leeren Kaffeetassen ab. Nigân sah zum Fenster hinaus. Cevdet fühlte, dass ihm wieder die Augen zufielen. Da ertönte die Glocke draußen am Gartentor.

Nigân stand auf. »Sie sind da!«

Cevdet erhob sich schwerfällig und folgte, jeden seiner Schritte abwägend, seiner Frau in die Eingangshalle hinunter. Als Nigân schon die Tür öffnete, sah sich Cevdet in dem mannshohen gerahmten Spiegel noch einmal an.

Sein Körper erschien ihm wie ein altbekannte, liebliche Melodie: Die Krawatte war verrutscht, das Hemd hing ihm aus der Hose, das Haar war zerzaust, Gesicht und Jackett verknautscht. Er strich sich mit seinen großen Händen durch die Haare. Trotz seiner achtundsechzig Jahre glänzten seine Augen noch. »Ein wenig krumm bin ich geworden, irgendwie kleiner, aber das ist auch schon alles!« Auf der Straße erntete er nur freundliche Blicke. Das war ihm das wichtigste: Er war kein hässlicher, abstoßender Alter. Aufgemuntert ging er zur Tür. Er sah Fuat mit Frau und Sohn auf sich zukommen und begrüßte sie überschwenglich.

»Ist das schön, dass ihr da seid!« Fuat und er umarmten sich. Leyla drückte er die Hand, während er dem jungen Remzi, der ihm die Hand küsste, über den Kopf fuhr. Als er die dichten Haare des Jungen spürte, seufzte er innerlich auf: Er war doch alt geworden.

Allzulange dauerte die Begrüßungszeremonie nicht. Die beiden Frauen umarmten sich und küssten sich dann auf die Wange, wobei sie den Oberkörper leicht vorbeugten. Cevdet hatte sich an diese Begrüßungsküsse noch immer nicht gewöhnt. Die Frauen aber anscheinend auch nicht. Nach dem Küssen sahen sie sich an, als wollten sie sagen: »So, das haben wir hinter uns gebracht. Wie wir dabei wohl ausgesehen haben?«

Sie wechselten in den Salon und begannen sich angeregt zu unterhalten. Cevdet sah Fuat liebevoll an und murmelte: »Schon wieder ein Bayram! Wie die Zeit vergeht!« Nigân und Leyla sprachen über das kalte Wetter. Als Leyla erzählte, sie seien von ihrem Elternhaus in Şişli zu Fuß herübergekommen, und dabei energisch die Schultern reckte, wurde Cevdet wieder bewusst, wie müde dagegen er selbst war. Nigân berichtete, wie sehr sie beim Schlachten der Opfertiere gefroren hätten, während Cevdet ergänzte, dass es auch in der Moschee kalt gewesen sei. Den Gang zum Feiertagsgebet ließ er sich noch immer nicht nehmen. Leyla sagte, ihrem Vater gehe es nicht besonders gut, und auf die Nachfrage Cevdets hin erläuterte sie, die Nieren machten ihm zu schaffen. Darauf wusste Nigân zu sagen, dass auch der Ehemann Mebrures über ein Nierenleiden klage und sich deswegen in Çırçır um Heilung bemühe. Wie groß Remzi schon geworden sei, richtig hochgeschossen! Leyla erwiderte, er wachse einfach zu schnell, und um seine Zähne sei es auch nicht gerade gut bestellt. Da wies Nigân Emine an, sie solle doch ihre Tochter, ihre Söhne, die Schwiegertöchter und die Enkel rufen.

Cevdet dachte:»Die haben sich bestimmt alle hingelegt! Keiner kümmert sich um die Gäste, nur wir Alten!« Da trudelten vom Obergeschoß her die jungen Leute wie auf den Boden fliegende Kichererbsen ein, und während des allgemeinen Begrüßens und Umarmens dachte Cevdet wieder trübe, wie munter doch alle seien, während er sich kaum auf den Beinen halten konnte. Der Kaffee hatte keine Wirkung gezeitigt, und Cevdet blieb nichts übrig, als den Gesprächen zu lauschen.

Leyla erzählte, wie aufsässig Remzi nun manchmal sei, und sah dabei zwischen dem Jungen und den Gastgebern hin und her. Da sie ihre Klage aber mit lächelnder Miene vortrug und der dickliche Junge – wie Kinder, die sich so etwas öfter anhören müssen – dabei nur gleichgültig mit dem Fuß wippte, reagierten die Zuhörer schmunzelnd. Nigân beschwichtigte, zu solchen Lümmeleien komme es nun mal bei Kindern dieses Alters, und sie führte auch gleich Beispiele aus der Kindheit ihrer eigenen Söhne an und löste damit allgemeine Heiterkeit aus. Dann ließ Nigân wieder nach Ayşe rufen, denn Leyla hatte diese schon lange nicht mehr gesehen. Als nun Nigân zum Lamentieren über ihre Tochter ansetzte, hörte ihr wiederum Leyla verständnisvoll zu und beeilte sich, Ayşe als doch eigentlich gutes und liebenswertes Mädchen zu bezeichnen. Danach kamen sie auf einen in den Zeitungen ausführlich geschilderten Trambahnunfall zu sprechen, der sich in der Steigung von Şişhane ereignet und vier Menschen das Leben gekostet hatte. Cevdet hätte nun am liebsten mit Fuat in Erinnerungen geschwelgt, doch musste er sehen, dass sein alter Freund schon anderweitig beschäftigt und mit Osman in ein ernstes, ganz unfeiertägliches Gespräch verwickelt war.

»Die wollen das unter sich ausmachen!« dachte Cevdet bitter. Er begriff sogleich, dass es um die Zukunft der Import-Export-Firma ging, die er einst mit Fuat zusammen gegründet hatte, als dieser nach dem Regimewechsel im Jahre 1908 von Saloniki nach Istanbul gezogen war. Nach der Gründung der Republik war es geschäftlich bergab gegangen, doch nun erholte sich die Firma. Geleitet wurde sie von einem Schnösel, der sein Wirtschaftsstudium in Europa absolviert hatte. Osman war nun dafür, diesen abzuberufen und die Firma enger an sein eigenes Unternehmen zu binden. Cevdet hielt dagegen, dazu sei jene Firma nicht wichtig genug. Fuat wiederum stand wie immer jeglicher Neuerung, die zu seinen Gunsten ausfiel, durchaus aufgeschlossen gegenüber. »Die wollen mich Alten da raushalten«, dachte Cevdet. »Fuat ist zwar auch nicht jünger, aber er hat erst spät geheiratet, und daran hat er gut getan.« Cevdet schielte zu Leyla hinüber. »Außerdem hat er sich nicht so abgearbeitet wie ich. Er strotzt nur so vor Gesundheit!« Cevdet versuchte auf andere Gedanken zu kommen, so wie man nach Einnahme einer bitteren Medizin den Nachgeschmack im Mund wieder loswerden will.

Er blickte nach oben, auf die Stuckarbeiten an der Decke, die ihm bei der ersten Besichtigung des Hauses schon aufgefallen waren. Zwischen Lorbeerblättern und Rosen diversester Größe flogen noch immer die pausbäckigen Putten herum. »Da wollte ich eine europäische Familie gründen, und doch ist alles türkisch geworden!« Er erinnerte sich an einen Scherz seines verstorbenen Bruders: »Wer europäisch sein will, wird oft ganz besonders türkisch!« Dann ließ er den Blick wieder von den Engeln zu den Menschen herabschweifen: Diese aber redeten noch immer. Fuat erläuterte etwas, und Osman nickte dazu. »Sie sollten mal lernen, Familienleben und Geschäfte zu trennen.« Wieder sah er hinauf. Einer der Engel schien ihm zuzulächeln. Als er sich wieder der wirklichen Welt zuwandte, seufzte er: »Die hören und hören nicht auf! Heute morgen haben mir alle die Hand geküsst, aber jetzt kümmert sich keiner mehr um mich!« Aus dem Zimmer, in dem das Klavier und die Möbel mit den Perlmuttintarsien standen, ertönte Musik. Er erinnerte sich wieder, dass zuvor Ayşe dort hineingegangen war. Die Musik war leise, unrhythmisch und abweisend. Nichts wurde davon übertönt. »Früher spielte auch Nigân. Zu Anfang fand ich das aufregend und erzählte überall stolz davon, aber eigentlich habe ich mich an das Geklimpere nie so richtig gewöhnt.« Emine servierte den Tee.

Während sie ihn tranken, ließ Nigân die anderen wissen, die Porzellantassen mit den blauen Rosen darauf seien ein Geschenk ihrer Großmutter gewesen. Das hatte sie zwar schon an anderen Feiertagen erwähnt, doch fand sie dafür immer noch dankbare Zuhörer. Leyla erzählte dann eine Anekdote über eine Zuckerdose, die sie von ihrer Mutter hatte. Perihan warf daraufhin ein, genauso eine silberne Zuckerdose wie die eben beschriebene habe auch ihre eigene Mutter. Nigân forderte ihre Tochter auf, doch wenigstens von den Pasteten etwas mehr zu essen. Während sie sich darüber unterhielten, wie der Koch Nuri diese Pasteten zubereitete, erschien Nuri selbst und sagte, er habe dem Briefträger das übliche Bayram-Trinkgeld ausgehändigt. Er überreichte Cevdet zwei Kuverts.

Die Handschrift auf dem ersten Kuvert erkannte Cevdet sofort. Der Buchhalter Sadık hatte wie zu jedem Bayram eine Glückwunschkarte des Türkischen Luftfahrtvereins gesandt. Cevdet öffnete den Umschlag und sah das übliche Bild eines in die Wolken hineinfliegenden Flugzeugs. »Immer das gleiche!« seufzte er, doch ohne Bitternis. Ihn reute nicht, wie er gelebt hatte. »Nur alt bin ich halt geworden!« Bedächtig und ohne Arg öffnete er das zweite Kuvert. Doch als er den Namen erblickte, der da unter den Feiertagswünschen für ihn und seine ganze Familie stand, wollte er sich an diesen gar nicht gern zurückerinnern. »Wer soll das sein? Ziya Işıkçı ... Ach so, natürlich, Ziya Işıkçı!« Zwei Jahre zuvor, bei der Einführung von Familiennamen, hatte Ziya denselben Namen angenommen wie Cevdet: Işıkçı, »Beleuchter«. Als könne er nicht genau lesen, was da stand, rückte er den Kopf vor und zurück, wie um die Buchstaben mühsam zu entziffern. »Ich habe ihn zur Armee geschickt, und er ist dort auch geblieben!« Ja, Ziya Işıkçı war jetzt bei der Armee, aber Cevdet dachte nicht gern an ihn zurück. Er steckte die Karte wieder in das Kuvert. »Warum er sich wohl nach so vielen Jahren an uns erinnert?« Nun wiegte er den Kopf nicht mehr vor und zurück, sondern nach links und rechts, wie er das beim Nachdenken oft tat. Er versuchte die Gedanken an den Jungen zu verscheuchen.

»Von wem sind denn die Glückwünsche?« fragte Fuat.

»Von alten Bekannten!« Cevdet suchte krampfhaft nach ablenkenden Worten, und sein Gesicht entspannte sich erst, als ihm einfiel: »Unser Sommerhaus auf Heybeliada ist bald fertig!« Das war zwar kein neues Thema, aber doch immerhin ein Thema. »Ende des Monats wird hoffentlich das Dach fertig. Im Frühling fahren wir dann hin. Ihr kommt natürlich auch mit! Es verkehrt jetzt ein neuer Dampfer dahin. Von der Galatabrücke aus sind es nur noch zwei Stunden bis auf die Insel!«

»Schön!« erwiderte Fuat.

»Damit ist das endlich ein abgeschlossenes Kapitel«, sagte Cevdet. Er blickte kurz zu Nigân hinüber und dann verlegen zum Fenster hinaus, auf den Nişantaşıplatz.

Als es schon dunkelte, schellte es draußen am Gartentor noch einmal. Danach war in der Eingangshalle freudiges Rufen zu hören. Einer der Enkel stieß ein lautes Lachen aus.

Schließlich betrat ein kräftig gebauter, gutaussehender junger Mann den Raum.

Der zur Tür hereinlugende Koch rief: »Es ist Ömer! Ich habe ihn als erster erkannt!«

Cevdet betrachtete den quicklebendigen jungen Mann und fragte sich, warum er ihn nicht selbst gleich erkannt hatte. Als er ihm die Hand zum Begrüßungskuss hinhielt, staunte er, wie sehr Ömers Augen blitzten und strahlten. Während Ömer die anderen begrüßte und ihnen frohe Feiertage wünschte, konnte Cevdet sich wieder etwas fassen. Dann beorderte er den vor Jugend und Gesundheit strotzenden jungen Mann auf den Stuhl neben sich.

»Komm, setz dich und erzähl mal! Was hast du im Ausland so getrieben? Wie geht es zu dort? Und was wirst du jetzt machen?«

»Ich habe vor, an der Eisenbahnlinie Sivas–Erzurum zu arbeiten.«

»Ah, in Sivas, so weit weg!« Cevdet nickte anerkennend. »Bravo! Also, wie ist es dir in Europa ergangen? Erzähl doch mal!«

Daraufhin begann Ömer zu erzählen, was er studiert, wo er gewohnt hatte und wie das Alltagsleben dort war, aber Cevdet merkte schon bald, dass er ihm gar nicht richtig zuhörte, denn was ihn interessierte, war nicht das Berichtete an sich, sondern die Welle von Jugend und Schwung, die mit dem jungen Mann ins Zimmer schwappte. Den anderen schien es ähnlich zu gehen, auch sie achteten weniger auf die Worte des munter und intelligent wirkenden Mannes als auf die geheimnisvolle Aura, die er verströmte. Sie gedachten dieser Aura auf die Spur zu kommen, um sie sich auch selbst zunutze zu machen. Cevdet dachte: »Jugend ist doch was anderes … Vorhin hat er mir die Hand geküsst, aber ohne mich dabei so anzusehen wie die anderen, als ob ich ein zerbrechlicher Gegenstand wäre, auf den man furchtbar aufpassen muss … Wo hat er sich das nur angeeignet? In Europa?« Er seufzte tief.

Er selbst war nur einmal nach Europa gekommen, zusammen mit Nigân, im zweiten Jahr ihrer Ehe. Sie hatten eine Zeitlang in Berlin verbracht, waren aber später nie wieder dorthin gekommen. Wenngleich Cevdet sein ganzes Geschäftsleben über in ständigem Kontakt mit Europa stand, erachtete er eine Reise dorthin als unnütze Ausgabe. Wenn er schon Geld ausgab, dann doch lieber für etwas Bleibendes wie das Sommerhaus auf Heybeliada oder für die Firma. Das war sein Grundsatz gewesen, aber nun geriet dieser zum erstenmal ins Wanken. Doch allzusehr beschäftigte ihn das nicht, denn Erinnerungsfetzen und auch neue Gedanken lösten beim ihm kaum mehr etwas anderes aus als noch größere Ermattung. »Schlafen möchte ich!« Er hörte Ömer dann doch wieder zu, aber der hatte nichts Bahnbrechendes mehr zu berichten, sondern erzählte nur noch von seiner Tante und seinem Onkel und von Sait, den er im Zug getroffen habe, woraufhin Nigân bestätigte, ihre Hochzeit habe in dessen Konak stattgefunden. Es war, als hätten die Frauen begriffen, dass die geheimnisvolle Aura nicht zu ergründen war, so dass sie diese lieber abtöteten, indem sie Ömer möglichst banale Fragen stellten und ihn damit auf ihr Niveau herabzogen.

Als Tee nachgeschenkt wurde, sagte Refik, er gehe jetzt mit Ömer hinauf in sein Arbeitszimmer. Cevdet war den beiden böse, weil sie ihn allein ließen und den Schwung, der ins Zimmer geströmt war, mit sich fortnahmen. Er sah Ömer hinterher. »Was der wohl von mir gehalten hat?« Die Wanduhr schlug sechs, und Cevdet fühlte sich gleich noch müder. Er war früh aufgestanden, war wie schon damals in Akhisar zum Feiertagsgebet in die Teşvikiyemoschee gegangen, hatte dort gefroren, dann am späten Vormittag Likör getrunken, schließlich dem Mittagessen zu sehr zugesprochen, nicht schlafen dürfen, sich am Gespräch kaum beteiligt, sich selbst und den anderen zugehört. Es war ein Feiertagsnachmittag, dem es an nichts fehlte. Es war höchstens etwas zuviel daran, nämlich ein Überdruss, der an den Menschen klebte wie schwüle Luft. »Jetzt möchte ich nichts anderes als schlafen!« Mit heruntergezogenem Kinn, aber ohne die Lippen zu öffnen, gähnte er ausgiebig, bis ihm Tränen in die Augen traten.

4

ALTE FREUNDE

Oben im Arbeitszimmer sah Ömer sich eingehend um, als ob er vier Jahre zuvor dort etwas vergessen hätte.

»Na, was sind so deine Eindrücke?« fragte Refik.

»Deinen Vater habe ich neulich in der Firma gar nicht gesehen, erst jetzt wieder. Er ist ganz schön alt geworden.«

»Ja, er hat sich sehr verändert in den letzten Jahren.«

»Vor vier Jahren war er noch das blühende Leben!« sagte Ömer. Er krümmte sich nach vorne. »Jetzt ist er so geworden. Und er spricht auch ganz schwerfällig.«

»Ja, schlimm.«

»Tut mir wirklich leid für ihn«, sagte Ömer. Er ging auf den verglasten Bücherschrank zu. »Bücher über Bücher ...« Er legte den Kopf schief und las ein paar Titel. »Hast du das alles gelesen?«

»Ich kauf die immer bloß und lese sie dann nicht!« sagte Refik lachend. »Ich nehme es mir immer wieder vor, aber nie wird was daraus. Willst du eine Zigarette?«

»Das kommt daher, dass du geheiratet hast!«

Um von dem Thema abzulenken, sagte Refik: »Du musst das Glas von der anderen Seite her aufschieben.« Er stand auf und öffnete seinem Freund den Bücherschrank.

Ömer nahm ein Buch heraus und ging zum Schreibtisch zurück.

»Muhittin hat immer so viel gelesen. Was ist jetzt mit seiner Dichterei?«

»Er kommt auch gleich! Du bleibst doch zum Essen, ja?«

»Nein, ich muss nach Ayazpaşa. Habe ich einem Verwandten versprochen. Du kennst ihn vielleicht, er heißt Muhtar Laçin und ist Abgeordneter von Manisa.«

»Wie bist du mit dem verwandt?«

»Über ein paar Ecken. Ich glaube, meine Mutter ist die Stiefschwester seiner verstorbenen Frau oder so was Ähnliches, so genau weiß ich das nicht mehr.«

»Du hast ja allerhand vergessen!« erwiderte Refik mit leicht beleidigtem Unterton.

»Ach, stimmt doch gar nicht! Nur diesen Familienkram, aber sonst nichts.«

»Und wie findest du alles hier?«

Ömer blickte wieder im Zimmer herum. »Hier zum Beispiel ist noch alles gleich. Na ja, irgendwie hat sich nicht viel verändert. Hier bei euch geht es am Bayram immer noch recht munter zu. Sogar noch munterer. Ihr seid ganz schön viele geworden!«

Refik lächelte, als sei ihm gerade etwas eingefallen, und errötend sagte er dann: »Na ja, ich habe eben geheiratet!«

»Ist ja auch recht so.«

Refik ging darauf nicht ein, sondern sagte in etwas klagendem Ton: »Ja, geheiratet habe ich, und wie du gesehen hast, ist meine Frau recht hübsch, wir lieben uns, ich gehe jeden Tag in die Firma, und statt Ingenieur zu sein, helfe ich meinem Vater im Geschäft, und ich lese die Bücher nicht, die ich mir immer kaufe. Also, meine Ehe ist eigentlich alles, was ich in vier Jahren zustande gebracht habe! Aber ich beklage mich nicht!«

»Warum solltest du auch?« Ömer warf einen Blick in das Buch in seiner Hand. Dann stand er auf und stellte es in den Bücherschrank zurück. »Ich habe für so etwas auch keine Zeit. Dabei habe ich früher viel gelesen. Wie die Leute das heute noch schaffen, ist mir ein Rätsel. In mir kocht es nämlich immer. Ich will etwas anfangen mit meinem Leben. Etwas Bedeutendes.« Er begann im Zimmer auf und ab zu gehen. »Unbedingt!«

»Hast du dich jetzt entschieden? Gehst du zur Eisenbahn?«

»Ja. Das heißt … Ich habe das gesagt unten, ja? Eigentlich ist meine Entscheidung noch nicht gefallen. Aber sie ist auch gar nicht so wichtig. Hauptsache ist, dass ich in mir diesen Tatendrang fühle. Verstehst du, was ich meine? Ich brenne darauf, etwas zu tun. Etwas anzupacken und es ganz und gar an mich zu reißen. Gib mir mal eine Zigarette. Verstehst du mich eigentlich?«

»Sehr gut sogar!« erwiderte Refik, vom Eifer seines Freundes angesteckt.

Ömer blieb vor dem Fenster stehen. »Schau dir nur mal diesen Garten an. Ewig der gleiche. So wie diese Kastanien und Linden vor vier Jahren dastanden, so stehen sie heute noch da. Ich aber will, dass sich etwas rührt, dass alles umgestülpt und umgewälzt wird. Aber nicht einfach von allein. Ich will der Auslöser von alledem sein, will das alles prägen!« Er wanderte wieder auf und ab.

Refik hörte ihm angeregt zu. Er spürte einen fast beunruhigenden Elan in sich anwachsen und sagte hin und wieder »Ja, ja!«

Da ging die Tür auf, und das Dienstmädchen kam herein. »Ich bringe den Herren Tee. Ich habe Sie sogleich wiedererkannt, Ömer. Sie haben sich überhaupt nicht verändert. In Ihren Tee habe ich Zitrone reingeträufelt. Sehen Sie, habe ich nicht vergessen!«

»Hut ab!«

»Sie lachen noch genauso wie früher! Sie sind wirklich ganz der gleiche. Na ja, wir ja auch!« Beim Hinausgehen sah sie zu Refik. »Nur dass der junge Herr geheiratet hat … Soll ich Ihnen Pastetchen bringen?«

»Nicht nötig«, wehrte Refik ab. Verlegen sah er Ömer an. Als die Tür zu war, sagte er: »Zum Thema Ehe möchte ich folgendes anmerken: Ich mag Perihan … Und zwar sehr. Und dir wollte ich eigentlich auch sagen, dass du heiraten sollst. Aber ich tu's nicht mehr. Ich kann dir weder zu- noch abraten.«

»Und warum das?«

»Weiß auch nicht«, erwiderte Refik hastig. Er wollte nicht wehleidig wirken. »Ich sag dir das einfach aus dem Bauch heraus. Wir sollten uns mal ernsthaft darüber unterhalten, aber das ist ja heute nicht möglich, was? Bei dem Feiertagstrubel da unten! Wenn du zum Essen bleiben würdest … Aber na ja, du kannst eben nicht!« Nervös ließ er seine Fingergelenke knacken.

Ömer sagte lächelnd: »Ich begreif dich schon! Aber begreifst du mich auch?«

»Klar, natürlich … Wir reden später drüber. Wir können ja unten wieder den Samowar aufstellen, so wie früher. Und die ganze Nacht durchquatschen, wenn Muhittin kommt!«

»Ja genau, wo bleibt der eigentlich?«

Da kam mit einem Grinsen im Gesicht Osman herein. »Na, die jungen Herrschaften!« Obwohl er nur ein paar Jahre älter war, gefiel er sich in diesem väterlichen Gehabe. »Da haben sich zwei wiedergefunden! Wird gleich wieder Poker gespielt, was?« Er vollführte die Geste des Kartenmischens.

»Komm, das ist vier Jahre her!« sagte Refik.

»Na und?« versetzte Osman auflachend, als hätte er einen gelungenen Scherz gehört. »Warum soll heute nicht sein, was damals war?«

»Ja, genau!« rief Ömer. »Spielen wir eben wieder!« Auf ein damaliges Bonmot anspielend sagte er: »Vier Jahre haben wir hier Poker gespielt, während eure Mutter da unten saß, und am Ende waren wir Ingenieure und sie gar nichts!«

Nigân hatte das seinerzeit oft gesagt, doch Osman schüttelte sich nun vor Lachen, als würde er es zum erstenmal hören. Schließlich versetzte er Ömer einen Klaps auf die Schulter, der ihm aber, obwohl er spontan sein sollte, allzu gezügelt geriet.

»Ja, vier Jahre Poker … Ihr habt die Siebener herausgenommen und zu dritt gespielt! Na, wo ist der Dritte denn?«

»Muhittin? Der soll gleich kommen«, sagte Ömer. »Ich habe ihn bis jetzt erst einmal wiedergesehen.«

»Du bleibst doch zum Essen? Was, nicht? Na hör mal! Erzähl uns doch wenigstens was von London! Was hast du denn da so getrieben? Die sind uns wohl sehr voraus, was?«

»Das sind sie wohl!«

»Obwohl, bei uns tut sich ja auch so einiges! Was sagst du dazu? Merkst du die Fortschritte?«

Da ging wieder die Tür auf, und diesmal kam, fahrig wie eh und je,

Muhittin herein. Er musterte Osman, als hätte er ihn noch nie im Leben gesehen.

»Da ist ja der Dritte im Bunde!« rief Osman. »Wir haben gerade von dir geredet!«

Muhittin wunderte sich über soviel Herzlichkeit, da er und Osman sich nicht grün waren. Spöttisch lächelnd erwiderte er: »Und was?«

»Ach nur, wie wir früher immer Poker gespielt haben!« sagte Refik.

Muhittin und Osman schüttelten sich die Hand. Zu Refik und Ömer gewandt, sagte Muhittin: »Na, wie geht's so?« Dann setzte er sich in einen Sessel in der Ecke, griff zu einer herumliegenden Zeitung und begann darin herumzublättern.

»Tja, dann lass ich die jungen Leute mal unter sich!« sagte Osman. An der Tür drehte er sich noch einmal zu Muhittin um: »Und was ist jetzt mit deinem Gedichtband?«

»Geht voran«, brummte Muhittin.

»Na, bleibt mal unter euch. Ihr seid Ingenieure geworden und unsere Mutter gar nichts!« Lachend ging er hinaus.

»Was ziehst du denn für ein Gesicht?« fragte Ömer Muhittin.

Muhittin nickte zur Tür hin. »Du weißt doch, dass ich ihn nicht ausstehen kann! Oder hast du das etwa vergessen?« Und zu Refik: »Du bist mir doch nicht böse, weil dich deinen Bruder nicht mag?«

»Ach Quatsch!«

»Also, was habt ihr über mich geredet?«

»Gar nichts! Die alten Schwänke!« sagte Ömer.

Sie schwiegen. Keinem schien danach zu sein, etwas zu sagen. Von unten ertönte Gelächter, und vor der Tür tickte laut die Wanduhr.

»Wie fröhlich es hier immer zugeht bei euch …« sagte Muhittin. Er stand auf, nahm seine Brille ab und putzte sie mit dem Taschentuch.

»Das ist wohl nicht so das deine?« fragte Ömer.

»Weiß ich selber nicht so recht. Soll ich das jetzt mögen oder abstoßend finden?«

Lächelnd ging Ömer auf Muhittin zu. »Ich weiß schon, was du meinst!« Er legte ihm die Hand auf die Schulter. Da er um einiges größer war als Muhittin, wirkte es wie eine väterliche Geste.

»Ömer hat ein bisschen von sich erzählt«, sagte Refik.

»So, was denn?« erwiderte Muhittin und setzte sich wieder.

»Ach, ein andermal!« versetzte Ömer.

»Na gut, ich muss sowieso gleich wieder weg. Nach Beyoğlu rauf. Ich habe nur kurz vorbeigeschaut, weil ich es versprochen hatte.«

»Soso, immer noch Beyoğlu?« sagte Ömer anzüglich.

Das entlockte Muhittin nicht das erwartete Lächeln. Er reagierte auch nicht großspurig oder gar verlegen, sondern sah nur finster vor sich hin.

Wieder kam Emine mit ihrem Tablett und drei Tassen Tee herein. »Ich habe Sie schon heraufschleichen sehen!« sagte sie scherzhaft drohend zu Muhittin. Als sie Refiks gequälte Miene sah, trollte sie sich sogleich wieder mit den leeren Teetassen.

»Ich habe mich unten gar nicht blicken lassen«, sagte Muhittin entschuldigend. »Weil Gäste da waren.«

»Das holen wir beim Hinausgehen nach«, schlug Ömer vor.

Wieder verstummten sie und lauschten auf das lebhafte Treiben unten.

»Also, worüber habt ihr vorher geredet?« fragte Muhittin schließlich.

»Ich von meinen Gedanken und Plänen«, sagte Ömer, »und er von der Ehe. Oder vielmehr –«

»Genau, solches Zeug halt«, unterbrach ihn Refik und setzte dabei eine betont fröhliche Miene auf.

Muhittin deutete auf Refik und sagte: »Er ist ganz brav geworden, seit er verheiratet ist!«

»Dabei war er vorher schon so brav!« grinste Ömer.

»Genau! Viel zu brav sogar!«

Etwas schuldbewusst stimmte Refik in das Gelächter der beiden ein. Danach erzählte Muhittin von einem ehemaligen Kommilitonen, den er auf der Straße getroffen hatte und der nur auf der Welt zu sein schien, um von anderen verspottet zu werden. Beim Aufwärmen alter Geschichten aus ihrer Studienzeit kamen sie in Fahrt.

Schließlich griff Ömer zu der Zeitung, die Muhittin zuvor durchgeblättert hatte. »Hört euch das an: In den gestrigen Abendstunden stieß der Kraftwagen des Rechtsanwalts Cenap Sorar am Taksimplatz mit einer Trambahn zusammen. Es kam zu leichtem Sachschaden;

Personen wurden nicht verletzt.« Er hielt den anderen die Zeitung hin. »Das ist typisch Türkei! In einer englischen Zeitung würde eine solche Meldung –«

»Ach, gehörst du jetzt auch schon zu denen, für die die Türkei nur Provinz ist?« frage Muhittin. »Das steht nur in der Zeitung, weil sich in letzter Zeit die Trambahnunfälle gehäuft haben!«

»Nein, für den ist die Türkei nicht Provinz, sondern jungfräulicher Boden, der erobert werden will!« rief Refik.

»Na, wenn er sich da mal nicht täuscht!«

»Von wegen! Was redet ihr da!« murmelte Ömer. »Los, gehen wir jetzt. Du wolltest doch weg, oder?«

Auf der Treppe begegneten sie Perihan. Refik fiel auf, dass sie errötete und auch seine Freunde ganz verlegen wurden.

Fuat und seine Familie waren schon gegangen. Cevdet, der noch immer in seinem Sessel saß, war hocherfreut über den Anblick der jungen Leute und nötigte sie zum Platznehmen.

»Na, wo geht's denn hin? Wollt euch wohl amüsieren, was?«

»Die gehen aus, aber ich bleibe zu Hause«, sagte Refik.

»Selbstverständlich bleibst du hier, du bist ja auch verheiratet. Aber wo wollt ihr zwei hin? Seid ihr manchmal in Beyoğlu?«

»Ich schon ab und zu«, erwiderte Muhittin.

»Ertappt! Treib es aber nicht zu weit. Ich selber bin als junger Mensch nie dem Amüsement nachgerannt, und manchmal sage ich mir, ich habe da was verpasst, aber na ja, Familie und Arbeit gehen nun mal vor. Wo arbeitest du gleich wieder?«

»Bei einer Baufirma.«

»Recht so!« Er wandte sich Ömer zu. »Du solltest dich auch bald nach etwas umsehen. Wir sind hier nämlich nicht in Europa. Hier weht ein anderer Wind.«

»Das ist mir schon bewusst«, sagte Ömer. Er stand auf und griff nach Cevdets Hand, um sie zu küssen.

»Ist das die Möglichkeit, die machen sich schon wieder aus dem Staub! Dabei könntet ihr noch einiges von uns lernen! Einiges!«

»So elegante Männer!« seufzte Nigân. Und da das auf Muhittin nicht gerade zutraf, schob sie gleich nach: »Und so jung! Ihr müsst unbedingt mal zum Essen kommen! Versprochen, ja?«

Osman fiel wieder der alte Scherz seiner Mutter ein.

Als sie hinausgingen, schmiegte sich einer der Enkel Cevdets an Ömer und fragte: »Was ist gelb und steht auf der Wiese?«

»Ein gelber Hund?« sagte Ömer lächelnd.

Als sie am Treppenabsatz standen, sah Refik, dass Perihan wieder vom Obergeschoss herunterkam, aber sich in eine Ecke drückte, um sich von seinen Freunden nicht verabschieden zu müssen. »Warum hat sie das nur getan?« dachte er. Er begleitete Ömer und Muhittin bis zum Gartentor und nahm ihnen das Versprechen ab, möglichst bald wieder auf einen Plausch vorbeizukommen. Dann sah er ihnen nach, bis sie am Nişantaşıplatz in der festtäglich gekleideten Menge verschwanden. »Meine ganze Jugend und Studienzeit habe ich mit den beiden verbracht!« Dann wandte er sich um und ging wieder aufs Haus zu. Der zwei Tage vorher gefallene Schnee war noch nicht ganz weggeschmolzen; er hielt sich noch auf einigen Ästen. Es wehte ein eiskalter Wind, der ein wenig von dem Schnee herunterblies. Schnell ging Refik wieder ins warme Haus hinein. Er setzte sich an den Ofen, wärmte sich auf und beteiligte sich an der Unterhaltung.

5

NOCH EIN HEIM

Der Diener, der Ömer die Tür zu der Wohnung in Ayazpaşa öffnete, bedeutete ihm sogleich, er werde zum Essen schon erwartet. Er nahm ihm den Mantel ab und führte ihn in einen hellerleuchteten Salon. Dort begrüßten ihn der Abgeordnete Muhtar, dem Ömer zuvor erst einmal begegnet war, seine Tochter Nazlı, die er noch als Kind in Erinnerung hatte, und seine Schwester Cemile. Danach wurde Ömer mit einem anderen Gast bekannt gemacht, der ebenfalls Abgeordneter war. Sie setzten sich zu Tisch, und der griesgrämige Diener begann auch sofort die Speisen aufzutragen. Dazu wurde geplaudert.

Ömer war gekommen, um für ein Haus, das er aufgrund einer verwickelten Erbschaft zusammen mit Cemile besaß, den Mietzins abzuholen, der während der vier Jahre seiner Abwesenheit aufgelaufen war. Als er am Morgen deswegen angerufen hatte, war der Abgeordnete ans Telefon gegangen und hatte Ömer umstandslos zum Abendessen eingeladen. Nun aber kümmerte er sich nicht im mindesten um Ömer, sondern ging mit seinem Freund den neuesten politischen Klatsch durch. Cemile wiederum war froh, Ömer für sich allein zu haben. Sie war ledig, jenseits der Fünfzig und von fröhlichem Wesen. Mit Vorliebe sprach sie über gemeinsame Bekannte und Verwandte.

»Tante Alebru ist nach Çamlıca gezogen, jetzt, wo Onkel Sabri in Rente ist. Weißt du, was der jetzt macht? Alte Münzen sammeln! Erst hat er nur so zum Zeitvertreib damit angefangen, aber mittlerweile ist ihm das zur Passion geworden. Jeden Tag fährt er hinunter zum Großen Basar. Das Grundstück in Erenköy hat er verkauft, um sich die ganzen Silbermünzen leisten zu können. Tante Alebru ist schon ganz verzweifelt, aber was soll sie machen! Du erinnerst dich doch an Tante Alebru, oder?«

Während Ömer Cemile zuhörte, lauschte er auch auf das Gespräch der beiden Abgeordneten und schielte hin und wieder zu Nazlı hinüber. »Natürlich erinnere ich mich noch.«

»Das will ich doch hoffen.« Cemile wandte sich zu Nazlı: »Du wirst es bestimmt nicht mehr wissen, aber du warst dabei damals, als wir nach Ihlamur gefahren sind, zu einem Landausflug oder Picknick, wie sie das heute nennen. Tante Alebru mochte Ömer sehr und mag ihn wohl heute auch noch. Aber du rufst sie natürlich nicht an, was? Warum eigentlich nicht? Ihr solltet euch mehr um die älteren Herrschaften kümmern. Wenn ihr wüsstet, wie die sich freuen, wenn ihr sie besucht!«

»Ach Tantchen, wir haben halt keine Zeit!«

»Keine Zeit! Wo war ich stehengeblieben?«

Bis der zweite Gang auf den Tisch kam, erzählte Cemile weiter Verwandtengeschichten, während die Abgeordneten über Politik sprachen. Dann wandte Muhtar sich Ömer zu.

»Sie waren doch in England, nicht wahr?« Er blickte sich zu seinem Kollegen um, als wollte er sagen: »Na, dann fühlen wir dem jungen Mann mal auf den Zahn!«

»Also, wie ist es da so?«

»Äh, gut.«

»Die politische Lage meine ich. Was sagen die zum italienisch-äthiopischen Krieg?«

»Um Politik habe ich mich nicht besonders gekümmert.«

»Tja, die neue Generation. Meine Tochter ist genauso.«

»Papa, ich verfolge das politische Geschehen, so gut ich eben kann.«

»Ist ja schon gut, Schätzchen!« sagte der Abgeordnete und nickte abwesend.

»Und, wie sehen uns die da drüben?«

»Was meinen Sie mit uns?«

»Oh, Sie haben sich aber in der Türkei noch nicht wieder einge-lebt! Uns Türken meine ich ganz einfach!«

»Na ja, die denken bei Türkei noch immer an Fes und Harem und verschleierte Frauen.«

»Jammerschade! Wo sich so viel getan hat bei uns!« Er schien sich über soviel Undank zu grämen.

»Wir scheren uns nicht viel um die Meinung der anderen, doch sollten wir das. Wir waren der kranke Mann Europas, aber jetzt sind wir genesen, und das müssen wir der Welt vermitteln.«

»Aber die Welt ist ja inzwischen selber krank!« rief Muhtar. »Ob es wohl zu einem Krieg kommt?« Bei dieser Frage sah er Ömer an, schien aber von ihm keine Antwort zu erwarten oder einer solchen keinen Wert beizumessen.

Die beiden Abgeordneten erörterten wieder die Wahrscheinlich-keit eines Kriegsausbruchs sowie die Lage in Spanien und Äthiopien. Cemiles Miene besagte: »Die wieder mit ihrer Politik«, und Ömer und Nazlı fanden zum erstenmal Gelegenheit, miteinander zu spre-chen.

Als Nazlı erzählte, dass sie Literatur studierte, fiel Ömer jemand aus der Familie ein, der an der gleichen Fakultät sein musste, doch da es ein Verwandter väterlicherseits war, kannte Nazlı ihn nicht. Nach diesem Gesprächseinstieg erröteten die beiden jungen Leute, als hät-ten sie etwas Unanständiges getan. Und als Nazlı auch Ömer erröten sah, wurde sie selber gleich noch röter, oder zumindest kam Ömer das so vor.

Als sie mit dem Essen fast fertig waren, schlich eine graue Katze in den Raum. Nazlı rief sie herbei, nahm sie auf den Schoß und streichelte sie, was Tante Cemile verärgerte. Ob ihr denn nicht beizubringen sei, wie gefährlich Katzenhaare seien, schalt sie ihre Nichte. Mitfühlend führte sie das Beispiel eines reichen Mannes an, dem Katzenhaare in die Lunge geraten seien, worauf ihm das Leben zur Hölle geworden sei. Ömer beobachtete währenddessen Nazlı.

Sie hatte kein direkt schönes, aber doch ein ansehnliches Gesicht. Ihre Stirn war breit, die Augen groß, die Nase so klein wie die ihres Vaters, und um ihren Mund spielte immer ein leises Lächeln, als wäre ihr gerade etwas eingefallen. Als sie sich nach dem Essen mit gefalteten Händen auf das Sofa setzte, merkte Ömer, dass irgend etwas an dem Mädchen ihn beunruhigte. So wie sie dasaß, erinnerte sie ihn an eine Grundschullehrerin, die er angebetet hatte, und auch an eine schöne Deutsche, die in seiner Kindheit einmal bei seiner Mutter zu Besuch gewesen war. Sowohl die Lehrerin als auch jene Deutsche mit der vornehmen Abstammung, die Frau eines Generals, waren klug gewesen und hatten gerne die Hände vor der Brust gefaltet wie nun Nazlı.

Bevor der Kaffee serviert wurde, kam Cemile mit einem Umschlag und einem Vertragsexemplar daher und unterrichtete Ömer über den Mieter ihres gemeinsamen Hauses. Es kümmerte sie nicht weiter, dass Ömer ihr nur mit halbem Ohr zuhörte und mit ganz anderem beschäftigt schien, und pflichtbewusst gab sie einfach sämtliche Erläuterungen ab, die ihr nötig erschienen. Ömer wiederum wollte weder so wirken, als starre er die katzenstreichelnde Nazlı an, noch als sei er allzusehr an Cemiles Ausführungen interessiert, und so lauschte er dem Gespräch der beiden Abgeordneten. Muhtar erzählte gerade wie beiläufig von einer Begegnung mit İsmet Paşa.

Danach erging er sich in Lobpreisungen über die aktuelle Regierung unter İsmet Paşa. Immer wenn er besonders euphorisch wurde, wandte er sich halb zu Ömer, als wollte er diesem zu verstehen geben, er solle doch seinen Freunden in London gefälligst einmal erklären, mit was für einer Regierung sie es in der Türkei zu tun hätten. Die Kränkung über das von Ömer Berichtete schien noch nicht verwunden zu sein. Voller Eifer fragte er schließlich Ömer: »Und was meinen Sie so?«

»Wozu?«

»Na, zu den Reformen, zur neuen Türkei, zu uns?«

»Die Reformen halte ich auch für gut!« erwiderte Ömer. Er lächelte Nazlı an, was ihm aber gleich darauf peinlich war. Er merkte, wie Muhtar ärgerlich seine Rockschöße zurechtzupfte.

»Und welche genau?« Muhtar verzog die Mundwinkel. »Na ja, wie dem auch sei! Was haben Sie denn jetzt vor?«

»Ich will Geld verdienen! Ich werde an der Eisenbahnlinie Sivas–Erzurum arbeiten.«

»Sie werden sich also in den Dienst der Reformen stellen. Diese Eisenbahn ist von größter Bedeutung. Im Osten brodelt es nämlich, aber die Eisenbahn wird uns der Einheit näherbringen, weil die Reformen im Osten erst dadurch ankommen. Sie dienen also diesen Reformen, drücken Sie es lieber so aus. Das mit dem Geld ist zweitrangig!« Mit um Zustimmung heischenden Blicken sah er Nazlı an. »Habe ich nicht recht?«

Der andere Abgeordnete sagte: »Du bist aber in Fahrt heute, mein lieber Muhtar!«

Muhtar wandte sich ihm zu: »Aber recht habe ich doch?« In seiner Erregung war er kurz aufgestanden, und nun setzte er sich wieder und führte das zuvor unterbrochene Gespräch mit seinem Freund erneut fort.

Ömer war ziemlich verdattert. Er sah zu Nazlı und der Katze hinüber, ließ sich noch einmal durch den Kopf gehen, was er gesagt hatte, und hoffte bei dem Mädchen auf Verständnis. Irgendwann merkte er, dass er sie regelrecht anstarrte. Da schaltete sich Cemile ein und versuchte die Situation mit einer harmlosen Reminiszenz zu entschärfen.

»In dem Jahr, als in Europa der Krieg ausbrach, war ich mal mit deiner Mutter, Gott hab sie selig, mit deinem Vater, deinem Onkel Tevfik und dir in einem Restaurant, das neu eröffnet hatte, in Beyoğlu, glaube ich, halt, nein, beim Tunnel. Ein nettes Lokal, und damals gab es ja noch kaum Gaststätten, die eine Frau wie ich überhaupt aufsuchen konnte. Jedenfalls warst du recht quengelig an dem Tag, so dass ich dich auf den Schoß genommen habe, um deine Mutter zu entlasten, und wie ich dich da so schaukle, da spuckst du Gör mir doch mit einemmal auf mein neues Seidenkleid! Weil das deiner Mutter furchtbar peinlich gewesen wäre, habe ich dich gleich auf die verschmutzte Stelle gedrückt, damit sie nichts sieht, und dann habe ich sogar noch –« Prustend unterbrach sie sich.

Auch Ömer lachte. Verstohlen blickte er zu Nazlı hinüber. Als er sah, wie schmerzlich diese das Gesicht verzog, war er seiner Tante böse, weil sie so etwas überhaupt erzählt hatte. Als wäre ihm plötzlich etwas Wichtiges eingefallen, stand er auf und sagte: »So, ich muss jetzt leider gehen!«

Wie erwartet, protestierten seine Gastgeber zunächst, aber dann begleiteten sie ihn zur Tür. Bevor der Abgeordnete wieder in den Salon zurückging, sagte er noch: »Und vergessen Sie mir die Reformen nicht! Die sind die Hauptsache! Der Staat geht vor, und unsere persönlichen Wünsche müssen dahinter zurückstehen, nicht wahr? Und einen schönen Gruß an Ihre Tante und Ihren Onkel!«

Auch Cemile ließ Grüße an die in Bakırköy wohnenden Verwandten ausrichten. »Und komm bald wieder, sonst bin ich dir böse! Diesmal bist du ja nur wegen dem da gekommen!« Dabei zeigte sie auf den Umschlag in Ömers Hand. »War nur ein Scherz!« beschwichtigte sie dann.

Ömer sagte noch etwas Belangloses zu seiner Tante, aber seine ganze Aufmerksamkeit galt Nazlı, die mit der Katze auf dem Arm tänzelnd an der Tür stand. Während er ihr dann die Hand gab, dachte er: »Ich wollte doch ein Eroberer werden!« Und beim Hinabgehen auf der Treppe: »Ja, und das werde ich auch!« Cemile rief ihm noch nach, er solle seinen Mantel anziehen und sich nicht erkälten.

Draußen wehte ein kalter Wind. Vor dem Gümüşsuyu-Krankenhaus stand ein Militärfahrzeug, und ein Soldat humpelte, von zwei Kameraden gestützt, die Treppe hinauf. Ömer bestieg ein Taxi und fuhr nach Bakırköy.

Unterwegs dachte er über seinen langen Tag nach. Am Morgen hatte er mit Onkel und Tante dem Schlachten des Opfertiers beigewohnt, zu Mittag hatte er im Haus eines Verwandten gegessen, und am Nachmittag war er zu Refik gegangen. Dieses festtägliche Istanbul mit seinem Familientrubel in gemütlich warmen Salons hatte etwas an sich, vor dem es sich tunlichst zu hüten galt. In Ömer kam wieder der unbestimmte Wunsch auf, irgend etwas kaputtzuschlagen, umzustürzen. Gähnend streckte er sich. »Dieser windelweichen Trägheit, diesem leidenschaftslosen Familientrara darf ich mich ganz einfach nicht hingeben! Was aber soll ich statt dessen tun?«

6

WAS SOLL MAN MIT SEINEM LEBEN ANFANGEN?

Die drei Freunde hatten die von Nuri extra zubereiteten İzmir-Köfte gegessen, sich ausgiebig am Familiengespräch beteiligt und alle zum Lachen gebracht. Dann waren sie wieder in das Arbeitszimmer hinaufgegangen und hatten geplaudert, ohne dass aber ein echtes Gespräch zustande gekommen wäre. So dachte Refik, dieses würde beginnen, sobald einmal alle anderen im Bett wären und sie sich ungestört im Wohnzimmer unten breitmachen könnten. Schon früher hatten sie es immer so gehalten. Sie hatten stundenlang Poker gespielt, und wenn im Haus alles verstummt war, hatten sie den Samowar aufgestellt und ewig geredet. Muhittin war einmal in einem Buch darauf gestoßen, dass Puschkin und andere russische Intellektuelle des 19. Jahrhunderts es ähnlich gehalten hatten.

Vor der Tür schlug die Wanduhr. Ömer streckte sich und reckte dabei den Kopf vor, um auf seine Armbanduhr zu sehen. Dann blickte er wieder auf das Buch, in dem er blätterte. Muhittin trommelte mit den Fingern auf den Lehnen seines Sessels. Draußen hörte man Schritte, dann wieder nur das Ticken der Uhr.

»Los jetzt!« sagte Refik.

So leise wie möglich stiegen sie die Treppe hinunter. Refik ging weiter bis in die Küche und stellte erfreut fest, dass Nuri schon den Samowar angeheizt hatte. Zusammen mit dem Tablett darunter hievte er das brodelnde Gerät ins Wohnzimmer hinüber. Muhittin hatte schon in Cevdets Lieblingssessel Platz genommen.

Ömer inspizierte unterdessen die Räumlichkeiten. Als er wieder aus dem Zimmer trat, in dem das Klavier und die Möbel mit den Perlmuttintarsien standen, sagte er: »In diesem Haus ändert sich doch wirklich nichts!« Beim Anblick des Samowars hellte seine Miene sich auf. »Das soll aber keine Kritik sein!«

Refik ahnte, dass mit Hilfe des Samowars das bisher nur dahinplätschernde Gespräch endlich so in Gang kommen würde, wie er es erhoffte. Lächelnd erwiderte er: »Das also hältst du von diesem Haus! Und du, Muhittin?« Der sollte auch gleich mit einbezogen werden.

»Na, du weißt ja, dass mir dieses Haus noch nie gefallen hat!«

Nunmehr war Refik sicher, dass es gleich richtig losgehen würde. »Das weiß ich in der Tat. Was gefällt dir denn überhaupt außer deinen Gedichten?«

»Frauen, Spaß, Intelligenz ...«

Ömer setzte sich ihm gegenüber. »Und das Demonstrieren deiner Intelligenz! Wann kommt denn jetzt dein Buch heraus?«

»Warum fragst du ständig danach? Bald.«

»Und was machst du sonst so?«

»Na ja, meine Ingenieursarbeit. Kostet mich wahnsinnig viel Zeit. Ich komme immer hundemüde nach Hause. Abends gehe ich manchmal nach Beyoğlu rauf. Und in ein paar Kneipen in Beşiktaş habe ich Kumpel. Zu Hause schreibe ich dann meine Gedichte. Das reicht mir!«

»Ob ich mal was finde, was mir reicht?« fragte Ömer.

»Jetzt ist also unser Muhittin Dichter und Ingenieur!« sagte Refik. »Du hast dich immer mit Dostojewski verglichen, weißt du das noch? Weil der auch Ingenieur war ...«

»Nein, weil er auch so was Teuflisches an sich hatte!« versetzte Ömer.

Muhittin lachte. Er mochte es, wenn es um ihn und seine Eigenarten ging.

Um ihn noch mehr zu erfreuen, sagte Refik: »Und dann hast du noch behauptet, du würdest eines Tages blind werden! Und vor allem natürlich, dass du dich umbringen würdest, falls du mit Dreißig noch kein guter Dichter sein solltest!«

»Stimmt schon, ich habe damals gesagt, was mir einfach so eingefallen ist, aber das eine kannst du mir glauben: Das mit dem Dichtersein und dem Umbringen, das ist mein Ernst!«

Ömer lachte schallend.

Muhittin sah ihn gleichmütig an, wie jemand, der sich einer Behauptung so sicher ist, dass er es gar nicht nötig hat, sie zu beweisen. »Lach du nur!«

Es ließ sich alles ganz nach Refiks Geschmack an. Er holte die Teegläser aus dem Schrank, stellte die Zuckerdose auf den Tisch, kümmerte sich um den Samowar; an nichts sollte es fehlen.

»Was ist mit Alkohol?« fragte Ömer.

»Wir haben doch nichts im Haus! Bloß den Erdbeerlikör meines Vaters, von dem er an Feiertagen nippt.«

»Na, dann lass mal!« Ömer fragte Muhittin: »Trinkst du eigentlich?« »Ab und zu.«

Refik warf ein: »Neulich ist er mal zu mir gekommen, im September, glaube ich, war's, da hatte er ganz schön geladen!«

»Man muss ja auch trinken«, sagte Ömer.

»Und warum?«

»Weil man einfach trinken muss! Hm, der Tee riecht gut! Aber Alkohol bringt einem mehr.«

»Ab jetzt holt sich jeder seinen Tee selbst«, verkündete Refik.

»Und was bringt er einem?« fragte Muhittin.

»Na, ich erklär's euch mal.« Ömer sah drein, als wollte er sagen: Ich wasche meine Hände in Unschuld! »Man muss trinken, weil einen der Alkohol über das Alltagsleben hinaushebt. Weil er einem hilft, alles Oberflächliche abzuschütteln!« Er stand auf in seinem Eifer. »Wie grässlich das gewöhnliche Leben ist, begreift man erst durch den Alkohol!«

»Was ist denn in dich gefahren?« fragte Muhittin. »Setz dich wieder hin!«

Refik sagte: »Ich habe dir schon am Bayram gesagt, dass du komisch bist.«

»Mit mir ist einiges los! Ich habe viel gelernt in Europa. Ich kann nicht mehr indolent dahinleben und mich mit Brosamen begnügen. Ich habe in Europa gelernt … dass ich ein Leben habe und dass ich dann sterben werde!«

»Und das wusstest du vorher nicht?« sagte Muhittin lachend.

Ömer ging auf den Esstisch zu und blieb abrupt stehen. »Nein, ich habe es erst lernen müssen. Ich habe Dinge lernen müssen, die du hier verspottest, ohne eine Ahnung zu haben. Man muss etwas anfangen mit seinem Leben. Es mit etwas füllen. Über alles Bisherige hinausgehen. Etwas tun. Und das Getane die anderen dann auch wissen lassen. Ich will kein gewöhnliches Leben mehr!«

»Was sollte dann dein höhnisches Lachen vorhin, als ich vom Umbringen sprach?«

»Hm! Versteh mich da nicht falsch, aber ... Ob es das wert ist, wenn es ums Dichten geht?«

»Das ist es also nicht wert, was?«

Ömer drehte den Hahn des Samowars auf, der nun auf dem Esstisch stand. »Nein, ist es nicht! Zumindest meiner Ansicht nach ...«

»Na, dann möchte ich aber gerne erfahren, was du vorhast!« rief Muhittin, der wieder auf dem Sessel herumtrommelte.

»Ich werde nach Sivas gehen und dort Geld verdienen!« Ömer schrie das fast hinaus. »Ja, Geld verdienen! Und mit diesem Geld werde ich mir alles leisten können! Alles!« Er hielt inne, als sei er über sich selbst erschrocken. »Du siehst mich ja so spöttisch an. Findest mich fiebrig, was? Aber stimmt ja, ich bin fiebrig!« Er stellte sein Teeglas auf einem Tischchen ab und begann mit den Händen herumzufuchteln, als hätte er ohne sie sein Herz nicht ausschütten können. Doch musste er darüber selber schmunzeln. »Stimmt, ich bin nervös momentan. Aber ich habe einfach Angst, mich von der verschnarchten Familiengemütlichkeit, die ich hier in Istanbul erlebe, genauso wie die anderen einlullen zu lassen!« Er sah zu Refik. »Das ist jetzt nicht auf dich gemünzt! Aber wenn ich mich auf so etwas einlasse, dann kann ich mir gleich Pantoffeln anziehen und ein stinkgewöhnliches Leben anfangen!« Während er das sagte, versicherte er sich aus dem Augenwinkel, dass Refik Schuhe und nicht etwa Pantoffeln an den Füßen hatte. »Dabei habe ich so unendlich vieles vor! Ich möchte ein reiches, erfülltes Leben führen. Von wem stammt das noch mal? Ein reiches Leben führen und dabei tatsächlich reich werden und mir alles leisten können!« Als habe er es auswendig gelernt, leierte er dann herunter: »Ich will Frauen haben, Geld, von allen bewundert werden!« Dann nahm er sein Teeglas wieder an sich und setzte sich an seinen Platz zurück.

»Und warum verachtest du das Gedichteschreiben so?«

»Weil es so etwas Stilles ist. Was kannst du mit einem Gedicht schon erreichen, was kannst du ins Wanken bringen? Nichts als geduldig abwarten kannst du. Geduld bringt Rosen! Das haben sie uns immer beigebracht. Aber ich habe gelernt, mich davon zu lösen. Glaub nur ja denen nicht, die dir Geduld predigen! Ich jedenfalls glaube nur noch an mich selbst!«

»Na ja, besonders neue Gedanken sind das nicht«, sagte Muhittin.

»Du kennst sie wahrscheinlich aus Büchern heraus! Ich habe nicht soviel gelesen wie du, aber ich weiß, was ich weiß! Wäre ich auf solche Sachen in Büchern gestoßen, hätte ich wohl gesagt, das ist Theorie und weiter nichts. Aber bei mir ist das nichts Angelesenes, sondern Erlebtes! Und es bedeutet mir alles!«

»Ich verstehe schon, was du meinst«, sagte Muhittin, »aber es gefällt mir nicht so recht. Wo willst du denn hin mit deinem ganzen Ehrgeiz?«

»So ganz genau weiß ich es auch noch nicht. Aber ich will einfach in diese Richtung gehen.« Zu Refik sagte er: »Sag mal, wieso trinken wir hier eigentlich Tee und keinen Alkohol?«

»Soll ich dir den Likör also doch bringen?«

»Ach nein! Muhittin, du meinst also, ich verrenne mich da?« Er stand wieder auf und ging im Zimmer umher.

»Ja, schon«, erwiderte Muhittin. Doch als er Ömer so in voller Lebensgröße vor sich stehen sah, setzte er hinzu: »Ach, ich weiß auch nicht!«

Ömers Statur schien zu besagen: »Schaut doch nur, wie gutaussehend und intelligent ich bin! Kann einem wie mir etwas zustoßen?«

Sie schwiegen. Muhittin stand auf und schenkte sich Tee nach. Schließlich fragte Ömer Refik, was es für neue Buchhandlungen gebe. Muhittin berichtete von einem neuen Dichter namens Cahit Sıtkı, den er aus Galatasaray und aus den Kneipen in Beşiktaş kenne. Es sei ein schüchterner Mann mit eher unansehnlichen Gesichtszügen, aber von dem Schriftsteller Peyami Safa sei er hochgejubelt worden. Muhittin sagte, mit anderen jungen Dichtern sei er kaum bekannt, da er für die Kneipen in Beyoğlu, wo sie vornehmlich verkehrten, nichts übrig habe. So sprachen sie dann darüber, wie sehr sich jenes Viertel in den letzten vier Jahren verändert habe, aber mit ihren Worten und Gesten ließ sich nicht verbergen, dass sie nicht bei der Sache waren und eigentlich immer noch dem vorherigen Thema nachhingen. Das Gespräch über Beyoğlu, die Läden dort und das sich wandelnde Istanbul dauerte eine ganze Weile an, hinterließ aber keinerlei Spur.

Als wieder Stille eintrat, blickte Muhittin sinnierend auf den Zigarettenrauch, den er ausbließ, und sagte schließlich: »So siehst du das also …«

»Ja. Ich finde, so und nicht anders sollte man leben!« erwiderte Ömer. »Man muss sich grundsätzlich einem gewöhnlichen Leben und jeder Art von Gewöhnlichkeit entgegenstemmen. Aber das genügt noch nicht. Man muss auch von sich reden machen. Und alles erobern! Ach, ich sage immer das gleiche!« Er schien sich quasi dafür zu entschuldigen, dass er so unwiderlegbare Gedanken vorbrachte. »Die Verlockungen alltäglicher Banalität, das kleine Glück: Genau davor muss man sich hüten!« Wieder stand er auf, als wolle er das Gesagte mit seiner ganzen Leiblichkeit unterstreichen. Er holte sich Tee vom Samowar.

»Große Worte sind das«, sagte Muhittin.

Ömer stellte sein Glas auf das Tablett. »Soll ich dir mal was sagen? Du darfst aber nicht erschrecken, ja? Ich … ich will kein räudiger Türke sein!«

»Was?!« rief Muhittin aus.

Es klang wie ein Pistolenschuss.

Muhittin sah erst Refik, dann wieder Ömer an. »Weißt du eigentlich, was du da sagst?«

Doch Ömer war anscheinend über sich selbst erschrocken. Er hantierte am Hahn des Samowars und an seinem Teeglas herum, das er irgendwie nicht voll bekam. Dann wandte er sich zu Muhittin um. Seine Blicke sollten besagen: »Das war doch nur ein Scherz!« Dann nahm er sein Glas und sagte: »So etwas in der Art hat Sait Nedims Frau Atiye zu mir gesagt. Wir waren auf der Fahrt von Paris im selben Zug. Das hatte ich dir doch erzählt, Refik?«

»Du sollst jetzt auf der Stelle erklären, was du damit meinst!« rief Muhittin.

»Aber Muhittin, Junge! Wir sind doch Freunde! Und das schon so lange!«

»Und genau deshalb hätte ich so etwas nie von dir erwartet!«

Ömer setzte sich neben Muhittin und legte ihm freundschaftlich die Hand auf die Schulter, wie ein großer Bruder. »Ich sage doch gar nichts, Muhittin! Ich will lediglich herausbekommen, wie ich aus diesem Leben etwas machen kann!« Dann zog er seine Hand zurück und wandte sich Refik zu. »Es gibt eben keine Toleranz in der Türkei! Dabei ist Toleranz so wichtig! Was meinst du dazu?«

Nun fühlte sich Refik verpflichtet, selber Stellung zu beziehen. »Warum soll eigentlich das Alltagsleben unbedingt oberflächlich und gewöhnlich sein? Und warum soll man sich vor dem hüten, was du so herablassend das kleine Glück nennst? Dem Alltagsleben wohnt doch auch seine ganz eigene … ja, Poesie inne.« Fast aber schämte er sich seiner Worte.

»Damit meinst du doch Perihan, nicht wahr?« sagte Ömer eifrig. »Du hast ja auch recht, Perihan ist eine sehr –«

»Nein, die habe ich nicht damit gemeint«, unterbrach ihn Refik.

»Ich verstehe dich doch. Eine Frau wie Perihan findet man nicht alle Tage!« versetzte Ömer.

»Ich rede doch gar nicht von ihr! Ich meine bloß, dass man sich auch in Bescheidenheit üben kann!«

»Bescheidenheit?!« stieß Muhittin lachend heraus. »Und was ist dann mit diesem Salon da? Und dem Mobiliar?« Mit einer ausladenden Geste verwies er auf den ganzen Raum, auf das Klavierzimmer, die Möbel … »Jetzt sei mir nicht böse, aber wie willst du in so einem Umfeld mit deiner hübschen Frau noch als bescheiden durchgehen? Lachhaft! Du nimmst mir das doch nicht übel, oder? Jedenfalls, wenn du auf Bescheidenheit aus bist, dann kannst du das dort verwirklichen, wo ich lebe. Ich kann es dort.« Als sei nun er an der Reihe mit einer Machtdemonstration, stand er auf. »Aber ich mag keine Bescheidenheit. Ich will zeigen dürfen, wie schlau ich bin. Darin sind Ömer und ich uns einig! Aber nur darin!«

»Warum willst du nicht ein Rastignac werden, so wie ich?«

»Was? Was höre ich da? Rastignac! Du liest also Balzac? Und dem Kerl willst du nacheifern?«

»Das ist nicht auf meinem Mist gewachsen«, erwiderte Ömer entschuldigend. »Das stammt wieder von Saits Frau Atiye …«

»Was für eine Familie!« erregte sich Muhittin. »Die haben dir ja so einiges beigebracht!«

Nicht minder erregt stand Ömer wieder auf. »Freunde, versteht mich doch! Ich sage doch nur, dass ich ein reiches, erfülltes Leben will! Und alles erobern! Begreift ihr das? Seit zehn Jahren seid ihr meine Freunde, also schaut mich nicht so an! Kann schon sein, dass ich einen verstiegenen Eindruck mache, aber wenigstens weiß ich, was ich will! Wir haben nur ein Leben, und das müssen wir gestalten, aber daran denkt immer keiner!« Er sah Muhittin an. »Bei dir läuft alles aufs Dichten hinaus. Aber genügt das? Geduld und Poesie … Ist das alles? Du wirst damit zeigen, wie intelligent du bist. Und wirst warten … Worauf?« Zu Refik gewandt: »Und du machst es dir im trauten Heim gemütlich. Dagegen sage ich ja auch gar nichts. Vor allem sage ich nicht, du sollst etwas anderes machen. Aber versteht ihr mich wenigstens? Vor euren Blicken wird mir nämlich manchmal angst.«

»Also Angst brauchst du nun wirklich nicht zu haben vor uns!« sagte Muhittin.

»Wir sind schon so lange Freunde!« rief Ömer aus. Er ging auf Muhittin zu. »Komm, lass dich küssen!«

»Du bist ja wie betrunken!« sagte Muhittin, stand aber doch auf. Auch er schien gerührt zu sein. Sie umarmten sich und küssten sich dann lachend auf die Wange.

Refik war auch irgendwie ergriffen. Obwohl er mit hätte aufstehen sollen, blieb er sitzen. Ihm schwirrte noch im Kopf herum, was er zuvor gesagt hatte, und verlegen fragte er sich, was seine Freunde wohl von Perihan hielten.

»Wie damals zu Studentenzeiten!« rief Ömer.

Nun stand Refik doch auf. »Wisst ihr noch, wie wir in Materialkunde mal –« Er sah, wie seine Freunde den Kopf zur Tür wandten, und drehte sich um. »Ach, Papa!«

Auch Cevdet war überrascht. Er trug einen blaugestreiften Schlafanzug und eine lange Jacke darüber. Erst hatte er sich wohl gar nicht zeigen wollen, aber dann hatte er gemerkt, dass das nicht möglich war. Eigentlich freute er sich ja, zu jener nachtschlafenden Zeit noch etwas Unterhaltung zu finden. Gemessenen Schrittes ging er auf seinen Sessel zu.

»Guten Abend, die jungen Herrschaften! Tja, ich konnte nicht schlafen.«

»Waren wir zu laut?« erkundigte sich Ömer.

»Nein, nein. Es ist das Alter! Und mein Magen rumort ein wenig. Muss zuviel gegessen haben.« Verschämt setzte er hinzu: »Jetzt stehe ich da im Schlafanzug.«

»Steht Ihnen ausgezeichnet!« rief Muhittin verschmitzt.

»Worüber habt ihr denn geredet?« fragte Cevdet und schielte dabei zu seinem geliebten Sessel hinüber. »Na, raus mit der Sprache!«

»Na ja, darüber, was man mit seinem Leben anfangen soll«, sagte Ömer.

»Schau, schau! Und was soll man damit anfangen?«

»Wir sind noch zu keinem Schluss gekommen.«

»Was gibt es da zu überlegen? Man soll arbeiten, lieben, essen, trinken, lachen!«

»Aber mit was für einem Ziel? Darum ging es uns.«

Cevdet hielt sich die Hand ans Ohr. »Mit was für einem Ziel?«

Refik sagte: »Na ja, du weißt schon, Papa, worauf alles hinauslaufen soll, das meinen sie.«

»So, meinen sie das«, sagte Cevdet grimmig. »Aber du mischst dich da hoffentlich nicht ein. Du bist verheiratet, also weißt du, was du für ein Ziel hast. Deine Familie und deine Arbeit. Und worüber habt ihr sonst noch geredet?«

»Ich habe von Sait Nedim erzählt«, fiel Ömer ein. »Sie kennen doch seinen Vater, Nedim Paşa. Und Ihre Hochzeit soll sogar in dem Konak von –«

»Schon gut, schon gut«, unterbrach ihn Cevdet etwas verärgert. »Ja, das war in seinem Konak. Refik, sei doch so gut und bring mir Obst aus der Küche. Schäl mir eine Orange!«

»Ich habe Sait Nedim im Zug getroffen.«

»Lass mal gut sein mit dem. Sag mir lieber, ob du Arbeit gefunden hast! Das solltest du nämlich schleunigst. Und eine Frau. So gut, wie du aussiehst. Außerdem bist du nicht dumm und hast studiert. Ja, eine gute Arbeit und eine gute Frau. Da habt ihr eure Antwort. Darauf kommt es an im Leben.«

Refik ging in die Küche hinüber.

7

VOR DEM AUFBRUCH

Ömer stand von seinem Mittagsschlaf auf und sah auf die Uhr. »Mein Gott, habe ich lange geschlafen! Ich komme noch zu spät zu Nazlı!« Er stieg die Treppe hinunter. Der Garten hinter dem Konak war von einer zauberhaften Frühlingssonne beschienen. Weiter hinten sah man das Meer; an Bakırköy fuhr ein Schleppkahn vorbei. »Ich werde nach Kemah gehen!« Er hatte nun endgültig beschlossen, an der Eisenbahnlinie Sivas–Erzurum zu arbeiten, und mit einer Firma einen Vertrag abgeschlossen, dem zufolge er am Tunnelbau zwischen Kemah und Erzincan mitwirken und zusätzlich einen Teil des dafür notwendigen Kapitals beschaffen würde. Fürs erste hatte er genug Geld, doch um später seinen Verpflichtungen nachzukommen, würde er das Haus, das er zusammen mit Cemile besaß, das Grundstück daneben und einen Laden im Großen Basar verkaufen müssen. All dies war nun mit Cemile zu besprechen.

Sein Onkel, der im Salon mit einem Nachbarn Karten spielte, sagte beim Anblick von Ömer: »Na, wieder wach?«, und dann zum Nachbarn: »Aha, du verdoppelst also!«

Die Tante saß strickend am Fenster und sagte gleichfalls: »Wieder wach?«

»Ich muss gleich weg, bin schon spät dran«, sagte Ömer, und gähnend dachte er, dass er doch sehr aufpassen musste, um sich von dieser schläfrigen Atmosphäre nicht anstecken zu lassen.

»Fährst du zu Cemile?« fragte die Tante.

»Ja, wegen dem Haus und dem Grundstück.«

»Sonst hat sich dein Onkel um all das gekümmert. Na ja, richte ihr einen schönen Gruß von mir aus. Wie ist denn ihre Nichte? Und wie heißt sie noch mal?«

»Nazlı! Also, Tantchen, ich muss dann. Bis heute abend!«

Die Tante, froh um diese Gelegenheit, küsste ihn noch schnell auf die Wange, genau an der Stelle, an der ihn früher auch seine Mutter geküsst hatte. Gehetzt durcheilte Ömer den Garten und bestieg eine Droschke. Am Bahnhof nahm er sich ein Taxi. Der Gedanke, von Istanbul wegzumüssen, betrübte ihn, aber dann sagte er sich zum Trost wieder all seine Pläne vor. Beim Gedanken an die fortwährend strickende Tante und den Onkel, der nicht nur sonntags, sondern jeden Tag mit seinem Nachbarn Karten spielte, sagte er sich wieder einmal: »So wie die darf ich nicht werden! Und so wie Refik auch nicht. Und soviel Geduld wie Muhittin bringe ich ohnehin nicht auf …« Als das Taxi die Brücke überquerte, dachte er an Nazlı. Ihm fiel wieder ein, worüber sie bei seinem Besuch einen Monat zuvor gesprochen hatten. »Warum ist sie auf einmal so rot geworden? Hm, sie ist die Tochter eines Abgeordneten. Was kann wohl ein Abgeordneter einem künftigen Eroberer für Vorteile verschaffen?« Er stellte sich als Nazlıs Ehemann und als Schwiegersohn des Abgeordneten vor. Er würde in Ankara einen Bauauftrag nach dem anderen bekommen und damit furchtbar viel Geld verdienen. Die Leute würden ihn und seine Frau bewundern, doch hinter seinem Rücken über ihn lästern: Dieser Ömer kann aber auch gar nicht genug bekommen. Plötzlich schämte er sich dieser Gedanken. »So ein Blödsinn!« Er musste lachen. Lieber ging er noch mal durch, was er Tante Cemile wegen des Ladens und des Grundstücks vorzuschlagen gedacht.

Die Tür wurde ihm von Tante Cemile geöffnet. Sie empfing Ömer fröhlich wie immer, schalt ihn ein wenig, weil er nicht schon früher mal gekommen war, und fragte ihn, wie es seinem Onkel und seiner Tante gehe, ob er trotz des Sonnenscheins unterwegs nicht gefroren habe und wieviel Zucker er in seinen Mokka wolle. Sie hörte sich Ömers Antworten aufmerksam an, und bevor sie dann in die Küche ging, um den Mokka zu kochen, da das Dienstmädchen Ausgang hatte, führte sie über ebenjenes Dienstmädchen noch ein wenig Klage. Ömer sah ihr dann hinterher und fragte sich: »Nanu, ist Nazlı gar nicht da?«

Beim Kaffee sprachen sie über dieses und jenes, und auf Cemiles Aufforderung hin erzählte Ömer, wie es um die Gesundheit von Onkel und Tante bestellt war und wie sie so ihre Tage herumbrachten. Cemile klagte über ihre eigene Gesundheit. Sie zeigte ihre von Rheumatismus geplagten rundlichen Arme. Wie Ömer erwartet hatte, entstand dann irgendwann einmal ein Schweigen. Tante Cemile seufzte tief, und Ömer nützte die Gelegenheit, um sein Anliegen vorzubringen.

Rasch erzählte er von Kemah und dass er vor Ablauf eines Jahres eine ziemliche Summe Geld benötigen würde. So bat er Cemile, ihm beim Verkauf des Ladens, des Grundstücks und des bewussten Hauses behilflich zu sein.

»Das willst du alles verkaufen?« staunte sie.

»Noch nicht gleich, aber später.«

»Verkaufen ist keine gute Idee. Mein Vater selig sagte immer, wenn man erst einmal anfängt, Immobilien zu verkaufen, ist das der Anfang vom Ende!«

»Aber ich will das Geld ja nicht verprassen, sondern ganz im Gegenteil anlegen!«

»Keine gute Idee!« murmelte die Frau. Dann aber versprach sie doch, zu tun, was in ihrer Macht stehe.

Ömer dachte: »Wozu bin ich nur hierhergekommen? Nie und nimmer wird sie mir helfen. Ich bin hierher … Obwohl, wer weiß? Sie kennt die Gegend dort gut …«

»Sag mal, Junge, wo ist eigentlich Kemah?«

»Bei Erzincan.«

»Da ist es aber kalt!«

»Jetzt wird doch bald Sommer!«

»Nimm dir trotzdem warme Sachen mit!« Dann erzählte sie von einer entfernten Verwandten in Erzurum. Dort sei es üblich, beim Teetrinken ein riesiges Stück Zucker von Hand zu Hand zu reichen und abwechselnd daran zu lecken. Dann ging sie in die Küche, um selbst Tee aufzusetzen.

Ömer sah die aschgraue Katze ins Zimmer hereinschleichen und stand auf. »Ich gehe weg von Istanbul!« Es befiel ihn aber nicht die gleiche Melancholie wie zuvor noch im Taxi. Er hatte seine Schläfrigkeit abgeschüttelt und zu seinem Ehrgeiz zurückgefunden. Er musste ganz einfach ein Eroberer werden! »Es lässt sich so viel anfangen mit diesem Leben!« Die Katze kam näher und ließ ihn dabei nicht aus den Augen. Dann sprang sie mit einem Satz auf einen der Sessel, schnupperte am Sitzkissen und rollte sich schließlich darauf zusammen. »Aber ich gehe von Istanbul weg, ohne das Leben hier ausgekostet zu haben!« Er ging in dem Salon auf und ab. Es überkam ihn wieder der Wunsch, irgend etwas zu zerschlagen. »Pah, was heißt hier auskosten! Als ich in London war, hielt ich überhaupt nichts von Istanbul!« Er sah auf den Bosporus hinaus. »Keinen einzigen sehnsuchtsvollen Gedanken habe ich daran verschwendet, aber jetzt sehe ich, dass es hier Menschen für mich gibt, Freundschaften, einen vertrauten Geruch, eine Atmosphäre, die mich lauwarm umschmeichelt!« Daran war schon etwas. Als er vom Fenster auf die gegenüberliegende Wand zuging, sah er einen Bücherschrank, in dem die Bücher wild aufeinandergestapelt waren. »Dieses Mädchen zum Beispiel ist hier! Was die wohl liest?« Er warf einen Blick auf die Katze. »Aber wenn ich hierbleibe, kann ich auch träge werden. Und ich brauche doch Geld!« Auch daran war etwas. Wieder schritt er auf das Fenster zu. »Ich muss aus Istanbul weg, um Geld zu verdienen, aber danach erobere ich die Stadt!« Über Üsküdar waren zwei Wolkenhaufen. »Vielleicht übertreibe ich es ja auch mit diesem Erobererfimmel, aus lauter Nachahmungstrieb? Es wird doch nicht lauter Unsinn sein, was ich da in Europa aufgeschnappt habe?« Auf dem Weg zurück zur Wand dachte er: »Ach was! In mir steckt eben Leidenschaft! Ich bin nicht wie die anderen! Ich habe Courage! Wo bleibt nur diese Frau?« Da hörte er Schritte und ging zurück zu seinem Stuhl. »Sie bringt den Tee!« Versonnen wandte er den Kopf zur Tür: »Ach du bist das, Nazlı!«

»Entschuldige, aber ich konnte nicht eher weg. Ich gebe der Nachbarstochter Englischunterricht.«

Ömer sah sie leicht erröten und sagte lächelnd: »Aber ich bitte dich! So, du unterrichtest also Englisch?«

»Du bist wohl schon ungeduldig geworden, was?«

Ömer, dem nun erst auffiel, wie hochgewachsen das Mädchen war, sagte nur: »Ich gehe in drei Tagen aus Istanbul weg!«

»Tatsächlich? Wohin denn?«

»Nach Kemah!«

Nazlı nahm die Katze auf den Schoß und setzte sich in den Sessel. »In den Osten also?«

»Soll ich dir wie Montesquieu aus dem Osten Briefe schicken?« entfuhr es Ömer. Dann stutzte er. »Nein, ich glaube, das waren Briefe aus Persien. Halt, das war es auch nicht. Ach ja, Briefe von einem Perser ... Hast du die gelesen?«

»Ja!« Sie ließ sich nichts anmerken.

»Du liest wohl viel?« In einer plötzlichen Anwandlung stand er auf und rief: »Ich glaube eher, dass man viel leben sollte!« Sogleich kam er sich vor wie ein dummer Junge.

»Ja, du bist ja auch ein Mann!«

Da kam die Tante wieder herein. An dem Gespräch der beiden jungen Leute musste sie wohl etwas Bewundernswertes finden, denn sie setzte sich gleich still in ein Eckchen, sichtlich bemüht, von ihrer Anwesenheit kein Aufhebens zu machen. Dennoch wusste Ömer genau, dass sie sich kein Wort würde entgehen lassen.

»Du hast recht, ich weiß natürlich, dass du es viel schwerer hast. Frauen wird das Leben hier zur Hölle gemacht. Euer Leben gleicht einem Hausarrest!« Er vermied es dabei, Cemile anzusehen.

»So schlimm ist es auch wieder nicht. Man kann diese Grenzen ja auch sprengen!« erwiderte Nazlı.

Ömer dachte: »Wie klug sie ist! Sie hat Charakter ... Und wie sie das gesagt hat: ›Man kann diese Grenzen ja auch sprengen!‹ Das kommt nicht jeder über die Lippen! Und noch dazu ist sie richtig lieb.« Er kam sich gleich ganz banal vor.

»Und es gibt ja jetzt so viele Reformen bei uns!« sagte Nazlı. »In mancher Hinsicht sind wir den anderen schon voraus!«

»Stimmt!«

»Ich glaube, du verachtest diese Reformen!«

»Überhaupt nicht! Glaub nur das nicht! Es ist nur so, dass mein Ehrgeiz –«

»Wie redest du denn mit unserem Besuch!« tadelte Cemile ihre Nichte.

Ömer rief aus: »Ich sehe mich als Eroberer!«

Darauf sagte Cemile: »Als Sultan Mehmet Istanbul erobert hat, war er noch jünger als du! Aber ihr seht beide gleich gut aus!« Anerkennend klopfte sie auf den Tisch.

Ömer fürchtete, das Niveau der Unterhaltung würde noch weiter herabsinken. »Ja, sie ist klug und lieb!« dachte er. Er wollte nicht mehr weiterreden, sondern nur noch seinen Tee fertigtrinken und aus dem Haus kommen.

»Jetzt seid ihr so große junge Leute und redet schrecklich vernünftig daher, aber ich kenne euch noch, wie ihr so klein wart!« sagte Cemile lachend. Sie erzählte eine Anekdote aus Nazlıs Kindheit, und als sie gerade zu einer neuen ansetzen wollte, wurde es Nazlı zu bunt.

»Ach Tante, das brauchst du doch nicht jedem zu erzählen!«

»Ömer ist schließlich nicht jeder! Na ja, schon gut, ich bringe euch Tee.«

Als sie draußen war, sagte Ömer: »Sie setzt dir wohl ziemlich zu, was?«

»Und ob!« stieß Nazlı mit einer nervösen Geste hervor. »Manchmal ist es mir einfach zuviel!« Die Katze auf ihrem Schoß hob beunruhigt den Kopf.

»Die Reformen setzen sich also nicht einmal im Haus eines Abgeordneten durch!«

»Nein! Na ja, mein Vater wohnt ja in Ankara!«

Sie schwiegen.

Nach einer Weile kam Cemile aufgekratzt mit dem Teetablett zurück. Sie verkündete, sie habe Marmeladenbrote hergerichtet, schwelgte dann in Jugenderinnerungen und schimpfte irgendwann mit Nazlı, weil sie nicht zu den Broten griff.

»Nichts isst dieses Kind. Ich weiß nicht, was aus ihr werden soll. Findest du nicht auch, dass sie mager ist?«

»Überhaupt nicht! Sie ist genau so, wie sie sein soll!« Wieder hatte er das Gefühl, etwas Falsches gesagt zu haben.

»Iss du wenigstens davon! Ich habe sie auch für dich gemacht!«

Um nicht so untätig dazusitzen, griff er zu einem Brot und biss zaghaft hinein. Er kam sich vor wie ein taktloser Fremder, geradezu wie ein Tölpel. »Irgend etwas lähmt mich in diesem Haus!« dachte er. »Und nicht nur hier, in ganz Istanbul! Was sitze ich eigentlich hier noch herum? Ich muss weg!« Und doch blieb er sitzen. Als wollte er diese ungewohnte Tolpatschigkeit bis zur Neige auskosten. Er wartete auf etwas, wusste selbst nicht genau, auf was, wollte es aber in Erfahrung bringen. Dann dachte er doch wieder: »Mir bleiben nur noch drei Tage in Istanbul, und anstatt mich in Beyoğlu ein wenig zu amüsieren, hocke ich hier in diesem Haus herum!« Aber irgendwie ahnte er, dass ihm hier etwas zuteil werden konnte, das er in Beyoğlu nicht finden würde. So lauschte er Tante Cemile, die vom Hundertsten ins Tausendste kam. Irgendwann dachte er dann: »Du bist mir ein schöner Eroberer!« und stand auf.

»Ich geh jetzt!«

»Soso, du gehst also. Bis nach Kemah! Wann kommst du wieder mal?«

»Wer weiß?« erwiderte Ömer, und gleich darauf war es ihm peinlich, schon wieder wie ein um Verständnis buhlender einsamer Mann zu wirken. Ständig hatte er hier Grund, sich zu schämen.

»Sag deinem Onkel und deiner Tante einen schönen Gruß von uns!«

Als sie schon an der Tür standen, versuchte Ömer aus Nazlıs Gesicht etwas abzulesen, aber er fand darin nicht das Erhoffte. Zuallerletzt fiel ihm noch ein Scherz ein: »Soll ich dir aus Persien Briefe schreiben?« fragte er Nazlı.

»Ja, schreib mir welche!« Da blitzte in ihrem Gesicht auf, was Ömer zuvor darin gesucht hatte.

»Nach Persien fährst du auch?« wunderte sich Cemile.

»Nein, das war nur ein Scherz! Und eigentlich heißt das Buch irgendwie anders ...« Er fühlte sich erleichtert, als sei er schon an der frischen Luft.

Mit tröstlicher Stimme sagte Cemile: »So weit gehst du fort! Ich wünsche dir gute Reise! Möge Gott dir beistehen!«

»Ich schreibe euch und berichte!« Als er die Treppe hinabstieg, fühlte er sich stark und intelligent.

8

DIE FRAUEN IN BEYOĞLU

Nigân schwitzte beim Treppensteigen. Sie spürte ihr Herz schlagen und die Schläfen pochen. »Man könnte meinen, es wäre noch Sommer!« Dabei waren sie schon vor einem Monat aus ihrem Sommerhaus zurück nach Nişantaşı gezogen. Nun, Anfang Oktober, war es in Beyoğlu immer noch drückend heiß.

Nigân sah Perihan an: »Hier ist es, oder?«

Perihan nickte und drückte auf die Klingel. Sie standen vor der Wohnung von Ayşes neuem Klavierlehrer. Den ganzen Winter über würden sie zweimal pro Woche hierherkommen. So oft den Weg bis zum Haus kurz vor dem Tunnel zurückzulegen, dort vier Stockwerke hinaufzugehen und dann in dem muffigen Treppenhaus zu warten, bis die Tür aufging, machte Nigân eigentlich nichts weiter aus, aber ihre Tochter sollte doch merken, was die Mutter da für sie tat.

Die Tür wurde von der Putzfrau geöffnet, die sie schon bei den vorherigen Malen gesehen hatten. Sie setzten sich wieder in das Zimmer, in dessen Wänden Bilder von vornehmen Herren mit gepflegtem Bart hingen. Nigân sah auf die Uhr: fünf vor vier. Aus dem Nebenraum vernahmen sie Klaviertöne. Perihan saß ihrer Schwiegermutter gegenüber, blätterte kurz in einer Zeitschrift und sah dann gelangweilt zum Fenster hinaus. Nigân kam sich vor wie im Wartezimmer eines Arztes. Das Klavierspiel von nebenan hörte sich gar nicht so an, als ob es schon bald zu Ende wäre. »Was für einen Aufwand wir da treiben, damit das Mädel Klavier lernen kann!« Aber auf Anerkennung brauchte man ja nicht mehr zu hoffen, und von jungen Leuten schon gar nicht.

Es war Oktober 1936, und sie war achtundvierzig Jahre alt. Von ihrem knarrenden Stuhl aus musterte sie ihre Schwiegertochter. »Die ist ja noch ein halbes Kind!« Perihan hatte die Stirn an die Scheibe gelehnt und sah hinaus. »In ihrem Alter …« dachte Nigân und begann zu rechnen. »Perihan ist jetzt zweiundzwanzig. Als ich in ihrem Alter war, also nach dem neuen Kalender 1910, da hatte ich schon das zweite Kind auf die Welt gebracht!« Stolz zwinkerte sie mit den Augen. Manchmal kam sie sich schon ziemlich geplagt vor, ungerecht behandelt. Nun musste sie hier warten wegen ihres dritten Kindes, dieses unleidigen Mädchens. »Dafür gehen wir nachher zu Lebon!« sagte sie sich zum Trost. Sie waren um Viertel nach vier mit Leyla in der Konditorei verabredet.

Das Klavier verstummte. Kurz erklang noch eine Geige, dann war es still. Es waren nur noch Schritte zu hören und das gebrochene Türkisch des ungarischen Musiklehrers. Als die Tür aufging, trat zunächst ein gutaussehender, aber blasser Jüngling mit einem Geigenkasten heraus. Nigân überlegte gerade, wer das sein könnte, da sah sie Ayşe, hinter der auf seine bedächtige Art Monsieur Balatzs lächelte. Er trug genau so einen Bart wie die Herren auf den Bildern. Beim Anblick von Nigân und Perihan wurde er ganz lebhaft. Eine Begrüßung murmelnd, schüttelte er den beiden die Hand. Es war ein kleiner, dicklicher Mann, der so gar nicht wie ein Klavierlehrer aussah, aber durchaus charmant sein konnte. »Ein vornehmer Mensch!« dachte Nigân beim Hinausgehen. »Wenigstens ein Europäer!« Sie ging die Treppe hinunter und ertappte sich bei den seltsamsten Gedanken. »Aber na ja! Ein Klavierlehrer!«

Sie gingen wieder nach Beyoğlu hinauf. Inzwischen war die brennende Sonne von ungeduldig eiligen Wolken verdeckt. Es wehte ihnen ein heißer Wind entgegen, wie aus einem Backofen. »Da kommt ein Sturm auf!« dachte Nigân. Als Ayşe gleich in Richtung Taksim gehen wollte, sagte Nigân: »Nein, da lang. Wir kaufen noch Süßigkeiten.«

»Gehen wir denn nicht heim?«

In Nigân machte sich schon wieder Unmut breit. Sie hatte Nachsicht mit Kindern, aber nicht, wenn sie ungezogen waren!

»Erst gehen wir zu Lebon!« erwiderte sie heftig. »Das ist mit deiner Tante Leyla so ausgemacht. Danach gehen wir heim.«

Ayşe verzog das Gesicht, und Perihan sprach besänftigend auf sie ein. Nigân hatte wieder das Gefühl, dass von Kindern doch keinerlei Dankbarkeit zu erwarten war. Sie sah zur Seite, auf die Schaufenster.

Es war nichts Besonderes darin zu entdecken. Nach ihrer Rückkehr von Heybeliada hatte sie lange nach einem Vorhangstoff für das

Schlafzimmer gesucht, aber nichts Anständiges gefunden. Auch während der Klavierstunde war sie mit Perihan wieder in so und so vielen Geschäften gewesen und hatte nichts anderes aufgetan als etwas blaugeblümten Kattun. Es gab rein gar nichts in den Läden. Überhaupt war in der ganzen Türkei nichts Rechtes zu bekommen. Hier etwa, in dem ach so berühmten Geschäft von Hristodiadis: Was sollte einen schon ansprechen in diesem Schaufenster? Die unansehnlichen, ungeschickt drapierten Stoffe aus einheimischer Produktion, die schneller verblassten, als man schauen konnte? Die Konfektionsware, zur Schau gestellt von griesgrämigen Schaufensterpuppen? Nichts gab es, nichts. Richtig wütend konnte Nigân da werden. Sie entfernte sich von dem Schaufenster.

Ayşe und Perihan waren mittlerweile wie vom Erdboden verschwunden. »Was soll das nun wieder!« Nigân spähte in Richtung Tunnel, aber was sie da an schemenhaften Passanten sah, waren jeweils andere Menschen. Als sie zum gegenüberliegenden Gehsteig hinübersah, erging es ihr nicht anders. Da erblickte sie plötzlich auf ihrer Seite Ayşes Zöpfe. Die beiden jungen Frauen standen mit zusammengesteckten Köpfen da, und Nigân hatten sie wohl ganz vergessen. Als Nigân auf sie zuging, kämpfte sie zwar gegen das Gefühl an, schnöde übergangen worden zu sein, aber vergebens. Schließlich bemerkten die beiden, dass Nigân nicht da war, und blickten sich suchend um. Dann sahen sie sie und warteten.

Als Nigân bei ihnen ankam, fragte sie streng: »Was habt ihr denn so getuschelt da?«

»Nichts!« erwiderte Perihan.

Nigân runzelte die Stirn. Ayşe machte einen so schuldbewussten Eindruck, dass Nigân nicht lockerließ.

»Ihr wart völlig vertieft in euer Gespräch! Also, worum ging es da?«

Ayşe straffte sich. »Warum holt ihr mich immer ab? Ich kann doch auch allein nach Hause! Von der Schule zur Klavierstunde gehe ich ja auch allein!«

Das war es also! Sie wollte von ihrer Mutter nicht abgeholt werden! Nigâns Wut fuhr ihr durch den ganzen Körper. Sie merkte, wie ihre Mundwinkel zitterten. Das also war es! Es kamen viele Passanten vorbei, aber am liebsten hätte Nigân einfach losgeschrien und ihrer undankbaren, respektlosen Tochter auf offener Straße eine Lektion erteilt, die sie so schnell nicht vergessen würde. Der Himmel war nun voller gelber Wolken, vor einem Fenster flatterten Tauben auf. Sie standen eigentlich schon vor der Konditorei, und als auf einmal eine Bö aufkam, ging Nigân mit fahrigen Bewegungen hinein. Tochter und Schwiegertochter folgten ihr.

Sie setzten sich an einen kleinen Tisch und bestellten bei der Kellnerin Tee und Kuchen. Und schwiegen sich erst einmal an. Nigân war klar, dass sie den Konditoreibesuch diesmal nicht würde genießen können. »Es passt ihr nicht, dass wir sie abholen!«

»Warum soll ich dich nicht abholen?«

Ayşe antwortete nicht, sondern sah nur betreten vor sich hin. Sie war sich wohl ihrer Schuld bewusst.

»Warum nicht? Warum?« Um aus dem Mädchen etwas herauszubekommen, musste man jede Frage immer fünf-, sechsmal stellen.

»Raus mit der Sprache, warum willst du das nicht? Schämst du dich vielleicht deiner Mutter? Nun sag schon!«

Mit nörgelnder Stimme sagte Ayşe schließlich: »Mir ist das eben peinlich!«

»Peinlich! Und warum bitte? Kannst du mir verraten, warum ich dich nicht abholen soll, nachdem ich mich so bemüht habe, diesen Klavierlehrer für dich zu finden? Da wird alles für dich getan, und dann ist dir das peinlich! Warum bitte schön?«

Ayşe fing an zu weinen.

»Das hat gerade noch gefehlt!« dachte Nigân. »Noch dazu vor allen Leuten!« Diskret sah sie sich um. Am Fenster saß ein eleganter Herr und las Zeitung. An dem Tisch links von ihnen tranken zwei Frauen Tee und kicherten. Nigân äugte besorgt zu ihnen hinüber, doch schienen sie nichts bemerkt zu haben. »War ich vielleicht zu grob?« fragte sie sich. Aber sie hatte es einfach satt. »Wir müssen sie endlich verheiraten! Und zwar so bald wie möglich. Wenn sie nicht heiratet, wird sie nur ein weinerliches Nervenbündel. Wie sie schon dasitzt! Und so was will sechzehn Jahre alt sein! Genau, heiraten muss sie!«

Ayşe ließ Kopf und Schultern hängen.

»Jetzt wisch dir wenigstens die Tränen ab! Schau, da kommt unser Tee!«

Es wurde ihnen auch der Kuchen serviert, doch die Stimmung war ihnen verhagelt. Der Anblick der schönen Tassen heiterte sie auch nicht auf. So begannen sie schweigend zu essen. »Jetzt löffeln wir hier drauflos, ohne auf Leyla zu warten«, dachte Nigân, aber sie selbst scherte sich auch nicht darum. »Mit wem sollen wir das Mädchen bloß verheiraten?« Erst gedachte sie, sich mit Cevdet zu besprechen, aber davon kam sie gleich wieder ab. Cevdets einzige Schwäche war dieses verwöhnte Mädchen. Sobald von Heirat die Rede war, würde er wieder die Stirn runzeln, ganz melancholisch werden und behaupten, dass es doch noch zu früh dafür sei. Ayşe wischte sich die Augen mit den Händen ab, anstatt ein Taschentuch hervorzuholen. Perihan sah ganz unglücklich drein. »Mit wem bloß, hm, mit wem?« Vor ihrem geistigen Auge ließ sie alle Verwandten und Bekannten vorbeiziehen, die heiratsfähige, gutausgebildete Söhne hatten. »Wie wäre es mit Rezans Ältestem? Oder mit Refiks Freund Ömer?« Sie schnitt ihren Schokoladenkuchen in ganz kleine Stücke, nippte an ihrem Tee und summte vor sich hin: »Wem sollen wir sie geben? Wem nur? Dem jüngeren Sohn von Nusret? Was studiert eigentlich Sabihas Junge in Paris?« Darüber vergaß sie ihre Wut, und so labte sie sich an dem Kuchen und an ihren Erwägungen. Sie blickte auf ihre betreten dasitzende Tochter und ging dabei in Gedanken einen Schwiegersohn nach dem anderen durch.

Da ging die Tür auf, und mit energischen Schritten kam Leyla herein. »Ja natürlich, der Sohn von Leyla!« kam Nigân die Erleuchtung. »Remzi!« Sie versuchte sich an den jungen Mann zu erinnern, den sie zuletzt beim Opferfest gesehen hatte. Leyla kam lachend auf sie zu. »Wir müssen uns umarmen!« dachte Nigân und beugte sich zu Leyla vor. Deren Wangen war ganz heiß und verströmten einen sanften Duft. Nigân sah Leyla zu, wie sie Perihan und Ayşe umarmte. Genau, Remzi war der Richtige. Leyla setzte sich zu ihnen. Sie war so fröhlich und aufgedreht wie immer. Kaum hatte sie Tee und Kuchen bestellt, legte sie schon los.

Sie war mit ihrer Familie gerade erst von ihrem Sommerhaus in Suadiye nach Şişli zurückgezogen. Da sie sich den Sommer über nicht gesehen hatten, hatte sich einiges Berichtenswerte angesammelt. Zuerst musste sie von zwei Hochzeiten erzählen, die gegen Ende des Sommers stattgefunden hatten. Nigân seufzte, weil sie zu beiden nicht hatte gehen können, doch als sie dann hörte, wie es dort zugegangen war, freute sie sich, nichts Nennenswertes versäumt zu haben. Dann wurde über den englischen König geredet, der Anfang September auf Staatsbesuch dagewesen war. Leyla erzählte, sie habe den König zusammen mit Atatürk gesehen, als sie in Moda einem Segelwettbewerb beiwohnten, und der König habe dabei einen hellgrauen Sportanzug getragen. Es sei eine Frau an seiner Seite gewesen, aber nicht seine Ehefrau, und darüber sei viel getuschelt worden. Auch Nigân hatte den König gesehen und konnte also etwas erzählen: Als er nämlich wiederum zusammen mit Atatürk vom Dolmabahçepalast nach Beyoğlu hinaufgefahren sei, sei er an ihrem Haus vorbeigekommen. Er habe einen dunkelgrauen Anzug mit weißen Streifen getragen, ein hellgraues Hemd und eine schwarze Krawatte. Die ganze Familie habe draußen im Garten gewartet und dann geklatscht, als der Wagen vorbeifuhr. Leyla sagte, der König habe in Wirklichkeit besser ausgesehen als auf den Zeitungsfotos, doch an Atatürk sei er nicht herangekommen. Sie beschlossen, noch einen Tee zu trinken. Dann berichtete Leyla von ihren Einkäufen in Beyoğlu: Auch sie habe nichts Anständiges gefunden. Nigân stieß einen theatralischen Seufzer aus, und die beiden waren sich schnell einig, dass es in der Türkei bald überhaupt nichts mehr geben werde. Leyla sagte, für den Winter habe sie eine Europareise geplant, worauf Nigân gleich ganz trübselig wurde: Da sei Cevdet jahraus, jahrein mit nichts anderem beschäftigt, als zwischen der Türkei und Europa Waren hin- und herzuschicken, aber dass er einmal selber dort hinführe … Seit ihrem Berlinaufenthalt vor Jahren seien sie nirgends mehr hingekommen. Die Kellnerin brachte den Tee. Nigân schaute zu Ayşe hinüber: Ihren Kuchen hatte sie nicht angerührt, und ihre Teetasse war noch voll. Da konnte Nigân nicht an sich halten.

»Dein Tee wird kalt! Trink ihn jetzt endlich!«

Dann aber dachte sie: »Jetzt habe ich Leyla unterbrochen!« Leyla hatte sich lächelnd Ayşe zugewandt. Wieder dachte Nigân: »Verheiratet muss sie werden!« Sie merkte, dass sie das Mädchen am liebsten irgendwie bestraft hätte. Resigniert sagte sie zu Leyla: »Weißt du, was sie vorhin gesagt hat? Dass wir sie vom Klavierunterricht nicht mehr abholen sollen!«

»Ach ja, hat sie das gesagt?« lachte Leyla.

Das stieß Nigân auf. Es nahm einen doch keiner ernst. Man konnte sagen, was man wollte.

»Ja, das hat sie gesagt. Perihan ist Zeugin.«

Sofort wurde ihr klar, wie naiv das geklungen hatte. »Ich kann nicht einmal mehr meine Tochter richtig ausschimpfen!« Aber sie hatte eben unüberlegt geredet. »Mit Remzi muss sie verheiratet werden!« Obwohl, das war vielleicht auch nicht der Richtige. Es herrschte ein schummriges, unangenehmes Licht in der Konditorei. Leyla und Perihan unterhielten sich nun über eine gemeinsame Bekannte. »Ich will nach Hause!« dachte Nigân. Sie wollte zu Cevdet. Abends würde es Cevdets geliebtes Auberginenragout geben. Sie versuchte sich mit solchen Gedanken abzulenken. Sie beschloss, in der Konditorei noch kandierte Früchte zu kaufen. Nur welche? Ihre Mutter hatte damals in dem Konak in Teşvikiye den ganzen Winter über immer kandierte Birnen gegessen. Das war eine tröstliche Erinnerung. Draußen blitzte es, und ein blauer Schein durchfuhr den Laden. An die Scheibe klopfte erster Regen. »Wir fahren mit dem Taxi heim!« dachte Nigân. Sie merkte, dass sie wieder blinzelte.

9

EIN TAG GEHT ZU ENDE

Als die Trambahn in Harbiye hielt, dachte Refik: »Ich fahre lieber bis Osmanbey und gehe von da zurück nach Nişantaşı!« Beim Einsteigen in Eminönü hatte es nur leicht genieselt, in Karaköy dagegen schon richtig geregnet, und ab Şişhane war ein Wolkenbruch niedergegangen, der immer noch anhielt. Hin und wieder blitzte es, und die hin und her schaukelnden Fahrgäste warteten auf das Donnern, als wären sie bei einem Sturm auf hoher See. Als sie sich Osmanbey näherten, regnete es unvermindert stark. »Soll ich etwa durch den Regen rennen?«

Er stieg aus, ging erst nur ziemlich schnell, bis er dann doch anfing zu rennen. »Da bin ich nur kurz ins Büro, um mich sehen zu lassen, und jetzt laufe ich hier im Regen herum!« dachte er wütend. Davon kam doch die ganze Misere: dass er sich mit dem Alltäglichen begnügte. Er wollte nur immer von Widrigkeiten wie jetzt ebendiesem Regen unbehelligt bleiben. Er wich Pfützen aus, achtete darauf, dass seine Hose nicht vollgespritzt wurde, und lief an Leuten vorbei, die sich irgendwo untergestellt hatten.

Wie unter einer plötzlichen Eingebung verlangsamte er seine Schritte, obwohl es eher noch stärker regnete. »So ein Unsinn!« Er beschloss, sich selber unterzustellen, doch kam er gerade an niedrigen Gartenmauern vorbei, die nirgendwo Schutz boten. Er lauschte auf das Rauschen des Regens und sah auf die leere Straße.

Ein Taxi kam heran. »Ja, wenn ich doch wenigstens ein Taxi finden würde!« Da war ihm, als hörte er eine vertraute Stimme. Verdutzt wandte er sich um: Es war niemand anders als Perihan. Eilig stieg er ein.

»Du bist ja völlig durchnässt«, sagte Perihan.

Da begann seine Mutter auch schon zu erzählen: Sie hätten Ayşe in Beyoğlu abgeholt, sich dann bei Lebon mit Leyla getroffen, seien dann, als es zu regnen anfing, in ein Taxi gestiegen, hätten damit Leyla nach Şişli gebracht, und dann seien sie nicht wenig überrascht gewesen, im strömenden Regen auf Refik zu stoßen. Sie redeten, scherzten und sagten immer wieder lachend, wie nass doch Refik sei. Eine glückliche Familie: Refik spürte, dass das Glück ihn umfing wie eine warme, weiche Decke. Er lebte wieder auf und begann selber zu scherzen.

Zu Hause ging er mit Perihan in den ersten Stock hinauf und merkte, dass er Lust auf Kindereien hatte. Als Perihan ihm mit einem Handtuch den Kopf abtrocknete, meuterte und prustete er wie ein kleiner Junge. Beim Umziehen alberte er noch mehr herum, und als er Perihan darüber lachen sah, kam er erst recht in Fahrt: Er zog die Tagesdecke vom Bett, hüllte sich hinein und mimte einen verängstigten Senator im von Hannibal bedrängten Rom, was die an ihrer Frisierkommode sitzende Perihan äußerst belustigte. »Da lachen wir zusammen, und gerade vorhin noch bin ich missmutig durch den Regen gehetzt.« Es tat ihm gut, diese Fröhlichkeit in sich zu spüren. Da klopfte es, und Emine brachte den Tee. »Vorbei!« dachte Refik. »Vorbei mit dem Übermut. Jetzt werde ich brav meinen Tee trinken, und die Vernunft wird wieder die Oberhand gewinnen.«

Sie saßen nebeneinander, Refik in seinem Sessel am Fenster und Perihan mit den Ellbogen auf die Kommode gestützt, in deren Spiegel sie hin und wieder sah. Refik fühlte sich nun wie eine sanft schnurrende Katze. »Ich habe mich wieder darauf besonnen, dass ich ein biederer Bürger bin, der in der Firma seines Vaters arbeitet, sich dort Tag für Tag so früh wie möglich davonstiehlt und nun mit seiner Frau im Jugendstilschlafzimmer sitzt!« Er blickte auf das große Bett und auf den Schlafzimmerschrank, dessen sanft geschwungene Linien an die Bullaugen eines Schiffes erinnerten. »Ein braver, biederer Bürger! Wohlsituiert und bei bester Gesundheit. Aber ich beklage mich ja auch gar nicht: Ich führe eben ein seriöses Leben!« Ganz in der Nähe blitzte es, und sie sahen beide zum Fenster hinaus. Im Garten hinter dem Haus zitterten die Kastanienbäume im Wind.

»Was hast du heute gemacht?« fragte Perihan.

Refik dachte: »Das fragt sie doch jeden Abend! Als wäre es reiner Spott!« Dabei wusste er, dass er ihr nicht so leicht böse sein konnte.

»Nichts Besonderes. Das Übliche eben!«

Sie schwiegen. »Wie immer!« seufzte Refik innerlich.

»Na ja, ich bin heute morgen mit Papa und Osman gemeinsam losgefahren und habe im Büro erst mal Zeitung gelesen, dann ein paar Papiere durchgesehen und eine Bestellung nach Deutschland geschickt. Mittags sind wir zusammen in ein Lokal in Sirkeci gegangen. Nach dem Essen habe ich mit Osman etwas besprochen und dann mit dem Buchhalter Sadık Kaffee getrunken und mich ein wenig mit den Bilanzen beschäftigt. Danach bin ich aus dem Büro raus, zu Fuß über die Brücke und in die Trambahn. Beim Aussteigen hat mich dann der Regen erwischt.«

Er sah Perihan eindringlich an, als wollte er von ihrem Gesicht ablesen, wer seine Frau eigentlich war … Als Perihan ruckartig ihre Haare zurückwarf, kam er wieder zu sich.

»Und was hast du so gemacht?«

»Ich?« gab sie verwundert zurück. Sie war es nicht gewohnt, dass Refik sie das fragte.

»Na erzähl schon!«

»Also, am Vormittag sind wir spazierengegangen. Frische Luft schnappen. Es war so herrliches Wetter! Bis zu dem Kaffeehaus bei Topağacı sind wir gegangen!«

Sie sah ihrem Mann forschend ins Gesicht. Der schien ihr wahrhaftig ganz einfach lauschen zu wollen.

»Erzähl mir alle Einzelheiten!«

»Na gut. Als du heute morgen weg bist, haben wir uns zuerst in den Garten gesetzt, deine Mutter, Nermin und ich. Wir haben gefrühstückt und ein bisschen geplaudert.«

»Worüber denn?«

»Ach, über dieses und jenes. Zuerst über den Garten. Dass die Kastanienbäume jetzt schon so hoch sind. Deine Mutter hat uns gesagt, wie klein sie noch waren, als sie hier eingezogen ist. Vor dreißig Jahren. Wie hoch wird ein Kastanienbaum eigentlich? Na, über so was haben wir geredet. Auch dass der Garten ziemlich ungepflegt wirkt. Aziz scheint kaum noch vorbeizukommen. Deine Mutter hat ziemlich über ihn geschimpft und gesagt, dass er es niemals schaffen wird, den Garten auf Vordermann zu bringen, und dass er sich überhaupt viel mehr um seinen neuen Gemüseladen kümmert als um den Garten, so dass wir eigentlich einen neuen Gärtner bräuchten, aber dann waren wir uns doch ziemlich einig, dass Aziz im Grunde der beste ist. Beim Tee hat deine Mutter gestrickt und Nermin Zeitung gelesen. Ich habe deiner Mutter geholfen; die Maschen gezählt und das Gestrickte anprobiert. Dann haben wir beschlossen, um elf Uhr nach Topağacı zu gehen. Vorher habe ich hier noch ein bisschen aufgeräumt und die Betten gemacht. Vor lauter Langeweile habe ich in den Garten hinausgeschaut. Nermin hat eine Freundin angerufen, und zuerst wollte ich das auch tun, aber bei keiner hatte ich so richtig Lust dazu. Soll ich noch weitererzählen?«

»Jaja!«

»Als Nermin telefoniert hat, bin ich nach unten gegangen, in das Perlmuttzimmer. Dort habe ich ein bisschen auf Ayşes Klavier herumgeklimpert. Du weißt ja, wie sehr es mich reut, dass ich mit dem Klavierspielen aufgehört habe. Dann bin ich im vorderen Garten herumgegangen, und um elf haben wir uns vor der Tür getroffen. Es ist eine ziemliche Zeremonie, wenn deine Mutter aus dem Haus geht. Ewig steht sie im Eingang vor dem großen Spiegel. Nermin hat ihr gesagt, sie solle sich warm anziehen, aber das tut sie ja sowieso immer. Dann sind wir losgegangen, und deine Mutter hat wieder erzählt, wie es früher in Nişantaşı so war, also wer damals wo gewohnt hat und wem welcher Garten gehörte, solche Sachen eben. War aber ganz lustig. Nermin hat auch ein bisschen erzählt, wie sie als Kind im Hof der Moschee und in einem Garten hier in der Nähe spielte. Gegenüber der Polizeiwache sind wir dann die Straße hinuntergegangen, und wie wir so reden und reden, stehen wir plötzlich schon vor dem Kaffeehaus. Wir haben uns an unseren Stammplatz gesetzt. Nermin und deine Mutter haben Tee bestellt, ich Limonade. Dazu haben wir Kichererbsen geknabbert. Im Kaffeehaus haben wir dann gar nicht mehr viel geredet, vor allem ich nicht. Wir haben zu dem kleinen Fluss hinuntergeschaut. Auf dem Rückweg hat deine Mutter dann von İbrahim Paşa erzählt und wie der verrückt geworden ist. Wir sind nämlich an seinem Konak vorbeigekommen. Ich wusste gar nichts von der Geschichte. Muss schon sehr komisch gewesen sein. Und einer seiner Enkel soll nach Amerika gegangen und Christ geworden sein. Dann haben wir einen alten Mann gesehen, der mit seinem Diener spazierengegangen ist, Seyfi Paşa hieß er; deine Mutter hat ihm die Hand geküsst, und sie haben sich ein wenig unterhalten. In Teşvikiye ist unterhalb der Moschee eine neue Baustelle, die wollte deine Mutter sehen, also sind wir da hin. Zu Mittag haben wir dann Köfte und Auberginenragout gegessen; von den Auberginen ist zum Abendessen noch etwas da. Nach dem Essen hat Leyla angerufen und lange mit deiner Mutter geredet … Aber du hörst mir ja gar nicht zu!«

»Und ob ich dir zuhöre!«

»Es gibt sowieso nicht mehr viel zu berichten. Nach dem Essen habe ich ein bisschen geschlafen, und um drei Uhr bin ich dann mit deiner Mutter nach Beyoğlu hinauf. Wir haben uns in den Geschäften umgeschaut, aber nichts gefunden. Dann haben wir Ayşe abgeholt und uns mit Leyla bei Lebon getroffen. Tja, und dann hat dieser Regen angefangen …«

Sie saß mit gesenktem Kopf da und starrte in eine Schublade, die sie beim Reden mechanisch geöffnet hatte. Auch Refik scheute sich, Perihan anzusehen. In seinen Sessel gelehnt, blickte er auf die windgeschüttelten Bäume hinaus. Er verspürte eine Unruhe in sich und versuchte, möglichst an gar nichts zu denken.

Still saßen sie da. Der Regen, der etwas nachgelassen hatte, wurde wieder heftiger. Beide sahen sie zum Fenster hinaus.

»Sollen wir ins Kino gehen?« fragte Refik unvermittelt.

Eher verlegen sagte Perihan: »Ja, gut!«

Wieder schwiegen sie.

»Und in welchen Film?«

Perihan zuckte nur die Schultern.

Refik dachte: »Eigentlich will sie gar nicht.«

»Sind die Zeitungen unten?« fragte er. »In der *İpek* soll was Interessantes drinstehen …« Perihan nickte. »Na, dann schaue ich mal runter!« sagte Refik, aber er rührte sich nicht von der Stelle. Er kam sich antriebslos vor, unfähig zu jeder Bewegung. »Sollen wir jetzt ins Kino oder nicht?« dachte er, völlig unentschlossen. Was Perihan ihm erzählt hatte, hatte ihn doch ziemlich ungerührt gelassen. Er wollte über sich selbst und seine Lage gar nicht nachdenken, und das kam ihm nicht einmal schlimm vor. In diesem Haus gab es eben ständig Möglichkeiten, sich von seinem Unbehagen abzulenken. Sobald er über sich selbst, über Perihan, seine Ehe oder gleich das ganze Leben auch nur irgendwie ins Grübeln kam, konnte er sofort mit seiner Mutter scherzen, mit den Neffen spielen oder unten mit irgend jemandem ein Schwätzchen halten. So ging er also hinunter und traf auch gleich seinen Vater an, der gerade Osman etwas erzählte. Refik hörte zu und merkte schon bald, dass sein Unwohlsein sich verflüchtigte.

10

EIN BRIEF AUS DEM OSTEN

Wenn Nazlı von der Universität nach Hause kam, stieß ihre Tante Cemile immer einen Laut des Entzückens aus, wie er sich mit Worten kaum wiedergeben lässt. Diesem Überschwang, an den Nazlı schon gewöhnt war, folgte dann erst der verständlichere Teil von Cemiles Ausführungen.

»Da bist du ja! Da bist du ja, mein Mädchen! Hat dich nicht gefroren heute?«

»Nein, überhaupt nicht.« Sie zog Mantel und Schuhe aus und holte ihre Pantoffeln aus dem Schuhschrank.

»Heute morgen bin ich nach Taksim rauf, um Kohl zu kaufen, was hat es mich da gefroren! Bald wird es schneien!«

»Ach, so kalt ist es auch wieder nicht!« sagte Nazlı. Dann dachte sie: »Ich bin wie ein Mann! Ich muss sie trösten und ihr gut zureden!«

»Und heute morgen wärst du ums Haar mit dem dünnen Regenmantel aus dem Haus!«

Nazlı gab keine Antwort. Sie zog sich um und dachte dabei an ihren Vormittag zurück. Die Literaturfakultät in Vezneciler war im Zeynep-Hanım-Konak untergebracht. Die beiden Kurse, die sie besucht hatte, waren nur so dahingeplätschert; in dem einen war geredet, im anderen übersetzt worden. Danach war sie mit ein paar männlichen Kommilitonen, die ihr gegenüber gerne den Beschützer spielten, bis zum Springbrunnen von Beyazıt gegangen und dort in die Trambahn gestiegen, unter deren Gerüttel sie grübelnd nach Hause gefahren war.

Als sie umgezogen war, ging sie in den Salon, gleich gefolgt von Cemile. Während sie ihren Tee tranken, erzählte die Tante, was sie so erlebt hatte. Die Katze sei in den Schuhschrank gekrochen und dort steckengeblieben. Stundenlang sei das arme Tier so gefangen gewesen, bis es endlich jemand bemerkt habe. In einer Zeitung sei von Nazlıs Vater die Rede. Und von Ömer sei ein Brief eingetroffen.

Letzteres verkündete Cemile mit ganz besonderem Timbre in der Stimme.

Nazlı schlug die Zeitung auf und las: »Kulturleben in Manisa: Um das Volkshaus von Manisa herum entsteht ein regelrechtes Kulturzentrum. Neben dem letztes Jahr eröffneten Kinosaal, der auch als Veranstaltungsraum für Theaterabende, Schulaufführungen und Versammlungen dient, steht nunmehr ein Bibliotheksgebäude. Eingeweiht wurde die Bibliothek vom Abgeordneten von Manisa, Muhtar Laçin.«

»Hast du's gelesen?«

»Jaja.«

»Na siehst du!« Cemile wiegte den Kopf hin und her, als gäbe es Grund für höchstes Erstaunen. Sie hätte gerne über die Zeitungsnachricht mit Nazlı ein wenig geredet, in der Hoffnung, dann im gleichen Plauderton zu Ömers Brief überleiten zu können.

»Wenn die *Manisa-Post* kommt, sehen wir auch die Bilder davon«, sagte Nazlı.

»Ich denke, der Platz dort sieht jetzt richtig manierlich aus. Jammerschade, ich war seit Jahren nicht mehr dort!«

»Aber du kannst doch hinfahren, Tantchen!« sagte Nazlı. So beiläufig wie möglich fragte sie dann: »Wo ist eigentlich der Brief?«

»Ich habe ihn in dein Zimmer gelegt. Warte, ich hole ihn dir!«

»Nein, nein, das mache ich schon!« erwiderte Nazlı, stand aber keineswegs auf. Ihre Tante sollte ihr nicht zusehen, wenn sie den Brief las. So trank Nazlı einfach weiter ihren Tee und blätterte in der Zeitung.

Cemile wollte wieder darauf zu sprechen kommen, was die Katze für Unfug trieb, doch die Stimmung war irgendwie dahin, und die beiden saßen da, als erwartete die eine von der anderen eine Entschuldigung dafür, dass ihre Unterhaltung nicht lebhafter wurde. Nazlı war es, als dächte ihre Tante nicht weniger an Ömers Brief als sie selbst.

Seit Anfang April und damit seit sieben Monaten schrieb Ömer Nazlı regelmäßig Briefe. Gegen Ende des Sommers hatte es noch geheißen, er werde bald einmal nach Istanbul kommen, doch dann hatte er geschrieben, den ganzen Winter über werde er bei dem Tunnelbau so eingespannt sein, dass an einen Besuch nicht zu denken sei.

In seinen ersten Briefen hatte Ömer in ironischem Ton von der Baustelle berichtet, auf der er tätig war, von den Kollegen und all dem, was er dort so erlebte. In einem Brief, den er ihr nach Ankara geschrieben hatte, war er wieder auf seine bereits geäußerten Erobereranwandlungen eingegangen. Er erzählte auch von einem deutschen Ingenieur auf einer anderen Baustelle, den er manchmal besuchte. In einem Brief an Cemile bat er diese nochmals darum, ihm beim Verkauf seiner Läden und Grundstücke behilflich zu sein, und tatsächlich wurden dann mit Unterstützung von Ömers Schwager in Bakırköy und zur Bestürzung Cemiles sämtliche Immobilien Ömers veräußert und in Bargeld umgewandelt.

Nazlı trank ihren Tee fertig und ging auf ihr Zimmer. Dort nahm sie den Brief vom Schreibtisch und setzte sich damit auf den Bettrand. Der Brief war leichter als die zuletzt eingetroffenen, so dass er wohl nur ein einziges Blatt enthielt. Nazlı gingen unerfreuliche Gedanken durch den Kopf.

In den letzten Briefen hatte Ömer vor allen Dingen von sich selbst erzählt. Das mochte daran liegen, dass den Winter über nur im Tunnelinneren gearbeitet wurde und es von der somit viel weniger bevölkerten Baustelle nicht viel zu berichten gab. Die Art von Ömers Selbstschilderung gab Nazlı indes Anlass zur Beunruhigung. Ömer klagte darüber, dass er einsam und die Freundschaft mit dem deutschen Ingenieur nicht so ganz befriedigend war. Nazlı kam es so vor, als hätte Ömer gute Lust, ihr so richtig sein Herz auszuschütten, doch als fürchtete er, dabei auch Hässliches zutage treten zu lassen, so dass er es einstweilen mit Andeutungen bewenden ließ. Da Nazlı allein diese schon Furcht einflößten, hatte sie seine letzten Briefe mit besonderer Sorgfalt beantwortet. Unter anderem hatte sie ihm sehr ans Herz gelegt, sich doch ja nicht aufs Trinken zu verlegen. Danach war sie zwar stolz gewesen, sich zu so einem Ratschlag durchgerungen zu haben, doch hatte sie deshalb auch ein wenig Scham empfunden. Aus ihrem bisschen Lebens- und Literaturerfahrung heraus vermochte sie sich ja vorzustellen, dass einem gerade aus Europa zurückgekehrten Ingenieur in einsamen Provinznächten der Alkohol durchaus ein Trost sein konnte.

Mit einem Stift riss sie den Umschlag auf und begann zu lesen:

Liebe Nazlı,

bevor ich noch die Antwort auf meinen letzten Brief bekommen habe, schreibe ich Dir schon diesen hier. Du wirst Dich über das, was Du hier zu lesen bekommst, sicher sehr wundern. Ich habe nun schon so oft zu diesem Brief angesetzt und die Blätter alle wieder zerrissen. Diesen Brief hier schicke ich jetzt ganz einfach ab. Ich habe ein bisschen Wein getrunken und bin guter Laune. Hier im Zimmer brennt eine Gaslampe, und der Ofen brummt. Im Nebenraum schnarcht einer! Also, pass auf; was ich Dir schreiben will, ist folgendes: Ich habe sehr lang nachgedacht und bin zu dem Entschluss gekommen, dass ich Dich heiraten will. Was sagst Du dazu? Ich finde, es ist eine gute Idee! Sie steht in keinem Widerspruch zu all meinen großen Plänen! Schreib mir bitte Deine Antwort. Du brauchst Dich damit nicht direkt zu beeilen, aber zaudere auch nicht allzulange. Bis ich Deine Antwort bekomme, werde ich Dir nämlich nicht mehr schreiben, sondern nur noch warten. Du kannst Dir vorstellen, wie schwer mir das fällt! Aber damit will ich wohl Dein Mitleid erregen … Ach, was ist das nur für ein furchtbarer Brief geworden! Aber was soll's, ich schicke ihn ab, denn das habe ich mir nun tausendmal geschworen und mir immer wieder gesagt, was für ein Unsinn es wäre, jetzt auch diesen hier wieder wegzuwerfen. Also! Tu, was Du für richtig hältst, aber schreib mir bitte bald zurück! Vergiss auch nicht, wie jedesmal Deiner Tante schöne Grüße von mir zu bestellen.

Ömer

Sie las den Brief noch einmal. Beim zweitenmal versuchte sie sich vorzustellen, wie Ömer dagesessen hatte, als er diesen Brief schrieb. »Was soll ich jetzt machen?« Sie war über den Brief keineswegs erschrocken, zu ihrer eigenen Überraschung. Sie lehnte sich zurück auf ihr Kopfkissen. »Ich werde ihn wohl heiraten!« murmelte sie. Als sie auch vor diesem Gedanken nicht zurückschreckte, kam ihr das schon ein wenig sonderbar vor. Wie konnte sie sich nur so schnell darauf einlassen?

»Na, weil er mir schon immer gefallen hat! Das war mir schon klar, als er beim Opferfest zu Besuch bei uns war.« Aber das war eine zu einfache, abgegriffene Erklärung, die vor ihr selber nicht Bestand hatte. »Nun, er ist intelligent, ehrgeizig, natürlich, gutaussehend …« begann sie für sich aufzuzählen, mit wachsender Erregung. Es erfüllte sie ein gewisser Stolz, dass jemand mit all diesen Qualitäten sich gerade für sie interessieren konnte. »Was wird nur Papa dazu sagen?« Ihr Vater hatte sich über Ömer noch nie geäußert. Lediglich einmal, als sie in Ankara bei ihrem Vater war, hatte dieser ihr einen Brief von Ömer hinauf in ihr Zimmer gebracht, und es hatte dabei ein Schatten auf seinem Gesicht gelegen. »Und wenn meine Mutter noch lebte, was würde die sagen?« Sie stellte sich vor, dass ihre Mutter sie anlächeln und ihr raten würde, sich die Sache gut zu überlegen. Und sie würde ihr wohl sagen, sie dürfe sich glücklich preisen, keine arrangierte Ehe eingehen zu müssen. Daraufhin würde ihr Vater wie üblich die Reformer loben und darauf verweisen, was er selbst als Gouverneur von Manisa alles geleistet habe. »Was geht mir da bloß durch den Kopf!« schalt sie sich selbst. Sie zog die Beine an den Bauch und kauerte sich so eng zusammen wie nur möglich. »Liebe!« Das war ein geradezu peinliches Wort, das innerhalb der Familie keiner je aussprach, und wenn ein Fremder es einmal tat, dann ignorierte man es einfach. Es liebten sich in der Familie alle gegenseitig, aber jenes Wort war ihnen nicht geheuer. Bei seinem fatalen Klang musste Nazlı an die Romane denken, die sie allein auf ihrem Zimmer las, an die Kussszenen in manchen Filmen, die sie peinlich berührten, und an gewisse verachtenswerte Frauen. Sie versuchte all das zu verdrängen und sprach das Wort in vollem Bewusstsein aus. Sie musste über sich staunen. Dann kam auch schon der erste Gedanke an die Hochzeit selbst, über die in der *Manisa-Post* wohl ausführlich berichtet würde. »Was sie wohl über Ömer schreiben?« überlegte sie. »Der junge Bauingenieur hat nach seinem Studium in Europa …« Sie schämte sich dieser Gedanken. Auch ihre Kommilitoninnen würden sich äußern: »Netter Kerl«, »Ingenieur, sieht gut aus« … Wieder einmal kam sie zu dem Schluss, dass die meisten von ihnen Hohlköpfe waren. »An die Unversität gehe ich dann auch nicht mehr! Die Atmosphäre dort und die nichtssagenden Kurse gefallen mir sowieso nicht. Tja, aber was gefällt mir dann? Ich möchte kluge, glückliche Leute um mich herum haben! Und er ist so jemand. Deshalb glaube ich, dass er mir ein Leben bieten kann, wie ich es mir wünsche. Am besten, ich schreibe ihm gleich, sonst fängt er noch mit dem Trinken an!« Als sie vom Bett aufstand, kam ihr in den Sinn, den Schrank zu öffnen, um sich in dem Spiegel darin anzusehen. Sie wusste selbst nicht so recht, weshalb sie das tat, aber als sie dann ihr Spiegelbild sah, erschien es ihr gesund und fröhlich. »Wie einfach!« dachte sie.

11

EIN SONNTAG IN BEŞİKTAŞ

»Ist das nicht verrückt, dass Ömer heiratet?« rief Muhittin aus.

»Warum?« fragte Refik verständnislos zurück.

Muhittin dachte: »Stimmt, wie soll ich dem das erklären? Der hat ja auch aus freien Stücken geheiratet. Wie soll man einem von Tag zu Tag biederer werdenden glücklichen Ehemann so etwas klarmachen?« Er lugte zu Perihan hinüber, die neben Refik saß.

»Also, warum ist das so verrückt?« wiederholte Refik.

Sie saßen in einem Kaffeehaus an der Anlegestelle von Beşiktaş und tranken Tee. Es war der erste Sonntag des Jahres 1937. Wegen des ausnehmend schönen Wetters hatte der Wirt draußen Tische aufgestellt. Am Nebentisch las ein Herr mit Glatze in seiner Zeitung, die übrigen Gäste waren bürgerliche Familien.

»Ich weiß auch nicht! Ist mir nur so eingefallen!«

»Nein, mein Lieber, damit willst du doch was Bestimmtes sagen!«

Sie blickten während ihrer Unterhaltung auf den Bosporus hinaus. Der strahlende Tag war so richtig dafür geschaffen, plaudernd und Sonnenblumenkerne knabbernd am Meer zu sitzen und den Leuten zuzusehen.

»Na ja, diese Heiraterei kommt mir eben komisch vor.«

Refik verzog das Gesicht. Er fürchtete, das Gespräch würde eine unangenehme Wendung nehmen. In Perihans Gegenwart über derlei zu reden behagte ihm gar nicht. Perihan sah einstweilen nur auf die von Üsküdar herüberkommenden Boote.

»Ich versteh dich ja, aber meinst du nicht, dass du ein wenig übertreibst?«

»Mag schon sein. Aber wenn du an unsere Studienzeit denkst …«

»Ja?«

»Da dachte ich noch, keiner von uns würde jemals heiraten.«

»Tatsächlich?«

Muhittin sah den Passagieren zu, die einem der Boote entstiegen,
und dachte: »Ach was, wie soll ich dem das erklären! Und überhaupt:
Bei ihm war doch damals schon klar, dass er mal heiratet und in einer
Familie aufgeht! Wo habe ich bloß meinen Kopf!« Plötzlich hatte er
Lust, Refik ein wenig zu malträtieren. Er wusste, wie gemein das war,
konnte sich aber nicht beherrschen.

»Du warst ohnehin nicht so wie Ömer und ich. Hattest schon immer so ein Interesse an Heim und Herd. Wenn ich es so bedenke, war
unsere Freundschaft lediglich …« Nun bremste ihn doch die Scham.
»Ach vergiss diesen Unsinn!« schob er eilig hinterher.

»Heirate du lieber mal und lass dich so richtig aufs Leben ein, damit endlich Ruhe ist!«

»So schnell wird bei mir nicht Ruhe sein!«

»Was ist denn jetzt mit deinem Gedichtband?«

»Wird bald gedruckt!«

»Nicht dass der Kerl dich noch weiter hinhält!«

»Nein, nein!«

Dann sahen sie schweigend auf die Anlegestelle. Wer einem der
Boote entstieg, tat erst einmal ein paar bedächtige Schritte, nun da er
wieder festen Boden unter den Füßen hatte, und spürte dann auch
die stechende Sonne. Niemand schien es irgendwie eilig zu haben.
Die ganze Natur und die Menschen darin lebten genießerisch dahin,
ohne Überschwang; und ohne sich über den Wert des Genossenen
weiter Gedanken zu machen, ließen sie die Zeit vergehen und warteten auf den Tod. Muhittin dachte: »Ömer hat schon recht, man muss
etwas tun!« Und dennoch hatte Ömers ausgeprägter Ehrgeiz auch
etwas Hässliches an sich. Zweifelnd dachte Muhittin: »Ach, ich weiß
nicht! Ich will doch nur ein guter Dichter werden. Mein Fehler ist,
dass ich hier faul herumsitze, anstatt daheim zu arbeiten!« Den Vormittag über hatte er an seinen Gedichten geschrieben. Er hatte damit

gehadert, wie weit es von seiner Wut bis zu den entsprechenden Worten dafür war, hatte geschrieben und wieder durchgestrichen, und als er dann Blatt um Blatt fortwarf, ohne überhaupt noch etwas zu streichen, stürmte er schließlich unter den sorgenvollen Blicken seiner Mutter aus dem Haus und rief Refik an. »Perihan und ich wollten gerade zu einem Spaziergang aufbrechen!« hörte er von dem. Ein Begriff wie »Spaziergang« roch für Muhittin nach Familie und geregeltem Alltag. So waren die beiden allein nach Beşiktaş gegangen, und Muhittin hatte sie dort an der Anlegestelle erwartet. »Ich hätte geduldig sitzen bleiben und weiterschreiben sollen!« dachte er verärgert.

Perihan gähnte und hielt sich erst im letzten Augenblick die Hand vor den Mund. Refik lächelte ihr zu. Dann sahen sie wieder auf den Bosporus hinaus.

»Was habt ihr denn an Silvester gemacht?« fragte Muhittin eher desinteressiert.

»Ach, in der Familie gefeiert!«

»Und wie?«

»Gegessen und dann Bingo gespielt!« Refik sah zu Perihan hinüber. »Perihan hat einen kleinen Spiegel gewonnen!« Er lachte. »Meine Mutter kauft für das Bingo immer kleine Preise. Sie liebt solche Silvesterfeiern. Und mein Vater hat seine üblichen Scherze gemacht. Hast du den Spiegel dabei?«

»Stimmt, der ist in meiner Tasche!« Vergnügt machte Perihan ihre Tasche auf.

Muhittin dachte: »Was sie da wohl alles drin hat? Kamm, Brieftasche, vielleicht einen Schlüssel, ein Taschentuch …« Einerseits war er neugierig darauf, aber zum anderen trieb er mit so etwas doch lieber seinen Spott.

»Ist er nicht süß?« Lachend hielt ihm Perihan den Spiegel entgegen.

Muhittin dachte: »Ich kann einfach nicht so naiv sein wie die! Ich will tief in die Sünde eintauchen. Wozu bin ich eigentlich hierhergekommen?« Er nahm den Spiegel an sich. Er war silbern umrandet, und hinten war ein Reh abgebildet. Als er ihn umdrehte, sah er sich selbst. »Wie hässlich ich doch bin! Aber das ist gut so! Sonst würde ich mich auch mit so wenig begnügen. Und hätte nicht Dichter werden können!«

»Woran denkst du so?« fragte Refik.

»Bitte?«

»Du schaust so versonnen drein. Woran denkst du?«

»Ach, an mich!«

Refik nickte lächelnd. Seine Blicke besagten: »Jaja, du bist eben Dichter! Du denkst irgend etwas Tiefgründiges und bist nicht so wie wir!«

»Schaut euch mal den Hut an!« rief Perihan.

Alle drei wandten sich nach der gleichen Seite, doch da Muhittin nichts Interessantes entdecken konnte, drehte er sich wieder zurück und sah von der Seite Perihans Gesicht. »Eine schöne Frau!« Sekundenlang starrte er auf die kleine Nase, die glatte Haut. »Ja, sie ist schön!« Er erschrak bei diesem Gedanken. »Was mache ich bloß? Gerate da in Verzückung! Ich möchte nicht von außen sehen, wie ich sie anstarre! Eine schöne Frau bringt einen um!« Das war ihm ein tröstlicher Gedanke. Gerade eben hatte er sich ja schon über seine Hässlichkeit gefreut. »Wenn ich gut aussehen würde oder eine schöne Frau hätte, könnte ich keine Gedichte schreiben. Dann würde ich so wie Refik Sonntagsspaziergänge machen und Bingo spielen!« Er sah wieder die glückliche Szenerie im Hause Işıkçı vor sich, das fröhliche Lärmen um den Esstisch herum. »Mit dieser schimmernden Atmosphäre, diesen leidenschaftslosen Seelen, diesen ruhigen, ausgeglichenen Menschen kann ich nun mal nichts anfangen! Und Refik gehört eben auch zu denen. Dabei war er früher mal –«

»Sollen wir Knabberzeug kaufen?«

Sie winkten einem Straßenverkäufer. Der bucklige, alte Mann kam mit seiner Umhängetasche heran, reichte ihnen eine Portion und sah die jungen Leute dabei fröhlich an.

»War Refik früher denn auch schon so? Wahrscheinlich. Oder hat er sich doch verändert? Und kann mir das etwa auch passieren?« Er versuchte sich zurückzuerinnern, wie Refik fünf, sechs Jahre zuvor gewesen war. »An der Uni hat er immer gelacht und war zu jedem Spaß bereit. Bis in den Morgen hinein spielten wir Poker, allerdings schämte er sich danach auch manchmal. Und erst recht, als er mal ins

Puff mitgegangen ist, danach hatte er regelrechte Reueanfälle. Überhaupt benimmt er sich eher wie ein Christ. Aber doch ein guter Kerl ... Wie lange sind wir jetzt schon befreundet ...«

»Was schaust du mich denn so an?«

»Wie schaue ich dich an?«

»Na so!« Refik kniff die Augen zu und schob den Kopf nach vorne.

Diese Parodie entlockte Perihan ein lautes Lachen. Muhittin reagierte nicht beleidigt, sondern lachte sogar mit. Wenigstens bekam er so mit, wie er von anderen gesehen wurde.

»Wird es mit deinen Augen eigentlich schlimmer?«

»Nein!«

»Weißt du«, erläuterte Refik Perihan, »während des Studiums behauptete Muhittin immer, in spätestens fünf Jahren sei er blind. Damit verschaffte er sich immer kleine Vorteile, zum Beispiel sagte er: Kannst du mir diese Zeichnung da fertigmachen, damit ich inzwischen noch was von der Welt sehe?«

»Ich wurde damals rapide kurzsichtig«, rechtfertigte sich Muhittin, verwundert darüber, wie locker seine Clownereien von damals nun genommen wurden. Er ärgerte sich über sich selbst. Als er Perihan auf seine dicken Brillengläser blicken sah, versicherte er rasch: »Aber jetzt ist alles in Ordnung mit meinen Augen!« und suchte es sogleich zu beweisen.

Der glatzköpfige Mann las noch immer in seiner Zeitung, deren Schlagzeilen Muhittin nun von seinem Platz aus vorzulesen begann. »Die Provinz Hatay darf auf keinen Fall unter syrischem Joch bleiben ... Staatspräsident Atatürk erklärte gestern im Hotel Pera Palas ... Der Dichter Nazım Hikmet und seine beiden Freunde ... Eineinhalb Meter Schnee in Artvin ... Fenerbahçe–Güneş: 5:2.«

»Mensch, das kann ja nicht einmal ich lesen!« staunte Refik.

Der Glatzkopf merkte schließlich, dass in seiner Zeitung mitgelesen wurde, aber er lächelte nur höflich und wandte sich wieder seiner Lektüre zu.

Refik fragte gähnend: »Wie wohl das Spiel heute ausgeht?«

Da ließ der Glatzkopf seine Zeitung sinken und gab zurück: »Na wie schon? Fenerbahçe gewinnt!«

Alle lachten, sonntäglich entspannt. Muhittin ließ sich von Refik Sonnenblumenkerne reichen und häufte sie auf den Tisch.

»Sie sind alle so fröhlich und zufrieden, weil sie nicht wissen, dass sie einmal sterben müssen!« dachte er. »Das heißt, wissen tun sie es natürlich schon, aber sie denken nicht daran! Keiner denkt an seinen Tod. Und wenn der Mensch nicht an seinen Tod denkt, dann kann er gleichgültig und furchtlos dahinleben und alles als ganz natürlich hinnehmen, und er kommt nicht darauf, dass man etwas tun muss!« Er sah auf die vor ihm liegenden Kerne. Auf den ersten Blick sahen sie alle gleich aus, doch konnte man kleine Unterschiede ausmachen. »Wie bin ich nur so geworden, wie ich bin?« In seinen Gedichten spielten Tod und Todesfurcht eine große Rolle. »Dass ich sterben muss, habe ich von Baudelaire gelernt. Von ihm und von den anderen Franzosen, und nun bin ich eben so geworden! Aber anstatt hier leeren Gedanken nachzuhängen, stehe ich jetzt lieber auf und gehe nach Hause!«

»Was schreibt dir Ömer so?« fragte Refik.

»Nichts! Seit er beschlossen hat zu heiraten, schickt er mir sowieso kaum noch Briefe. Vielleicht hat er Angst vor mir! Nein, war nur ein Scherz … Jedenfalls schreibt er nur noch Belanglosigkeiten. Ich habe auch gerade erst erfahren, dass er seinen Heiratsantrag per Brief gemacht hat. Wer ist das Mädchen überhaupt?«

»Sie ist verwandt mit ihm, aber ganz weitläufig, glaube ich. Wusstest du, dass ihr Vater Abgeordneter von Manisa ist?«

»Schau einer an!« rief Muhittin aus. »Da hat unser Rastignac ja ins Schwarze getroffen! Nein, das wusste ich noch nicht.«

»Du bist ja gut! Aber was ist schon ein Abgeordneter?«

»Alles oder nichts!«

»Bald fährt er jedenfalls mit seinem Onkel und seiner Tante nach Ankara. Sie haben zwar schon beschlossen zu heiraten, aber da kommt ja noch der ganze offizielle Teil, das Handanhalten und so.«

»Oje. Kommt dir das nicht lächerlich vor?«

»Warum denn? Ich habe auch zusammen mit meinen Eltern um Perihans Hand angehalten. Und das Ergebnis kann sich doch sehen lassen!« Dabei lächelte er Perihan an. »Und was soll daran lächerlich sein? Die Eltern wollen sich doch gegenseitig kennenlernen, und dabei kann es sogar recht lustig zugehen …«

Muhittin dachte: »Es ist ihm einfach nicht zu vermitteln! Schade, aber mit Freundschaften kann es eben bergab gehen.« Er dachte an Ömer. »Seine spöttische Art hat mir immer gefallen, aber ich bin sicher, dass auch er sich ändern wird. Er schlüpft ja jetzt schon in die Rolle des gutaussehenden, reichen Ingenieurs. Ich mag aber keine Leute, die beliebt sind und auffallen. Viel lieber sind mir Außenseiter, die einen Hass in sich tragen. Wie zum Beispiel meine zwei Militärkadetten!« Er traf sich ab und zu mit den beiden, wenn sie auf dem Rückweg zu ihrer Militärschule in Yıldız noch in Beşiktaş etwas tranken. Sie interessierten sich für Literatur, und Muhittin hatte das Gefühl, einen gewissen Einfluss auf sie auszuüben. »Was sitze ich hier noch herum? Es ist viel besser, wenn ich mich mit den Kadetten unterhalte. Wir haben viele Gemeinsamkeiten. Und können unseren Hass noch weiter schüren …«

Von Karaköy her fuhr ein Stadtdampfer heran. Alle sahen ihm beim Anlegemanöver zu. Muhittin erspähte auf einen Blick seinen Namen und seine Nummer: 47, *Halas!*

»Wie geht es deiner Mutter, von der erzählst du gar nichts mehr!« erkundigte sich Refik.

»Geht so. Meist sitzt sie zu Hause herum. Mal besucht sie jemanden, mal kriegt sie selber Besuch. Sie isst und lacht und schläft und atmet. Und kümmert sich um ihre Topfpflanzen …«

»Und gesundheitlich?«

»Fehlt ihr nichts.«

»Hatte sie nicht mal Nierenbeschwerden?«

»Was du dir alles merkst!«

»Mit meinem Vater wird es immer schlimmer«, sagte Refik nachdenklich.

»Was hat er denn?«

»Na ja, du weißt ja, dass er einen Herzinfarkt hatte, und mit seinen Lungen steht es auch nicht zum besten; er hustet immer ganz fürchterlich. Und dann hört er auch noch schlecht. In der Firma bringt er kaum noch etwas zustande. In den letzten Tagen war es besonders schlimm. Er regt sich auf, weil sein Herz nicht mehr so mitmacht wie früher, und dann gehen meist auch gleich die Lungenbeschwerden los. Und mit dem Kopf sieht es auch nicht besser aus. Sein Gedächtnis lässt ihn immer mehr im Stich. Er vergisst alles und ärgert sich dann darüber … Mit der Firmenleitung war er zuletzt völlig überfordert, so dass Osman sogar seine Befugnisse einschränken musste. Selbst seine privaten Ausgaben muss er jetzt von Osman kontrollieren lassen! Ich erzähle dir das nur, weil es mir so leid um ihn tut. Pass nur gut auf deine Mutter auf!«

»Tja, das Alter eben!« warf Perihan ein.

Muhittin dachte: »Das ist ja furchtbar! Vielleicht wird es mir auch mal so ergehen! Bei meinem Vater war es ja auch nicht anders, und dann ist er auf einen Schlag gestorben. Alle müssen wir sterben. Und wenn ich mit Dreißig noch kein guter Dichter bin, dann bringe ich mich um. Das ist ein guter Vorsatz. Anstatt immer aufpassen zu müssen, dass mir das Gebiss aus dem Mund fällt, werde ich dem Tod auf meine Art trotzen! So, jetzt bin ich in Fahrt! Jetzt muss ich wieder schreiben und nicht länger hier sitzen!«

»Ach, schaut euch doch mal den Kleinen an!« rief Perihan.

Und schon sahen sie hin.

12

ONKEL UND NEFFE

»Ich verstehe dich ganz einfach nicht!« rief Cevdet. »Gerade jetzt, wo dir die schönsten Möglichkeiten offenstehen, willst du Knall auf Fall weg von der Armee? Was willst du denn dann machen?«

»Geschäftsmann werden! Das sage ich doch schon die ganze Zeit!« Seit zwei Stunden redete Ziya auf seinen Onkel ein.

»Aber dafür braucht es doch Erfahrung! Und dann weißt du ja auch, dass sich der Markt gerade erst wieder langsam erholt. Und noch dazu steht uns ein Krieg bevor.« Auch Cevdet wiederholte seit zwei Stunden immer wieder das gleiche.

Nachdem Ziya sich zum letzten Opferfest mit einer Glückwunschkarte wieder in Erinnerung gebracht hatte, war er nun plötzlich in dem Firmengebäude in Sirkeci aufgetaucht und hatte erklärt, er wolle die Armee verlassen und von nun an Handel treiben, und dafür brauche er von seinem Onkel etwas Geld. Cevdet, der seinen Neffen jahrelang nicht gesehen hatte, versuchte diesen unvermittelten Sinneswandel zu begreifen.

»Aber was soll denn das in deinem Alter?«

»Ich sehe mich noch gar nicht so alt!«

Jung wirkte er allerdings nicht gerade. Höchstens hafteten ihm noch ein paar eher kindliche Züge an, jenes Verschreckte nämlich, das ihm schon damals zu eigen gewesen war, als vor zweiunddreißig Jahren sein Vater gestorben war. Was ihn nun aber vor allem kennzeichnete, waren ein Stolz und eine Rüpelhaftigkeit, die Cevdet mehr als irritierten.

»Die Geschäfte gehen zur Zeit schleppend. Und falls es zu einem Krieg kommt, ist das für einen Soldaten genau der Moment, wo er sich bewähren kann. Kriegsjahre sind die ideale Zeit für Soldaten.«

»Und für Kaufleute nicht?«

»Wir haben davon nichts. Uns sind die Hände gebunden, so dass wir zusammen mit den Frauen und Kindern nichts anderes tun können als abzuwarten.«

»Im letzten Krieg scheinst du aber nicht nur abgewartet zu haben. Du sollst massenhaft Zucker importiert haben!«

»Das ist ja unerhört! Ich lasse nicht zu, dass du so mit mir sprichst! Von wem hast du diese Gerüchte?«

»Das sind nicht bloß Gerüchte! Jeder weiß darüber Bescheid!«

»Rede gefälligst offen! Worüber weiß jeder Bescheid? Dass ich mit Zucker gehandelt habe, als gerade zufällig Krieg war? Das habe ich noch nie verheimlicht!«

»Jeder weiß aber, dass du den Zucker zu Wucherpreisen verkauft hast!« rief Ziya. Dann machte er eine abwinkende Handbewegung. »Aber das interessiert mich ja auch gar nicht!«

»Moment mal! Ich finde es höchst betrüblich, dass du als mein Neffe auf Verleumdungen hereinfällst, die von meinen Feinden ausgestreut werden. Aber natürlich weißt du nicht, dass dahinter vor allem die Leute stecken, die damals Waren waggonweise verschoben haben. Hör dir jetzt aber mal die Wahrheit an: Ich habe zu keiner Zeit Wucherpreise verlangt, sondern lediglich meine Ware zu dem Preis verkauft, der auf dem Markt gerade üblich war. Was soll ein Kaufmann auch anderes machen? Aber so was geht natürlich nicht in deinen Kopf hinein! Du verstehst dich einzig und allein auf Unverschämtheiten!«

Ziya gab keine Antwort. Er sah über die niedrigen Dächer hinweg auf die Galatabrücke und das darauf zufahrende Schiff. Cevdet griff zu seinem Zigarettenpäckchen, obwohl er seine Mittagszigarette schon geraucht hatte.

Da wandte Ziya sich zu ihm um: »Du solltest nicht schon wieder rauchen. Osman hat gesagt, das tut dir nicht gut, und das solltest du auch selber wissen.«

Schuldbewusst zog Cevdet seine Hand zurück. »Na, dann sag mir doch mal, womit du überhaupt Handel treiben willst.«

»Das weiß ich nicht genau. Wenn man erst mal Geld hat, findet man doch immer was zum Kaufen und Verkaufen!«

»Das ist also deine Auffassung vom Handel?«

»Klar! Ich kann zum Beispiel aus Deutschland Eisen einführen, oder was weiß ich, vielleicht kaufe ich irgendwo Zucker!« Er lachte frech, so gar nicht wie ein Neffe, der von seinem Onkel Hilfe erbittet. »Und wenn nicht Zucker, dann eben Stoff oder Autos … In der Türkei fehlt es doch immer an irgend etwas. Mach dir da keine Sorgen!«

»Es ist aber mein gutes Recht, mir Sorgen zu machen!«

»Ach ja, das hätte ich ja fast vergessen!« sagte Ziya lachend.

»Wie kannst du das nur? Wo dein Vater dich mir anvertraut hat!« Da merkte Cevdet erst, dass sein Neffe nur gespottet hatte. »Das darf doch nicht wahr sein!« dachte er. »Da muss ich dem Kerl gut zureden und dabei noch seine Frechheiten und Beschuldigungen über mich ergehen lassen!« Er lauschte auf das Pochen seines Herzens. »Was soll ich bloß tun?«

»Ja, mein Vater hat mich in deine Obhut gegeben. Ich weiß den Tag noch gut, an dem du mich mit deiner Kutsche von Zeyneps Haus in jene Pension gebracht hast. Sowieso bin ich nur hier, weil ich auf das Testament meines Vaters und auf deinen guten Willen baue!«

»Siehst du? Außer mir hattest du doch keine Stütze im Leben!« In Cevdets Wut mischte sich etwas Rührung.

»Ich hatte niemanden auf der Welt!«

»Dann solltest du schätzen, was ich für dich getan habe! Schau nur, in welchem Zustand ich bin.« Er presste die Hand aufs Herz. »Wenn du wüsstest, was ich hier für Schmerzen habe! Zu deinem Onkel so frech zu sein, wird dir nichts bringen!«

»Tja, daran hatte ich wohl nicht gedacht! Jedenfalls bin ich ganz deiner Meinung, dass du meine einzige Stütze bist, und genau deshalb bin ich hier. Ich möchte Geld von dir, aber nur geliehen. Sobald ich genug verdient habe, zahle ich es zurück!«

Da kam Cevdet eine Idee: »Warum wartest du nicht deine Pensionierung ab?«

»Weil ich diese Uniform satt habe!«

»Was redest du da! Sogar ein Orden ist darauf! Du hast jahrelang gekämpft, um dir diese Uniform zu verdienen! Bist sogar verwundet worden, wo war das noch mal, in Sakarya, nicht wahr? Du bist also ein Kriegsheld! Darf ein Kriegsheld so daherreden? Warte doch, bis du pensioniert wirst!«

Resigniert wehrte Ziya ab. »So lange kann ich nicht warten! Ich brauche Geld!«

»Wie leicht dir das von den Lippen geht! Denkst du etwa, es ist so leicht, Geld zu verdienen?«

Da stand Ziya auf. »Ich weiß nicht, wie man Geld verdient, woher soll ich es auch wissen, ich war ja immer nur Soldat!« rief er. »Aber ich will zu meinem Recht kommen! Und dieses Recht werde ich mir auch holen!«

»Was für ein Recht? Was meinst du damit?«

»Ich weiß nicht, welches Recht es ist. Doch, ich weiß es: Der Tod meines Vaters hat dir doch einiges eingebracht …«

»Wenn dein Vater selig diese Frechheiten mit anhören würde, wäre er furchtbar traurig. Dass sein Sohn sich so entwickeln würde! Dein Vater war ein Idealist! An Geld dachte er überhaupt nicht! Schade, schade … Im Grab würde er sich umdrehen!«

»Ich will mir einfach das holen, was eigentlich ihm zustand!«

»Was soll das alles? Und warum kommst du ausgerechnet jetzt?«

»Jetzt komme ich deshalb, weil ich viel nachgedacht habe. Ich bin jetzt zweiundvierzig. Bis zu meiner Pensionierung sind es noch zwölf Jahre. Soll ich dann mit meiner Pension in einer kleinen Mietwohnung hocken und die Balkonblumen gießen? Ich habe gemerkt, dass ich noch leben will. Und habe beschlossen, nach Istanbul zu ziehen.«

»Aber du wohnst doch mit … äh, mit deiner Frau in Ankara zusammen!« Cevdet ärgerte sich, weil ihm keine Namen mehr einfielen.

»Von der werde ich mich trennen«, sagte Ziya und setzte sich wieder.

»Was? Warum das denn? Ist sie nicht sogar krank?«

»Doch.«

»Du verlässt also deine kranke Frau?« Wieder hatte Cevdet das Gefühl, etwas Falsches gesagt zu haben. Er konnte sich nicht mehr so auf seinen Verstand verlassen wie früher.

»Ich glaube nicht, dass du dich für meine Familie und meine Frau wirklich interessierst«, sagte Ziya. »Sonst hättest du ihr nämlich geholfen, während ich an der Front war!«

»Was? Ja habe ich das vielleicht nicht?!«

»Nein, hast du nicht! Abgesehen von den paar Kröten, die du ihr gegeben hast, um sie dir vom Hals zu halten!«

Cevdet wollte schnell die »paar Kröten« zusammenrechnen, um sie Ziya vorzuhalten, aber dann schämte er sich, und er konnte auch gar nicht mehr. »Das ist doch ungeheuerlich«, murmelte er. Es packte ihn ein Husten. »Was redet er von seinem Recht daher?« dachte er. »Wie kommt er nur darauf? Ich habe mich um ihn gekümmert, als er klein war. Das Geld für die Militärakademie habe ich bezahlt. Und in den Ferien war er immer wieder zu Besuch bei uns. Dieser entsetzliche Husten!« Er versuchte den Husten zu unterdrücken, um nicht den Eindruck zu erwecken, er sei nur vorgetäuscht. Nachdem er sich eine Weile gekrümmt hatte, ging der Hustenanfall vorbei, doch Cevdet spürte, dass er puterrot sein musste. Er fühlte sich nicht nur erschöpft, sondern auch schuldig, und war zu keinem klaren Gedanken fähig. Wie sollte das nur alles enden?

Ziemlich lange schwiegen die beiden. Cevdet wusste nicht, wie er das Gespräch fortsetzen sollte, und ihm schien, als ginge es seinem Neffen nicht anders.

Da stand Ziya auf, trat an den großen Schreibtisch heran, an dem

Cevdet saß, stützte die Hände darauf und reckte den Kopf vor. Cevdet wurde mulmig zumute.

»Jetzt sag mir mal das eine: Gibst du mir jetzt das Geld, oder willst du mich noch länger hinhalten? Du hast mir nicht genug geholfen, als ich jung war, und deshalb stehst du jetzt in meiner Schuld!«

Beinahe stotternd erwiderte Cevdet: »Ich denke, dass ich dir gegenüber jederzeit meine Pflicht getan habe. Von einer Schuld kann also keine Rede sein. Ich habe sogar mehr getan als nötig!«

»Ach ja? Ich würde mal gerne wissen, wie du es ohne meinen Vater überhaupt geschafft hättest, diese Firma aufzubauen?«

»Was soll denn dein Vater dazu beigetragen haben?«

»Wenn er und Leute wie er nicht gewesen wären, dann wäre nie die Konstitution wieder eingeführt worden und erst recht nicht die Republik!«

»Was erzählst du da? Wer hat dir denn diesen Unsinn eingeredet? Du hast wohl auch vergessen, dass dein Vater schon drei Jahre vor der Konstitution gestorben ist? Jetzt nimm doch mal Vernunft an! Und bring bitte diese alten Geschichten nicht durcheinander. Ich habe deinem Vater stets geholfen. Vergiss bitte auch nicht, dass dein Vater ein wenig zu sehr seinem Vergnügen zugetan war. An seinem frühen Tod ist auch der Alkohol schuld. Und außerdem: Weißt du eigentlich, was ich alles leisten musste, um es von einem kleinen Holzgeschäft bis zu dieser Firma zu bringen? Jetzt sagst du nichts mehr, was? Du hast dir einfach was in den Kopf gesetzt und schreckst vor keiner Respektlosigkeit zurück, um es zu verwirklichen.« Das heftige Reden erschöpfte ihn. Schwer atmend fragte er schließlich: »Was soll das Ganze eigentlich? Ist da eine andere Frau im Spiel?«

Verdutzt sah ihn Ziya an und sagte: »Ja.« Beschämt setzte er sich wieder. Mit Cevdets Frage hatte er wohl nicht gerechnet.

Auch Cevdet war überrascht. »Vielleicht sollte ich einfach anordnen, dass sie ihm geben, was er will!« dachte er. Er sah den jungen Mann an, der von seiner Frau, vom Militär, von seinem ganzen Leben genug hatte und seinem Onkel Geld abpressen wollte, und er sagte sich, dass er hier mit Moralvorstellungen und alter Sitte nicht mehr weit kam. Mit der alten Menschen so eigenen Mischung aus Melancholie und Groll sah er aber deutlich, was in Ziya vorging.

»Gibst du mir jetzt Geld oder nicht?« fragte Ziya, dessen schuldbewusste Miene wieder verflogen war.

Cevdet wand sich. »Ich weiß ja nicht einmal, wieviel du willst. Und kann auch gar nicht mehr so viel geben.«

Ziya stand ruckartig auf und brüllte: »Halt mich nicht schon wieder hin! Und glaub ja nicht, dass du mich so leicht loswirst!«

»Um Himmels willen, schrei doch nicht so!«

»Du hast schon immer versucht, mich loszuwerden! In die Militärakademie hast du mich nur deshalb geschickt!«

»Du wolltest doch Soldat werden!«

»Das hat dir aber sehr gut in den Kram gepasst! Ich sollte nur weg von der Bildfläche, denn neben der Paşatochter, die du aufgetan hattest, war ich nicht salonfähig. Also hast du mich in die Militärakademie gesteckt! Ja, ja, lass mich nur mal ausreden! Wenn ich dann einmal im Monat nach Nişantaşı gekommen bin, hast du mit Leidensmiene ein bisschen Taschengeld herausgerückt. Bei Tisch bin ich mir immer vorgekommen wie ein Tagelöhner. Und irgendwann habe ich mir geschworen, dass ich nie wieder meinen Fuß hierhersetze.«

Cevdet brachte tonlos heraus: »Ich habe zwischen dir und meinen eigenen Kindern doch nie einen Unterschied gemacht!«

»Lüge! Warum durfte ich dann nicht auf das Galatasaray-Gymnasium, so wie sie? Ich hätte doch auch zusammen mit den feinen Pinkeln auf die Schule gehen können, oder? Aber nein, ich wurde abgeschoben auf diese Militärakademie!«

»Ich wusste doch nicht, dass du so über das Militär denkst!«

»Wie soll ich denn sonst darüber denken? Während ich mir in Sarıkamış die Zehen abgefroren habe, hast du hier deinen florierenden Zuckerhandel betrieben. In Sakarya wäre ich fast umgekommen, und du hast indessen deine Firma vergrößert!« Mit weinerlichem Gesicht rückte er näher an Cevdet heran. »Jetzt habe ich diese Frau kennengelernt. Die ist meine letzte Chance, begreifst du das? So etwas bietet sich nie wieder!«

Cevdet bekam es fast schon mit der Angst zu tun. Sein Neffe hatte eine Alkoholfahne. »Er hat sich also Mut angetrunken! Und will nichts anderes als mit einer Frau Geld durchbringen! Da ist er eben auf mich verfallen!« Eigentlich hätte sein Neffe ihm leid tun müssen, aber dazu rang er sich nicht durch, sondern empfand viel eher Ekel. Er hatte da jemanden vor sich, der völlig ungerührt verkündete, er werde Frau und Kind im Stich lassen. »Gnade dir Gott, hätte mein Vater selig gesagt. Aber ich weiß schon gar nicht mehr, was ich sagen soll.«

Ziya schrie nun wieder: »Solange du mir nichts gibst, lasse ich dir keine Ruhe!«

»Junge, jetzt setz dich doch erst mal wieder!« Da Ziyas verzerrtes Gesicht aber immer noch ganz nah an dem seinen war, sagte Cevdet plötzlich: »Ich gebe dir, was du willst! Aber komm erst mal wieder zu dir! Dass du nach all den Jahren so über deinen Onkel denkst!«

Ziya war ganz verdutzt. »Darf ich mir eine Zigarette anzünden?« fragte er. Ohne eine Antwort abzuwarten, griff er nach dem Zigarettenpäckchen auf dem Tisch. Ihm zitterten die Hände. Er war in einem erbärmlichen Zustand.

Auch Cevdet war völlig erschöpft. Er sah seinem rauchenden Neffen zu und war zu keinem vernünftigen Gedanken mehr fähig. Er sehnte sich nach langem, tiefem Schlaf. Schließlich fragte er: »Wieviel willst du?«

»Nicht besonders viel. Soviel, dass ich in Karaköy ein Geschäft aufmachen und arbeiten kann. Oder genug für eine Wohnung in Taksim …« Er war um einen entschlossenen Eindruck bemüht und zog nervös an seiner Zigarette.

»Oje, wo soll ich denn so viel hernehmen?« klagte Cevdet. »Ich hatte eher gedacht …«

Ziya stammelte etwas Wütendes, doch Cevdet hielt sich die Hand hinters Ohr, um zu zeigen, dass er nichts verstand.

»Ich gebe keine Ruhe! Ich werde dich heimsuchen wie ein Gespenst!« Wieder stand Ziya auf und rückte Cevdet mit seinem unschönen Gesicht und seinem Alkoholgestank auf den Pelz.

Wieder wurde Cevet von einem Hustenanfall gepackt. Minutenlang saß er vorgebeugt da, vom Husten geschüttelt. Nach einer kurzen Pause ging es dann schon wieder los. Er rückte dabei so nahe an den Tisch heran, dass er mit dem Kopf fast daran schlug; das Blut schoss ihm ins Gesicht, und die Augen schienen aus ihren Höhlen hervorzutreten. Er horchte auf sein Herz und dachte: »Vielleicht sterbe ich ganz einfach!« Schließlich merkte er, dass ihm nichts weiter passieren würde, doch angesichts dieses erpresserischen Neffen kam ihm der Gedanke, so gekrümmt sein Leben auszuhauchen, derart monströs vor, dass er nicht mehr an sich halten konnte. Er wies dem erschrocken dreinblickenden Ziya die Tür und rief zwischen zwei Hustenkrämpfen: »Raus mit dir! Raus!« Dann sah er kurz zu Ziya auf und krächzte: »Wir reden ein andermal weiter!«

Sein Neffe stand zitternd vor dem Tisch. Er wollte wohl etwas sagen, aber Cevdet nahm lediglich wahr, dass seine Lippen sich bewegten. Als sei er von seinem Onkel nicht wegen seiner Respektlosigkeiten beschimpft worden, sondern weil er sich unterstanden hatte zu rauchen, verbarg Ziya die Zigarette in seiner Hand.

»Raus mit dir, du frecher Kerl!« wimmerte Cevdet. Er sah nun ein, dass es keinen Sinn hatte, den Husten unterdrücken zu wollen, und ließ ihm freien Lauf. Als er Ziya gehen sah, wollte er noch etwas sagen, fand aber keine Kraft dazu. In Luftröhre und Lungen schien ein Feuer zu brennen, das beim Husten ausgespien werden musste. Als er wieder einigermaßen zu sich kam, wischte er sich mit dem Taschentuch die Schweißperlen von der Stirn. Er war wieder allein, kam sich alt und schwach vor, außer Atem. »Ein Gespenst … Er weiß also ganz genau, was er ist … ein Gespenst!« Cevdet versuchte sich wieder zu fassen. »Gespenst!« Alles, was in den letzten zwei Stunden eingestürzt war, musste nun mühsam wiederaufgebaut werden.

13

UM DIE HAND ANHALTEN

Das nach der Pfeife seines Onkels und dem Parfum seiner Tante duftende Taxi bog in eine Seitenstraße des Neubauviertels Yenişehir ein und blieb dann auf Ömers Zeichen hin vor einem der gleichförmig gebauten Häuser stehen. Ömer war ganz aufgeregt, als er zwischen den Bäumen hindurch im Wohnzimmer das Licht brennen sah. Schon am Vortag war er bei Nazlı gewesen, und nun sollte wie geplant um ihre Hand angehalten werden.

Sie läuteten, und sofort wurde ihnen die Tür geöffnet.

Ömers Onkel stellte sich gleich vor: »Ich bin Cüneyt, und das ist meine Frau Macide«, doch der schlanke, hochgewachsene Mann an der Tür war nicht Muhtar selbst.

»Mein Name ist Refet. Die anderen sind noch oben, aber sie wissen schon, dass Sie eingetroffen sind. Ich stand nur ganz zufällig an der Tür. Sie sind bestimmt Ömer. Angenehm! Ich bin eine Art Onkel von Nazlı. Kommen Sie doch herein!«

Ömers Tante verzog das Gesicht, als wollte sie sagen: »Was ist denn das für ein alberner Schwätzer!« Sie gingen auf die Treppe zu.

Oben stand auch schon Muhtar und ging ein paar Stufen hinunter, doch besann er sich dann, als wollte er nicht im Weg stehen, und stieg wieder ganz hinauf, wo er sich suchend umsah. Als er Nazlı erblickte, schien er aufzuatmen. »Bitte schön! Kommen Sie doch herauf!«

Ömer sagte: »Onkel Cüneyt, das ist Nazlı!« Die beiden schüttelten sich schon die Hand. »Das ist meine Tante Macide!«

»Ich kann mich vage an Sie erinnern«, sagte Nazlı.

Auch Muhtar und Cüneyt gaben sich die Hand. Auch sie hatten etwas verkrampft Übersteigertes an sich. Keiner schien er selbst sein zu können.

»So, bitte schön, nach Ihnen!« flötete Muhtar und überhäufte den Diener, der die Mäntel entgegennahm, mit Anweisungen.

Nazlı griff zu Macides Mantel, die aber wehrte höflich ab, und so ging es vor dem Garderobehaken ein wenig hin und her.

Beim Betreten des Wohnzimmers sagte Macide: »Wir kommen doch hoffentlich nicht zu spät?«

»Überhaupt nicht!« beschwichtigte Muhtar. »Aber Sie sitzen ja ganz am Rand, kommen Sie doch lieber hierher!«

»Ich sitze wunderbar hier, vielen Dank!« sagte Macide und blieb stoisch sitzen, denn obwohl ihr Sessel etwas abseits plaziert war, ließ sich Nazlı von dort am besten begutachten. Ömer entging das nicht, und mit gemischten Gefühlen nahm er auf, dass er selbst direkt neben Muhtar saß.

Nach einem kurzen Schweigemoment setzte Refet seine zuvor unterbrochenen Ausführungen fort. »Das ist ja überhaupt ein Zufall heute! Ich bin hier vorbeigekommen und dachte mir, schaust du mal

rein. Dass Sie heute eintreffen würden, davon wusste ich gar nichts!«
Er setzte eine entschuldigende Miene auf.

»Aber ich bitte Sie«, wehrte Cüneyt ab. »Wir haben Sie doch nicht
warten lassen?«

»Nein, nein!« sagte Muhtar. »Ihre Frau hat ja auch schon gefragt,
aber wirklich nicht. Ich habe sogar zu Nazlı gesagt …«

Als Macide merkte, dass von ihr die Rede war, wandte sie hastig
ihren forschenden Blick von Nazlı ab. »Wir dachten schon, dass wir
es nicht mehr rechtzeitig schaffen!« sagte sie. Und widmete sich wieder Nazlı.

Die war schon leicht errötet. Ömer wagte kaum, zu ihr hinzuse-
hen. Dass seine Tante Nazlı so unverhohlen anstarrte, ärgerte ihn.
»Was sie wohl von ihr hält?« Er merkte, dass ihm das Urteil seiner
Tante nicht unwichtig war.

Der Diener kam herein, und Muhtar fragte: »Mit wieviel Zucker
möchten Sie Ihren Mokka?« Sie gaben Antwort, und gleich darauf
versiegte das Gespräch wieder.

Sie saßen in einem erkerartigen Raum mit niedriger Decke. An der
Wand hing ein aufwendig gerahmtes Ölgemälde, eine Ansicht von
Venedig. Ömer sah von seinem Platz aus den im Esszimmer hängenden vergoldeten Koranspruch. In einer Ecke befand sich eine perl-
muttverzierte Turbanablage. Alles wirkte so ganz an seinem Platz,
wie in Erwartungshaltung. Dumpf tickte eine Wanduhr. Macide
wandte die Augen nicht von Nazlı. »Ich hocke da wie ein dummes
Schaf!« dachte Ömer und merkte dann, dass er ganz schief dasaß.

»Wie gefällt Ihnen denn Ankara so?« fragte Muhtar.

»Ach, wir haben ja noch kaum etwas gesehen!«, erwiderte Macide
und lachte dazu, als hätte sie etwas ganz Überraschendes und Origi-
nelles geäußert. »Wir sind ja auch erst gestern mittag angekommen.
Aber es ist wirklich kalt hier!«

»Tja, kalt ist unser Ankara schon!« sagte Muhtar. »Vor allem momentan. Glauben Sie mir, wir haben ganz schön gefroren heute,
meine Kollegen und ich!«

»Entschuldigen Sie schon, dass ich nachfrage, aber was für Kollegen sind das gleich wieder?« Aber kaum hatte sie fertiggesprochen, da
merkte Macide schon ihren Fauxpas und rief aus: »Ach ja, natürlich!«

»Die Parlamentskollegen meine ich«, klärte Muhtar auf, obwohl er sehr wohl bemerkt hatte, dass Macide ihren Fehler schon eingesehen hatte. Doch nahm er einer entfernten Verwandten so ein kleines Versehen nicht übel.

Ömers Tante war ganz rot geworden. »Hätte ich mir natürlich denken können!« rief sie aus. Dann kam ihr aber doch, dass sie dem, was sie sich hätte denken können, nun doch ein wenig zuviel Bedeutung zugemessen hatte, und darüber wurde sie noch röter und brach in ein verlegenes Lachen aus.

Ömer war froh, dass sein zukünftiger Schwiegervater sogleich mitlachte, und Macide in ihrer Erleichterung lachte nun erst recht. Schließlich fiel auch Ömers Onkel ein, und als der Diener den Kaffee brachte, hatte Ömer sehr den Eindruck, dass die Aufregung, die einen zu einem ganz anderen Menschen werden lässt, sich allmählich legte. Der Abgeordnete bot zum Kaffee Zigaretten an, überging dabei aber geflissentlich Ömer. Der wiederum sah zufrieden, dass sein Onkel eine Zigarette annahm und nicht auf seiner Pfeife bestand, was vielleicht Befremden ausgelöst hätte.

Alles entspannte sich nach und nach. Bald würde gesagt werden, was in solchen Fällen gesagt werden musste, aber davor war es angebracht, noch etwas mehr Stimmung aufkommen zu lassen. Dazu eignete sich das Aufwärmen von Familiengeschichten, und so schnitt Macide dieses Thema auch gleich an.

Sie erinnerte daran, dass Nazlıs Mutter und sie ja gewissermaßen Geschwister waren. Was sie tunlichst verschwieg, war, dass sie nur den Vater gemeinsam gehabt hatten, nicht aber die Mutter, und dass sie sich wegen eines alten Erbstreits jahrelang in den Haaren gelegen hatten. Das war ja auch der Grund dafür, dass sie Muhtar erst jetzt kennenlernte. So ging also die Tante in ihrer gemächlichen Art auf sämtliche Familiengeschichten ein, die sich für eine Erwähnung in diesem Rahmen eigneten. Auch Ömer hielt den Plausch über die Verwandtschaft für um so ergiebiger, je entfernter jene war. Namen, Krankheiten, Geburts- und Sterbedaten, Freud und Leid wurden durchgegangen, und dazu trank man Kaffee. »Eines Tages werde ich genauso sein!« dachte Ömer. »Werde beim Kaffee sitzen und über Verwandte reden. Und hatte doch so viel Leidenschaft in mir! Die

Ehe wird mich hemmen. An der Baustelle habe ich ja schon die ersten Dämpfer bekommen. Also bin ich schon bereit für so etwas …« Er horchte in sich hinein, fand aber nicht viel Kraft, um sich dem Gang der Dinge entgegenzustemmen. »Dann werde ich also eines gar nicht mehr so fernen Tages in Pantoffeln dasitzen und neben meiner strickenden Frau … Meiner Frau?« Verwundert sah er Nazlı an. Dieses Mädchen, das ihm da gegenübersaß und darum bemüht war, unter den Blicken ihres zukünftigen Gatten und dessen Tante ruhig zu bleiben und möglichst nicht zu erröten. »Nun ja, doch, meiner Frau eben!«

Unterdessen erzählte Cüneyt aus seinem Leben, von seiner Kaufmannskarriere. In etwas vorwurfsvollem Ton erklärte er schließlich, das Handelswesen sei ziemlich ins Stocken geraten und überhaupt alles viel mehr Regelungen unterworfen als früher. Daraufhin fühlte Muhtar sich aufgerufen, seinerseits seine Laufbahn zu skizzieren. Er zählte die Beamtenstellen auf, die er innegehabt hatte, die Landrats- und Gouverneursposten. Seit acht Jahren sei er nun in der Politik. Die Flaute des Handels oder genauer gesagt der Ein- und Ausfuhren liege in der Natur der Sache, und für die Entwicklung des Landes sei noch so manches Opfer zu bringen. Doch sehe die Lage schon um einiges rosiger aus als noch vor sechs, sieben Jahren. Das brachte Muhtar alles in so besänftigendem Ton vor, dass auch Cüneyt, der eher der Form halber geklagt hatte, schließlich zustimmend zu nicken begann. So stellte sich um den Kachelofen herum eine immer herzlichere Atmosphäre ein. Ömers Tante und Nazlı kamen miteinander ins Gespräch. Wohlwollend lächelnd stellte die Tante alle möglichen Fragen: Wo Nazlı denn zur Schule gegangen sei, was sie dort für Fremdsprachen gelernt habe, wie sie zu diesem hübschen Kleid gekommen sei?

Und doch ließ sich nicht vermeiden, dass irgendwann wieder ein Schweigen aufkam, weil jeder insgeheim auf bestimmte Worte und Handlungen wartete. Jenes Schweigen war unterschwellig die ganze Zeit vorhanden dagewesen; nun trat es nur offen zutage. Man hörte nur noch das Ticken der Wanduhr, und jeder dachte: »Jetzt muss Cüneyt das Wort ergreifen und sagen, was zu sagen ist! Gleich ist es soweit!«

»Nun, Sie wissen, wozu wir heute hier sind«, sagte Cüneyt schließlich. Er schlug einen verbindlichen, keineswegs anmaßenden Ton an. »Ihre Tochter und mein Neffe haben sich ja schon geeinigt.«

Ömer dachte: »Er macht das wieder mal betont nüchtern!« Sein Onkel hatte ein Faible dafür, in etwas angespannten Situationen, in denen sich eine dezente Herangehensweise empfahl, vielmehr ganz bewusst entschlossen zur Sache zur gehen und das, was man zwar dachte, aber lieber für sich behielt, offen auszusprechen. Ömer gegenüber hatte er das einmal so erklärt, dass er nun mal gegen jede Heuchelei sei, doch Ömer hatte ihn schwer im Verdacht, gerade in solchen Anfällen pragmatischer Nüchternheit noch mehr zu heucheln als sonst.

»Sie haben sich also beredet und ihre Entscheidung schon getroffen. Sind ja auch zwei vernünftige junge Leute. So finde ich, dass wir da gar nichts mehr mitzureden haben. So sollte es, denke ich, sein, nicht wahr? Da sie vernünftig sind und … und gebildet, bleibt uns nichts übrig, als ihre Entscheidung richtig zu finden.« Das war so nachdenklich gesprochen, als sei er gerade dabei, die Sache mit sich selbst abzumachen. Er mochte das Gefühl haben, es mit der Nüchternheit übertrieben zu haben, und setzte hinzu: »So ist es doch, oder?«

»Wie bitte? Ach ja, natürlich!« sagte Muhtar.

»Und so frage ich Sie nun: Sind Sie damit einverstanden, dass mein Neffe Ihre Tochter heiratet?«

Muhtar stutzte, als hätte er gerade etwas völlig Unerwartetes vernommen. Er rutschte in seinem Sessel herum und blickte sich hilfesuchend zu Nazlı um. Ömer tat es leid, ihn so unruhig zu sehen, und hätte sich bei dem Mann am liebsten dafür entschuldigt, ihn überhaupt in eine solche Situation gebracht zu haben.

Schließlich sagte Muhtar leise: »Erst ist ihre Mutter von mir gegangen und nun auch noch sie!« Er wirkte einsam und verzagt.

»Bis zur Hochzeit ist es ja noch eine ganze Weile hin!« erwiderte Cüneyt. Weniger als Trost für Muhtar, sondern zur Bekräftigung des nun einmal ins Auge Gefassten sagte er noch: »Und die beiden sollen doch glücklich werden, nicht wahr, glücklich sollen sie werden!«

Während des darauffolgenden kurzen Schweigens seufzte Ömers Tante tief auf.

Dann sprach der Onkel an, was sonst noch geregelt werden musste. »Wie Sie wissen, arbeitet unser Ömer beim Eisenbahnbau. Darum haben die beiden beschlossen, die Verlobung zu Frühlingsanfang stattfinden zu lassen, bevor die Bausaison wieder beginnt. Und ich glaube, Sie möchten die Verlobung gerne in Istanbul abhalten.«

»Nicht ich«, wehrte der Abgeordnete müde ab. »Ihre verstorbene Mutter … Die konnte sich an Ankara so gar nicht gewöhnen. Darum hat sie das im Testament so bestimmt.«

»Wie Sie wünschen!« Cüneyt brummte das vor sich hin, als mache ihm das weiß Gott welche Umstände. Er sprach dann noch über das genaue Datum und diverse Details und verstummte schließlich.

Wieder war es ganz still. Jeder hing seinen Gedanken nach. »Sie denken jetzt alle an ihr eigenes Leben und ihre eigenen Pläne«, sagte sich Ömer. »Sie genießen diese seltene Muße und benützen uns für ihre eigenen Reflexionen!« Ömer empfand es als unerträglich, dass jeder in seinen Plänen und Erinnerungen grub und dabei Nazlı und ihn als Vergleichsobjekt heranzog. »Die sind so in sich versunken, dass ihnen nicht einmal in den Sinn kommt, endlich dieses peinliche Schweigen zu beenden!« dachte Ömer wütend.

»Sie wirken aber sehr berührt, ja beinahe traurig«, sagte die Tante zu Muhtar. Voller Neugier und fast etwas beleidigt sah sie ihn an.

Muhtar ging nur allzugerne auf diese Anteilnahme ein. »Tja, was soll ich sagen?« sagte er kläglich. »Ich habe es natürlich erwartet, und trotzdem kommt es mir seltsam vor. Was soll ich sagen? Vielleicht habe ich es nicht so erwartet.« Er sah zu Ömer. »Ich habe den Jungen ja schon in mein Herz geschlossen. Und dennoch bin ich betroffen.«

»So geht es heutzutage eben zu!« dozierte Cüneyt. »Unser Land verändert sich. Die jungen Leute machen das heute unter sich selber aus. Und ist ja auch besser so, oder?«

Muhtar sah Ömer an. Der dachte: »Jetzt werden sie mich alle mustern!« Selbst der nur zufällig anwesende Refet sah ihn aufmerksam an. »Was denken sie nur über mich? Wie finden sie mich?« Am liebsten wäre er schnurstracks aus dem Zimmer gegangen.

Muhtar wendete den Blick von ihm ab und murmelte: »Jaja, man muss mit seiner Zeit gehen!« Als sei ihm eine schöne Erinnerung gekommen, rief er dann lebhaft aus: »Bei Nazlıs Mutter und mir war es eine arrangierte Heirat!« Dann fuhr aber gleich wieder ein Schatten über sein Gesicht. »Dass ich so verdutzt wirke, liegt aber nicht daran. Ich bin seit jeher auf der Seite des Fortschritts!« Er sah zu Refet hinüber. »Refet und ich haben uns deswegen im Parlament schon so manches anhören müssen. Wir führen einen Kampf!« Als er dann erzählte, was er als Gouverneur alles mitgemacht hatte, um gegenüber den religiösen Fanatikern die neuen Kleidervorschriften durchzusetzen, war seine Melancholie wie weggeblasen.

Cüneyt und Macide waren über die Sprunghaftigkeit von Nazlıs Vater einigermaßen verblüfft. Während sie ihm zuhörten, achteten sie weniger auf seine Worte als vielmehr auf die überbordende Gestik.

Ömer dachte: »Die werden ihn für ein bisschen wunderlich halten!«, doch musste er sich eingestehen, dass er seinen Schwiegervater in spe eigentlich auch so sah. »Nun ja, er ist eben jovial!« Dann sah er zu Nazlı, die ihrem Vater aufmerksam zuhörte. Refet saß geradezu mit offenem Mund da. »Ich darf nicht immer nur über mich nachdenken. Ich muss versuchen, wenigstens ein bisschen so wie sie zu werden! Mich von der Fröhlichkeit anstecken lassen!« Am liebsten hätte er seinen Ehrgeiz einmal vergessen und seinen Stolz und sein ganzes Bewusstsein ausgelöscht, um sich der gemütlichen Kachelofenatmosphäre restlos hinzugeben. Als er gerade meinte, nun sei ihm das gelungen, und zufrieden im Zimmer umhersah, erblickte er aber den Diener, der ihnen durch den Türspalt zusah, und schon war er wieder der Schwiegersohnanwärter. Ergeben lauschte er daraufhin Muhtars Reminiszenzen an Manisa. »Es musste ja so kommen!« dachte er, wollte aber nicht allzu hart mit sich selbst ins Gericht gehen.

Cüneyt fragte Muhtar: »Waren Sie eigentlich schon mal in Europa?«

»Nein, nie die Gelegenheit gehabt!« erwiderte Muhtar seufzend. »Dabei sollte man das unbedingt … Ich hoffe ja sehr, dass Nazlı einmal hinkommt!« Wohl aus Furcht, seine Gäste könnten das missverstehen, winkte er dann schnell dem Diener, der gerade mit einem Tablett in der Hand eintrat: »Wir sollten jetzt schön langsam zu Tisch gehen!«

Und so gingen sie schön langsam zu Tisch …

14

AN DER FRISCHEN LUFT

»Ein Gespenst!« Seit Ziyas Besuch war schon ein Monat vergangen, und dennoch wurde Cevdet den Gedanken an seinen Neffen nicht los. »Ein ordentragendes, nach Alkohol stinkendes, erpresserisches Gespenst!« Er stand vor dem großen Spiegel neben der Haustür. »Wann er wohl wiederkommt?« Nachdem er seinen hustenden Onkel verlassen hatte, war er gleich am folgenden Tag wiederaufgetaucht, und Cevdet hatte ihm erklärt, er sei gar nicht in der Lage, ihm etwas zu geben. Cevdet hatte dann Osman kommen lassen, und von dem bekam Ziya zu hören, die Firma verfüge kaum über liquide Mittel, und was vorhanden sei, werde unbedingt für den Transfer der Büros von Sirkeci nach Karaköy benötigt. Ziya hatte diese Erklärung grummelnd über sich ergehen lassen, im Weggehen Cevdet aber doch noch zugeflüstert, er werde keine Ruhe geben.

»Mit welchem Recht nur?« Cevdet besah im Spiegel seinen alternden Körper. »Was untersteht sich der Kerl?«

»Wir sind gleich soweit!« rief Nigân von oben.

Sie wollten mit ihren Enkeln zu einem Spaziergang aufbrechen, doch wie üblich war Nigân nicht rechtzeitig fertig. Cevdet hörte seine Enkel die Treppe herunterpoltern.

Im Spiegel sah Cevdet, dass sein Buckel noch weiter hervorstand und sein Hals immer kürzer wurde. Das war immer wieder der Eindruck, den er vor dem Spiegel hatte. »Die sollen mich nicht als abstoßenden Alten sehen!« Er setzte seinen Hut auf und warf noch einen letzten Blick in den Spiegel: Seit Jahren war er an dieses alte Gesicht und an die Kopfbedeckung gewöhnt, und längst vergessen war, wie er als junger Mensch mit dem Fes auf dem Kopf ausgesehen hatte. Dennoch gab es ihm jedesmal wieder einen Stich.

Man schrieb Ende Februar. Das Opferfest war drei Tage vorbei, doch der Schnee, der damals gefallen war, hielt sich noch immer. Cevdet ging nun zwischen Haus- und Gartentür hin und her.

»Wie kann er sich nach all den Jahren erdreisten, seinem alten Onkel Geld abpressen zu wollen?« dachte er. »Nehmen wir an, die Frau, in die er sich da verliebt hat, hat ihn um den Verstand gebracht, so dass er bereit wäre, alles für sie zu tun; aber wie ist er ausgerechnet auf dieses Mittel verfallen, um zu Geld zu kommen? Warum meint er, ich würde mich von ihm einschüchtern lassen?« Ruckartig blieb er stehen. Er zwang sich zu intensivem Nachdenken, so wie er dies in letzter Zeit oft tat, wenn er nicht auf ein Wort oder einen Namen kam. »Ich strenge mich an, aber mir fällt einfach nichts ein! Wie ist er nur auf mich gekommen? Ach, da sind sie ja!«

Nigân kam die paar Stufen zum Garten herunter. Sie trug einen kamelhaarfarbenen Mantel und ein schwarzes Hütchen. An jeder Hand hielt sie einen ihrer Enkel. Da in deren Schule eine ansteckende Krankheit grassierte, ließ ihre Mutter die beiden seit zwei Tagen daheim. Der in diesem Jahr eingeschulte Cemil riss sich nach der Treppe los und lief im Garten umher.

»Bleib hier! Renn doch nicht so, du fällst mir noch hin!« rief ihm Nigân hinterher.

Cevdet fand die Stimme seiner Frau matt und leblos. Die Glocke an der Gartentür klingelte. Sie machten sich auf in Richtung Maçka.

»Er meint, ich fühlte mich ihm gegenüber schuldig. Wie kommt er bloß darauf? Nicht genügend unterstützt soll ich ihn haben! Ihn loswerden wollen!« Nigân hakte sich bei ihm unter. Cevdet dachte an den Tod seines Bruders zurück, an ihre Heirat und den Umzug nach Nişantaşı, an den kleinen Ziya, wie er damals im Haus herumgelaufen war. »Kaum größer als meine Enkel war er damals. Doch er hatte etwas Seltsames an sich. Als sei er gar kein richtiges Kind. Als sei er schon erwachsen gewesen und dann wieder eingeschrumpft. Dieser hinterhältige Blick. Er schaute einen so schräg von unten an, als wollte er einen verhören und verurteilen. Und doch lag auch etwas Kindliches in dem Blick, wie auch neulich noch, als er ein zweitesmal Geld verlangte!« Sie gingen die Trambahnlinie entlang in Richtung Polizeiwache. Cevdet ärgerte sich. »Er gefiel mir schon damals nicht!«

Als sie an der Polizeiwache anlangten, kam jemand aus einem Laden heraus und auf sie zu. Cevdet erkannte ihn nicht, doch der Mann sprach ihn fast unterwürfig an und wollte ihm sogar die Hand küssen. Cevdet ließ es zu, doch fragte er sich: »Wer kann das nur sein?« Der noch recht junge Mann küsste auch Nigân die Hand. Er hatte ein vertrauenerweckendes Gesicht und trug eine Schürze. Irgendwie dankbar sah er Cevdet an und strich dann den Enkeln über den Kopf. »Er muss ein guter Bekannter von uns sein, aber wer bloß?«

Als sie an der Polizeiwache vorbei waren, fragte Cevdet verlegen seine Frau.

»Was? Du hast ihn nicht erkannt? Das war doch Aziz! Der Gärtner! Nur dass er eben nicht mehr kommt, seit er seinen Gemüseladen hat.«

»Ach so, Aziz!« Bis er vor zwei Jahren – sogar mit Unterstützung Cevdets – seinen Laden aufgemacht hatte, hatte er den Garten tadellos in Ordnung gehalten. Zum erstenmal gesehen hatte Cevdet Aziz, als er mit dessen Vater das Haus besichtigt hatte. Der Vater hatte schon damals gesagt, der Junge solle Gärtner werden. Cevdet erinnerte sich, wie er im Garten Sonnenblumenkerne kaute … »Wie konnte ich den nur nicht wiedererkennen?« Er hatte ihn nun erstmals vor seinem Laden gesehen.

Der Ton, in dem Nigân dieses »Du hast ihn nicht erkannt?« gesagt hatte, schlug Cevdet auf den Magen. »Aber es stimmt schon, das passiert mir immer öfter.« Er brachte alles durcheinander. Das Alter eben. In die Firma ging er nur noch zweimal in der Woche. Er verspürte keinen Antrieb mehr, dort etwas zu tun, und Aufgaben wies man ihm ohnehin nicht mehr zu. »Wenn aber einer meine Hilfe braucht, bin ich immer zur Stelle!« Dieser Gedanke richtete ihn auf. Jeder in Nişantaşı kannte ihn, von allen wurde er ehrerbietig gegrüßt. Für fast jedermann hatte er irgendwann einmal etwas getan. »Zweiunddreißig Jahre bin ich schon hier!«

Sie näherten sich Teşvikiye. Cevdet sah das neue Apartmenthaus gegenüber der Moschee. Wem gehörte das noch mal? Als er drei Tage vorher mit Nigân hier vorbeigekommen war, hatte sie es ihm gesagt, doch inzwischen war es vergessen. Doch, da fiel es ihm wieder ein: Es gehörte diesem Tabakhändler aus Izmir, diesem hochaufgeschossenen Kerl, wie hieß der gleich wieder? Der Name lag ihm auf der Zunge, und bis Teşvikiye suchte Cevdet danach. Resigniert gab er dann auf. Kalt kam es ihm vor.

Seit zweiunddreißig Jahren war er hier. Vor zweiunddreißig Jahren war er in den Konak in Teşvikiye gekommen und hatte Nigân zum erstenmal gesehen. Seit zweiunddreißig Jahren wohnte er in dem Haus in Nişantaşı. Vor zweiunddreißig Jahren war er an einem Sommertag mit Nigân in das riesige Haus eingezogen. Sie hatten ein Dienstmädchen und einen Koch eingestellt. Und als sein Bruder gestorben war, hatte er diesen stillen, bleichen Jungen aufgenommen, der einen immer so schräg ansah. Soldat wollte er werden. Da hatte Cevdet eines Tages zu ihm gesagt: »Nun, wenn du schon Soldat werden willst, dann geh doch an die Militärakademie!« Damals war gerade Osman auf die Welt gekommen, und das Haus war von Freude erfüllt. Die verschlagene Art hingegen, in der Ziya immer umherschlich, als sei er ein Fremder, erinnerte Cevdet an frühere, an kalte Zeiten. Kaum war Ziya dann fort, war fast mit Händen zu greifen, wie es in dem Haus in Nişantaşı sogleich noch herzlicher zuging. »Von Anfang an gefiel er mir nicht!« Cevdet war in der Stimmung, sich seine Sünden zu vergeben. Tief atmete er durch.

Hin und wieder musste er stehenbleiben, um wieder zu Atem zu kommen. Bei seinem letzten Arztbesuch hatte Doktor İzak verlauten lassen, es könne mit seinen Lungen etwas nicht in Ordnung sein. Er brauche daher viel frische Luft. Das war ihm ein willkommener Vorwand gewesen, um nicht mehr in die Firma zu gehen. Dass er nicht mehr jeden Tag zu kommen brauche, hatten ihm Osman und Refik eines Tages ohnehin schon ausführlichst auseinandergesetzt. Auch Cevdet selbst war zu dem Schluss gekommen, dass sein Gesundheitszustand den ehrenvollsten Weg böte, sich aus der Firma allmählich zurückzuziehen. Damit hatte er so sehr seinen Frieden gemacht, dass nun, während er tief Luft holte, solche Gedanken ihn in keiner Weise beeinträchtigten.

Auf dem gegenüberliegenden Gehsteig kam ein stattlicher Mann vorbei. Als er die Spaziergänger erblickte, verlangsamte er seine Schritte und nahm seinen breitkrempigen Filzhut zu einem ausladenden Gruß ab, sich dabei auch leicht verbeugend. Cevdet grüßte zurück und erkannte erst da, um wen es sich handelte, nämlich um den Rechtsanwalt Cenap. Er dachte, dass Anwälte doch recht unregelmäßige Arbeitszeiten hatten, und sah auf die Uhr: Es ging auf elf zu. Um diese Zeit in Maçka unterwegs zu sein, hatte für einen Mann fast etwas Ehrenrühriges an sich, denn dies war eher die Stunde der Hausfrauen, Rentner und Müßiggänger. Doch tat er selbst ja noch allerhand anderes, was unbeschäftigte Menschen so trieben: Er hörte Radio, scherzte mit seinen Enkeln herum, pflanzte im Garten die seltsamsten Gewächse, deren lateinische Namen er auswendig lernte, um sich bei Tisch damit zu produzieren. Aber eine wichtige Aufgabe hatte er doch noch: Er arbeitete an seinen Memoiren. Zwar hatte er noch keine Zeile niedergeschrieben, aber mit dem Materialsammeln hatte er begonnen und auch einen Namen für das Buch gefunden, das er zu veröffentlichen gedachte: Ein halbes Jahrhundert Kaufmannsleben! Von seinen Anfängen als Holzhändler bis jetzt würde er alles erzählen und das Ganze mit Fotos, Dokumenten und Artikeln anreichern.

Auf Höhe der Kaserne begegneten sie zwei jungen, gutgekleideten Frauen, die fröhlich plaudernd ihre Kinderwagen schoben. Sie grüßten Cevdet und wechselten ein paar Worte mit Nigân. Die eine gab beiden Enkeln einen Kuss, und Nigân beugte sich über die Kinderwagen und liebkoste die Babys.

Als sie dann die Allee entlanggingen, gab Nigân ihre Erläuterungen ab: »Die Größere ist die Schwiegertochter von Saffet und die andere ihre Schwester. Beide haben erst letzten Sommer geheiratet!« Die Größere sei davor schon mit jemand anders verlobt gewesen.

Plötzlich kam Cevdet wieder das »Gespenst« in den Sinn. Sie gingen über das mit Steinen übersäte Gelände, auf dem man zu Zeiten von Sultan Abdülaziz einmal das Fundament zu einer später nie gebauten Moschee gelegt hatte. Nigân sprach noch immer von den beiden Frauen, und in der Ferne sah man das Meer und die Prinzeninseln. »Das Gespenst! Ich werde den Kerl nicht los! Ob ich ihm nun Geld gebe oder nicht, ich werde ihn nicht los, und das weiß er ganz genau. Und deshalb verlangt er ja auch das Geld ausgerechnet von mir!« Es wehte ein kalter, trockener Wind. Cevdet lehnte sich an Nigân, die sich daraufhin wie eine Katze an ihren Mann schmiegte. Die beiden Enkel waren mit einem Schneehaufen beschäftigt, der noch einigermaßen sauber geblieben war. Sie waren ganz in ihr Spiel vertieft und hatten ihre Großeltern vergessen. »Mit mir ist es aus und vorbei!« dachte Cevdet und drückte Nigâns Arm. Um zu vergessen, sah er aufs Meer. »Ich werde alles nicht los! Den Holzladen, Haseki, das Haus in Vefa, meinen Bruder, das Gespenst!« Er blickte zu den Kindern, nahm sie aber gar nicht wahr, denn vor seinem inneren Auge purzelten die Bilder nur so durcheinander: Er sah, wie sein Vater starb, wie er dann das Eisenwarengeschäft vergrößerte, wie er nach Anatolien zu liefern begann, wie sein Bruder todkrank im Bett lag, wie ihm der kleine Ziya anvertraut wurde, wie er Nigân heiratete, wie er wegen des Zuckergeschäfts İsmail Hakkı Paşa besuchte, wie er ein gemütliches Heim in Nişantaşı und eine Familie wie in jenem Buch wollte, aus dem er Französisch lernte.

Nigân rief: »Leg das weg, du machst dich ja ganz schmutzig!«, und Cemil warf daraufhin einen verdreckten Stock weg.

Cevdet sagte leise zu seiner Frau: »Mir ist kalt, gehen wir nach Hause!«

Nigân schmiegte sich noch enger an ihn.

Auf dem Heimweg wurde Cevdet wieder von Bildern bedrängt, versuchte aber erst gar nicht, ihrer Herr zu werden. Und hin und wieder musste er an das Gespenst denken. Er wollte Osman wieder vorschlagen, Ziya ein wenig Geld zu geben, doch sein Sohn würde sich darauf nicht einlassen. Um nicht so zu frieren, rieb sich Cevdet die Arme, doch erschöpfte ihn das sogleich. Als an der Haltestelle Teşvikiye gerade eine Trambahn einfuhr, erwog er kurz, einzusteigen, ließ es dann aber. Nach dem Essen würde er unbedingt seinen Mittagsschlaf halten. Keiner sprach mehr etwas; selbst die Kinder waren müde und rührten sich von ihren Großeltern nicht mehr weg. Cevdet suchte Trost im Gedanken an das Mittagessen.

Als sie an der Moschee vorbeikamen, begann sich in seinen schwammigen Gedanken ein kleiner Fleck breitzumachen: »Ob ich wohl jemals wieder zum Opferfest in der Moschee beten werde?« Er hatte diesmal auf dem kalten Moscheeteppich zwar jämmerlich gefroren, sich aber an dem Gedanken aufgerichtet, den Schmerz stoisch ertragen zu haben. Der Fleck wurde immer größer: »Und ob ich wohl Refiks Kind noch sehen werde?« Perihan hatte zwei Monate zuvor verkündet, sie sei schwanger. »Und den Firmenumzug nach Karaköy?« Diesem hatte er sich vergeblich entgegengestemmt, während er nun so tat, als habe er sich damit abgefunden. Als sie wieder an der Polizeiwache vorbeikamen, dachte er: »Ich muss schleunigst diese Memoiren schreiben! Soll ich im Garten einen Eibisch pflanzen? Hm, wie heißt der noch mal auf latein? Lonicera capri … Oder ist das nicht das Geißblatt? Althea officinalis!«

Plötzlich vernahm er hinter sich einen geröchelten Ruf: »Cevdet!« Er drehte sich um. »Oje, wie sieht Seyfi Paşa denn aus!« dachte er. Seyfi Paşa war ein Freund von Nigâns Vater und Sultan Abdülhamits früherer Gesandter in London gewesen. Er hätte es noch weiter bringen können, doch nach Wiedereinführung der Konstitution war ihm ein Schattendasein beschieden.

»Wie geht es Ihnen, Seyfi Paşa?« fragte Cevdet.

Der Paşa wandte sich allerdings sogleich an Nigân. »Na, mein Mädchen, wie steht es so?«

Nigân löste sich von Cevdets Arm und bot dem Paşa ehrerbietig die Hand.

Mehr denn je röchelnd, rief Seyfi Paşa: »So Leute wie deinen Vater gibt es heute nicht mehr! Was war dieser Şükrü Paşa doch für ein Mensch! Gibt es heute nicht mehr!« In dieser Art redete er noch eine Weile fort. Obwohl er auf seinen Diener gestützt dastand, sich kaum mehr auf den Beinen halten konnte und sein Gesicht einer unansehnlichen Hundeschnauze glich, genoss er immer noch hohes Ansehen.

Auch Cevdet konnte nicht umhin, ihm seine Bewunderung zu zollen. »Über neunzig muss er sein! Tja, solche Leute werden eben alt, weil sie nie von Kaufmannssorgen geplagt wurden. Ich werde bestimmt noch vor ihm sterben. Warum hat Nigân ihm denn die Hand geküsst?«

»Ach, was für ein Mensch dein Vater war!« sagte der Paşa wieder. »Solche richtigen Menschen gibt es heute gar nicht mehr!« Und zu Cevdet gewandt: »Nun, das Geschäft den Herren Söhnen überlassen?« Er wackelte mit dem Kopf hin und her. »Frische Luft geschnappt, was? Ha!« Sein geröcheltes Lachen ging in ein geröcheltes Husten über.

Cevdet brachte nur ein leises »Ja!« hervor. Er fühlte sich gedemütigt, wusste aber, dass dagegen nichts zu machen war.

Seyfi Paşa wandte sich wieder Nigân zu und erkundigte sich nach ihren Schwestern. Dann fragte er noch nach anderen Verwandten und Bekannten, die er dann auch jeweils als »richtige Menschen« bezeichnete. Nach einer Weile schien er genug zu haben. Er schimpfte mit seinem Diener, weil der ihm nicht still genug stand. Da merkte Nigân, dass es Zeit war zu gehen, und sie beugte sich noch einmal vor, um dem Paşa die Hand zu küssen. Seyfi Paşa bemühte sich, den an Cevdets Rockzipfeln hängenden Enkeln etwas Liebenswürdiges zu sagen, doch was er da an Geröcheltem herausbrachte, verschreckte die beiden lediglich. Seinen Diener stoßend und scheltend, zog der Paşa schließlich davon.

»Wie alt er geworden ist!« seufzte Nigân.

Cevdet dachte: »Und doch ganz schön rüstig für sein Alter!« Lange ging er am Arm seiner Frau schweigend dahin. Als sie in Nişantaşı anlangten, blieb er stehen. »Warum nur hat ihm Nigân die Hand geküsst?« Quietschend fuhr eine Trambahn an ihnen vorbei. »Warum nur?« Ein Auto hupte wütend, und die beiden Jungen schmiegten sich erschrocken an ihren Großvater. Seyfi Paşa hatten sie wohl schon vergessen, doch steckte noch eine vage Furcht in ihnen. Als Nigân dem Paşa die Hand geküsst hatte, war irgendwie eine merkwürdige Spannung aufgekommen, als sei etwas zerbrochen oder ein Vergehen begangen worden oder als habe ein heimtückischer Wind geweht. Cevdet steigerte sich wegen dieses Handkusses in immer größeren Ärger hinein und sandte an seine Frau vorwurfsvolle Blicke, doch die bemerkte davon nichts. Langsam gingen sie über die Straße und sahen ihr Haus und die Linden und Kastanien im vorderen Garten.

Die Fenster im Obergeschoss waren trotz der Kälte geöffnet. Am Gitter des Seitenbalkons hing ein weißer Stofffetzen als Zeichen für die Wasserträger. Vom Schornstein stieg dünner blauer Rauch auf, der sich sofort auflöste. Im Garten hinter dem Haus wiegten sich die kahlen Bäume im Wind. An der Mauer schlich eine Katze entlang. »Jetzt habe ich Hunger!« dachte Cevdet. »Ich gehe jetzt ins Haus und esse mich satt. Dann rauche ich eine schöne Zigarette, und danach kommt ein langer, erquickender Mittagsschlaf …«

15

DER DICHTERINGENIEUR BEI
DER VERLOBUNG

Plötzlich ging die Tür auf. Muhittins Mutter sagte: »Junge, du solltest mal an die frische Luft! Oder trink Tee mit mir! Aber geh mal raus aus deinem Zimmer. Komm, setz dich ein wenig zu mir. Da hast du nur diesen einen freien Tag in der Woche, und den verbringst du in dem verräucherten Zimmer zwischen deinen Büchern. Sieh doch mal, wie totenbleich du bist!«

»Mama, ich trinke meinen Tee später! Und sowieso gehe ich bald aus. Heute ist Ömers Verlobung.«

»Ach ja, Ömer verlobt sich? Warum erzählst du mir davon nichts? Mit wem denn?«

»Mit einem Mädchen!« gab Muhittin kühl zurück, aber selbst das reute ihn schon. »Jetzt wird sie mich fragen, wie sie heißt, was ihr Vater von Beruf ist, und sie wird tausend Sachen wissen wollen!« Um jeglichen Fragen vorzubeugen, setzte er ein abweisendes Gesicht auf.

»Ich wollte nur sagen, dass der Tee fertig ist«, sagte die Mutter und ging wieder.

»Jetzt habe ich ihr weh getan! Musste das sein? Ich hätte doch ihre Neugier befriedigen und ihr ein paar Brocken Information geben können, das hätte sie dann ein, zwei Tage beschäftigt.« Aber dann dachte er wieder, dass seine Mutter sich damit nie und nimmer zufriedengegeben hätte. Aus Anlass von Ömers Glück hätte sie dann von anderen glücklichen Menschen erzählt, die verlobt oder verheiratet waren, und zwar um ihrem Sohn zu zeigen, wie traurig sie war, dass er selbst nicht so glücklich sein konnte, und um ihn darauf hinzuweisen, was er nur zu tun hatte, um sein Unglück hinter sich zu lassen. »Und sonst? Mal wieder nichts zustande gebracht!« Er stierte die Tür an.

Es war bald fünf Uhr nachmittags. Seit dem Morgen saß er in seinem Zimmer auf der Anhöhe von Beşiktaş am Schreibtisch. Sonntags schrieb er seine Gedichte. Selbst in der Woche setzte er sich manchmal abends zum Schreiben hin, aber da er zu müde war, gelang ihm kaum etwas. Auch nun hatte er so gut wie nichts zuwege gebracht. Seit Stunden feilte er an einem alten Gedicht herum und tat doch nichts anderes, als immer wieder das gleiche hinzuschreiben und dann wieder durchzustreichen. Er stand auf und ging ans Fenster. In Beşiktaş herrschte ein frischer junger Frühling. Von der Serencebeystraße her, die hinunter an den Bosporus führte, kamen sonntägliche Spaziergänger zurück. Bald würden die Schwalben auffliegen, die am späten Nachmittag den Himmel verdunkelten. Auf dem reglos wirkenden Bosporus fuhren zwei Schleppkähne, über einem Schornstein kreiste ein Milan. »Mir ist wieder nichts geglückt!« Normalerweise wäre er nach so einem Tag in Beşiktaş ein Glas trinken gegangen, aber nun stand die Verlobung an. Ihm graute schon vor dem feierlichen Getue. »So geht wieder ein Tag vorbei. Und ich habe mir doch geschworen, mich umzubringen, falls ich bis dreißig nicht ein guter Dichter bin!« Im Rückblick kam ihm dieser Gedanke wie ein Scherz vor, ein aus jugendlichem Übermut entsprungener Scherz, dem einfach mit Nachsicht zu begegnen war, doch konnte er nicht umhin, immer wieder auch die entsprechende Rechnung aufzumachen: »Mit dreißig … Also 1940 … Jetzt ist Frühjahr 1937, also sind es noch drei Jahre bis dahin. Und mein immer noch unveröffentlichter Gedichtband ist nicht einmal was Besonderes. Also gibt es in den drei Jahren noch viel zu tun.«

Drei Jahre nur noch. Also hatte er sieben von den zehn Jahren schon verkonsumiert und noch dazu, ohne sie zu genießen. Wie hätte er ahnen können, dass es so schnell gehen würde! Selbst die zwei Jahre, die ihn damals noch vom Ingenieurdiplom trennten, waren ihm unendlich lang vorgekommen. Die Kommilitonen, die in den Pausen im Gang Fußball und auf den Zeichentischen mit Münzen spielten und dann abends nach Beyoğlu ins Kino gingen, verachtete er nur und erklärte hochtrabend, er hingegen sei ein Dostojewski. Mit Refik und Ömer schien er die gleichen Prinzipien zu teilen: ein spöttisches Herabsehen auf alles, was sie geringschätzten. Sie glaubten an Intelligenz und Toleranz, oder zumindest kam es Muhittin so vor. Als sie eines Abends in Beyoğlu besonders viel getrunken hatten, hatte Muhittin seinen Selbstmordbeschluss verkündet und damit die erwartete Resonanz ausgelöst. Man nahm es mit Achtung auf an dem

Tisch, ohne dass jemand sich überrascht oder bewundernd geäußert hätte. Alles jenseits der Dreißig schien leicht entbehrlich zu sein. Keiner war der Ansicht, dass danach überhaupt noch ein Leben stattfand.

»Mit dreißig! In drei Jahren!« Ein alter Mann mit Hut kam auf der Straße vorbei. Er mochte um die sechzig sein. Unter den Arm hatte er Zeitungen geklemmt. Vermutlich kam er aus einem Kaffeehaus, hatte dort unter dem Geschepper der Tavlaspieler seine Zeitung gelesen, sie dann gegen die Zeitungen anderer Rentner eingetauscht, bis er alle Meldungen des Tages durchhatte. Nicht anders hatte es Muhittins Vater gehalten, als er pensioniert worden war. Der war auch in die Moschee gegangen. Muhittin überlegte, ob der alte Mann auf der Straße wohl ebenfalls in die Moschee ging und ob er ihn in der Stadt schon mal gesehen hatte. Dann setzte er sich wieder an den Schreibtisch. Er wusste zwar, dass er nichts mehr zu Papier bringen würde, doch war es immer noch besser, am Schreibtisch zu sitzen, als zum Fenster hinauszustarren.

Auf dem Tisch lagen Zeitungen, Zeitschriften, Zigaretten, Stifte und Papiere voll unvollendeter Gedichte wild durcheinander. Aus einem überquellenden Aschenbecher drang penetranter Geruch. »Das ist also alles! Ein stinkender Aschenbecher! Zerknülltes und zerfetztes Papier ... Zeitschriften ... Was mache ich mir eigentlich vor? Das ist alles, was mir bleibt von einer Welt, die ich verachte. Und natürlich noch die Ingenieurplackerei, mit der ich mein Geld verdiene ...« Aufs Geratewohl schlug er eine der Zeitungen auf. »Der Ministerpräsident ist in Paris mit französischen Staatsmännern zusammengetroffen – Das Bemühen um die Provinz Hatay hat zu den gewünschten Ergebnissen geführt – In Frankreich wurde dem Kabinett Blum mit 380 Stimmen das Vertrauen ausgesprochen – Zwei türkische Filme im Saray-Kino – Olivenmangel treibt Seifenpreise in die Höhe – Doktor Lokmans Ratschläge – Eine Ansicht des von Frankisten verwüsteten Guernica – Eine Neuheit bei den Brüdern Burla: Kühlschränke – Die Börse: Pfund Sterling 620, Dollar 123, Gold 1059 ... – Nervin: Gegen Nervenschmerzen, nervösen Husten, Mattigkeit und Schlaflosigkeit ...« Muhittin dachte: »Da sitze ich und lese dieses Zeug!« Muhittins Vater hatte als Pensionär immer sämtliche Zeitungen durchforstet, um den Klatsch ausfindig zu machen, der ihm den Tag ein wenig versüßte. »Was soll ich nur tun? Wie soll man leben?« fragte sich Muhittin, doch ohne innere Anteilnahme. Es waren dies doch nur Worte, und die Verzweiflung, die dahinter hätte stecken müssen, das suchende Begehren, die verspürte Muhittin nicht. Er war ja Dichter und wusste, dass Worte einen Wert an sich darstellten, doch dahinter fand er selbst nicht viel.

Schon wieder wollte er aufstehen, aber dann fiel sein Blick auf das Bild seines Vaters, das im Bücherregal stand, und er blieb sitzen. Seine Mutter hatte das silberngerahmte Foto fünf oder sechs Jahre zuvor dort hingestellt, und Muhittin hatte es seitdem nicht angerührt. Leutnant Haydar war darauf in Uniform und mit seinem Degen abgebildet. Als er die Aufnahme in Beyoğlu hatte machen lassen, war er noch nicht pensioniert gewesen, doch kurz darauf schon hatte er jedermann mitgeteilt, dass er müde sei und sich zurückziehen wolle, und so hatte er den Dienst quittiert und war nicht in den Befreiungskrieg gezogen. Während des Weltkriegs hatte er mit der 7. Armee in Palästina gekämpft und sich einen Ruf als Scharfschütze erworben, so dass Muhittin, als vor drei Jahren das Namensgesetz in Kraft getreten war, im Andenken an seinen Vater den Namen Nişancı – »Schütze« – gewählt hatte, den er für einen Dichter auch irgendwie passend hielt. Die Denkerpose, in die der Scharfschütze Haydar sich für das Foto geworfen hatte, fand Muhittin einfach nur lächerlich. Der selbstbewusste Blick, das feine Lächeln, das seine Lippen umspielte, der an den Enden nach oben gezwirbelte Schnurrbart, der zu lang wirkende Degen, den er nach hinten geschoben hatte, und die auf einem Tischchen ruhende kurzfingrige Hand: Das alles machte im Grunde einen armseligen Eindruck. Jedesmal wenn Muhittin das Foto sah, dachte er darüber nach, was er tun musste, um nicht so zu werden wie sein Vater, und manchmal packte ihn dabei das schiere Entsetzen. Was ihn da aus dem Silberrahmen heraus anblickte, stand Muhittin für das verpfuschte Leben eines Menschen, der stets in besorgter Erwartung seine Soldatenpflicht, aber nie einen Blick hinter die Oberfläche der Dinge getan hatte. Und noch dazu hatte Muhittin, um das zu erkennen und sich von der Bewunderung für den Vater zu lösen, achtzehn Jahre alt werden müssen; da war sein Vater schon vier Jahre tot. »Was soll ich nur machen?« seufzte er, aber wieder ohne rechte Gemütsbewegung, nur aus einer inneren Unruhe heraus, die ihm schon zur Gewohnheit wurde. Er ahnte, dass er wieder nur dasitzen, auf das Bild starren und mit anwachsender Besorgnis an das Leben und die vor ihm liegenden Jahre denken würde. Er sah auf die Uhr und beschloss, sich lieber gleich für die Verlobung vorzubereiten und sich in Beşiktaş rasieren zu lassen.

Nachdem er sich umgezogen hatte, ging er in die Küche, wo seine Mutter zum Fenster hinausgebeugt mit der neuen Nachbarin sprach.

»Ihre Blumen sind aber schön geworden!« sagte diese.

»Ja, schon, aber die da blühen nicht!« erwiderte die Mutter und wies auf ein paar Töpfe auf dem Fensterbrett. Als sie merkte, dass Muhittin in der Küche stand, drehte sie sich zu ihm um. Sie musterte ihn von oben bis unten und gab mit anerkennender Miene zu verstehen, dass sein Aufzug ihr zusagte. Zufrieden sagte sie: »So, dann gehst du also. Viel Spaß!«

Muhittin spürte, wie seine Mutter sich freute, dass ihr Sohn sich zu einem Vergnügen aufmachte und glücklich sein würde, und wie sie sich befriedigt den Salon vorstellte, in dem ihr Sohn unter anderen glücklichen Menschen den Abend verbringen würde.

Als er draußen durch die Straßen ging, fand er zu etwas innerer Ruhe zurück. Hin und wieder grüßte er einen Bekannten. »Ob sie bei der Verlobung wohl Alkohol servieren? Bin neugierig, was Ömer beim Ringetauschen für ein Gesicht macht. Ich muss mich so hinsetzen, dass ich unseren Eroberer dabei gut beobachten kann!« Wenn er gegrüßt wurde, dachte er, dass er nun elegant aussah und die Leute ihm Achtung zollten, weil er ein junger Ingenieur war und als intelligent galt. Ansehen genoss er auch bei Freunden seines Vaters, bei alten Leuten, die ihn schon als Kind gekannt hatten, bei den zwei Soldaten, die ihn regelrecht bewunderten, und bei dem alten Friseur, zu dem er seit Jahren ging.

Da der Friseur Monat für Monat mit den neuesten Nachrichten versorgt wurde, wusste er über die Lebensgeschichte des jungen Ingenieurs bestens Bescheid. Als er Muhittin erblickte, lachte er ihn erfreut an.

»Rasieren?« Er holte aus einer Schublade einen sauberen Umhang hervor und erkundigte sich nach Muhittins Mutter.

Muhittin konnte sich noch gut erinnern, wie er schon als Kind hierhergekommen war. Damit er überhaupt in den Spiegel sehen konnte, hatte der Friseur damals auf die Armlehnen des Friseurstuhls ein Brett gelegt und die Sitzfläche mit einer Zeitung bedeckt, damit sie von Muhittins Schuhen nicht beschmutzt wurde. Bei den ersten Friseurbesuchen hatte Muhittin noch geweint, und der Friseur hatte ihm gut zugeredet: »Na, ein Soldatensohn weint doch nicht!« Danach hatte seine Mutter ihn immer dem Friseur übergeben und war, klein und schmächtig in ihrem weiten Çarşaf, mit hastigen Schritten einkaufen gegangen. Einmal war er mit seinem Vater gekommen, und der war vom Friseur äußerst ehrerbietig behandelt worden. Der Friseur brachte damals dem Leutnant Haydar Achtung entgegen, und nun eben dem Ingenieur Muhittin. Während er Muhittin sorgsam das Gesicht einseifte, versuchte er, Details über seine Arbeit aus ihm herauszukitzeln, und tat so, als hätte er längst vergessen, dass dieser Ingenieur als Kind bei ihm im Laden einst geweint hatte.

Muhittin steckte die Arme unter den weißen Umhang und dachte: »Ich fühle mich hier wieder wie ein kleiner Junge!« Er überließ seinen Körper dem Friseur, und der stellte seinen Kunden gewissermaßen im Schaufenster aus, und während er wie bei allen anderen auch Informationen und Gerüchte mit ihm austauschte, wurden die beiden von den Passanten draußen beäugt. Wenn Muhittin an dem Friseurladen vorbeikam, sagte er sich etwa: »Ah, der Sekretär Hüsamettin lässt sich rasieren!« Und nun sagten sich eben die Spaziergänger draußen: »Ah, der Ingenieur Muhittin lässt sich rasieren!«

»Tja, ein Ingenieur, der Ingenieur Muhittin, das bin ich nun mal!« Ein Ingenieur, aber kein besonders gutaussehender; klein, mit Brille und einem so unwirschen Gesicht, dass er bei seinen Mitmenschen Furcht erwecken konnte oder Bewunderung, aber nicht gerade Liebe. Er sah in den Spiegel, musterte seine Brille, die ihm vorkam wie zwei abgeschlagene Flaschenböden, und während er hin und wieder den Friseur mit einer Antwort abspeiste, suchte er nach einer ihm eigenen Existenz. »Das also bin ich. Ein Ingenieur. Im Jahre 1937, in einer der Städte dieser Welt, hier, in Istanbul, in Beşiktaş, in einem Friseurstuhl, brav dasitzend in meinem weißen Umhang, wie andere Kunden auch … Ich, Muhittin, der Ingenieur … Der sich bemüht, ein guter Dichter zu sein, wozu es ihm aber an Willenskraft und an Arbeitseifer mangelt; ein lediger, intelligenter junger Mann, der sich zur Verlobung eines Freundes aufmacht, ungeduldig wegen seines noch immer nicht veröffentlichen Gedichtbandes, in Sorge um seine Zukunft, ich, Muhittin Nişancı …« Er wandte den Blick vom Spiegel ab. »Nein, ich will jetzt an gar nichts denken! Ich will mir diese Verlobung anschauen und mich amüsieren. Und nicht immer grübeln, was ich bin und wer ich bin und was aus mir werden soll!« Er fuhr so heftig zusammen, dass das unter seinem Ohr herumfuhrwerkende Rasiermesser innehielt.

Der Friseur sah mit einem verständnisvoll-fragenden Blick in den Spiegel. Auch Muhittin sah in den Spiegel, aber er wollte sich darin nicht sehen, auch nicht, als der Friseur noch einmal Seifenschaum zugab. Unruhig saß Muhittin bis zum Ende der Prozedur da, lauschte auf das Kratzen des Rasiermessers und versuchte sowenig wie möglich zu denken.

Als er den Laden verließ, stieg er sofort in ein Taxi. Den Fahrer kannte er aus Beşiktaş, und auch diesem war das Gesicht des Ingenieurs schon vertraut. Um sich abzulenken, schwätzte Muhittin mit dem Mann über Fußball, die hohen Preise, die schlechten Autofahrer ringsherum.

Das Apartmenthaus in Ayazpaşa hatte ihm Refik beschrieben. »Ich komme zu spät!« dachte Muhittin, als er die Treppe hinaufstieg. Er hatte so ein vages Gefühl, als hätte er alles Sehens- und Erlebenswerte schon verpasst. Beim Klingeln an der Wohnungstür dachte er bestürzt an die vielen Leute, die ihn gleich anstarren würden. Er würde gemustert und angelächelt werden und seinerseits die anderen mustern und anlächeln. Eine ihm unbekannte Frau ließ ihn ein. Er mischte sich unter die Leute und suchte nach einem Sitzplatz.

In dem Salon saßen die Frauen und Mädchen auf der einen, die Männer auf der anderen Seite. Es hatte ihnen wohl kaum jemand diese Sitzordnung auferlegt, und den meisten war vermutlich durch den Kopf gegangen, dass es zeitgemäßer und vernünftiger gewesen wäre, gemischt zu sitzen, doch irgendwie hatte es keiner gewagt, als erster die entstandene Regel zu durchbrechen. Ein Grammophon spielte, und alles flüsterte in gespannter Erwartung. Muhittin sah Refik und Perihan mit ihrem gewölbten Bauch. Aus einer Tür erschien kurz Ömer, winkte Muhittin zu, ging aber nicht zu ihm. Muhittin sah auch Nazlı einen Augenblick und befand sie für hübsch. »Ja, ich bin spät gekommen!« dachte er. Dann wurde das Grammophon abgestellt, und man merkte an der Stimmung, dass es nun gleich soweit sein musste. »Wenn sie aus der Tür da kommen, werde ich Ömers Gesicht gut sehen!« dachte Muhittin und setzte sich entsprechend hin.

Wie erwartet, traten Ömer und Nazlı aus jener Tür ein, gefolgt vom Abgeordneten Muhtar. Nun fand Muhittin Nazlı doch nicht mehr so hübsch; ja ihm war, als hätte ihr Gesicht sogar irgend etwas Hässliches an sich. Der Abgeordnete stellte sich zwischen die beiden jungen Leute und nahm beide an der Hand. Dann blickte er suchend umher. Schließlich fuhr er mit der Hand in die Tasche und zog zwei mit einer Schleife verbundene Ringe heraus, die unter den neugierigen Blicken der Umstehenden erst recht zu glänzen schienen. Ungeschickt steckte Muhtar sie den beiden an die Finger. Muhittin hatte nicht gewusst, dass die Ringe zusammengebunden sein mussten. Dem Abgeordneten wurde eine Schere gereicht, mit der er das Band durchschnitt. Gerührt sagte er dann: »Somit gelten meine geliebte Tochter und dieser von mir hochgeschätzte junge Mann nunmehr als verlobt. Mögen sie stets Liebe und Achtung füreinander …«

»Jetzt ist er rot geworden!« dachte Muhittin, der Ömers etwas starres Gesicht nicht aus den Augen ließ. »Und so soll ein Eroberer dreinschauen? So lammfromm? Wahrscheinlich ist es ihm selber peinlich, aber er hat es ja nicht anders gewollt. Und ein Abgeordneter als Schwiegervater kann beim Erobern ja nicht schaden!«

Es wurde geklatscht, und Muhittin dachte: »Was, schon vorbei?« So schlug er eben auch ein paarmal die Hände gegeneinander und lächelte dazu. »Ich tue das, weil es dazugehört«, dachte er und empfand es nicht einmal als Heuchelei.

Der Abgeordnete küsste die beiden Verlobten, und diese küssten ihm die Hand. Dann trat der Abgeordnete zur Seite, und das verlobte Paar stand noch mehr auf dem Präsentierteller und wirkte ein wenig verkrampft. Nazlı warf Ömer einen langen, verlegenen Blick zu, mit dem sie gewissermaßen bekundete, von nun an ihr Verhalten und ihre

Entscheidungen ganz auf den Mann neben sich abzustimmen. Dann beugte sie sich plötzlich hinunter und nahm eine aschgraue Katze auf den Arm, die sich an ihre Beine geschmiegt hatte. Da kam ein erlösendes Lachen auf. Nun standen alle auf, um das Paar zu küssen und zu beglückwünschen.

Selbst Muhittin war gerührt, als er Ömer umarmte. Das hatte er nicht erwartet. Dennoch sagte er sein vorbereitetes Sprüchlein auf: »So, Rastignac, das war schon mal ein guter Anfang, jetzt muss aber auch der Rest kommen!«

»Ein guter Anfang? Ach, Muhittin!« rief Ömer aus. Er hatte wohl schon einiges getrunken. »Muhittin, du bist doch immer noch der alte, aber ich …«

»Ach komm, du bist völlig in Ordnung!« Als er merkte, dass Ömer ihm nicht mehr zuhörte, weil ein Verwandter ihn umarmte, wandte er sich zu Refik: »Perihan ist ja ganz schön schwanger!« Gleich darauf war ihm klar, wie dumm sich das anhörte.

»Danach gehen wir zu uns, ja? Wenn die da alle weg sind!« sagte Refik und deutete vage auf die Gäste.

Ein süßer, weicher Duft hing in der Luft. Die Leute umarmten sich, lachten, strahlten sich an und scherzten. Ein wahres Glücksraunen ging durch den Raum. Es war, als hätten die Gäste mehr auf diese angeregte Atmosphäre gewartet als auf die Verlobung an sich. Muhtar unterhielt sich in einer Ecke mit Ömers Onkel und Tante. Nazlı und Ömer standen am Fenster und scherzten mit ein paar jungen Mädchen, die sich unter Gekicher die graue, alte, etwas griesgrämige Katze von Arm zu Arm reichten. Nazlıs Tante als Frau des Hauses ging von Grüppchen zu Grüppchen, machte Leute miteinander bekannt, schoss lachend von einer Ecke in die andere, wie um Brücken der Fröhlichkeit zu schlagen, scherzte in einem fort, um die Stimmung noch weiter anzufachen, und sah dann doch hin und wieder auch melancholisch drein.

»Ich muss so werden wie die, um dazuzugehören!« dachte Muhittin. Er wusste aber nicht, wie das anzufangen war. Er versuchte sich an einem Scherz.

»Gutes Theater, was?« sagte er zu Refik und bemühte sich um ein Lachen, allerdings vergeblich.

»Ja, es ist amüsant hier!« erwiderte Refik.

»So richtig amüsieren werden wir uns erst beim Essen«, fuhr Muhittin fort, um irgend etwas zu sagen. »Ob es dazu wohl Alkohol gibt?«

Sie hörten Gelächter. Nazlıs Tante Cemile erzählte gerade eine Geschichte.

Muhittin dachte: »Nein, ich kann nicht so sein wie sie!«

16

EHRGEIZIG UND VERLOBT

Was Cemile da zum besten gab, war wieder die Anekdote mit dem Flecken auf dem Kleid, die Cemile schon Ömer erzählt hatte. Als sie bei der Pointe anlangte, hielt sie die Hände vor den Bauch, um zu zeigen, wie sie den kleinen Ömer an sich gedrückt hatte, um den Fleck zu kaschieren, und kicherte los. Ihre Zuhörer sahen zu Ömer hinüber und schüttelten lachend den Kopf.

»Was habe ich mich damals gefreut, als dieses Restaurant beim Tunnel eröffnet wurde!« sagte Cemile.

»Na ja, es gab auch den einen berühmten Club, aber da musste man sich als Frau erst einmal hineinwagen!« erwiderte Macide.

»Ich habe mich einmal getraut«, sagte Cemile, »aber danach habe ich mich derart geschämt, dass ich zu Hause geweint habe. Muhtar hatte mich mitgenommen.«

Muhtar gähnte. Er streckte sich ausgiebig und sagte dann zu Ömer: »Warum setzt du dich denn nicht, mein Junge?« Einer Eingebung folgend fügte er hinzu: »Denkst du etwa wieder über die Reformen nach?«

»Ach Muhtar, lass ihn doch wenigstens heute in Frieden!« protestierte Cemile.

»Ich tu dem Jungen doch gar nichts!«

Ömer lächelte vielsagend. »Mir kann heute keiner was tun!« sollte das heißen. Dann ging er wieder zu Nazlı und ihren Freundinnen.

Auf dem Grammophon legte jemand ein deutsches Lied auf, und kurz verstummten alle, dann ging das fröhliche Geplauder weiter. Eines der jungen Mädchen erzählte eine Geschichte aus gemeinsamen Kindertagen, und an den Stellen, an denen es zu lachen galt, sah sie ihre Freundinnen auffordernd an, damit die auch wirklich pünktlich mitlachten, und hin und wieder schielte sie zu Ömer hin. Auch die anderen sahen Ömer an, als wollten sie sagen: »Weißt du eigentlich, wie lange wir dieses Mädchen schon kennen, mit dem du dich verlobt hast und das du heiraten willst? Genauso lieb und anziehend, wie sie dir vorkommt, sind wir auch einmal gewesen oder werden es in Zukunft sein!« Während Ömer zuhörte, streichelte er die Katze auf seinem Schoß und fühlte sich wie ein König. Als das gleiche Lied noch einmal aufgelegt wurde, gab er die Katze lächelnd an Nazlı weiter. Er stand auf, war gelangweilt und gab sich nicht einmal Mühe, das zu verbergen. Auf solche Belanglosigkeiten brauchte er nicht zu achten an so einem Tag. Er warf einen abwägenden Blick über den Salon. »Zu wem gehe ich jetzt wohl am besten hin?« Ihm war bewusst, dass er sich das fragte wie ein verwöhntes Kind, das unschlüssig vor einem Berg von Süßigkeiten steht, aber das schien ihm nun einfach angemessen zu sein. »Ich gehe zu meinen Freunden hinüber. Worüber Refik und Muhittin wohl gerade reden? Was Muhittin bloß wieder für ein Gesicht zieht!«

»Du siehst aber gut aus, Junge!«

Der Mann, der Ömer so ansprach, musste ein Verwandter Nazlıs sein. Ömer lächelte ihn an, als fühlte er sich geschmeichelt. Dann ging er zu Refik und Muhittin.

»Was hat denn der zu dir gesagt?« fragte Muhittin.

»Dass ich gut aussehe!«

»Stimmt doch auch!« sagte Refik schmunzelnd.

»Jeder mag dich eben hier!« rief Muhittin.

»Tatsächlich?«

»Und wie fühlst du dich dabei? Weißt du überhaupt noch, dass du Rastignac bist?«

»Oh, das hatte ich ja ganz vergessen!« sagte Ömer lachend.

»Solltest du aber nicht. So wie du das gewöhnliche Leben immer verachtet hast …«

»Muhittin ist wieder mal besonders verdrossen!« sagte Refik. »Warum bist du denn so? Lass dich doch ein bisschen gehen. Feier einfach mit! Was ist denn schon dabei? Und nachher gehen wir noch zu uns, ja?«

»Wozu?«

»Er will den Samowar aufstellen!« sagte Muhittin lachend. »Über alte Zeiten quatschen, melancholisch werden, sich vergnügen …«

»Da hat er ja auch recht«, sagte Ömer. »Stellen wir ihn ruhig auf, den Samowar, und reden wir so richtig!« Da erblickte er Nazlı. »Ich bin verlobt!« dachte er aufgeregt. Als wäre ihm da etwas umwerfend Neues eingefallen, sah er verwundert auf seinen Verlobungsring.

»Jetzt kommt die Zeit, in der du am meisten aufpassen musst!« sprach ihn ein frisch verheirateter Verwandter Nazlıs an. »Die Zeit zwischen Verlobung und Heirat ist am kritischsten!«

»Jaja!« wehrte Ömer ab. Dann wandte er sich seiner Tante Cemile zu, die gerade den Gästen ihre Plätze bei Tisch zuwies. »Und ich soll also auf den Ehrenplatz?«

»Heute sind aller Augen auf dich gerichtet!« erwiderte Cemile.

Der finster dreinblickende Diener kam wieder herein und stellte einen tablettgroßen Servierteller auf den Tisch. Eine Frau stieß einen künstlichen Entzückensschrei aus, so künstlich allerdings, dass alle lachen mussten. Beim Servieren entschuldigte sich Cemile als Frau des Hauses für diese und jene Speise, die leider nicht gelungen sei, worauf alle protestierten, wie herrlich das Essen, der Tischschmuck und überhaupt alles sei.

Auf allgemeinen Wunsch hin musste Ömer beim Essen vom Leben in den Bauarbeiterbaracken von Kemah erzählen. Manche konnten sich nur wundern, wie es dort in den kalten Winternächten überhaupt auszuhalten sei, und ein paar Gäste brachten zum Ausdruck, dass sie den jungen Mann jetzt gleich noch viel mehr schätzten. Ein alter Herr wandte ein, man brauche es aber auch nicht zu übertreiben, und im Krieg, in Sarıkamış, da sei das doch noch etwas ganz anderes gewesen, und sogleich hob er auch an, davon zu erzählen. Er sprach dabei dem Alkohol zu und verlor sich alsbald in Details, doch bis auf einen jungen Burschen, der ihm an den Lippen hing, hörte bald keiner mehr zu. Ein Scherzbold legte auf dem Grammophon den Izmir-Marsch auf. Muhtar summte sofort mit, und ein paar andere taten es ihm gleich. Dann stieß man lachend mit den Rakıgläsern an. Auch die Mädchen waren nun gelöster und redeten unbefangen mit den jungen Männern. Alkohol tranken sie keinen, aber sie erröten auch nicht bei diesen Gesprächen. Wie alle anderen auch sahen sie immer wieder zu den beiden Verlobten hin. Wenn Ömer solche Blicke auf sich spürte, fühlte er sich wieder wie ein König, war allerdings beschämt bei dem Gedanken, dass er genau darauf aus war, denn eigentlich geziemte sich das doch gar nicht, und wenn er sich dann fragte, was wohl Muhittin dachte, kamen ihm so dunkle Gedanken, dass er sich lieber in den Alkohol flüchtete.

Als der Marsch zu Ende war, wurde die Rückseite der Platte aufgelegt, und als sie auch die zu Ende war, sagte Nazlı, sie wolle jetzt mal was richtig Schönes hören. Ömer erklärte, er werde ihr bei der Auswahl helfen, und ging ihr nach. Das Grammophon stand in einer Ecke des Salons. Nazlı durchstöberte das Fach mit den Platten, und Ömer dachte einfach nur: »Das ist meine Verlobte!« Obwohl die Ecke mit dem Grammophon vom Tisch aus nicht einzusehen war, drehte Ömer sich erst einmal um, bevor er dann – selber unangenehm berührt über soviel Vorsicht – Nazlı auf die Wange küsste und dann fast erschrocken dachte: »Jetzt habe ich sie geküsst!«, als litte er unter einer peinlichen Krankheit, die durch den Kuss nun auf das Mädchen überging, und da merkte er verdutzt, dass er sich weder an diesem Tag noch auch irgendwann später so richtig als König würde fühlen können. Nazlı legte eine Platte auf. Erst war nur ein Krächzen zu hören, dann ein schepperndes Klavier. Die Leute merkten aber gar nichts davon und nahmen kaum etwas anderes wahr als das Besteckgeklapper und das Dahinplätschern der Gespräche.

Ömer ging wieder zum Tisch zurück und sah, dass Nazlı ihm folgte. Dann fing plötzlich jemand zu klatschen an, ein paar andere taten es ihm nach, und schließlich applaudierte der ganze Tisch. »Was soll's, ich bin eben so geworden!« dachte Ömer.

Nach dem Essen wurden neue Platten aufgelegt, die jemand mitgebracht hatte. Da kam sogleich Bewegung in die jungen Leute, sie riefen durcheinander, ein paar fingen an zu tanzen, und jedermann sah ihnen zu. Die Mädchen, die nicht zum Tanzen aufgefordert wurden, und die Jungen, die zum Auffordern zu schüchtern waren, zogen sich zum Plaudern und Scherzen zurück. Die älteren Herrschaften wollten die Jugend unter sich lassen und tranken lieber bei Tisch ihren Kaffee, nickten wohlwollend, wenn sie die ausgelassenen Rufe der jungen Leute hörten, und erzählten sich gegenseitig ihr Leben. Ömer und Nazlı hielten sich mal hier, mal dort auf. Ömer lächelte jedermann zu, verdrängte alle Gedanken und wollte nur den einen zulassen, dass er jetzt verlobt war und das genießen musste.

Als dann die meisten Älteren vom Tisch aufstanden, war es mit der Stimmung bald dahin. War von den jungen Leuten zuvor noch jede neuaufgelegte Platte mit freudigen Scherzen begrüßt worden, verstummte nun das Grammophon ganz. Schließlich verabschiedeten sich die ersten Gäste unter nochmaligen Glückwünschen für das Verlobungspaar, und dann brachen auch gleich alle restlichen Besucher auf. Muhtar geleitete sie gähnend zur Tür. Cemile entschuldigte sich wieder wortreich für etwaige Unzulänglichkeiten. An der Tür kam bei einigen noch einmal Rührung auf, und die Verlobten wurden mit letzten augenzwinkernden Mahnungen bedacht.

Schließlich waren alle draußen, und Muhtar atmete auf. »Gott sei Dank!«

»Aber es war doch schön, nicht wahr?« sagte Cemile.

»Es war wunderbar, Tantchen!« versicherte ihr Nazlı und wandte sich dann Perihan zu.

Schließlich schickten sich auch Refik und Perihan zum Gehen an. Muhtar warf einen besorgten Blick auf Perihans dicken Bauch. Muhittin sah er mit unverhohlenem Missbehagen an, aber auch Ömer traf ein zweifelnder Blick.

Ömer sagte betont liebenswürdig zu Muhtar: »Wir gehen jetzt auch, wenn Sie nichts dagegen haben. Wir werden bei Refik noch ein bisschen zusammensitzen!«

»Wieso das denn? Das könnt ihr doch auch hier?« rief der Abgeordnete aus, aber seine verschlafenen Augen sprachen eine andere Sprache.

Ömer küsste zuerst dem Abgeordneten und dann Cemile die Hand, weil ihm plötzlich so war, als gehöre sich das. Der Abgeordnete umarmte Ömer daraufhin gerührt. Dann küsste er seine Tochter wie ein Vater, dem diese Geste längst zur lieben Gewohnheit geworden ist.

»Morgen kommst du doch, ja?« sagte er zu Ömer. »Ich muss nämlich dann gleich wieder nach Ankara zurück und möchte dich noch sehen, bevor du wieder auf die Baustelle fährst.«

»Selbstverständlich komme ich!« Ömer sah Nazlı an. Am liebsten hätte er sich unbeobachtet von ihr verabschiedet, als Zeichen, dass sich zwischen ihnen schon eine Art Vertrauensverhältnis entwickelt hatte, aber das war nun nicht möglich. So sahen sie sich einfach grüßend an. Ömer fürchtete, er könne Nazlıs langes grünes Kleid plötzlich lächerlich finden. Aber er fürchtete sich ja auch, seinen Ehrgeiz einzubüßen, ein Familienmensch zu werden und sich mit dem täglichen Einerlei zu begnügen.

Von Ayazpaşa bis Taksim gingen sie zu Fuß. Muhittin marschierte vorneweg, sorgsam um sich spähend. Refik und Perihan gingen Arm in Arm. Ömer, ein paar Schritte hinter ihnen, sah mal zu dem untergehakten Paar, mal zum weiten nachtblauen Himmel empor. Auf halber Anhöhe kamen sie unter den gerade aufgeblühten Bäumen vorbei, die den Himmel verdunkelten. »Bin ich wirklich noch ehrgeizig? Habe ich von meiner Leidenschaft nicht schon etwas verloren?«

Diese Frage stellte er Muhittin, als sie in dem leeren Salon in Nişantaşı saßen und Perihan nach oben gegangen war.

»Darüber habe ich heute auch schon nachgedacht«, erwiderte Muhittin. » Und ich finde, dass du eben nicht mehr so ehrgeizig bist. Vor einem Jahr, bevor du nach Kemah bist, warst du noch ein ganz anderer Mensch!«

»Ach ja! Und woran merkst du das?«

»Was weiß ich, woran man so etwas merkt. An deiner Verlobung vielleicht, an deiner ganzen Art …«

»O nein, du täuschst dich!« rief Ömer laut. »Ich bin sogar noch ehrgeiziger als früher! Und zwar so sehr, dass ich im Gegensatz zu früher mit meinem Ehrgeiz nicht mehr prahle, sondern ihn eher verstecke, weil er so enorm geworden ist! Also irrst du dich gewaltig!«

»Ich glaube nicht, dass ich mich irre«, erwiderte Muhittin betont gleichgültig.

»Und doch ist es so! Weißt du eigentlich, wieviel Geld ich in diesem einen Jahr verdient habe? Vierzigtausend! Sogar noch mehr. Und im kommenden Jahr werde ich das Doppelte verdienen. Ich habe mich mit zwei jungen Ingenieuren zusammengetan, die gerade ihr Diplom gemacht haben. Wir werden neue –«

»Über was redet ihr da?« fragte Refik, der inzwischen den Samowar geholt hatte und ihn nun anmachen wollte.

»Er erzählt wieder mal, wie ehrgeizig er ist!« sagte Muhittin.

»Jawohl! Und danach werde ich Muhittin noch was fragen, und zwar ob er immer noch vorhat, sich mit dreißig umzubringen!«

»Wartet, ich komme ja gleich!« rief Refik. »Ich hole nur schnell die Teetassen!« Er freute sich, dass wieder einmal genau die richtige Stimmung aufkam.

»Du wirst es schon noch sehen!« sagte Muhittin. »Wenn ich bis dahin kein guter Dichter bin, dann tue ich das auch, du wirst es noch erleben!«

»Du tust es nicht!« rief Ömer. »Ich kenne dich gut genug. Du wirst versuchen, Zeit zu schinden, unter irgendeinem Vorwand. Zum Beispiel, dass in der Türkei der Wert eines Menschen immer erst spät erkannt wird. Oder dass man wegen ein, zwei Jahren Verzögerung doch keine Torheit begehen darf!«

»Jetzt wartet doch, ich komme ja gleich, dann können wir reden!« Refik rannte in die Küche hinunter; er wollte sich von dem Streit nicht das geringste entgehen lassen. Als er mit den Tassen in der Hand wieder hereineilte, fragte er: »Also, wo wart ihr gerade?«

17

EIN HALBES JAHRHUNDERT KAUFMANNSLEBEN

Cevdet saß im Garten auf dem Korbstuhl unter der Kastanie und sah, ohne sich dabei vorzubeugen, einer Ameise zu, die zu seinen Füßen krabbelte. Obgleich noch nicht Sommer, war es schon ziemlich warm. Man schrieb den 19. Mai, es war das Fest der Jugend. Gleichmäßig und geduldig wärmte die Sonne den Garten. Die Familie hatte zu Mittag gegessen und sich danach draußen um Cevdet herum versammelt.

Wie stets war zuerst Nigân gekommen und hatte sich neben Cevdet gesetzt. Sie fragte sich, warum Cevdet so unverwandt auf den Boden sah, bemerkte aber wohl die Ameise nicht, denn sie sagte dann lediglich, das Dienstmädchen habe wieder mal die Schuhe nicht richtig geputzt. Das vernahm auch Osman, der gerade in seiner nachdenklich-stolzen Art herantrat, und so blickte auch er auf seine Schuhe. Er hatte schon wieder eine Zigarette im Mund, durfte er doch rauchen, wann und wieviel er wollte. Danach kam Nermin, richtete noch, bevor sie sich setzte, ein paar Ermahnungen an ihre Kinder, die sich pflaumenkauend in den Garten trollten. Schließlich traten aus dem Eingang zur Küche Perihan und Refik heraus. Perihans Bauch war geradezu besorgniserregend gewölbt. Cevdet kam es bei seinem Anblick vor, als hielte er etwas Zerbrechliches in der Hand, und beklommen achtete er auf jede Bewegung Perihans, auf jedes Zittern ihrer Stimme. Als Perihan schließlich saß, war auch Nigân beruhigt und sagte zu Cevdet: »Hast du gesehen, eine von deinen seltsamen Blumen ist aufgeblüht!«

Cevdet nickte. Wie hieß die Blume noch mal? Ocimum Dingsbums … »Ocimum granimus!« sagte er schließlich aufs Geratewohl und bemerkte erleichtert, dass ihm das jedermann abnahm. Schon am Morgen war es ihm so gegangen, dass Nigân ihn nach einem Pflanzennamen gefragt hatte und er notgedrungen einen erfunden hatte. Um zu beweisen, wie gut sein Gedächtnis noch war, lernte er die lateinischen Namen auswendig, und jeder bewunderte ihn dafür oder tat zumindest so. Wenn ihm dann der Name seiner Frau oder eines seiner Söhne nicht einfiel, lachte allerdings mittlerweile schon niemand mehr.

»Was bin ich müde!« seufzte Nermin. »Den ganzen Vormittag war ich mit den Truhen beschäftigt!« sagte sie zu Osman.

Obwohl schon lange Frühlingswärme herrschte, waren noch immer nicht alle Sommersachen aus den Truhen hervorgeholt worden und alle Wintersachen darin verstaut. Dabei galt es allmählich schon, sich auf den Umzug in die Sommerresidenz auf Heybeliada vorzubereiten. Zum erstenmal in seinem Leben hatte Cevdet die Ankunft des

Frühlings nur vom Inneren des Hauses aus erlebt. Man hatte die empfindlichen Topfpflanzen wieder hinaus in den Garten gebracht, die Korbstühle repariert, einige Zimmer im Erdgeschoss frisch gestrichen, den Efeu an der Hintermauer, durch den so viele Insekten ins Haus kamen, ordentlich zurückgeschnitten, den Garten gründlich gesäubert, und durchs ganze Haus strömte jener eigenartige Naphthalingeruch, an den Cevdet sich nicht gewöhnen konnte.

Von drinnen ertönte freudloses Klaviergeklimper.

»Muss das gleich nach dem Essen sein?« fragte Nigân. Ihr wäre es viel lieber gewesen, wenn Ayşe, wie all ihre Mitschüler, zum Fest der Jugend auf den Taksimplatz gegangen wäre, aber sie hatte sich nicht durchsetzen können, nicht zuletzt, weil Cevdet auf seiten seiner Tochter war.

Cevdet wollte schon sagen: »Soll sie doch spielen!«, aber dann ließ er es. Er suchte die Ameise von vorhin wieder, doch sie war weg. So lehnte er sich zurück und horchte auf das, was die anderen sagten, aber er verstand kaum etwas, denn Refik und Perihan flüsterten miteinander, und Osman brummte nur vor sich hin.

Als der Kaffee serviert wurde, zündete Cevdet sich eine Zigarette an, worauf Nigân ihm einen missbilligenden Blick zuwarf. Die drei Zigaretten, die er am Tag noch rauchte, versuchten sie ihm jetzt auch noch wegzunehmen. »Wozu eigentlich?« dachte Cevdet und lachte in sich hinein. »Für meine Gesundheit! Und wozu ist die gut? Damit ich länger lebe … Und wozu soll ich das, wenn ich nicht mehr rauchen darf?«

»Woran denken Sie denn?« fragte ihn da Nermin.

Erst wollte er sich in eine melancholische, tiefe Gedanken verheißende Pose retten: »Ach, an nichts!« Dann aber ärgerte er sich selber über dieses Getue. »An gar nichts denke ich!« sagte er etwas brüsk.

Nigân rief ihre Enkel zu sich, die dann auch gleich von ihrer Mutter zum Mittagsschlaf geschickt wurden. Nigân küsste die beiden vorher noch innig, und sie hätten sich wohl auch von ihrem Großvater küssen lassen, aber da er so gedankenverloren dasaß, trauten sie sich nicht zu ihm hin.

»Rauch sie doch wenigstens nicht ganz herunter!« ermahnte Nigân ihren Gatten. Auf seinen mürrischen Blick hin sagte sie beschwichtigend: »Jetzt legst du dich dann hin, ja?«

»Nein, ich schlafe heute nicht, ich werde arbeiten!«

»Wie du meinst!«

Cevdet dachte: »Und ob!« Eigentlich hätte er ja am liebsten doch geschlafen, aber aus Ärger über die Bemutterung durch seine Frau hatte er ihr widersprochen. »Jetzt kann ich nicht einmal schlafen!« dachte er. »Zu spät, es ist mir nun mal herausgerutscht. Na ja, gehe ich eben im Garten herum, damit ich etwas munterer werde. Danach gehe ich hoch und arbeite.«

Seit zwei Monaten schrieb Cevdet an seinen Erinnerungen. Dass es keinen Sinn mehr hatte, in die Firma zu gehen, hatte er mittlerweile eingesehen. Entscheidungen waren stets ohne ihn getroffen worden; um Ratschläge, die seinem Stolz noch schmeichelten, war er immer seltener gebeten worden, und wenn er von sich aus welche gegeben hatte, war er nur als Klotz am Bein empfunden worden. Nachdem Osman schließlich sogar die Kontrolle über seine persönlichen Ausgaben übernommen hatte, hatte Cevdet erklärt, er werde von nun an zu Hause arbeiten, und damit bei jedermann nur Zufriedenheit ausgelöst. Alle hatten sogleich gesagt, das sei ja auch das beste für seine Gesundheit. Nigân hatte sich gefreut, dass ihr Mann nun nicht mehr mit Geschäftssorgen belastet war und nicht mehr die sechs Stockwerke in dem fahrstuhllosen Bürohaus hinaufzusteigen hatte, sondern vielmehr den ganzen Tag an ihrer Seite sein würde. »Das bin ich allerdings nicht, sondern ich arbeite!« dachte Cevdet. »Ich arbeite, ich schreibe meine Erinnerungen nieder, und ich vermittle den nachfolgenden Generationen meine Geschäftserfahrung!« Innerlich erregt stand er auf. Um den Blicken der auf den Korbstühlen Sitzenden zu entkommen, ging er weiter in den Garten hinein.

Einige der Blumen, deren Samen er sich vom Ägyptischen Basar hatte bringen lassen, waren schon aufgeblüht. Unter der Linde, in die schon einiges hineingeschnitzt war, blieb er stehen und sah zu der Kastanie zurück. Als er das Haus damals erstanden hatte, war der Garten nur bis hierher gegangen; den Rest hatte er nach der Wiedereinführung der Konstitution hinzugekauft. »Wie die Zeit vergeht! Ich war noch ganz anders damals … Und Nigân noch so jung. Wir hatten ein neues Haus, neue Sachen, und auch im Kopf so viel Neues!« Dann fiel ihm aber ein: »Nur war da noch dieser Junge im Haus, dieser Ziya! Aber der wollte dann selber weg in die Militärschule, ja, das war seine Entscheidung! Na ja, wenigstens hat er sich eine Weile schon nicht mehr blicken lassen!« Cevdet langte an der hinteren Gartenmauer an, vor der sich, von Unkraut umgeben, Holzklötze, leere Blumentöpfe und Blechbüchsen häuften. »Dieser Kerl hat den Garten doch nie in Schuss bekommen! Mit seinem Vater habe ich ihn damals zum erstenmal gesehen, und später dann habe ich ihn unterstützt, damit er seinen Laden aufmachen konnte. Grüßen tut er mich immer noch, aber um den Garten kümmert er sich nicht. Wie hieß er noch mal?« Er ging an einer der Seitenmauern wieder zurück, murmelte echtes und erfundenes lateinisches Zeug vor sich hin, um sich abzulenken, und plötzlich fiel ihm wie aus heiterem Himmel ein Kinderlied ein. An einer Stelle roch es nach Geißblatt. »Tante Zeynep! Wer war das? Irgendeine Frau! Kirschenmarmelade … Zeliha!« Er sah auf die Uhr: Viertel nach zwei. Er hatte es nun aufgegeben, immer sechs Stunden hinzuzurechnen, um die alte Zeit zu erhalten. »Schade, dass ich jetzt nicht schlafen kann! Aber ich habe es nun mal gesagt! Und ein Cevdet steht zu seinem Wort! Das ist noch immer so! Dabei würde ich so schön träumen können!« Unbemerkt von den anderen ging er an der Mauer entlang in den vorderen Teil des Gartens. Die Seitenwand des Hauses war von der Sonne beschienen. Es war dies der ruhigste, windstillste Ort des ganzen Gartens. Auf dem Mülleimer neben der Küche saß eine Katze, die sich davonmachte, als sie Cevdet erblickte. »Lauf doch nicht weg, was soll ich dir schon tun? Meinst du etwa, ich bin noch so schnell?« Er hustete, um seine Lungen zu prüfen, und horchte auf sein Herz. Dann sah er auf den Nişantaşıplatz hinaus. »Zweiunddreißig Jahre!« Aus den Fenstern hingen überall Fahnen heraus. »Die feiern das Jugendfest, und ich mache hier meinen Altengang!« Er war nun um das Haus herum und kam unter seinem Arbeitszimmer vorbei, in das er sich nun gleich zurückziehen würde. Er spürte einen kühlen Windhauch über seinen Rücken streichen und dachte: »So! Kontrollgang beendet! Der Kontrolleur rückt in die Zentrale ab! Haha!« Plötzlich verspürte er im Oberarm einen stechenden Schmerz. Er fasste sich an den Arm, als wollte er seinen Bizeps prüfen. »Ich habe mich doch nirgends angestoßen?« Er ging von hinten an Nigân heran und sah dabei auf ihren Nacken, der ihm irgendwie lächerlich erschien. Ihm kam in den Sinn, ihr wieder den Streich zu spielen, der sie früher immer so erbost hatte, und so schlich er sich bis zu ihr hin und legte ihr die Hand auf die Schulter wie eine Pranke.

»Gott, hast du mich erschreckt! Wie kannst du nur immer noch so kindisch sein!«

»Ich gehe jetzt hinauf«, erwiderte Cevdet nur und konnte über seinen eigenen Scherz nicht lachen.

»Leg dich doch lieber hin!«

»Ich sage dir doch, ich arbeite jetzt.«

Nigân wandte sich zu Osman um, der immer noch schallend lachte. »Ich weiß nicht, was es da zu lachen gibt!« Ohne sich wieder zu Cevdet umzudrehen, rief sie dann: »Warum schläfst du nicht, Cevdet? Ruh dich doch in Gottes Namen ein wenig aus und …«

Cevdet war aber schon durch die Küchentür verschwunden. Mit heldenhafter Miene sah er den über das Spülwasser gebeugten Koch an und dachte: »Keiner begreift, worum es mir bei diesen Erinnerungen geht!« Beim Hinausgehen sagte er zu Nuri: »Punkt drei will ich meinen Tee. Lass dir ja nicht einfallen, ihn erst später zu bringen!« Er hatte nämlich Nigân im Verdacht, aus Gesundheitsgründen seine Teezeiten zu sabotieren.

Schwerfällig stieg er die Treppe hinauf. Im Obergeschoss angelangt, dachte er: »Gottlob fehlt mir nichts!« Dann ging er durch die Zwischentür und die Treppe in den zweiten Stock hinauf. Vor der tikkenden Wanduhr hielt er schnaufend inne. »Ich muss mich doch irgendwo angestoßen haben!« Er betrat sein Arbeitszimmer und setzte sich an den Schreibtisch. Zwischen Fotos, Urkunden, Heften und sonstigen Papieren prangte auf einem Umschlag: »Ein halbes Jahrhundert Kaufmannsleben«. Weiter war er innerhalb von zwei Monaten nicht gekommen. Er hatte die Zeit damit verbracht, Material zu sammeln, erste Entwürfe zu verfassen und sie wieder zu zerreißen.

Da ging die Tür auf, und Refik kam herein. »Ach, du bist hier! Legst du dich nicht hin?«

»Das habe ich doch gesagt! Was suchst du denn?«

»Meine Zigaretten. Die habe ich hier vor dem Essen …«

»Gehst du aus? Schau, hier sind deine Zigaretten.«

»Ich will nur kurz mal weg. In den Club vielleicht …«

»Wohin? Na ja. Aber das eine möchte ich dir noch sagen, und zwar, dass du mir in letzter Zeit gar nicht recht gefällst. Ich glaube, du verzettelst dich. Um die Firma scheinst du dich immer weniger zu kümmern. Vergiss nicht, dass Osman die Firma nicht ganz allein leiten kann, wenn mir mal etwas zustößt …«

»Aber was redest du da!«

»Na ja, schon gut! Ich weiß, dass du nervös bist, weil deine Frau bald entbindet. Na geh schon jetzt! Aber rauch nicht zuviel! Und mach die Tür leise zu!«

Danach blätterte Cevdet in einem Heft, das ihm für den ersten Teil seiner Erinnerungen wichtig erschien. Schließlich wechselte er zu den Zeitungsartikeln über, die er in den letzten Jahren ausgeschnitten hatte und die ihm ebenfalls von Nutzen sein sollten. Von einem der Artikel sah er plötzlich auf. »Wo geht er gleich wieder hin? Spazieren? In den Club? Dort wird er gemütlich rauchen!« Ihm fiel wieder ein, was er nach dem Essen gedacht hatte: »Wozu soll ich noch leben, wenn ich nicht einmal rauchen darf?« Er bereute nun, aus Refiks Päckchen nicht wenigstens eine Zigarette stibitzt zu haben. »Wie gut mir die jetzt täte!« Mechanisch griff er zu der Schachtel mit den alten Fotos. Er nahm sie einzeln heraus und legte sie nebeneinander auf den Schreibtisch. Er würde also schreiben, was er mit diesen Fotos für Erinnerungen verband, aber bei dem Gedanken, dass jemand das lesen sollte, würde er doch wieder alles zerreißen. »Hier bin ich mit Nigân in Berlin. Das war ein sehr interessanter Aufenthalt. In Deutschland habe ich eine der riesigen Kruppfabriken besichtigt. Solche muss es auch bei uns einmal geben. Tja … Was mir das Foto sonst noch sagt? Dass Fotos sehr nützlich sind. Man darf nur nicht vergessen, sie mit einem Datum zu versehen. Ach, was ist nur aus mir geworden? Dass ich mich mit solchem Unsinn beschäftige und das auch noch als Arbeit ansehe!« Betrübt stand er auf. »Was ist bloß aus mir geworden? Nein, ich muss in die Firma gehen, muss die Leitung wieder selber übernehmen! Osman versteht nichts davon, er ist ein Tölpel! Und Refik hat seinen Kopf ganz woanders! Wer soll die Firma dann leiten?« Er ging zum Fenster und sah auf den Platz hinaus. »Alle leben und sind in Bewegung, nur ich sitze hier herum. Ich sollte wenigstens spazierengehen!« Voller Schrecken dachte er an seinen Bruder zurück. »Der ist auf dem Totenbett völlig durchgedreht, hat Lieder gesungen, Märsche. Seltsame Sachen, die Marseillaise zum Beispiel. Na ja, seine Republik ist ja jetzt gegründet worden, und die Marseillaise habe ich auch gehört, aber nicht, wie er es sich vorgestellt hatte, von Revolutionären und erst recht nicht von der Regierungspartei, sondern von den französischen Besatzern! Was waren das für Zeiten! Diese Schiffsladung Zucker … Als die Nachricht eintraf, dass das Schiff durch die Dardanellen war, begannen sie mir schon zuzusetzen. Aber mit der Zweckentfremdung von Militärwaggons hatte ich Gott sei Dank nie etwas zu tun! Damit ist Fuat reich geworden. Durch seine Kontakte zu İsmail Hakkı Paşa und zur Regierung!« Cevdet wurde ganz munter beim Gedanken an jene schönen, bewegten, erfolgreichen Zeiten. Er ging im Zimmer auf und ab. »Das war noch ein Leben! Etwas auf die Beine stellen und damit Geld verdienen … Und jetzt? Sitze ich hier vor dieser Zettelwirtschaft! Ich bin schon wie mein Bruder! Aber nein, die Marseillaise möchte ich nicht hören! Ich bin stets Realist gewesen. Realist zu sein, und zwar die ganze Zeit über, ist gar nicht so einfach, aber ich habe es geschafft! Wo habe ich mir nur den Arm angestoßen? Oder ist das etwa …« Erschrocken setzte er sich. »Genau hier tut es weh. Als würde mir ein Skorpion vom Arm her auf das Herz zukriechen … Ach was, wird schon nichts sein!« Um sich abzulenken, wandte er sich wieder den Fotos zu. Eines davon war auf Refiks Hochzeit aufgenommen worden. »Der Junge wollte eine möglichst schlichte Feier. Wie sie wohl nach meinem Tod mit der Firma zurechtkommen? Wir müssten eine eigene Fabrik aufbauen. Sie könnten das zum Beispiel schaffen, indem sie sich mit Siemens zusammentun … Wenn wir es nicht tun, tun es andere! Also, dieser Schmerz ist schon komisch. Und das Bild da? Das ist von Osmans Hochzeit, wir sind alle unten im Erdgeschoss. Nermin! Die habe ich noch nie gemocht. Mir kommt es so vor, als habe sie uns immer nur ausgenutzt und gar nicht geliebt. Uns alle, mich, Nigân, Osman, Refik, Ayşe … die Enkel …« Er studierte das Foto eingehend. »Wie anders es damals da unten noch ausgesehen hat! Alles ändert sich so schnell, und wir merken es nicht einmal. Die ganze Einrichtung … Das Perlmuttzimmer … Jetzt möchte Nigân neue Schlafzimmermöbel! Ich habe dreißig Jahre gebraucht, um mich an die alten zu gewöhnen, und jetzt soll ich mich noch mal umstellen! Ach, nehmen wir ein anderes Foto!« Er erwischte eine Aufnahme, auf der im Vordergrund Arbeiter, Träger und Verkäufer aneinandergelehnt auf dem Boden sitzend posierten. Dahinter standen Cevdet, Osman, der Buchhalter Sadık und der Händler Anavi mit seiner Tochter. Gerührt erinnerte Cevdet sich zurück. »Das war bei der Einweihung von dem neuen Laden und dem Lager in der Voyvodastraße! Und unser neuer Nachbar dort war mit seiner Tochter gekommen. Ich muss sie ganz schön angestaunt haben damals!« Er wollte zu einem anderen Foto greifen, aber plötzlich versagte ihm sein Arm den Dienst. »Was ist das jetzt?« Er konnte sich erinnern, dass er im Lager einmal den Trägern geholfen und daraufhin am Abend einen schmerzenden Arm gehabt hatte. »Das muss das Herz sein!« dachte er. »Wie schon einmal! Ich muss meine Medizin nehmen!« Er dachte an seine erste Herzattacke zurück. »Ich muss mich einfach hinlegen. Grundsätzlich nach dem Mittagessen.« Da merkte er, dass er keine Luft mehr bekam. Als er klein war, hatten sie ihn mal in einem kleinen Zimmer eingesperrt. »Ein Zimmer? Nein, es war ganz anders. Eine Bettdecke! Er war unter einer Bettdecke, und sein Bruder Nusret hatte sich mit seinem ganzen Gewicht daraufgelegt, so dass Cevdet keine Luft bekam. »Ich bekomme keine Luft mehr!« Wieder fiel ihm die Medizin ein. Draußen auf der Treppe hörte er Schritte. »Da kommt mein Tee! Ich muss schlafen … Kein Atem! Das ist eine Herzattacke … Wenn sie vorbei ist, werden sie mich beschimpfen … Ich muss mich hinlegen. Muss schlafen. Schlafen …« Er stellte sich schon vor, wie er nach überstandenem Anfall im Bett liegen würde, die ganze Familie um ihn herum versammelt, als plötzlich der Stuhl sich zu heben schien und der Tisch auf ihn zukam. Er merkte, wie sein Kopf gegen den Tisch schlug, ganz heftig, und wie er keine Luft mehr bekam, als ersticke er unter der Bettdecke. Um sich nicht wieder den Kopf anzuschlagen, streckte er den ganzen Körper, doch hatte er keinerlei Kraft mehr, und er dachte: »Wie unter der Bettdecke! Die Frau schaut mich an, sie schreit, das Tablett mit dem Tee fliegt … Wie unter der Bettdecke, still und dunkel!«

18

DIE BEERDIGUNG

»So, ich glaube, jetzt ist alles organisiert für die Beerdigung«, sagte Osman. Er lockerte seine Krawatte, die ihm den Hals einschnürte, und wollte nur noch sitzen. »Wenigstens ein paar Minuten ausruhen!« Er ließ sich seufzend in einen Sessel fallen. Als er den Kopf zurücklehnte, fuhr er plötzlich wieder hoch. »Mensch, wo sitze ich denn hier!« Ganz schuldbewusst, wie es gar nicht für ihn üblich war, sah er Refik an und stieß dann ein dümmliches Lachen aus, das ihm sofort unschicklich erschien, waren seit dem Tod seines Vaters doch noch keine vierundzwanzig Stunden vergangen. Entschuldigend sagte er: »Das muss von der Erschöpfung kommen! Da setze ich mich in Papas Sessel und merke es nicht einmal!«

»Stimmt, du machst einen sehr erschöpften Eindruck«, erwiderte Refik, der seinem Bruder gegenübersaß. Kurz zuvor hatten sie ihre Mutter, die die ganze Nacht geweint hatte, gemeinsam untergefasst und sie von Cevdet weggeführt, damit der Leichnam gewaschen und in den Sarg gelegt werden konnte.

Als Refik am Vorabend nach Hause gekommen war, hatte er sofort gespürt, dass etwas Besonderes vorgefallen sein musste. Aus dem Dienstmädchen war nichts herauszubringen, so dass Refik wütend die Treppe hinaufstürmte. Aus der Bibliothek kam ihm weinend Ayşe entgegen, und da ahnte er schon, dass mit seinem Vater etwas war, und schließlich sah er diesen zusammengesunken auf seinem Stuhl sitzen. Als er ihn so verkrümmt erblickte, so klein und armselig und vertrocknet, empfand er großes Mitleid. So war sein Vater doch früher nicht gewesen; hatte der Tod ihn innerhalb weniger Stunden so schrumpfen lassen? Dann hatte er auch schon angefangen, an all das zu denken, was nun zu tun war.

Das hatten sie mittlerweile erledigt. Sie hatten beschlossen, das Ende der Feiertage nicht abzuwarten, sondern den Vater noch vorher zu beerdigen. Daraufhin hatten sie über Telefon Todesanzeigen aufgegeben, hatten ihre Verwandten angerufen, hatten Nigân und Ayşe zu trösten versucht, die Enkel ins Bett geschickt und sich überhaupt bemüht, die angstvolle Atmosphäre zu verscheuchen, die im Haus umherschlich wie eine verschreckte Katze. Zusammen mit ihren Frauen hatten sie dann die allmählich eintreffenden Trauergäste empfangen und waren die ganze Nacht über rauchend auf den Beinen gewesen. Nach dieser langen, anstrengenden Nacht und dem Morgen, an dem erst recht viele Menschen kondolieren wollten, hatte Refik zum erstenmal das Gefühl, wieder einigermaßen zu sich zu kommen. Er zündete sich eine Zigarette an und dachte nicht an seinen Vater, sondern an den vergangenen Tag zurück.

Auch Osman rauchte, tief in den Sessel gelehnt. Mit einemmal hob er ruckartig den Kopf und fragte: »Du hast doch auch Sadi angerufen, oder? Nicht dass uns seine Frau Neslihan dann böse ist!«

»Ich habe angerufen, aber es war keiner zu Hause.«

»Wir sollten es vielleicht noch mal probieren«, brummte Osman. Er zog an seiner Zigarette und ließ den Kopf wieder sinken.

Es waren lediglich Nuris Geschepper aus der Küche und das Tikken der Wanduhr zu hören. Nigân weinte nicht mehr so viel wie am Abend. Seit dem Besuch der am Morgen Kondolierenden war ihr herzzerreißendes Klagen in ein immer wieder von Schweigepausen unterbrochenes Seufzen und Schluchzen übergegangen.

Als die Glocke am Gartentor ertönte, hob Osman den Kopf und sah durch die Gardinen zum Fenster hinaus. Refik kam es so vor, als vollführte sein Bruder dabei die gleichen Bewegungen wie einst der Vater, doch musste er sich dann eingestehen, dass jemand, der vom Sessel aus zum Fenster hinaussah, sich schlechterdings nicht anders verhalten konnte.

»Das ist Tante Mebrure«, sagte Osman. »Sie hat einen Enkel dabei.«

Mebrures Mann war ein halbes Jahr zuvor einem schweren Nierenleiden erlegen. Refik dachte, die beiden Frauen würden nun gemeinsam ihre Toten beweinen.

»Hast du schon die Todesanzeige in der *Son Posta* gesehen?« fragte Osman. »Die haben alles falsch geschrieben, was man nur falsch schreiben kann. Wann werden die mal lernen, richtig aufzupassen? Bei einer Todesanzeige! Unerhört!« Hastig drückte er seine Zigarette aus und stand auf. Da läutete es an der Haustür, und Nuri eilte aus der Küche herbei, um zu öffnen.

Osman stand ein paar Sekunden unentschlossen da, sah nervösen Blickes Nuri hinterher und sagte dann plötzlich: »Ich habe den Schlüssel zu Papas Banksafe an mich genommen. Bevor die Notare und Steuerbeamten über uns herfallen, sollten wir alles unter uns regeln!« Sich schon zur Treppe hinwendend, fügte er noch hinzu: »Das wollte ich dir nur gesagt haben.« Dann konnte er aber doch nicht an sich halten, drehte sich noch einmal um und warf Refik einen vorwurfsvollen Blick zu.

»Wie du meinst!« erwiderte Refik und dachte sich dabei: »Ich sitze einfach hier und rauche. Er denkt, ich sollte mich irgendwie schuldig fühlen, aber das tue ich keineswegs.«

Von der Treppe her waren Laute zu hören, dann ein Schluchzen und Seufzen, als sei Mebrure nur hierhergekommen, um ihre eigene Trauer wieder aufzufrischen. Bevor sie noch den Toten oder Nigân zu Gesicht bekam, fing sie schon am Treppenabsatz zu weinen an. Als Refik auf sie zuging, deutete sie gerade seufzend auf irgend etwas auf oder in dem Schrank an der Treppe, und Refik vermutete, es müsse wohl ein Gegenstand sein, mit dem sie irgendeine Erinnerung verband, irgend etwas, das ihr nun Kraft gab, doch um was von all den Vasen und Gläsern und verzierten Tellern es sich dabei handelte, wusste er nicht. Gemeinsam mit seinem Bruder führte er Mebrure die Treppe hinauf. Als sie das Zimmer betrat, in dem Nigân still vor sich hin schluchzte, sah sie sich erst einmal wie suchend um, bis dann ein Zittern über sie kam, als habe sich das Gesuchte gefunden, und sie mit einem Aufschrei Nigân umarmte.

Refik ging wieder hinaus. Vor dem Zimmer, in dem der Leichnam seines Vaters lag, blieb er kurz stehen. Er wusste, dass darin die zwei alten Männer tätig waren, die Osman am Morgen aufgetrieben hatte, damit sie die nötigen Verrichtungen erledigen konnten. Was nun aber dort drin geschah, hatte er sich noch nie richtig vorstellen wollen. Als er unschlüssig vor der Tür stand, dachte er erstmals konkret daran: »Sie haben meinen Vater ausgezogen und gewaschen, und jetzt wickeln sie ihn in das Leichentuch ein!« Gleich schüttelte er diesen Gedanken wieder ab und öffnete lieber die Tür. Er sah die zwei Männer am Bett stehen, mit flinken Bewegungen über ein langes, weißes Etwas gebeugt. Einer der beiden drehte sich zu ihm um. Es war ein bärtiger alter Mann mit einer Schnur in der Hand. »Schon gut, wir sind gleich fertig!« sagte er hastig.

Refik nickte nur und schloss die Tür wieder. Er dachte an Perihan. Er ging in den ersten Stock hinauf in ihr Schlafzimmer. Perihan lag auf dem Bett, daneben las Nermin Zeitung.

Als Nermin Refik erblickte, legte sie die Zeitung weg und deutete auf Perihan. »Besonders gut geht es ihr nicht!«

»Ich habe doch gar nichts! Ich habe mich lediglich übergeben vorhin«, sagte Perihan. Da sie so ausgestreckt dalag, wirkte ihr Bauch noch dicker als sonst.

Refik geriet wieder in Sorge, wie jedesmal, wenn er jene riesige Wölbung so richtig wahrnahm. Als er sah, wie gerötet Perihans Augen waren, rief er verärgert: »Und geweint hast du auch wieder!« Perihan gab keine Antwort. »Ich bitte dich inständig, komm wenigstens nicht zur Beerdigung mit!« sagte Refik und sah dann, Unterstützung heischend, Nermin an.

»Ich sage ihr ja das gleiche«, erwiderte diese. »Und Ayşe sollte besser auch nicht mitkommen. Der geht es nämlich gar nicht gut. Ich habe die Kinder zu ihr hinübergeschickt, aber sie hat nur immer geweint.«

Refik wandte sich zur Tür und wiederholte dabei in bestimmtem Ton: »Du kommst also nicht mit, verstanden?« Dann ging er hinüber zu Ayşe.

Seine Schwester lag im Bett, den reglosen Kopf im Kissen vergraben. Sie musste weinend eingeschlafen sein. Cemil und Lâle standen am Fenster. Sie blickten ihren Onkel erwartungsvoll an, doch war ihnen anzusehen, dass sie verängstigt waren und geweint hatten. In Cemils Gesicht zuckte es auch schon wieder.

Refik dachte: »Oje, gleich weint er los!« Er bemühte sich um ein gewinnendes Lächeln. »Geht in den Garten hinunter und spielt ein bisschen!«

Cemil verzog erst recht das Gesicht. Dann warf er sich auf das Bett neben Ayşe und rief weinend: »Ich will nicht sterben, ich will nicht sterben!«

Da betrat Emine das Zimmer und streichelte dem Jungen sogleich über den Kopf. »Jetzt wein doch nicht! Du musst gar nicht sterben, du bist ja noch ein Kind!« Dann sagte sie zu Refik: »Sie sollen nach unten kommen, es sind wieder Gäste da!« Als Refik hinausging, hörte er noch, wie das Dienstmädchen zu schluchzen begann: »Ach, was ist uns da nur zugestoßen!«

Refik stieg die Treppe hinunter. »Ja, was ist uns da zugestoßen?« Im Salon saß Osman ein Mann gegenüber, auf dem äußersten Rand des Sessels, die Mütze in der Hand, verschämt zu Boden blickend. Als Refik näher trat, erkannte er ihn, es war ein Arbeiter aus dem Depot, und er sah auch, dass etwas weiter noch einer saß und in einer Ecke auf Stühlen noch zwei weitere. Da in den Depots auch an Feiertagen gearbeitet wurde, hatten sie wohl von dem Tod erfahren.

Als sie Refik sahen, standen sie alle auf. Der älteste von ihnen trat vor, umarmte Refik und brachte mit tiefer, vibrierender Stimme etwas hervor, von dem Refik aber fast nichts verstand. »Gerührt bin ich schon«, dachte Refik, »aber zu einer Träne wird es nicht reichen!« Das Gesicht des zweiten Mannes sagte ihm nichts. Er dachte an die Zigarette, die er gleich danach rauchen würde. Den dritten erkannte er sofort, denn er leistete ihnen manchmal Botendienste; nun roch er nach Schweiß und Tabak. Refik schämte sich, auf so ein Detail überhaupt zu achten, und umarmte den vierten daher um so fester und sagte ein paar Worte zu ihm. Dann setzte er sich wie die anderen auf eine Stuhlkante.

»Diese Mitarbeiter sind aus den Depots zum Kondolieren entsandt worden«, sagte Osman. »Die anderen kommen dann in die Moschee!«

Der älteste der Arbeiter sagte: »Ihr Vater war ein großer Mann! Er hat uns immer in allem unterstützt. In zwanzig Jahren habe ich nie etwas Schlechtes von ihm erlebt, nicht eine Ungerechtigkeit!«

»Mein Vater hat auch immer sehr viel für euch übriggehabt!« erwiderte Osman.

Sie schwiegen eine Weile, dann fragte Osman einen der Arbeiter, ob die nach Ankara zu versendenden Kisten schon zugenagelt seien. Der alte Mann gab verschüchtert eine Antwort. Osman nickte, um seiner Zufriedenheit Ausdruck zu geben. Dann wieder Schweigen.

Die Arbeiter saßen noch ein wenig da, befremdet von all den Sachen um sie herum, in ständiger Furcht, sich ungehörig zu benehmen, dann zogen sie sich still und devot zurück, sehr bemüht, nur ja keinen falschen Schritt zu tun und nichts zu berühren. Refik konnte sich endlich seine Zigarette anzünden. Osman ordnete Emine an, sie solle doch die Fenster öffnen und gründlich durchlüften.

Gegen Mittag hieß es, der Leichenwagen sei eingetroffen. Der Sarg sollte in die Teşvikiyemoschee verbracht werden. Als er in den Wagen gehievt wurde, waren zahlreiche Menschen zugegen und legten mit Hand an; Freunde, Nachbarn, Gärtner, junge Leute aus dem Viertel. Vereinzelt waren Schluchzer zu hören, und Refik wurde ein paarmal umarmt. Da Nigân die fünfhundert Meter bis zur Moschee zu beschwerlich gewesen wären, wurde ein Taxi gerufen. Es schien eine fröhliche Maiensonne. Wegen der Feiertage waren die Trambahnen mit Fähnchen geschmückt. Nigân lehnte sich an die efeubewachsene Gartenmauer und ließ sich dann von Osman führen. Sie trug einen langen Mantel und einen Hut mit Schleier, alles in Schwarz. Bei früherer Gelegenheit hatte sie einer diskutierfreudigen und auf die Einhaltung der Traditionen bedachten Verwandten schon einmal selbstbewusst verkündet, bei Beerdigungen schwarze Kleidung zu tragen sei durchaus keine speziell christliche Sitte, sondern lediglich ein Zeichen von Achtung und Würde. Wie Nigân nun dreinsah, konnte Refik nicht erkennen, da der Schleier ihr Gesicht völlig verhüllte. Osman setzte eine ziemlich gleichmütige Miene auf. Er stand mit leicht erhobenem Kopf da und sah versonnen zum Himmel hinauf, als wollte er den Leuten, die vom gegenüberliegenden Gehsteig und aus den geöffneten Fenstern zu ihm herübersahen, damit ausdrücken, dass er gerade tiefsinnigen Gedanken über den Tod, die Ewigkeit und das Leben nachhing. Da ertönte von der Haustür her ein tiefes Schluchzen; jeder wusste sogleich Bescheid, doch keiner vermochte etwas auszurichten. Es war Ayşe. Sie wurde zusammen mit den Enkelkindern von Emine zum Gartentor geführt. Endlich traf ratternd das verspätete Taxi ein.

Als sie an der Moschee anlangten, fasste nicht Refik seine Mutter unter, sondern Osman. Nigân hatte bereits den Hut abgenommen und ein Kopftuch aufgesetzt. Gemessenen Schrittes gingen sie auf den Eingang der Moschee zu. Der Innenhof mit den blühenden Bäumen war schon voller Menschen. Am Rand standen rauchend und zu Boden blickend Arbeiter, ganz verlegen wegen der Untätigkeit, die sie nicht gewohnt waren. Auch die Angestellten der Firma waren da. An einem Baum stand mit Frau und Kindern der Buchhalter Sadık. Während Sadık Nigân die Hand küsste, musterte seine Frau die Gattin des Chefs voller Interesse und Ehrerbietung. Refik machte in der Menschenmenge Muhittin aus, der an die Moscheewand gelehnt die Kränze begutachtete. Dahinter standen Cevdets Verwandte aus Haseki. Es waren ihrer nicht viele. Eingeschüchtert warfen sie Blicke auf die Moschee, auf die Leute, auf die modernen Apartmenthäuser ringsum. Die fähnchengeschmückten Balkons standen voller Menschen. Die Fenster waren geöffnet und ließen die Frühlingswärme und die Feiertagsluft hinein. Ab und an fuhr eine Trambahn vorbei, und die Fahrgäste blickten zu der Trauergesellschaft hinüber. Direkt am Eingang der Moschee standen die Verwandten Nigâns, allesamt dunkel und feierlich gewandet und würdevoll blickend. Erleichtert löste sich Nigân vom Arm ihres Sohnes und ging auf sie zu, umarmte sogleich ihre Schwester Türkân, stumm beobachtet von den Umstehenden. Dann kam auch Şükran hinzu, Şükrü Paşas andere Tochter. Innig umarmten sich die drei Schwestern. Auch Osman ging zu seinen beiden Tanten. Dann traf Seyfi Paşa ein, der mit seinem Diener schimpfte und sogleich auf Nigân zuging, die ihm spontan die Hand küssen wollte, sich aber darauf besann, dass ihr an jenem Tag zugestanden war, dies nicht zu tun. Als Seyfi Paşa Refik erblickte, verzog er instinktiv das Gesicht, aber dann brachte er doch ein dem Anlass entsprechendes, Verbundenheit ausdrückendes Lächeln zustande. Refik beschloss, sich dem Andrang ein wenig zu entziehen. Da sah er Sait Nedim, zusammen mit seiner Schwester Güler. Refik fragte sich, was sie wohl für eine Frau war. Es war nun schon ziemlich heiß, eher sommerlich als frühlingshaft. Auf den Gesichtern tauchten Schweißperlen auf, die aber geduldig hingenommen wurden. Als Refik auf die Moscheemauer zuging, erblickte er Fuat. Er hatte seine Frau Leyla mitgebracht, und beide wirkten sehr mitgenommen. Refik wollte ihnen zeigen, dass er dies als Beweis dafür nahm, wie sehr sie um seinen Vater trauerten, aber er fand nicht die Worte dafür, das auszudrücken. So begnügte er sich damit, ihnen aufmunternd zuzunicken, als wollte er sagen: »Schon gut, ich habe es gesehen! Ihr habt ihn sehr gemocht! Aber jetzt reicht es wieder!« Dann sah er einige Geschäftsfreunde seines Vaters, die mit einem bärtigen, würdevollen Greis zusammenstanden, auch einem Paşa, wie Refik erschien, mit dem sie irgendwie verwandt waren, aber genau wusste er es nicht mehr. Es waren auch noch andere Geschäftsleute und Bankiers zugegen, die Refik von Sirkeci her kannte. Sie machten einen recht missmutigen Eindruck, als bereuten sie vor allem, an einem Feiertag die Todesanzeige überhaupt gelesen zu haben. Die Sonne heizte den Moscheehof immer mehr auf. Hinter der Gruppe mit den Geschäftsleuten waren die Kränze angeordnet. Refik dachte daran, dass er dort zuvor Muhittin gesehen hatte, und las ab, von wem die Kränze stammten: »Fuat Güvenç mit Familie … İş-Bank, Filiale Sirkeci … Bazaar de Levant … Familie Anavi«. Da trat Muhittin heran und umarmte Refik, dem aber nicht klar wurde, wie ernst es seinem Freund mit dem Trauern war. Dann wandten sie sich den Kränzen zu und lasen weiter die Inschriften auf den Schleifen. Irgendwie genierten sie sich voreinander. Muhittin schien nach etwas Bestimmtem zu suchen. Dann sagte er, das Schicken von Kränzen habe sich in der Türkei nun auch durchgesetzt. Seinem Ton nach schien er das weder zu begrüßen noch zu bedauern. Refik erwiderte, um jene Nachfrage zu befriedigen, sei in Nişantaşı vor zwei Jahren ein Blumenladen eröffnet worden. Dann horchten sie einfach nur auf die wispernde Menge, deren Getuschel sich anhörte, als sei ein Skandal ausgebrochen oder ein Krieg, und die doch mit ihren Blicken, ihren Gesten, ihrer Kleidung mehr ausdrückte als mit Worten. Irgendwann erschien das Refik nicht mehr die angebrachte Haltung zu sein, und so trennte er sich von Muhittin und ging auf das Tor der Moschee zu. Er kam wieder an Paşas und Gesandten vorbei, Verwandten mütterlicherseits. Als er klein gewesen war, hatte seine Mutter ihn in die Konaks dieser Leute mitgenommen, und dann hatten sie ihn gehätschelt und liebkost, doch auf Gegenbesuch waren sie nie gekommen. Auch jetzt lächelten sie ihn wieder liebevoll an. »Früher fanden sie mich immer so lieb«, dachte Refik. »Was sie wohl jetzt von mir halten?« Eine Weile sah er seiner Mutter zu, wie sie mit ihren Schwestern eingehakt dastand. Unter den Bäumen am Eingang des Moscheehofs verharrten immer noch reglos die Arbeiter. Refik stand jetzt direkt vor dem Tor der Moschee und sah auf dem Tympanon über den Säulen den kunstvollen Namenszug von Sultan Abdülmecit. Es ging nun eine Bewegung durch die Menge.

Osman kam zu seinem Bruder und fragte: »Kommst du nicht mit zum Gebet?

»Zum Gebet?« dachte Refik. Er nickte. Ihm fiel wieder ein, wie es ihn als Kind immer beschäftigt hatte, dass man vor dem Betreten der Moschee die Schuhe ausziehen musste. Er ging damals mit den Dienstboten in die Moschee und an Feiertagen mit seinem Vater. Nun zog er die Schuhe einfach hastig aus, ohne weiter darüber nachzudenken. Drinnen war es kühl und ziemlich dunkel, es roch nach muffigem Teppich. »Ich hätte die rituelle Waschung vornehmen sollen!« dachte er, doch hatte Osman das wohl auch nicht getan. Rasch füllte sich die Moschee. Alle standen mit vor dem Bauch verschränkten Händen da. Refik sah Osman neben sich stehen, mit dem üblichen stolzen Gesichtsausdruck. Ganz aufrecht hielt Osman den Kopf, als blicke er nicht auf die Menschen, sondern über sie hinweg auf das Relief der marmornen Gebetsnische, doch da er in Strümpfen dastand, wirkte der Stolz ein wenig seltsam. Refik wandte sich zu den Gärtnern und Hausmeistern in der hintersten Reihe um, bei denen es viel weniger unnatürlich aussah, dass sie ihre Schuhe nicht anhatten. »Die passen eben hierher!« dachte er und versuchte dann, seinem Vordermann alle rituellen Gesten nachzumachen. Dass er sie überhaupt vollführte und sich also vorbeugte und wieder aufstand, ohne an das alles zu glauben, erschien ihm eigentlich unschicklich. Er versuchte das zu verdrängen und sagte sich nur noch: »Mein Vater ist tot!«, und mit diesem Gedanken behalf er sich bis zum Ende der Zeremonie hindurch. Dann ging es wieder hinaus ins Freie. Refik überließ sich der allgemeinen Bewegung hin zum Sarg, der nun in der gleißenden Sonne stand.

19

DIE HITZE UND DAS BABY

Refik ging auf Zehenspitzen und malte sich fröhlich aus, wie Perihan staunen würde, ihn um diese Tageszeit zu sehen. Er war auf dem Treppenabsatz des zweiten Stockwerks angelangt und stieg nun zum dritten Stock hinauf. Er hörte nur das Ticken der Uhr. »Mich hat noch immer keiner bemerkt! Also könnte sich genausogut ein Einbrecher hereinschleichen!« Oben blieb er schwitzend stehen und schob die Zimmertür einen Spaltbreit auf, bis er Perihan sah. Sie saß neben dem Kinderbettchen und las Zeitung, schien aber nicht recht bei der Sache zu sein. Refik fand es süß, wie sie so dasaß. Er musste schmunzeln.

»Buh!« rief er aus und platzte ins Zimmer. »Na, habe ich dich erschreckt?«

»Nein, hast du nicht! Aber die Kleine weckst du uns damit auf!« Sie warf einen Blick in das Bettchen, aber das Baby war nicht aufgewacht. »Bist du denn nicht zur Arbeit gegangen?«

»Doch, aber ich bin schon zurück!«

»Fühlst du dich nicht gut?«

»Ich fühle mich ausgezeichnet!« Entzückt rief er: »Mensch, ich bin da! Ist das nicht eine Überraschung?«

Perihan sah ihn nur fragend an.

Er dachte: »Sie freut sich anscheinend gar nicht. Sie ist nur verdutzt, als hätte ich sie bei etwas ertappt. Und sie denkt nur daran, dass ich das Kind aufwecken könnte!«

»Tja, ich bin eben schnell wieder zurück. Ich bin mit Osman ins Büro, aber es war so heiß dort, dass ich beschlossen habe, wieder heimzufahren. Das ist doch gut so, oder?«

»Ja, das ist gut! Es ist sehr heiß, was?«

»Und ob! Gar nicht auszuhalten. Die Leute sind alle ganz gereizt. Auf der Heimfahrt in der Trambahn hat eine Frau mit dem Schaffner gestritten. Wie wird es da erst heute nachmittag zugehen!«

»Wie spät ist es denn?«

»Zwanzig nach zehn.«

»Da bist du aber schnell wieder heim!«

»Nicht wahr? Ich bin zuerst in mein Büro und dann in einer plötzlichen Eingebung gleich zu Osman hinüber und habe gesagt: Ich fühle mich nicht besonders, ich fahre wieder nach Hause! Ein bisschen überrascht war er natürlich schon!« Er lachte. »Du hättest sein Gesicht sehen sollen! Er hat mich nicht einmal gefragt, was genau mit mir los ist!«

»Es ist doch nichts Besonderes los, oder?«

»Nein, sage ich dir doch … Vielleicht bin ich nur ein bisschen übergeschnappt!« Er beugte sich zu Perihan vor und küsste sie auf die Wange.

»Na ja, ein wenig seltsam bist du schon in letzter Zeit!« sagte Perihan.

Refik dachte: »Aha, sie freut sich also überhaupt nicht! Sie wollte nur für sich dasitzen und nachdenken oder irgend etwas erledigen.«

»Hattest du denn etwas vor?« fragte er.

»Nein, was soll ich vorhaben? Sowieso schläft die Kleine!«

Sie sahen zu ihrer Tochter hin, die allmählich wach wurde. Sie war erst fünf Wochen alt, aber schon sehr entwickelt. Refik hatte Angst, sie würde furchtbar groß werden. »Wir sind ja beide schon so hochgewachsen«, dachte er besorgt. Das Mädchen war zehn Tage nach Cevdets Tod auf die Welt gekommen. Kräftig, wie sie war, hatten sie sie noch dazu Melek genannt – »Engel« –, ein Name, den Refik schon lange im Sinn gehabt hatte. Das Baby hatte sich mittlerweile freigestrampelt, und Refik sah gerötete Stellen auf seinen nackten Beinchen.

»Warum hast du denn das Moskitonetz nicht vorgezogen?«

»Sie sollte ein bisschen Luft bekommen.«

Sie schwiegen.

Refik setzte sich auf den Bettrand. »Ist das eine Hitze! Die ganze Woche geht das schon so. Wenn das den ganzen Juli so anhält …«

»Wären wir doch nach Heybeliada gegangen!« sagte Perihan.

»Wie hätten wir das sollen? Du mit dem Kind im Bauch … Und dann der Tod meines Vaters!«

»Stimmt schon!« räumte Perihan ein und senkte den Kopf. »Ich habe das nur so dahingesagt.«

»Es wäre schon nicht schlecht, wenn ihr jetzt auf Heybeliada wärt, aber es geht nun mal nicht! Und weder meine Mutter noch Osman wollten das.«

»Ich weiß, ich weiß.«

Wieder Schweigen.

Dann fragte Refik besorgt: »Und du hattest wirklich nichts vor?«

»Aber nein! Was soll eigentlich diese Frage?«

»Wieso?«

»Was soll ich denn vorhaben? Wie meinst du das?«

»Ach, ich meine gar nichts!« Refik hob die Zeitung auf, die Perihan zu Boden gefallen war, und blätterte darin herum. Er las aufs Geratewohl ein paar Schlagzeilen: »Behördliches Vorgehen gegen Typhusepidemie. Unstimmigkeiten zwischen Russland und Japan ausgeräumt. Französischer Regierungskommissar besucht Hatay …« Refik erinnerte sich, das alles schon auf dem Weg ins Büro gelesen zu haben. Er sah zu Perihan auf, die reglos auf ihrem Stuhl saß.

»Wenn du willst, können wir am Sonntag nach Heybeliada fahren!«

»Ach nein! Drei Stunden Hinfahrt, drei Stunden Rückfahrt … Dazu noch die ganze Hektik. Und wer soll auf die Kleine aufpassen?«

»Nermin. Oder Emine. An Leuten fehlt es im Haus nun wahrlich nicht!«

»Nein, nein, ich meinte das gar nicht so ernst vorhin. Sowieso habe ich bei dieser Hitze zu gar nichts Lust. Mir fällt ja schon das Reden schwer.«

»Mir geht's auch so! Soll ich dir was aus dem Eisschrank holen? Nuri kann uns Limonade machen.«

»Nuri ist nicht da. Er muss beim Einkaufen sein oder im Kaffeehaus. Aber ich will auch gar nichts.«

»Weißt du, es hat keiner gemerkt, dass ich schon wieder da bin!« sagte Refik fröhlich. »Damit die Gartenglocke nicht losläutet, bin ich übr die Mauer gesprungen. Und die Küchentür hinten war auf. Ein Einbrecher hätte leichtes Spiel hier!«

Perihan gab keine Antwort. Sie stand von ihrem Stuhl auf und setzte sich auf den Hocker vor der Kommode. Dazu musste sie sich am Bett vorbeizwängen, denn um das Kinderbettchen aufzustellen, hatten sie die Möbel etwas verrücken müssen, so dass das ohnehin nicht sehr große Zimmer gänzlich vollstand. Refik sah Perihan an, in der Erwartung, dass sie etwas sagen würde. Mit seiner Fröhlichkeit war es nicht mehr weit her. »Ich war wohl zu sehr aufgedreht, einfach lächerlich!« dachte er.

»Du hast vorhin gesagt, dass du mich in letzter Zeit seltsam findest.«

»Ich weiß auch nicht. Ich meine es vielleicht gar nicht so. Ist mir nur so eingefallen.«

»Komm, du kannst es mir ruhig sagen!«

»Na ja, ein bisschen komisch bist du eben!« Perihan bewegte die Lippen, als suchte sie nach dem richtigen Ausdruck. »Aus dem Gleichgewicht!« rief sie dann. »Du bist nicht mehr so ausgeglichen wie früher. Vielleicht täusche ich mich ja auch. Es ist mir nur so in den Sinn gekommen.«

Refik dachte: »Aha, aus dem Gleichgewicht!« Er dachte an die letzten Tage zurück. »Was habe ich so gemacht? Ein bisschen zuviel getrunken wohl. Und ein ziemlich komisches Gesicht gezogen. Na ja, und auch Unsinn geredet, aber ist das so wichtig? Was sonst noch?« Weiter fiel ihm nichts ein. Verlegen sagte er: »Es ist vielleicht wegen dem Tod meines Vaters!«

»Ja, das wird es sein«, murmelte Perihan.

»Und dann habe ich eine Tochter bekommen!« rief Refik aus. »Das war vielleicht ein bisschen viel auf einmal!«

»Warum soll es dich aus der Fassung bringen, dass du eine Tochter bekommst?« fragte Perihan mit hochgezogenen Brauen.

»Weiß auch nicht!« gab Refik betreten zurück. »Ist aber so! Ich habe irgendwie nicht darüber nachgedacht, dass ich ein Kind bekomme, aus Fleisch und Blut!« Er sah bewusst nicht zu dem Kinderbett hin. »Das war irgendwie unerwartet für mich, versteh das doch!« Er fürchtete, nicht den richtigen Ton hinzubekommen. »Soviel Verantwortung!«

Perihan erwiderte nichts. Es war ihr auch nicht anzusehen, was sie dachte.

Refik fühlte sich ungerecht behandelt und rief plötzlich aus: »Ich gehe jetzt gar nicht mehr zur Arbeit!« Und war dann selber verdutzt. »Das ist jetzt mehr, als ich vorhatte!« dachte er, doch war ihm, als ob er nun so etwas sagen dürfte, und nicht nur sagen, sondern auch tun. Woher er diesen Anspruch nahm, wusste er auch nicht, doch kam er aus tiefster Seele.

»Ich will endlich auch etwas anderes im Leben!« stieß er hervor, doch zum Weitersprechen fehlte ihm dann der Mut.

»Schrei doch nicht so, sonst wird die Kleine noch wach! Bis die dann wieder schläft!« Perihan sah nach dem Kind und sagte dann: »Und was meinst du damit genau?«

»Weiß ich auch nicht! Ich habe nach Vaters Tod viel nachgedacht, was ich jetzt anfangen soll mit meinem Leben, aber ich bin zu keinem Schluss gekommen. Aber so geht es nicht weiter. Ich muss irgend etwas tun!«

»Du willst also wirklich nicht mehr zur Arbeit gehen? Und den ganzen Tag zu Hause herumsitzen?«

Sie stand auf und ging zu ihrer Tochter, die sich etwas regte. Sorgenvoll beugte Perihan sich zu ihr hinab.

Refik sah das aufmerksame, kindliche Gesicht seiner Frau von der Seite. »Ach, natürlich gehe ich wieder zur Arbeit!« Bewusst machte er diesen Rückzieher, als ihn Perihan gerade nicht ansah. »Solange ich in diesem Haus lebe, muss ich auch ins Büro gehen. Aber irgend etwas muss ich unternehmen, verstehst du? Kannst du mir dabei helfen?« Als Perihan ihn immer noch nicht anblickte, rief er wütend: »Was kannst du mir für eine Hilfe sein? Du bist ja noch ein Kind!«

Nun wandte Perihan sich ihm wieder zu. »Ich habe dir doch gesagt, dass du aus dem Gleichgewicht bist!«

»Aus dem Gleichgewicht!« dachte Refik. »Na ja, sie hat recht. Aber ich habe auch recht. Sie ist intelligent, aber noch ein Kind. Aus dem Gleichgewicht … Was soll ich denn tun? Mit diesem Haus und diesem Büro, in das ich nur gehe, damit nichts auffällt … Was soll ich tun?«

»Ich würde gern intensiv lesen und nachdenken!« sagte er dann.

»Wie du meinst«, erwiderte Perihan leise.

Sie schwiegen.

»Gott, ist das heiß heute!« sagte Refik.

»Ja.«

Schweigen.

»Ich bin aus dem Büro weggelaufen«, dachte Refik. »Bei dieser Hitze. Mir ist klar, dass ich etwas tun muss, ich weiß nur noch nicht, was. Vorstellbar wäre folgendes: Erstens: Eine Zeitlang nur lesen, aber nach Plan und diszipliniert. Zweitens: Versuchen, etwas zu schreiben. Drittens: Meine Firmenanteile an Osman verkaufen, aus dem Haus ausziehen und ein Ingenieurbüro gründen. Viertens: Mit Perihan eine Europareise unternehmen. Aber das geht ja wegen des Kindes nicht. Also fünftens: Allein auf Reisen gehen. Irgendein Vorwand dazu wird sich schon finden. Ach, diese Hitze!« Er gähnte und streckte sich.

»Wovon bist du denn heute schon müde?« fragte Perihan lächelnd.

Refik freute sich zwar über dieses Zeichen von Anteilnahme in Perihans Gesicht, doch seine Laune war dahin. »Ich muss meinem Leben einen Sinn geben!« sagte er.

Wieder lachte Perihan. »Na, dann tu das doch!« Jetzt kam bei ihr plötzlich Fröhlichkeit auf.

»So kann es einfach nicht weitergehen. Das verstehst du doch, oder? Du gibst mir doch recht? Es kann so nicht weitergehen!«

»Natürlich gebe ich dir recht.«

»Was soll ich dann machen? Was meinst du?«

»Weiß auch nicht!« sagte Perihan resigniert, aber immer noch lächelnd. Ihre Worte verhallten unerwidert.

Refik dachte: »Sie weiß es nicht! Was soll ich nur tun? Ich sollte wenigstens hinunter in die Bibliothek gehen, anstatt hier nur so herumzusitzen …«

Das Baby begann zu weinen.

»Siehst du, jetzt ist sie wach geworden!« sagte Perihan. »Das musste ja so kommen!« Doch eigentlich war ihr das gar nicht unrecht. Sie lebte auf, als hätte sie schon seit einer Weile auf diesen Moment gewartet. Sie beugte sich prüfend zu dem Kind hinab und sagte: »Aha, da braucht jemand eine frische Windel!« Dann hob sie das Mädchen aus dem Bettchen heraus, hielt es hoch in die Luft und schaukelte es hin und her, bis das kleine Gesichtchen nicht mehr griesgrämig war, sondern lächelte.

»Sieh nur, sie lacht, weil sie mich gesehen hat!« rief Refik. »Sie hat ihren Vater erkannt!«

»Von wegen! Bis jetzt erkennt sie nur ihre Mutter!« Perihan legte das Kind auf den Wickeltisch und begann es auszuziehen.

»Nein, sie hat mich erkannt! Sie wird mal genauso intelligent wie ihr Vater!«

»Ei, was haben wir denn da alles drin in unserer Windel, eieiei!«

Refik stand auf, um selber nachzusehen, was bei Perihan solche Fröhlichkeit auslöste, aber als er die beiden so lachend und glucksend vor sich hatte, fühlte er sich gleich wieder zurückgesetzt. Um der Situation zu entkommen, sagte er hastig: »Ich gehe jetzt hinunter in die Bibliothek und arbeite!«

Perihan räumte die schmutzige Windel weg, dann ergriff sie die kleine Babyhand und winkte damit: »Komm, mach winke, winke! Winke, winke!«

»Ich gehe in die Bibliothek!«

»Da ist jetzt aber deine Mutter.«

Nun fiel Refik wieder ein, dass seine Mutter seit dem Tod ihres Mannes die meiste Zeit in der Bibliothek verbrachte. Sie saß dort den ganzen Tag, kramte in alten Fotos herum, weinte, und wenn es ihr in den Sinn kam, verrichtete sie ihr Gebet. Sie hatte dort auch so gut wie alles umstellen lassen, die Bilder abgehängt und den Raum, in dem Refik früher mit seinen Freunden Poker gespielt hatte, in eine kleine Moschee verwandelt.

»Stimmt, das hatte ich fast vergessen!« Refik war verstimmt. »Aber sie geht doch seit einiger Zeit wieder aus dem Haus, oder?«

»Vielleicht geht sie heute mit Ayşe ein wenig raus.«

Refik setzte sich wieder auf den Bettrand. »So wie ich meine Mutter kenne, hält das nicht lange vor. Früher oder später kehrt sie zu ihrem früheren Leben zurück. Das mit dem Beten ist auch sonderbar. Ich weiß doch, dass sie an gar nichts glaubt. Über Nuri macht sie sich immer lustig, weil er im Ramadan fastet!«

»Genau!« Perihan nahm das nackte Kind auf den Arm und sagte: »Komm, mein Schätzchen, ich mach dich jetzt mal sauber!«

Sie ging hinaus. »Was mache ich nur hier?« Er kam sich einsam und überflüssig vor. »Meine Frau! Mein Kind!« murmelte er mehrmals vor sich hin. »Jetzt gehe ich in die Bibliothek, nehme mir ein paar Bücher und lese dann unten. Aber in diesem riesigen Haus kann man sich ja nirgends mal in Ruhe hinsetzen. Drei Stockwerke sind da, und wir haben ein Zimmer, gerade mal so groß wie ein Hühnerstall! Sowieso ist es heutzutage verkehrt, dass die ganze Familie so dicht beieinanderlebt. Jeder überwacht den anderen, und wenn man irgend etwas unternehmen will, bekommen gleich alle Wind davon. Und ich sitze bei dieser Hitze hier im Schlafzimmer herum!« Er wollte gar nicht mehr nachdenken und sah zum Fenster hinaus. Aber gleich darauf packte es ihn wieder. »Schon der Vater Kaufmann, der Sohn also auch … Ein sorgloser, unbekümmerter Kerl … Geheiratet habe ich. Ein Kind bekommen. Und jetzt will ich Sinn in mein Leben kriegen! Ein bisschen Kampf, ein bisschen Kopfzerbrechen, ein wenig Sturm und Drang, damit ich rauskomme aus meinem Trott … Ein Kaufmannssohn will sein Leben neu ausrichten. Er sitzt faul und träge in seinem Jugendstilschlafzimmer und gähnt vor lauter Hitze. Ich habe mir das ein wenig spät überlegt. Schließlich habe ich ein Kind. Ich habe keinerlei Ehrgeiz! Keine Leidenschaft! Keine Sorgen! Wahrscheinlich ist es zuviel des Glücks, darum will ich jetzt ein wenig ausbrechen. Ich bin ja auch Enkel eines Paşas … Wenn in meinen Adern auch Kaufmannsblut fließt, so steht mir doch der Sinn nach Höherem. Was soll ich mit mir anfangen? Soll ich lesen? Reisen? Seit Vaters Tod trinke ich zuviel, das muss ich einschränken. Und ein Programm muss ich aufstellen. Ich muss mich am Riemen reißen, mich ein bisschen kasteien.« Er merkte, wie seine Gedanken in Spott ausarteten, und stand unwillig auf. Muhittin galt ihm als Beispiel dafür, dass Spott nichts anderes war als ein Anzeichen von Unzufriedenheit und Dekadenz. Er sah immer noch zum Fenster hinaus. Hinter dem Garten war ein großes Grundstück, auf dem Kinder Bock sprangen. »Vor kaum zehn, zwölf Jahren war ich noch wie sie!« dachte er erschüttert.

»So, jetzt sind wir wieder sauber!« rief Perihan, die mit dem Baby zurückkam. »Unser Fräulein Melek hat ein Faible für Wasser. Sie blüht richtig auf, wenn sie gebadet wird!«

Refik drehte sich zu Perihan um und sah sie lachen. »Was habe ich schon für sie getan?« dachte er.

»Was ist denn los mit dir? Was siehst du mich so an?« fragte Perihan, die das Baby abtrocknete.

»Es ist so furchtbar heiß«, stammelte Refik. Dann sagte er plötzlich: »Habe ich dich je vernachlässigt?«

Perihan stutzte. »Mich?« Als sie begriff, dass wirklich sie selbst gemeint war, sagte sie in einer Mischung aus Verdutztheit und Stolz: »Nein!« Dann dachte sie kurz nach und fügte hinzu: »Ich kann mich über nichts beklagen! Sag mal, geht es dir gut? Es soll dir nämlich gutgehen!«

Refik zwang sich ein Lächeln ab. »Jaja, es geht mir gut! Da ist nur so eine Art Unbehagen … Ich will so richtig nachdenken, verstehst du. Ich frage mich, wie es mit mir weitergehen soll. Das weiß ich nämlich nicht. Und dann diese verdammte Hitze!«

»Es soll dir gutgehen, das ist das wichtigste!« sagte Perihan nachdrücklich.

Refik dachte: »Sie liebt mich!« Am liebsten hätte er sie umarmt, aber er hielt sich zurück, weil er sich einbildete, das hätte wie eine Entschuldigung gewirkt. »Sie liebt mich, und wir sitzen hier in diesem Zimmer … Und haben jetzt ein kleines Mädchen! Und da behandele ich sie wie ein Kind, nur weil ich schlechter Laune bin … Ich sollte einfach aufhören zu denken.«

»Ich gehe jetzt in die Bibliothek hinunter. Vielleicht ist meine Mutter ja gar nicht mehr drin.«

»Und ich lege die Kleine wieder hin.«

Als Refik schon an der Tür stand, ging diese auf. Es war Nermin, die nicht weiter überrascht schien, ihn hier zu sehen.

»Ah, hier bist du! Osman hat mich angerufen. Dir soll nicht gut sein, er macht sich Sorgen. Wie geht es dir jetzt?«

Bedrückt erwiderte Refik: »Gut, sehr gut. Ich gehe jetzt hinunter!«

20

WARUM SIND WIR SO?

»Ihr Vater!« sagte Sait Nedim. »Ihr Vater! Wenn Sie es nicht als ungebührlich ansehen, dass ich ihn einfach so nenne.«

»Ich bitte Sie!«

»Also wenn Sie das nicht als ungebührlich empfinden und mir
auch nachsehen, dass ich schon etwas getrunken habe, dann möchte
ich sagen, dass ich Ihren Vater sehr geschätzt habe. Und darum
möchte ich, dass wir uns über Ihren Vater ein wenig unterhalten und
über alte Zeiten und über uns selbst. Tun wir das doch!«

Das taten sie denn auch, in dem Konak in Nişantaşı, den Sait
Nedim von seinem Vater geerbt hatte, und sie aßen dabei, nach dem
schweren Abendessen, ein wenig Obst. Es war der Konak, in dem
Cevdet und Nigân Hochzeit gefeiert hatten.

»Ich möchte vor allem das eine sagen«, setzte Sait Nedim noch
einmal an, »und zwar, dass unser Land Menschen wie Ihren Vater
braucht!«

»Was für Menschen?« fragte Refik.

Es trat peinliches Schweigen ein, und Refik traf ein Blick von Osman, der besagte: »Was für eine Frage! Es ist doch ganz offensichtlich, was unser Vater für ein Mensch war! Sait Nedim redet doch seit
Stunden über nichts anderes!« Sait Nedim ließ sich mit seiner Antwort Zeit und griff erst zu den Weintrauben. Seine Schwester Güler
saß stirnrunzelnd da und zerteilte mit Messer und Gabel einen Pfir-
sich.

»Ich meine damit Menschen«, erwiderte Sait Nedim schließlich
lächelnd, »die so wie Ihr Vater um die Bedeutung von Geld und Familie wissen.« Selbstgewiss sah er daraufhin seine Gattin, dann seine
Schwester und die beiden anderen Frauen am Tisch, nämlich Perihan
und Nermin, an. Als er aus deren Blicken nicht die erhoffte Wirkung
ablas, fühlte er sich genötigt, noch einmal auszuholen. »Ich sehe
schon, ich habe mich nicht deutlich genug ausgedrückt! Ich versuche
es noch einmal, aber erst, nachdem wir Kaffee getrunken und ge-

raucht haben, denn die Damen scheinen meiner Geschwätzigkeit schon überdrüssig zu sein!«

Daraufhin wurde gebührend beteuert, wie hochinteressant Sait Nedims Darlegungen seien und wie anschaulich erzählt, und Nermin betonte sogar, für jeden sei das Gehörte ein Gewinn. Darauf musste Sait Nedim sich in künstlicher Bescheidenheit üben. Es sei ja vielleicht tatsächlich interessant, was er so erzähle, aber er habe nun mal ein lockeres Mundwerk, und habe er nicht eine der Damen während seiner Ausführungen sogar gähnen sehen? Wieder hagelte es Proteste, nun aber weniger überzeugend. Refik sah, wie Perihan errötete. Gegähnt hatte zuvor niemand anders als sie, nicht aber aus Desinteresse, sondern einfach so. Perihan sah immer wieder auf den Irish Setter, der neben dem Tisch auf dem Boden lag.

Sie standen vom Esstisch auf und wechselten in ein geräumiges Zimmer über, in dessen Mitte ein messinggetriebenes Kohlenbecken stand. Mit seinem breiten Erker ragte das Zimmer in den Garten hinaus, und der von der hohen Decke herabhängende Kronleuchter warf sein Licht bis auf die Linde vor dem Fenster. Wie die meisten Gärten in Nişantaşı war auch dieser vor allem von Linden und Kastanien bestanden. Bevor sie sich zu dem Essen niedergesetzt hatten, das Sait Nedim zum Andenken an Cevdet gab und um in Erinnerungen schwelgen zu können, hatte der Hausherr vor dem regendräuenden Abendhimmel Erläuterungen zur Historie jener Bäume geliefert. Nun sprach er über die Geschichte des Konaks selbst und darüber, wie er das vom Vater geerbte Haus zu neuem Leben erweckt habe. Es habe ihn einiges gekostet, den weiten Empfangsraum in einen Salon zu verwandeln. Den Fußboden habe er von Grund auf erneuern lassen, und auch einige Zwischenwände habe man einreißen müssen, doch sei der Gesamtcharakter bewahrt worden. Im Gegensatz zur landläufigen Meinung sei er nämlich der Ansicht, Altes lasse sich durchaus in Neues umwandeln. Wer sich nicht kurzlebigen Moden unterwerfe, sondern geschickt und beständig zu Werke gehe, der könne am Althergebrachten so lange herumbasteln, bis etwas Neues entstanden sei, und so mit klugen Kompromissen das Alte an die neue Zeit anpassen, anstatt alles niederzureißen und völlig neu aufzubauen. Kaum hatte Sait Nedim das ausgeführt, da klagte er schon wieder über seine Schwatzhaftigkeit und erklärte, er werde vielleicht wieder auf dieses Thema zurückkommen, falls er es noch einmal wage, über Cevdet zu sprechen, doch einstweilen wolle er erst einmal seine Gäste zu Wort kommen lassen.

In dem dann entstehenden Schweigen trabte der Irish Setter in den Raum. Allen stand die gleiche sorgenvolle Frage auf der Stirn: »Worüber sollen wir uns jetzt nur unterhalten?« Kurz vor dem Essen hatte es ein wenig genieselt, und dabei war bereits über das heiße Augustwetter gesprochen worden, desgleichen waren die Trauer Nigâns und die nach Cevdets Tod in der Firma vorgenommenen Änderungen als Thema schon abgehakt. Man hatte auch Refiks und Perihans nun zwei Monate alte Tochter gewürdigt und war auf alles eingegangen, was die Zeitungen über den Lauf von Welt und Heimat zu berichten wussten, und da bei niemandem ernsthafte Gesundheitsbeschwerden vorlagen, stellte sich tatsächlich die Frage, worüber nun eigentlich noch geredet werden sollte. Auch dem Hund war das Schweigen nicht ganz geheuer; er sah ratlos umher, bevor er sich neben dem Kohlenbecken niederließ.

Refik dachte: »Warum sind wir überhaupt hier?« Nun, er hatte gehofft, gutes Essen und ein gesprächsfreudiger Gastgeber würden ihn von seiner zunehmenden Unruhe und den verletzenden Diskussionen ablenken, die er mit Perihan immer wieder über das Ziel führte, auf das ein Leben hinauslaufen müsse, doch nun saß er da und dachte wieder über sich selbst nach, über sein Leben, über Perihan und noch dazu auch über die verwitwete Güler, über die er sich immer noch nicht im klaren war. Da schlichen sich nämlich tückische Gedanken an ihn heran, von der Art, die ein gesunder, ausgeglichener Verstand am besten gar nicht zuließ, doch an ihn pirschten sie sich beharrlich heran. »Den ganzen Sommer über habe ich nichts Rechtes angefangen!« schalt er sich selbst. »Ich bin keinen Schritt weitergekommen, sondern nur einfach wieder in die Firma gegangen. Habe mit Perihan herumgesessen, mich über die Hitze beklagt und bin zu keinem Entschluss gekommen. Gelesen habe ich ein wenig, das schon, aber wozu? Jetzt schwirrt mir auch noch diese Witwe im Kopf herum!«

Als der Kaffee gereicht wurde, rief Sait Nedim: »Wo ich diesen Hund so sehe, fällt mir etwas ein. Das sage ich aber nur, weil sonst keiner das Wort ergreift. Bin vielleicht doch wieder ich für die Unterhaltung zuständig?«

»Aber ich bitte Sie, sprechen Sie nur!« sagte Osman, anscheinend nicht wenig stolz auf seine vornehme, verständnisvolle Art.

»Sehen Sie nur, wie dieser Hund hier in aller Ruhe mit uns lebt. Zur Zeit meines Vaters hätte man so ein Tier kaum in den Garten gelassen. In einem muslimischen Haus ein Hund!« Er rief das Tier zu sich: »Na komm schon her, Graf!«

Der Hund erhob sich brav, streckte sich und kam dann schwanzwedelnd auf sein Herrchen zu. Sait Nedim freute sich, dass er mit einem Scherzchen veranschaulichen konnte, worum es ihm ging. »Du gehörst gar nicht in ein muslimisches Haus!« sagte er zu dem Hund. Dann wandte er sich lachend zu seinen Gästen: »Aber wie Sie sehen, ist er nun hier. Wir haben uns an ihn gewöhnt und er sich an uns. Wir sind eben mit der Zeit gegangen. Hätte meine Mutter damals einen Hund hier gesehen, hätte sie das Haus auf den Kopf gestellt und alles rituell waschen lassen!« Er sah zu seinem Hund. »Schon gut, Graf, setz dich wieder auf deinen Platz!«

Der Hund wusste nicht, warum er gerufen worden war. Er sah sich prüfend um, schnupperte an einigen der Gäste, drückte die feuchte Schnauze an Refiks Hand, und da alles seinen gewohnten Gang zu nehmen schien, legte er sich beruhigt wieder hin.

»Damit meine ich«, fuhr Sait Nedim fort, »dass wir uns neuen Zeiten anpassen, ohne es überhaupt so recht zu merken. Warum soll dann nicht das Althergebrachte auch angepasst werden können? Sehen Sie sich nur diesen Raum hier an. Das ist doch eindeutig ein Salon jetzt. Dabei war es früher der Vorraum zu den Herrengemächern, zu denen Frauen gar keinen Zutritt hatten. Und sehen Sie mich an! Bin ich nicht ein einfacher, etwas geschwätziger Kaufmann? Nein nein, lassen Sie mich weitererzählen! Gestern noch wurde ich als Paşasohn angesehen. Verstehen Sie, was ich meine? Mein Vater selig pflegte zu sagen, große Veränderungen fallen bei uns nicht sehr ins Auge, weil sie immer das Ergebnis endloser kleiner Kompromisse sind. Jawohl, Kompromisse. Und zwar so kleine und geschickt eingefädelte, dass der ganze stille Lauf der Geschichte dadurch geprägt wird! Ja, das sagte mein Vater immer. Als ob er schon geahnt hätte, dass ich einmal Geschäftsmann werden und alle unsere Grundstücke verkaufen und in den Handel stecken und dass Güler einen einfachen republikanischen Soldaten heiraten würde … Ach, Europa! Ich muss immer an Europa denken, und jedesmal wenn ich dort hinfahre, dann frage ich mich, warum die so anders sind als wir. Ja, warum? Warum sind wir so, wie wir sind? Moment mal, möchte vielleicht jemand Likör? Passt gut zum Kaffee!« Ohne eine Antwort abzuwarten, sprang er auf, ging zum Buffet und holte ein paar Flaschen heraus. Dann sagte er zu seiner Frau: »Und hol das Fotoalbum her! Das Europa-Album!« Er genierte sich zwar ein bisschen, wollte aber seinen Eifer nicht zügeln. Ihm war danach, noch mehr von sich zu erzählen, und in Refiks und Osmans Augen suchte er nach Ermunterung dazu.

Es folgte ein kurzes, peinliches Schweigen. Schließlich erklärten Nermin und Güler, sie würden gern etwas Likör trinken.

Osman sagte nachdenklich: »Sie haben recht, völlig recht!« Er schien durch sein verständnisvolles Auftreten das Genierliche an der Situation herunterspielen zu wollen.

Sait Nedims Frau Atiye kam mit einem Album in der Hand zurück. »Die Kinderfotos habe ich auch mitgebracht!« Das »Europa-Album« reichte sie Refik.

Refik fing an, darin zu blättern. Sait Nedim sagte: »Europareisen sind mir genauso lieb wie Reisen in die Vergangenheit! Wir fotografieren viel und kleben die Aufnahmen da hinein. Wo sind Sie denn gerade?« Er stand auf und stellte sich hinter Refik. Auch wenn es lediglich um Fotos und Ansichtskarten ging, wollte er doch mit seinem jungen Gast das Vergnügen teilen, etwas von Europa zu sehen. Über Refiks Schulter hinweg sah er in das Album. »Da, sehen Sie, das war in Paris, vor vier Jahren, 1933, na, wie finden Sie das? Damals waren wir noch jung, was? Das ist im gleichen Jahr … In Berlin. Paris und Berlin! Das sind die zwei Städte, in die jeder Türke, der von der Welt etwas sehen will, unbedingt hinmuss! Wien gehört vielleicht noch dazu, aber von Musik verstehe ich ja nichts. Sehen Sie, das war letztes Jahr. Paris! Sie blättern aber schnell! Warten Sie mal, den kennen Sie doch, oder?«

Natürlich erkannte Refik ihn: Es war ein Bild von Ömer. Er stand mit einem Koffer in der Hand in einem Zugabteil und zog ein mürrisches Gesicht.

»Selbstverständlich, das ist unser Rastignac!« rief Sait Nedim. »Wir hatten uns auf der Rückfahrt im Zug kennengelernt. Was macht er denn jetzt?« Er gab aber Refik keine Gelegenheit zu einer Antwort und fuhr gleich fort: »Die Bilder da sind aus dem gleichen Jahr … Das ist eine französische Familie, die wir in Berlin kennengelernt haben … Eine richtige französische Familie, gebildet, lustig … Wein, Käse, Eiffelturm … Und Männer, die was von Frauen verstehen! Ich schwätze wohl wirklich zuviel, was? Aber schauen Sie sich doch nur diese Familie an! Wir waren in Berlin im selben Hotel abgestiegen, und unsere Zimmer lagen nebeneinander. Beim Frühstück saßen wir immer zusammen. So lustige Menschen … Blättern Sie mal um. Da sind sie wieder! Sehen Sie, deswegen muss ich so oft an Cevdet denken. Genau deswegen. Weil er eine so perfekte Familie gegründet hat. Ihnen wird das vielleicht übertrieben vorkommen, aber ich bewundere Ihre Familie regelrecht: ein erfolgreicher Vater, fleißige Kinder, hübsche Frauen und gute Mütter, vor Gesundheit strotzende Enkel … Genau so, wie es sein muss! Wie ein Uhrwerk, aber ein buntes, lebendiges! Wie Europäer!« Er lachte dröhnend, aber wohl nicht von Herzen, sondern eher, um seine Worte abzumildern und für den Fall, dass er Unpassendes gesagt haben sollte, darauf zu verweisen, wie bewusst ihm das war. Dann entfernte er sich von Refik und hob ein kleines Glas Likör in die Höhe. »Aber wir machen jetzt auch schon ganz ordentliche Sachen! Diesen Likör da zum Beispiel! Likörindustrie! Eine Likörfabrik in Mecidiyeköy … Ein Riesenunternehmen! Ha! Dass ich nicht lache! Jetzt sagt mir doch mal, warum die so anders sind als wir? Warum nur? Wer kennt ihr Geheimnis? Sagt doch mal? Warum sind wir so? Und die so anders? Nun sagt schon!«

»Du bist aber in Fahrt heute!« sagte Güler. »Setz dich doch wieder hin!«

Sait Nedim schwenkte das Likörglas hin und her und schien die Worte seiner Schwester gar nicht wahrgenommen zu haben. Um ihn herum herrschte nun beschämte Erregung. Keiner wusste, wie ernst es dem Mann wirklich war, und alle waren irgendwie angesteckt von seinem Eifer. Den Gesichtszügen, die sich nach dem schweren Essen gelöst hatten, war nun allenthalben wieder eine Anspannung anzusehen. Jeder schien auf die Frage, die Sait Nedim so beharrlich wiederholte, eine Antwort zu suchen, und sah dann betrübt aus, weil er keine fand. Manch einer mochte dem Spott Sait Nedims ja tatsächlich beipflichten und sich verdutzt fragen, warum die Europäer denn nun wirklich so anders waren.

»Warum sind wir so? Wir sind es nun mal! Lasst mir nur meinen Willen heute abend! Ich habe getrunken und ich steigere mich in etwas hinein, gut möglich. Aber so etwas muss auch manchmal sein! Man muss sich doch einmal gehenlassen dürfen! Ich habe es nämlich satt, jawohl, ich schwöre es, ich habe es satt, mich immer kontrollieren zu müssen!« Er zeigte auf das Europa-Album auf Refiks Schoß. »Ich habe es satt, mich zu beherrschen und nie zu machen, was ich wirklich will, nur um so zu werden wie sie! Heute abend lasse ich mich einmal gehen und plärre kompromisslos heraus, was ich will!«

Dann kippte er sein Glas Likör und stieß gleich danach wieder ein Lachen aus. Diesmal aber ein geradezu nervtötendes.

Zum erstenmal sah Refik auf Gülers Gesicht wahre Besorgnis. Das Geschrei ihres Bruders musste in dem Konak etwas völlig Ungewohntes sein. Auch der Hund hob beunruhigt den Kopf und sah zu seinem Herrchen hin, das sich so seltsam aufführte.

Als Sait Nedim sah, wie der Hund reagierte, rief er: »Aha, dann muss ich also zu weit gegangen sein! Wenn sogar Graf sich Sorgen macht!« Eine Weile sah er den Hund reglos an. Dann rief er: »Graf! Graf, bleib liegen, ich habe dich nicht gerufen!« Und seinen Gästen erklärte er: »In Paris habe ich mal eine vornehme Dame gesehen, die ihren pinkelnden Hund von einem Strommasten wegziehen wollte und dabei immer rief: Pascha! Na los, Pascha, komm schon! Als Sohn eines Paşa hat mich das natürlich gekränkt. Daraufhin habe ich meinen Hund eben Graf genannt! Na ja, was soll's! Ihr habt wohl schon genug von meinem Kaufmannsgeschwätz, was? Aber wir sind ja jetzt alle Kaufleute, ob wir nun in Zucker oder in Eisen machen, in Autos, Tabak oder Feigen. Aber ich halt jetzt besser mal meinen Mund. Ja, das mache ich. Gebt mir doch dieses Album wieder, damit das Thema erledigt ist. Seht ihr es immer noch an? Das ist unser Rastignac, was? Unser Eroberer. Wie geht es ihm denn? Was macht er jetzt? Ihr könnt mir glauben, dass er anders ist als ich oder ihr. Aber letztendlich wird er damit unglücklich werden. Weil er irgendwann Kompromisse eingehen muss. Mein Vater hatte schon recht: Man muss kompromissbereit sein. Unser Eroberer machte ja einen ziemlich stolzen Eindruck. Aber lassen wir das jetzt. Was treibt dieser Ömer denn nun? Bestimmt ist er unglücklich. Ach, man muss Kompromisse machen, muss sein Herz zum Schweigen bringen, muss Kaufmann sein, zurückhaltend und vorsichtig, beherrscht und schlau. Das nehmt ihr mir doch nicht übel, oder? Wir sind alles Kaufleute. Ist das von Bedeutung? Wir kaufen und verkaufen, kaufen und verkaufen … Und wohnen doch noch immer in unseren Konaks. Das ist wichtig! Da, seht her, ich setze mich jetzt hin und halte den Mund. Der Hund liegt auch wieder da. So, ich schweige jetzt. Ich warte auf meine Scham, meine Jahrhunderte andauernde Scham, und ich schweige!« Er lehnte sich in seinem Sessel zurück wie ein Kranker und schwieg tatsächlich.

Stille. Refik dachte schon eine ganze Weile nur noch daran, wie peinlich ihrem Gastgeber das alles sein würde, sobald sein Eifer einmal abgeklungen war. Es herrschte eine Atmosphäre, als sei vor kurzem jemand gestorben oder als habe jemand ein vor Jahren begangenes Verbrechen gestanden. Refik dachte: »Wenn doch nur irgendeiner etwas sagen würde!« Er sah zu Güler. »Was sie wohl denkt? Ein einfacher, republikanischer Soldat … Ob sie wohl von dem Mann, von dem sie sich ja getrennt hat, genauso spricht? Warum sagt denn keiner was?!«

»Ach Cevdet, in was hast du uns da nur verwickelt?« fing Sait Nedim plötzlich wieder an. Er hielt den Kopf nun aufrecht und lächelte wie ein tapferer Kommandant, mit dem es langsam zu Ende geht.

Durch dieses Lächeln entspannte sich die Atmosphäre ein wenig. Refik überlegte schon, ob er von Ömer berichten sollte. Er sah zu Perihan, die von dem ganzen Auftritt keineswegs beeindruckt schien. Die Gelassenheit, die sie an den Tag legte, erleichterte Refik.

Da rief Atiye auf einmal: »Ach Sait, wie schön du wieder mal geredet hast! Erzähl doch noch die eine Geschichte, du weißt schon, die auch dein Vater selig immer zum besten gegeben hat, da wo Kâmil Paşa von Sultan Abdülhamit gerügt wird und plötzlich der Obereunuch hereinkommt … Na los, erzähl schon!«

»Ich habe gesagt, dass ich schweigen werde«, erwiderte Sait Nedim, »und das tue ich jetzt auch!« Dann gähnte er und versank in
seinem entrückten Bewusstsein.

21

EINE KNEIPE IN BEŞİKTAŞ

»Ist denn Yahya Kemal als Dichter Tevfik Fikret überlegen?«

»Ach was, da ist doch einer wie der andere!« rief Muhittin. »Allesamt unbedeutend … Und im Vergleich zu Baudelaire überhaupt
nicht der Rede wert!«

Das Gespräch stockte, aber Muhittin kümmerte das nicht weiter;
diese kleinen Pausen war er schon gewöhnt, und selbst wenn sie sich
hinzogen, genoss er das klammheimlich. »Jetzt knabbern sie an diesem Satz herum! Es grämt sie, dass sie nicht selber so etwas hinkrie-
gen, und dafür bewundern sie mich nur noch mehr!« Muhittin saß
mit den beiden Kadettenschülern in einer Kneipe im Zentrum von
Beşiktaş, direkt gegenüber von Muhittins Friseur. Die Kneipe war
voller Angestellter, Fischer, Ladenverkäufer und Ausfahrer. Muhittin
traf sich dort ein-, zweimal pro Woche mit den beiden, wenn sie sich
aus der Kriegsakademie in Yıldız heimlich davonmachten, und er
nahm sie dann unter seine Fittiche.

»Jammerschade, dass wir nicht Französisch lernen konnten!« rief
der eine aus. »Nicht einmal Baudelaire können wir lesen!«

»Ihr müsst es eben lernen!« sagte Muhittin streng. »Das ist doch
nur Faulheit! Ein junger Dichter in der Türkei muss unbedingt eine
Fremdsprache können!«

Wieder schwiegen die beiden betroffen. Muhittin spürte, wie seine
Worte in den beiden jungen Männern widerhallten.

»Ich finde gerade mal ein bisschen Zeit, bevor wir abends in den
Schlafsaal müssen. Aber das reicht hinten und vorne nicht!« sagte
schließlich der eine von ihnen, Turgay. Sein Freund Barbaros war der
zwanglosere der beiden, auch der besser aussehende, doch hatte er

weniger Grips. Er trug ein dünnes, elegantes Hemd, doch schon am Sonntag nachmittag, bevor sie in die Akademie zurückkehrten, mussten sie ihre Ausgehkleidung mit der Militärkluft vertauschen.

Muhittin erwiderte nichts. Er wollte die beiden für ihre Trägheit beim Sprachenlernen und für ihre Willensschwäche mit Schweigen strafen.

»Und nie können wir jemand etwas fragen. Sobald wir es tun, werden wir nur zusammengestaucht!«

Wieder gab Muhittin keine Antwort, und seine Blicke besagten nur: »Jeder ist für sich selbst verantwortlich. Es gibt also keine Entschuldigung.«

»Muhittin, hast du das Gedicht von Cahit Sıtkı in *Varlık* gelesen?« fragte Barbaros.

»Nein!«

»Hätte mich nur interessiert, was du davon hältst.« Und nach einem Zögern fügte er hinzu: »Über dein Buch steht noch nichts drin.«

Sein Gedichtband war vor einem Monat erschienen, doch war in der Presse noch immer keine Reaktion darauf zu lesen. »Die sollen endlich irgend etwas schreiben, egal, was!« dachte Muhittin verdrossen. Dann sagte er: »Es ist noch zu früh. So ein Buch wie meines will erst einmal verdaut sein!« Dazu stellte er eine stolze Miene zur Schau, aber eigentlich ärgerte er sich über sich selbst. »Was plustere ich mich da auf vor den beiden!« Er hätte sich wohl noch weiter in diese Wut hineingesteigert, doch fiel ihm etwas ein.

»Gleich stößt noch jemand zu uns!«

Und zwar Refik. Er hatte Muhittin in dem Ingenieurbüro angerufen, in dem dieser arbeitete, und gesagt, er müsse ihn unbedingt sprechen. Dabei hatte seine Stimme so unsicher und zittrig geklungen, wie Muhittin das überhaupt nicht von ihm gewöhnt war.

»Ein Literat?«

»Nein, nein! Ein Ingenieur! Literaten kommen kaum einmal in eine Kneipe in Beşiktaş. Wenn ihr die sehen wollt, müsst ihr schon nach Beyoğlu hinauf! Nein, wir kennen uns von der Ingenieurhochschule her. Und nach Beşiktaş kommt dieser Freund auch so nicht oft, er wohnt nämlich in Nişantaşı!« Er lachte, doch als die Kadettenschüler in sein Lachen einfielen, war ihm das auch nicht recht. Zum einen wussten sie ja nicht einmal, worüber sie da lachten, und zum anderen machten sie sich damit über Refik lustig, und einen Freund von Muhittin, wer immer er auch sein mochte, sollten sie nicht so einfach belächeln; wenn schon, dann stand das Muhittin selbst zu, aber nicht diesen beiden.

»Was gibt es da eigentlich zu lachen?« knurrte er. Dann bereute er aber seinen rauhen Ton. »Na ja, jemand aus Nişantaşı kommt eben nicht oft nach Beşiktaş. Ihr begreift schon, dass er etwas Besseres ist. Beşiktaş war ja noch nie besonders en vogue. Früher waren unsere Herren im Yıldızschloss, heute sitzen sie in Nişantaşı!« Er lachte. Hatte er da nicht gerade einen Spruch geprägt? Er überlegte, wie sich das noch besser formulieren ließ. »Vielleicht so: Was ist schon die Republik? Der Umzug der Herren von Yıldız nach Nişantaşı! Nein, das hört sich nicht gut an. Was gäbe es da noch?« Er hielt inne.

»Ihr lacht, aber versteht ihr eigentlich, was ich da gesagt habe?«

»Na ja, was früher der Sultan war, das sind heute die Geschäftsleute? Nur in Beşiktaş bleibt alles gleich«, sagte Barbaros.

»Oje, ist das platt formuliert! Wie aus einem Schulbuch!« Muhittin sah, wie Barbaros beschämt den Kopf senkte, aber das war ihm gleichgültig. Er trank an seinem Wein und feilte weiter an seinem Spruch. »Wenn die Schlossherren aus Yıldız nach ... Ach, da ist er ja!«

Refik stand schon in der Kneipe und sah sich nach Muhittin um. Der rief ihm nicht gleich zu, sondern musterte ihn erst kurz. Refik machte einen gequälten Eindruck. Wahrscheinlich ärgerte er sich schon, in so eine Spelunke überhaupt gekommen zu sein.

»Gut, dass ich gesagt habe, wir sollen uns hier treffen!« dachte Muhittin. »Jetzt soll er mal auf meinem Misthaufen krähen! Von seinen Salons habe ich genug!« Er winkte Refik zu, doch als er dessen Gesicht aus der Nähe sah, stutzte er. »Der hat irgendwas!« Nun tat ihm Refik plötzlich leid. »Wir hätten uns doch woanders treffen sollen ... Was ist nur los mit ihm?«

Er wies Refik einen Platz zu, stellte ihm die beiden jungen Soldaten vor und fragte ihn, was er trinken wolle. Dabei studierte er Refiks Gesicht. »Irgend etwas muss passiert sein.«

Zuerst redeten sie über Belangloses.

Als der Wein kam, fragte Refik: »Du wolltest mir doch dein Buch mitbringen?« Das hatten sie am Telefon vereinbart.

Muhittin zog es aus der Tasche: »Zeitlos. Regen«. Er schlug den Band auf. »Jetzt muss ich es signieren!« dachte er. »Die sind ganz neugierig, was ich für eine Widmung schreibe. So eine Zeremonie!« Dabei fiel ihm eine andere Signierszene ein, die er sogleich erzählte.

»Zu dem Verlag, bei dem mein Buch erschienen ist, kam mal ein älterer Herr, der ließ ein Buch von sich auf eigene Kosten drucken. Und wie er das Buch dann bekommt und gleich die ersten Exemplare signiert und an ein paar Leute verteilt, da sieht er mich und fragt: Na, was machen Sie denn so? Und als ich sage, ich bin Dichter, schreibt er mir doch glatt hinein: Für meinen Freund, den Dichter Muhittin, dessen Gedichte mir überaus gefallen haben.« Muhittin lachte los, aber als er Refiks reglose Miene sah, wurde er gleich wieder ernst. »Ich muss ihn irgendwie aufheitern«, dachte er. Er signierte seinen Gedichtband und schrieb dazu: »Für meinen Freund, den jungen Geschäftsmann Refik, dessen Leben ich mit Freude und Interesse verfolge.« Kaum stand das auf dem Papier, da fand Muhittin seinen Scherz auch schon geschmacklos, aber nun blieb ihm nichts übrig, als Refik das Buch hinzuhalten.

Der sah sich erst den Einband an, sagte ein paar Worte über das Papier und den Satz, doch als er die Widmung erblickte, verfinsterte sich seine Miene.

»Ach Junge, mein Leben!« sagte er. »Das ist mir entgleist!«

»Was sagst du denn da!« entfuhr es Muhittin. Er war völlig verdutzt. Zwar hatte er sich auf einiges eingestellt, aber auf derartiges nicht. Ihm pochte das Kneipengedröhne in den Ohren, und er wagte es kaum, Refik ins Gesicht zu sehen. »Ach Junge, mein Leben ist mir entgleist.« Dieses »Ach Junge« hatte Refik schon am Telefon gesagt. Wie lange hatte Muhittin so etwas schon nicht mehr vernommen! Er war gleich ganz gerührt. »Was ist denn los mit dir, Junge?« dachte er. »Du warst doch immer so glücklich! So ganz anders als ich! Was hast du denn nur? Komm, lass uns drüber reden. Aber natürlich nicht vor denen da ...«

»Wie geht es denn der Tochter?« sagte er aus lauter Verlegenheit.

»Gut, ja, gut. Sie wächst wahnsinnig schnell!«

»Das freut mich. Ich habe nämlich beschlossen, dass ich auf sie warte und vorher nicht heirate!«

»Ja, heirate lieber nicht, damit hast du schon recht!« Hastig trank Refik seinen Wein.

»Nein, ich meine, ich warte, bis deine Tochter alt genug ist, und dann heirate ich sie. Ich bin sicher, dass sie sehr schön wird.« Fast wäre ihm entschlüpft, dass er Perihan schön fand.

»Nein, meine Tochter ist nichts für dich«, sagte Refik. »Das wird einmal ein Riesenweib. Sie ist jetzt schon so groß.«

Muhittin stutzte. »Nenn mich doch gleich einen Zwerg!« dachte er.

»Bin ich denn so klein?« fragte er, aber sogleich reute ihn das, und er wagte gar nicht, die beiden Kadetten anzuschauen.

»Ach woher! Wer behauptet, dass du klein bist?«

Muhittin war nicht erfreut, dass Refik noch weiter auf dem Thema herumritt. Er sah auf die Uhr und wandte sich dann den Kadetten zu.

»Wird es nicht schon spät für euch?«

»Nein, etwas Zeit haben wir noch«, erwiderte Turgay.

»Ich würde sagen, wir gehen lieber«, grummelte Barbaros. »Ich habe keine Lust, den langen Weg hinauf wieder rennen zu müssen.«

Muhittin entgegnete nichts, und so standen die beiden auf. Ihre Militärsachen hatten sie bei einem Fotografen deponiert, bei dem sie sich nun umziehen würden. Muhittin bemühte sich noch um ein paar freundliche Abschiedsworte. Für den Mittwoch bestellte er sie wieder in die Kneipe. Als sie schon gingen, rief er ihnen noch hinterher: »Beeilt euch lieber! Sonst zieht euch der Kommandant wieder die Ohren lang. Und seid schön fleißig. Und schreibt an eure Eltern. Ihr sollt gute Kinder, gute Soldaten und gute Staatsbürger sein!« Das sagte er ihnen jedesmal. Die beiden lächelten verlegen und schlichen hinaus.

»Na, wie findest du die zwei?« fragte Muhittin.

»Ich denke, sie wären gern noch ein wenig sitzen geblieben.«

»Das ging aber nicht«, sagte Muhittin gereizt, »sonst wären sie zu spät gekommen.« Er winkte ab. »Lass jetzt mal die beiden. Erzähl lieber von dir. Sollen wir noch Wein bestellen?«

Refik nickte. Sie bestellten noch etwas und verfielen dann in Schweigen. Ein langes Schweigen.

Als der Wein kam, sagte Muhittin: »Also, du hast doch was!«

»Ja, ich habe was.«

»Ist dir irgend etwas zugestoßen?«

»Ich sage dir ja: Mir ist mein Leben entgleist.«

»Das ist aber nicht sehr deutlich …«

»Stimmt schon, aber es ist der Satz, den ich mir ständig vorsage. So habe ich mich daran gewöhnt. Was soll ich sonst sagen?«

»Na, denk ein bisschen nach … Was ist denn geschehen?«

»Ich kann nicht mehr so sein wie früher. Nicht mehr so leben wie früher. Aber das trifft es nicht.« Er rang nach einem passenden Ausdruck. »Ich will, dass sich in meinem Leben etwas tut. Ich kann nicht mehr sein wie früher!«

»Hm«, machte Muhittin und zeigte damit an, dass er zwar mitdachte, aber doch nicht recht begriff.

»Perihan sagt, dass ich aus dem Gleichgewicht bin.«

»Und stimmt das?«

»Ein wenig schon. Wenn Gleichgewicht bedeutet, dass man sich dem Lauf des Lebens einfach überlassen und mit Leichtigkeit glücklich sein kann, dann bin ich tatsächlich aus dem Gleichgewicht geraten.«

»Schlimm, schlimm«, sagte Muhittin. Dann dachte er ein wenig nach. »Dabei warst du früher immer so stolz auf deine Ausgeglichenheit. Die hat dich gesund und zufrieden, aber offen gesagt auch ein wenig schlafmützig gemacht. Vielleicht ist es gar nicht das Schlechteste, wenn du mal ein bisschen aufgerüttelt wirst.«

»Aber was soll ich bloß anfangen mit mir?«

»Den hat es ja schlimm erwischt«, dachte Muhittin. »Aber ich begreife immer noch nicht, was genau mit ihm los ist.« Um Muhittins Mundwinkel begann es verärgert zu zucken.

»Ich verstehe dich einfach nicht. Jetzt erzähl doch mal richtig!«

»Was ist denn noch zu sagen?« Verschämt sagte Refik dann: »Ich habe auch keine Lust mehr zu arbeiten. Ich glaube, ich gehe nicht mehr in die Firma.«

»Was hast du dann vor?«

»Weiß ich auch nicht. Darüber wollte ich ja mit dir sprechen.«

»Jetzt pass mal auf! Du bist verheiratet. Du hast ein Kind. Du bist Ingenieur und hast eine Arbeit, die dich nicht allzusehr plagt. Du hast ein gemütliches Heim, eine nette Frau, hast Freunde, Bekannte, einen gemächlichen Alltag … Muss ausgerechnet ich dich an das alles erinnern? Du weißt es doch selbst, oder?«

»Ja, ich weiß es! Ich weiß es nur allzugut!« Ein bitteres Lächeln spielte um seinen Mund. »Daher kommt ja vielleicht alles!«

Muhittin spürte den Unmut in sich anwachsen. »Und du bist sicher, dass da nichts anderes ist? Deine Trübsal rührt von dem her, was du alles besitzt? Oder ist dir irgend etwas davon abhanden gekommen?«

»Nein, das hätte ich doch gesagt!«

»Hm. Vielleicht bist du einfach durcheinander, weil dein Vater gestorben ist und du ein Kind bekommen hast.«

»Vielleicht.«

»Na gut, wenn alles nicht mehr so ist wie früher, wie ist es dann? Was konntest du früher machen und jetzt auf einmal nicht mehr?«

»Früher war ich eben noch ausgeglichen. Perihan hat schon recht. Und du sagst ja auch ungefähr dasselbe. Ich bin irgendwie aus dem Sattel geworfen worden. Zwar tue ich noch immer das gleiche wie früher, aber ich habe zu allem um mich herum keine rechte Beziehung mehr. Ich kann noch eine Weile so weitermachen wie bisher, aber mit dem Alltag komme ich immer weniger zurecht.«

»Eieiei!« Muhittin fürchtete schon, er würde sich zu spöttisch anhören. »Und in die Firma willst du jetzt auch nicht mehr gehen …«

»Tja, siehst du!«

»Also bist du richtig unglücklich?«

»Ja, Junge, unglücklich, das bin ich wohl, und das kommt mir selber komisch vor!«

Diesmal beeindruckte es Muhittin nicht mehr, dass Refik »Junge« gesagt hatte. Er versuchte seinen Groll hinunterzuschlucken.

»Vielleicht würde dir eine Reise guttun. Geld und Zeit hast du ja!«

»Nein, nein! Gedacht habe ich schon daran, aber das würde auch nichts bringen.« Zögernd fügte er hinzu: »Ich überlege mir allerdings, ob ich nicht zu Ömers Baustelle fahren soll …«

»Kann ja auch sein, dass euch dieses Haus zu klein ist«, sagte Muhittin und unterdrückte dabei ein Lächeln. »Jetzt, wo das Kind da ist. Ihr könntet ja umziehen, Perihan und du.«

»Und was soll das ändern? Willst du noch Wein?«

»Ja, bestellen wir noch was. Fast wollte ich sagen, vielleicht kommt dein Problem von der Hitze, aber jetzt haben wir bald Oktober …«

»Du machst dich also lustig über mich? Ich sage dir doch, dass ich unglücklich bin. Aus dem Gleichgewicht geraten …«

»Jetzt hör mir mal zu!« Muhittin spürte, dass die Wut, die sich in seinem Mund wie Blut, ja wie Gift angesammelt hatte, nicht mehr hinunterzuschlucken war. »Du hast überhaupt kein Recht darauf, unglücklich zu sein. Begreifst du mich: kein Recht! Mir fällt gerade ein, wie ich vor zwei Jahren, auch an so einem heißen Septembertag, mal zu dir gekommen bin. Ich war betrunken und musste mir dann deine Ratschläge anhören, die mich gekränkt haben. Aber pass auf: Jetzt bin ich dran. Jawohl, du hast kein Recht aufs Unglücklichsein. Unglück ist die Sache von meinen Jungs da, die sich mit Poesie abplagen, und von Dichtern und von diesen Fischern und Ausfahrern da. Wir dagegen genießen doch unser Unglück. Was siehst du mich so an, rede ich vielleicht Unsinn? Nun gut, mag sein, dass ich Unsinn rede, aber du redest auch Unsinn, weil ich nämlich überhaupts nichts kapiere!«

»Ich kapiere doch selber nichts!« Refik scheute vor Muhittins Wut zurück. »Ich muss mich schon wundern, was du da so sagst.«

»Und ich muss mich über dich wundern!« Der Zorn brannte Muhittin noch immer im Mund. »Gestern am Telefon habe ich mich schon über deine Stimme gewundert. Und als du heute hier hereingekommen bist, über dein Gesicht. Und ich dachte mir, dem ist wirklich etwas zugestoßen, irgend etwas Schlimmes. Dabei ist überhaupt nichts los!«

»Was hattest du denn erwartet?« stotterte Refik.

»Rein gar nichts hast du, und ich dachte, dir sei etwas passiert, was einen Menschen wirklich unglücklich macht. Was weiß ich, dass zum Beispiel deine Tochter schwerkrank ist oder du dich in eine andere Frau verliebt hast oder eure Firma bankrott geht oder deine Frau dich betrügt, na so etwas eben. Aber du hast nicht den geringsten Vorwand zum Unglücklichsein. Deine Stimme gestern und dein Gesicht heute passen zu einem unglücklichen Menschen, daran gibt es keinen Zweifel, aber dein Leben ist ja rundum ein glückliches. Ein problemloses, sorgloses Leben. Und da dem so ist …« Muhittin lag da etwas auf der Zunge, und erst zögerte er noch ein wenig, aber dann musste es heraus: »Und da dem so ist, weißt du, was ich dir da sage? Es geht dir so gut, dass es dir schon weh tut!«

Refiks Gesicht lief rot an. »Das hast du mir also zu sagen!«

»Was soll ich machen, nun ist es heraus! Aber das wirst du von anderen auch noch zu hören kriegen. Weil dein Getue keinem passt. Ein jeder findet nämlich, dass Leute wie du gefälligst glücklich sein sollen. Und Verständnis brauchst du da gar nicht zu erwarten. Du hast alles und beklagst dich auch noch: Das versteht keiner, und das interessiert auch keinen!«

»Dich interessiert es also auch nicht?«

»Was redest du da?« rief Muhittin heftig und fürchtete doch, nicht ehrlich zu wirken. »Wo wir schon so lange Freunde sind!«

»Aber du hast mir nichts Richtiges geraten! Ich dachte mir, geh zu Muhittin, der ist Dichter und sagt dir bestimmt irgendwas.«

»Fang etwas Neues an«, erwiderte Muhittin darauf resigniert.

»Das tue ich ja! Ich lese jetzt viel, Rousseau zum Beispiel. Die *Bekenntnisse* haben mich tief beeindruckt.« Verlegen setzte er dann hinzu: »Und ich führe ein Tagebuch …«

Muhittin musste sich beherrschen, um nicht loszulachen. »Ein Tagebuch!« dachte er. »Da redet er von Unglück, vom entgleisten Leben, von Beziehungslosigkeit … Ich glaube, ich weiß jetzt, was mit ihm los ist. Er hat geheiratet, ein Kind gekriegt, sein Vater ist gestorben. Wahrscheinlich meint er jetzt, dass er schon alt ist. Und dass sein Leben verfliegt …«

»Vielleicht hast du einfach das Gefühl, schon alt zu sein!«

»Mag sein … Am liebsten wäre ich ein Dichter, so wie du!«

»Davon hält dich doch keiner ab!«

»Da hast du auch wieder recht.«

Muhittin merkte, dass er schon wieder gerührt war. Er sah Refik liebevoll an, spürte aber, dass ihm das von nun an nicht mehr so leichtfallen würde. Das Bild, das er von Refik hatte, war besudelt worden. »Er will ein intensives Leben führen, ohne den Preis dafür zu zahlen!« dachte er. Es juckte ihn, seinen Freund dafür zu bestrafen.

»Pass mal auf, Refik! Du langweilst dich ganz einfach! Du kannst dich ja auch noch mit anderem ablenken als mit Büchern. Spiel Schach, such dir neue Pokerfreunde, geh zum Fußball, fotografiere, sammle Briefmarken oder was weiß ich was, aber tu irgendwas!«

»Das also rätst du mir?« rief Refik wütend. »Briefmarken soll ich sammeln? Sonst hast du mir nichts zu sagen?«

»Doch! Trinken wir noch einen Wein! Hallo! Noch zweimal das gleiche!«

22

TAGEBUCH I

Montag, 13. September 1937
Gestern habe ich mich in Beşiktaş mit Muhittin getroffen. Wir haben in einer Kneipe gesessen und geredet. Er konnte mir überhaupt nichts raten und hatte wieder dieses Spöttische an sich. Nach dem Gespräch ist mir das Alltagsleben wie verboten vorgekommen, jede Sekunde davon eine Sünde.

Heute den ganzen Tag in der Firma gewesen. Abends habe ich Radio gehört. Ich lese in Rousseaus *Bekenntnissen*, doch geben sie mir weniger als erhofft. Was soll ich tun? Manchmal denke ich mir: Wenn ich doch nur an Gott glauben könnte!

Ich habe Muhittins Gedichte noch einmal gelesen. Eigentlich finde ich nichts Besonderes daran.

23. September
Heute war ich in der Firma und bin dann missmutig nach Hause. Ich habe die *Bekenntnisse* irgendwo in der Mitte aufgeschlagen und da und dort gelesen. Das hat mich etwas aufgemuntert, was ich aber auch seltsam finde. Dann habe ich noch etwas Zeitung gelesen, und nach diesem Eintrag hier gehe ich ins Bett.

İsmet Paşa ist heute zurückgetreten, aus Gesundheitsgründen. Neuer Ministerpräsident wird Celâl Bayar.

Mittwoch, 29. September

Schon wieder Bayram! Am Nachmittag bin ich mit Perihan zum Taksimplatz spaziert. Auf dem Rückweg haben wir gestritten. Sie hat mir vorgeworfen, immer so ein Gesicht zu ziehen, aber nie deutlich zu sagen, was mir eigentlich nicht passt. Perihan hat auf offener Straße geweint. Ich habe versucht, ihr klarzumachen, dass ich an ihr rein gar nichts auszusetzen habe, aber ohne Erfolg. Mir ist deutlich, dass ich mit meinen Verstimmungen und Merkwürdigkeiten als Ehemann aus der Reihe falle.

7. November

Ich habe im Büro mit Osman über die Lage der Firma gesprochen: über den im Vergleich zum Vorjahr deutlich angestiegenen Gewinn, die neue Lagerhalle, die so bald wie möglich fertig werden muss, und die kleinen, aber sehr bezeichnenden Buchhaltungsfehler, die Sadık seit dem Tod unseres Vaters jeweils zu seinen Gunsten unterlaufen sind. Osman ist der Ansicht, dass wir mehr auf den Export setzen sollten. Ich habe betont, wie gut es ist, dass die Geschäfte so reibungslos laufen. Dann habe ich durchblicken lassen, dass ich vielleicht gar nicht mehr ins Büro zu kommen brauche, aber das scheint er nicht erfasst zu haben. In der Eingangshalle und in seinem Büro hat Osman Bilder von Papa aufgehängt.

Dienstag, 23. November

Ich komme mir vor wie ein Fisch, der irgendwo an Land nach Sauerstoff schnappt. Ich zwinge mich, in die Firma zu gehen, weil ich einfach denke, das gehört sich so. Im Büro stürze ich mich in die Arbeit, vergesse mich darin, ja versuche zu vergessen, was ich da mache und wer ich überhaupt bin. Aber mein Gewissen oder meine innere Unruhe lassen mich nicht los … Zu Hause gehe ich herum wie ein Betrunkener. Ich versuche zu lesen, kann mich aber nicht konzentrieren.

23. November

Mit meinen ganzen Gewissensbissen bin ich wohl eher wie ein Christ veranlagt. Manchmal denke ich mir, um wieder zu meiner Balance zurückzufinden, müsste ich einfach alles vergessen. Ich bin ins Büro gegangen und müde nach Hause gekommen. Jeden Abend denke ich auf dem Heimweg: »Jetzt reicht's, morgen gehst du nicht mehr hin!« Und am Morgen sage ich mir dann: »Na ja, kannst da dort ein wenig herumsitzen und dann wieder heimgehen.« Aber zu Hause habe ich ja nichts zu tun; nichts, was mich dort halten würde oder worüber ich nachdenken könnte. So widme ich mich eben den Geschäften.

Samstag, 4. Dezember

Am Abend haben Perihan und ich vor dem Polizeirevier Sait Nedim getroffen, der gerade seinen Hund spazierenführte. Es war ihm sichtlich unangenehm, auf uns zu stoßen. Wir haben im Stehen ein wenig Konversation gemacht. Ich musste dabei an das Abendessen damals zurückdenken, an den vielen Likör, den er getrunken hatte. Warum sind wir so, wie wir sind, und so anders als die Europäer? Warum lese ich gerne Rousseau und Voltaire, während mir Tevfik Fikret und Namık Kemal kaum etwas bedeuten? Warum bin ich so, wie ich bin?

Montag, 13. Dezember

Ich bin in die Firma gegangen. Von Ömer ist ein Brief eingetroffen. Er schreibt, er werde auch den Winter in Kemah verbringen, und seine Hochzeit verschiebe sich auf nächsten Herbst. Er arbeite an einer Tunnelbaustelle, sei ziemlich erschöpft und habe den Rest der Welt schon ganz vergessen. Ich wollte ihm eigentlich gleich antworten, brachte aber nichts zustande. Mir kam nur lauter Negatives in den Sinn, und so ließ ich den Brief. Ich will ihn hier zu Hause in der Bibliothek fertigschreiben, die ich wieder in ihren alten Zustand zurückversetzt habe, nachdem Mama, als Papa gestorben war, eine Art Moschee daraus gemacht hatte. Jetzt ist wieder alles an seinem Platz. Abends ziehe ich mich hierher zurück und sitze herum. Ich kritzele Zettel voll, schmiede Pläne und ziehe hin und wieder ein Buch heraus und lese. Bei Voltaire, in *Rot und Schwarz* oder in den *Bekenntnissen*, in denen ich gerade heute wieder geblättert habe, finde ich einen ganz bestimmten intellektuellen Geist, und dann frage ich mich, warum ich diesen hierzulande nie antreffe, weder bei mir selbst noch bei irgendwelchen Bekannten oder bei türkischen Schriftstellern. Ich bin in einem so hoffnungslos trägen, widerlichen Zustand, aber ist nicht die ganze Türkei so? Alles und jeder scheint immer zu schlafen … Es hat angefangen zu regnen.

Freitag, 17. Dezember

Ich bin auf der Suche nach meinem alten Gleichgewicht. Muhittin hat behauptet, dieses Gleichgewicht habe mich glücklich, aber träge gemacht. Ich arbeite viel im Büro.

Sonntag, 19. Dezember

Es ist drei Uhr nachts. Perihan und ich sind vom Weinen unserer Tochter aufgewacht. Perihan versucht sie wieder in den Schlaf zu wiegen, und ich bin hinuntergegangen. Ich konnte nicht mehr schlafen und bin im Schlafanzug herumgewandert, bis mich so gefroren hat, dass ich den Ofen angemacht habe. Auch den kleinen Ofen hier in der Bibliothek habe ich angezündet. Währenddessen habe ich versucht nachzudenken, falls man das überhaupt nachdenken nennen kann. Anstatt von Gedanken schwirren mir immer Bilder durch den Kopf. Es regnet seit zwei Tagen schon; unaufhörlich. Wenn ich meine Gedanken aufschreiben will, kommt mir immer so etwas in den Sinn. Nun sitze ich hier frierend da. Morgen gehe ich wieder ins Büro.

Ich habe meine Einträge hier noch einmal durchgelesen. Als ich Muhittin von meinem Tagebuch erzählte, hätte er mich fast ausgelacht. Ich habe ihm auch gesagt, dass mir mein Leben entgleist ist. Was mache ich eigentlich seit Sommeranfang? Ich arbeite im Büro, hin und wieder gehen Perihan und ich ins Kino. Ich lese Zeitung und frage mich dabei manchmal, ob das Gelesene sich in irgendeiner Hinsicht auf mein Leben auswirkt. Jeden Morgen schlage ich die Zeitung in der Hoffnung auf, dass irgend etwas darin mein Leben von Grund auf verändern wird. Dass vielleicht ein Weltkrieg ausbricht oder sonst etwas Umwälzendes geschieht. Dass heißt, einen Krieg will ich eigentlich nicht. Sondern etwas, das mein Leben umstülpt, weil ich das aus eigener Kraft nicht schaffe. Mir ist ja selber nicht klar, wie das aussehen soll, aber eines weiß ich ganz genau, nämlich dass das Leben, das ich derzeit hier zu Hause und in der Firma führe, träge, armselig, miserabel, furchtbar und eines ehrenhaften Menschen unwürdig ist. Muhittin hat behauptet, ich hätte doch eigentlich alles und müsse daher glücklich sein. Stimmt ja auch! Und wenn ich daran denke, erröte ich ... Aber da ist doch etwas, das fehlt. Ich sage »Gleichgewicht« oder »Balance« dazu, aber genau kann ich es nicht benennen. Muhittin hat frech gesagt, mir geht es so gut, dass es mir schon weh tut, und das kränkt mich doch sehr. Jetzt sitze ich hier frierend und schreibend und werde bis in den Morgen hinein nachdenken, was ich für Bücher lesen soll. Vielleicht werde ich Ömer einen Brief schreiben.

Mittwoch, 22. Dezember 1937
Seit zwei Tagen liege ich krank im Bett. Es hat mich ziemlich erwischt, mit viel Fieber. Ich muss mich am Montag erkältet haben. Als ich abends aus dem Büro nach Hause kam, habe ich mich gleich hingelegt, mit 39,5 Grad Fieber. Gestern abend waren es immer noch 39 Grad. Mir tränen die Augen, der Kopf tut weh, ich huste und liege völlig apathisch da. Damit die Kleine sich nicht ansteckt, ist Perihan mit ihr in Ayşes Zimmer umgezogen, so dass ich in unserem Schlafzimmer ganz allein bin. Zum Lesen bin ich zu schwach. Ich habe es wieder mit den *Bekenntnissen* versucht, um mich abzulenken, doch lässt mich das Buch nur immer wieder an meine eigene Lage denken ... So lese ich ein bisschen in den Zeitungen. Das ganze Land erlebt einen strengen Winter. Für die Wahlen wurden Kandidaten aufgestellt. Seit einem Sturm sind zwei Schiffe verschollen. Das alles habe ich schon mindestens zehnmal gelesen.

Freitag, 24. Dezember
Ich bin immer noch nicht gesund, das Fieber will einfach nicht sinken. Vom vielen Liegen tut mir schon der Rücken weh. Ich mache nichts anderes als den ganzen Tag lesen und wie Oblomow faulenzen. Voltaire, Rousseau, immer das gleiche Zeug, die Zeitungen ... Vom Bett aus starre ich durch das schmale Fenster auf die Bäume und den Himmel hinaus. Was anderes habe ich heute nicht zustande gebracht. Ich schäme mich dieses schwachen, kranken Körpers, dieses träge und entschlusslos vor sich hin rottenden Geistes ...

Montag, 27. Dezember

Heute morgen bin ich aufgestanden und habe Fieber gemessen: 38 Grad. Dabei hatte ich mir gedacht, am Montag gehst du wieder in die Firma. Im Bett hielt ich es aber auch nicht mehr aus, und so habe ich mich dick vermummt und bin spazierengegangen, bis zu dem Park mit den Steinen. Es wehte ein eiskalter Wind. Ich habe mir angesehen, wie es in Nişantaşı an einem Sonntag morgen so zugeht. Krämer, Gemüsehändler, einkaufende Frauen, Dienstboten, Kinder, Bäume, hin und wieder ein Auto. Bis zur Haltestelle der Trambahn nach Maçka bin ich gegangen. An einer Ecke habe ich Sait Nedims Schwester Güler mit ihrem Hund getroffen. Bei ihrem Anblick muss ich ein recht seltsames Gesicht gezogen habe, aus lauter Verlegenheit und Verwirrung. Auch wenn es völlig absurd ist, war mir vor allem peinlich, mit seit einer Woche unrasiertem Gesicht vor ihr zu stehen. Und dann fragte sie tatsächlich: »Lassen Sie sich einen Bart stehen?« Mein Gott, warum setzt mir so Lächerliches derart zu? Was bin ich für ein Mensch? Wo ist nur mein früheres Gleichgewicht?

Mittwoch, 29.

Am Sonntag abend ist mein Fieber wieder angestiegen, bis auf 40 Grad. Ich habe mich wieder ins Bett gelegt, und Doktor İzak ist gekommen. Eine schlimme Grippe sei das, meinte er. Es ist furchtbar, hier so untätig herumzuliegen.

Freitag, 31.

Mein Fieber fällt und fällt nicht. Es ist Silvesterabend. Unten spielen sie Bingo. Ich kann weder schlafen noch sonst etwas machen. Ich fühle mich wie ein leerer, unpersönlicher Gegenstand ohne Vergangenheit noch Zukunft, wie ein Blumentopf oder, was weiß ich, wie ein Türklopfer. Genau, ich bin ein Türklopfer.

Sonntag, 2. Januar 1938

Das Fieber will nicht fallen. Ich liege andauernd im Bett und will an überhaupt nichts denken.

Seit drei Tagen bin ich wieder auf, war aber noch nicht im Büro. Doktor İzak hat mir geraten, mich noch acht bis zehn Tage zu Hause auszuruhen. Ich rauche wieder und verbringe den ganzen Tag im Arbeitszimmer. Mir ist ein richtiger Vollbart gewachsen.

21. Januar

Ich lese intensiv, über Wirtschaft und Philosophie. Immer wieder komme ich auf Voltaire und Rousseau zurück, aber nicht mehr mit der gleichen Begeisterung. Heute morgen habe ich Ömer geschrieben. In der Antwort auf meinen letzten Brief hatte er gemeint, ich solle ihn doch im Frühjahr besuchen kommen, mit Perihan, aber notfalls auch allein. Eine Weile habe ich ernsthaft darüber nachgedacht, und eigentlich tue ich das immer noch. Eine solche Luftveränderung würde mir bestimmt guttun; das meint selbst Osman. Allerdings will der, dass ich so schnell wie möglich wieder in die Firma komme. Was ich da durchgemacht habe – und ganz vorbei ist es noch nicht –, war vielleicht nichts anderes als eine Grippe. Irgend etwas steckt mir noch immer in den Lungen, und mein röchelnder Husten hört sich gar nicht gut an; Perihan zieht dabei jedesmal die Stirn kraus. Und dann möchte ich noch folgendes schreiben: Ich ertappe mich in letzter Zeit immer öfter dabei, wie ich an Güler denke. Mich interessiert, was sie so macht, und überhaupt ihr ganzes Leben. Das ist nichts anderes als ganz normales Interesse daran, wie ein anderer Mensch so ist und was er denkt, doch obwohl ich das genau weiß, empfinde ich irgendwie das Bedürfnis, das hier niederzuschreiben. Draußen schneit es sehr heftig …

27. Januar

Der Januar geht zu Ende, und ich war noch immer nicht in der Firma. Meine Lungen sind wieder in Ordnung, ich fühle mich gesund und munter und sitze den ganzen Tag im Arbeitszimmer und lese. Manchmal gehe ich mit Perihan spazieren oder ins Kino. Ich habe mein altes Leben wiederaufgenommen, mit einer großen Ausnahme: Ich gehe nicht mehr in die Firma. Meine Mutter und Osman haben mich mehrfach nach dem Grund dafür gefragt, und jedesmal

habe ich etwas von wegen schwacher Gesundheit und Müdigkeit ge-
stammelt. Ich habe aber vor, in der ersten Februarwoche wieder hin-
zugehen. Osman habe ich um bestimmte Bücher gebeten, und er hat
sie mir auch beschafft, und ich lese sie voller Eifer. Staatliche Wirt-
schaftslenkung, Reform und Organisation, Staat und Individuum,
Steuerpolitik. Von der Zeitschrift *Teşkilat* habe ich mir sämtliche alten Ausgaben besorgen lassen. Ich bin guter Dinge. Ich kann sagen,
dass ich fast wieder zu meiner alten Gesundheit und meinem früheren Gleichgewicht zurückgefunden habe. Für dieses Tagebuch sehe
ich keinen rechten Anlass mehr …

5. Februar 1938

Ich habe mein Tagebuch noch einmal durchgelesen. Mein eigentliches Leben spiegelt sich darin nicht wider. Die meiste Zeit verbringe
ich nämlich mit Perihan, mit meinen Neffen und Nichten, mit Ayşe
und meiner Mutter, wir schwatzen und beschäftigen uns mit irgendwelchen Belanglosigkeiten. Das kommt hier gar nicht zum Ausdruck. Und mit meinen Gedanken und Sorgen ist es nicht anders. Ich
denke an tausenderlei Kleinigkeiten, ganz wild durcheinander, das
meiste davon ist todlangweilig. Ich war noch immer nicht in der
Firma; das verschiebe ich auf nach den Feiertagen. Nach dem Opferfest … Dann lasse ich mir auch diesen Bart abrasieren. Da dieses
Tagebuch nicht die Realität abbildet, werde ich nicht daran weiterschreiben. Ich bin mir beim Schreiben sowieso immer wie ein
Heuchler vorgekommen. Draußen im Garten sind die Schafe ange-
bunden, die zum Opferfest geschlachtet werden; immer wieder höre
ich sie blöken. Osman und Nermin haben heute gestritten. Es
herrscht eine schlechte Stimmung im Haus. Ich brauche nicht wei-
terzuschreiben … Denn es tut sich nichts Neues …

23

WIEDER EIN BAYRAM

Nuri trug feierlich den Servierteller herein. Nigân blickte zwar nicht hin, aber dennoch sah sie förmlich vor sich, wie der Koch wieder auf Zehenspitzen ging. Alle am Tisch saßen in gespannter Erwartung da. Nuri beugte sich vor und stellte den großen Teller auf den Tisch. Es war der vergoldete Servierteller, den Nigân zwei Jahre zuvor hatte aus dem Buffet holen lassen. Es waren wieder Reistürmchen darauf aufgebaut, und es fehlten auch die Erbsen nicht, die deren Zinnen schmückten. Es fehlte nichts und niemand außer Cevdet, und von dem hing im Esszimmer ein großes Foto, wie übrigens auch im Salon, im Perlmuttzimmer und im Arbeitszimmer, und Osman hatte gesagt, auch in der Firma habe er mehrere Fotos von ihm aufhängen lassen. Nigân näherte ihr Gesicht der Wärme, die von dem Tisch ausging, nicht nur vom Servierteller, sondern auch von der festtäglichen Stimmung, der ganzen Aufregung, dem sorgfältig bewahrten Familienglück. Nigân wollte, dass auch die anderen das spürten; sie gab sich der Überzeugung hin, dass alles perfekt war, und wartete schon auf den unvergleichlichen Moment, in dem sie selig blinzeln würde, und sie war sich dessen auch bewusst, doch leider sah sie vor sich immer Refiks fürchterlichen Bart.

»Wer serviert diesmal?« fragte Osman. Doch gleich gab er sich selber Antwort und hielt die Löffel seiner Frau hin: »Mach du das doch!«

Und Nermin begann zu servieren. Draußen war es kalt, aber trocken und sonnig. Man schrieb die erste Februarwoche. Nigân beobachtete ihre Schwiegertochter, die einen stolzen, entschlossenen Eindruck machte. Auch etwas unleidlich wirkte sie. Am Vortag hatte sie mit Osman gestritten. Neben Nermin saß die zehnjährige Lâle, daneben der achtjährige Cemil. Den Platz neben ihm hatte man freigelassen, denn dort hatte immer Cevdet gesessen; nun war auch kein Stuhl dorthin gestellt worden. Neben dieser Lücke saß Ayşe. Nigân sah aus dem Augenwinkel heraus, wie wenig Reis sie sich auf den

Teller gehäuft hatte, doch sagte sie nichts. Zu Nigâns anderer Seite saß Perihan und jener gegenüber Osman. Direkt gegenüber sich hatte sie Refik, dessen Bart sie wirklich grauenhaft fand.

Sie ging mit sich selber ins Gericht. »Man darf doch einen Menschen, und noch dazu seinen eigenen Sohn, nicht nur deshalb hässlich finden, weil er einen Bart trägt! Im Haus meines Vaters trugen alle Männer Bart, spätestens jenseits der Vierzig. Aber das war eine andere Zeit, und es waren andere Menschen!« Das musste sie sich in den letzten Tagen oft sagen, wenn sie im Haus herumging, ihren Tee trank, nach Beyoğlu oder zu einer Einladung unterwegs war und ihr wieder dieser vermaledeite Bart einfiel. Als sie nun wieder ihre Wut in sich hochsteigen fühlte, bekämpfte sie diese sogleich mit dem Gedanken, dass bei einem Feiertagsessen nun wahrlich nicht kalter Groll angebracht war, sondern warmherzige Freude. Da merkte sie erst, wie still es bei Tisch war. Keiner sagte etwas, jeder war nur mit dem Essen und mit sich selbst beschäftigt. Cevdet pflegte in solchen Fällen mit listigen Scherzchen das Schweigen zu brechen, so dass niemand nur vor sich hin brütete. Diese Aufgabe hätte nun eigentlich Osman übernehmen sollen, aber der schien ganz anderes im Kopf zu haben. »Ich würde ja zu gern wissen, an was er so denkt«, überlegte Nigân. »Er ist nicht so gesprächig wie sein Vater, und etwas Väterliches hat er schon gar nicht an sich und wird er auch nie haben. Ich bin nicht nur neugierig auf seine Gedanken, ich fürchte mich auch davor …« Am Morgen war Osman auch nicht zum Gebet in die Moschee gegangen. Nicht dass Nigân fromm gewesen wäre, aber dass jemand von der Familie zum Feiertagsgebet ging, das gehörte sich ganz einfach. Beim Zuckerfest war er noch gegangen, warum also nicht jetzt? Und dann dieser Streit gestern mit seiner Frau. Nachdem Nigân sich eine Weile Sorgen um ihren älteren Sohn gemacht hatte, kam ihr den Sinn, dass der jüngere eigentlich eine viel größere Quelle des Kummers war, und es sank ihr nun erst recht der Mut. Nein, nicht der Bart war das wirklich Irritierende an Refik, sondern hinter diesem Bart verbarg sich noch etwas anderes, doch dem auf den Grund zu gehen wäre äußerst unerfreulich gewesen. Und außerdem wollte sie endlich dieses Schweigen brechen. Sie schluckte ihren Bissen hinunter und fragte dann: »Na, wie findet ihr das Fleisch?«

»Fett!«

Das kam von Ayşe. Sie wusste genau, wie sie ihre Mutter ärgern konnte. Nigân hätte am liebsten losgeschimpft, aber sie selbst hatte ja die Frage gestellt. Außerdem musste das Kind Gelegenheit bekommen, sich auszudrücken, denn seit dem Tod ihres Vater brachte sie kaum noch den Mund auf. So sagte Nigân nichts zu ihr. Auch sonst sagte keiner etwas. Man hörte wieder nur Essgeräusche und Besteckgeklapper.

»Warum sind wir bloß so geworden?« fragte sich Nigân. »Das liegt nur daran, dass Cevdet nicht mehr da ist!« Das erklärte aber nicht alles. »Warum sind alle so still? So ganz in die eigene Welt versunken?« Obwohl sie Refik nicht direkt ansah, spürte sie geradezu, wie sich zusammen mit seinem langsam mahlenden Kiefer auch dieser nervtötende schwarze Fleck auf und ab bewegte. »Warum geht der Junge schon ewig nicht zur Arbeit und sitzt nur griesgrämig herum? Ist das vielleicht ein Leben? Erst war er krank, aber jetzt? Ob er wohl wieder in Ordnung ist? Und wenn er nun nach dem Bayram wieder nicht zur Arbeit geht und sich auch diesen Bart nicht scheren lässt?«

Verkrampft erkundigte sich Nigân: »Dir geht es doch gut, Refik, ja?« Gleich darauf erschien es ihr jedoch fehl am Platz, bei einem Festtagsessen so etwas zu fragen.

»Jaja, Mama, sehr gut!« erwiderte Refik ziemlich schroff. Der Bart wippte auf und ab dabei.

Nigân dachte: »Er wird schon zur Arbeit gehen!« Sie sah zu, wie der Servierteller abgeräumt und feierlich der Spinat in Olivenöl herbeigetragen wurde. Man wechselte die Teller. Draußen hörte man eine Trambahn über den Platz quietschen. »Immer noch dieses Schweigen!« dachte Nigân. Dann aber sagte sie sich, dass sie vielleicht zuviel Aufhebens davon machte, und verlor sich selbst in Gedanken. Am Nachmittag würde sie zu Cevdets Grab gehen und am nächsten Tag ihre Schwestern besuchen. Zu jedem Bayram trafen die drei Schwestern sich im Konak ihres verstorbenen Vaters. Şükran und Türkân brachten dazu auch ihre Familien mit, doch Cevdet war nie dazu zu bewegen gewesen. Er hatte nur immer geknurrt, er möge diesen Paşakonak nicht, und dieser Konak möge auch ihn nicht. Einmal hatte er am Bayram unter Liköreinfluss ausgerufen: »Ich bin ein einfacher Kaufmann, also gehe ich da nicht hin!« und sich gleich danach übergeben. Wütend auf ihren betrunkenen Kaufmannsgatten, der sich nach ihrem Festtagsessen erbrach und die Schuld daran auf das zu frische Fleisch schob, war Nigân damals in ihr Vaterhaus geflüchtet und hatte sich ausgeweint. Das war nun auch nicht gerade eine schöne Erinnerung. Nigân wünschte sich Fröhlicheres, Glücklicheres in ihrem Leben, und wenn solches schon nicht unmittelbar zu haben war, dann sollte man sich doch wenigstens darauf freuen können. Vielleicht war ja diese freudige Erwartung, in der die Zeit wie eine tickende Uhr dahinging, eigentlich schöner als das Erwartete selbst, aber man konnte ja auch nicht einfach nur so ins Blaue hinein warten. Nun jedenfalls saß sie schweigend da und wartete darauf, dass jemand etwas sagte, etwas Schönes und Angenehmes nach Möglichkeit, und sie wartete auch auf das Orangendessert, das Nuri gleich bringen würde. Sie dachte noch, dass sie doch das passende Kleid angezogen hatte und von dem blauen Service mit den blauen Rosen auch dieses Jahr wieder eine Tasse entzweigehen würde, da hörte sie auch schon Nuris Schritte. Sie drehte sich um, im Glauben, er bringe das Dessert, doch Nuri hielt ihr statt dessen zwei Kuverts hin.

Ungeduldig riss sie das erste auf. Es war eine Glückwunschkarte von dem Buchhalter Sadık, mit dem Emblem des Türkischen Luftfahrtvereins. Ohne die Karte zu lesen, reichte sie sie an Osman weiter. Als sie den zweiten Brief öffnete, ahnte sie schon, dass er von diesem Neffen stammte, der beim Militär war. »Liebe Tante, Sie haben mir das Geld, das mein Onkel mir vermacht hat, immer noch nicht geschickt. Weder zu dem Geld noch zu dem Grundbesitz haben Sie sich irgendwie geäußert. Mein Anrecht darauf bleibt jedoch unverändert bestehen. Mit meinen besten Feiertagswünschen verbleibe ich herzlichst …« Nigân wurde wütend. »Der Junge ist doch verrückt!« Schon zum Zuckerfest hatte er eine solche Karte geschickt und damit alle verblüfft. Cevdets Testament war völlig eindeutig: Er hatte seinem Neffen nichts hinterlassen. Auch in seinen Papieren hatte sich kein Hinweis auf ein etwaiges Erbe gefunden. Es konnte auch gar nicht anders sein. Dennoch hatte Osman Ziya einen höflichen Brief geschrieben und ihn nach der Ursache für seine Ansprüche gefragt, aber darauf keine Antwort bekommen. »Er ist einfach verrückt!« Sie las die Karte nochmals durch. In dem vorhergehenden Schreiben war lediglich von Geld die Rede gewesen, und nun plötzlich auch von Grundbesitz. Dass er sich das alles aus den Fingern sog, war klar, doch wie besaß er nur die Frechheit dazu? Nigân gab die Karte Osman und beobachtete dann sein Mienenspiel, während er die Karte las. Als sie merkte, wie wütend auch er wurde, dachte sie: »Appetit habe ich jetzt keinen mehr!« Dabei stand das Orangendessert mittlerweile auf dem Tisch.

Osman reichte die Karte nicht etwa an Refik weiter, sondern zerriss sie in kleine Fetzen, die er sogleich Nuri übergab. »Der Kerl muss völlig übergeschnappt sein!«

»Wer?« fragte Refik. »Ziya?«

»Wenn wir jedem hergelaufenen Soldaten was geben würden, hätten wir es mit Firma und Familie nie so weit gebracht!«

Diese Wort und der Eifer, mit dem sie gesprochen waren, taten Nigân gut. So war sie also, auf ganz unerwartete Weise, doch noch zu dem ersehnten Glücksgefühl gekommen. »Der Junge mag beschaffen sein, wie er mag, aber er hängt genauso an der Familie und am Leben wie sein Vater!« Sie dachte an die Zeit zurück, als Ziya bei ihnen im Haus lebte. Im dritten Jahr ihrer Ehe, als Sultan Abdülhamit abgesetzt worden war und sich erwies, dass Cevdet sich gut mit Abdülhamits Gegnern stand, kam eines Tages ein Politik treibender Militär ins Haus, und Ziya, der beim Essen den Mann ständig anstarrte, erklärte danach, er wolle selber Soldat werden. Nigân hatte sich darüber gefreut; endlich würde sie diesen verschreckten, kleinmütigen Jungen loswerden, der sie immer so schräg von unten anblickte und nie so auftrat, als ob er zur Familie gehörte, sondern eher wie ein Dienstbote, und doch immer um sie herum war. Auch Cevdet hatte sich wohl gefreut damals. Aber sie wollte gar nicht daran zurückdenken, so wie sie überhaupt an den Jungen, der nun ein ausgewachsener Soldat war, nur sehr ungern dachte. Und das Orangendessert stand noch immer unangetastet da.

Osman wiederholte: »Wenn wir jedem hergelaufenen Soldaten was geben würden …«, nun aber leiser, als könnte da irgendwo jemand mithören. Dann machte er eine Kunstpause, und als er spürte, dass ihm jedermann aufmerksam lauschte und seine Wut und seine Resolutheit würdigte, sagte er: »Da meinen manche, dass Geld sich so leicht verdienen lässt! Die wissen ja gar nicht, was es alles braucht, damit man Geld verdienen, sich an diesen Tisch setzen und so einen Haushalt in Schwung halten kann!«

»Er ist noch entschlossener als sein Vater!« dachte Nigân. »Sogar so entschlossen, dass er meint, ihm sei gleich alles zu verdanken! Aber jetzt sollte endlich Schluss sein mit diesem unerfreulichen Thema.«

»Keine Ahnung haben die, wie man Geld verdient!« erregte sich Osman immer noch. Dann wandte er sich zu Refik: »Du kommst doch nach dem Bayram wieder ins Geschäft, oder?«

Der verblüffte Refik stammelte: »Ja doch, ja, klar komme ich!«

Nigân freute sich, dass nun auch das geklärt war. Jetzt fehlte nur noch eins, und der Moment war günstig, um auch das noch anzusprechen: »Bevor wir heute nachmittag zum Grab eures Vaters gehen, da schneidest du doch diesen Bart ab, ja?« Sie sagte das so mütterlich-sanft wie nur möglich. »Du tust mir doch diesen Gefallen, nicht wahr, Refik?«

Refik erwiderte mit eisiger Stimme: »Ja, den tue ich dir.«

Nigân dachte: »Wunderbar! Jetzt ist alles perfekt. Und das Dessert erwartet uns auch!«

»Warum fangen wir dann nicht an mit dem Dessert?«

Sie begannen davon zu kosten, doch Nigân hatte immer noch das Gefühl, irgend etwas fehle. Cevdet meinte sie damit nicht, aber sie kam auch nicht darauf, was es sonst sein könnte. Ihre Mutter hatte früher immer gesagt: »Nigân, ich möchte etwas essen, aber ich weiß einfach nicht, was!« Nigân versuchte ihr Dessert zu genießen, aber immer wieder schossen ihr die gleichen unerquicklichen Gedanken durch den Kopf. Sie blickte nacheinander jeden der am Tisch Sitzenden an: Nun ja, es war eben ein ganz gewöhnliches Feiertagsessen. Und nun ging es zu Ende. Gleich würden sie ihren Kaffee trinken und am Nachmittag zu Cevdets Grab pilgern. »Aber dieses Schweigen! Jeder so ganz für sich … Dieses furchtbare Schweigen!«

Da hörte sie einen gedämpften Schrei. Das Dienstmädchen Emine kam angelaufen. Die Kleine oben weine und sei nicht zu beruhigen. Perihan entschuldigte sich und stand vom Tisch auf, mit recht finsterer Miene allerdings. Da sie ein Kind hatte, glaubte sie sich anscheinend berechtigt, deutlich zu zeigen, wie sehr man ihr die Festtagslaune verdarb.

Nigân dachte: »Ich habe drei Kinder, aber so etwas hätte ich mir nie erlaubt!«

Danach stand auf, wer gerade mit seinem Dessert fertig war, und keiner kümmerte sich um den anderen. Dass alles dies schweigend vor sich ging, schien niemanden zu stören.

Als Nigân aufstand, sagte sie zu Ayşe: »Spiel uns doch was vor! Es ist so leise hier …« Ayşe verzog das Gesicht. »Na los, spiel irgendwas! Darf ich mir das denn nicht wünschen? Spiel wenigstens eins von den türkischen Liedern, die dein Vater immer so mochte. Na komm schon!«

24

DER STURM

Als das Dienstmädchen die Tür öffnete, sagte Refik: »Ich habe da für Sait etwas abzugeben!«

»Die Herrschaften sind nicht zu Hause. Nur die Schwester des gnädigen Herrn ist da.«

»Ich wollte ja auch nur einen Brief abgeben!« erwiderte Refik und zog das Kuvert aus der Tasche, das Osman ihm mitgegeben hatte.

»Einen Moment, ich hole sie gleich«, sagte das Dienstmädchen, das Refik auch gleich seinen Mantel abnehmen wollte.

Refik wehrte murmelnd ab, doch er gab auch nicht einfach den Brief ab und ging. Das Dienstmädchen war ohnehin schon wieder verschwunden. »Warum habe ich ihn nicht abgegeben?« dachte Refik und blieb an der Tür stehen. Er sah auf die Uhr: kurz nach sechs. Er war schon früh aus dem Büro gegangen, aber dann noch in Beyoğlu herumgeschlendert.

Da war das Dienstmädchen schon zurück: »Sie kommt gleich. Wenn Sie sich hereinbemühen möchten!«

»Nein, nein, ich will keine Umstände machen! Sie hätten sie gar nicht rufen sollen!« sagte Refik, zog aber doch den Mantel aus und ging hinein.

Schon stand er in dem Zimmer, in dem im Spätsommer Sait Nedim mit dem Likörglas in der Hand in seinem Sessel eingeschlummert war. Refik sah sich um. In einem goldumrahmten Spiegel erblickte er sein Gesicht und begutachtete es zögernd. Er fand es blass und ungesund, lediglich der Schnurrbart sagte ihm zu. Drei Tage zuvor hatte er nach dem Feiertagsessen und vor dem Friedhofsgang seinen Bart abrasiert, aber den Schnurrbart stehenlassen, der seinem ansonsten immer ziemlich ausdruckslosen Gesicht etwas »Festes« verlieh, wie Perihan sich geäußert hatte. So fiel Refik denn auch Perihan ein, als er sich so im Spiegel betrachtete. Aber dann dachte er wieder voller Unruhe an Güler. Auf der Treppe hörte er Schritte. »Ich bin ganz durcheinander!«

Das war er schließlich noch mehr, als Güler den Raum betrat. Die beiden begrüßten sich und wechselten ein paar Worte, bis Refik schließlich das Kuvert hervorholte und erklärte, darin sei ein Musterbrief, so wie Sait ihn sich von Osman erbeten habe. Am Morgen hätten sie ihn noch nicht schicken können, da sei er noch nicht fertig gewesen. Der Brief sei an Siemens in Deutschland gerichtet, doch könne er für ein ähnliches Anliegen an jede beliebige Firma geschickt werden. Während Refik dies so erläuterte, dachte er daran, dass er gleich danach das Haus wieder verlassen würde. Güler erzählte aber dann etwas über ihren Bruder. Refik hörte ihr gar nicht zu und hielt nur den Brief in der Hand, der doch zu übergeben war. Als Güler kurz innehielt, reichte er ihn ihr sofort und sagte nochmals ein paar Sätze dazu.

»Sie wollen doch nicht wirklich schon gehen?« fragte Güler und rief dem Dienstmädchen, es solle Tee servieren. Dann bat sie Refik, sich doch ein wenig zu setzen, und nahm dann, ohne seine Antwort abzuwarten, selber Platz und fragte ihn nach dem Befinden seiner Tochter.

Refik trottete ihr nach wie ein Schaf und setzte sich in einen Sessel gegenüber der Couch, auf der sie thronte. Da er ohnehin nicht wusste, was er sonst hätte sagen können, begann er in gekünsteltem Eifer von seiner Tochter zu erzählen. Deren Intelligenz war der ganze Stolz von Refik und Perihan und ließ sich schon an einer ganzen Reihe von Anzeichen ablesen, von denen Refik nun einige aufzählte. Irgendwie fühlte er sich aber schuldig, dieser Frau gegenüber von Perihan und von seiner Tochter zu berichten. Zuerst wusste er selbst nicht, warum, aber dann fiel es ihm: »Weil sie geschieden ist!«, und um daran nicht mehr denken zu müssen, fing er wieder an, über den Musterbrief zu sprechen. Als das Dienstmädchen den Tee brachte, trat eine kurze Stille ein. Da trottete der Hund herein. Als er Refik erblickte, blieb er erst misstrauisch stehen, kam dann vorsichtig näher, schnupperte an Refik, und als er merkte, dass es sich um keinen Fremden handelte, ließ er sich neben dem Kohlenbecken nieder.

»Er hat Sie erkannt«, sagte Güler.

»Ja, anscheinend«, erwiderte Refik und trank in hastigen Schlukken seinen Tee. »Jetzt gibt es keinen Gesprächsstoff mehr«, dachte er. Er fürchtete sich davor, sich noch mehr in Schuldgefühle zu verstricken, und wagte schon gar nicht mehr, Güler ins Gesicht zu sehen. Immer unwohler war ihm zumute. In diesem Raum, in dessen Mitte dieses seltsame Kohlenbecken stand, fühlte er sich mit einemmal so verzagt, wie er es noch kaum erlebt hatte.

»Sie haben ja einen Schnurrbart jetzt«, sagte Güler. »Und der Vollbart ist wieder ab!«

Refik rang um eine Antwort, schaffte es aber dann lediglich zu nicken. Nun fürchtete er sich davor, die Frau werde zu seinem Aussehen mit Schnurr- oder Vollbart ein Urteil abgeben. Schließlich trank er seinen Tee aus, und um vor dem Aufstehen höflichkeitshalber noch irgend etwas zu sagen, fragte er: »Was … was machen Sie denn sonst so?«

»Ach, nichts Besonderes!« erwiderte Güler. Sie überlegte kurz, als habe sie die Frage nicht ganz verstanden. »Ich bin die meiste Zeit zu Hause. Heute habe ich in meinem Zimmer die Möbel ein bisschen umgestellt. Tja, und sonst? Ach ja, wir wollen eine kleine Feier organisieren.«

»Ach ja? Interessant!«

»Und was machen Sie so? Neulich auf der Straße haben Sie gar nicht gut ausgesehen.«

»Ja, da war ich krank. Ich musste lange das Bett hüten. Heute bin ich zum erstenmal seit langem wieder ins Büro.« Am liebsten hätte er hinzugefügt: »Mir geht es nicht gut. Mein Leben ist mir entgleist, und ich weiß nicht, was ich machen soll.« Das erschreckte ihn so, dass er sich sogleich erhob, aber dann war er selber verdutzt, als er so dastand und dabei noch nicht einmal seinen Tee ganz fertiggetrunken hatte. Selbst der Hund war aufmerksam geworden und blickte ihn an. Um irgend etwas zu sagen, fing er nochmals von dem Brief an. Dann ging er auf die Tür zu und begriff, dass er sein geliebtes Gleichgewicht, auf das er früher so stolz gewesen war, nicht so leicht zurückgewinnen würde. »Ich darf jetzt nichts Falsches machen!« dachte er. »Ich muss hier raus, weg von dieser geschiedenen Frau!«

Sie standen vor der Tür, und Refik sagte: »Auf Wiedersehen! Sagen Sie Sait und Atiye einen schönen Gruß von mir!«

»Und Sie Perihan und Ihrer Tochter!«

Es war Refik so, als spielte dabei etwas Spöttisches um ihre Mundwinkel. »Die geschiedene Frau eines einfachen republikanischen Soldaten! Und ich bin der Mann von der Mutter meiner Tochter!«

Als er schon hinausging, sagte Güler noch: »Wenn wir Sie zu unserer Feier einladen, kommen Sie dann, Sie und Perihan?«

»Natürlich, warum nicht?« Refik sah dabei nicht Güler, sondern den Hund an, der ihnen nachgetrabt war.

»Dann könnten wir uns richtig unterhalten«, sagte Güler.

»Unterhalten!« dachte Refik. »Unterhalten, unterhalten! Ich wollte mich schon lange mit einer Frau wie Ihnen unterhalten! Mir ist nämlich mein Leben entgleist!« Refik sah wieder den Hund an und sagte: »Ja, das wäre gut. Ich wollte mich schon immer mit einer Frau wie Ihnen unterhalten!« Er wandte den Blick nicht von dem Hund ab und dachte: »Was habe ich bloß gesagt!« Ohne Güler noch einmal anzuschauen, ging er die Stufen hinunter. »Mein Leben ist mir entgleist! Was habe ich bloß gesagt!«

Draußen wehte vom Marmarameer her ein leichter, ziemlich kalter Wind. Refik kannte diese milde Winterkälte gut, die den Lodoswinden vorausging. Nişantaşı roch nach Meer und Tang. Überall setzte dieser Geruch sich fest, in den Lindenbäumen, den Läden, den schmutzigen neuen Apartmentblocks, den alten Häusern, den Männern mit Krawatte. Refik ging am Polizeirevier vorbei auf die Hauptstraße. Die Menschen waren auf dem Heimweg. Importeure, Bauunternehmer, auf den Tod wartende Abdülhamit-Paşas, Krämerlehrlinge, Gärtner, Putzfrauen, Bankiers, Beamte, Trambahnfahrgäste, alle wollten nach Hause. Keiner schien den Tanggeruch wahrzunehmen, ein jeder nur ganz in seinem Alltagsleben befangen zu sein, ohne etwas zu riechen. Am Nişantaşıplatz blieb er stehen. »Ich gehe jetzt nach Hause, und dann esse ich zu Abend! Anschließend lese ich. Warum soll mein Leben entgleist sein?« Gegenüber sah er schon Licht in seinem Haus. Und es hing schon ein bestimmter Geruch in der Luft: Es duftete nach Abendessen, nach Familie, nach Perihans Haut, nach dem Babyschweiß seiner Tochter. Im Kopf hatte er die geschiedene Frau. Er war sich selbst nicht geheuer. »Ich fühle mich wie ein unpersönlicher Gegenstand ohne Vergangenheit und Zukunft, wie ein Blumentopf oder ein Türklopfer!« Den Bart hatte er sich abrasiert, da Männer seines Schlages keinen Vollbart trugen. Aber da sich immer ein Kompromiss findet, hatte er den Schnurrbart stehenlassen. Er ging über die Straße, die Gartenglocke klingelte, er betrat das Haus: Es war voller Wärme und Leben. Er ging nach oben. Perihan war bei der Kleinen, sie trug ein blaues Kleid und war geschminkt.

»Ich habe mich extra geschminkt zu deinem ersten Arbeitstag. Und das Kleid da angezogen!«

»Gut so!« Refik fühlte sich gleich stabiler.

Gemeinsam gingen sie zum Abendessen hinab. Osman schwatzte beim Essen fröhlich drauflos, sichtlich hocherfreut darüber, dass sein Bruder nach Monaten wieder ins Büro gekommen war. Auch Nigân war guter Dinge. Nermin beteiligte sich ebenfalls eifrig am Gespräch, woraus zu schließen war, dass die Verstimmung zwischen ihr und ihrem Mann beendet war. Wenn die beiden sich stritten, redeten sie nicht miteinander und besprachen im Beisein von anderen nur das Notwendigste. Nigân erzählte beim Essen eine Anekdote aus dem Leben von Cevdet. Die Enkel trieben allerlei Schabernack, doch ließ man sie gewähren.

Nach dem Essen half Refik dem kleinen Cemil bei seinen Rechenaufgaben und ging dann ins Arbeitszimmer hinauf. Er wollte an seinem Tagebuch weiterschreiben, doch kam ihm nichts Rechtes in den

Sinn. Eine Weile las er dann, vermochte sich aber nicht zu konzentrieren. Rauchend ging er im Zimmer auf und ab. Dann ging er wieder in den Salon hinunter und las Zeitung. Hin und wieder lauschte er auf das Radio, das im Hintergrund lief, sah wieder hinab auf seine Zeitung oder horchte auf das Gespräch zwischen Nigân und Perihan. Aus deren Worten und den Geräuschen von draußen schloss er, dass der Lodos schon blies. Schließlich bemühte er sich, seine ganze Aufmerksamkeit der Zeitung zu widmen. Plötzlich dachte er: »Perihan beobachtet mich!« Ihm war selbst nicht klar, wieso er darauf kam, aber er wusste, dass Perihan, wenn sie mit Nigân oder auch sonst jemandem sprach, hin und wieder aus dem Augenwinkel zu ihm herüberblickte, zu dem Schatten, den er in seinem Sessel warf, als wollte sie kontrollieren, ob er auch wirklich noch da sei. Refik wusste, wie sehr Perihan sich darüber freute, dass er seinen Bart abrasiert hatte und wieder ins Büro ging, doch aus dem Blick, den er nun auf sich ruhen fühlte, spürte er mehr Besorgnis als Freude heraus. Er faltete die Zeitung zusammen und erwischte Perihan dabei, wie sie ihn anschaute. Perihan bemühte sich um ein Lächeln. Da schlug Refik die Zeitung wieder auf, doch mit seiner Konzentration war es gänzlich dahin. Seine Mutter unterhielt sich nun mit Nermin.

»Der Wind wird immer stärker!«

»Ja, das ist schon der Lodos«, erwiderte Nermin.

Refik hörte ihnen zu und las dabei zum wiederholtenmal einen Artikel über Deutschland und Österreich. »Wird Deutschland gegenüber Österreich nachgeben?« hieß es dort, und draußen blies immer heftiger der Wind. »Ich werde noch ganz verrückt!« dachte Refik. Er nahm mehrere Zeitungen an sich und verließ damit den Raum. Während er die Treppe hinaufstieg, dachte er: »Es geht einfach nicht, es ist nichts mehr so wie früher. Was soll ich bloß machen? Ich bringe nichts zustande. Furchtbar ist das!« Er ging ins Schlafzimmer. Auf der Kommode brannte eine kleine Lampe. Die kleine Melek schlief in ihrem Bettchen. Eineinhalb Wochen zuvor, als man Refiks Krankheit für überstanden hielt, war sie aus Ayşes Zimmer wieder hierhergebracht worden. Refik stellte sich mit den Zeitungen in der Hand an das Bett und beobachtete seine schlafende Tochter: Sie regte sich ein wenig, bewegte murmelnd die Lippen und verzog das Gesicht, dann beruhigte sie sich wieder und schlief sorglos weiter. Refik setzte sich aufs Bett und fing wieder an, Zeitung zu lesen. Bald schon hörte er auf der Treppe Schritte. An der weichen und doch bestimmten Art, wie sie ihre Pantöffelchen aufsetzte, erkannte er sofort, dass es Perihan war. Refik wäre es am liebsten gewesen, wenn dieser lange Tag, an dem er zum erstenmal wieder ins Büro gegangen war, sich mit dieser vermaledeiten geschiedenen Frau herumgeplagt und intensiv über sein Leben nachgedacht hatte, endlich vorüber gewesen wäre, doch Perihans Schritte verrieten ihm, dass dem nicht so sein konnte: Der Tag würde noch eine ganze Weile dauern. Perihan kam ins Zimmer. Refik versuchte weiterzulesen, doch achtete er ständig auf seine Frau, die im Zimmer umherging, die Vorhänge zuzog, Schubladen aufmachte, im Schrank herumwühlte und schließlich das Nähkästchen herauszog. Sie setzte sich und machte sich daran, einen abgegangenen Hemdenknopf anzunähen. Refik fiel wieder ein, dass sie am Morgen wegen dieses Knopfes gestritten hatten. Sie kam also erst jetzt auf die Idee, ihn anzunähen. Refik ließ die Zeitung zu Boden sinken; er würde ja doch nicht lesen können.

Perihan merkte, wie Refik sie ansah. Sie blickte von ihrer Arbeit hoch und fragte: »Legst du dich schlafen?«

»Jetzt?« Refik sah auf die Uhr; es war erst halb zehn. »Nein, noch nicht. Ich gehe ein bißchen raus. Ich fühle mich nicht gut.« Das war ihm gerade so in den Sinn gekommen, doch machte er dann keine Anstalten zu gehen. Er sah Perihans weißer Hand zu, die mit der Nadel auf und nieder fuhr. Nein, der Tag war noch nicht zu Ende, da fehlte noch etwas, und darauf wartete er nun. So saß er eine Weile schweigend da, bis ihm das zuviel wurde.

»Ich war heute bei dieser Güler. Die will ein Fest veranstalten und lädt uns dazu ein.«

Perihan biss den Faden ab und hob den Kopf. »Schön, gehen wir hin!«

»Tatsächlich? Und was sollen wir da?«

»Na, uns amüsieren!«

»Nein, ich meine, was haben wir da verloren?«

»Aber hör mal, wir gehen doch nie aus! Dann kommen wir wenigstens unter Leute!«

»Und was für Leute! Die gefallen mir nicht. Dieser Sait Nedim! Was der letztesmal für einen Kasper abgegeben hat! Das leidende Paşasöhnchen hat Gewissensbisse, weil es Kaufmann geworden ist … Sein Vater mag ein Paşa gewesen sein, aber sein Großvater war Hirte! Und diese neunmalkluge Schwester! Die haben was Unangenehmes an sich. Da gehen wir nicht hin!«

»Ich will aber!« Perihan machte einen ziemlich entschlossenen Eindruck. »Es sind amüsante Leute. Und ich habe es satt, immer zu Hause zu sitzen!«

»Ja, sehr amüsant!« rief Refik. Dann machte er Sait Nedim nach. »Europa, ach, Europa! Aber ich bitte Sie! Nach Ihnen! Ergebensten Dank! Ach, Paris! Mein Vater war ja ein Paşa! Ach, ich Armer!« Dazu machte er fortwährend Bücklinge, und mit effeminierten Gesten, wie er sie bei Sait Nedim niemals gesehen hatte, verteilte er imaginäre Handküsse.

Perihan lachte auf. »Das sieht eher dir ähnlich als Sait!« Nun machte sie sich selbst ans Imitieren. »Ach, bin ich krank! Mir ist so unwohl! Ich kann gar nicht ins Büro gehen!« Sie hielt inne und sagte mit unverminderter Entschlossenheit: »Ich will da hingehen und mich amüsieren!« Dann wandte sie sich Melek zu. »Jetzt haben wir sie aufgeweckt!«

Refik rief: »Das also hältst du von mir!« Er konnte gar nichts mehr denken, sondern hatte nur noch diese Nachäffung im Kopf. »Das hältst du von mir!«

»Ich will zu dieser Feier!«

Refik wusste genau, dass Perihan das nur sagte, um sich ihren Stolz zu bewahren, aber er rief weiter: »Das ist ja auch das einzige, was du willst: dich amüsieren! Einen Hemdenknopf anzunähen ist dir schon zuviel, aber zum Amüsieren ist immer Zeit!« Als Perihan sich demonstrativ um das Kind kümmerte, um möglichst unbeeindruckt zu wirken, rastete Refik aus: »Du bist ein hirnloses, oberflächliches Geschöpf!« Perihan drehte sich zu ihm um, aber er war nicht mehr zu bremsen. »Ein strohdummes, nichtsnutziges Weibsbild bist du, verstehst du mich? Nein, denn du hast mich nie verstanden und hast es nicht einmal versucht!«

Perihan sah Refik besorgt an wie einen Kranken.

Refik stürmte hinaus und schlug die Tür zu. Draußen blieb er allerdings stehen und horchte kurz, ob er drinnen etwas hörte. Das war aber nicht der Fall, und so ging er ins Arbeitszimmer hinunter. Dort versuchte er sich wieder an dem Buch, in dem er zuvor schon gelesen hatte. Er bemühte sich, wieder Gewalt über sich zu bekommen und jede seiner Arm- und Beinbewegungen zu kontrollieren, um sich ganz auf das Buch zu konzentrieren, nämlich Rousseaus *Bekenntnisse*, doch blieb er wieder und wieder am ersten Satz hängen. Also stand er auf und zündete sich eine Zigarette an. Die Hände zitterten ihm dabei. Rauchend ging er auf und ab und dachte dabei an das, was er gerade gesagt hatte, und an Perihans Imitation. Hätte ihm noch kurz zuvor jemand prophezeit, dass seine Frau ihn derartig verspotten und er sie daraufhin mit so primitiven Ausdrücken belegen würde, dann hätte er das nicht geglaubt und solcherlei nur in Ehen zwischen moralisch schwachen Menschen für möglich gehalten. Wie aber konnten Praktiken, wie sie nur unter solchen Leuten üblich waren, plötzlich in sein eigenes Leben geraten? »Wie konnte das nur passieren? Wie konnte ich nur so etwas zu Güler sagen? Und dann so mit Perihan umgehen?« Wie eine Faust spürte er die Wut in der Kehle, eine Wut, die es ihm unmöglich machte, in geordneter Weise nachzudenken und die Katastrophenstimmung zu bekämpfen, die in ihm hochstieg. Er musste irgend etwas tun. Beim Herumwandern im Zimmer blieb er an einen Sessel hängen und stieß den Aschenbecher vom Tisch. Er versuchte sich zu beherrschen und das Zittern der Hände zu unterdrücken. Plötzlich eilte er aus dem Zimmer, hastete die Treppe hinauf und stürzte wie ein Betrunkener ins Schlafzimmer, wo Perihan weinend auf dem Bettrand saß. Auch die Kleine weinte.

»Du hast mich nie verstanden! Und dich nie um mich gekümmert!«

Er riss den Schrank auf und griff sich wahllos Jacketts, Pullover, Socken und warf alles aufs Bett. Perihan sollte das natürlich mitbekommen, doch sie hatte die Hände vors Gesicht geschlagen und weinte weiter.

»Nie hast du mich verstanden!« rief Refik wieder, und es schnürte ihm dabei die Kehle zu. Röchelnd brachte er gerade noch hervor: »Ich kann in diesem Haus nicht länger bleiben! Ich gehe!«

»Mein Gott, was habe ich dir denn getan?« klagte Perihan.

Refik holte einen Koffer aus dem Schrank, stopfte ihn mit Kleidern voll und rief dazwischen immer wieder: »Nie hast du mich verstanden, nie!« Einmal hielt er kurz inne und dachte: »Wo soll ich eigentlich hin?«, und am liebsten hätte er Perihan ganz einfach umarmt, aber dann schreckte er doch davor zurück und rief: »Ich kann hier nicht mehr bleiben!« Das wiederholte er noch mehrfach, wie um sich selbst davon zu überzeugen. Schließlich klappte er den Koffer zu, nahm aus einer Schublade sein ganzes Geld und ging hinaus, wobei er es sorgfältig vermied, Perihan ins Gesicht zu sehen. Unten im Arbeitszimmer nahm er die Bücher und Hefte, die auf seinem Schreibtisch lagen, und stopfte sie ebenfalls in den Koffer. Sie erschienen ihm nicht genug, und so blickte er suchend auf die Bücherregale. Er entnahm ihnen noch ein paar Bücher, bis nichts mehr in den Koffer hineinpasste. Wütend kämpfte er mit dem Kofferdeckel, brachte ihn schließlich zu und verließ das Zimmer. Dann ging er hinunter ins Erdgeschoss.

Im Salon spielte das Radio. Nigân und Nermin unterhielten sich, Osman saß rauchend da. Refik stapfte entschlossen mitten in den Raum und stellte seinen Koffer ab.

Betretenes Schweigen. Dann stand Osman auf. »Was ist denn mit dir los?«

»Ich gehe!« Die Situation war Refik furchtbar peinlich, aber er wusste nicht, wie er da wieder herauskommen sollte. Er war den anderen böse, dass sie nicht sofort begriffen, sondern erst mühsam überzeugt werden wollten.

»Was hast du denn?« fragte Nigân.

Refik sah Osman an und sagte: »Perihan und ich haben gestritten!«

»Na und, ist das ein Grund zum Kofferpacken? Dann schläfst du eben hier unten heute. Oder komm in mein Zimmer, und Nermin schläft hier!«

»Nein, nein! Ich fühle mich auch sonst nicht gut.«

»Ja, wo willst du denn hin?« rief Nigân klagend und zugleich resigniert. Gleich würde sie losweinen.

Refik stand betreten da und brachte keinen Ton heraus. Aus dem Perlmuttzimmer kamen neugierig Ayşe und die Enkel herbei.

Osman sagte zu Nermin: »Bring doch mal die Kinder zu Bett!«
Ayşe gab er mit einem Blick zu verstehen, dass sie nun besser auch hinaufging. Nermin nahm sogleich die Kinder mit.

Nigân fing an zu weinen. »Ich wusste es! Ich wusste es!« rief sie immer wieder.

»Mutter, wir wissen doch noch gar nicht, was los ist«, sagte Osman, »also gibt es auch keinen Grund zu weinen!« Und zu Refik gewandt: »Also, worüber habt ihr gestritten? Vielleicht liegt die Schuld ja bei dir, so seltsam, wie du in letzter Zeit bist.«

Refik gab Osman keine Antwort. Zu seiner Mutter sagte er: »Bitte, Mutter, wein doch nicht!«

Osman sah ein, dass er nicht den richtigen Ton gefunden hatte. »Na komm, jetzt setz dich doch mal her!«

»Nein, ich gehe!«

»Ich begreife überhaupt nichts mehr!« rief Osman.

Refik stand immer noch neben seinem Koffer und konnte ihn weder aufnehmen und gehen, noch schaffte er es, sich zu seiner Mutter zu setzen. Draußen hörte man das Rauschen der vom Lodos geschüttelten Bäume. Die Fenster zum Garten wölbten sich manchmal unter dem Ansturm und verzerrten auf den dunklen Scheiben den Widerschein des Zimmers.

»Du gehst mir nirgends hin bei diesem Sturm!« rief Nigân aus, aber das klang so wenig überzeugend, dass dadurch die Stimmung nur noch gedrückter wurde.

»Doch, ich gehe!« erwiderte Refik und hoffte inständig, es würde Perihan nicht einfallen, ausgerechnet jetzt herunterzukommen.

Osman ging auf Refik zu und legte ihm in einer väterlich gedachten Geste die Hand auf die Schulter, was allerdings nicht überzeugend wirkte.

»Jetzt mal im Ernst, wo willst du hin?«

Refik fühlte Osmans Hand auf seiner Schulter lasten und sagte: »Zu Ömer!«

»Zu Ömer? Ist der in Istanbul?«

»Nein.«

Osman zog seine Hand zurück. »Du willst doch nicht etwa …? Zu dieser Baustelle willst du? Im Ernst?«

»Genau da will ich hin!« Auch ihm wollte das Wort »Kemah« nicht über die Lippen. »So, die Entscheidung ist gefallen!« dachte er. Er hob den Koffer auf und sagte errötend: »So, Mutter, jetzt gehe ich!« Er hätte gern den Eindruck vermittelt, er sei mit sich im reinen. »In einem Monat bin ich zurück! Bitte, es gibt wirklich nichts zu weinen! Ich sage doch, in einem Monat komme ich wieder! Warte, ich gebe dir noch einen Kuss!« Er stellte den Koffer wieder ab, umarmte seine Mutter und küsste sie auf die Wange. Nach kurzem Zögern nahm er ihre Hand und küsste auch diese. Das reute ihn auf der Stelle, war es doch eine Geste, die sich für große, feierliche Momente ziemte, und dass es sich um einen solchen nicht handelte, hatte er doch gerade beweisen wollen.

»Wo gehst du jetzt hin?« fragte Nigân.

»Zuerst in ein Hotel. Bleib nur sitzen!«

»In ein Hotel willst du?« sagte Nigân, aber da hatte sich Refik auch schon den Koffer geschnappt und war beinahe zur Tür hinaus. Er hörte noch, wie sie zu Osman wiederholte: »In ein Hotel will er?«

Osman ging ihm bis zur Haustür nach. »Das ist nicht gut, was du da machst! Ruf mich morgen in der Firma an! Du wirst ja nicht sofort abreisen … Denk noch mal drüber nach!« Dann schlüpfte er wieder in die Rolle des großen Bruders und sagte scharf: »Nimm gefälligst Vernunft an!«

»Ich rufe morgen an!« erwiderte Refik und ging hinaus.

Die Gartenglocke klingelte. Die Bäume rauschten, aber ansonsten war es ruhig in Nişantaşı; keine Spur mehr von der abendlichen Geschäftigkeit, auch nicht mehr von dem Tang- und Meergeruch. Der Sturm brachte die ruhigen Lichter von Nişantaşı zum Erzittern und blies die aus den Fenstern herausscheinende Ruhe und Gemütlichkeit hastig davon.

25

DAS ZIMMER VON RASTIGNAC

»Noch ein bisschen später, und du wärst in die Dunkelheit geraten«, sagte Ömer.

»Ja!« Refik steckte die Reise noch in den Knochen. »Ich hätte nie gedacht, dass vierzig Kilometer so lang sein können!« Er erzählte noch mal von den drei Tagen, die er unterwegs gewesen war. Von Ankara nach Sivas war er mit dem Zug gefahren und dort in einen Bus gestiegen, der ihn in einer ganztägigen, ziemlich abenteuerlichen Fahrt nach Erzincan gebracht hatte. Dort hatte er übernachtet und danach für die letzten vierzig Kilometer nach Alp noch einmal einen halben Tag gebraucht. Vor einer halben Stunde war er angekommen, hatte seinen mit Schneeflocken bedeckten Mantel ausgezogen und saß seither neben dem großen Ofen in der Baracke, aber Ömer merkte, dass sein schmaler Körper noch immer fröstelte. Er war eben in Nişantaşı verzärtelt worden und die Kälte in der Osttürkei nicht gewöhnt.

»Dich friert ja noch immer!«

»Ja, aber nicht mehr so schlimm.«

»Wir essen bald. Es gibt Suppe, von der wird dir warm. Aber erst zeige ich dir mal die Räumlichkeiten.«

Sie standen auf, und Ömer machte die erste Tür auf.

Zum Ton eines Vermieters, der eine Wohnung anpreist, sagte er: »Hier ist die Toilette! Es ist ein Stehklo, aber daran wirst du dich gewöhnen. In Nişantşı habt ihr doch unten auch eins, für die Dienstboten …«

»Mein Vater benutzte es aber auch!« sagte Refik entschuldigend.

»Als er das Haus kaufte, war es noch ein Sitzklo, und er hat es extra umbauen lassen.«

Ömer dachte: »Das war ein unpassender Scherz von mir!« Dann fiel ihm ein, dass Refiks Vater ja gestorben war. »Ach ja, mein Beileid übrigens wegen deinem Vater!«

Schweigend starrten sie auf die kalten Fliesen der Toilette, als gäbe es dort noch etwas zu sehen.

»Tut mir wirklich leid!« sagte Ömer. Dann umarmte er Refik. »Schön, dass du gekommen bist! Ich habe mich so gefreut, als ich dein Telegramm bekommen habe! Ich konnte es kaum glauben!« Als käme er sich plötzlich zu gefühlsduselig vor, wandte er das Gesicht ab. »Jetzt zeige ich dir dein Zimmer!« Gleich neben der Toilette öffnete er die Tür zu einem großen, völlig leeren Raum, durch dessen kleines Fenster sie auf den herabrieselnden Schnee hinaussahen.

»Das ist aber groß! Und ziemlich kalt!«

»Ja, das Heizen ist ein Problem. Ich hatte mir nur gedacht, du willst vielleicht ein großes Zimmer. Im Winter wird nur an den Tunnels gebaut, darum stehen die Baracken ziemlich leer. Vielleicht willst du ja lieber zu mir in mein Zimmer, schau es dir mal an. Ob du da aber ein ruhiges Plätzchen zum Lesen findest …« Lächelnd öffnete er die Tür zu seinem eigenen Zimmer.

Refik trat zögernd ein. Ömer sah ihm über die Schultern, denn das, was Refik gerade begutachtete, nahm er selbst vor lauter Gewohnheit schon gar nicht mehr wahr: das Bett, die paar leeren Bettgestelle daneben, den Tisch voller Skizzen und Berechnungen, den klobigen Schrank, den riesigen Ofen, dessen Rohr im Zimmer umhermäanderte, das Tischchen voller zum Trocknen ausgelegter Zigaretten, die mit Zeitungspapier abgedichteten Fenster, den Holzfußboden, dieses ganze eher alt und schmuddelig wirkende Ensemble.

»Hier gefällt es mir besser. Und es ist wärmer!«

»Dann richte dich doch hier ein!«

»Ich will dich aber nicht stören!«

»Was heißt da stören! Wo wir soviel zu reden haben!«

»Ja genau! Darauf freue ich mich schon!« sagte Refik.

Ömer nickte. Er dachte: »Haben wir wirklich soviel zu reden? Ich fühle mich jetzt schon unwohl mit ihm. Warum ist er überhaupt gekommen? Na ja, gefreut habe ich mich zuerst schon. Und zum Reden finden wir schon was!« Refik sah sich noch immer in dem Zimmer um. Ömer fragte ihn unvermittelt: »Und wie geht es dir sonst so?«, merkte aber selber erschrocken, in was für einem seltsamen Ton er das gesagt hatte.

»Gut soweit!« erwiderte Refik, der selbst einen ziemlich befangenen Eindruck machte. Sein Gesicht war blass und abgemagert, hatte nichts mehr von seiner früheren Rundlichkeit. Auch seine Blicke strahlten nicht mehr dieses Selbstbewusste aus. Er wirkte nun eher wie jemand, der sich mit allerlei Sorgen herumplagt und daher grundsätzlich skeptisch ist. Und doch machte Ömer bei ihm noch immer Anzeichen jenes guten Willens aus, mit dem Refik seit jeher zu glätten und zu besänftigen wusste. Nach so langer Trennung schien dieser gute Wille sogar noch stärker zu sein und wischte ganz einfach fort, was zwischen ihnen stehen mochte.

»Gut, dass du gekommen bist!« sagte Ömer wieder.

Nun war es Refik, dem die Sache zu gefühlig wurde. »Ich hole meinen Koffer«, sagte er und ging hinaus.

Ömer konnte sich gar nicht mehr vom Anblick seines Zimmers trennen. »Zwei Jahre bin ich nun schon da!«

Refik kam mit dem Koffer herein. Ömer bemühte sich um ein Lächeln. Dann nahm er eine der Matratzen, die auf einem Bettgestell übereinanderlagen, und roch daran. Er fand sie zu muffig, roch an der nächsten, mit dem gleichen Ergebnis. Die dritte fand er annehmbar und fragte darauf Refik, wo er denn schlafen wolle. Refik blickte eine Weile unschlüssig umher, wie ein junger Ehemann beim Einrichten seiner Wohnung. Dann entschied er sich, und sie legten die Matratze auf das Gestell, und auch Bettwäsche und Decken waren im Überfluss vorhanden. »Wie lange sind wir jetzt schon befreundet?« fragte sich Ömer. Man hörte den Ofen bullern. »Zehn Jahre! Na, wenigstens ist mir inzwischen mein verdammter Ehrgeiz abhanden gekommen ...« Er sog den Istanbuler Duft ein, der Refiks Koffer entströmte, und inspizierte die Bücher und sonstigen Gegenstände, die nach und nach daraus auftauchten. Dann setzte er sich auf sein Bett, zündete sich eine Zigarette an und sah Refik weiter beim Auspacken zu. Refik räumte seine Sachen auf eine kleine Truhe neben dem Bett. Plötzlich merkte Ömer, wie fremd Refik ihm geworden war. So wie man einem Metzger, den man seit Jahren nur hinter seiner Theke kennt, erstaunt auf die Beine sieht, wenn man ihn einmal auf der Straße trifft, so starrte nun Ömer Refik an, den er noch nie woanders gesehen hatte als in Nişantaşı, in der Ingenieurhochschule, in Istanbul eben. Es erschien ihm auf einmal, als hätte er nicht Refik vor sich und sei auch selbst ein ganz anderer, und aufgeregt fragte er sich: »Was hätte aus mir werden können? Was hätte ich machen sollen, als ich aus England zurückkam?« Wie schon so oft in den letzten beiden Jahren zählte er wieder das gleiche an den Fingern her: »An die Uni gehen, ein Ingenieurbüro aufmachen, für kleinere Bauprojekte arbeiten, in Istanbul leben …« Wütend dachte er dann: »Nichts davon! Also war es doch richtig!«

Da drehte sich Refik um und fragte: »Wie geht es eigentlich Nazlı?«

»Gut. Im Frühjahr und im Sommer habe ich sie ein paarmal in Ankara besucht. Ansonsten schreiben wir uns.« Plötzlich hatte er das Bedürfnis, sein Herz auszuschütten. »Wir schreiben uns, aber es gibt immer weniger zu berichten. Sie schreibt, was sie so macht, und ich, was ich so mache … Aber was hat das für einen Sinn?«

Refik lächelte, als wollte er sagen: »Was das für einen Sinn hat? Nun, das hat den Sinn, dass es einfach schön ist, wenn zwei Verlobte sich schreiben! Warum fragst du das?«

»Und wie geht es Perihan?« fragte Ömer.

»Auch gut.«

»Du hast ja noch gar nichts von deiner Tochter erzählt. Melek heißt sie doch?«

»Ja.«

»Und wie ist sie so?«

»Wie ein Engel eben, aber sie wird wohl riesengroß.«

»Wer von euch ist auf den Namen gekommen?«

»Ich«, sagte Refik zögerlich. »Ich wollte immer eine engelsgleiche Tochter haben!« Er ließ von seinem Koffer ab und streckte sich auf dem Bett aus.

Ömer tat es ihm gleich. Er sah rauchend zur Decke hinauf und versuchte die letzten Überbleibsel ihrer Wiedersehensfreude zu genießen. Bald würde der Glanz ihrer wiederaufgeblühten Freundschaft verblassen, das Gemeinschaftsgefühl zweier Bett an Bett schlafender Internatsschüler oder Soldaten verlorengehen und sich statt dessen das erkaltende Verhältnis zweier Menschen einstellen, die ihre Lebensansichten aufeinanderprallen lassen und sich gegenseitig verurteilen.

Refik sprach noch einmal von der engelsgleichen Tochter, die er sich gewünscht hatte, und stieß dann ein nervöses, fast krankhaftes Lachen aus.

Ömer stutzte. So etwas war er von Refik nicht gewöhnt. »Du machst einen ziemlich nervösen Eindruck!«

»Ich bin einfach müde nach der langen Reise.«

»Dann schlaf doch ein wenig. Wir essen in einer Stunde. Das Schlafen wird dir guttun.«

»Nein, nein … Ich kann ja hier einen Monat so lange schlafen, wie ich will. Unterhalten wir uns lieber.«

»Einen Monat willst du bleiben?«

»Ja. Zu Hause habe ich gesagt, in einem Monat komme ich zurück.«

Ömer dachte: »Soso, für einen Monat hat er sich davongemacht. Solange wird er hier schlafen, die mitgebrachten Bücher lesen und im ganzen Zimmer sein ach so ausgeglichenes Wesen verbreiten, während ich mir wieder wie der von Ehrgeiz zerfressene Bösewicht vorkomme. Es ist leicht, als der Glückliche und über alles Erhabene dazustehen, wenn man sich nie auf etwas einlässt. Obwohl, diesmal hat er was Unstetes an sich … Ach, was grüble ich da schon wieder! Ich sollte lieber die Zeitungen lesen, die er mir gebracht hat. Mal sehen, was sich in der Welt so tut, während ich hier mit dem Geldverdienen und Erobern beschäftigt bin!« Dabei war er durchaus nicht uninformiert, da einer der deutschen Ingenieure ein leistungsstarkes Radio besaß, mit dem sich ganz Europa empfangen ließ. Bei dem hörte er hin und wieder Nachrichten, aber frische Tageszeitungen aus Ankara waren natürlich etwas ganz anderes: »Erklärung von Ministerpräsident Celâl Bayar: Regierung beschreitet mit Gesetzen neue Wege … In Hatay haben Frankreich und Syrien … Türkeibesuch König Faruks … Die Krise in Europa … Österreich hat auf das deutsche Ultimatum … Stalin erklärt, gegen die Aggressionen …« Er hätte gern noch weitergelesen, ließ aber die Zeitung sinken. »Was macht Refik?« Er merkte, wie er sich schon an dessen Anwesenheit gewöhnt hatte. Er hob den Kopf und sah zu dem Schatten am anderen Ende des Raumes. »Nun gut! Werde ich es eben einen Monat lang etwas unbequem haben und die kritischen Blicke dieses glücklichen, aber nachdenklichen Menschen ertragen. Ich kann ja schon mal den Anfang machen!«

»Jetzt sag doch, was du sonst so treibst!« forderte er Refik auf.

»Ach, lass mal«, erwiderte dieser hastig. »Erzähl du lieber vom Leben hier!«

»Vom Leben hier?«

»Na ja, was du so machst, wenn du nicht im Tunnel arbeitest, und was hier für Leute sind … Wie eben das Leben hier so ist!«

»Es ist jetzt dunkel, da essen wir immer und zünden die Gaslampen an. Habe ich dir ja geschrieben. Mit mir arbeiten zwei Ingenieure zusammen, die ihr Diplom vier Jahre nach uns gemacht haben. Die spielen oft Karten, Sechsundsechzig und so. Und dann ist da noch dieser Hacı, von dem ich dir erzählt habe. Der kocht und wäscht für uns, hält die Baracke sauber, macht Botengänge. Diesen Winter über sind wir also in dieser riesigen Baracke zu viert. Zwei Kilometer westlich von hier, in Richtung Kemah, ist eine größere Baustelle mit vielen Unterkünften, dort haben sie auch einen Generator. Zu dem deutschen Ingenieur dort gehe ich manchmal auf ein Schwätzchen. Und dann ist meistens schon Zeit zum Schlafengehen. So vergehen die Abende hier! Die Zeit verstreicht wahnsinnig langsam. Ich rauche, und manchmal trinken wir auch was. Ja, so geht es hier zu. Jetzt essen wir dann bald unsere Suppe. Und das hier ist das Zimmer von Rastignac, von unserem Eroberer! Komm, steh auf, essen wir. Danach kannst du in Ruhe schlafen!«

26

DER MORGEN DES ERSTEN TAGES

Refik hörte den Holzboden unter Schritten knarren. Jemand machte die Ofentür auf und warf Holzscheite ein, doch klang es nicht wie sonst. Er öffnete die Augen und begriff: Er war hier, in der Baustellenbaracke zwischen Erzincan und Kemah. Die Sonne schien herein, und draußen sah er schneebedeckte Hügel.

»Ah, du bist wach?« sagte Ömer. »Ich habe dich doch nicht aufgeweckt, oder?«

»Nein, nein, ich war schon wach!« Refik streckte sich und gähnte herzhaft wie jemand, der mit seinem Bett und mit sich selber zufrieden ist. »Scheint wieder alles im Lot zu sein bei mir!« dachte er und erinnerte sich, was er gerade geträumt hatte. In seinem Traum schimpften Nigân und Cevdet mit Perihan: »Du hast den Jungen entführt!« Er selbst stand dabei hinter der Gartenmauer und beobachtete die Szene heimlich und voller Freude.

»Hast du gut geschlafen?«

»Ja, sehr gut. Ich fühle mich pudelwohl.« Er streckte sich noch einmal und stand dann ruckartig auf. Das Zimmer war gar nicht so kalt wie erwartet. Er sah auf die Uhr: halb acht. »Dann habe ich ja zwölf Stunden geschlafen!« Er wollte gerade zu Ömer sagen, dass er durchgeschlafen habe, doch fiel ihm ein, dass ihn einmal ein Wolfsgeheul geweckt hatte.

Beim Anziehen erzählte er Ömer davon. Ömer erklärte, in der Umgebung seien viele Wölfe unterwegs und es sei gefährlich, nachts unbewaffnet hinauszugehen. Dann verließ er das Zimmer. Refik nahm sein Rasierzeug, holte sich aus der kalten Toilette eine Tasse voll Wasser und stellte sich vor den Spiegel, der in einer Ecke des Zimmers hing. Er fand sein Gesicht blass und ungesund, aber eher fröhlich. Während er mit dem Rasierzeug zu Werke ging, das er sich am Tag nach seinem dramatischen Abgang in Beyoğlu gekauft hatte, kam er sich ziemlich munter und unternehmend vor. »Gestern war ich ein wenig nervös, aber heute ist alles in Ordnung!« Er konnte es kaum erwarten, unter den strahlendblauen Himmel zu treten und sich dort so richtig frei zu fühlen und zu leben und zu tun, was getan werden musste. Kaum war er fertig, ging er gleich in den großen Raum hinüber, in dem Ömer ihn am Vortag empfangen hatte.

Auf dem großen Tisch in der Mitte war für das Frühstück gedeckt. An dem einen Ende saß kauend Ömer und deutete auf die beiden jungen Männer an den Längsseiten des Tisches.

»Da ist er ja!« sagte er mit vollem Mund. »Das ist auch einer von uns, auch vom Bauwesen, und vor dem solltet ihr den gleichen Respekt haben wie vor mir!«

Alle am Tisch lachten. Refik machte Bekanntschaft mit den zwei Ingenieuren, die er am Abend nicht mehr gesehen hatte. Der größere, dunklere der beiden hieß Salih, der andere, etwas dicke war Enver. Zum Frühstück gab es Käse, Marmelade und Rahm. Refik holte sich Tee vom Ofen und setzte sich. Salih sagte, er könne sich vom Studium her noch an Refiks Gesicht erinnern, worauf dieser, nicht wenig geschmeichelt, irgendwie eingehen musste. Er fragte, ob die beiden in dem Jahr an die Uni gekommen seien, in dem Professor Münip in Pension gegangen sei. Dann gingen sie ein paar andere Dozenten durch. Im Fach Eisenbahnbau hatten sie denselben Lehrer gehabt. Ömer sagte, Refik könne doch nun seine Kenntnisse ein wenig auffrischen, aber der entgegnete, so lange wolle er nun wirklich nicht bleiben, und überhaupt sei er von der Materie so weit entfernt, dass er sich kaum noch an etwas erinnere. Als er sich wieder Tee holte, fragte Enver: »Ich hatte gedacht, Sie seien zum Arbeiten hierhergekommen!«

»Nein, nein! Ich bin nicht als Ingenieur, sondern als Kaufmann tätig. Ich mache hier nur einen Monat lang Urlaub.« Dann fügte er hinzu: »Ich wollte ein bisschen weg aus Istanbul, mich ausruhen!«

»Dazu fährt man doch nach Europa!« sagte Enver ein wenig brüsk. Dann stand er vom Tisch auf, als ob er sich wegen etwas schämte. Kurz darauf folgte ihm auch Salih.

Als sie draußen waren, sagte Ömer lachend: »Die haben gemeint, du würdest hier einsteigen! Ich habe nämlich einen Vertrag mit den beiden; sie bekommen kein Gehalt, sondern eine Gewinnbeteiligung. Jetzt haben sie gefürchtet, du wärst ein neuer Teilhaber!« Er lachte wieder, aber nicht auf angenehme Weise. »Na, wie findest du die zwei?«

Refik erinnerten sie an Muhittin.

Noch bevor er antworten konnte, sagte Ömer: »Es sind gute Jungs. Und sie haben echt was im Kopf! Waren die besten Studenten ihres Jahrgangs. Und sie brauchen Geld!« Dazu setzte er ein süffisantes Unternehmerlächeln auf, wie Refik es nie zuvor an ihm gesehen hatte.

»Ja, sie machen einen guten Eindruck«, sagte Refik beiläufig. Dann stand er auf, um sich wieder Tee zu holen. »Willst du auch noch einen?«

»Noch einen Tee?« sagte Ömer und gähnte. »Na gut, her damit!« Er gähnte gleich noch einmal.

Refik stellte die beiden Teegläser auf den Tisch. »Wie schön die Sonne scheint!«

»Ja, so eine Sonne hast du im Februar nicht mal in Istanbul!«

Sie sahen gemeinsam zum Fenster hinaus. Die Sonne schien auf den Tisch. Refik nahm sich noch etwas Rahm.

»Der ist gut, was?« sagte Ömer. Verwundert rief er dann aus: »Ach, du hast dich ja schon rasiert! Das wird aber Herrn Rudolph gar nicht gefallen! Ich habe dir doch von Herrn Rudolph berichtet? Heute abend gehen wir zu ihm hin, der freut sich bestimmt. Er ist seit zehn Jahren in der Türkei und spricht sehr gut Türkisch. An der Strecke Samsun–Sivas hat er auch schon gearbeitet. Er mag es nicht, wenn man sich unnötig rasiert. Er hat es nicht so mit der Disziplin.«

Da ging die Tür hinter Refik auf, und Hacı kam herein, den Refik schon am Vortag kennengelernt hatte: ein stiller, unscheinbarer Mann. Wortlos ging er aus der Baracke hinaus. Als Refik dem alten Mann durch das Fenster nachsah, wie er durch den Schnee davonstapfte, wollte er auch sogleich hinaus und stand auf.

»Bleib noch sitzen und rauch deine erste Morgenzigarette!« sagte Ömer. »Nachher gehen wir gemeinsam zum Tunnel, ich habe dort zu tun. Du kannst dann allein zurück und dich in der Gegend umsehen.«

Wortlos rauchten sie. Refik sah zum Fenster hinaus, auf die verlockenden Berge und den Himmel.

Als sie die Baracke verließen, wurde Refik von der auf dem Schnee gleißenden Sonne geblendet. Es war ein grelles, aber irgendwie beruhigendes Licht, wie er es noch nie gesehen hatte. Er konnte den Kopf nicht heben und versuchte nur, sich an das Licht und an den eigenartigen Glanz zu gewöhnen, der ihm Auge und Verstand erfüllte. Es war kalt, doch herrschte nicht etwa eine erbarmungslose, bis ins Mark dringende Kälte, sondern eine belebende, die den Menschen Elan und Entschlossenheit verlieh. Refik hörte nichts anderes als den unter seinen Schritten knarrenden Schnee. In sanfter Steigung ging es den Hügel hinan. Als er sich an das Licht gewöhnt hatte, sah er zu dem weiten, strahlendblauen Himmel hinauf. »Vielleicht bin ich genau deswegen gekommen!« dachte er. »Was in meinem Kopf verstreut herumschwirrt, das vermögen dieses Licht und dieser Himmel zusammenzufügen, und ich werde dadurch immer ruhiger!« Er blickte auf die Anhöhe vor sich, auf die Baracken zur linken und rechten Seite davon und auf den fernen Fluss, und Ömer lieferte ihm hin und wieder lächelnd Erklärungen dazu, wobei seinem Mund Dampfwölkchen entstiegen, die sich lange hielten. Die weitläufigen Baracken seien Arbeiterunterkünfte, erläuterte Ömer. Die Leute arbeiteten in zwei Schichten zu je zwölf Stunden, so dass die Baracken und die Betten darin nie leerstünden. Refik betrachtete den sich dahinwindenden Fluss, die mit zunehmender Nähe zum Tunnel immer häufigeren Felsen und die dazwischengezwängten Schneefelder, und wieder verspürte er den Wunsch nach irgendeiner Tätigkeit in sich.

Sie betraten den Tunnel auf der dem Fluss zugewandten Seite. Drinnen herrschte ein lautes Treiben. Der Tunnel war feucht und muffig. Vom Eingang aus hatte man damit begonnen, ihn auszukleiden. Ömer sah aus dem Augenwinkel auf die Arbeiter, die ihm scheue Blicke zuwarfen, grüßte ab und an mit einem leichten Nicken oder einem Verziehen des Mundwinkels einen Steinmetz oder einen Zimmermann und versorgte Refik voller Eifer mit Erläuterungen: Jene Maurermeister seien vom Schwarzen Meer und die grabenden Arbeiter aus der Gegend von İspir. Ein Förderzug voller Erde und Gestein fuhr aus dem Tunnel aus. Die Gesamtlänge des Tunnels betrage sechshundert Meter, und von beiden Seiten her seien sie schon je zweihundert Meter vorangekommen, jedoch nun auf der anderen Seite auf Fels gestoßen. An den Wänden brannten Karbidlampen. Ömer erklärte, er habe einen Generator bestellt, der aber noch nicht eingetroffen sei. Bis Anfang September müssten sämtliche Wände ausgekleidet sein und der Tunnel zur Schienenverlegung übergeben werden. Aus der Tiefe des Tunnels ertönten Bohrgeräusche. In der Mittagspause wurde immer mit Dynamit gesprengt, und dazu bereitete man Löcher vor. Die am Vortag abgesprengten Felsbrocken wurden in den Förderzug geladen, Maurer hauten Steine zurecht, Zimmerleute sägten, und der ganze Tunnel hallte nur so wider vor Lärm. Ömer grüßte nach links und rechts, unterhielt sich manchmal kurz mit einem Vorarbeiter, und Refik lauschte seinen Erklärungen. Als sie an die Stelle gelangten, wo das Dynamit verlegt werden sollte, sprach Ömer noch einmal mit jemandem, dann kehrten sie um, verließen schließlich den wie ein Vulkanschlot brodelnden Tunnel und traten wieder unter den klaren, ruhigen Himmel. Die Sonne glänzte noch immer auf den Schnee.

»Ich gehe jetzt zur anderen Seite hinüber«, sagte Ömer. »Komm doch mit, dann siehst du auch die anderen Baustellen, den großen Tunnel und die Brücken.«

Da kam ein bäuerlich gekleideter Mann mittleren Alters auf sie zu, die Mütze in der Hand. Er wollte sie gerade anreden, als ihm von hinten jemand zurief: »Nein, lass den Herrn gefälligst in Ruhe!«

Ömer sagte eilig: »Ich kann da nichts machen, wende dich an den Bauführer!« Als sie ein paar Schritte weiter waren, sagte er zu Refik: »Da tun sich immer ein paar Leute aus einem Dorf zusammen, wählen sich so einen wie den da als Anführer und ziehen auf Arbeitssuche von Baustelle zu Baustelle … Schau mal, das da ist die größte Baustelle! Es ist der von Kerim Naci geleitete Tunnel, an dem arbeiten tausendzweihundert Leute!«

Sie gingen um den Hügel herum, der untertunnelt wurde, und folgten dem Bogen des Flusses unten. Am Flussufer standen noch größere Baracken als die, die sie zuvor gesehen hatten. Weiter vorne sah man ein Geschäft, ein Kaffeehaus, die Baracken der staatlichen Kontrolleure und die Unterkünfte der ausländischen Ingenieure. Zwischen den höheren Bergen ringsum und unter dem weiten Himmel lag das alles klar und deutlich vor einem, bis ins feinste Linienspiel erkennbar. Das Licht drang rein und glänzend bis in die hintersten Ecken und ließ alles ruhig und bescheiden wirken, auch die Menschen, und anderes ließ sich in in diesem Licht gar nicht vorstellen. Refik sah die Menschen dort unten zwischen den Baracken umhergehen, den Krämerladen betreten, rauchend dasitzen, Lasten tragen, den Hügel emporsteigen, sich im Schnee fortbewegen wie Ameisen.

»Du sollst erst sehen, wie es hier in der Mittagspause zugeht«, sagte Ömer. »Da drängeln sich die Leute nur so vor dem Laden, und im Kaffeehaus geben sie sich die Klinke in die Hand!«

Refik dachte: »So viel Licht und Bewegung! Und was mache ich?« Sein Bewusstsein war völlig scharf, jedes Ding und jede Bewegung, alles hatte seinen Platz und ruhte in sich, aber Refik wusste, dass tief in seinem Innersten etwas rumorte, und um das loszuwerden, brauchte es noch etwas ganz anderes, das er vielleicht niemals finden würde. »Ich darf nicht soviel nachdenken!« Er merkte, dass sie beim zweiten Tunneleingang angelangt waren. Da er keine Lust hatte, diesen auch noch zu besichtigen, trennte er sich von Ömer und ging zurück in Richtung Baracke.

Von dem Weg, den er zuvor mit Ömer gegangen war, blickte er wieder auf den Fluss, die Unterkünfte, die sich regenden Menschen hinunter. Als er in der Ferne die Baracke erblickte, erschien es ihm müßig, wieder genau dem gleichen Pfad zu folgen, und er hielt einfach direkt auf die Baracke zu. Sogleich merkte er, wie schwierig es war, sich auf dem Abhang im jungfräulichen Schnee einen Weg zu bahnen. Schritt für Schritt sank er ein, doch obwohl ihn gute dreihundert Meter lang mühseligstes Stapfen erwartete, wollte er nicht auf den gebahnten Weg zurück. Die blendende Sonne hatte er fast direkt vor sich. Schritt für Schritt wurde ihm jede einzelne Bewegung seines Körpers bewusst.

Als er unten auf dem festgetrampelten Schnee anlangte, fühlte er erst, wie sehr ihn das Gehen ermüdet hatte. Außer Atem blickte er auf die gezogene Spur zurück. Dann legte er die letzte Strecke bis zur Baracke zurück und merkte angenehm überrascht, dass ihm das Hemd am Leibe klebte. Er dachte an die Arbeiter im Tunnel zurück, an das Dröhnen der Werkzeuge, die den Berg durchhöhlten. »Ich sollte meinen Körper viel öfter anstrengen!« Beschämt fasste er Vorsätze. Ja, er würde von nun an Morgengymnastik betreiben, und wenn es auch nur ein bisschen war, damit würde er dieses peinliche Bäuchlein wegbekommen und seinem Körper das Teigige austreiben; außerdem würde er alle mitgebrachten Bücher lesen, würde schreiben und nachdenken und schließlich nach Nişantaşı als der alerte, mit sich zufriedene Mensch zurückkehren, der er früher immer gewesen war.

Vor der Baracke sah er Hacı, der sich einen Stuhl in die Sonne gestellt hatte und Kartoffeln schälte. Zu seinen Füßen tollte ein sehr behaarter junger Hirtenhund herum. Hacı schien auf den Hund einzureden, doch als er Refik sah, verstummte er. Als Refik näher kam, sah er Hacı direkt in die Augen und lächelte ihn an. Hacı nahm das wahr, doch sein Gesichtsausdruck blieb unverändert. Er deutete lediglich mit einem leichten Nicken an, dass er die freundliche Geste registriert hatte. Der Hund, der sich gerade noch im Schnee herumgewälzt hatte, hielt in seinem Toben inne und sah den Fremden ernsthaft und vorsichtig an. Refik betrat die Baracke und blickte sogleich durchs Fenster hinaus. Der Hund tollte wieder herum, und Hacı sprach auch wieder mit ihm. Es ging von ihnen eine traute Gemeinsamkeit aus, die nichts anderes besagte, als dass dieser Himmel, dieses Licht, dieses reglos daliegende Stück Welt ihnen beiden gehörte.

»Was Hacı wohl von mir hält?« fragte sich Refik. »Und was soll ich jetzt tun?« Es stand noch immer Tee auf dem Ofen. Er zog seinen Mantel aus und schenkte sich eine Tasse ein. Damit setzte er sich an den Tisch. »So, und jetzt? Ich habe frische Luft geschnappt, mich umgesehen, es geht mir gut. Jetzt fange ich am besten an zu lesen.« Er trank noch einen Tee und ging dann ins Zimmer.

Am Vorabend hatte er seine Bücher auf der Truhe aufgereiht. Er griff zu *Reform und Organisation* und setzte sich damit bedächtig an Ömers Schreibtisch. Er las und las, und irgendwann merkte er, dass er überhaupt nicht konzentriert war. »Wie schön es da draußen war! Und dieses Dröhnen im Tunnel … Natürlich scheint nicht jeden Tag die Sonne so. Hm, was wohl Perihan jetzt macht? Es ist erst elf, aber ich habe schon Hunger. Wie schön aus der Ferne diese Baracken und der Fluss aussehen! Was gähne ich denn, bin ich schon müde? Aber wer weiß, wie es in den Baracken zugeht. Bei der Arbeitslosigkeit … Nein, das da lese ich nicht weiter, ich brauche was anderes!« Er holte sich die *Bekenntnisse*, setzte sich wieder an den Tisch und versuchte sich diesmal nicht ablenken zu lassen. Er las die Stellen über die Natur und das Landleben, die ihm in Istanbul am meisten gefallen hatten, aber sie lösten nichts in ihm aus. Er dachte über das zuvor Erlebte nach und wollte am liebsten wieder hinaus. Wieder gähnte er; wie sehr ihn das doch ermüdet hatte! Er blickte auf die Uhr und beschloss, sich nach dem Mittagessen hinzulegen, doch ob Mittagsschläfchen hier wohl üblich waren? In Istanbul wurde der Tag durch die Mahlzeiten strukturiert, nach denen er seinen Tagesablauf einrichtete; das merkte er hier erst so richtig. Er stellte Rousseau wieder zu den anderen Büchern zurück und zündete sich eine Zigarette an. Dann ging er im Zimmer auf und ab und sagte sich schließlich: »Nach dem Essen werde ich arbeiten, und zwar so richtig!« Er freute sich darüber, wie entschlossen er war.

27

DER DICHTER IN BEYOĞLU

Muhittin stieg aus der Trambahn aus. Er kam an den öffentlichen Toiletten vorbei, und gleich würde er auf den Platz hinausgehen. Im Ingenieurbüro hatte er sich den ganzen Tag ausgemalt, wie er abends gemächlich auf ebenjenen Platz treten und sich die Leute anschauen würde, genauso wie er es nun wirklich tat, und er hatte sich vorgestellt, wie er genussvoll am Gift seiner Zigarette ziehen und in Beyoğlu herumstreifen würde und dann irgendwo im Stehen ein Glas trinken und dann in ein Freudenhaus gehen und schließlich ins Kino. Nun stand er am Taksimplatz, und alles dies war greifbar nahe, und das verschaffte ihm eine ungeheure, doch irgendwie beschämende, geradezu kindliche Freude. »Als würde ich mit meinem Vater ins Kino gehen!« Sein Vater, der Leutnant Haydar, war strenger Muslim gewesen, hatte aber hin und wieder mal ein Auge zugedrückt. In den paar Jahren zwischen seiner Pensionierung und seinem Tod hatte er seinen Sohn einmal im Monat nach Beyoğlu ins Kino mitgenommen. »Vielleicht hat er das nicht mal aus Großzügigkeit getan, sondern weil es ihm selbst gefiel!« dachte Muhittin, aber das half ihm auch nicht weiter. »Der Leutnant Haydar ist für den Ingenieur Muhittin kein gutes Thema!« Ein paar Minuten später war sein Unmut vergessen. »Mein heißgeliebtes Beyoğlu! Die vielen Menschengesichter! Den ganzen Tag habe ich darauf gewartet. Mein schmutziges, blutiges, feiges Beyoğlu! Ich bin Dichter! Ich sehe mir die vor Kälte ganz roten Gesichter an!« Es herrschte eine entschlossene, konsequente Märzkälte. Manchmal fuhr ein Windstoß durch die Straße und blies die Mantelschöße hoch. Frauen war kaum mehr unterwegs, und wenn, dann am Arm eines Mannes. Die würdigte Muhittin keines Blickes: Es tat zu weh, eine schöne Frau zusammen mit einem Mann zu sehen. Vor der Ağamoschee sah er dann doch eine an. Sie gefiel ihm. Am Arm ihres Mannes ging sie sittsam dahin. Die beiden erinnerten Muhittin an Refik und Perihan. Er musste innerlich schmunzeln: Dass Refik zu Ömer gefahren war, hatte Muhittin von Osman erfahren, der ihn eines Tages anrief. Er klang besorgt und verblüfft am Telefon und wollte von Muhittin herauskitzeln, was seinen Bruder wohl zu so einer Verrücktheit getrieben hatte, doch Muhittin hatte keine Lust gehabt, darüber zu spekulieren. Was hätte er sagen sollen? »Dein Bruder möchte seinem Leben einen Sinn verleihen!« Oder: »Dein Bruder bereut, dass er nicht Dichter geworden ist wie ich und dass er sein Leben nicht irgendeiner Sache gewidmet hat. Jetzt ist er auf der Suche nach so etwas!« Damit hätte er diesem eingefleischten Geschäftsmann weh tun können, und er hätte sogar noch weitergehen und ihm Ratschläge erteilen können, aber das brachte er doch nicht übers Herz. Und außerdem: Wenn er gesagt hätte, »Dein Bruder bereut, dass er nicht Dichter geworden ist«, dann hätte er ja nicht gesehen, wie Osman darüber errötet wäre, dass aus seiner Familie überhaupt jemand auf solche Gedanken kam.

Muhittin erinnerte sich gern daran zurück, wie Refik einmal gesagt hatte »Ich wäre am liebsten ein Dichter so wie du!«. Hätte jemand anders das gesagt, etwa jemand, der es schon für Dichtkunst hielt, wenn sein Großvater als Steckenpferd Verslein schrieb, dann hätte er gar nicht richtig hingehört. Refik aber hatte es mit einer Inbrunst gesagt, die Muhittin immer wieder Trost bedeutete, wurde er doch tatsächlich von jemandem beneidet. Und Trost konnte er gut gebrauchen, denn er musste sich sagen, dass das Leben ihn noch immer stiefmütterlich behandelte und er als Dichter gescheitert war. Obwohl seit dem Erscheinen seines Gedichtbandes bereits ein halbes Jahr vergangen war, hatte es in der Presse mit Ausnahme einer väterlich daherkommenden, aber doch eigentlich auf heimtückische Weise vernichtenden Rezension kein Echo darauf gegeben. Wann immer ihm der Gedichtband in den Sinn kam, von dem nicht mehr als zweihundertfünfzig Exemplare verkauft worden waren, musste er an jenen heuchlerischen, erniedrigenden Artikel denken, und manchmal hatte er sich schon gefragt, ob er dessen Urheber, den er einmal in einer Kneipe gesehen hatte, vielleicht unwillentlich verärgert hatte, doch da die Nachforschungen in dieser Hinsicht nichts ergaben, musste er sich damit abfinden, menschlich wie künstlerisch versagt zu haben, und wenn dieser düstere Gedanke, den er seit Monaten mit sich herumtrug, ihn allzusehr bedrückte, dann galt, wie an jenem Tag, sein Sinnen und Trachten nur noch den abendlichen Ausflügen nach Beyoğlu. Man schrieb März 1938, und er war achtundzwanzig Jahre alt. Allmählich musste er ernsthaft darüber nachdenken, ob er seinem einst gefassten Beschluss zum Thema Dichtkunst und Selbstmord die Treue halten sollte.

»In zwei Jahren bin ich dreißig!« Er betrat seine Stammkneipe. Um niemanden grüßen zu müssen und sich auch sonst zu keinem der üblichen Kneipenrituale hinreißen zu lassen, setzte er ein möglichst abweisendes Gesicht auf. Der Kellner stellte ihm seinen Raki und seine Kichererbsen hin, und ohne auch nur aufzusehen begann Muhittin zu trinken.

Achtundzwanzig war er also. Und obwohl er von seinem Dichtertum enttäuscht war, fand er doch keine andere Zuflucht als in Gedichten und in Beyoğlu. Obwohl auch Beyoğlu ihn abzustoßen begann. Er hörte, was hinter ihm und an den Nebentischen geredet wurde. Da erzählte etwa ein Journalist, den er an der Stimme erkannte, einer ihren losen Reden nach nicht sehr achtbaren Frau, wie er jemanden zusammengestaucht habe. Und am gleichen Tisch schimpfte jemand über einen anderen, den er immer wieder als »Gierschlund« bezeichnete. Weiter hinten plauderte jemand aus dem Nähkästchen: Jener Politiker, den er seit jeher bestens kenne, sei in der Kindheit eine traurige Figur gewesen. Nicht nach Beyoğlu, sondern in die bescheidenen Kneipen in Beşiktaş hätte er gehen sollen, dachte sich Muhittin, doch von Beşiktaş hatte er es weiter zu den Frauen. Außerdem traf er sich dort ja immer mit den Kadettenschülern.

Er trank seinen Raki aus, zahlte und stand auf. »Mit Dreißig bringe ich mich um!« dachte er. Beim Hinausgehen traf er einen älteren Bauunternehmer, der oft in sein Ingenieurbüro kam. Jener lächelte ihn freundschaftlich an, und ohne etwas zu denken, nur weil man sich gegenüber solch älteren Herrschaften eben so verhielt, lächelte Muhittin zurück. Danach merkte er, dass er sich wegen des Gefühls, das in ihm aufkam, bestrafen wollte, und ihm fiel wieder ein, was Ömer einmal zu ihm gesagt hatte: »Nie wirst du dich umbringen!«

Er war wieder draußen auf der Hauptstraße. Der schnell hinuntergekippte Alkohol schoss ihm ins Blut. Gesichter zogen vorbei, fahl beleuchtet von Schaufenstern, Kinoreklamen und Kneipenlampen. »Soll ich mich mit Dreißig umbringen?« Er bog in eine Seitenstraße ab. Jedesmal, wenn er hierherkam, packten ihn wieder der gleiche Ekel und die gleiche Furcht, und er sagte sich, wie hässlich doch das rote Licht war, dass sich in den Pfützen spiegelte, wie abscheulich dieses Beyoğlu und wie armselig und feige er selbst, und er meinte immer wieder, er werde zu Boden stürzen. Er sah das alte dreistöckige Haus. Wie immer betrat er es mit zur Schau gestellter Gleichgültigkeit, als käme er gerade nach Hause. Die alte Frau, die ihm die Tür geöffnet hatte, sah er mit leeren Augen an, ging dann die Treppe hinauf und sah oben die Frauen sitzen, sah auch, wie sie ihn ansahen, sah, dass eine von ihnen ein erfreutes Gesicht machte und ihm mit einem Blick zuzwinkerte, der lüstern wirken sollte, sah die anderen lachen; denken wollte er nichts. Nichts denken, nur den Alkohol noch schneller ins Blut haben wollte er. Er gab einer von ihnen Geld, stieg eine weitere Treppe hinauf, betrat ein rotbeleuchtetes, luft- und fensterloses schmutziges Zimmer. Wieder eine andere Frau bedeutete ihm zu warten, er gab ihr mit gefühllosem Blick ein Trinkgeld und setzte sich in den Sessel neben dem Bett. »Gleich kommt sie!« dachte er.

Er lehnte den Kopf zurück, ließ seine kurzen Arme herabhängen und horchte in sich hinein wie ein alter Mann, der eine Herzattacke hatte. Von der hohen Decke des widerlich warmen, stinkenden Zimmers hing eine schmutzige rote Glühbirne herab. Obwohl sie brannte, wirkte sie kalt. Muhittin hatte einmal an einem Gedicht geschrieben, das »Die rote Glühbirne« heißen sollte, doch als ihm klar wurde, wieviel Ehrlichkeit er dabei hätte aufbringen müssen, hatte er davon abgelassen und sich eingeredet, nicht Heuchelei oder Lust am Versteckspiel hätten ihn von einer Vollendung des Gedichts abgehalten, sondern das Milieu, das ihn umgab, in dem man solche Ehrlichkeit nur als Abartigkeit aufgefasst und ihm vorgeworfen hätte, auf Provokation und billiges Interesse aus zu sein. Nun aber, als er hier so einsam dasaß, spürte er, dass er sich selbst gegenüber unerbittlich sein und zugeben musste, das Gedicht aus lauter Feigheit und Heuchelei nicht fertiggeschrieben zu haben. Er war ein Heuchler, ein schlechter Dichter, ein guter Hochstapler, der sich mit Dreißig nicht würde umbringen können und fürchtete, sich bei der Frau, die nun gleich kommen würde, eine Krankheit zu holen. Zum Glück war er intelligent genug, die Furcht vor der Krankheit abzuwehren, denn immer wenn diese Furcht ihn befiel, dachte er an Baudelaire. Was jenen armseligen französischen Außenseiter nämlich zu Baudelaire gemacht hatte, waren zwei Dinge: Einsamkeit und Syphilis! »Wie Baudelaire bin ich ein einsamer, trübsinniger, intelligenter, liebesbedürftiger Dichter! Und außer Huren habe ich keine Freunde, so wie Baudelaire. Fehlt bloß noch die Syphilis; wenn ich die kriege, habe ich alles beisammen!« Mit starrem Blick auf die rote Glühbirne spulte er in aller Hast diese Gedanken herunter, um seiner Beklommenheit Herr zu werden. Dann hörte er eine Frau summend die Treppe heraufkommen. Er horchte auf ihre Schritte, doch das Lied zog an seinem Zimmer vorbei. Gleich darauf ging quietschend die Tür zum Nebenzimmer auf. Dort musste genauso einer sitzen wie er. »Meine einzigen Freunde!« Er versuchte sich das Gesicht der Frau vorzustellen, die gleich kommen würde, doch konnte er sich kaum an sie erinnern. Statt dessen kamen ihm andere Frauengesichter in den Sinn. Am Nachmittag hatte die Gattin seines Teilhabers nach dem Einkaufen im Büro vorbeigeschaut, eine dunkelhaarige, unscheinbare Frau um die Dreißig. Er ertappte sich dabei, dass er die Nase über sie rümpfte. »Ich sehe auf sie herab, weil sie nicht wie meine Traumprinzessin aussieht«, dachte er und musste lachen. Im Grunde sah er auf alle Frauen herab, die nicht seiner Traumprinzessin entsprachen. Sein Teilhaber, der ihn auf nervtötende Art und Weise zu verkuppeln suchte, hatte ihn einmal scherzhaft als Frauenfeind tituliert. Dem hatte Muhittin energisch widersprochen, eingedenk all der Achtung, die er seiner Traumprinzessin entgegenbrachte, doch danach hatte er sich über sich selbst geärgert. »Meine einzigen Freunde sind die Huren!« Ihm war manchmal so, als ob er diese mehr achtete als alle anderen Frauen. Dann sagte er sich auch, dass sie nicht aus Armut und Not zu Huren geworden waren, sondern aus einer bewussten Entscheidung heraus, um sich den Regeln der Gesellschaft nicht zu beugen und nicht machen zu müssen, was die anderen taten. Wieder hörte er jemanden die Treppe heraufkommen. In seine Erregung mischte sich Besorgnis, und er sagte sich, wie schon so oft: »Nie wieder komme ich hierher! Ich werde nur noch arbeiten! Ich darf einfach nicht mehr kommen!«

Kurz vor seiner Tür hielten die Schritte inne, und eine heisere Frauenstimme rief ungeniert: »Ist mein kleines Schätzchen da?«

Sie bekam sogleich Antwort von einem Mann. Muhittin kannte dieses Spielchen schon, von seinem ersten Besuch vor einem halben Jahr; ihn störte das nicht. Ja, nicht nur das, er fand sogar Gefallen daran. Jene Frauenstimme hatte so etwas liebevoll Mütterliches an sich. »Mein kleines Schätzchen!«

Da ging die Tür auf. Von dem roten Licht beschienen, trat eine Frau ein und sagte zu Muhittin in ihrer üblichen aufgesetzten Fröhlichkeit: »Na du Schlingel!« Muhittin sah verlegen drein. Sie würden wie üblich erst ein paar Worte wechseln, und dann würde die Frau ihr Kleid ausziehen und dabei fragen: »Habe ich dich warten lassen?« Mit einem Ruck stand Muhittin auf, packte die Frau an den Schultern und fragte: »Meinst du, ich kann mich umbringen?«

»Was, du willst mich umbringen?« erwiderte die Frau verblüfft und riss sich von ihm los. »Was soll das?« Sie sah Muhittin an wie einen Verrückten, aber wirkliche Angst schien sie nicht zu haben. Sie musste derlei gewöhnt sein.

Anstatt zu sagen: »Nicht dich, sondern mich!«, senkte Muhittin nur den Kopf.

28

ZUM ZEITVERTREIB

Draußen tobte ein Schneesturm. Der Wind ließ die Fenster erzittern, heulte durch den Kamin und übertönte immer wieder das Radio, so dass Herr Rudolph oder besser gesagt Herr von Rudolph sich stirnrunzelnd vorbeugen musste, um Hitlers eifernde Worte noch zu verstehen. Wenn diese zu maßlos wurden, um noch vermittelt werden zu können, sah Herr Rudolph betreten auf seine Hände herunter, die auf den Knien ruhten, und Refik wusste dann, dass der Wortschwall aus dem Radio Anlass zur Besorgnis gab. Hitler war in Wien, und Herr Rudolph übersetzte seinen Gästen das im Radio Gehörte. Ömer sah gähnend zu dem Schneesturm hinaus, während Refik aufmerksam Herrn Rudolphs Mienenspiel beobachtete. Noch einmal musste Herr Rudolph beschämt den Blick senken, dann war die Übertragung beendet. Sie hörten die getragene Stimme eines Rundfunksprechers, dann krächzte es ein wenig aus dem Radiogerät, dessen Empfangsstärke der deutsche Ingenieur durch eifriges Basteln erhöht hatte, und schließlich erklang ein Walzer: *An der schönen blauen Donau.*

»Jetzt ist es also soweit!« sagte Herr Rudolph. »Deutschland hat sich Österreich einverleibt! Und Wien hat Hitler einen triumphalen Empfang bereitet.« In seinem tadellosen Türkisch hatte er den beiden auch die anderen Nachrichten übersetzt: von dem nahenden Sieg der Frankisten in Spanien, der französischen Regierungskrise und den Spannungen in der Tschechoslowakei.

»Und was wird jetzt passieren?« fragte Refik.

»Was soll schon passieren?« entgegnete Ömer und stand auf. »Schach spielen wir! Nicht wahr, Herr Rudolph?« Und schon holte er auch vom Schrank das Schachbrett herunter.

»Wie Sie sehen, ist Ihr Freund eher pragmatisch veranlagt«, sagte Herr Rudolph. »Die dunklen Wolken, die über Europa herziehen, interessieren ihn nicht. Interessieren tut ihn allein sein Schach …« Verlegen lächelnd setzte er hinzu: »Dem aber ich auch nicht ganz abgeneigt bin!«

»Spielen Sie nur, spielen Sie!« sagte Refik. »Mir macht das nichts aus!«

»Nur ein Spielchen!« sagte der Deutsche und setzte sich eifrig ans Brett. Als die beiden gekommen waren, hatte Refik noch schelmisch gesagt, ihm sei ja eigentlich nach einem Gespräch zumute und nicht nach Schach.

»Tja, da ist eben jemand auf eine Revanche aus«, sagte Ömer und dachte an ihr letztes Spiel vor zwei Tagen zurück.

Alle zwei, drei Tage besuchten Ömer und Refik abends den Deutschen, der sich immer sehr freute, weil er ansonsten einsam war. Er war vor zehn Jahren in die Türkei gekommen, um an der Eisenbahnstrecke Sivas–Samsun mitzuarbeiten. Als er danach zur Strecke Sivas–Erzurum überwechselte, erfuhr er von Hitlers Machtübernahme und beschloss, nicht nach Deutschland zurückzukehren. Bei dieser Entscheidung mochten auch andere Faktoren mit hineingespielt haben. Gelegentlich erwähnte der Ingenieur, dass er sich mit seinem Vater, einem General, überhaupt nicht verstehe und auch mit der Engstirnigkeit der Deutschen nicht mehr zurechtkomme. Und schließlich verdiente er in der Türkei so viel Geld, dass sich eine Rückkehr nach Deutschland gar nicht lohnte.

Refik rückte sich einen Stuhl an den Schachtisch heran und fragte: »Was sagten Sie gerade?«

»Dass ich jetzt erst recht nicht zurückgehe! Wenn die Europäer Hitler alles gewähren, was er verlangt, wird er zwar keinen Krieg vom Zaun brechen, aber loszuwerden ist er auch nicht!«

»Na gut, dann bleiben Sie eben hier!« sagte Ömer. »Ich begreife sowieso nicht, wie Sie nach zehn Jahren einfach so gehen könnten. Sie sind doch ein halber Türke jetzt!«

»Ha, dass ich nicht lache! Sie wollen mich doch nur zum Lachen bringen, damit ich verliere!«

Eine Weile spielten sie schweigend. Man hörte nur *Die schöne blaue Donau* und den Sturm. Auch Refik sah unentwegt auf das Schachbrett.

Nach zehn, zwölf Zügen führte Ömer einen Zug sehr rasch aus, und es stellte sich heraus, dass er auf den vorhergehenden Zug Herrn Rudolphs spekuliert und sich dementsprechend etwas ausgedacht hatte. Herr Rudolph fluchte in einer Mischung aus Türkisch und Deutsch vor sich hin, seufzte laut, fingerte an seiner Pfeife herum, die er nie aus der Hand nahm, und als der Dienstbote den Tee brachte, sah er ein, dass die Partie verloren war, und starrte nur noch verzagt auf das Brett.

Ömer stand auf. »Wollen Sie uns daraufhin nicht einen Cognac spendieren?« Und ohne eine Antwort abzuwarten, holte er die Flasche selbst. »Und dann sagen Sie mir doch das eine: Warum kommt es Ihnen so lächerlich vor, wenn ich Sie als halben Türken bezeichne?«

»Weil die Türken andere Menschen sind als ich!« rief der Deutsche, und sein Gesicht, dem man die Enttäuschung über die Niederlage ansah, verhärtete sich dabei.

»Wo möchten Sie denn dann hin?« fragte Refik.

»Nach Amerika!«

»Und warum bleiben Sie nicht hier?« fragte Ömer.

»Weil dieses Land nichts für mich ist!«

»Was? Das sagen Sie nach zehn Jahren? Sie sind doch längst eingewöhnt hier!«

»Mein Körper vielleicht, aber nicht meine Seele.« Dabei legte er sich in einer gefühlvollen Geste die Hand aufs Herz.

»Und warum soll die sich nicht an die Türkei gewöhnen? In Istanbul sind jetzt viele Deutsche, die aus ihrer Heimat geflüchtet sind. Warum soll das nicht auch was für Sie sein?«

»Ich sage doch, wegen meiner Seele.«

»Von wegen Seele! Ihnen ist das Leben nur zu beschwerlich hier. Sie sehnen sich nach mehr Bequemlichkeit. Sie sind in die Türkei gekommen, weil Sie als Kind mit Ihrem Vater schon mal hier waren, Sie haben ein bisschen hier gelebt und Geld verdient, und jetzt flüchten Sie sich in mehr Komfort!«

»Nein, nein!« beteuerte der Deutsche und wurde rot. »Das waren immerhin zehn Jahre und nicht nur ein bisschen. Und weil Sie mich so ärgern, werde ich ganz offen sein: Ich mag den Orient nicht! Mag diese ganze Atmosphäre nicht und diese fremden Seelen, die mit der meinen nicht harmonieren. Ich habe Ihnen doch oft genug diese Verse von Hölderlin vorgetragen, und selber haben Sie sie auch schon gelesen.« Noch einmal sagte er sie auswendig her und übersetzte sie dann ins Türkische: »Wie ein prächtiger Despot, wirft seine Bewohner der orientalische Himmelsstrich mit seiner Macht und seinem Glanze zu Boden, und, ehe der Mensch noch gehen gelernt hat, muss er knien, eh' er sprechen gelernt hat, muss er beten! Sehen Sie, so oft habe ich das schon gesagt, und jedesmal haben Sie mir recht gegeben, was ist dann jetzt auf einmal?«

»Ach, wir reden doch nur, Herr Rudolph, um uns die Zeit zu vertreiben, da brauchen Sie sich doch nicht aufzuregen! Aber irgendwie verachten Sie uns doch, stimmt's? Sie traktieren uns mit den Worten dieses verrückten Dichters, also verachten Sie uns, so ist es doch!«

»Ich verachte niemanden. Ich sage lediglich, dass mir die orientalische Seele nicht liegt. Und das sage ich schon seit jeher.«

»Sie sagen aber auch immer, dass Sie sich mit mir gut verstehen?«

»Natürlich. Weil Sie auch nicht so sind wie die! Sie haben mich doch selber gefragt, ob Sie nichts von einem Rastignac an sich haben! Sie passen auch nicht zur Seele dieses Landes.« Dann wandte er sich zu Refik: »Und Sie genausowenig! Keiner von uns ist für dieses Land hier geschaffen. Wenn erst einmal der Teufel in einen gefahren ist und das Lichtlein des Verstandes angezündet hat, dann kann man machen, was man will, man ist und bleibt ein Fremder hier. Die Seele lebt mit der Welt um sich herum in dauerndem Zwist, das sehe ich nur allzu deutlich. Entweder man verändert dann die Welt, oder man bleibt darin Außenseiter! Wie sieht es eigentlich mit Ihren Studien aus, Refik? Haben Sie beschlossen, nach Istanbul zurückzukehren?«

»Ich habe noch gar nichts beschlossen.«

»Sehen Sie!« triumphierte der Deutsche. »Das Licht des Verstandes verträgt sich nicht mit der Seele des Orients … Sie können nicht so sein wie Ihre Umgebung. Sie haben mir von Rousseau erzählt, aber die Welt, in der Sie leben, ist völlig anders!«

»Was sollen wir dann machen?«

»Moment mal!« warf Ömer ein. »Lass mich mal für mich selber reden! Ich weiß nämlich sehr wohl, was zu tun ist. Der Mensch muss sich ein Ziel setzen, muss Pläne schmieden und diese dann entschlossen in die Tat umsetzen! Also, jeder sollte nur für sich selber sprechen!«

»Schon gut! Jedenfalls habe ich noch nichts beschlossen«, erwiderte Refik kleinlaut. Seit vier Wochen las er die mitgebrachten Ökonomiebücher, dachte über die türkische Wirtschaft, über Reformen und Etatismus nach, schrieb auch das eine oder andere und sprach dann mit Herrn Rudolph darüber, um aus alledem eine Schlussfolgerung zu ziehen, doch brachte er sein Anliegen nicht richtig auf den Punkt und musste auch einsehen, dass das nicht leicht sein würde.

»Halten Sie mir den Rationalismus in Ehren!« empfahl Herr Rudolph. »Wenn Sie mit dem brechen, stürzt alles zusammen!« Genauso wie Ömer trank er viel Tee mit Cognac.

»Was meint er eigentlich mit Rationalismus?« dachte Refik. »Wahrscheinlich, dass ich ausgeglichen sein und mir meine Gedanken nicht durch allzuviel Eifer verderben soll. Und warum sagt er mir das? Soll mir dieser sogenannte Rationalismus dazu verhelfen, dass ich zu meiner früheren Seelenruhe in Nişantaşı zurückfinde? Kann ich mich von meinem bedrückten Gewissen und all meinen Verstimmungen befreien und mit meinem jetzigen Bewusstsein mein altes Leben wiederaufnehmen? Nein!« Ihm kam das Haus in Nişantaşı in den Sinn und Perihan und Melek … Er vermeinte gar, das Ticken der Wanduhr zu hören und den ganz typischen heimeligen Duft des Hauses zu riechen.

»Aber Sie haben Hölderlin doch immer recht gegeben!« Herr Rudolph hatte noch immer nicht verkraftet, dass Ömer sich plötzlich gegen Hölderlin wandte. Als er das Zimmer verließ, um Tee zu holen, rief er: »Das ist ein Dolchstoß in den Rücken!« Und als er mit dem vollen Tablett wieder hereinkam, fuhr er gleich fort: »Und noch dazu haben Sie behauptet, ich sehnte mich nur nach Bequemlichkeit! Was fehlt mir denn hier? Ich habe meinen Generator, in der Küche steht immer noch mein Diener bereit … Bequemlichkeit! Sie sind mir so ein Rastignac!«

Draußen hörte man Wölfe heulen.

»Sie schlafen heute nacht lieber hier!« Er ging zum Fenster, hielt das mit den Händen abgeschirmte Gesicht an die Scheibe und sah ins Dunkel hinaus.

»Wenn einer uns Türken verachtet, dann bleiben wir auch nicht in seinem Haus!« rief Ömer.

Refik war nicht ganz klar, inwiefern Ömer das nun ernst meinte oder nicht, doch Herr Rudolph war unzweideutig beleidigt. Er wandte sich um und starrte Ömer wütend an, mit einem Gesicht, dessen Röte nicht allein vom Cognac kam.

»Sie geben doch so gerne den Rastignac! Aber so einer werden Sie nie!« Fahrig setzte er sich in seinen Sessel. Er hantierte mit seiner Pfeife herum, zündete sie an und starrte dann eine Weile schweigend auf seine Hände. Schließlich fing er doch wieder an: »Nie werden Sie so einer, ich sage es Ihnen! Mein Land und meine Seele sind nämlich schon am Ende des Weges, Ihr Land und Ihre Seele dagegen erst am Anfang. Ihre Seele ist noch jung, weil das Licht, von dem ich vorhin gesprochen habe, erst seit kurzem daraufällt. Aber zum Reifen wird sie keine Gelegenheit haben, weil ich nicht wüsste, wie der Samen, der einen Rastignac aus Ihnen macht, in dem kargen, fruchtlosen Boden des Orients gedeihen sollte. Nein, mit einem Rastignac ist das gar nicht zu vergleichen. Wenn Sie wenigstens moralische Bedenken hätten, so wie Refik … Was sehen Sie mich denn so an?«

»Weil Sie uns schon wieder kritisieren!« versetzte Ömer. »Ich höre Ihnen gar nicht mehr zu! Nur weil ich Sie einmal mit Ihrem ›von‹ tituliert habe, glauben Sie jetzt, Sie könnten sich alles erlauben!«

»Ich meine es doch nicht böse! Ich mache mir tatsächlich Sorgen um Sie. Sehen Sie, ich bin jenseits der Vierzig und weiß genau, was ich vorhabe. Ich suche mir in Amerika eine Stadt aus und lebe dort mit ein bisschen Ingenieurarbeit, mit Büchern und Musik. Aber Sie … Für Sie mit Ihrem Ehrgeiz ist das nicht der richtige Boden hier, denn er ist noch voller Unkraut und Dornengestrüpp. Hinter Balzacs Rastignac steckte die blutige Französische Revolution. Und hier? Hier ist der größte Herr immer noch Kerim Naci Bey. Großgrundbesitzer, Eisenbahnunternehmer und Abgeordneter noch dazu … Für Sie bleibt da nichts mehr übrig, mein Freund. Haha … Was möchten Sie denn in Besitz nehmen, Herr Eroberer, vor lauter Dornen und Unkraut?«

»Ich weiß schon, was ich tue! Mischen Sie sich da nicht ein!«

Herr Rudolph erwiderte nichts, aber in seinem Gesicht zuckte es. In sein Teeglas füllte er nun ohne Umschweife nur noch Cognac und trank ihn hastig. Sie schwiegen.

»Wann geht denn dieser Sturm zu Ende!« rief Ömer schließlich. Dann gähnte er so demonstrativ, als ob nun nichts mehr zu sagen sei.

Er stand auf. »Sollen wir Musik hören? Oder ist es schon zu spät? Wir können auch gehen, wenn Sie wollen!«

»Ich bitte Sie, bleiben Sie doch sitzen!« Herrn Rudolph war die Erregung noch immer anzusehen. »Wenn Sie das Radio genau einstellen, finden Sie Berlin. Die bringen heute bestimmt Wiener Walzer!«

Ömer begann am Radio herumzudrehen. Schon bald wurde er fündig, und ein langsamer, süßer Walzer klang durch den Raum.

»Sie glauben doch nicht wirklich, dass ich Sie verachte, oder?« beeilte sich Herr Rudolph zu sagen.

»Nein, das nicht, aber verletzt haben Sie uns schon!« erwiderte Ömer. Und nach einer Pause: »Und geben Sie doch zu: Sie verachten hier schon manches!«

»O ja! Und zwar diesen Kerim Naci Bey! Den hasse ich! Von allen wird er verehrt: von den Arbeitern, den Meistern, den Tagelöhnern … Und jeder weiß etwas über ihn zu erzählen, genau wie über meinen Vater, den General. Regelrecht verliebt sind sie in ihn und rühmen seine Reitkünste, sein Vermögen, seinen Gang, sein Aussehen … Sie arbeiten wie die Sklaven für ihn, und trotzdem mögen sie ihn. Und was tut er selbst? Gar nichts! In Eskişehir hat er mehr Grund und Boden, als er jemals zu Fuß abgehen könnte. Er soll ein guter Mensch sein, ein guter Abgeordneter, ein guter Schütze … Ha, ein guter Schütze, der seinen Sklaven über den Kopf streichelt! Und sie erfinden Legenden über ihn. Zum Teufel mit den Legenden! Wir leben doch im Zeitalter der Vernunft, wozu da noch diese Verehrung finsterer Mächte?«

»Ich bewundere ihn nicht!« sagte Ömer. »Ich habe ihn auch satt mit seinem eingebildeten väterlichen Gehabe!«

»Das ist genau das, was meiner Seele fremd bleibt! Ich kann mich einfach nicht daran gewöhnen. Die Leute schuften sich zwölf Stunden am Tag für ihn ab und bewundern ihn auch noch! Wie gut er reitet, und wie bescheiden er ist! Sie glauben an ihn. Man könnte meinen, sie arbeiten voller Inbrunst für ihn. Das begreife ich einfach nicht. Aber so was gibt es eben in Amerika nicht! Dort arbeiten die Leute auch, aber nicht aus gläubiger Verehrung heraus. Dort arbeiten sie, weil sie wissen, dass man anders nicht existieren kann. Vielleicht sind ja die Menschen hierzulande glücklicher, weil sie beim Arbeiten an etwas glauben, aber an all die Lügen und Legenden kann ich mich einfach nicht gewöhnen. Verstehen Sie, was ich meine? Ich möchte eben, dass überall die Vernunft regiert. Aber verachten tue ich Sie nicht! Wie sollte ich das auch? Aber diesen Kerim Naci Bey, den verachte ich tatsächlich.«

»Recht so!« sagte Ömer.

»Lachen Sie nur! Sie haben ja ein gesundes Selbstvertrauen, aber …«

»Ich weiß, ich weiß, vorhin ist es Ihnen ja herausgerutscht, Sie sind auf mich neidisch wegen meiner jungen Seele … Weil ich eine Eroberserseele in mir trage, oder weil ich das so voller Überzeugung sagen kann. Sie können nämlich nicht mehr so sein … Dabei sehnen Sie sich danach!«

»Jetzt hör aber auf!« sagte Refik, dem die Debatte zu hitzig wurde.

»Keine Sorge, ich bin ihm nicht böse!« wehrte Herr Rudolph ab. »Auch dann nicht, wenn er wieder ›von‹ zu mir sagt. Ich kenne ihn ja.«

»Natürlich bringe ich das ›von‹ wieder an!« rief Ömer, schien aber nicht mehr gereizt zu sein. »Wie wäre es mit einer Runde Schach?« Als der Deutsche daraufhin erst Refik anblickte, fügte Ömer hinzu: »Dem macht das nichts aus. Der hängt seinen Gedanken nach und trinkt seinen Cognac. Und während er zwischen seinem geliebten Heim und seiner geliebten Heimat hin und her gerissen ist, spielen wir beide eben! Du bist doch nicht beleidigt, Refik, oder?«

»Ach was, spielt ihr nur!«

»Ja, und dann schlafen wir doch am besten hier.«

»Genau!« rief Herr Rudolph. Dann hielt er betroffen inne, als würden sie etwas Unschickliches unternehmen. »In der Welt brodelt es, und wir spielen hier Schach! Aber was soll's? Jetzt hat es Österreich erwischt, aber was können wir schon dafür?«

TAGEBUCH II

Montag, 14. März 1938
Gestern abend wieder bei Herrn Rudolph gewesen. Wir haben lange beisammengesessen und getrunken. Wegen eines Schneesturms haben wir dort auch übernachtet. Ömer und Rudolph haben Schach gespielt und wie üblich gegeneinander gestichelt. Wir haben viel geredet. Rudolph hat wieder aus seinem Hölderlin vorgetragen und erklärt, was er von der Seele des Orients und von Ömers Plänen hält. Auch über mich hat er sich ausgelassen und mir geraten, nicht vom Pfad des Rationalismus abzuweichen. Was meint er damit genau? Dass ich meine Gedanken von meinen Gefühlen trennen soll? Wahrscheinlich soll es Spott über meine Rousseauverehrung sein … Sehr leuchtet mir ein, was er über die Aufklärung sagt und dass ich zu diesem Land nicht richtig passe. Es ist so anregend, mit diesem Deutschen zu reden! Der Sturm hat sich immer noch nicht gelegt … Ich denke immer an das gleiche: Wann soll ich nach Hause zurück, und wie?

19. März
Erst gestern hat sich der Sturm gelegt. Ich lese viel. Seit über einem Monat bin ich nun von zu Hause fort. Ich muss einen Brief schreiben oder mich zur Rückkehr entschließen. Warum bin ich eigentlich hier? Ich hatte gedacht, ein einmonatiger Tapetenwechsel würde mir guttun. In Istanbul konnte ich mein altes Leben nicht weiterführen, das war klar, doch was erhoffte ich mir? Ich weiß es selbst nicht recht. Vermutlich dachte ich, innerhalb eines Monats würde sich alles von selbst einrenken. Jetzt aber weiß ich, dass das nicht so einfach ist. Ich werde auch weiterhin rastlos und nervös sein. Zumindest zwei Vorteile hat mein Aufenthalt hier: 1. Ich habe Abstand gewonnen und eine andere Welt kennengelernt. 2. Ich habe hier die Muße und die Energie gefunden, um mich ganz auf diese Bücher einzulassen.

Ich habe nach Hause geschrieben, dass ich in einem Monat heimkehren werde, und ihnen erklärt, dass ich an ein paar Projekten arbeite, den ganzen Tag mit Lesen und Nachdenken verbringe und befürchte, bei einer verfrühten Rückkehr das hier Begonnene nicht zu Ende führen zu können. Auch an Perihan muss ich schreiben. Es war dumm von mir, dass ich ihr einen Monat lang gar nicht geschrieben habe. An unserem Streit war ja ich schuld. Überhaupt war der Streit nur ein Vorwand. Gestern habe ich darüber mit Ömer gesprochen, und auch er sieht das so und findet, dass ich Perihan schreiben soll. Wir haben uns noch weiter unterhalten, und Ömer hat mich gefragt, was ich eigentlich vorhabe. Ich habe ihm gesagt, dass ich so lange weiterarbeiten will, bis meine Lektüre einen konkreten Nutzen nach sich zieht. Was kann man tun, um in die Dörfer mehr Fortschritt zu bringen?

26. März

Ich bin erleichtert, weil ich den Brief an Perihan nun abgeschickt habe. Ich habe ihr geschrieben, dass an all unseren Konflikten ich schuld bin, dass ich das letzte Jahr über streitsüchtig und unleidig war und dass mir nun klar ist, wie sehr ich immer nur an mich gedacht habe. Dann habe ich sie um Verständnis dafür gebeten, dass ich hier noch eine Weile bleiben möchte. Nun ist mir so leicht ums Herz wie schon lange nicht mehr. Auch meine Gedanken sind viel freier, oder zumindest kommt es mir so vor. Ich sehe meine Zukunft jetzt deutlich vor mir. Oder besser gesagt weiß ich jetzt, dass meine Zukunft in meinen eigenen Händen liegt. Ob mir Gutes oder Schlechtes widerfährt, ob ich glücklich oder unglücklich werde, ausgeglichen oder bedrückt, das habe ich alles selbst zu verantworten, soviel ist mir nun klar. Es gibt keine andere Kraft außer mir, die mein Leben bestimmt. Obwohl ich jetzt auch weiß, dass ich nicht besonders intelligent bin.

Samstag, 2. April

Heute ist es wieder so sonnig wie am Tag meiner Ankunft. Da auch Ömer nicht allzuviel zu tun hatte, hat Hacı uns ein wenig herumgeführt. Wir sind vier, fünf Kilometer Richtung Erzincan gegangen, bis zum Bahnhof von Alp. Kurz hinter dem Bahnhof ist ein Gut, auf dem Hacı früher als Verwalter gearbeitet hat. Hacıs Frau, seine hübsche Tochter und sein ältester Sohn wohnen noch dort. Das Gut und seine Ländereien gehörten früher einem von Abdülhamit nach Kemah strafversetzten Landrat. Nach dessen Tod wurde es unter den Erben aufgeteilt. Ein Teil wurde verkauft, ein anderer noch eine Zeitlang von Hacı weiterverwaltet. Das alte Herrenhaus mit den feinen Holzverzierungen verfällt. Im Erdgeschoß wohnt noch Hacı mit seiner Familie. Auf dem Rückweg ist uns ein Tier mit einem dicken, buschigen Schwanz über den Weg gelaufen, ein Fuchs anscheinend. Bis Hacı anlegen konnte, war es schon verschwunden. Dieser Hacı ist ein seltsamer Mensch, den ich noch nicht so recht ergründet habe. Bald können auch die Bauarbeiten im Freien weitergehen, vor allem an den Brücken. Vorhin habe ich mit Ömer darüber gesprochen; er befürchtet, den Auftrag nicht rechtzeitig erledigen zu können, aber die Frist ist doch noch ziemlich lang. Ich bin angenehm müde und gähne die ganze Zeit. Ich lege mich erst mal hin.

Freitag, 8. April

Wir waren bei Rudolph und haben uns unterhalten. Diesmal habe ich auch Schach gespielt, und verloren, worüber Rudolph sich sehr gefreut hat. Er sagt, dass er sich über Ömers und meine Zukunft viele Sorgen macht. Bin ich denn so naiv?

12. April

Ich habe jetzt das Gefühl, dass aus meiner Lektüre und meinen Notizen etwas zu machen wäre. Was muss geschehen, damit sich die türkischen Dörfer entwickeln? Um die Dörfer aus dem finsteren Mittelalter zu befreien und sie an die Städte und die staatlichen Reformen anzubinden, muss meiner Ansicht nach etwas grundsätzlich anderes gemacht werden als bisher … Im Rahmen der staatlich gelenkten Wirtschaft ließe sich bestimmt etwas anfangen. Aber mit den Ideen aus *Reformen und Organisation* ist nicht alles zu bewältigen, genausowenig wie mit dem Liberalismus aus *Staat und Individuum*. Ich mische mir mein eigenes Rezept zusammen, schreibe es dann nieder und entwickle es weiter. Wenn ich glaube, auf etwas gestoßen zu sein, stehe ich immer ganz aufgeregt vom Tisch auf und gehe im Zimmer umher, und dann fallen mir dazu wieder andere Sachen ein, und ich werde wieder ganz verwirrt. Dann habe ich plötzlich lauter Bilder vor Augen. Vorhin zum Beispiel habe ich die Hochzeit mit Perihan gesehen, und dann ist mir das Gesicht von jemandem in den Sinn gekommen, den ich mal irgendwo flüchtig kennengelernt hatte. Ich will meine Gedanken zum Dorfwesen zu Ende bringen und sie dann jemandem zeigen. Vielleicht İsmet Paşa? Den sehe ich manchmal auf Heybeliada. Oder jemand anders? Süleyman Ayçelik? Trotz dieser Höhenflüge komme ich mir keineswegs wie ein Träumer vor. Höchstens, dass ich morgen früh wieder etwas ernüchtert bin, aber das ist auch schon alles.

16. April

Ich habe einen Brief von Perihan bekommen. Zwei kurze Seiten nur, die ich wieder und wieder gelesen habe. »Du kannst zurückkommen, wann Du willst, das ist ganz Deine eigene Entscheidung, aber am liebsten wäre mir, Du würdest so bald wie möglich kommen und mich und unser Kind nicht länger allein lassen!« schreibt sie. Sie habe nicht in Erwägung gezogen, zurück zu ihrer Mutter zu gehen, und dass bei unserem Streit sie selber recht habe, wisse sie durchaus. Dass ich das einsähe, sei sehr gut. Dann erzählt sie noch ein bisschen von Melek. Sie beschuldigt niemanden und schlägt einen sehr gemäßigten Ton an, der uns beide schonen soll. Mir kam in den Sinn, sogleich nach Istanbul zu fahren, aber damit würde ich meinen ganzen Plan aufgeben. Wann soll ich dann heimfahren? Nun bin ich schon zwei Monate hier und noch nicht besonders weit gekommen. Ich stehe jeden Morgen um sieben auf, frühstücke bis um acht und gehe dann ein bisschen hinaus, egal, wie das Wetter ist. Dann arbeite ich bis um eins. Nach dem Essen lege ich mich ein wenig hin. Nachmittags arbeite ich bis sechs oder bis kurz nach Sonnenuntergang. Nach dem Abendessen besuchen wir Rudolph, oder ich lese, so wie heute. Voltaire, Rousseau … Perihan will mir die bestellten Bücher schicken. Eigentlich schäme ich mich ja, und zwar sogar sehr, aber was soll ich machen?

Frühling! Sie arbeiten jetzt draußen an den Brücken. Auch füllen sich die anderen Zimmer der Baracke mit neu eintreffenden Ingenieuren. In unserem Zimmer ist es vorbei mit der Bequemlichkeit, es sind drei Neue eingezogen, die ich gerade kennengelernt habe. Dass ich mit der Baustelle gar nichts zu tun habe, hat sie sehr gewundert. Sie wollten wissen, was ich hier treibe, und das ist gar nicht so leicht zu erklären. Eine unangenehme Situation. Enver und Salih werden vermutlich mit spöttischen Bemerkungen nicht sparen.

Jetzt habe ich auch den berüchtigten Kerim Naci Bey kennengelernt. Es stimmt schon, was man sich so erzählt. Er kam dahergeritten wie Napoleon, und die Leute haben ihn ehrfurchtsvoll angestarrt. Er hat immer nur leicht genickt, wie ein Kommandant, der sein Heer inspiziert. Er hat Ömers Durchsetzungskraft und Unternehmertum gewürdigt, aber so, wie ein General einen Unteroffizier lobt. Was ich hier soll, hat er nicht begriffen. Die staatlichen Kontrolleure sind ihm hinterhergeritten. Ich bin auch auf ein Pferd gestiegen. Ich dachte, ich würde gleich wieder herunterfallen, aber dem war gar nicht so. Das Pferd macht alles von allein, man muss nur darauf sitzen bleiben.

Mit meinen Projekten komme ich gut voran, und ich arbeite mit großer Freude.

30

ZWEI MUSIKLIEBHABER

Cezmi blickte auf einen der Alleebäume auf dem Mittelstreifen, als ob es da etwas Besonderes zu sehen gäbe, und fragte wie beiläufig: »Und was macht ihr in den Sommerferien?« Sie waren von Taksim nach Harbiye unterwegs. Es war Anfang Mai, und die Alleebäume blühten. Nach der Musikstunde bei Monsieur Balatz gingen sie immer gemeinsam vom Tunnel bis nach Harbiye. Cezmi hätte Ayşe gerne bis Nişantaşı begleitet, aber das ließ sie nicht zu, und das war auch mehr oder weniger der Grund für ihre Streitgespräche darüber, wie eine moderne Beziehung zwischen Mann und Frau aussehen sollte. Ayşe wurde seit Anfang des Jahres nicht mehr von ihrer Mutter abgeholt. Um das durchzusetzen, hatte sie zu Hause einen langen Kleinkrieg geführt, bis Nigân mit heruntergezogenen Mundwinkeln und einer gereizten Geste angezeigt hatte, wie überdrüssig sie all dieser Mühsal war und dass ihre Tochter ja ohnehin nie so sein würde, wie sie als Mutter sich das gewünscht hätte, und damit war das Thema erledigt gewesen.

»Na sag schon, was macht ihr da?« wiederholte Cezmi und schwenkte seinen Geigenkasten hin und her.

Die Familie wollte diesen Sommer wieder auf Heybeliada verbringen, was im Jahr davor wegen Cevdets Tod nicht möglich gewesen war, doch Ayşe sollte auf Betreiben von Mutter und Bruder zu ihrer Tante in die Schweiz geschickt werden, um kurz vor dem Schulabschluss ihr Französisch noch zu verbessern. In diesem Fall war es vorbei mit den Musikstunden und mit dem gemeinsamen Weg vom Tunnel nach Harbiye. Ayşe dachte: »Ich will nicht in die Schweiz!« Sie sah, wie nervös Cezmi seinen Geigenkasten baumeln ließ, und sagte: »Ich weiß noch nicht. Und was hast du vor?« Sie hätte sich am liebsten auf die Lippe gebissen. Um zu unterstreichen, aus was für verschiedenen Verhältnissen sie kamen, hatte Cezmi sie nämlich einmal darauf hingewiesen, dass er und die Leute aus seinem Milieu in so einem Fall einfach fragten »Was machst du?«, während Leuten wie Ayşe viel mehr Zeit und Auswahl zur Verfügung stand, so dass ihre Frage eher »Was hast du vor?« lautete.

»Ich fahre zu meinen Eltern nach Trabzon«, sagte Cezmi, der zum Jurastudium in Istanbul war.

»Das ist doch gut!« Ayşe war um Fröhlichkeit bemüht. »Dann kannst du nach Herzenslust lesen und im Meer baden!«

»Baden? Von wegen! Dort geht kein Mensch ins Meer. Das tun die Leute nur hier, auf den Prinzeninseln und in Suadiye. Und in Europa natürlich.« Wenn Cezmi verärgert war, vergaß er, wie modern er doch sein wollte, und kehrte lieber seine bescheidene Herkunft heraus. Sein Vater war Musiklehrer.

Wieder war Ayşe peinlich berührt. »Zum zweitenmal innerhalb einer Minute!« dachte sie. Da fiel ihr etwas ein. »Na, dann bringst du den Leuten eben bei, was sich heutzutage gehört und dass im Meer baden keine Schande ist!«

»Klar!« versetzte Cezmi ruppig.

Schweigend gingen sie weiter. Die schräge Maisonne beschien nur die Wipfel der Alleebäume und in der Ferne ein paar Apartmenthäuser. Straße, Bäume und Hauswände lagen im Schatten. Hin und wieder kam von Şişli her ein leichter Frühlingswind auf, und es duftete nach Lindenblüten und Geißblatt.

»Du bist mir doch nicht böse, oder?« fragte Cezmi plötzlich besorgt.

Ayşe dachte: »Ein Wüterich ist er ja wirklich nicht!« Liebevoll schielte sie zu dem zart gebauten, hübschen Jungen hinüber. Es durchfuhr sie ein zärtlicher Schauer, aber sie beherrschte sich.

»Die Musikstunde war doch gut heute!« sagte sie eilig. »Monsieur Balatz hat so schön gespielt!«

Wie üblich hatte der Ungar zuerst die beiden Schüler einzeln vorspielen lassen, dann hatten sie gemeinsam eine Platte gehört, und schließlich hatte er auf ihren Wunsch hin selbst zur Geige gegriffen.

Cezmi schob seine rutschende Brille hoch. »Es ging so.«

»Gefällt dir denn nicht, wie er spielt?«

»Nicht besonders!«

»Ich finde es wunderschön! Vor allem, wenn er vom Klavier begleitet wird. Er hätte eigentlich ein großer Musiker werden können!«

»Ich könnte Sie genausogut auf der Geige begleiten!« Wenn Cezmi sich aufregte, siezte er Ayşe manchmal. »Wir könnten die Kreutzersonate spielen. Haben Sie die gleichnamige Novelle gelesen?«

»Nein«, erwiderte Ayşe und merkte, dass der Junge über irgend etwas verärgert war.

Cezmi ließ Ayşe oft spüren, dass sie nicht genug las, aber diesmal sagte er nichts. Schweigend gingen sie nebeneinander her.

»Was halten Sie von unseren Ansprüchen auf Hatay?« fragte Cezmi nach einer Weile.

»Was soll ich davon halten?«

»Na, irgend etwas!«

Ayşe hatte keine Lust zu antworten. Staubaufwirbelnd fuhr ein Bus vorbei, und Ayşe bemerkte, dass darin eine Frau mit Kopftuch sie aufmerksam beobachtete. »Was die sich wohl denkt? Wahrscheinlich, dass da ein gutaussehender Junge mit einem seltsamen Kasten in der Hand neben einem hässlichen Mädchen hergeht!« Sie sah missmutig drein.

»Du hast mir immer noch nicht gesagt, was du im Sommer machst!« hakte Cezmi nach.

»Mein Bruder und meine Mutter wollen mich in die Schweiz schicken!«

»Und, willst du dahin?«

»Ich weiß nicht!«

Da fing Cezmi wieder mit seiner Fragerei an: Was ihr Bruder sich da vorstelle, was die Absicht ihrer Mutter sei, was sie in der Schweiz genau solle, worüber bei ihr zu Hause sonst noch gesprochen werde und ob es Neues von ihrem Bruder Refik gebe. Sie antwortete auf alles nur so knapp wie möglich. Das einzige, was sie dem Jungen vorwerfen konnte, war seine unstillbare Neugier auf alles, was sich in der Familie Işıkçı so tat. Die Details, die er erfuhr, hörte er sich mit eifriger, manchmal auch angewiderter Miene an, seufzte manchmal, als hätte er ein unerreichbares Paradies vor Augen, und begann dann zu räsonieren und zu kritisieren. Dabei setzte er immer an zwei Punkten an: Entweder strich er heraus, was an dem Gebaren der Familie sich nicht mit dem Verhalten von Menschen in zivilisierten Ländern vereinbaren ließ, oder aber er wies darauf hin, wie wenig doch das Leben ihrer Familie in all seiner Wohlhabenheit mit dem Leben der großen Masse der Türken zu tun habe. Ayşe bemühte sich dann immer redlich, ihren verstorbenen Vater, ihre Brüder und sogar ihre Mutter als im Grunde genommen doch gute Menschen darzustellen.

Sie gingen auf die Harbiyekaserne zu. Aus purem Widerspruchsgeist sagte Cezmi: »Ich behaupte ja auch gar nicht, dass sie schlechte Menschen sind! Ich wundere mich lediglich über so manche ihrer Verhaltensweisen, und ich verstehe nicht, warum sie sich die Errungenschaften der modernen Zivilisation nicht resoluter zu eigen machen. Bei uns in Trabzon gibt es zum Beispiel einen Hacı İlyas Efendi, einen reichen, bigotten Händler und Wucherer. Dass der gegen alle Reformen ist, kann ich ja noch begreifen. Aber deine Familie? Ich sage nicht, dass deine Familie sich gegen die Reformen sperrt, sie begrüßen ja alles mögliche daran. Aber ich sehe auch, wie skeptisch sie oft sind. An Enthusiasmus fehlt es ihnen! Dabei sollten doch die in der Stadt lebenden Reichen, die Europa kennen, also die guten Reichen, verstehst du mich, die sollten doch ganz und gar für die Reformen sein. Bei deiner Familie ist das aber nicht der Fall. Das gemeine Volk in seiner Unbildung hat von nichts eine Ahnung, und wer, Ayşe, wer soll ihm dann zeigen, was diese Reformen für einen Fortschritt bedeuten? Etwa immer nur die Beamten oder Leute wie mein armer Vater, über dessen Eifer sich in Trabzon alle lustig machen? Oder etwa ich, über den sie lachen im Wohnheim, weil ich mich für Musik interessiere und mit diesem komischen Kasten herumlaufe? Noch dazu wollen jetzt die Beamten auch schon so werden wie diese primitiven Neureichen. Was meinst du zu alledem?« Er wandte sein vor lauter Aufregung rotes, verschwitztes Gesicht Ayşe zu. »Du verspottest mich doch auch, wenn du sagst, ich soll den Trabzonern das Baden im Meer beibringen. Wenn ich dir erzähle, dass die Leute dort nicht im Meer baden, dann meinst du gleich, ich hätte was gegen Reiche. Das stimmt aber gar nicht! Ich habe nur etwas dagegen, wenn Reiche taktlos und ungebildet sind und sich über so etwas keine Gedanken machen!«

»Dann hältst du meine Familie also für taktlos und ungebildet!« konterte Ayşe, doch sie glaubte selbst nicht, was sie da sagte.

»Nein, versteh mich nicht falsch! Damit meine ich doch nicht deine Familie. Ich … Ich verstehe nur manche Reaktionen deiner Familie nicht. Einerseits schicken sie dich zum Beispiel nach Europa, aber andererseits willst du nicht, dass ich dich bis nach Hause begleite …« Er sah auf, als ob er nun irgend etwas erwartete.

Sie waren vor der Harbiyekaserne angekommen, an der die Straße sich gabelte. Ayşe blickte den Jungen besorgt an und sah den ganzen Kummer in seinem Gesicht. Diesmal würde sie schlechterdings nicht verhindern können, dass er bis nach Nişantaşı mitkam. Und als wäre dies nicht der Ort, an dem sie sich üblicherweise trennten, gingen sie einfach gemeinsam weiter. Vom Pferdestall der Kaserne und den

Wellblechtoiletten mitten auf der Straße ging ein starker Urin- und Mistgeruch aus, der sich mit dem Lindenduft vermischte.

»Danke!« sagte Cezmi plötzlich, fragte sich aber gleich danach, ob das nicht unpassend war. »Du bist mir doch nicht böse?« setzte er leise hinzu. Ihm war anzusehen, dass er triumphierte.

Ayşe durchfuhr wieder ein wohliger Schauer, doch erwiderte sie nur: »Warum sollte ich dir böse sein?«

»Wegen all dem Blödsinn, den ich gesagt habe. Über deine Familie und so. Ganz egal, wie sie sich verhalten, sollst du wissen, dass ich ihnen Achtung entgegenbringe. Weil sie so reich sind und du zu ihnen gehörst, nörgele ich manchmal herum, aber denk nur ja nicht, dass ... Weißt du, es gibt da ein paar Sachen, die mir einfach wichtig sind ... Hörst du mir eigentlich zu?«

»Jaja!« Ayşe sah sich vorsichtig um. An der Ecke war ein Tabak- händler, der auch Zeitungen verkaufte. Davor hielt nun ein Auto.

»Ich gehe gar nicht nach Trabzon im Sommer!« stammelte Cezmi. »Ich halte es unter diesen bornierten Leuten nicht mehr aus! Ich habe Arbeit gefunden, in einem Hotel. Ich werde diesen Sommer ... Hörst du mir zu, Ayşe? Langweile ich dich? Ich werde diesen Som- mer deine ...«

»Da ist mein Bruder!« dachte Ayşe. »Das ist unser Auto, das neue, kirschrote! Wieso habe ich das nicht gleich gemerkt!« Wie jemand, der ganz entsetzt Zeuge einer Katastrophe wird, starrte sie das Auto an und den Mann, der daraus ausgestiegen war, ihren Bruder.

»Da ist mein Bruder!« sagte sie leise.

»Wer? Der mit der Zeitung in der Hand?«

Sie waren vielleicht zwanzig Schritte voneinander entfernt. Ayşe hätte nicht gedacht, dass sie derartig erschrecken würde. Als sie ge- meinsam weitergegangen waren, hatte sie sich einzureden versucht, dass Cezmi recht habe und ihre Furcht ganz unbegründet sei.

»Der mit der Zeitung?« wiederholte Cezmi, und an Ayşes Gesicht las er ab, dass er richtig lag. Neugierig musterte er den Mann, über den er schon so viele Geschichten gehört hatte, ja dessen Familien- leben er in allen Einzelheiten kannte.

Ayşe ärgerte sich über diese Neugier. »Jetzt geh doch endlich, los, geh!«

»Warum denn? Ich fürchte mich vor niemandem. Ich gehe nicht. Ein Mann wie dein Bruder weiß, dass Männer und Frauen jetzt …«

Osman hatte sie gesehen. Gerade als er einsteigen wollte, hatte er noch einmal den Kopf gehoben und sie gesehen. Er verharrte zuerst unschlüssig, ging dann aber am Gouverneurspalast vorbei auf sie zu. In einer Mischung aus Furcht und Neugier sah Ayşe ihrem Bruder entgegen.

Ein paar Schritte vor Ayşe blieb er stehen und warf einen kurzen Blick auf Cezmi. Zu Ayşe sagte er: »Warst du auf dem Heimweg?« Und bevor sie noch antworten konnte, knurrte er: »Los, steig ein, ich nehm dich mit!« Ayşes verblüfften Ausdruck ignorierte er. Herablassend musterte er Cezmi. »Bist du mit dem jungen Mann hier unterwegs?«

»Ja!« antwortete dieser an Ayşes Stelle. Er war gekränkt, wollte es aber nicht an Achtung fehlen lassen. In selbstsicherer Manier tat er einen Schritt vor, doch Osman streckte ihm nicht etwa die Hand entgegen.

»Was Sie da machen, junger Mann …« setzte Osman an. Dann fiel sein Blick auf den Geigenkasten. Er verzog das Gesicht, als hätte er etwas sehr Ärgerliches gesehen. »Aha, Sie haben also auch mit Musik zu tun?«

»Ich heiße Cezmi und bin Jurastudent.«

»Sie haben meine Schwester hierher begleitet, aber das ist von jetzt an nicht mehr nötig!« Wieder sah Osman beinahe angewidert auf den Geigenkasten, als habe er darin den Schuldigen für diesen peinlichen Wortwechsel ausgemacht. »Ich hole sie nun ab!« Als wollte er den beiden noch Gelegenheit geben, sich zu verabschieden, blickte er vage zur Seite, wie um nach einem Bekannten Ausschau zu halten.

Ayşe schaute Cezmi intensiv an, als wollte sie damit sagen: »Siehst du, daran bist nur du schuld. Was bleibt mir jetzt übrig?«

Cezmi bemühte sich um ein selbstbewusstes Auftreten, doch im Grunde war er ziemlich perplex. Seine Blicke wiederum wollten besagen: »Ich fürchte mich vor niemandem! Das also ist dein Bruder? Na, wie schlage ich mich?«

Osman fasste Ayşe am Arm. »Komm, gehen wir!« In einer Weise, die an Cevdets väterliche Haltung erinnerte, bei Osman aber weit kühler und künstlicher wirkte, strich er seiner Schwester dann über den Kopf und erkundigte sich, wie es ihr in der Schule so ergehe. So wandten sie dem Jungen den Rücken zu und gingen unter den Kastanienbäumen in Richtung Auto.

31

EIN ERWACHEN?

Muhittin saß wieder in jener heruntergekommenen Kneipe in Beyoğlu, vor sich ein Glas Raki und ein Schüsselchen Kichererbsen, und dachte daran, dass er bald ins Freudenhaus, danach ins Kino und zwei Jahre später in den Tod gehen würde. Der ganze lange Winter war schon vorbei, man war sogar schon im Mai, doch der Gedichtband, an den Muhittin so viele Lebenshoffnungen geknüpft hatte, war sang- und klanglos untergegangen. »Als hätte ich einen Kieselstein in den Ozean geworfen!« dachte er und kam sich gleich wieder ganz poetisch vor. Und würde in zwei Jahren nicht auch sein Leben wie ein Kieselstein im Ozean versinken, ohne je etwas bewirkt zu haben? Er wollte wenigstens darin etwas Heldenhaftes sehen, dass er jenem Gedanken des Verschwindens und Vergessenwerdens, den andere – so seine Überzeugung – noch nicht einmal kannten, schon als junger Mensch tapfer die Stirn geboten hatte; da merkte er, dass an einem Tisch gegenüber ein alter, nein, ein etwa fünfundvierzig- bis fünfzigjähriger Mann ihn immer wieder mit freundschaftlichen Blicken bedachte.

Für viel älter hatte er den Mann zunächst deshalb gehalten, weil jenem ein so versonnenes, von vielerlei Erfahrung zeugendes Lächeln zu eigen war, wie man es ansonsten nur bei älteren Menschen antrifft. Dann aber wandelte sich der Blick des Mannes und sagte nun: »Dich kenne ich! Und zwar sehr gut! Ich lese in deiner Seele, und du tust mir leid!« Von einem derart entschlossenen und durchdringenden Blick war Muhittin noch selten belästigt worden. Noch dazu wanderte dieser Blick nun schon zum drittenmal ungeniert über ihn hinweg, als wollte er sich seiner so richtig vergewissern. Da setzte Muhittin das harte, feindselige Gesicht auf, mit dem er sich in jener Kneipe Kontakte vom Leibe hielt, doch als der Mann daraufhin wieder sein anfängliches versonnenes Lächeln aufsetzte, musste Muhittin unwillkürlich zurücklächeln. Da stand der Mann auf, als wollte er beweisen, wie jung und elastisch sein hochgewachsener, schlanker Körper war, und mit federleichten Schritten trat er an Muhittins Tisch und setzte sich, nunmehr ganz ernst.

»Sie sind doch Muhittin Nişancı, nicht wahr? Ich kenne Sie!«

Muhittin kramte hastig in seinem Gedächtnis wie in den Taschen einer Weste, aber das Gesicht vor ihm ließ sich mit nichts in Verbindung bringen und verschwamm in einer rakigeschwängerten Bilderflut.

»Sie erkennen mich natürlich nicht, aber ich kenne Sie trotzdem, und zwar von Ihrem Vater her. Und einmal habe ich Sie im Verlag von Halit Yaşar gesehen. Sie gingen gerade hinaus, und Halit Yaşar hat mir danach von Ihnen erzählt und mir auch ein Exemplar Ihres Buches gegeben. Jaja, ich habe Ihr Buch gelesen! Aber ich habe mich ja noch nicht vorgestellt: Mahir Altaylı.« Freundlich streckte er ihm die Hand entgegen.

»Freut mich!« sagte Muhittin und drückte die große, harte Hand seines Gegenübers.

»Ich habe ja gesagt, dass ich Ihren Vater kannte, das war bei der Siebten Armee, in Palästina. Ihren Familiennamen Nişancı tragen Sie wahrlich zu Recht!«

»Nişancıoğlu, ›Sohn eines Schützen‹, wäre aber zutreffender«, wandte Muhittin ein und rührte damit an eine störende Kleinigkeit, die ihm unsinnigerweise immer wieder aufstieß.

»Ach was! Es zählt doch nur, dass Sie der Sohn eines türkischen Soldaten sind und dass Ihnen das auch bewusst ist … Jaja, ich weiß schon, was Sie meinen!« Er runzelte die Stirn und wies mit ausladender Geste auf die Kneipenszenerie. »Ich war schon seit Jahren an keinem solchen Ort mehr, seit Jahren, sage ich Ihnen! Und was ich hier sehe, all diese Menschen, das macht mich sehr traurig. Ich erkläre es Ihnen gerne, möchte Sie aber nicht langweilen!«

»Aber ich bitte Sie!« sagte Muhittin. Dabei langweilte er sich jetzt schon. Er machte sich bereits darauf gefasst, es mit einem Oberlehrer und gnadenlosen Moralisten zu tun zu haben. Dennoch weckte irgend etwas an den Worten des Mannes seine Neugier. Und noch dazu war er einer der zweihundertfünfzig Menschen, die seinen Gedichtband gelesen hatten.

»Dann sage ich nur schnell einem Freund da drüben Bescheid!« sagte Mahir Altaylı. Er ging zu seinem vorherigen Tisch, sprach dort kurz mit jemandem und kam dann zurück. »Die haben mich fast mit Gewalt hierhergeschleppt. Ich war auf dem Nachhauseweg von der Schule. Weil meine Gesundheit nicht mehr mitmachte, bin ich aus der Armee ausgeschieden und arbeite jetzt als Literaturlehrer im Kasımpaşa-Gymnasium. Und Sie sind Ingenieur, nicht wahr?« Er lächelte wieder mit dieser allwissenden Miene.

»Ja, ich bin Ingenieur«, erwiderte Muhittin und fragte sich, was der Mann wohl noch alles über ihn wusste. Dann fiel ihm aber ein, dass sein Beruf auf der Rückseite seines Gedichtbandes stand.

»Tja, diese Leute hier tun mir leid. Halten Sie mich bitte nicht für kleinkariert; als ich jung war, habe ich selber Alkohol getrunken. Aber diese seelenlose Atmosphäre hier mit anzusehen, bedrückt mich als Türken doch sehr!«

»Als Türken!« dachte Muhittin. Ihm schwante schon etwas, und am liebsten wäre er auf der Stelle aufgestanden und in das Zimmer mit dem roten Licht gegangen.

»Und dann habe ich Sie hier gesehen und habe Sie gleich erkannt! Da habe ich mir gedacht, so ein strammer junger Mann, und doch so unglücklich! Lachen Sie nur, bitte schön, lachen Sie, tun Sie sich keinen Zwang an! Aber ich sehe doch, dass Sie unglücklich sind!«

Unangenehm berührt von dieser selbstgewissen Art, wollte Muhittin schon »Nein!« sagen, aber dann ließ er es bleiben.

»Sehen Sie, ich wusste, dass Sie unglücklich sind!« sagte Mahir Altaylı lächelnd. Dann merkte er wohl, dass solche Worte eigentlich kein Lächeln rechtfertigten, und setzte eine betrübte Miene auf. Beinahe weinerlich sagte er: »Warum aber soll es einem jungen Menschen so ergehen?« Er wirkte nicht einmal lächerlich dabei.

Muhittin begann sich zu sorgen. Wenn er es zuließ, dass der Mann ihm eine Moralpredigt hielt, dann würde er dabei eine gehörige Portion Selbstvertrauen einbüßen. Er wollte einen Termin vorschützen oder sonst eine Lüge auftischen, um das Lokal verlassen zu können, doch eine unerklärliche Mischung aus Trägheit und Neugier hielt ihn davon ab.

»Ich habe Ihre Gedichte gelesen, und als ich mich an Ihr Gesicht bei dem Verleger erinnert habe, da wusste ich, dass Sie unglücklich sind. Ein talentierter, aber unglücklicher Dichter ... Auf den ersten Blick haben Sie ja alles, was man braucht, um gute Gedichte zu schreiben, aber eines fehlt Ihnen! Ein Ideal nämlich! Sie haben kein Ideal in Ihrem Leben!«

»Ein Ideal?« dachte Muhittin. Was fiel ihm zu diesem Wort ein? Der Publizist Ziya Gökalp mit seinen Theorien ... Ein paar alte nationalistische Gedichte ... Die Schulbücher seines Neffen ... Artikel von Journalisten, die zu dumm waren, ihre Heucheleien zu kaschieren ... Lächerliches Zeug.

»Haben Sie nie darüber nachgedacht, dass Sie Türke sind?« fragte Mahir Altaylı.

Muhittin musste schmunzeln. Dann aber dachte er zum erstenmal, dass er dem Mann vielleicht unrecht tat. Er rang nach einer versöhnlichen Antwort, aber vergebens. So sagte er einfach: »Ich trinke noch ein Glas!«

Er rief den Kellner. Der war es gewohnt, dass Muhittin stets nur ein Glas Raki trank und dazu seine Kichererbsen knabberte, aber er ließ sich seine Überraschung nicht anmerken.

»Also, haben Sie schon mal darüber nachgedacht, dass Sie Türke sind?« wiederholte der Mann und sah Muhittin dabei so ernsthaft an, als dächte er: »Pass gut auf, was du jetzt sagst, denn davon hängt es ab, ob ich dich so wie vorhin lobe oder auf dich herabschaue!«

Muhittin schwankte zwischen einer Antwort, die dem Mann ein für allemal das Maul gestopft hätte, und einer milden Version, die einen Eklat verhinderte, und schließlich brachte er nichts weiter heraus als ein: »Nachgedacht schon, aber wozu soll das führen?«

Mahir Altaylı sah betrübt, aber verständnisvoll drein. »Ich dachte mir schon, dass Sie so denken!« Er setzte wieder sein väterliches Lächeln auf. »Aber gerade darin liegt ja begründet, warum Sie so unglücklich sind: Weil Sie nie darüber nachdenken, dass Sie Türke sind.

Sie sind aber einer, ich kannte ja Ihren Vater. Und das ist etwas Wichtiges. Nämlich genau das Ideal, das Sie brauchen!« Dabei tupfte er mit dem Zeigefinger auf einen bestimmten Punkt des Tisches.

Muhittin sah dorthin, wo der fleischige Finger des Mannes so insistierend auf und ab fuhr. Dann blickte er ihm in sein joviales Gesicht und begriff, dass er ihm nicht böse sein, sondern ihn höchstens geringschätzen konnte. Doch selbst diese Geringschätzung wog mit einemmal nicht mehr soviel im Vergleich zu der Sympathie, die er für einen Mann empfand, der seine Gedicht gelesen hatte und spontan an seinen Tisch gekommen war, um ihn, selbst auf die Gefahr hin, lächerlich zu wirken, von etwas zu überzeugen. »Er ist bestimmt ein Panturkist!« dachte er, hin und her gerissen zwischen dem Spott, mit dem er üblicherweise diese Bewegung und überhaupt jeglichen Nationalismus überzog, und der plötzlichen Zuneigung für den Mann.

»Da sitzen Sie also hier, führen ein unglückliches Leben und vergiften sich noch dazu mit Alkohol! Weil Ihnen eben ein Ideal fehlt! Woran hängen Sie denn im Leben? An der Religion? Nein! An Ihrer Familie! Nein! An der Arbeit als Ingenieur! Nein!« Bei jeder Frage bog er einen Finger herunter und nahm Muhittins leere Blicke zum Anlass, um die Antwort jeweils selber zu geben. »An einem Mädchen? Nein! Am Feiern? Nein! An den Reformen, so wie manche Ihrer Altersgenossen? Auch nicht! An Ihren Gedichten? Hier werden Sie wohl nicht verneinen, aber wenn alles andere fehlt, was sind dann Gedichte noch wert? Das meiste andere dürfen Sie meinetwegen vernachlässigen, aber nicht das eine: dass Sie Türke sind!« Wieder klopfte er auf die gleiche Stelle.

Muhittin, den fleischigen Finger im Blick, dachte: »Was will er eigentlich von mir? Wahrscheinlich, dass ich auf den rechten Weg komme und so denke wie er … Kaum hat er mich hier gesehen, habe ich ihm gleich leid getan. So einen armseligen Eindruck mache ich also!«

»Denken Sie doch mal nach, was das heißt: ein Türke sein! Als Türke für das Ideal aller Türken kämpfen und dabei in der Gemeinschaft aufgehen! Sich zusammen mit den Rassegenossen um des Glückes aller willen selbst vergessen! Sie glauben momentan einzig an Gedichte und an sich selbst. Und was für eine Art von Gedichten

Sie mögen, habe ich aus Ihrem Buch herausgelesen. Dieses hässliche europäische Zeug, was? Baudelaire und so. Dieser verkommene, haschischrauchende Franzose … Dabei sind Sie doch Türke! Wissen Sie eigentlich, was die Franzosen unseren Rassegenossen in Hatay antun?« Mit einemmal regte er sich so auf, dass er fast schrie: »Sie unterdrücken sie, und zwar auf schamloseste Weise! Ach, mein türkisches Volk, wann wirst du endlich einmal wach?«

Muhittin begann sich zu sorgen. Er hatte eigentlich vorgehabt, dem Mann zu widersprechen, aber das war jetzt kaum noch möglich. So begnügte er sich damit, betreten dreinzuschauen. Er hätte gerne zumindest etwas Beschwichtigendes gesagt, wollte aber nicht den Eindruck erwecken, er mache sich über den Mann lustig.

So trank Muhittin sein zweites Glas Raki leer und sagte leise: »Sie mögen schon recht haben, um mich steht es nicht besonders gut. Aber was soll ich machen, ich bin eben so!«

Mahir Altaylı gab keine Antwort. Anscheinend musste er sich selbst erst einmal beruhigen.

Muhittin dachte: »Er glaubt an etwas, und wenn einer an was glaubt, und mag es noch so ein Blödsinn sein, dann muss jemand wie ich ihm banal vorkommen.« Dennoch erschien dieses glaubenseifrige Wüten ihm fragwürdig. »Warum regt er sich eigentlich so auf?« Muhittin versuchte sich in Erinnerung zu rufen, was in Hatay wirklich vorgefallen war. »Hm, es sollte Wahlen dort geben, und während der vorausgehenden Volkszählung ist es zu Zwischenfällen gekommen, und wenn stimmt, was in der Zeitung steht, werden die Türken dort unterdrückt. Aber was geht mich das an?« Er kam sich selber schäbig vor bei diesem Gedanken. Ihm kam das Freudenhaus in den Sinn, die rote Glühbirne, jene Frau. Der Wert, den er diesen Dingen beimaß, und der Kult, den er stets mit seiner Einsamkeit und seinem Unglücklichsein trieb, all das mutete ihn plötzlich oberflächlich und armselig an. Ihm fiel wieder einiges ein, was in den Zeitungen gestanden hatte.

»Da sollen furchtbare Sachen passiert sein«, sagte er.

»Ja, Franzosen haben ein türkisches Kaffeehaus beschossen und dann einen türkischen Gendarmen getötet. Und aus Beirut sind lastwagenweise Armenier herbeigeschafft worden.« Mahir Altaylı sprach nun in ruhigem Ton. »Es muss etwas geschehen. So etwas in der Art wie vor zwei Jahren in Istanbul.«

Muhittin erinnerte sich. Es hatte damals eine riesige Demonstration gegeben. Vor allem Studenten waren von Beyazıt nach Taksim marschiert, und stellenweise war es zu Auseinandersetzungen mit der Polizei gekommen.

»Ob die Regierung so etwas zulässt?« fragte Muhittin und bestellte noch einen Raki.

»Ach, wenn es nach der Regierung geht!« rief Mahir Altaylı verächtlich aus. »Die wollen sich in der Sache mit den Franzosen verständigen. Sich mit unseren Feinden an einen Tisch setzen! Eine friedliche Lösung! Wer an so etwas glaubt, ist entweder dumm oder ein Verräter!« Mit großer Geste hatte er das gesagt. Und flüsternd fügte er hinzu: »Atatürk soll ja schon nach Mersin unterwegs sein. Dabei kommt aber nichts heraus. Ihnen kann ich das ja ruhig sagen, aber ansonsten nicht gerade jedem!«

Muhittin fand diesen Vertrauensbeweis eher lächerlich. Er dachte: »Was soll mich das alles angehen? Was habe ich davon, wenn alle Türken unter einer Fahne versammelt sind?« Er wollte nun dem Mann, für den er eine gewisse Sympathie empfand, endlich frank und frei sagen, was er von der Sache hielt: »Ich glaube an das alles nicht! Warum soll es so wichtig sein, dass alle Türken zusammen sind? Ich halte nichts von Panturkismus, von Rassismus und Nationalismus.«

»Was bilden Sie sich überhaupt ein?« schrie der Mann da los. »Was fällt Ihnen ein, über unsere Bewegung herzuziehen?«

Muhittin war ganz verblüfft. Er blickte sich um, doch niemand schien etwas bemerkt zu haben. Es herrschte in der Kneipe die ewig gleiche ranzig-verschlafene Atmosphäre.

»Wie kommen Sie dazu, den türkischen Nationalismus für falsch zu halten? Was gibt ihnen eigentlich den Mut zu so einer Aussage? Der Alkohol? Ihre verrottete Seele? Ihr halt- und wurzelloses armseliges Leben? Ich muss schon bitten, kommen Sie zu sich! Denken Sie mal nach über sich! Denken Sie nach, wer Sie sind und was Sie bisher geleistet haben! Wo Sie doch alles verabscheuen, und nicht zuletzt sich selbst! Sie sind ein Fremder in dieser Gesellschaft. Und was heißt Fremder, ein Feind dieser Gesellschaft sind Sie! Sie sollten sich schämen für den falschen Stolz, der aus Ihren Gedichten und Ihrem ganzen Wesen spricht. Was haben Sie denn geleistet, um sich soviel einzubilden? Nichts und wieder nichts! Dabei sind Sie talentiert und intelligent, das weiß ich, ich habe mich nicht umsonst an Ihren Tisch gesetzt. Es ist schade um Sie, richtig schade. Und schade um unser Volk, nicht wahr? Ich habe Ihren Vater gekannt. Ist es nicht schade? Sie verstehen mich doch?«

Muhittin fühlte sich, als hätte er eine Vase zerbrochen oder sonst eine Dummheit begangen. »Stimmt, ich denke eigentlich nur an mich selbst!« dachte er. Er merkte aber auch, dass er mehr auf das kleine Lob ansprach, das der Mann über sein Talent und seine Intelligenz geäußert hatte. Als das Gesicht Mahir Altaylıs wieder von jenem erstaunlichen väterlichen Lächeln erleuchtet wurde, kam in Muhittin der Wunsch auf, dem Mann in voller Unschuld zu erscheinen.

»Sie sagen mir das alles, aber glauben Sie nur ja nicht, ich sei mit meinem Zustand selber zufrieden. Das bin ich überhaupt nicht. Aber ich finde eben nichts, an das ich mich halten könnte, um mich aus dieser unangenehmen und zugegebenermaßen beschämenden Lage zu befreien.«

»Na, der Panturkismus! Die Hingabe an das eigene Volk! Die großtürkische Sache!« Er klopfte wieder auf den Tisch und schüttelte dann den Kopf, voller Unverständnis darüber, wie dieser junge Mensch so daherreden konnte und nicht einfach von dem Ast, den man ihm hinhielt, die rettende Frucht pflückte.

Muhittin dachte: »Ich bin doch kein schlechter Mensch! Wenn ich das wäre, dann hätte ich doch nicht beschlossen, mich umzubringen. Es ist nur so, dass ich einzig und allein etwas auf meine Intelligenz gebe; das macht wahrscheinlich keinen guten Eindruck. Ich bin also, wie ich bin, weil ich soviel denke. Und weil ich das tue, kann ich auch nicht an diesen Panturkismus glauben. Dabei würde ich das ganz gerne können. Ob ich dem Mann wohl sagen soll, dass ich mich mit Dreißig umbringen will, wenn ich bis dahin kein guter Dichter bin?«

»Ich verstehe Sie ja«, sagte Mahir Altaylı. Seine Blicke besagten wieder: »Ich lese in deiner Seele und verstehe dich!« Er fuhr fort: »Doch, ich verstehe Sie! Bevor Sie glauben können, möchten Sie erst nachdenken und verstehen. Und weil Sie das so handhaben, können

Sie eben nicht glauben. So kommen Sie aber aus Ihrer Misere nicht heraus. Überlassen Sie sich erst mal Ihren Gefühlen! Glauben Sie zuerst, begeistern Sie sich! Und benutzen Sie erst dann Ihren Verstand. Immer nur einzig und allein zu denken, macht den Menschen unglücklich. Wer in der Türkei nur immer nachdenkt, der schließt sich aus der Gesellschaft aus, das wissen Sie genausogut wie ich. Wer hier denkt, bleibt einsam. Zu denken, ohne zu fühlen, gilt hierzulande als abartig. Und wie wollen Sie auch alles nur mit dem Verstand begreifen? Uns ist nun mal nicht nur dieser gegeben, sondern auch Gefühle! Wenn Sie die türkische Fahne sehen oder erfahren, was in Hatay geschieht, werden Sie da gar nicht aufgeregt? Ein bisschen würde ja schon genügen! Fiebern Sie ein wenig mit, glauben Sie an etwas, schließen Sie sich der Gemeinschaft an, und lassen Sie den Verstand ein wenig ruhen! Dann werden Sie glücklich sein …«

»Das weiß ich ja!« sagte Muhittin resigniert. Er erwartete aber auch, dass dieser Mann, der ihm den Weg der Rettung aufzeigte, den dafür nötigen Eifer in ihm weckte.

»Wenn Sie das wissen, worauf warten Sie dann noch? Wenn Sie kapiert haben, dass man nicht alles mit dem Verstand zu begreifen braucht, dann hält Sie doch nichts mehr zurück! Horchen Sie einfach auf die Stimme Ihres Herzens! Was sagt dieses Herz Ihnen? Es sagt Ihnen zweifellos: ›Du bist schuld an dem Leben, das du bisher führst. Und du bist unglücklich, weil du nicht auf mich hörst. Ich möchte, dass du für die anderen Türken kämpfst!‹ Hören Sie auf diese Stimme! Ihr Herz sagt Ihnen auch, wer Ihre Feinde sind. Nämlich alle anderen Völker. Heute sind es die Juden, die Franzosen, die Araber, morgen werden es andere sein, Freimaurer, Kommunisten, alle in den Staat einsickernden fremden Elemente, alle Ausländer, gegen die Ihr Vater einst gekämpft hat.« Er lächelte wieder so sanft, als hätte er nicht Feinde aufgezählt, sondern lauter Freunde.

Muhittin dachte: »Ob ich das wohl kann? Ein Panturkist werden?« Er ließ sich Mahir Altaylıs Worte noch einmal durch den Kopf gehen. Aber es waren ja nicht die Worte an sich, die ihn so beeindruckt hatten, ihm imponierte vor allem die Haltung des Mannes, sein Selbstvertrauen, die mal zürnende und dann wieder ganz sanfte, lächelnde Miene; von alledem ging eine wunderliche und auf den ersten Blick kaum durchschaubare Harmonie aus, wie er sie bei anderen noch kaum erlebt hatte. Und die Triebfeder all dessen war zweifellos der Glaube an den Panturkismus. Wie ein präzises Uhrwerk legte Mahir Altaylı Zorn an den Tag, wenn Zorn angebracht war, und Einfühlungsgabe, wenn eher diese am Platze war, und dennoch wirkte er nicht mechanisch und seelenlos wie eine Uhr, sondern menschlicher als alle anderen Geschöpfe in der Kneipe. »Ich will auch so werden wie er!« dachte Muhittin, aber er wusste nicht, wie das anzufangen war. Er fragte sich gerade, wie er Mahir Altaylı darum bitten sollte, ihm das näher zu erläutern, als dieser plötzlich aufstand.

»Gehen Sie?«

»Ja. Es besudelt einen, länger an so einem Ort zu verweilen!«

»Warten Sie, ich gehe vielleicht auch gleich. Möchten Sie mir noch was erzählen?«

»Was ich zu sagen habe, habe ich gesagt, und meine Pflicht ist somit getan, mein Junge!« Dabei lächelte er wieder freundlich. »Alles Weitere liegt an Ihnen. Wenn Sie zu mir wollen, dann kommen Sie in mein Gymnasium. Oder an einem Dienstag oder Donnerstag zu der Zeitschrift *Ötüken*.« Er zog eine Visitenkarte aus der Tasche und reichte sie Muhittin. Dann drückte er ihm fest die Hand und sagte zum Abschied noch einmal: »Jetzt liegt es an Ihnen!« Er nickte dabei und sah Muhittin eindringlich an, als dächte er: »Und dann werde ich dich entweder loben oder verachten!« Dann ging er eilig hinaus, wie um seinen feinen Körper nicht länger diesem Schmutz auszusetzen.

Muhittin sah sich die Visitenkarte an: *Mahir Altaylı, Kasımpaşa-Gymnasium, Literaturlehrer, Kemeraltı-Straße 14, Vezneciler.* Er fand die Karte nicht lächerlich.

32

KAUFMANNSSORGEN

Als die Gartenglocke klingelte, sah Osman mechanisch auf die Uhr: Erst Viertel nach sechs. Erfreut stellt er fest, dass er früher nach Hause gekommen war als erwartet. Eilig durchquerte er den Garten. Wie immer, wenn er unbemerkt eintreten und auf die Familie einen kleinen Überfall verüben wollte, sperrte er die Haustür selber auf. Drinnen warf er einen kurzen Blick in den Spiegel, ging die Stufen zum Salon hinauf und merkte, wie still es im Haus war. Nur das Tikken der Uhr war zu hören. Der Salon war leer, also mussten sie wohl draußen im Garten Tee trinken. Da sah er auch schon Emine aus dem Garten hereinkommen.

»Ah, Sie sind schon da, gnädiger Herr?« sagte sie. Und mit finsterer Miene: »Die sind im Garten. Es sind Gäste da.« Als wollte sie anzeigen, dass Gäste für sie nichts anderes bedeutete als mehr Geschirr und mehr Mühe, wies sie mit dem Kopf auf das Tablett, das sie trug: »Die Damen Leyla und Dildade sind zu Besuch!«

Osman nickte nur und ging die Treppe hinauf. Als er im ersten Stock auf dem Tischchen unter der Wanduhr die beim Tabakhändler erstandenen Zeitungen ablegte, sah er dort zwei Briefe liegen. Beim ersten sah er gleich an der Handschrift, dass er von Refik stammte. Auf dem zweiten war in einer Ecke der Absender vermerkt. Osman verzog das Gesicht: Es war ein Brief von Ziya. Er beschloss, die Briefe erst später zusammen mit den Zeitungen zu lesen, und ging ins Schlafzimmer. Er zog das Jackett aus und schielte dabei zu den im Garten sitzenden Frauen hinunter. Dann ging er ins Bad, um sich Hände und Gesicht zu waschen.

Kam er von der Arbeit nach Hause, so war dies immer seine erste Handlung. Wenn er sich die Hände gründlich eingeseift und gewaschen hatte, erfrischte er sich mit viel Wasser das Gesicht. Danach fühlte er genug Spannkraft und Ruhe in sich, um den restlichen Teil des Tages angehen zu können. Wenn er im Büro der Arbeit überdrüssig war, mit irgendwelchen Leuten Kämpfe auszufechten hatte oder es überhaupt als betrüblich empfand, sich mit dem Geldverdienen schmutzig zu machen, freute er sich schon auf den Moment, an dem er sich abends zu Hause mit viel Seife und Wasser genießerisch die Hände waschen würde. Während dieser Säuberungszeremonie, die die Arbeitsstunden von den in der Familie verbrachten Mußestunden trennte, ging er das tagsüber Erledigte noch einmal durch.

Er drehte den Hahn auf, und das Wasser begann zu laufen. Vor allem mit zwei Sachen hatte er sich im Büro beschäftigt. Die erste war nicht weiter wichtig: Er hatte einen deutschen Farbproduzenten wegen einer eventuellen Ermäßigung auf die Katalogpreise angeschrieben und ihn über die beträchtlichen Möglichkeiten des türkischen Marktes informiert. Die zweite Angelegenheit war dagegen von höchster Bedeutung, und zwar hatte er sich mit dem Vertreter eines deutschen Baumaterialherstellers getroffen, der in der Türkei Armaturen, Rohre und Badbedarf vertrieb und sich bereit erklärte, seine Ware billiger abzugeben als sein größerer englischer Konkurrent und auch alle möglichen Zahlungserleichterungen zu gewähren. Sollte es über eine Alleinvertretung dieses Herstellers in der Türkei zu einer Einigung kommen, so würde Osman seine Firma, deren Wachstum sich seit einiger Zeit und insbesondere in den letzten Jahren Cevdets verlangsamt hatte, mit der Aussicht auf große Gewinne erweitern und endlich das starke Unternehmen daraus machen können, das ihm seit jeher vorschwebte. Er rieb die Seife, bis sie ausgiebig schäumte. »Aber vielleicht kommen wir zu keinem Abschluss, weil ich kein Deutsch kann und mein Französisch so miserabel ist!« Er hob den Kopf und sah sich im Spiegel an. Er fand sich alt, abgespannt, verbraucht. Obwohl erst zweiunddreißig, kam er sich vor wie ein knapp fünfzigjähriger kleiner Beamter. Seine Augen hatten ihren Glanz verloren, die Haare ergrauten nach und nach, und sogar ein wenig bucklig war er geworden. Nicht wenige seiner Altersgenossen wirkten erheblich jünger als er. Er streckte die Hände wieder unters Wasser. »Weil ich eben soviel arbeite! Schon als mein Vater noch lebte, und jetzt noch viel mehr! Alles lastet auf meinen Schultern!« Seit Refik weg war, hatte er noch mehr zu tun und auch noch mehr Sorgen. Er wollte die Zeit wieder aufholen, die unter Cevdet zuletzt verlorengegangen war, und sah es als sein einziges Lebensziel an, das von seinem

Vater gegründete Haus immer weiter zu vergrößern. Erneut seifte er sich ein und dachte dabei schmunzelnd an das Mittagessen zurück, das er mit einem Händler aus Kayseri eingenommen hatte. Der Mann kam ein paarmal im Jahr nach Istanbul, das ihm wie ein Paradies vorkam, wie ein einziges Vergnügungszentrum, und er erzählte gern von seinen Ausschweifungen dort. Nach dem Händewaschen erfrischte sich Osman mit viel Wasser das Gesicht. »Was wohl Rafila schreibt?« dachte er missmutig. »Ausgerechnet als es am dicksten kam, ist er einfach weg!« Er fragte sich ernsthaft, wann sein Bruder wohl wieder heimkehren würde. Plötzlich fiel ihm ein: »Ich kann diesen Deutschen ja nach Hause einladen!« Er seifte sich das Gesicht ein. Wie würde wohl der Deutsche so eine Einladung aufnehmen? Und seine Familie zu Hause? Cevdet hatte, abgesehen von seinen engsten Freunden, nie einen Geschäftspartner heimgebracht. Osman stellte sich aber vor, wie angetan der Deutsche von so einem Besuch wohl sein würde und wie förderlich sich das auf ihre Zusammenarbeit auswirken konnte. Insbesondere auf Nermin zählte er dabei, die bestimmt wieder glänzen würde. Der Deutsche würde schlichtweg fasziniert von ihr sein. Stolz dachte Osman daran, wie elegant sie sich in Gesellschaft zu bewegen wusste und wie gut sie sich insbesondere mit Männern unterhalten konnte, ganz im Gegensatz zu vielen anderen Frauen. Errötend fiel ihm dann wieder ein, was er während der Unterredung mit dem Deutschen für Französischfehler gemacht hatte. Obwohl er eine französische Schule besucht hatte, das Galatasaray-Gymnasium, beherrschte er die Sprache herzlich schlecht. »Weil ich eben gleich so ins Geschäft eingebunden wurde!« Nach dem Schulabschluss hatte er sofort bei seinem Vater zu arbeiten angefangen. »Ich habe das Kaufmännische von der Pike auf gelernt!« Dabei fiel ihm wieder der Händler aus Kayseri ein. Von der Pike auf habe er vor allem die Schürzenjägerei gelernt, hatte dieser gesagt und Osman kaum verhüllt suggeriert, sie könnten doch einmal gemeinsam auf »Weiberschau« gehen. Osman hatte dieses Ansinnen natürlich kühl zurückgewiesen. Während er sich das Gesicht abtrocknete, musste er trotzdem über das Wort »Weiberschau« schmunzeln. Dann verließ er das Badezimmer. »Keriman!« murmelte er. Schon wollte er in Gedanken ganz zu seiner Geliebten abschweifen, mit der er sich einmal in der Woche traf, aber dann hielt er sich zurück. Gereinigt, wie er war, verspürte er auf Händen und Gesicht eine angenehme Frische. Er ging in sein Schlafzimmer, wo durch die geöffnete Balkontür Lindenduft hereinwehte. Gestärkt trat er auf den Balkon hinaus und lehnte sich an die Brüstung.

Er hörte die Frauen unten im Garten plaudern. In der Ferne, über Bäumen und Dachziegeln, flogen Schwalben dahin. Auf einer Zypresse saß ein Schwarzer Milan. Es war Ende Mai. Osman genoss diesen schönsten Moment des Tages. Am Horizont sah er zwei rotgefärbte Wolken. Die Sonne, die den ganzen Tag auf den Garten herniedergebrannt hatte, würde bald hinter den Apartmenthäusern von Harbiye untergehen, doch die Gäste machten noch keine Anstalten zu gehen. Osman konnte sie von dort oben belauschen.

Eine dünne, sanfte Stimme sagte: »Diesen Winter habe ich vier Öfen heizen lassen! Je älter man wird, um so mehr friert man …« Das war Dildade.

Eine junge, fröhliche Stimme schwärmte vom Komfort zentralbeheizter Wohnungen. Sie gehörte zu Fuats Frau Leyla.

Nigân sagte seufzend: »Also, an ein Leben in einer Wohnung könnte ich mich ja nicht gewöhnen!«, als ob jemand versuchte hätte, sie dazu zu nötigen.

Dann ergriff Nermin das Wort und berichtete von den Vorbereitungen auf den Sommer und von dem lecken Dach auf Heybeliada. Osman rückte ein wenig zur Seite, um sie zwischen den Bäumen sehen zu können. Dabei sah er auch Perihan, die auf ihn immer noch kindlich wirkte. Sie beteiligte sich nicht am Gespräch und spielte nur mit ihrer Teetasse herum. Osman beschloss, seinen Tee nicht dort unten mit den Frauen, sondern in seinem Arbeitszimmer zu trinken und dabei die Briefe und Zeitungen zu lesen, aber er rührte sich nicht von der Stelle. Er horchte weiter auf die Frauen und fühlte sich wohl dabei.

Fünf Hausfrauen saßen da unten. Der Reihe nach ging er sie in Gedanken durch, seine Mutter, seine Frau, Perihan, die beiden Gäste, und ihn durchströmte dabei ein Gefühl der Geborgenheit, der häuslichen Wonne und Heiterkeit. An Ayşe dagegen dachte er missmutig, an seine kleine Tochter wiederum voller Zärtlichkeit. »Ach, Keriman!« murmelte er wieder, und diesmal ließ sich der Gedanke an sie nicht verdrängen. Noch bevor Refik das Haus verlassen hatte, am Vorabend des Opferfestes, war Nermin ihm auf die Schliche gekommen und hatte ihm eine Szene gemacht. Osman hatte daraufhin geschworen, sich nie wieder mit Keriman zu treffen, und seine Frau hatte ihm geglaubt. Er sah nun zu Nermin hinab, die gerade Dildade etwas erzählte. »Wie konnte sie meinem Schwur so leicht glauben?« Aber er hatte ja die Antwort schon parat. »Weil ich sie vorher noch nie belogen hatte!« Er trommelte mit den Fingern auf der hölzernen Brüstung. »Und wenn sie mir nun nicht geglaubt hätte? Oder wenn sie herauskriegt, dass ich immer noch zu Keriman gehe? Aber das kriegt sie nicht heraus, denn trotz ihres Selbstbewusstseins ist sie eigentlich eine schwache Frau!« In einer Mischung aus Stolz und Zerknirschtheit dachte er: »Mein Vater hätte es sofort gemerkt. Solange er noch lebte, hätte ich so etwas auch gar nicht gewagt. Er war eben sehr …« Da merkte er, wie ihm von unten zugerufen wurde.

»Warum kommst du denn nicht herunter? Komm doch!« rief seine Mutter.

Osman winkte flüchtig zu den Frauen hinab, die wie Tauben ihre Köpfe hin und her ruckten, um ihn durch die Zweige und Blätter hindurch sehen zu können. In Richtung von Leyla, deren Stimme er gerade hörte, rief er: »Ich bin gerade erst gekommen! Schön, dass Sie da sind! Ich habe noch ein bisschen zu tun, dann komme ich runter!«

Er sagte sich, dass die beiden Frauen ja bald aufbrechen würden, und ging hinein. Dann stieg er in den ersten Stock hinunter, nahm die Briefe und Zeitungen an sich und rief hinab, man solle ihm seinen Tee doch hochbringen. Dann setzte er sich an seinen Schreibtisch, nahm den mit einer Silbermünze verzierten Brieföffner zur Hand und öffnete die beiden Umschläge. Zuerst las er Refiks Brief. Der schrieb wie üblich, dass sich seine Heimkehr um ein paar Monate verzögern werde, schwadronierte dann von ziemlich undurchsichtigen Unternehmungen, die er seine »Projekte« nannte, bestellte an alle schöne Grüße und fragte dann noch halbherzig, wie es um die Firma stehe. Osman pfefferte den Brief in eine Ecke. Dann nahm er den anderen Brief zur Hand, und obwohl er sich über dessen Inhalt keine Illusionen machte, fragte er sich doch, ob Ziya seinen Forderungen und

Frechheiten irgend etwas Neues hinzugefügt hätte, was aber nicht der Fall war. Alle drei, vier Monate schickte der Militär aus Ankara so einen Brief, unterstrich darin wieder seine Ansprüche, unternahm aber nie etwas, um seine lächerlichen Forderungen auch durchzusetzen. Osman wollte den Brief schon zerreißen, beschloss dann aber, ihn seiner Mutter zu zeigen. Um sich abzulenken, griff er zu den Zeitungen. Sämtliche Schlagzeilen waren von einem einzigen Thema beherrscht, nämlich der erhofften Angliederung Hatays an die Türkei. Über die letzten Jahre hinweg hatte Osman die diesbezüglichen Entwicklungen kaum verfolgt, so dass er auch keine klare Meinung dazu hatte. Dabei hätte zu den diversen Ausschüssen, Beobachtern und Missionen, die in aller Munde waren, auch er irgendwie Stellung nehmen oder gar andere darüber aufklären können. »Das kommt nur von der vielen Arbeit! Ich habe nicht einmal Zeit, mich ein bisschen zu informieren, was in der Welt so los ist!« Er vertiefte sich in die Lektüre. »Die gestrige Parlamentsrede von Außenminister Dr. Aras zur Lage in Hatay. Ein unumstößlicher Beweis für die Unterdrückung der Türken in Hatay …« Irgendwann merkte Osman, dass er bei jedem Artikel zu dem Thema eigentlich immer das gleiche dachte, nämlich: »Welchen Nutzen hat es für mein Geschäft, wenn Hatay einmal zu uns gehört? Was können wir in Hatay verkaufen? Schließlich ist das auch ein Markt dort, also ist es gut, wenn die Region an uns geht.« Er schämte sich dieser Gedanken und versuchte sich beim Weiterlesen ganz auf den Inhalt zu konzentrieren. »Der Hilfeschrei eines Türken in Hatay … Wir müssen auf jeden Fall zu unserem Recht kommen! …«

Da ging die Tür auf, und Emine und entschuldigte sich für den verspäteten Tee. Hinter ihr schlich sich Lâle ins Zimmer. Osman sah von seiner Zeitung auf, blickte seine zehnjährige Tochter an und lächelte ihr zu, wie ein von der Arbeit heimkehrender Vater, der seine Tochter liebt, es eben so tut.

»Na, was hast du denn heute so gemacht?« fragte er und sah dabei schon wieder in die Zeitung.

»Nichts Besonderes!« antwortete Lâle.

Da fiel Osman ein, dass er seine Tochter gar nicht gestreichelt hatte. Er wollte sie zu sich rufen und ihr einen Kuss geben.

Emine sagte: »Das kleine Fräulein hat heute in der Schule ein ›sehr gut‹ bekommen!« Sie stand mit ihrem Tablett noch in der Tür, um die Szene zwischen Vater und Tochter zu beobachten, ganz selig, an anderer Leute Glück teilzuhaben.

»Warum sagst du mir das gar nicht? Ich welchem Fach denn?« fragte Osman seine Tochter. Als er hörte, es sei Zeichnen gewesen, sagte er mit gerunzelter Stirn: »Zeichnen ist schon wichtig, aber Mathematik ist noch viel wichtiger! Rechnen ist die Grundlage von allem! Was hast du denn in Mathematik?« Er schielte schon wieder in die Zeitung und erfuhr, dass Lâle an dem Tag nicht Mathematik gehabt hatte. Osman fragte sie, wo ihr Bruder Cemil sei. »In seinem Zimmer.« Ob die Gäste schon gegangen seien? Die Antwort darauf wusste er eigentlich schon, denn von unten hörte man Abschiedsworte. Über seine Zeitung hinweg stellte er dann noch ein paar Fragen und erhielt lauter einsilbige Antworten. »Ich muss unbedingt diesen Deutschen zum Essen einladen!« dachte er. Als Lâle schon zur Tür hinausging, fragte Osman noch hinterher: »Wo ist deine Tante Ayşe?« Und Lâle erwiderte: »Die ist in ihrem Zimmer und weint!« Osman verzog das Gesicht.

Er sah wieder in die Zeitung, horchte auf die Gäste, die eine Ewigkeit brauchten, bis sie zur Tür hinauskamen, und fragte sich, warum seine Schwester schon wieder weinte. Auch Nermin hatte sie schließlich mit jenem geigenspielenden Jungen erwischt, und Osman hatte Ayşe daraufhin eindringlich gewarnt. Sie wusste, wie wütend er sein würde, sollte so etwas noch einmal vorkommen. Er spürte schon jetzt Ärger in sich hochsteigen und sah von seiner Zeitung auf. Sein Blick fiel auf das Foto seines Vaters gegenüber an der Wand. Genau ein Jahr war es her, dass sein Vater gestorben war. Von dem Bild, einer späten Aufnahme, die ihn als alten Mann zeigte, sah der Vater ihn heiter-nachdenklich an, als wollte er sagen: »So ist es mit einer Familie! Glaubst du etwa, Gründung und Unterhalt einer Familie seien ein Kinderspiel?« Als Osman wieder seine Geliebte einfiel, wandte er den Blick schamhaft ab. Zu seiner Entschuldigung dachte er an die viele Arbeit, die er seit langen Jahren leistete, an die gewaltigen Anstrengungen, um die Firma zu vergrößern und seinem Traumziel, nämlich einer eigenen Fabrik, allmählich näher zu kommen. Als er merkte, dass die Gäste endgültig fort waren, stieg er mit den Zeitungen nach unten. Er wies Emine an, ihm noch einen Tee zu bringen, und ging durch die Küche in den Garten hinaus.

Die Damen hatten sich wieder in ihren Korbstühlen niedergelassen. Als Osman auf sie zuging, tat er dies im üblichen Habitus des Mannes, der müde heimkehrte und liebevoller Zuwendung bedurfte. Das tat ihm wohl. Er nickte jeder der Frauen grüßend zu, doch als er seine Mutter aus der Nähe sah, war ihm plötzlich klar, dass er den deutschen Bauartikelvertreter unmöglich zu sich einladen konnte. Nur wusste er nicht gleich, warum eigentlich. Seine Mutter hatte zwar ihre unleidliche Miene aufgesetzt, gab aber doch blinzelnd zu erkennen, wie angenehm es ihr war, dass ihr Sohn sich neben sie setzte, und da ahnte Osman auf einmal etwas: Ob seine Mutter nun fröhlich oder unzufrieden dreinsah, stets hatte sie so etwas an sich, dass nicht einmal daran zu denken war, ihr den Deutschen am Tisch gegenüberzusetzen. Das verwunderte Osman um so mehr, als er doch immer stolz darauf war, dass seine Mutter als Paşatochter in einem reichen, kultivierten Umfeld aufgewachsen war. Als seine Mutter nach dem kurzen Aufleuchten ihres Gesichts wieder ihre griesgrämige Miene aufsetzte, beobachtete Osman mit ganz neuer Aufmerksamkeit, wie sie sich in ihren Korbsessel schmiegte und ihre Teetasse hielt, und plötzlich sah er ein, dass alles, was ihr als gute Erziehung, Bildung und Reichtum galt, für den Deutschen nichts anderes als amüsante Exotik sein würde, so recht in sein Bild von Orient, Harem und osmanischen Frauen passend. So würde ihm also die Vertretung der Bauartikelfirma durch die Lappen gehen, weil er den Mann nicht zu sich einladen konnte, dachte er wütend. Er trank den frischen Tee, den das Dienstmädchen ihm gebracht hatte, und ließ sich von seiner Mutter und von Nermin unterrichten, was tagsüber so vorgefallen war. Es war die üblichen Nichtigkeiten: Nigân habe den Gärtner zurechtgewiesen, Nermin sei von Fuat und seiner Frau zum Essen eingeladen worden, nach Heybeliada habe man einen Dachdecker entsandt, und bei der kleinen Melek sei nun der Durchfall vorbei. Nachdem von letzterer die Rede war, entstand ein peinliches Schweigen, und Osman begriff, dass alle an Refik dachten.

Als sei dies auch für Nigân völlig selbstverständlich, fragte sie schließlich: »Was hat er denn geschrieben?« Sie schielte dabei zu Perihan hinüber.

»Das gleiche wie immer!« erwiderte Osman. »Dass er erst in ein paar Monaten kommt und an irgendwelchen Sachen schreibt.« Ihm hätte noch einiges Despektierliche auf der Zunge gelegen, doch zügelte ihn die Anwesenheit Perihans. So brummte er lediglich: »Ausgerechnet jetzt, wo so viel zu tun wäre …«

Nach einer Pause sagte Nigân heftig: »Und der andere? Was hat der geschrieben?«

Osman stutzte zunächst und wunderte sich, dass seine Mutter Refik und Ziya in einen Sack steckte, aber irgendwie freute ihn das auch. Beschämt über diese klammheimliche Freude, sagte er: »Ach, das gleiche wie immer!«

»Ich werde dem Briefträger sagen, er soll uns das Geschreibsel dieses dreisten Soldaten gar nicht mehr zustellen!« rief Nigân. »Einfach zurückschicken!« Um zu sehen, ob sie damit Anklang fand, blickte sie erst Osman und dann Nermin an. Resigniert winkte sie dann ab und jammerte: »Aber warum kommt Refik nicht mehr? Ach Junge, was haben wir dir denn angetan?« Ihr Gesicht verzog sich.

Osman dachte: »Jetzt heult sie gleich wieder!« Dass Nigân beim geringsten Anlass losweinte, war ein Jahr nach Cevdets Tod ein gewohnter, aber deshalb nicht weniger lästiger Anblick. Osman sehnte sich danach, in aller Ruhe beim Tee seine Zeitung zu lesen und den Lindenduft einzuatmen. Besorgt sah er seine Mutter an.

Nigân begann leise zu schluchzen. Hilflos blickte Osman zu Nermin. Er wollte damit ausdrücken, dass er zu Hause einfach nicht zu seiner gewünschten Ruhe kam. Nermin aber warf wissend den Kopf zurück.

»Auf dem Weg zu uns haben Dildade und Leylâ heute Ayşe getroffen«, sagte Nermin und ließ die Schultern sinken, als zögen schwere Koffer daran. »Wieder mit dem jungen Geigenspieler …« Ostentativ sah sie dann zu Nigân und deutete damit an, was der eigentliche Grund für deren Weinen sei. »Leylâ hat gesagt, Ayşe sei ganz schön groß und hübsch geworden. Und dann hat sie wie beiläufig von dem Geiger erzählt, als sei ihr das nur so herausgerutscht!«

Osman stand auf. »Das ist es also!« dachte er verärgert. Keiner hörte auf ihn, Ayşe ließ sich zu solchen Dummheiten hinreißen, und an Ruhe war in dem Haus nicht zu denken. »Wo ist sie? Ruft sie sofort her!«

»Keiner hat mehr eine Achtung vor uns! Ach Cevdet, seit du nicht mehr da bist …« jammerte Nigân.

Perihan stand auf. »Ich wollte sowieso nach der Kleinen sehen! Dann kann ich gleich Ayşe Bescheid sagen.« Auch sie hatte etwas Weinerliches an sich. Sie wollte wohl nicht zugegen sein, wenn der Sturm losbrach.

Dass ein solcher unvermeidlich war, wusste Osman selbst am besten. Er ließ sich von Nermin noch einmal wiederholen, was Leyla genau gesagt hatte. Nermin berichtete, Nigân sei zwischendurch einmal zu Ayşe hinaufgegangen und habe sie angeschrien. »Deshalb also weint sie«, dachte Osman wieder und ging dann nervös im Garten auf und ab, während Nigân leise vor sich hin schluchzte. »Dabei hatte meine Mutter vielleicht sogar vor, Ayşe mit Leylas dicklichem Sohn zu verheiraten! Und was macht Ayşe?! Treibt sich mit einem Geigenspieler herum! In völliger Ungeniertheit! Bis zum Gouverneurspalast ist sie mit ihm spaziert!« Um sich zu beruhigen, wich er von seiner sonstigen Gewohnheit ab und zündete sich schon vor dem Essen die erste Abendzigarette an. Dann kam ihm der Gedanke, seinen Zorn lieber zu bündeln, damit das Donnerwetter nicht einfach verpuffte, sondern ein anständiges Ergebnis zeitigte. Ein rascher Entschluss musste gefasst werden, und da wusste er auch schon, was zu tun war. »Wir müssen sie diesen Sommer unbedingt nach Europa schicken!« dachte er. »In die Schweiz, zu ihrer Tante Taciser!« Noch dazu würde sich dort auch Leylâs feister Sohn aufhalten. »Und wenn sie sich sträubt?« Der bloße Gedanke daran brachte ihn außer sich. Mit kleinen, hastigen Schritten ging er hin und her. »Ich will in diesem Haus nichts anderes als Ruhe, aber wegen denen hier …« Ihm fiel wieder Refik ein, was ihn noch wütender machte. Und dann auch noch dieser Ziya … »Wenn sie sich sträubt, dann kann sie was erleben! Was ist nur los in diesem Haus! Und diese Blumen da, alles verwelkt!« Hatte er zuvor noch den Frühlingsduft eingesogen und überall nichts als Grün gesehen, so fielen ihm nun allenthalben Unkraut und verdorrte Blumen ins Auge. »Nicht einmal den Gärtner haben sie im Griff!« Er kam an den seltsamen Blumen vorbei, die Cevdet kurz vor seinem Tod noch gepflanzt hatte und die nun von Nigân gegossen wurden. War es nicht ungerecht? Sein Vater hatte doch wenigstens zu Hause noch seine Ruhe gefunden. Da kam ihm seine Geliebte in den Sinn. Ja, sie war ein Ausgleich dafür. Konnte man ihm etwa übelnehmen, dass er seine Ruhe woanders suchte? Gerührt dachte er an Kerimans süßen kleinen Mund, der so ganz anders war als der große, stolze Mund Nermins. Da kam mit finsterer Miene Ayşe daher. Verweint sah sie allerdings nicht aus. Osman dachte, wie unhübsch sie doch eigentlich war. »Und noch dazu dumm genug, um auf den erstbesten hereinzufallen!« Er ging auf sie zu. Ein paar Schritte vor den Korbstühlen konnte er das Gesicht seiner Schwester nah genug sehen, doch machte er darin nicht, wie erhofft, Tränen oder Furcht aus, sondern ganz im Gegenteil etwas Aufmüpfiges.

»Wo warst du?« fragte er und musste sich wundern, wie scharf das herauskam und wie unsinnig es doch war.

»In meinem Zimmer!« erwiderte Ayşe trotzig. »Ich habe gelesen!«

»Etwa ein Schulbuch? Wohl eher nicht, was? Lesen allein ist ja noch keine Kunst!« Er ärgerte sich selbst über seinen Ton.

Ayşe stand selbstbewusst schweigend da, als wüsste sie schon, worauf das alles hinauslaufen würde. Diese herausfordernde Art war neu an ihr.

»Ich will nicht lange drum herumreden!« sagte Osman. »Du bist wieder mit diesem Geigenspieler gesehen worden!« Er sah Nermin und Nigân an und fügte hinzu: »Von Dildade und Leylâ!« Er setzte sich in seinen Korbstuhl. »Hast du dazu etwas zu sagen?«

Ayşe schüttelte den Kopf. Als wäre sie nur dazu gekommen und müsste nun gleich wieder weg, blickte sie ungeduldig zum Haus zurück.

»Hiergeblieben! Jetzt setz dich mal hin und hör mir gut zu! Ich habe dich wegen der Sache zweimal gewarnt. Beim erstenmal noch im guten, weil ich das Ganze für einen Zufall hielt. Beim zweitenmal in aller Ernsthaftigkeit, aber bei dir ist das anscheinend zum einen Ohr hinein und zum anderen wieder heraus!« Um zu demonstrieren, wie es zum anderen Ohr herausgekommen war, hielt er sein rechtes Ohrläppchen fest, und als er merkte, wie lächerlich das war, fühlte er wieder diese Ungerechtigkeit und bekam erst recht eine Wut. »Kurz und gut: Du wirst erstens diesen Sommer in die Schweiz fahren, zu deiner Tante Taciser. Ich schreibe ihr noch heute einen Brief. Du bleibst den ganzen Sommer dort. Und zweitens gehst du ab sofort nicht mehr zu diesem Klavierlehrer.« Er sah Ayşe genau an, um die Wirkung seiner Worte zu prüfen. »Von der Schule wird dich jetzt auch jemand abholen. Nuri zum Beispiel. Oder dieser Gärtner, der sowieso nichts taugt. Irgend jemand auf jeden Fall! Nun, was sagst du dazu?«

Ayşes Augen leuchteten ein letztesmal rebellisch auf: »Ich will sowieso keinen Klavierunterricht mehr!« Dann erlosch ihr Glanz, und Ayşe wirkte nur noch trist.

»Moment, ich habe lediglich gesagt, dass du nicht mehr zu diesem Klavierlehrer gehst! Dieses Jahr ist es vorbei mit dem Unterricht, aber nächstes Jahr nimmst du wieder welchen! Nächstes Jahr ... Hörst du mir eigentlich zu? Dann sieh mich bitte an! Ja, so! Und hör auf mit der Zappelei, das macht mich ganz nervös! Lass dir das eine gesagt sein: Du hast in mir jetzt keinen Bruder mehr zu sehen, sondern praktisch einen Vater!« In einem Anflug von Triumph sah er zuerst Nigân und dann Nermin an.

Beide Frauen musterten Ayşe und nickten zustimmend. Soweit hatte es eben kommen müssen!

Bevor Osman sich wieder seinem Tee und der Zeitung widmen konnte, musste er noch ein letztes sagen: »Und dass ich dich nicht mehr mit diesem Geigenspieler sehen will, brauche ich wohl nicht extra zu betonen, oder?« Fordernd sah er sie an. »Oder etwa doch?« Dann fragte er unvermittelt: »Was ist denn sein Vater von Beruf?«

»Lehrer«, hauchte Ayşe.

»Lehrer! Ein Lehrerskind ...« Wütend stand er auf. »Der will dich doch nur reinlegen, das liegt auf der Hand! Er hat begriffen, aus was für einer guten Familie du kommst, und jetzt will er sich dein Erbteil unter den Nagel reißen und sich einen schönen Lenz machen! Und bei dir revanchiert er sich dann, indem er auf seiner Geige herumkratzt ...« Vorgebeugt ahmte er einen Geigenspieler nach und freute sich, dass ihm das einigermaßen gelang und nicht einmal lächerlich wirkte.

»Er ist ein guter Junge!« rief Ayşe da aus und fing an zu weinen. »Ein guter Junge! Von wegen! Ein gerissenes Kerlchen ist er! Und reinlegen will er dich! Begreifst du denn nicht, worum es ihm geht? Hast du nicht einmal soviel Hirn? Ein guter Junge! Absahnen will dein guter Junge! Und dann spielt er wieder Geige, kratz, kratz, kratz … Sag mal, weißt du eigentlich, wie man Geld verdient? Wir schicken dich jetzt in die Schweiz; ist dir klar, was das kostet?« Ein regelrechter Ekel kam in ihm auf. Am liebsten hätte er sich schon wieder ausgiebig die Hände gewaschen. »Hör auf zu weinen, damit erreichst du gar nichts! Anstatt zu weinen, solltest du mal überlegen, was das alles kostet hier und was es heißt, ein Haus und eine Firma aufzubauen! Dein Vater hat als Holzverkäufer angefangen, vergiss das nicht! Na gut, dann wein von mir aus, aber nicht hier! Geh rauf in dein Zimmer und heul dort weiter!«

Dann sah er seiner Schwester nach, wie sie auf die Küchentür zuging. »Diese ganze Arbeit, die Familie, die Firma, das alles!« murmelte er. Er griff zu seinem Tee, doch der war inzwischen kalt geworden. Um sich zu beruhigen, setzte er sich in seinen Korbstuhl. Dann warf er erst seiner Mutter und dann seiner Frau einen kurzen Blick zu. Er versuchte seiner inneren Unruhe und dem nagenden Gefühl der Ungerechtigkeit Herr zu werden, indem er nun doch wieder las, was in der Zeitung über Hatay stand. Es gelang ihm aber nicht, sich zu konzentrieren. Er ließ die Zeitung auf den Schoß sinken, legte den Kopf an die Stuhllehne und starrte zu den hohen Bäumen hinauf.

33

DIE STIMME DES HERZENS

Es war Samstag, der vierte Juni. Nach dem Mittagessen hatte er sich hingelegt und den Kopf im Kissen vergraben, aber er hatte nicht einschlafen können. Er hatte vorgehabt, die Müdigkeit des mit Ingenieurarbeit angefüllten Vormittags zu überwinden, um dann Rıza Nurs *Türkische Geschichte* zu lesen, doch nun bekam er kein Auge

zu, lag nur schwitzend da und spürte hinter den Ohren seinen Puls-
schlag. Sein Herz pochte heftig. Vor zehn Tagen hatte ihm Mahir
Altaylı geraten, auf die »Stimme seines Herzens« zu hören. Nun, das
versuchte er. Er las Bücher und Zeitschriften und bemühte sich redlich, den nötigen Eifer zu entwickeln und die Flamme seines Verstandes auszulöschen. Er hatte beschlossen, Nationalist zu werden. Das
klang so, als würde ein junger Mann beschließen, Arzt zu werden,
oder als würde ein kleiner Junge von der Feuerwehr träumen, aber da
es so ein seltsamer Beschluss war, kam er sich doch irgendwie anders
vor. Er wälzte den Kopf auf dem durchschwitzten Kissen hin und her
und fragte sich plötzlich erschrocken: »Ist das auch richtig, was ich
da mache?« Dann schämte er sich dieser Furcht: Diese war doch
schwachen Menschen zu eigen und konnte ihn nur befallen haben,
weil er so müde und schutzlos war. Er sah ein, dass er nicht würde
schlafen können. So stand er auf, wusch sich das Gesicht, setzte die
Brille auf und nahm am Schreibtisch Platz. Er fragte sich, warum er
nicht schlafen konnte.

Ihn hatten seine Gedanken erschreckt, denn es war ein Sturm in
ihm losgebrochen, und er hatte sich eine ungewohnte Frage gestellt:
»Ist es richtig, was du da machst?« Bis dahin hatte er mit dieser Frage
kaum zu tun gehabt, denn er hatte ja nicht auf die Stimme seines Herzens gehört. Er hatte stets seine Gedanken arbeiten lassen, mit dem
Verstand alles abgeklopft und dann eine Entscheidung gefällt. Er sah
auf die Bücher und Zeitschriften, die sich auf seinem Schreibtisch
häuften, und dachte: »Jetzt überlasse ich mich dem Eifer meines
Herzens und empfinde ganz neue Dinge, aber daran werde ich mich
gewöhnen.« Auch am Schreibtisch hielt es ihn nicht. Er stand auf
und ging im Zimmer umher.

Ihm war, als sei ihm etwas zugestoßen, das sonst nur anderen passierte; als habe er Krebs bekommen oder jemanden umgebracht und
müsse nun damit fertig werden. Seine Unruhe musste daher kommen, dass es ihm neu war, auf sein Herz zu hören, doch wie sollte er
sie wieder loswerden? »Ich muss mich also von Grund auf ändern!«
Er dachte an seinen vorherigen Zustand zurück. Da hatte er ebenso
in diesem Zimmer gesessen, an diesem Schreibtisch, hatte an seinen
Gedichten gefeilt und nachgedacht, und schließlich hatte die Suche

nach Zerstreuung ihn auf die Straße getrieben. Jetzt sehnte er sich fast zurück nach dieser unglücklichen Zeit, als er auf alles und jeden einen Hass hatte. »Da stand mir noch alles ganz klar vor Augen, ich brauchte nichts weiter als nachzudenken! Und was mache ich jetzt? Jetzt werde ich ein anderer Mensch!« Zweifelnd blieb er stehen. »Werde ich wirklich ein anderer Mensch, oder stürze ich mich nur in ein Abenteuer?«

Abenteuer! Ein verlockendes Wort. Seinem zwischen Büro, Kneipe und Schlaf frühzeitig vermodernden Leben verlieh es neuen Glanz. Drei Tage nach seiner Begegnung mit Mahir Altaylı war er zu der Zeitschrift *Ötüken* gegangen. Mahir Altaylı hatte ihn freundlich empfangen und ihm ein paar Leute vorgestellt, die ihm ziemlich ergeben schienen. Dann war über Hatay gesprochen worden. Muhittin war zu der Zeitschrift noch nicht in der Absicht gegangen, Nationalist zu werden, sondern erst mal aus Neugier und um sich von ein paar Hirngespinsten zu befreien. Beim ersten Kontakt mit den Leuten dort merkte er sofort, dass er sich zurücknehmen und aufpassen musste, was er sagte. Da waren Menschen, die nur allzu bereit waren, wie in einem Spiel andere auszuhorchen und um den Finger zu wickeln oder in so einem Spiel auch als Figuren verwendet zu werden. Auch wenn es vordergründig um Hatay ging, spürte Muhittin, dass jeder bemüht war, sein Können und seine Schlauheit unter Beweis zu stellen, und sich insgeheim auf einen anderen Kampf vorbereitete. Als er an das Wort »Kampf« dachte, musste er schmunzeln. »Ich bin doch immer noch der alte Muhittin! Da habe ich wieder einen Tummelplatz gefunden!« Dann sah er sich die Zeitschriften an, die auf seinem Schreibtisch herumlagen, und schämte sich sogleich seiner Gedanken. Er hörte die Stimme Mahir Altaylıs: »In Hatay werden unsere Rassegenossen unterdrückt, und Sie denken hier solche Dinge!« Er setzte sich wieder an den Tisch. »Ich war ein schlechter Mensch. Ich muss von diesem hässlichen Egoismus loskommen und meinem Herzen einen Stoß geben!«

Er brauchte nur mit seinem Herzenseifer die widerliche Verstandesfunzel auspusten, dann konnte er in der Volksgemeinschaft aufgehen und sich von seinen Sünden reinigen. Manchmal dachte er, dass er jahrelang regelrecht in der Sünde gebadet hatte, und ärgerte sich dann über sich selbst. Viel öfter aber dachte er an den allgemeinen Abscheu zurück, den er oft empfunden hatte. Nun hingegen konnte er seinen Abscheu auf ein Ziel ausrichten, auf die Franzosen etwa, die in Hatay unsere Landsleute niedermetzelten, und auf die Araber, die uns regelmäßig in den Rücken fielen ... Aber halt, noch mehr zürnte er den Juden und den Freimaurern. An der Ingenieurhochschule hatten sie einen jüdischen Kommilitonen gehabt, auf den ersten Blick ein hilfsbereiter Junge, der bei Prüfungen die anderen abschreiben ließ und Faulpelzen auch seine Hausarbeiten bereitwillig zur Verfügung stellte. Erst jetzt kam Muhittin dahinter, dass das alles nur Verstellung gewesen war. Und die Freimaurer hatten zwar ihre Logen geschlossen und ihr Vermögen den kemalistischen Volkshäusern vermacht, aber im geheimen konnten sie gut und gerne noch weiterwirken. Seit jeher hatte er Refiks Bruder Osman im Verdacht, ein Freimaurer zu sein. Bei dem passte alles zusammen: der geschäftliche Erfolg, das selbstgefällige vornehme Getue, die furchtbar gepflegten Hände und diese Art zu reden, bei der man immer gleich Seifengeruch in der Nase hatte. Dann waren da noch die Albaner und die Tscherkessen, laut Mahir Altaylı gefährliche Leute, weil sie den Staat infiltrierten. Ferner die Kurden und natürlich die Kommunisten.

Muhittin gähnte herzhaft. »Ich muss wohl verrückt werden! Was ist eigentlich los mit mir? Ich werde also Nationalist. Ganz bin ich es noch nicht, aber bald. Wie kommt das überhaupt?« Nach der Begegnung mit Mahir Altaylı hatte er noch ein Glas Raki getrunken und war dann schnurstracks nach Hause gegangen anstatt ins Freudenhaus. »Genau, daran liegt es! Wäre ich ins Freudenhaus gegangen, dann hätten Mahirs Worte ihren Zauber verloren, ja wären wertlos geworden. Dann wäre ich auch nicht zu der Zeitschrift gegangen und wäre überhaupt noch der alte. Und warum bin ich nichts ins Freudenhaus? Weil ich, nun ja, zu besoffen dazu war!« Über diesen Schluss war er doch sehr verblüfft. Nein, das war einfach zu unsinnig. »Gewiss ist nur das eine: dass ich nicht mehr so wie früher sein kann!« Aber hatte nicht im vergangenen Herbst Refik zu ihm das gleiche gesagt? »Und was treibt der jetzt? Dorfentwicklung! Was das nun soll! Um die Entwicklung der türkischen Nation sollte er sich kümmern! Aber das fällt ihm natürlich nicht ein; er ist ja auch kaum ein richtiger Türke, in seiner ganzen schnöseligen Art. Und der Bruder auch noch Freimaurer!« Erschrocken hob er den Kopf: Auf wen seine Wut sich da plötzlich ausdehnte … In dem Regalfach gegenüber sah er das Foto seines Vaters, und da merkte er, dass er auch ihm gegenüber seine Meinung änderte. Er sah seinen Vater nun nicht mehr als armen Tropf, der nie etwas begriffen und sein Leben vergeudet hatte, sondern als Helden und überzeugten Kämpfer. Nur schade, dass er am Befreiungskrieg nicht mehr teilgenommen hatte. Aber dachte er nun wirklich und wahrhaftig so, oder redete er sich das nur ein? »Kommt aufs gleiche hinaus! Auf jeden Fall werde ich mich daran gewöhnen, auf mein Herz zu hören, in der Gemeinschaft aufzugehen und mein modriges Bewusstsein durch Enthusiasmus zu ersetzen!« Aufgeregt stand er auf.

Wie es ihm wohl ergehen würde, wenn er mal wirklich Nationalist war? »Es wird Schluss sein mit dieser dauernden Unzufriedenheit. Und so ein Blödsinn wie der Selbstmord mit Dreißig wird mir gar nicht mehr einfallen. Ich werde ein geordnetes, erfülltes Leben führen! Und werde geachtet sein!« Letzteres sagte er sogar laut. Die jungen Kerle, die er bei der Zeitschrift kennengelernt hatte, brachten Mahir Altaylı regelrechte Bewunderung entgegen. Es war aber noch ein anderer dort, etwa in seinem Alter, der Muhittin recht skeptisch, ja beinahe feindselig gemustert hatte. Er schien zu denken: »Warum bist du eigentlich nicht schon lange Nationalist?« Ihm fielen wieder die beiden Kadetten ein, mit denen er über seine neuen Überzeugungen noch gar nicht geredet hatte. »Da muss ich mich gut vorbereiten!« Er musste nämlich aufpassen. Bei einer Diskussion über Hatay hatten sich Mahir Altaylı und einer der jungen Mitstreiter gegen eine friedliche Lösung ausgesprochen, während zwei andere meinten, es sei verkehrt, auf Kampf zu bestehen, wenn die Region so oder so zur Türkei geschlagen werde. Muhittin war unentschieden gewesen und hatte mehr oder weniger schweigend dagesessen und sich mit ein paar Gemeinplätzen durchlaviert. »Inzwischen bin ich der Meinung, dass Mahir Altaylı recht hat. Oder dass seine Ansicht zumindest bei den jungen Leuten besser ankommt und mehr Begeisterung auslöst. Und das ist vielleicht wichtiger, als dass sie auch stimmt.« Beim Herumgehen fiel sein Blick auf die Schlagzeile der Zeitung auf dem Tisch.

»In Hatay Ausnahmezustand ausgerufen!« Am Vortag hatte im Parlament der Ministerpräsident darüber gesprochen. Muhittin versuchte die Sache zu durchdenken, aber es blitzten immer nur einzelne Aspekte davon auf, wie der Plan eines eigenständigen Staates Hatay, die Wahlvorbereitungen, die Zusammenstöße zwischen den Volksgruppen bei der Eintragung in die Wählerlisten. Verärgert über seine Unwissenheit in diesen Dingen und überhaupt in nationalen Belangen, setzte er sich wieder an den Tisch.

Vor sich hatte er die *Türkische Geschichte*, ein paar Bücher von Ziya Gökalp, diverse Zeitschriften und Artikel sowie Zeitungen des vergangenen Monats. Aufmerksam las er die älteren Ausgaben von *Ötüken*, um sich einen Überblick zu verschaffen, was für Diskussionen die Nationalisten untereinander und mit ihren Gegnern führten. Auch in türkischen Geschichtsbüchern blätterte er viel. Wenn er Rıza Nurs Darstellung las, stellte er sich dazu auch immer den Autor selbst vor, den er oberflächlich und primitiv fand. Er sagte sich, dass er vielleicht eines Tages ein weitaus fundierteres Geschichtsbuch schreiben würde. Auch hielt er sich für um einiges intelligenter als die jungen Leute von der Zeitschrift. Aber war das nicht gerade die Art von Überheblichkeit, der er abgeschworen hatte? Beschämt dachte er daran zurück, wie er in der Kneipe verkündet hatte, dass er Nationalismus für falsch halte! Da merkte er, dass er unwillkürlich schon wieder aufgestanden war. »Aber ich habe ihm ja auch gesagt, dass ich mit meinem Zustand selbst nicht zufrieden bin!« dachte er aufgeregt. Es wurden wieder Erinnerungen an jene ungute Zeit in ihm wach: an die Verlobung von Ömer, an Besäufnisse, die Kneipen von Beyoğlu, das Unwohlsein in Refiks Haus, die Einsamkeit …
»Das alles muss ich hinter mich lassen, auch das Geschwätz meines Verstandes! Meiner Begeisterung muss ich mich überlassen, meinem Herzen!« Dann schlug er wieder die *Türkische Geschichte* auf und vertiefte sich darin.

34

DAS FESTBANKETT

»Willkommen, Herr …« rief Kerim Naci aus, als wollte ihm der Name seines Gastes nicht so recht über die Lippen. »Herr Rudolph! Willkommen! Nein, nein, nehmen Sie doch hier Platz!« Sie setzten sich an den Tisch. Nun erblickte Kerim auch Ömer. »Da ist ja unser Jungunternehmer! Guten Abend!« Er fasste Ömer an der Hand und zog ihn zu einem kleinen, schnauzbärtigen Herrn hin. »Dieser junge Mann hier ist mit der Tochter unseres Parlamentskollegen Muhtar aus Manisa verlobt!«

»Ah, mit Nazlı!« rief der Schnauzbärtige. »Ein süßes, vornehmes kleines Ding! Gratuliere!«

Ömer lächelte, und der Schnauzbärtige lächelte zurück, als wollte er sagen: »Du Schlawiner, du!« Er war Abgeordneter von Amasya und gerade als Parteiinspekteur in den Ostprovinzen unterwegs. Als Kerim Naci wie jedes Jahr seine Freunde sowie diverse Bauunternehmer und Ingenieure zu einem großen Abendessen lud, sprach sich schnell herum, dass auch jener İhsan mit von der Partie sein würde.

»Und da haben wir noch einen jungen Ingenieur«, sagte Kerim Naci und stellte dem Parteiinspekteur Refik vor. Einen Satz, den Kerim Naci noch mit Blick auf Refik und Ömer angefangen hatte, sprach er zu Ende, während er schon einen anderen Ingenieur anlächelte, und dann zog er İhsan ans andere Ende des Tisches, wo es neue Leute vorzustellen galt.

Die Gäste, die seit einer halben Stunde wie hungrige Katzen um den Tisch herumgeschlichen waren, setzten sich nun allmählich hin. Sie warteten darauf, dass das soeben vom Feuer genommene Lamm zerlegt wurde. Der weißgekleidete Koch und ein Diener waren unter einem Baum mit dem Schneiden beschäftigt.

In dem mit Hilfe eines Generators beleuchteten Raum in Kerim Nacis Baracke lauschten die Gäste nun den Anekdoten, die der Hausherr vom Bau der Eisenbahnlinie Sivas–Samsun erzählte. Die

Gäste lauschten aufmerksam, und man hörte lediglich hin und wieder zustimmende Zwischenrufe des Abgeordneten İhsan sowie das Geflüster eines dänischen Ingenieurs, der seiner Frau alles übersetzte.

Als das Fleisch serviert wurde, hob İhsan an, von seiner Reise in die Ostprovinzen zu erzählen. Durch die vergangenes Jahr in der Region Dersim durchgeführte Militäroperation sei in der Osttürkei wieder Ruhe eingekehrt, erklärte er. Niemand brauche sich mehr vor räuberischen Überfällen zu fürchten oder sich zu sorgen, was morgen wohl alles passieren werde. Dieser geordnete Zustand sei jedoch nicht nur mit militärischer Kraft hergestellt worden, sondern nicht zuletzt auch den Entwicklungs- und Erziehungsmaßnahmen der Regierung geschuldet. İhsan wandte sich beim Sprechen oft zu Kerim Naci, aber jeder wusste, dass seine Ausführungen insbesondere an die anwesenden Unternehmer gerichtet waren, die wegen der Militäroperation ihre Gelder nicht rechtzeitig bekommen hatten. Dann erzählte der Abgeordnete von einer lustigen Begebenheit, die sich bei der Einweihung einer Brücke in der Nähe von Elazığ zugetragen hatte. Die Rede des Gouverneurs war in der glühenden Hitze etwas zu lang ausgefallen und ab und an von einem schreienden Esel unterbrochen worden, bis jemand schließlich gerufen hatte: »Jetzt bringt doch mal diesen Esel zum Schweigen!« Ein kleiner Beamter hatte daraufhin losgelacht, was ihm aber schlecht bekommen sollte, denn am Abend sorgte der Gouverneur dafür, dass sowohl jener Beamte als auch der Besitzer des Esels auf der Polizeiwache eine Tracht Prügel bekamen. Der Abgeordnete lächelte nun süffisant, und das sollte wohl heißen: »Tja, neben all dem Guten gibt es im Leben eben auch viel Negatives und Lächerliches, aber ich scheue mich nicht, euch auch davon zu erzählen!«

Danach ergriff ein älterer Kontrollbeamter das Wort und gab zum besten, was er einmal an der Strecke nach Filyos erlebt hatte. Auch er sah beim Erzählen meistens Kerim Naci an. Den Gästen war inzwischen eisgekühlter Raki serviert worden. Es war ein ruhiger, windstiller Juniabend. In der Ferne sah man die Lichter, die aus den Arbeiterbaracken in das unbewegliche Dunkel drangen.

Zusammen mit dem Fleisch war auch ein riesiges Tablett mit Reis auf den Tisch gestellt worden. Da es ziemlich lange dauerte, bis der Reis serviert war, tranken manche Gäste ihr erstes Glas Raki schon auf nüchternen Magen, so dass die anfangs etwas steife Atmosphäre sich allmählich auflockerte. Ömer wollte auch etwas zur Stimmung beitragen, wollte reden, sei es nun, um dem dominanten Kerim Naci zu zeigen, dass er sich von ihm nicht einschüchtern ließ, oder auch nur, um ein bisschen in Laune zu kommen, er wusste es selbst nicht so genau, aber je länger er dasaß, um so dringender wurde dieser Wunsch. Eine Weile unterhielt er sich mit Rudolph und Refik, doch gab es nicht allzuviel, was die drei hätten am Tisch besprechen können, ohne ins Flüstern zu geraten, und zudem hatten sie sich im Lauf der Monate schon so ziemlich alles gesagt. Nachdem der Kontrollbeamte sein Erlebnis fertigerzählt hatte, fasste İhsan zusammen, was sich daraus für Lehren ziehen ließen. Danach wollte Ömer endlich zu Wort kommen, um seine eigene Stimme hören, und so sprach er den stillen Ingenieur mittleren Alters an, der ihm gegenübersaß, und erzählte ihm etwas im Grunde genommen höchst Uninteressantes. Damit der Ingenieur seine Blicke nicht schweifen lassen konnte, sah Ömer ihm dabei geradewegs in die Augen. Als er bei der Pointe ankam, blickte der Ingenieur, anstatt zu lachen, mit entschuldigender Miene doch wieder zur Mitte des Tisches und zu Kerim Naci, und Ömer begriff, dass er hier nicht würde punkten können. Am liebsten wäre er aufgestanden, aber dann sah er, wie Refik sich einstweilen in aller Gemütsruhe am Essen gütlich tat.

Refik sagte gar nichts, hörte nur zu, beobachtete die Leute und füllte sich den Teller, als sei er nur gekommen, um sich endlich wieder einmal satt zu essen und satt zu sehen. Er brachte dem Gesprochenen das übliche oberflächliche Interesse entgegen, quittierte es hin und wieder mit einem unverbindlichen Lächeln, bediente sich dann noch mal beim Reis und saß überhaupt einfach da wie jemand, der eine langwierige, anstrengende Arbeit erledigt hat und sich nun guten Gewissens an einen reichlich gedeckten Tisch setzen kann. Dabei wusste Ömer, dass Refik in letzter Zeit alles andere als gut schlief, weil er mit seinem »Entwicklungsprojekt« nicht vorwärtskam und sich Sorgen um seine Zukunft machte.

Kerim Naci und İhsan hörten einstweilen einem älteren Herrn zu, mit dem auch Ömer schon einmal zu tun gehabt hatte. Obwohl selbst kein Ingenieur und damit eigentlich fehl am Platze, war der Mann in eine Kontrollkommission aufgenommen worden, was sich allerhöchstens dadurch erklären ließ, dass er über Erfahrung verfügte und von beinahe krankhafter Gewissenhaftigkeit war. Als Neuling in der Kommission war er zum erstenmal zu so einem Essen geladen. Dabei noch dazu einen Abgeordneten anzutreffen, machte die Sache für ihn noch aufregender. Eifrig spulte er herunter, was getan werden müsse, um diesem und jenem Missstand abzuhelfen, verheddert sich in seinen gewiss schon lange vorbereiteten Sätzen und ärgerte sich, eine so einmalige Gelegenheit nicht richtig nützen zu können.

Als er seine Ausführungen beendet hatte, wandte sich İhsan an den jungen Mann, der neben dem älteren Herrn saß. »Sie sind doch Ingenieur, nicht wahr? Was würden Sie in so einem Fall tun?«

»Ach, wenn alle Verzeichnisse und Tabellen schon einen Monat im voraus erstellt werden, kann es zu solchen Problemen erst gar nicht kommen.«

»Sehen Sie?« sagte der Parteiinspekteur, und ohne die Antwort des älteren Herrn abzuwarten, rief er dem umherhastenden Koch zu: »Mir noch etwas Reis bitte!« Dann setzte er das Rakiglas an seinen kleinen, unter dem Schnauzbart beinahe verschwindenden Mund, nahm einen Schluck und sagte dann, auf den älteren Herrn schielend: »Vertrauen Sie auf die Reformen und auf den Staat! Natürlich ist noch nicht alles ohne Fehl und Tadel, aber wer nur immer herumkrittelt, spielt den Feinden der Reformen in die Hände. Vielmehr sollte jeder, der fürchtet, Fehler zu begehen, eng mit dem Staat zusammenarbeiten. Und viel wichtiger ist ja momentan die Sache mit Hatay …«

Es ging am Tisch immer fröhlicher und lauter zu. Allmählich standen die in der Tischmitte geführten Gespräche nicht mehr im Zentrum des Interesses, sondern die Leute wandten sich ihren Tischnachbarn zu. Hin und wieder hörte man Kerim Nacis dröhnende Stimme, doch die Gäste ließen sich davon in ihren Plaudereien nicht stören. An einem Tischende saßen die Frauen zweier dänischer Ingenieure. Sie hatten sich nebeneinandergesetzt, um sich auf dänisch unterhalten zu können, und nippten vorsichtig an ihrem Raki. Die Männer am anderen Tischende sahen immer wieder zu den Frauen hinüber, rauchten zum Raki ihre Zigaretten, horchten auf ihre Gesprächspartner, ließen aber in unbeobachteten Momenten gleich wieder ihre Blicke zu den Frauen schweifen, worauf sie dann wieder sinnierend an ihren Zigaretten zogen. Ömer sah ihnen an, dass sie an jene Ausländerinnen dachten, an ihr eigenes Leben und ihre Wünsche, und als er mitbekam, wie einem der Männer beim Blick auf die Frauen regelrecht die Gesichtszüge entgleisten, fiel ihm plötzlich Nazlı ein, was ihn verblüffte und auch ein wenig ärgerte. Er sprach nun dem Raki noch mehr zu, so wie jene Männer, zündete sich wieder eine Zigarette an und lauschte einem der Gespräche um ihn herum.

Die Grüppchen, die sich gebildet hatten, waren von zweifacher Art. Zum einen saßen Männer beisammen, die noch sieben, acht Jahre zuvor einfache Arbeiter, frischgebackene Ingenieure oder kleine Beamte gewesen waren und es danach als Unternehmer im Eisenbahnbau zu beträchtlichem Reichtum gebracht hatten. Als das Namensgesetz in Kraft getreten war, hatten sie sich Familiennamen wie Demirağ – »Eisennetz« –, Yolaçan – »Wegbereiter« –, Demirbağ – »Eisenbund« – oder Kayadelen – »Felsdurchbohrer« – ausgesucht. Sie verdankten ihren Wohlstand ihrer Intelligenz und ihrem unternehmerischen Einsatz, aber irgendwie war ihnen doch selber suspekt, dass man innerhalb weniger Jahre so reich werden konnte, und deshalb traten sie sehr vorsichtig auf. Es sollte nur ja niemand mit dem Eisenbahnbau, so wie er abgewickelt wurde, irgendwie unzufrieden sein. Wenn jemand etwas zu beanstanden hatte, wurden sie sogleich unruhig, als ob ihnen ihr Vermögen auf der Stelle entgleiten könnte. Viel lieber hatten sie es daher, wenn von den Erfolgen der Republik geredet wurde, von Hatay, den niedergeschlagenen Kurdenaufständen und von brüderlichem Zusammenleben. Die zweite Gruppe bestand aus Beamten, angestellten Ingenieuren und staatlichen Kontrolleuren. Sie wussten genau, wie die anderen reich geworden waren, und verachteten sie daher, doch da die meisten von ihnen ja nichts anderes anstrebten, als selbst so zu werden, mischte sich in diese Verachtung auch Neid, Bewunderung und Wut. Manche von ihnen waren einfach zu ehrlich, andere schlicht überdrüssig, wieder andere darauf aus, so schnell wie möglich in die erste Gruppe zu wechseln, und einige mittlerweile schon viel zu träge, um sich noch zu irgend etwas aufzuraffen. Ihnen war aber genauso wie den Unternehmern bewusst, dass ihre ganze Existenz und Zukunft von Abgeordneten wie İhsan, von Leuten wie Kerim Naci und vom Staat abhing. Ungezwungene Fröhlichkeit und eine freie Unterhaltung konnte somit nur bei den ausländischen Ingenieuren sowie bei einem irgendwie außerhalb jener Beziehungsnetze stehenden jungen türkischen Ingenieur aufkommen, der sich in aller Seelenruhe betrank. Herr Rudolph war sehr schweigsam, und Refik schien allein mit Seh- und mit Gaumenfreuden beschäftigt zu sein.

Ömer trank viel, so wie Refik, und er wollte von der Präsenz des Großgrundbesitzers, Abgeordneten und Unternehmers Kerim Naci nicht völlig erdrückt werden, doch dazu musste er sich entweder, wie zu Anfang, dazu zwingen, durch ein lautstarkes Gespräch auf sich aufmerksam zu machen, oder er musste sich fortwährend ablenken, musste ständig essen und trinken. Daran dachte er, als er sich zum zweitenmal von den farcierten Paprikaschoten nahm und den Koch rief, um den Rakikrug wieder füllen zu lassen, und dann zog es ihn schon wieder weg vom Tisch. Er wollte aufstehen, merkte aber, wie betrunken er war. Ihm fiel sein Standardtrost wieder ein: »Wenigstens schlägt mir der Alkohol nur auf den Magen!« Ruckartig stand er auf, und zu Herrn Rudolph, der ihn neugierig ansah, sagte er: »Ich gehe nur auf die Toilette!«

Herr Rudolph lächelte verständnisvoll, desgleichen der Ingenieur neben ihm. Ömer ging zur Toilette, den Weg dorthin wusste er noch vom Jahr zuvor. Kaum war er drinnen, dachte er auch schon: »Ich muss wohl kotzen!« Er beugte sich über das Loch und übergab sich. Danach wusch er sich ausgiebig das Gesicht. Er sah in den Spiegel und fand sich nicht einmal blass, sondern von gesunder Gesichtsfarbe. Er verließ die Toilette und hörte von ferne den Tischlärm, doch wollte er nicht gleich wieder dorthin. Durch eine andere Tür ging er ins Freie hinaus, in die stille, ruhige Dunkelheit. Er sog den Duft nach Erde und Gras ein und atmete tief durch. Erst fern von der Menge kam er wieder zu sich und genoss die Nacht. »Ich bin anders als die da. Ich werde auch nie so werden wie sie!« Eigentlich erschrak er über diesen Gedanken. Rauchend ging er hin und her.

Als er an der hellerleuchteten Küche vorbeikam, sah er durchs

Fenster hinein. Der Koch träufelte gerade etwas über das Tablett mit den Baklava und trat dann etwas zurück wie ein Maler, der sein Werk begutachtet. Dann nahm er ein Messer zur Hand und rückte damit auf dem Tablett noch etwas zurecht.

»Nein, nie werde ich so sein wie die! Und wie die in den Baracken natürlich auch nicht!« Er ging wieder auf die Tische zu. »Herren und Sklaven … Kerim Naci! Warum hasse ich den Kerl nur so?« Ihm fiel wieder ein, was Herr Rudolph gesagt hatte: »Weil er sich alles unter den Nagel gerissen hat!« Aber lag es daran? »Wenn das stimmt, dann kann ich gegen den Staat und seine fürchterlichen Diener nichts ausrichten! Ich will aber etwas tun! Und zwar alles kaputtschlagen! Und Herr sein! Und zwar ein … ein viel klügerer als Kerim Naci!« Er sah noch einmal zu den Arbeiterbaracken. »Bewundern tun sie mich nicht, aber Arbeit wollen sie schon von mir. Was soll ich machen? Ich muss noch mehr Geld verdienen. Und diese Grübeleien bleibenlassen. Denken! Moral! Wozu soll das gut sein? Ich setze mich jetzt da wieder hin und denke an nichts anderes als an meine Arbeit! Und wenn bei Tisch wieder alle nur ihn anstarren? Ach, denk nicht darüber nach!«

Er setzte sich wieder an den Tisch. Der Koch brachte das Tablett mit den Baklava. Und alle sahen auf das Tablett.

35

IMMER DIE GLEICHEN ÖDEN DISKUSSIONEN

Als die Baklava und das Obst verzehrt waren, lud Kerim Naci die Gäste in seine Unterkunft hinein, da es allmählich kühl wurde. Man trank drinnen den Kaffee, und Kerim Naci gab Erläuterungen über die Familienfotos ab, über das Gewehr an der Wand und über einen Gürtel, den er von seinem Großvater Muhtar Paşa bekommen habe. Schließlich gähnte er mehrfach so ostentativ, dass die Gäste Bescheid wussten.

Kerim Naci verabschiedete an der Tür einen nach dem anderen.

Neben ihm stand der Parteiinspekteur, der dann, als Ömer an der Reihe war, wieder so ominös nickte, als wollte er sagen: »Schlawiner!« Von Kerim Naci wurde Ömer mit einem geschäftsmäßigen Lächeln bedacht, doch als der Gastgeber Herrn Rudolph vor sich hatte, zeigte er sich so entzückt, als hätte er gerade eine ganz besondere Süßigkeit gekostet. Letztendlich speiste er ihn aber mit den üblichen Worten ab, wandte sich dagegen noch einmal an Ömer: »Na, wann wird denn geheiratet?«

»Irgendwann ab September!« Ömer sah nun Kerim Nacis Gesicht ganz aus der Nähe. Der Mann hatte eine niedrige Stirn, buschige Brauen und engstehende Augen.

»Werden die Brücke und der Tunnel denn bis September fertig?« Kerim zuckte bei diesen Worten mit den Lidern, die seine großen Augen halb bedeckten, als wollte er Ömer damit bedeuten: »Ob du jetzt ja oder nein sagst, interessiert mich nicht! Was haben deine Worte in meiner Welt schon für eine Bedeutung!«

»Ich hoffe doch sehr, dass sie fertig werden!«

»Ich aber auch!« Dann schüttelte er Ömer flüchtig die Hand und wandte sich dem nachfolgenden Unternehmer zu.

Als Ömer, Refik und Herr Rudolph draußen waren, gingen sie eine Weile schweigend nebeneinanderher. Schließlich gähnte Refik ausgiebig.

»Ach, was für ein Abend!« Als er darauf keine Antwort bekam, fragte er zweifelnd nach: »Wir haben uns doch gut amüsiert, oder?«

»Haben wir uns amüsiert, Herr Rudolph?« fragte Ömer.

»Amüsiert habe ich mich nicht, aber satt bin ich geworden!« erwiderte der Deutsche und stieß ein nervöses Lachen aus.

»Soll die doch alle der Teufel holen!« rief Ömer laut und wiederholte das sogleich, als legte er es darauf an, bis zu Kerim Nacis Unterkunft gehört zu werden. »Ich muss besoffen sein!« sagte er dann und fragte sich, ob sein grober Ausruf nicht etwas künstlich war. »Wenn ich diese Kerle sehe, muss ich einfach ausfallend werden!«

»Und ich hatte gedacht, ihr amüsiert euch auch mehr oder weniger!« sagte Refik.

»Wieso denn, verdammt noch mal?« rief Ömer. Wieder wusste er selber nicht, inwiefern diese Derbheit nur Attitüde war.

»Na, das Essen war gut, und man ist mal wieder unter Leute gekommen!« sagte Refik. Dann grübelte er eine Weile, als suchte er nach dem Wesen jeglichen Amüsements, und sagte schließlich: »Es war mal was anderes!«

»Was anderes!« plärrte Ömer. »Unser Leben und unsere Arbeit, ja unser ganzes Sein hier ist für ihn gerade mal was anderes, Herr Rudolph! Was sagen Sie dazu?«

Der Deutsche winkte nur ab. Er hatte keine Lust auf eine dieser langweiligen Diskussionen.

»Was anderes!« rief Ömer wieder. »Deswegen also bist du hierhergekommen! So wie man in den Zoo geht!« Als er Refiks betretene Miene sah, hielt er inne. »Ach Refik, ich bin doch ein Vollidiot!« sagte er und hakte sich bei seinem Freund ein. So gingen sie eine Weile dahin. Ömer drückte Refiks Arm ziemlich fest und fragte sich, ob er nicht betrunken war. Er kam zu dem Schluss, dass er nicht etwa betrunken war, sondern sich nur gerne so gab. So löste er sich von Refik und sprang über einen im Dunkeln kaum sichtbaren Buckel. Dann fiel ihm ein Kindervers ein: »Ich bin ein grüner Leuchtturm und leuchte selbst im größten Sturm, bin nicht verlobt und nicht gebunden, und schon bin ich auch verschwunden!« Wie kam er jetzt nur darauf? Seine Großmutter hatte ihm das immer vorgesagt, als er sieben oder acht war, und er mochte das Sprüchlein damals nicht. »Klingt ja ganz nett, aber was für ein Unsinn!« Er dachte an seine Großmutter, seinen Vater, seine Tante und noch anderes zurück. »Ich tue so, als dürfte ich lauter Blödsinn denken und sagen! Ich spiele nur den Betrunkenen, dabei habe ich gar nichts!« Dann ging auch er schweigend weiter.

Sie hörten nur die Grillen zirpen, ab und zu einen Hund anschlagen und das Rauschen des Flusses. Als sie bei Herrn Rudolphs Unterkunft anlangten, sagte dieser: »Für mich gibt es nur noch Amerika!« Er redete mit sich selbst. »Nur noch Amerika!« Dann wandte er sich zu Refik: »Was machen Sie jetzt eigentlich? Wie wollen Sie aus der Geschichte wieder herauskommen?« Er deutete auf den Himmel, auf die Hügel. »Aus dieser Dunkelheit?«

Ömer sagte spöttisch: »Auf jede Nacht folgt ein neuer Tag, mein Freund! Machen Sie sich nur um uns keine Sorgen!« Er lachte.

»Und ich sehe auch gar nicht so schwarz!« sagte Refik.

»Dann kommen Sie noch mit rein, ich mache uns Kaffee, und wir reden noch ein bisschen!«

Dazu hatte Ömer eigentlich keine Lust, denn sie hatten über diese Themen schon so und so oft bis in den Morgen hinein diskutiert, ohne je auf einen grünen Zweig zu kommen. Doch der gesprächsbedürftige Deutsche tat ihm leid, so dass er das Angebot annahm, wenn auch mit dem festen Vorsatz, sich selber nicht einzumischen. Herr Rudolph ließ den Generator an; bis in den Morgen hinein würde er sowieso nicht schlafen können. Dann kochte er Kaffee. Als er sich in seinen Sessel setzte, sah er prüfend Ömer an, ob dieser wohl die Diskussion wieder mit seinen spöttischen Nadelstichen anheizen würde. Dann wandte er sich entschuldigend an Refik.

»Was Neues habe ich Ihnen gar nicht zu sagen. Ich werde also wieder das gleiche behaupten, und Sie werden vermutlich die gleichen Antworten geben, aber ich sage es trotzdem, auch wenn wir unseren Herrn Eroberer damit etwas langweilen werden. Also, es ist nun mal so, dass hier, also im Orient, Finsternis und Sklaventum herrschen. Was ich damit meine, habe ich ja schon hinreichend ausgeführt, nämlich dass die Menschen hier nicht frei sind, oder etwas metaphysisch ausgedrückt, dass ihre Seelen gefangen sind. Und darauf wissen Sie ja auch nicht viel zu erwidern!«

»Stimmt, aber zumindest formuliere ich das anders, und zwar ohne auf die Seelen zurückzugreifen! Und mit dem Hinweis, dass hier in der Türkei zumindest die gesetzlichen Grundlagen für die Freiheit schon geschaffen sind und ...«

Ömer merkte gleich, dass ihn das nicht interessieren würde. Er stand auf und ging im Zimmer umher. »Kindereien!« dachte er. »Immer die gleichen öden Diskussionen! Angelesenes, lächerliches Zeug! Und das amüsiert sie auch noch! Wenn doch wenigstens hin und wieder was Neues dabei wäre!« Er gähnte und griff dann zu einer von Herrn Rudolphs Schachzeitschriften. »Weiß zieht an und setzt in zwei Zügen matt, und zwar ohne mit dem Springer zu ziehen. Wie?« Er hörte, wie Refik weiter ausholte und Herr Rudolph alles tat, um das Gespräch in die Länge zu ziehen. »Der Mensch braucht ein Ziel im Leben! Und mein Ziel ist es, ein Eroberer zu werden!« Er merkte, dass er die Aufgabe nicht allein mit dem Diagramm lösen konnte, und stellte das Schachbrett auf. Refik und der Deutsche waren spürbar erleichtert, dass er sich mit Schach beschäftigte. Ömer machte sich gleich an die nächste Aufgabe, damit die beiden ihre Ruhe hatten. Eine dritte Aufgabe, bei der als maximale Lösungszeit eine Viertelstunde angegeben war, löste er anschließend in zwanzig Minuten, und dann eine weitere in zehn Minuten, was ihn laut Zeitschrift lediglich als Schachlehrling qualifizierte. Um sich zu beweisen, dass er ganz im Gegenteil ein Schachmeister war, löste er gleich noch eine Aufgabe und kam verärgert zu dem Schluss, dass die Zeitschrift Unsinn verzapfe. Als er hörte, dass Herr Rudolph schon wieder Hölderlin zitierte, stand er auf.

»Amen! So, jetzt ist aber Schlafenszeit!«

Herr Rudolph durfte Ömer nicht allzu böse sein, war er doch diesmal von dessen Sarkasmen verschont geblieben. So sagte er nur wie immer: »Ach, eines Tages werden Sie schon noch begreifen!«

Auf dem Heimweg fragte Ömer: »Was hast du bloß immer zu reden mit ihm? Ist doch jedesmal das gleiche!«

»Das stimmt schon« erwiderte Refik in ruhigem, dozierendem Ton. »Aber es lohnt sich wirklich, über diese Themen zu reden.«

Ömer ließ zweimal die Hand durch die Luft sausen, als versetzte er Ohrfeigen. »Leeres Geschwafel!«

»Wir haben doch früher auch soviel diskutiert, Muhittin, du und ich!«

»Mag sein, aber das hat damals Spaß gemacht! Jetzt zieh nicht so ein Gesicht, wenn du willst, können wir ja diskutieren. Aber worüber? Und was soll damit gelöst werden? Ich finde, das einzige, worüber zu reden sich lohnt, ist dieses Festbankett heute abend. Warum ist das so abgelaufen? Warum muss alles immer so banal sein? Aber du hast dich ja sogar amüsiert! Also kannst du mir auch keine richtige Antwort geben …«

»Warum das heute so war? Darüber habe ich doch sogar mit Herrn Rudolph gesprochen!«

Unter einem Baum, der im Dunkeln kaum auszumachen war, blieben sie stehen und sahen sich gegenseitig an.

»Und warum war es dann so?« fragte Ömer. »Es war nämlich

furchtbar! Ganz schrecklich!« Er musste wieder an diesen Kerim Naci denken, der ihn gefragt hatte, wann er heiraten werde und ob seine Arbeit bis dahin fertig sei; dieser elende Kerl mit den großen Augen und den herabhängenden Lidern. »Wenn wir schon reden, dann wenigstens darüber!« rief er. »Warum sind diese Menschen alle so furchtbar gewöhnlich, lauter Sklavenseelen, warum? Oder findest du sie etwa nicht so?«

»Wen denn?«

»Alle!«

»Moment mal, du kannst doch diese neureichen Unternehmer und den Parteiinspekteur nicht in einen Topf werfen. Der Parteiinspekteur ist doch wenigstens für die Reformen!«

»Und die werden Licht in die Türkei bringen!« spöttelte Ömer. »Glaubst du etwa wirklich daran? Aha, jetzt sagst du nichts mehr, also glaubst du daran. Und schickst Briefe nach Ankara und stellst denen dein ›Dorfprojekt‹ vor. Ha! Begreifst du jetzt, wie es um dich steht?«

»Also, erstens stehe ich nicht mit ›denen‹ in Kontakt, sondern nur mit Süleyman Ayçelik. Und zweitens wusste ich nicht, dass du so wenig von den Reformen hältst!«

»Ach komm, lenk jetzt nicht ab! Du hast doch selber schon kapiert, dass mit denen nichts anzufangen ist. Nie und nimmer!«

»Da gehen unsere Meinungen auseinander!« sagte Refik ganz erregt, als wäre das zwischen ihnen zum erstenmal der Fall. »Ich glaube, dass etwas zu machen ist, und du glaubst an gar nichts!«

»Ich glaube an das, was ich selber machen kann!« beeilte Ömer sich zu versichern.

Nach einer langen Pause sagte Refik: »Ich begreife dich nicht. Du siehst irgendwie nicht, was alles geschieht. Es hat doch jeder mehr Freiheit jetzt. Es mag noch finster sein, aber nicht mehr so finster wie früher. Sieh doch das endlich ein. Es hat sich schon etwas getan, es tut sich jetzt gerade was, und es wird sich auch weiter etwas tun!« Nervös gestikulierte er, als gäbe es noch einiges andere zu sagen, das ihm nur auf die Schnelle nicht einfiel.

»Mehr Freiheit!« rief Ömer. Es sollte spöttisch klingen, aber die Erregung in seiner Stimme war nicht zu überhören. »Mehr Freiheit!

Und am freiesten sind wohl die da!« Dabei zeigte er in die Richtung, in der er die Arbeiterbaracken vermutete. »Die kommen her und flehen uns um Arbeit an. Vor zwei Jahren wurden sie noch zum Straßenbau zwangsverpflichtet, wenn sie die Straßenbausteuer nicht zahlen konnten. Oder meinst du eher die Leute bei dem Essen vorhin, wo es doch so amüsant zugegangen ist? Sind die vielleicht viel freier jetzt? Hast du gesehen, wie sie Kerim Naci angehimmelt haben?«

Sie schwiegen wieder. In der Ferne bellte ein Hund. Ein Baum oder irgendeine Blume verströmte einen eigenartig süßen Duft.

Dann rief Ömer: »Alles Sklaven hier! Lauter Heuchler und Lügner! Oberflächliches Pack! Alles ist grundschlecht hier, es gibt überhaupt nichts Gutes! Oder was man gut nennen könnte, ist höchstens mitleiderregend. Alles nur armselige Nachahmerei. Du weißt ja, was letztes Jahr in Dersim passiert ist … Und hast gehört, was der Parteiinspekteur darüber gesagt hat. Aber was geht mich das alles an, davon will ich gar nicht reden. Du fängst immer mit deinem Rousseau an, aber was hat der mit den hiesigen Verhältnissen zu tun? Wenn Rousseau in der Türkei gelebt hätte, dann hätten sie ihn mit Stockschlägen zur Räson gebracht!«

Refik ging weiter. »Es ist nicht alles so schlecht hier«, sagte er seufzend. »Du magst ja teilweise recht haben, aber was für einen Sinn hat es, immer nur schwarzzusehen? Dann muss man ja am eigenen Verstand zweifeln!«

»Genau! Und das tun die Menschen in der Türkei auch.« Ömer deutete wieder zu den Arbeiterbaracken hin. »Entweder du glaubst wie die da an Gott, oder du glaubst an gar nichts. Es ist nämlich alles verlogen hier. Alles falsch und unehrlich. Wer ist denn unser Rousseau hier? Namık Kemal? Kannst du den lesen? Tut sich da irgendwas bei dir? Vielleicht hat er ja früher mal was bewegt, denn er war ja noch einer der Besten. Aber sonst? Dieser Deutsche hat schon recht: Jene Zeit, die in Frankreich gut fünfzig Jahre gedauert hat, war bei uns nach fünf Monaten wieder vorbei. Und alles ist wieder in den alten furchtbaren Schlendrian verfallen. So ist eben die Türkei! Ach, ich könnte weinen, wenn ich an die Türkei denke! Also darf ich nicht daran denken!«

»Wenn du das wirklich alles so meinst, dann ist es schlimm!«

»Was soll schlimm daran sein? Dass ich den Tatsachen ins Auge
sehe? Sich in Illusionen zu verlieren finde ich viel schlimmer. Aber
hören wir jetzt auf damit! Wie spät ist es? Es wird schon bald hell.«

»Nein, reden wir weiter! Ich hätte noch so viel auf dem Herzen.
Ich finde es nicht richtig, dass du so denkst. Ich begreife nicht, wie
man leben kann, ohne an irgend etwas zu glauben!«

»Was gibt es da nicht zu begreifen? Jeder lebt doch so. Bin ich vielleicht der einzige, der an nichts glaubt? Woran hast du vor einem Jahr
noch geglaubt?«

»Ich?« Refik lächelte treuherzig. »Damals habe ich nicht mal darüber nachgedacht, ob man etwas glauben soll. Aber du«, setzte er
eifrig hinzu, »du weißt doch, das man das muss. Und wenn man es
einmal weiß, gibt es kein Zurück!«

36

AUF NACH HEYBELİADA

Schwerfällig stieg Nigân zur Luxusklasse des Dampfers hinauf und
klammerte sich dabei ans Treppengeländer. Schon als kleines Mädchen hatten ihr diese steilen, engen Treppen, ja eigentlich diese Dampf-
fer überhaupt angst gemacht, und doch hatte sie sich schon damals
auf einer der Prinzeninseln ein Haus gewünscht. Oben angekommen,
nahm sie erfreut den Parkettboden und die holzgetäfelte Decke zur
Kenntnis. Es war ein neuer, geräumiger und gepflegter Dampfer. Solche positiven Überraschungen vermochten bei Nigân kurzfristig die
düsteren Gedanken zu verscheuchen, die sie ansonsten über die Türkei hegte. Noch dazu legte der Dampfer pünktlich ab. Die Sitze waren sauber, und man musste auf nicht auf Zigarettenkippen, wegge-
worfene Fahrscheine und sonstigen Kehricht treten. Nur sehr voll
war der Dampfer. Zweifelnd sah Nigân auf die vielen Menschen. Da
erblickte sie Emine, die vorausgeschickt worden war, um mit Taschen, Hüten und Schachteln Plätze zu besetzen.

»Ach, gnädige Frau, ich dachte schon, Sie würden es nicht mehr schaffen!« rief das Dienstmädchen und stand auf. »Es wollten immer wieder Leute auf Ihre Plätze, aber ich habe sie nicht gelassen!«

Nigân setzte sich. Neben ihr nahm Perihan Platz, und dazwischen brachten sie das einjährige Baby unter. Gegenüber von Nigân setzte sich Nermin hin, daneben Osman, der sich sogleich eine Zigarette anzündete. Osmans Kinder stellten sich zu Perihan dazu, während Emine sich in eine Ecke zurückzog. Refik war nicht mit von der Partie, ebensowenig die in der Schweiz weilende Ayşe. Nuri passte im Unterdeck auf den festgezurrten Kühlschrank auf. Dass für das Haus auf Heybeliada wieder kein eigener Kühlschrank gekauft worden war, hatte zu unerquicklichen Diskussionen geführt, aber nun wollte Nigân an derlei nicht denken und lieber die Überfahrt genießen.

Sie fuhren zu ihrem Sommerhaus, das Cevdet ein Jahr vor seinem Tod noch hatte bauen lassen. Im vergangenen Jahr hatten sie wegen des Trauerfalls nicht hinfahren können, obwohl ein Großteil der Vorbereitungen schon getroffen war, und so hatte Nigân diesmal aus Aberglauben erst recht spät damit beginnen lassen, und es war schon der erste Julisonntag. Diese Verspätung war allerdings auch noch anderen Faktoren geschuldet. Ayşe hatte ihren Schulabschluss gemacht, und danach hatte man sich darum gekümmert, sie in die Schweiz zu verschicken. Osman hatte noch verschiedenes zu erledigen gehabt, und so war eben alles nur langsam in Fahrt gekommen. »Habe ich auch nichts vergessen?« durchfuhr es Nigân. Sie wollte aber nur an Schönes denken und sah zum Fenster hinaus. Der Dampfer schlingerte an der Serailspitze vorbei. Ganz oben sah man das Topkapı-Serail, unten die Statue von Atatürk, wo er mit in die Hüfte gestützter Hand dastand. Es hieß, dass Atatürk krank sei. Mit der Selbstsicherheit eines Menschen, der gewöhnt ist, Lob und Tadel zu verteilen, dachte Nigân: »Ich schätze sehr, was er alles getan hat!« und merkte, wie sie wieder zu blinzeln begann. Es war dies der schönste Augenblick vielleicht nicht nur der Überfahrt, sondern des ganzen Sommers. Alles war in Ordnung und sie selbst mit sich im reinen. Sie durfte alles vergessen und an sich denken. Fünfzig war sie nun. Sie versank in Erinnerungen.

Das Geschrei eines fliegenden Händlers ließ sie hochfahren. Dabei hatte sie an so Schönes gedacht: an die ersten Jahre mit Cevdet in

Nişantaşı. Sie hatte Cevdet schon damals gesagt, dass sie sich ein Haus auf einer der Prinzeninseln wünsche. Cevdet hatte gemeint, fürs erste würden sie sich mit gemieteten Häusern begnügen müssen. Sie fuhren damals immer auf Büyükada. Dann hatte Cevdet ihr eines Tages verkündet, er habe ein Grundstück gekauft, auf Heybeliada, und da er wusste, dass Nigân eher auf Büyükada spekulierte, hatte er sogleich eine wortreiche Begründung nachgeliefert: Da auf Kınalıada lauter Armenier seien, auf Burgazada Griechen und auf Büyükada Juden, bliebe einem türkischen Kaufmann nichts anderes übrig als Heybeliada. Scherzhaft hatte er hinzugefügt, sogar der große İsmet Paşa, ein Freund der türkischen Kaufleute und Soldaten, habe sich auf Heybeliada ein Haus gekauft, weil dort eine Militärschule sei und lauter türkische Kaufleute. Da hatte Nigân nicht länger widerstehen können und gelächelt. Sie war eben ein Mensch, der sich im rechten Moment zu bescheiden wusste. Blinzelnd ließ sie sich diesen wohltuenden Gedanken durch den Kopf gehen. Der fliegende Händler aber plärrte noch immer aus vollem Hals.

Es war ein schmuddelig gekleideter, grauhaariger Mann um die Sechzig. In der einen Hand hatte er eine alte Tasche, mit der anderen hielt er ein Thermometer in die Luft und rühmte dessen Qualitäten. Das in eine Fassung aus lackiertem Holz gebettete Thermometer schwimme auf Wasser, so dass sich damit bestimmen lasse, wie warm das Meer sei. Auch zum Messen der richtigen Badetemperatur für kleine Kinder und alte Leute sei es bestens geeignet. Europäische Ware! Der Verkäufer ging durch die Sitzreihen und kam auch an Nigân so nahe heran, dass sie ihn begutachten konnte. Sein altes Jakkett platzte aus allen Nähten, und die Hose war voller Fettflecken. »Wann wird dieses Volk einmal lernen, sich anständig anzuziehen, ordentlich zu sprechen und sich jeden Morgen zu waschen und zu rasieren?« Ihr fiel wieder Atatürk ein, und mit Bedauern dachte sie an seine Krankheit. Sie wandte ihre Blicke von dem Verkäufer ab, um ihn nicht zum Näherkommen zu animieren. Andererseits mochte dieses Thermometer eine recht praktische Angelegenheit sein. Aber so war es eben in der Türkei: In den Läden war nichts zu bekommen, und wer etwas Brauchbares wollte, musste es sich entweder aus Europa kommen lassen oder aber, so wie nun gerade ein Herr mit Panamahut, bei fliegenden Händlern einkaufen. Der positive Eindruck, den Nigân beim Anblick der gepflegten Räumlichkeiten gewonnen hatte, war längst verflogen, und es überwog wieder – was die Türkei anging – ihr üblicher Pessimismus. Der Verkäufer, froh über seinen Kunden, plärrte nun noch mehr und hielt das Thermometer jedem einzelnen Fahrgast vor die Nase.

Durch die Reisenden, zumeist Griechen, Armenier und Juden, ging ein Ruck: Gleich würde der Dampfer seine erste Station erreichen, die Insel Kınalıada. War es ohnehin schon ziemlich laut gewesen, stieg der Lärmpegel nun bis in Unerträgliche an, weil aussteigende Mütter nach den Dienstboten riefen, damit nur ja nichts vergessen wurde, Kinder greinten, weil sie Angst hatten, verlorenzugehen, und gereizte Väter murrten. In solchen Situationen dachte Nigân immer, dass sie die Minderheiten und die Kaufmannsfamilien doch eigentlich verabscheute. Obwohl ihr Mann mit diesen Leuten geschäftlich viel zu tun gehabt hatte, konnte sie nicht umhin, sich und ihre Familie als etwas Besseres zu betrachten. Cevdet entstammte einer muslimischen Familie, in deren Garten es nach Geißblatt duftete, und er hatte eine Paşatochter geheiratet. Nigân sah von den anderen Reisenden weg und ließ ihren Blick voller Wohlgefallen auf ihrem Sohn und ihrer Schwiegertochter ruhen.

Die beiden saßen nebeneinander wie brave Kinder, unterhielten sich leise und sahen hin und wieder zum Fenster hinaus. Nigân konstatierte befriedigt, dass sie eben nicht diesen lärmenden Menschen ähnelten, und sie war Cevdet wieder einmal dankbar für diese Familie. Dann aber fiel ihr die heftige Diskussion ein, die Nermin und Osman wenige Tage zuvor geführt hatten. Eine Diskussion konnte man es kaum noch nennen, doch widerstrebte es Nigân, einen drastischeren Begriff dafür zu verwenden. Vor drei Tagen war es gewesen, beim Abendessen, vor aller Augen also. Es war um den Kühlschrank gegangen, neben dem Nuri jetzt da unten stand, aber auch noch um anderes, was Nigân mehr Sorgen bereitete. Aus dem verständlichen Unmut einer Frau heraus, die den ganzen Tag lang Reisevorbereitungen getroffen, Truhen geleert und andere gefüllt und Teller und Tassen in Zeitungspapier gewickelt hatte, war Nermin Osman um einen neuen Kühlschrank angegangen, da es sich doch nicht mehr schicke, jedes Jahr diesen einen von hier nach dort und dann wieder zurück zu schaffen. Osman hatte zu bedenken gegeben, dass sie auf der Insel doch nur drei Monate im Jahr verbrachten und ohnehin um acht Uhr abends der Strom gesperrt wurde, so dass das eigentlich Unschickliche doch viel eher darin bestand, dass seine Frau trotz der stockenden Geschäfte und des dringenden Finanzbedarfs der Firma nicht vor derart überflüssigen Ausgaben zurückscheue. Nermin reite wohl nur deshalb auf diesem längst ausdiskutierten Thema herum, weil sie offensichtlich nicht wisse, wie Geld überhaupt verdient werde. Daraufhin nun hatte Nermin die Worte geäußert, die Nigân Sorgen machten und Osman hatten rot anlaufen lassen: Wenn ihr Mann schon mehr Geld in die Firma stecken wolle, dann solle er dafür doch bitte schön nicht das Familienbudget einschränken, sondern lieber gewisse höchst unziemliche persönliche Ausgaben. Dann hatte Nermin erst ihre Schwiegermutter und dann Osman angesehen, als würde sie nun gleich damit herausrücken, was mit diesen persönlichen Ausgaben gemeint war, aber sie schwieg, und auch sonst sagte keiner etwas. Vielleicht hätte Nigân der Sache keine weitere Bedeutung beigemessen, hätte nicht am gleichen Abend bei den beiden noch lange das Licht gebrannt und Nermin, ohne sich um die Lautstärke zu scheren, ihren Mann mehrfach wütend angeschrien. Wie Nigân die beiden so einträchtig nebeneinandersitzen sah, kam sie zu dem Schluss, Osman müsse mit einer anderen Frau ein Verhältnis gehabt, dieses aber nun beendet haben; doch näher wollte sie darüber vorerst nicht nachdenken. Sie scheute sich davor, ihren Sohn mit Cevdet zu vergleichen, und als fürchtete auch Osman diesen Vergleich, schlug er eine Zeitung auf und versteckte sich dahinter.

Sie näherten sich Burgazada, und der Mann mit dem Panamahut stand auf. Es gab zwischen den Inseln bestimmt nicht jenen klaren Unterschied, den Cevdet scherzhaft angedeutet hatte, doch sah der Mann sehr nach einem Griechen aus. Nigân musste an ihre griechische Schneiderin in Beyoğlu denken, eine redselige, lachlustige Frau, der einmal herausgerutscht war, dass sie nur deshalb immer den Sommer auf Burgazada verbrächten, um für ihre unansehnliche Tochter einen Ehemann zu finden. Da fiel Nigân ein, was für eine Mühe es sie gekostet hatte, Ayşe in die Schweiz zu schaffen. »Das gedankenlose

Ding! Mit einem Geigenspieler!« Wo es doch immer hieß, eine Tochter, auf die man nicht aufpasse, lasse sich sofort mit einem Musiker ein … Schon wieder diese unguten Gedanken! Aber nun war das Mädchen ja in der Schweiz, und dort hielt sich auch Leylâs Sohn Remzi auf, ein guterzogener, braver Junge. Ein bisschen dick vielleicht und auch nicht der Allerhellste, aber immer noch besser als ein geigenspielender Lehrerssohn.

Auf der Höhe von Kaşıkadası begann der Dampfer etwas zu schaukeln. Nigân haspelte eines der Gebete herunter, die sie von ihrer Mutter gelernt hatte, und merkte wieder einmal, wie sehr sie sich von Tag zu Tag der Religion annäherte, wenn auch nicht mehr auf die verquere Art wie kurz nach Cevdets Tod. Wie all ihre Altersgenossen, die im übrigen kein Gespräch mehr führen konnten, ohne über ihre Zipperlein zu klagen, spöttelte auch sie nicht mehr über das Thema Religion und sagte auch nichts, wenn Emine und Nuri im Ramadan fasteten. Dabei war sie kerngesund, hatte keinerlei ernstzunehmende Beschwerden. Sie war auch überzeugt, noch lange zu leben, und dies selbst dann, wenn sie in wütenden Momenten für alle vernehmbar sagte: »Ach Cevdet, warte nur, bald komme ich zu dir, am liebsten wäre mir sofort!« Ins Bigotte würde ihre Neigung zum Islam nie ausarten, dessen war sie sich gewiss, und so hatte sie auch nichts gegen die Priesterschule, die nun auf dem Hügel von Heybeliada hinter Pinien zu sehen war. Die schicken Priester mit schwarzem Bart und riesigem Hut, die man auf der Insel oft sah, lösten bei den Enkeln Furcht, bei Koch und Dienstmädchen hingegen Abscheu aus, während Nigân bei ihrem Anblick eher fröhlich wurde, als hätte sie eine lustige Geschichte gehört, und irgendwie weckten diese Männer auch eine Sehnsucht nach Europa in ihr.

Stampfend fuhr das Schiff an die Insel heran. Bald würde zwischen Bäumen das Dach ihres Hauses zu sehen sein. Die Enkel standen ans Fenster gelehnt da. Auch Perihan stand auf und nahm ihr Kind in den Arm. Wie so oft dachte Nigân, dass Perihan doch selbst noch ein Kind war. Und Refik ja eigentlich auch, aber keines, über dessen Ungezogenheiten man hinwegsehen durfte. Wieder hatte er in einem Brief geschrieben, dass seine Rückkehr sich verzögern würde. Dieses Thema schwärte wie eine Wunde in Nigâns Herzen. Sie sagte sich das oft ganz explizit und machte insgeheim Perihan für diese Wunde verantwortlich, denn schließlich hatte sie ihren Mann nicht zu Hause halten können.

Sie standen auf, als der Dampfer kurz vor der Anlegestelle war. Nigân sah sich um, ob sie nichts vergessen hatten. Beim Hinabsteigen hielt sie sich wieder krampfhaft am Treppengeländer fest und schimpfte mit den Enkeln, die nicht genügend aufpassten. Sie warf einen prüfenden Blick zu Nuri und dem Kühlschrank und ging dann mit zaghaften Schrittchen über die schmale Laufplanke an Land. Dort stieg ihr sogleich der übliche Pferde- und Mistgeruch in die Nase, und gerührt dachte sie daran, wie sie die ersten Male mit Cevdet auf die Insel gekommen war.

Die Fahrgäste drängten zu dem Platz, an dem die Kutschen warteten. Osman gelang es, eine Kutsche zu bekommen, aber es dauerte lange, bis das Gepäck verstaut war und alle saßen. Cemil wurde ausgeschimpft, weil er unbedingt neben dem Kutscher sitzen wollte. Dann setzte sich das überladene Gefährt schwerfällig in Bewegung. Schaukelnd kamen sie allmählich in Fahrt, und das regelmäßige müde Hufgeklapper erinnerte Nigân an die allzu seltenen und immer herbeigesehnten Besuche, die sie als Kind und junges Mädchen auf der Insel machen durfte. Osman grüßte die Insassen anderer Kutschen oder irgendwelche Geschäftsleute, die ihn alle kannten, obwohl er erst seit zwei Jahren auf die Insel kam, und jedesmal tippte er sich dabei an den Hut, ohne ihn aber je zu lüften. Danach erläuterte er immer seiner Mutter, wen er gerade gegrüßt hatte. Nigâns Augen waren zwar beileibe nicht so schwach, dass es dieser Erklärungen bedurft hätte, doch hörte sie aufmerksam zu. Foti war mit seiner Metzgerei umgezogen; die beiden Schwestern Mihrimah kamen auch gerade erst auf die Insel; Zekeriya, der nun auch in Tabak machte, ging mit seiner Tochter zum Markt hinunter; gegenüber der Kirche wurde gebaut; der Eisenhändler Sacit und seine Familie war noch nicht eingetroffen; der Rechtsanwalt Cenap Sorar grub das Gärtchen vor seinem kleinen Haus um; im Haus von İsmet Paşa waren die Jalousien hochgezogen; und beim Händler Leon, der nach Europa geflüchtet war, als seine Betrügereien aufflogen, waren andere Leute eingezogen.

»Wie die Zeit vergeht!« murmelte Nigân.

Sie sah der Reihe nach ihren Sohn und ihre Schwiegertöchter an, ob einer von ihnen ihre Worte vernommen habe. Anscheinend keiner. Sie hingen alle ihren eigenen Gedanken nach. Osman erzählte, und die anderen hörten zu. »Wie die Zeit vergeht!« Nigân dachte an die anderen Kaufmannsfamilien, die auf die Prinzeninseln fuhren. Sie sah einen Wasserträger mit seinem Esel und fühlte plötzlich, was sie mit diesen anderen Familien verband. Aber irgend etwas musste ihre eigene Familie doch zu etwas Besonderem machen? Perihan war außergewöhnlich hübsch, die Enkel strotzten vor Gesundheit, und Osman war ein Ausbund an Fleiß. Das war bei weitem noch kein schlagender Beweis. Verstimmt sah sie hinaus. Gleich würden sie bei ihrem Haus ankommen. Konnte es denn sein, dass sie unter all den türkischen Kaufmannsfamilien nur eine von vielen waren? So war es ihr noch nie erschienen. Sie flüchtete sich in den Trost der Vergangenheit.

Die Vergangenheit: Stolz und Lebenswillen bezog sie vor allem daraus. Die Zukunft war ungewiss und erschreckend: Wie konnte man sicher sein, dass nicht alles kaputtgehen und Firma und Familie eines schönen Tages unter einer unerklärlichen, fürchterlichen Sturzwelle begraben würden? Die Zeit verging so schnell. Sie sollte langsam vergehen. Alles sollte sich nur langsam ändern, und das Neue sollte das Alte pfleglich behandeln und jeder mit seiner Zeit und seiner Existenz zufrieden sein und keiner auf den anderen allzusehr achtgeben. Vorsichtig stieg sie aus der Kutsche aus. Eines der müden Pferde schüttelte schnaubend den Kopf. Der Sommer begann.

37

DIE GLEISE WERDEN VERLEGT

Refik wurde durch ein Geräusch geweckt. Direkt vor seinem Fenster bellte ein Hund. Er erkannte ihn an der Stimme: Es war Hacıs zottiger Hirtenhund.

»Pst, Toraman, sei still!« flüsterte Hacı.

Refik sah auf die Uhr: kurz nach zwölf! »Heute wird er fertig!

Heute, am 8. September 1938!« An Ömers Tunnel würde heute die Schienenlegemaschine anlangen. Und Ömer würde entweder rechtzeitig mit den Arbeiten fertig werden und diesen Zug durchlassen können oder pro Tag tausend Lira Strafe zahlen und den Verzug so schnell wie möglich aufholen müssen. Refik hatte aber schon vor dem Schlafengehen den Eindruck gehabt, dass Ömer es noch schaffen würde.

Refik war vier Stunden vorher zum Tunnel hinaufgegangen und hatte mit angesehen, wie fieberhaft dort gearbeitet wurde. Ömer hatte gesagt, es würde höchstens zu einem halben Tag Verspätung kommen, doch wahrscheinlich würden sie pünktlich fertig. Er hatte zwei Tage lang nicht geschlafen, und auch die Arbeiter leisteten doppelte Schichten. Refik stieg aus dem Bett. Gähnend ging er durchs Zimmer. In der Nacht zuvor hatte er nicht schlafen können, teils weil ihn die Hektik an der Tunnelbaustelle erfasst hatte, teils aber auch, weil er sich um seine eigene Zukunft Sorgen machte, um das weitere Schicksal seines »Dorfprojekts«, das nur noch ins reine geschrieben werden musste. Die ganze Nacht hatte er am Tisch gesessen und wiedergelesen, was er da im Verlauf von Monaten geschrieben hatte; hatte an einzelnen Stellen herumkorrigiert und sich schließlich ins Bett gelegt, aber er konnte einfach nicht schlafen, und so war er gegen Morgen zum Tunnel gegangen und war dann nach seiner Rückkehr von dem bellenden Hund geweckt worden.

Er ging auf die Toilette, in der er jedesmal an den Tag seiner Ankunft denken musste und sich an das erinnerte, worüber er mit Ömer gesprochen hatte, während sie auf die Toilettenfliesen starrten. Er sah in den Spiegel und sah sein braungebranntes Gesicht. »Jetzt hast du mal Farbe im Gesicht«, hätte Perihan gesagt, wenn sie ihn so gesehen hätte. Als er damals gekommen war, hatte er sich den Schnurrbart abgeschnitten. Vor sieben Monaten. Er erfrischte sich das Gesicht und ging in sein Zimmer zurück. »Sieben Monate!« Er setzte sich auf den Bettrand.

Auf dem Tisch lag das, was er »meine Projekte« nannte: ein Stapel Papiere, der sich gar nicht mehr so leicht mit einer Hand abwiegen ließ. Daneben die Bücher, die er immer wieder von neuem las. Auch das gerahmte Goethebild stand da, das ihm Herr Rudolph geschenkt hatte vor seiner Abreise nach Amerika vor einem Monat. Während er damit beschäftigt gewesen war, seine in zwei großen Koffern und einer Truhe verstauten Sachen auf einen Lastwagen zu hieven, hatte er plötzlich Refik mit verschämter Miene dieses Geschenk hingehalten, errötend und stammelnd, sich dann aber zusammengerissen und stolz den Kopf zurückgeworfen, war er doch immerhin ein »von« und sein Vater ein General, und zum Abschied hatte er Refik und Ömer noch gesagt, dass er schon sehr neugierig sei, was aus diesen jungen Menschen und diesem jungen Land noch einmal werde. Refik stand vom Bettrand auf. »Ja, was soll noch werden? Und was soll ich jetzt machen?« Seine Projekte waren fertiggeschrieben. Seit zehn Tagen tat er nichts anderes, als sie immer wieder zu lesen. Er würde zusammen mit Ömer nach Ankara fahren und sich dort mit Süleyman Ayçelik treffen, dem Verfasser von *Reform und Organisation*, und mit Hilfe von Ömers Schwiegervater würde er Kontakt zu Abgeordneten und Ministern suchen. »Jetzt schreibe ich erst einmal an Perihan. Entscheiden muss sich alles in Ankara!«

Er setzte sich an den Tisch, konnte sich aber nicht zu dem Brief aufraffen, schrieb er doch nie etwas anderes, als dass sich seine Rückkehr noch etwas verzögere und er nach Perihan und seinem Kind große Sehnsucht habe. Wenn er dann doch von dem Leben und den Menschen hier berichtete, war er sich bewusst, Perihan damit zu verärgern. Er rang sich ein paar Zeilen ab, ließ es dann wieder. Sein Blick schweifte zu einem Buch ab, Yakup Kadris *Ankara*. Er hatte den Roman schon mehrfach gelesen und war stets begeistert gewesen über den Eifer, den der Autor den Reformen und der neuen Türkei entgegenbrachte. Bei jeder Lektüre des Buchs kam ihm wieder in den Sinn, dass es auch in Ankara Leute wie ihn selbst gab, die etwas bewegen wollten, und das war ihm dann jedesmal eine Beruhigung. Er schlug den Roman auf und las, aber nach einer halben Seite fiel ihm der Tunnel wieder ein. »Ob sie es wohl schaffen?« Unschlüssig stand er auf. Dann beschloss er, zum Tunnel zu gehen, und verließ die Baracke.

Vor der Tür sah er Hacı, der in aller Gemütsruhe Kartoffeln schälte, als könnte er sein Leben lang so weitermachen und als würde nicht die Schienenlegemaschine kommen und innerhalb einer Woche die gesamte Baustelle aufgelöst und die Baracken geleert werden.

Hacıs Hund schlief neben ihm in der Sonne. Um die beiden nicht zu stören, ging Refik wortlos an ihnen vorbei und stieg den Hügel hinan. Nicht den schmalen Trampelpfad entlang, sondern aufs Geratewohl zwischen den Dornen und Felsen hindurch. Bei seiner Ankunft war alles schneebedeckt gewesen, nun wuchsen allenthalben wilde Kräuter. Die gelbgestrichenen Holzbaracken mit den notdürftigen Dächern, den kleinen Fenstern und den dazwischen herumwuselnden Menschen waren Refik kein fremder Anblick mehr, genausowenig wie der Fluss, an dessen Rauschen er sich so gewöhnt hatte, dass er schon bewusst hinhören musste, um es überhaupt noch wahrzunehmen. Wie am ersten Tag aber faszinierte ihn der Himmel, zu dem er immer wieder blinzelnd hinaufsah: so strahlend und reglos und weit. Nur erfassten ihn nun beim Hinaufsehen andere Gedanken: »Was wird nur aus meinem Dorfprojekt? Und was macht jetzt Perihan? Mit wem wird mich der Abgeordnete bekannt machen? Ich bin ganz außer Atem, dabei wollte ich doch jeden Tag Gymnastik treiben!«

Beim Betreten des Tunnels wurde Refik wie jedesmal von einem seltsamen Schuldgefühl erfasst, aber durch die allgemeine Betriebsamkeit wurde es gleich wieder verscheucht. Der Tunnel an sich war fertiggestellt, und nur an zwei Stellen wurde noch gearbeitet: In der Tunnelmitte war noch ein Stück Wand zu verkleiden, und an dem Tunnelende, von dem Refik herkam, musste vor dem Schienenverlegen der Boden noch mit Steinen ausgelegt werden. Da das Gleis der Förderbahn schon bedeckt war, mussten die Steine auf primitive Weise mit Eseln herbeigeschafft werden, was vor allem die Ingenieure in den Wahnsinn trieb. Obwohl sie selbst nichts mehr zu tun hatten, waren Ömer und seine beiden jungen Teilhaber zugegen, um die Arbeiter anzutreiben und ihnen bewusstzumachen, wie bedeutend jeglicher Zeitverlust nun war. Die Ingenieure taten alles, um die Sache zu beschleunigen, und legten beim Entladen der Steine auch selber Hand an. Manchen der Arbeiter war es peinlich, dass ihre Herren körperliche Arbeit verrichteten, und sie eilten sogleich herbei, um sie daran zu hindern, andere wiederum waren vor lauter Erschöpfung zu gar nichts mehr in der Lage und standen ihren Kollegen nur noch im Weg. Als Ömer in all dem Trubel Refik erblickte, nickte er ihm spöttisch lächelnd zu. Refik ging auf einen Esel zu, um beim Entladen behilflich zu sein, aber kaum berührte er die Kiepe auf dem Tier, da merkte er auch schon, wie falsch und künstlich das bei ihm wirkte, und er ging gleich wieder weg. Bis er beim anderen Tunnelende wieder hinausging, hörte er das Rufen der Arbeiter und das Grollen der aus den Kiepen purzelnden Steine hinter sich herhallen. Er kam auch an den still vor sich hin arbeitenden Maurern vorbei, sah sie aber kaum an, da ihn wieder das Schuldgefühl plagte.

Danach ging er auf den Steinen, die für die Schienenverlegung bereitlagen, weiter in Richtung Westen. Er wollte sehen, wie weit die Schienenlegemaschine an den Tunnel herangekommen war, und dann noch einmal von oben einen Blick auf die ganze Umgebung und die anderen Baustellen werfen. Dabei dachte er wieder an seine Projekte, an Perihan, sein Heim, Ömers Arbeit, seine eigene Zukunft, aber nur immer ganz kurz, von einem Thema zum anderen springend, und dann sah er auch wieder zu irgend etwas hin, was seine Aufmerksamkeit erregte, zum Fluss, zu einer seltsamen Pflanze, zu den Baracken oder einer Wolke, die wie ein Gesicht aussah.

Nach etwa sechshundert Metern erblickte er die Schienenlegemaschine auf einer Brücke, die Kerim Naci hatte bauen lassen. Ohne an die Lokomotive und die schwerbeschäftigten Arbeiter heranzutreten, sah er zum erstenmal in der Praxis dem Prozess des Schienenlegens zu, den er im Unterricht in allen Details durchgenommen hatte. Mitten unter den Arbeitern sah er den berühmten Bekir, den einzigen Schienenleger der Türkei, den der Hochschulprofessor damals auch erwähnt hatte. Diesen allen Eisenbauunternehmern verhassten Mann kannte er schon aus Nişantaşı, wo jener mit dem Geld, das er zusammen mit seiner erfahrenen Mannschaft verdiente, Grundstück um Grundstück kaufte. Bekir spazierte rauchend umher, und als Refik schon einmal meinte, ihre Blicke hätten sich getroffen, fragte er sich wieder: »Was tue ich eigentlich hier?« Und als er so beim Gleisverlegen zusah, fiel ihm wieder ein, wie er einst behauptet hatte, sein Leben sei ihm entgleist, und über sich selber schmunzelnd ging er davon.

Er kehrte zur Baracke zurück. Als er vor der Tür Hacı und seinen Hund nicht mehr sah, fehlte ihm beinahe etwas. Er setzte sich an den Tisch und blätterte in *Ankara* herum. Nein, lesen würde er jetzt nicht können, also zwang er sich doch, den Brief zu schreiben. Rasch leierte er das Übliche herunter, die Fragen nach seiner Tochter, nach Perihan und den anderen, und zum Abschluss schrieb er wieder einmal, dass er erst später heimkehren könne. Ihm lief vor lauter Scham der Schweiß von der Stirn, als er das schrieb, und er fühlte sich bemüßigt, Gründe dafür anzugeben. Als er diese im einzelnen durchging, sah er vor seinem inneren Auge das »Dorfprojekt«. Erregt stellte er sich vor, was für einen Eindruck auf reformfreudige, gute Menschen, wie sie in dem Roman geschildert waren, jener Teil seines Projekts machen würde, in dem – ausgehend vom grundlegenden Gedanken der »türkischen Besonderheit« – erläutert wurde, wie in die Dorfeinheiten, die zu größeren Strukturen zusammengeschlossen waren, auf billige Weise die ansonsten nur in Städten mögliche Infrastruktur gebracht werden konnte. »Dieses Projekt wird sich durchsetzen, das weiß ich ganz bestimmt!« murmelte er und stand auf. Er sah auf das Goethebild und ging dann rauchend im Zimmer herum. Schließlich setzte er sich wieder, brachte schnell den Brief zu Ende und legte sich ins Bett.

Als er wieder erwachte, war es schon dunkel. Es war zehn Uhr. »Dann habe ich ja sieben Stunden geschlafen!« Er zündete eine Kerze an und las den Brief noch einmal durch. Doch, er war zufrieden damit. Aus dem Nebenraum ertönte Gelächter. Als er hinüberging, schlug ihm sofort Rakigeruch ins Gesicht.

»Da ist ja unser Freundchen!« rief Enver, der mit Salih zusammensaß. »Wo warst du denn?«

»Ich bin eingeschlafen.«

»Kannst ruhig weiterschlafen! Wir sind fertig! Absolut fertig!« schrie Enver. »Jetzt verlegen sie die Gleise. Die Lokomotive ist gekommen. Sie hat laut gepfiffen, und wir haben eine grüne Fahne geschwungen! Soooo haben wir sie geschwungen! Komm nur her, Bekir, haben wir gesagt, verleg deine verdammten Gleise!« Er stieß ein Lachen aus und fuhr mit der Hand in der Luft herum, als wollte er zeigen, wie sie die Fahne geschwungen hatten. Dann wurde er plötzlich ganz ernst, als sei ihm etwas eingefallen. »Trinkst du einen mit?« Er hielt Refik die Rakiflasche hin.

Refik blinzelte in das Licht der beiden Petroleumlampen, die auf

dem Tisch und in einer Ecke brannten. »Sie haben es also geschafft!«
dachte er.

»Ob du einen mittrinkst?« wiederholte Enver ruppig.

»Wo ist Ömer?«

»Der Chef ist wahrscheinlich draußen«, erwiderte Enver spöttisch. »Er muss noch einen Beamten loswerden, den er mit Beste-
chungsgeldern zugeschüttet hat!«

Refik ging hinaus. Er hörte noch, wie die beiden ihm hinterher-
lachten. Auf einem vor die Baracke gestellten Tisch brannte ebenfalls
eine Petroleumlampe. Ömer saß einem Kontrollbeamten gegenüber,
den Refik drei Monate zuvor beim Essen im Haus von Kerim Naci
kennengelernt hatte. Die beiden unterhielten sich. Von den Arbeiterbaracken her waren Trommelschläge zu hören.

»Aha, endlich wach!«

Refik wollte Ömer gratulieren, aber der Beamte stand sofort auf,
drückte Ömer die Hand und murmelte ihm schnell noch etwas zu.
Dann schüttelte er Refik die Hand und gratulierte auch ihm.

Als er fort war, sagte Refik scheu zu Ömer: »Meinen Glück-
wunsch!«

Ömer deutete auf den im Dunkel verschwindenden Beamten:
»Wegen nichts und wieder nichts musste ich auch dem noch was zahlen!« Er stieß einen tiefen Seufzer aus. »Soll sie doch alle der Teufel
holen!«

»Ja, es ist schon unverschämt, was zu verlangen ohne echte Gegen-
leistung.«

»Ach was, den meine ich doch gar nicht! Absolut alles soll der
Teufel holen: die ganze Arbeit hier, die Intrigen, die Beamten aus Ankara, Kerim Naci, alles, alles, alles!«

Besorgt sagte Refik: »Aber es ist doch vorbei jetzt!«

»Ja, das ist es, und ich habe einen Haufen Geld dabei verdient!«

Sie schwiegen. Zu der Trommel in den Arbeiterbaracken gesellte
sich nun eine Fiedel. Flotte, fröhliche Musik schallte in die ruhige
Nacht hinaus. In der Baracke wurde gegrölt.

»So, ich trinke jetzt auch!« sagte Ömer. Er deutete mit dem Kopf
in die Richtung, aus der die Musik kam. »Schau, alle amüsieren sich.
Es sollen Zigeuner gekommen sein. Vor dem Kaffeehaus ist der Teu-

fel los. Jeder flucht nach Herzenslust auf die Eisenbahnbauerei. Und ich lasse mich jetzt vollaufen.«

»Sollen wir hingehen?«

»Na gut!«

So gingen sie auf die Arbeiterbaracken zu, während die Musik in der Stille der Nacht immer ausgelassener klang. Sie wirkte befremdlich auf Refik, während Ömer die Zigeuner schon kannte. Seit Jahren zogen sie von Frühjahr bis Herbst zwischen Sivas und Erzurum von Baustelle zu Baustelle, spielten auf und tanzten, und ihre Frauen gesellten sich nachts zu den Arbeitern und Meistern. Auf der Baustelle von Kerim Naci sei im Vorjahr zwischen zwei Arbeitern ein Streit um ein Mädchen ausgebrochen, obwohl die nicht mal hübsch gewesen sei, knurrte Ömer. Als sie vor dem Kaffeehaus anlangten, fragte er plötzlich: »Sag mal, was hältst du eigentlich von mir?«

Er schien sich seiner Frage aber gleich zu schämen, denn er deutete auf eines der herumstehenden Mädchen und sagte: »Die habe ich vorhin gemeint. Ist die etwa hübsch?«

An die fünfzig, sechzig Arbeiter hatten sich vor dem Kaffeehaus versammelt. Ein Trommler und ein Geiger spielten auf, und dazu tanzten in der Mitte zwei Mädchen. Sie waren beide nicht sehr hübsch, wirkten ausgelaugt, und ihr Lächeln war eher gezwungen. Aber auch die Arbeiter um sie herum machten keinen besonders fröhlichen Eindruck. Ein paar von ihnen klatschten in die Hände, hin und wieder plärrte einer etwas, doch insgesamt sahen sie so müde aus den Augen, als warteten sie nur darauf, dass das endlich vorbei sei und sie ins Bett könnten. Sie standen da wie abgekämpfte Soldaten, die nach einem langen blutigen Krieg ihrer Heimkehr harren, aber irgendwie noch nicht glauben können, dass der Krieg tatsächlich vorbei ist. Im Kaffeehaus drinnen waren schon ein paar auf den Tisch gebeugt eingeschlafen. Ein Betrunkener stand an die Tür gelehnt da und klatschte. Dann verstummte die Trommel, und eines der Mädchen sammelte Geld. Als ihr ein Mann dabei zu nahe kam, stieß sie ihn zurück, was mit Gelächter quittiert wurde. Ein paar Arbeiter kamen aus dem Kaffeehaus und gingen schwerfällig auf die Baracken und ihre Betten zu. Die Musik setzte wieder ein.

Die Menge stand immer noch wartend da. Refik dachte, dass für diese Menschen doch etwas getan werden musste, und er fühlte sich wieder schuldig wie bei jedem Betreten des Tunnels. »Ich habe nie behauptet, dass ich mit diesen Leuten eins werden könnte«, dachte er, »aber so sehr außen zu stehen ist wirklich nicht schön. Warum sehe ich ihnen zu? Sie haben ihre Arbeit beendet und amüsieren sich noch ein bisschen, bevor sie todmüde schlafen gehen. Und ich? Ich habe das alles …«

»Was denkst du denn?« fragte Ömer.

»Ach, nichts Besonderes!«

»Ich schon. Ich gehe jetzt zurück und betrinke mich.«

»Ich komme auch gleich. Ich gehe vielleicht noch ein bisschen herum …«

38

DER LETZTE ABEND

Auf dem Rückweg hörte Ömer die Musik noch hinter sich herschallen. »Gott sei Dank ist alles vorbei! Endlich in Ruhe trinken! Jetzt habe ich Geld … ›Das ist ein reicher Kerl‹, wird es über mich heißen. Aber na ja, erst mal das Saufen!« In der Baracke brannte noch Licht.

Als er die Tür öffnete, hörte er eine Art Wimmern, das aber gleich verstummte. Er hatte anscheinend Salih, der mit Enver am Tisch saß, beim Singen unterbrochen. Die beiden hatten eine große Flasche Raki vor sich, und am anderen Tischende standen schon zwei leere Flaschen.

»Na, Jungs!«

Enver sah ihn nicht einmal an, sondern stieß Salih an der Schulter. »He, was soll das, sing doch weiter!«

Summend brabbelte Salih noch etwas vor sich hin, dann sah er Ömer an und schwieg. »Mensch, ich kann doch nicht singen, wenn der Chef neben mir steht!« sagte er lachend.

Enver setzte eine herausfordernde Miene auf. »Pah, ich schon!« Er brachte ein kurzes Gegröle zustande. Dann sagte er: »Außerdem ist er kein Chef, sondern ein Partner! Nicht wahr? Auf dein Wohl, Partner!«

Mit einfältiger Miene sagte Salih: »Ja schon, aber irgendwie ist er doch wie ein Chef. So was Chefähnliches! Du bist uns doch nicht böse, oder?«

»Ach was, Kinder, ist schon gut!« wehrte Ömer ab, um Väterlichkeit bemüht.

»Auf dein Wohl, Partner!« rief Enver wieder. »Jetzt trink schon, Partner!« Er sah Ömer an, als suchte er krampfhaft nach einem Mittel, ihm lästig zu fallen. »Du bist aber auch besonders schlau!« Und zu Salih gewandt: »Er hat uns nicht wie andere ein Gehalt gezahlt, sondern uns beteiligt, so dass wir Partner sind, jawohl, Partner. Und deshalb haben wir geschuftet wie die Wasserbüffel und zu zweit die Arbeit von zehn Ingenieuren geleistet.« Er sagte das, als wäre Ömer gar nicht im Raum und als erzählte er Salih da etwas, was jener noch gar nicht wisse.

Ömer ging in die Küche und suchte nach der Rakiflasche, die er dort abgestellt hatte. Er fand sie aber nicht. »Die werden doch nicht meinen Raki getrunken haben?« Dann fiel ihm wieder ein, wo er sie deponiert hatte. Als er damit schon fast aus der Küche war, fiel ihm ein, dass er kein Glas genommen hatte. »Hm, ein Glas, ein Glas …« Da merkte er, dass ihn etwas ganz anderes beschäftigte. »Was reden die da drüben?« Er hörte Envers Stimme. Dann lachten beide laut auf.

Mit der fast leeren Flasche und dem Glas kam Ömer zurück. Er hatte vor, an dem Tisch draußen für sich allein zu trinken.

»Und warum hat er sich ausgerechnet uns als Partner ausgesucht? Hm, warum wohl? Weil er gemerkt hat, dass wir gute Ingenieure sind. Und dann hat er uns gerupft wie die Hühner! Wir haben gearbeitet wie verrückt!«

»Ihr hättet ja auch weniger arbeiten können!« bemerkte Ömer, aber dann sah er ein, dass das nicht nur plump, sondern auch Wasser auf Envers Mühlen war.

Als hätte er Ömer gar nicht gehört, redete Enver weiter auf Salih ein. »Schon ein gerissenes Kerlchen! Hat nie den Chef herausgekehrt. Wir haben wie Kumpel mit ihm geredet, und dafür zahlen wir jetzt! Geködert hat er uns und dann gerupft wie die Hühner!«

»Wollt ihr etwa mehr?« fragte Ömer. Er merkte gleich, dass das wieder ein Fehler war.

»Ha!« rief Enver. »Er meint, dass wir betteln! Nichts wollen wir von dir! Er rupft uns, und dann hält er uns auch noch für Bettler! Was sagst du dazu, Salih?«

»Ich habe noch nie im Leben gebettelt! Meine arme Mutter hat immer gesagt …«

Ömer wandte sich zur Tür.

»He, wo willst du denn hin?« rief Enver. »Setz dich her zu uns! Reden wir doch ein wenig!«

»So betrunken, wie ihr seid?«

»Na und, warum sollen wir nicht betrunken sein? Wirst du etwa nicht saufen? Setz dich her und trink mit uns! Was anderes wollen wir doch gar nicht. Hm, Salih, was meinst du, er soll doch nur ein bisschen trinken mit uns!«

»Genau, trinken soll er! Setz dich doch ein wenig her zu uns!«

Da rief Enver: »Schleim ihn doch nicht so an! Wenn er nicht will, dann soll er es bleibenlassen!«

»Schon gut, ich setze mich ja zu euch!« sagte Ömer beschwichtigend und nahm am anderen Tischende Platz.

»Schau nur, du hast ihn angeschleimt, und er setzt sich so weit weg von uns!« sagte Enver. »Direkt neben uns will er nicht. Er denkt wohl, wir belästigen ihn bloß. Na ja, immerhin hat er sich überhaupt herabgelassen!«

»Da war nur kein Stuhl!« verteidigte sich Ömer. Beschämt schenkte er sich ein Glas Raki ein und kippte es hinunter.

»Und was meinst du wohl, warum er solchen Abstand zu uns hält? Weil er hoch hinauswill, der feine Herr! Er trinkt lieber mit Kerim Naci oder mit den europäischen Ingenieuren, was soll er da mit armen Tröpfen wie uns!« Dann schrie er: »Wir sind aber keine armen Tröpfe!«

Ömer dachte: »Ich muss mehr trinken!«

»Und dann steckte er immer mit diesem affektierten Deutschen zusammen. Der konnte nicht einfach Karten spielen wie wir, es musste schon Bridge sein! Und Schach: Denksport! Ha!« Mit künstlich hoher Stimme sagte er: »Wie viele Karten möchten Sie, Monsieur?«

»Aber ›Monsieur‹ sagen doch die Franzosen!« wandte Salih ein.

»Na und? Alles Europäergesindel! Und mit denen lässt er sich gerne ein, weil er sie für was Besseres hält. Was habe ich die Schnauze voll von denen! In der Schule hat's immer geheißen, die sind uns überlegen, zu Hause hat's geheißen, die sind uns überlegen, im Kino haben wir sie gesehen, in allen Zeitschriften, und er macht sich jetzt auch noch lieb Kind bei denen!«

Ömer hörte aufmerksam zu.

»Hoch hinaus will er!« Enver redete, als würde er über einen Abwesenden herziehen. »Und weil er so hoch hinauswill, hat er sich die Tochter von einem Abgeordneten unter den Nagel gerissen.« Genießerisch betonte er dabei jedes Wort. »Und was ist das so für eine, diese Abgeordnetentochter? Unser Ömer sieht ja prima aus, da lässt sich wirklich nichts sagen, aber was ist das Mädchen für eine? Die schickt ihre Briefe immer in rosafarbenen Umschlägen, aber vielleicht ist sie ja potthässlich!« Erst hielt er inne, dann brüllte er wütend los: »Was bist du denn für ein Scheißkerl? Dir kann man ins Gesicht spucken, und du sagst noch immer nichts!«

Ömer bemühte sich, wütend zu wirken: »Du Saufkopf! Dich kann ich doch nicht ernst nehmen!« Aber das hörte sich so gewöhnlich an. Es waren die hochfahrenden, irgendwie viel zu vernünftigen und vorsichtigen Worte eines Neureichen …

»Soso, das kannst du also nicht ernst nehmen! Soll ich dir mal was sagen? Ich sage dir jetzt mal was, ganz egal, ob du das ernst nimmst oder nicht! Ich sage dir …« Er dachte kurz nach. »Dieser Kerim Naci, ja? Dieser Kerim Naci, dem reichst du nicht mal bis zum Knöchel, kapiert? Nicht mal bis zum Knöchel!«

Ömer dachte: »Wie kommt er nur darauf? Er brauchte eine Zielscheibe, aber warum gerade mich?«

»Dieser Kerim Naci ist ganz anders als du. Du hast dir den Hintern aufgerissen und uns wie Sklaven angetrieben, um rechtzeitig fertig zu werden. Und das hast du auch geschafft! Und hast einen Haufen Geld verdient! Aber schau dir mal diesen Kerim Naci an! Der hat nicht nur eine volle Brieftasche, der ist in allem reich: Seele, Herz, Abstammung … Seine Ländereien kann er an einem Tag nicht mal abreiten. Der muss sich nicht abrackern, um Geld zu verdienen. Der sagt sich höchstens, anstatt nur rumzusitzen, verdiene ich noch was dazu. Sein Vater ist Großgrundbesitzer. Und du? Reichst ihm nicht bis zum Knöchel! Was war denn dein Vater? Ein kleiner Rechtsanwalt? Kaufmann?«

»Er hat es mir angesehen!« dachte Ömer. »Am Gesicht hat er mir angesehen, dass ich eine gute Zielscheibe abgebe, und das genießt er jetzt!«

»Also was? Rechtsanwalt?« fragte Enver voller Abscheu. »Meiner war Soldat. Und Enver hat er mich nach Enver Paşa genannt, weil er den so verehrte!«

»Mein Vater war Kellner!« sagte Salih. »Und meine Mutter braucht jetzt das Geld, das ich ihr schicke.«

»Nur gut, dass wir so viel verdient haben! Dank unserem Partner!« Enver stand auf und ging auf Ömer zu: »Wusstest du, dass sein Vater Kellner war?«

»Ich habe es gerade erst erfahren.« Es war Ömer peinlich, dass seine Stimme dabei so zittrig klang.

»Wurde aber Zeit! Und der hat nicht irgendwo gearbeitet, sondern im berühmten Hotel Tokatlıyan! Der musste also da den Diener spielen, wo Societyschnepfen herumkokettieren und Lackaffen wie du sich den Bauch vollschlagen und die Hälfte des Brotes auf dem Tisch liegenlassen! Hast du das begriffen?« Er spielte sich als Beschützer von Salih auf. »Wegen der Societyweiber durfte der Junge nicht in das Lokal rein, ist dir das eigentlich klar?«

Ömer wollte nichts sagen und trank nur hastig seinen Raki. Wenn er in dem Tempo weitertrank, würde er es nicht mehr hinausschaffen, sondern sich an Ort und Stelle übergeben.

»Wegen dieser Societyweiber!« wiederholte Enver. Er setzte sich wieder auf seinen Stuhl und rief dann: »Ich werde mir auch so eine schnappen! So ein reizendes kleines Societyweib! So wie die Frauen von diesen dänischen Ingenieuren! Das waren doch Prachtexemplare, was? Partner, du weißt doch, wie man an so was rankommt! Was muss man da tun? Na sag schon, was mögen die gern? Mensch, ich nehm die jeden Tag ins Kino mit!« Er legte Salih die Hand auf die Schulter. »Pass auf, Salih, wir haben doch jetzt Geld. Wenn wir zurück in Istanbul sind, holen wir uns jeder so ein Prachtweib. Wir haben Geld, wir haben studiert, wir sind Ingenieure … Du siehst noch dazu gut aus. Und ich? Bin wenigstens intelligent!«

»Sei mir nicht böse, aber du siehst aus wie eine Tonne!« sagte Salih.

»Das macht doch nichts!« dröhnte Enver. »Auf die innere Schönheit kommt es an!« Er lachte laut. »Die innere Schönheit!« Dann wurde er ernst. »Eigentlich wäre mir ja auch eine von diesen Zigeunerinnen recht! Aber diese Societyweiber …« Er sah Ömer an. »Du sagst ja gar nichts! Ach Salih, weißt du, wen ich fragen müsste? Seinen Freund hier, diesen Refik. Der versteht was davon!«

Ömer dachte: »Ach Refik!« Gerade hatten sie noch zusammengestanden, vor dem Kaffeehaus. »Mein einziger wahrer Freund! Nur er weiß, wer ich wirklich bin!«

»Der versteht wirklich was davon! Ich habe ihn nämlich mal in Nişantaşı gesehen, mit einem Zuckerpüppchen!«

Ömer dachte: »Ich habe mich über Refik lustig gemacht, über seine Ideen. Und jetzt begreife ich erst, dass er immer ein besserer Mensch gewesen ist als ich.«

»So ein junges Ding, zum Fressen! Arm in Arm habe ich sie gesehen, in Nişantaşı, diesem Nobelviertel. Wenn ich nach Istanbul gehe, lege ich mir auch so eine zu. Ich muss nur Refik fragen, wie man das anfängt, der kennt sich da aus, der ist ja aus Nişantaşı.«

»Jetzt reicht's aber langsam!«

»Was passt dir denn nicht? Schau nur, Salih, auf seinen Freund lässt er nichts kommen! Glaubst du vielleicht, wir kennen dich nicht, dich und deinen Freund? Was, Salih, wir können uns gut an die erinnern, von der Uni her. Da war er und Refik und dann noch so ein Zwerg. Die haben auf alle herabgesehen. Er hier immer in Anzug und Krawatte und mit der Pfeife im Maul. Und der Zwerg, so ein kränkliches Kerlchen, wie der einen immer angeschaut hat hinter seiner Brille hervor, der reinste Teufel! Jaja, im ersten Jahr waren wir damals. Ich kann mich noch gut erinnern an das neunmalkluge Trio. Haben immer alles verachtet. Am ehesten ging ja noch dieser Refik. Der hatte so was Naives, aber das habe ich jetzt auch kapiert, das war reine Unbedarftheit!«

»Es reicht jetzt, habe ich gesagt!« schrie Ömer. Er dachte an Refik, der bald kommen würde und so hässliche Sachen nicht hören sollte.

»Schau einer an, er lässt wirklich nichts kommen auf seinen Freund, auf sein unbedarftes Nişantaşı-Früchtchen. Der Kerl hat sein süßes Frauchen zu Hause gelassen und ist zu uns gekommen. Und wozu? Zum Weinen! Wegen der armen Kurden, wegen der armen Hungrigen, wegen der ganzen Misere im Land … Er schreibt was über irgendwelche Dorfreformen, und dann weint er. Er rennt zu dem verweichlichten Deutschen hin und weint schon wieder. Mensch, Junge, du bist Geschäftsmann, und noch dazu in Istanbul, dann bleib gefälligst dort, mach dir ein schönes Leben und lass deine Frau nicht im Bett allein! Aber nein, lieber kommt er hierher und heult sich aus!«

»Halt's Maul jetzt!« schrie Ömer.

Enver sah kaum zu Ömer hin und redete weiter: »Ich sag's ja, unbedarft bis dorthinaus! Und weißt du, was er noch macht: Er führt ein Tagebuch. Das liegt immer auf seinem Tisch, und neulich habe ich mal reingeschaut. Du lachst dich kaputt! Ständig findet er was zum Heulen! Ach, die viele Armut, ach, das arme Land! Und was er über sein geliebtes Weibchen schreibt! Da hätte ich mir ja fast in die Hose gemacht vor lauter Lachen! Perihan heißt das Püppchen. Die ist wohl kaum allein in ihrem Bett, du weißt ja, wie es zugeht in den Kreisen. Der hat bestimmt zu einem gesagt, pass auf, ich muss weg, kannst du inzwischen meiner Frau mal …«

Ömer sprang auf. Während er auf Enver zuging, schossen ihm Bilder von Schlägereien durch den Kopf. Erst musste man drohend aufeinander zugehen und sich gegenseitig fixieren. Auch Enver stand auf. »So betrunken, wie er ist, kann ich ihn vielleicht zu Boden werfen«, dachte Ömer. »Und Salih wird uns dann auseinanderzerren.« Er hatte sich noch nie mit jemandem geprügelt und spürte, dass auch Enver nicht darauf aus war. »Schlägereien sind aber auch zu blöd! Wir werden aufeinander eindreschen und uns Fußtritte versetzen, und am Ende wird nicht mal klar sein, wer gewonnen hat. Gläser und Flaschen werden kaputtgehen, und wenn Refik dann erfährt, dass ich mich wegen ihm …«

»Ich will mich nicht mal prügeln mit dir!« rief Enver da und setzte sich wieder hin.

Darauf packte Ömer seine Flasche und ging damit hinaus. »Mir schlägt der Alkohol nur auf den Magen!« Er setzte sich an den Tisch draußen und leerte den Rest Raki in sein Glas. Dann lauschte er auf die Nacht. Ganz schwach klang die Trommel noch herüber, und auch die Geige wimmerte noch. »Es ist vorbei! Was soll ich jetzt machen?« Er dachte an die bevorstehende Ehe mit Nazlı. »Die Tochter eines Abgeordneten! Brauchen wir also eine anständige Küche!« Aus der Baracke war kein Laut mehr zu hören. »Ich warte auf Refik. Ich rede mit dem noch ein wenig, und dann fahre ich nach Ankara. Und heirate die Tochter des Abgeordneten. Was soll sonst geschehen? Wie soll man leben? Wenn ich an die Reden denke, die ich gegen das gewöhnliche Leben geschwungen habe! Nun, ich könnte mir auch hier einen Bauernhof kaufen, den einen etwa, den mir Hacı gezeigt hat. Was kostet der? Und was habe ich mit all der Arbeit hier verdient? Moment, was war noch mal der Quadratmeterpreis hier?« Das war eine Zahl, die er im ersten Jahr ständig gebraucht hatte, bei vielen Berechnungen, und nun hatte er sie vergessen? Schon wollte er stolz darauf sein, aufs Geld nicht soviel Wert zu legen, da fiel ihm die Zahl wieder ein. Er dachte an Nazlı. An seine Rückkehr aus England. Da tauchte aus dem Dunkel Refik auf, doch die Innigkeit, mit der er soeben in der Baracke noch an ihn gedacht hatte, wollte sich nicht mehr einstellen. Gähnend sagte sich Ömer, dass er seit Tagen nicht mehr geschlafen hatte.

39

HERBST

»Jetzt haben sie die Blumen verkommen lassen, die Cevdet noch eigenhändig gepflanzt hatte!« klagte Nigân und wies mit dem Kopf in die Ecke.

Sie saß mit Perihan und Nermin draußen im Garten. Obwohl Osman schon seit einer Stunde aus dem Haus war, hingen noch immer Tautröpfchen an den Blättern, und die schwache Herbstsonne war der Morgenkühle noch nicht Herr geworden. Es war der letzte Septembertag. Vor zwei Wochen waren sie von Heybeliada zurückgekommen, und seitdem herrschte im Haus schon eine düstere Herbststimmung, denn just am Morgen des Umzugstages war plötzlich Nuri gestorben.

»Mit eigener Hand hatte er sie gepflanzt, und die lateinischen Namen auswendig gelernt.« Nigân setzte die missmutige Miene auf, die man seit langem an ihr gewöhnt war. Der Blick, mit dem sie ihre Schwiegertöchter musterte, war ein einziger Vorwurf, der an die ganze Welt mit Ausnahme von Cevdet gerichtet war. »Und Nuri muss uns so im Stich lassen! Gerade als wir ihn am nötigsten hatten! Der hatte wenigstens noch Achtung vor Cevdet und goss seine Blumen.«

»Aber die Namen von diesen Blumen hat Cevdet doch bestimmt irgendwo aufgeschrieben«, sagte Nermin. »Da kann ich heute in Eminönü neue besorgen!« Kühl sah sie Perihan, als wollte sie sagen: »Du wirst dir schon denken, wo ich heute nachmittag bin!«

Perihan wandte den Blick ab. Seit jener Begegnung vor einem Monat hatte Nermin so eine herausfordernde Art, die Perihan unbegreiflich erschien. Sie hatte damals Nermin am Bahnhof Sirkeci Arm in Arm mit einem gutaussehenden Mann gesehen. Um nicht daran denken zu müssen, hörte sie Nigân zu, die an ihrem Umschlagtuch herumzupfte und behauptete, die gleichen Samen seien sowieso nicht mehr zu finden, und falls doch, so werde der Taugenichts von Gärtner wieder alles verderben. Als das Dienstmädchen aus der Küche kam, fragte Nigân: »Und, ist sie wach?« Sie meinte Ayşe, die vor vier Tagen aus Europa zurückgekommen war.

Emine schüttelte den Kopf. Sie stellte das Tablett ab und sagte zu Perihan: »Die Kleine schreit!«

Die fünfzehn Monate alte Melek war jetzt nicht mehr »das Baby«, sondern »die Kleine«. Perihan stand auf, nahm sich eine Tasse Tee vom Tablett und eine Zeitung vom Tisch und ging hinein. Auf der Treppe merkte sie schon an der Art, wie das Weinen an- und abschwoll, dass Melek frische Windeln brauchte. Sie ging ins Schlafzimmer, trat an das Bettchen der Kleinen und lächelte sie an. Melek lächelte sofort zurück und vergaß darüber ihren Kummer, fing aber gleich danach wieder zu weinen an. Perihan ließ Tee und Zeitung auf dem Tisch und hob die durchnässte Melek wie ein kleines Paket aus ihrem Bettchen. »Du kleine Heulsuse, du!« sagte sie und legte ihre Tochter vorsichtig auf den Wickeltisch mit der dicken Decke darauf.

Wie üblich redete sie beim Wickeln auf die Kleine ein. Erst zog sie ihr das Hemdchen aus. »Wir haben aber geschwitzt!« Sie musste sie zu warm angezogen haben. Es war allerdings ziemlich kalt geworden. »Und wenn du krank wirst, dann haben wir doch auch nichts davon!« Melek brabbelte etwas, und Perihan freute sich, als hätte ihre Tochter ihr recht gegeben. Sie musste an Refik denken, der laut seinem letzten Brief in einer Woche in Istanbul eintreffen würde. Sie fürchtete, es würde bis dahin wieder ein Brief kommen, der einen weiteren Monat Verspätung ankündigen würde. Während sie an einer Sicherheitsnadel herumnestelte, die partout nicht aufgehen wollte, sagte sie laut: »Sieben Monate ist dein Papa jetzt schon weg!«, aber dann erschrak sie, weil sie auf der Treppe Schritte hörte. Endlich ging die Sicherheitsnadel auf. »Vielleicht kommt er diesmal wirklich!« dachte sie. Mit gerümpfter Nase entfernte sie die völlig verdreckte Windel und nahm ihre Tochter mit ins Bad. Sie wusch das Mädchen und sann indessen über den Zustand ihrer Ehe nach. Melek nieste, das Wasser war ihr vielleicht doch zu kalt. Perihan dachte an ihren Vater, der Arzt war. Das Mädchen fing zu weinen an. »Vielleicht hätte ich doch zu meinen Eltern ziehen sollen!« Sie hatte das lange in Erwägung gezogen und vor drei Monaten sogar den Beschluss dazu gefasst, aber ihre Mutter hatte sie umgestimmt und erklärt, Refik sei ja nicht von ihr weggegangen, sondern von Istanbul. »So ein Unsinn!« Vielleicht aber auch nicht. Wenn sie etwa an die Briefe Refiks dachte, in denen er alle Schuld auf sich nahm … Stolz dachte sie an ihre Antwort darauf, nämlich dass es für sie nie in Frage gekommen sei, von hier auszuziehen. Ihr war, als sei Refik deswegen auch stolz auf sie. Sie eilte mit Melek ins Zimmer zurück und legte ihr schnell frische Windeln und ein Hemdchen an. »Was hätte eine andere Frau an meiner Stelle getan?« Wie immer fand sie auf diese Frage keine Antwort, da sie ihre Situation als unvergleichlich empfand. Ganz einfach deshalb, weil Refik unvergleichlich war. Keine ihr bekannte Frau hatte einen Mann wie Refik. Melek war nun angezogen und nieste immer noch. Um sich zu kasteien, dachte Perihan: »Ich bin nur deshalb noch immer da, weil ich keinen Stolz im Leibe habe!« Sie legte Melek in ihr Bett zurück und seufzte auf. Um die Gedanken zu verscheuchen, die ihr seit sieben Monaten keine Ruhe ließen, setzte sie sich an den Tisch, griff zur Teetasse und sah in die Zeitung.

Der Tee war kalt. In der Zeitung stand: »Weltfrieden gerettet. Daladier, Hitler, Chamberlain und Mussolini schließen Münchner Abkommen.« Perihan begann angeregt zu lesen, bemüht wie immer, in die Welt außerhalb ihrer selbst einzutauchen. Es gab niemanden im Haus, der die Nachrichten aus dem In- und Ausland ähnlich intensiv verfolgte wie sie. Sie hatte die Meldungen über die Münchner Konferenz schon fast alle durch, als Nermin ohne anzuklopfen ins Zimmer trat.

»Hast du grünen Zwirn? So einen!« fragte sie und hielt Perihan einen pistazienfarbenen Knopf hin.

Mit einem flauen Gefühl im Magen stand Perihan auf. Als fühlte sie sich schuldig, mit Nermin allein im Zimmer zu sein, und als müsste sie diese Situation so schnell wie möglich hinter sich bringen, öffnete sie hastig die alte Schultasche, die sie als Nähkästchen verwendete, kramte kurz darin herum und fand das Gesuchte.

»Hier!« Mit der anderen Hand schloss sie die Schultasche, die ihr etwas Kleinmädchenhaftes verlieh.

»Danke!« Nermin schmunzelte wie jedesmal, wenn sie die Tasche sah. Dann zeigte ihre Miene an, dass sie schon wieder ganz bei ihrem Knopf und bei dem Kleid war, an das er genäht werden musste, und schon war sie draußen.

Das Schmunzeln über die Tasche war Perihan diesmal nicht liebevoll, sondern eher verächtlich, ja geradezu herausfordernd vorgekommen. Sie starrte die längst wieder geschlossene Tür an und fragte sich, ob sie sich nun täuschte oder nicht. Sie musste wieder an den gutaussehenden Mann denken. Jene Begegnung nahm in ihrer Erinnerung Tag für Tag neue Formen an. Mit seinen langen Koteletten, dem Schnurrbart, dem gebräunten Gesicht und den gepflegten Händen hatte der Mann einen stattlichen Eindruck gemacht, doch war er von einer Art, die Perihan Furcht und sogar Abscheu einflößte. Perihan war zum Bahnhof gekommen, um ihre Mutter, mit der sie sich in Karaköy getroffen hatte, zu ihrem Vorortzug zu bringen. Nermin kam mit dem Mann gerade aus dem Bahnhofsrestaurant heraus. Sie hatten einander im gleichen Augenblick gesehen, und Perihan hatte den Blick nicht abwenden können. Erst war Nermin wohl kurz in Aufregung geraten, aber dann hatte sie allmählich ein erstaunlich unerschrockenes Lächeln aufgesetzt, das Perihan direkt angst machte. Als sie noch acht, zehn Schritte voneinander entfernt waren, hatten sie beide zur Seite gesehen. Perihans Mutter, die von ihren Einkäufen erzählte, hatte nichts mitbekommen. Als Perihan am Abend zusammen mit Osman und Nermin nach Heybeliada zurückgefahren war, musste sie sich über Nermins zur Schau gestellte Selbstsicherheit so sehr wundern, dass sie schon gemeint hatte, die Frau am Bahnhof sei eine Zwillingsschwester Nermins gewesen. Einige Wochen später hatte Nermin ihr wütend erklärt, Osman sei nichts weiter als eine Maschine, die eine andere Maschine, nämlich die geldspuckende Firma, am Laufen halte, und außerdem habe er sich lange eine Geliebte gehalten, und da hatte Perihan dann nicht umhinkönnen, Nermin ein paar nicht von der Hand zu weisende Gründe für ihr Verhalten zuzubilligen. Je öfter Perihan dann mit provozierenden Worten und Gesten Nermins konfrontiert wurde, um so mehr veränderte sich ihre Erinnerung an jene Begegnung. Nermins Lächeln am Bahnhof Sirkeci kam Perihan immer furchtbarer vor, ja es vollzog einen Bedeutungswandel, als sollte es einzig und allein sie verspotten: »Schau nur, was ich mich traue! Ich bin als Frau derartig frei, dass du das nicht einmal begreifen kannst! Du hast viel zuviel Angst vor so etwas und wartest brav auf deinen Mann!« Perihan merkte, dass sie schon wieder ins gleiche Fahrwasser geriet und gleich darüber nachdenken würde, wohin Nermin in ihrem grünen Kleid wohl gehen würde, und um sich abzulenken, griff sie wieder zur Zeitung. Kaum hatte sie ein paar Zeilen gelesen, da klopfte es, und mit einem Lächeln kam Ayşe herein.

Gähnend machte sie die Tür hinter sich zu, küsste Perihan auf die Wangen und ging dann zu Meleks Bettchen. »Du kleiner Schreihals, was du schon plärren kannst!«

»Ach, hat sie dich aufgeweckt?«

»Macht doch nichts, ich wollte sowieso früh aufstehen!« Sie ging zum Fenster und streckte sich. »So ein schöner Tag!« Dann stellte sie sich wieder an Meleks Bett und hielt ihr die Rassel hin, die dort lag. Sie trug ein blaues Seidennachthemd.

Perihan betrachtete ihren weißen Hals und ihren Brustansatz. Sie war aus der Schweiz als ein ganz neuer Mensch zurückgekommen.

»Na du, na? Schau mal da! Erkennst du deine Tante, kleine Melek, erkennst du sie?« Dann legte Ayşe die Rassel hin, streckte sich wieder und kratzte sich den Kopf.

»Da hat wohl jemand nicht genug Schlaf gekriegt!«

»Ich bin spät ins Bett, so um zwei. Es war aber auch zu schön gestern!«

Perihan wusste schon, dass sie mit Fuat und Leylâs Sohn Remzi und dessen Freunden zusammengewesen war. »Wo seid ihr denn hin?«

»In so ein neues Restaurant in Beyoğlu, beim Tunnel. Wirklich nett dort. Jetzt gibt es bei uns endlich auch gute Lokale, das hat mich richtig gefreut. Dann waren wir noch bei Tante Leylâ, und auf dem Heimweg haben wir in Emirgân Tee getrunken. Weiß meine Mutter, wie spät ich nach Hause gekommen bin?«

»Vorhin hat sie gefragt, ob du endlich wach bist!« erwiderte Perihan komplizenhaft.

»Ist doch auch egal, wann ich heimkomme, oder? Und dass ich mit denen ausgehe, das wollte sie selbst doch vor vier Monaten.« Sie ging zum Fenster und wandte sich plötzlich um: »Er ist aber auch wirklich nett!«

Perihan fragte nicht einmal, wen sie da meinte, sondern lächelte nur verständnisvoll.

»Wirklich, er kümmert sich so toll um mich, dieser Remzi. Immer denkt er nur an mich. Ein echter Gentleman. Vornehm. Großzügig. Aufrichtig. Ach, schau dir bloß meine Mutter an, wie sie verdrossen da sitzt und auf mich wartet.« Sie öffnete das Fenster und rief hinunter: »Huhu, ich bin jetzt auf! Jaja, ich komm gleich runter!«

Sie wandte sich wieder zu Perihan und wusste im ersten Augenblick nicht mehr, worüber sie geredet hatten. »Ach ja, wirklich nett ist er! In der Schweiz hat er sich auch schon so um mich gekümmert. Mich ärgert bloß, dass ich hier nicht schon begriffen habe, wie er eigentlich ist. Ich muss schon komisch gewesen sein, was? Ich sehe das Leben ganz anders jetzt! Was lachst du denn? Nein, wirklich, wenn man dort ist, kriegt man ein anderes Bild von der Welt!« Ihre

Augen glänzten. »Es ist alles so anders dort und viel schöner … Wann wird es bei uns mal so sein, habe ich mir immer gedacht. Wird es das überhaupt mal? Hoffentlich! Du musst dort unbedingt auch hin, Perihan. Fahr doch mit meinem Bruder hin!« Sie verstummte, als hätte sie einen Fauxpas begangen.

»Ach, ich weiß nicht«, erwiderte Perihan versonnen.

»Du willst doch nicht immer in diesem Zimmer herumsitzen! Ich red mal mit meinem Bruder! Vielleicht fahren wir ja zusammen hin! Dort sieht man die Dinge ganz anders. Ich habe dort erst so richtig begriffen, dass ich lebe. Man wird einfach ein anderer Mensch. Ob das jetzt an den Leuten liegt … Na ja, egal. Auf jeden Fall habe ich nicht mehr vor, nur noch zu Hause herumzuhocken. Wahrscheinlich schreibe ich mich an der Uni ein, aber genau weiß ich es noch nicht. Und wer weiß, in einem Jahr, vielleicht werde ich dann …« Sie errötete lächelnd.

Da ging die Tür auf, und Nuris Sohn Yılmaz trat ein, mit einem Brief in der Hand. Perihan wusste sofort, dass der Brief nur von Refik sein konnte. Also wieder einen Monat später?

Yılmaz überreichte den Brief Ayşe und sagte: »Die gnädige Frau erwartet Sie unten!« Er war dabei sehr bemüht, nicht auf Ayşes Dekolleté zu sehen.

»Ich komme ja schon!« sagte Ayşe.

»Soll ich Ihnen das Frühstück in den Garten bringen?« fragte Yılmaz mit rotem Kopf.

»Es ist ja schon spät«, erwiderte Ayşe und zog auf einmal ihr Nachthemd weiter zu. »Aber was soll's, bring mir irgendwas raus! Und sag meiner Mutter, ich komme gleich!« Als der Junge wieder draußen war, sagte Ayşe: »Also hör mal, man klopft doch zuerst an!«

»Hat er das nicht?« fragte Perihan verwundert.

»Nein! Aber eine lustige Nase hat er! Und rot wird er auch gleich! Unglaublich, wie er seinem Vater ähnlich sieht. Ach, das mit Nuri hat mir schon sehr leid getan. Auch dass ich bei der Beerdigung nicht dabei war. Du weißt ja, mich hat er immer ›Kirschkern‹ genannt, wahrscheinlich weil er mich immer so trocken und hart und missmutig gesehen hat. Er hat mich wirklich gern gemocht. Und dann versagt ihm einfach das Herz! Na, wenigstens hat Osman seinen Sohn eingestellt, das war eine gute Idee. Und nicht einfach als Lagerarbeiter, weil er ungelernt ist, sondern hier bei uns; schließlich hat uns sein Vater so viele Jahre das Essen gekocht. Der Junge lernt das schon auch noch.«

Perihan hörte gar nicht richtig zu, sondern sah nur auf den Brief in Ayşes Hand. »Steht bestimmt wieder das gleiche drin! Dass er erst in einem Monat kommt!« dachte sie.

Da merkte Ayşe, wo Perihan hinsah. »Ach stimmt, der ist wohl für dich!« Sie sah auf den Umschlag. »Von meinem Bruder! Und ich schwätze und schwätze hier!« Sie gab Perihan den Brief. »Und meine Mutter lasse ich auch warten!« Sie wandte sich zur Tür, betrachtete aber noch die Kleine in ihrem Bettchen, hielt ihr kurz die Rassel vor die Nase und ging dann fröhlich hinaus.

Perihan blickte erst auf die Tür und dann auf den Umschlag in ihrer Hand. Schließlich holte sie aus einer Kommodenschublade eine Nagelfeile heraus. Sie setzte sie an, verharrte aber noch ein wenig. Jeden Brief von Refik machte sie in aller Gemächlichkeit auf und überlegte sich währenddessen, welcher Inhalt ihr am genehmsten wäre. »Was will ich eigentlich? Dass er schreibt, er kommt sofort! Und dann? Geht er mit seinem Bruder wieder in die Firma!« Sie dachte an Osman, den Nermin als »Maschine« bezeichnet hatte, und an Ayşe. Sie erschrak über ihre eigenen Vorstellungen. »Was für einen Refik will ich denn?« Ihre Gedanken und Wünsche kamen ihr mit einemmal so unsinnig vor. Sie wischte sie alle fort, riss den Umschlag auf und las den Brief. Das Übliche: Er würde einen Monat später kommen. Diesmal ließ er sich aber mehr über sein »Dorfprojekt« aus. Perihan fragte sich, was genau er damit bezweckte und wie er vor allem jenes Projekt mit dem Leben seiner Frau zu vereinbaren gedachte, und stirnrunzelnd las sie den Brief ein zweitesmal.

40

ANKARA

Wütend stand Muhtar auf und ging im hohen Korridor des Ministeriums auf und ab. »Jetzt warten wir bereits eine halbe Stunde, dabei hatten wir doch einen Termin! Es ist schon dunkel! Was reden die noch dadrinnen?« Er fragte das Refik, als ob der eine Antwort wüsste. Beschämt wandte er dann die Augen ab. »Dann hätten wir auch ein andermal kommen können!« Plötzlich ging er entschlossen auf das Vorzimmer zu und machte die Tür auf. »Hören Sie mal, ich bin Muhtar, der Abgeordnete von Manisa! Sie wissen doch Bescheid, oder?« Seine Miene verfinsterte sich, als er der Antwort des Sekretärs lauschte. In etwas übertrieben wirkendem Zorn erwiderte er dann: »Die mögen von der deutschen Handelsdelegation sein, aber ich bin von der türkischen Volksdelegation!« Er vollführte eine Geste, als wollte er die Tür zuschlagen, aber dann machte er sie doch ganz leise zu. Wieder ging er im Korridor auf und ab. Schließlich setzte er sich neben Refik. »Siehst du, so geht es zu in Ankara!«

Sie warteten vor der Tür des Landwirtschaftsministers. Refik war mit Ömer nach Ankara gekommen und hatte seine Pläne dem Abgeordneten unterbreitet, der einem Freund seines Schwiegersohns in spe nicht seine Unterstützung versagen wollte. Er hatte angekündigt, Refik mit einem Minister und danach sogar mit İsmet Paşa bekannt zu machen, doch hatte sich noch keine Gelegenheit dazu ergeben. Die Minister, zu denen der Abgeordnete Zugang hatte, waren zu beschäftigt und zum Großteil nicht einmal in Ankara. Wegen der schweren Erkrankung Atatürks war alles in Aufruhr, und jedermann wartete ab, was geschehen würde. Auch mit dem Buchautor Süleyman Ayçelik, mit dem Refik von Kemah aus korrespondiert hatte, war noch kein Treffen zustande gekommen. Nach seiner Ankunft in Ankara hatte Refik sein Projekt noch einmal überarbeitet, um dann erfahren zu müssen, dass der Autor gerade seinen Jahresurlaub angetreten hatte. So hielt sich Refik schon seit zwanzig Tagen in Ankara auf, ohne noch mit einem einzigen Verantwortlichen gesprochen zu haben.

»Aber nimm dir das nicht zu Herzen! Wäre doch gelacht, wenn wir einem wie dir nicht helfen könnten!« Nach kurzer Besinnung berichtigte er sich: »Wenn wir uns einen wie dich nicht zunutze machen würden!«

Eine Stunde zuvor hatte der Abgeordnete Refik in seinem Hotel angerufen und ihn zum Kızılayplatz bestellt. Er habe im Parlament mit dem Landwirtschaftsminister gesprochen und für fünf Uhr einen Termin bekommen. Sie waren vom Kızılayplatz aus zum Ministerium geeilt, dort aber vom Sekretär beschieden worden, der Minister sei beschäftigt. Da dies nun schon eine halbe Stunde her war, hievte der Abgeordnete schnaubend seinen Körper hoch, der so gar nichts von der Leichtigkeit seiner Tochter Nazlı hatte, und ging wieder im Korridor hin und her.

Da ging die Tür auf, und es traten etliche Männer heraus, von denen Refik einige dank ihrer hellen Haut und ihres stolzen Auftretens als Deutsche identifizierte. Gefolgt vom Minister und seinem Dolmetscher, gingen sie den Korridor hinunter. Im Vorbeigehen nickte der Minister dem Abgeordneten grüßend zu. Als er die Deutschen verabschiedet hatte, eilte er in sein Büro zurück, und der Sekretär schickte sich an, Muhtar aufzurufen, doch der hatte bereits Refik am Arm gepackt und zog ihn am Sekretär vorbei ins Ministerbüro hinein. Refik stammelte noch: »Wie soll ich ihm bloß alles vermitteln in so kurzer Zeit? Am besten, ich sage ihm den einen Gedanken, der den Kern meines Projekts darstellt ...«

Sie kamen in einen großen, ziemlich vollgestellten Raum. Der Minister stand am Fenster und zündete sich eine Zigarette an. Er war Refik aus der Zeitung ein Begriff und machte nicht gerade den Eindruck eines furchterregenden Menschen auf ihn, dem man mit übertriebenem Respekt zu begegnen hatte. Er gehörte auch nicht zu den führenden Parteifunktionären, die von Ministeramt zu Ministeramt wechselten. Er galt als Vertrauter von Ministerpräsident Celâl Bayar, dem er seinen Posten wohl zu verdanken hatte.

Der Minister wandte sich zu ihnen um und entschuldigte sich dafür, dass er sie hatte warten lassen. Er deutete zum Fenster hinaus. »Diese Deutschen! Hinter denen ist momentan ganz Ankara her! Der Ministerpräsident hat darauf gedrungen, dass wegen ein paar technischer Details einige Delegationsmitglieder auch mit mir zusammentreffen sollten, und daher jetzt diese Verzögerung. Vielleicht wird ja ein Handelsabkommen unterzeichnet, da sollten wir für alle Fälle gerüstet sein. Na ja! Das ist also der junge Mann, von dem Sie mir berichtet haben?« Er schüttelte Refik die Hand. »Muhtar hat mir schon einiges über Sie erzählt. Ingenieur sind Sie also?«

»Ja«, hauchte Refik und konzentrierte sich auf das, was er gleich sagen wollte.

»Wissen Sie eigentlich, wie sehr unser Land eifrige junge Leute wie Sie braucht, die etwas auf die Beine stellen?« Mit leidgeprüfter Miene sah der Minister den Abgeordneten an. »Wenn ich an den Dolmetscher soeben denke! Bis der einen deutschen Satz übersetzt, vergeht eine halbe Stunde! Diese Peinlichkeit!« An Refik gewandt, sagte er dann: »Unser Land braucht gutausgebildete junge Menschen!«

»Der Junge ist Bauingenieur!« sagte Muhtar stolz.

Der Minister setzte sich an seinen Schreibtisch und begann in einer Akte zu blättern. Mit den Gedanken offensichtlich woanders, erwiderte er: »Aha, Bauingenieur! Interessant. Ist also Bauingenieur und wendet sich ans Landwirtschaftsministerium, weil er … ja, warum eigentlich?« Verwundert blickte er hoch. »Warum?« Bevor aber Refik noch antworten konnte, nickte der Minister schon verständnisvoll. »Ach ja, natürlich!«

Refik sagte: »Ich habe da diverse Prinzipien entwickelt, die mit der Entwicklung der Dörfer zu tun haben …«

»Selbstverständlich! Und das wollen Sie jetzt veröffentlichen?«

»Ich will, dass es gelesen und diskutiert wird und dass es dann mit anderen Ansichten …«

»Wir haben hier ein Budget, um bestimmte Dinge drucken zu lassen«, unterbrach ihn der Minister. »Wie dick ist es denn, Ihr Buch? Haben Sie es dabei? Kann ich es mal sehen?«

»Getippt habe ich es noch nicht!« musste Refik gestehen. Ihm standen Schweißperlen auf der Stirn.

Der Minister merkte, wie verdutzt Refik war, und sagte: »Wenn es recht dick ist, können Sie mir ja eine Zusammenfassung geben!«

Muhtar warf ein: »Wenn ich mich nicht täusche, geht es dem jungen Mann vor allem darum, dass seine Thesen diskutiert werden!«

»Ja, gelesen und diskutiert«, sagte Refik.

»Natürlich lese ich das Buch als erster«, erwiderte der Minister. »Auf neue Meinungen, die sich mit Landwirtschaft und der Entwicklung unserer Dörfer befassen, legen wir allerhöchsten Wert!« Er wandte sich wieder der vor ihm liegenden Akte zu. Dann sah er auf die Uhr und kramte in seinen Schubladen. »Warum setzen Sie sich denn nicht?« fragte er, stand aber seinerseits auf und rief nach seinem Sekretär.

Refik dachte: »Was kann ich ihm sonst noch sagen? Dass es mir vor allem um die Diskussion geht und dass den Dorfverbänden die gleichen modernen Struk… Und dass mir das mit dem Veröffentlichen gar nicht so wichtig ist! Was redet er mit seinem Sekretär? Ach, ich bin ganz durcheinander!«

Der Minister gab seinem Sekretär Anweisungen und sagte dann zu Refik: »Dann lassen Sie uns also am besten eine Zusammenfassung zukommen, ja? Ich lege dann bei der Publikationskommission ein Wort für Sie ein.« Und als er Refiks Gesicht sah, fügte er hinzu: »Es gibt da noch eine andere Möglichkeit. Sie können das Ganze auch selbst herausbringen, ungekürzt. Und wir vom Ministerium nehmen Ihnen dann eine bestimmte Anzahl ab.« Ganz stolz auf seinen großzügigen Vorschlag nickte er Muhtar zu. Dann entnahm er seinem Schrank eine große Mappe und packte sie mit den Akten auf seinem Schreibtisch und diversen Papieren aus den Schubladen voll.

Refik dachte: »Das will ich doch gar nicht! Aber helfen kann mir der Mann schon!«

Der Minister ließ sich vom Sekretär noch eine letzte Akte geben und sagte dann: »Sie entschuldigen mich! Ich habe Sie zwar warten lassen, aber jetzt muss ich trotzdem schnell weg! In der deutschen Botschaft wird zu Ehren von Dr. Funk ein Essen gegeben!« Er griff zu seiner Mappe, drückte die Zigarette aus und ging auf Refik zu. Er packte ihn am Oberarm und sagte zu Muhtar: »Freut mich sehr, dass Sie den jungen Mann zu mir gebracht haben! Wir werden ihm bestimmt helfen!«

Refik spürte, dass er nun irgend etwas sagen musste. »Vielen Dank, aber mir war eigentlich mehr daran gelegen, dass sich über mein Projekt eine Diskussion entwickelt!«

Der Minister drückte Refik den Arm noch fester, als wollte er am Bizeps ermessen, was für einen Menschen er da vor sich hatte. »Was für eine Diskussion?«

»So wie in der Zeitschrift *Organisation* zum Beispiel!«

Mit verfinsterter Miene sah der Minister Muhtar an. Auch der war verdutzt.

Der Minister ließ Refiks Arm los. »Ach so, diese Zeitschrift. Die Organisationsbewegung. Aber diese Mode ist doch vorbei.« Er sah Muhtar an. »Ist sie doch, oder?« Und als fiele ihm das so plötzlich ein, fragte er: »Wie geht es eigentlich İsmet Paşa?«

»Da weiß ich leider nicht mehr als Sie«, erwiderte Muhtar errötend.

Refik wusste von Nazlı, dass ihr Vater mit İsmet Paşa einst vertrauten Kontakt gehabt hatte. Bei der Namensreform hatten sie ihren Familiennamen sogar von ihm bekommen. Doch was hatte Refik nur Falsches gesagt, dass plötzlich von İsmet Paşa die Rede war?

»Wir hängen alle noch sehr an İsmet Paşa«, sagte der Minister. »Aber Ministerpräsident ist nun Celâl Bayar. Und ich begreife nicht, warum İsmet Paşa nicht nach Istanbul fährt, wo es Atatürk doch so schlechtgeht!« Er ging auf die Tür zu, wandte sich dann zu Muhtar um und deutete auf seine Aktenmappe: »Wir stecken bis zum Hals in Arbeit!« Er sagte das nicht verärgert, sondern lächelnd. »Heute der deutsche Wirtschaftsminister Dr. Funk, morgen bestimmt gleich sein englischer Amtskollege Sir Soundso. Lassen Sie sich nicht täuschen von der Münchner Konferenz: Wir gehen auf einen Weltkrieg zu! Da möchte uns jeder auf seine Seite ziehen. Ist doch so, nicht wahr?« Er heischte oft um Bestätigung. Gemeinsam gingen sie auf den Korridor hinaus. »Was sagen Sie zu dem Unfall gestern?« Auf der Fahrt zu Atatürks Musterbauernhof war ein Auto umgekippt, und die Gattin Dr. Funks hatte sich dabei eine Prellung am Arm zugezogen.

Sie gingen die Treppe hinunter. »Oder was er neulich bei dem Festbankett gesagt hat: Ein Handel mit Deutschland bedeute ja kein Hindernis für einen Handel mit anderen Ländern … Dabei meint er genau das Gegenteil! Jammerschade, dass Atatürk so krank ist. Was soll nur werden? Tja, wir warten, nicht wahr?« Vor der Tür blieb er stehen und sah sich suchend um. »Na, her damit!« sagte er dann und ließ sich von einem Diener in den Mantel helfen. Wieder fasste er Refik am Arm und sagte zu Muhtar: »Nochmals danke, dass Sie ihn zu mir gebracht haben! Ich werde ihm helfen! Der Wunsch eines Abgeordneten ist uns Befehl. So, wo müssen Sie jetzt hin?« Er deutete auf seinen Dienstwagen.

»Wir gehen zu Fuß!« erwiderte Muhtar schroff.

»Ich spreche also dann mit der Publikationskommission!« sagte der Minister zum Abschied. Mit einem scheinhöflichen Lächeln stieg er in sein Auto und fuhr davon.

Muhtar sah den Wagen im Dunkel verschwinden und rief dann aus: »Kasper! Scharlatan! Ehrloser Kerl!«

Sie gingen in Richtung Kızılayplatz. Die Luft war kalt und trocken, wie tot. Die Straße war voller Leute, die aus ihren Büros herauskamen, noch schnell Einkäufe erledigten, vor dem Heimgehen im Stehen noch etwas tranken. »Wir warten«, hatte der Minister gesagt. Auch vor Schaufenstern, in kleinen Kneipen, an Blumenständen und Bushaltestellen warteten die Menschen. »Und ich warte eben auch!« dachte Refik.

»So was will ein Minister sein und läuft einem kleinen deutschen Beamten bis zur Tür hinterher!« schimpfte Muhtar. »Was ist denn mit dem Ansehen unseres Staates? Und dann wagt er es auch noch, schlecht über İsmet Paşa zu reden!«

Refik dachte: »Perihan wartet in ihrem Zimmer auf mich! Und mein Bruder im Büro und meine Mutter im Wohnzimmer!« Der Gedanke beschämte ihn.

»Siehst du, er hat gedacht, wir wollen Geld von ihm und nur dieses Buch verkaufen!« sagte Muhtar grollend. »Weil die keinen Funken Idealismus haben! Es sind eben immer noch die gleichen am Ruder! Aber das wird sich bald ändern!« Er seufzte auf. »Bald ist hoffentlich alles ganz anders!«

Refik dachte: »Was soll nun aus mir werden?« Die Leute auf der Straße, das Licht, alles kam Refik öde und leblos vor. Beim Gedanken an den Roman *Ankara*, der im Hotelzimmer auf ihn wartete, musste er lachen. Der reine Hohn war das. Er wollte an gar nichts denken.

»Jetzt zieh nicht so ein Gesicht!« sagte Muhtar. »Das wird schon noch! Ich bringe dich auch mit dem Finanz- und dem Justizminister zusammen. Solche Aspekte hat dein Projekt doch auch, oder? Schau nicht so! Jetzt musst du eben abwarten können. Und vorsichtig sein! Warum hast du bloß von der Zeitschrift angefangen! Na ja, egal. Du bist eben zu einem sehr unglücklichen Zeitpunkt gekommen. Alles ist im Wandel begriffen. In solchen Zeiten muss man warten können, dann kommt man zu was. Das war aber auch ein sehr gewöhnlicher Mensch. İsmet Paşa würde dem nicht mal seine Tasche zum Tragen geben, geschweige denn einen Ministerposten!« Sie kamen am Kızılayplatz an. Der Abgeordnete legte Refik die Hand auf die Schulter und sagte: »Wir erwarten dich und Ömer morgen zum Abendessen!«

Refik ging in sein Hotel im Stadtteil Ulus zurück. In seinem Zimmer sah er auf das Goethebild, das er auf den kleinen Tisch gestellt hatte. »Was bin ich nur?« Er legte sich aufs Bett und dachte an das Gespräch mit dem Minister, an das seit zwanzig Tagen andauernde Warten, an die sieben Monate an der Baustelle, an Istanbul, an Perihan. Ein Jahr zuvor hatte Muhittin ihn in Beşiktaş einmal gefragt, ob er noch der alte sei. »Und wie bin ich jetzt?« Unfähig zu denken, starrte er lange auf die schmutzige Deckenlampe, und es zogen ihm dabei Wortfetzen des Ministers durch den Kopf, Erinnerungen, Bilder von Perihan, dem Haus in Nişantaşı, seinem früheren Leben. Dann raffte er sich auf und nahm Yakup Kadris Roman zur Hand. Erst fand er ihn wieder so lächerlich und armselig wie eh und je, dann aber zwang er sich regelrecht, sich vom Eifer des Autors anstecken zu lassen.

41

EINE TOCHTER DER REPUBLIK

Ein Hahn krähte, einmal, zweimal. Da wachte Nazlı auf. »Heute ist der Tag der Republik!« dachte sie sofort. Sie sah auf die Uhr: Es war sieben. Als der Hahn wieder krähte, stand sie auf. Frierend ging sie zum Fenster. Im Garten des Nebenhauses scharrten Hühner. »Der Tag der Republik!« Das erste Tageslicht beschien den Hühnerstall. In dem Garten stand rauchend ein Mann in Pantoffeln, mit einem Mantel über dem Schlafanzug. Es war Oberst Muzaffer, der im Verteidigungsministerium arbeitete. Früher, vor zehn Jahren, als Nazlıs Vater als frischgebackener Abgeordneter nach Ankara gekommen war, hatte der Oberst am Tag der Republik noch zusammen mit seiner Frau die diversen Feierlichkeiten besucht, doch in den letzten Jahren hatte er das aufgegeben. Der Feiertag schien ihn nicht mehr zu kümmern. Mit seinem langen Bart und seinem verschossenen Schlafanzug wirkte er weniger wie ein hoher Militär, der den fünfzehnten Gründungstag der Republik beging, als vielmehr wie ein Tuberkulosekranker, der im Krankenhausgarten spazierenging. Diesem betrüblichen Anblick wollte Nazlı sich nicht länger aussetzen. Vermutlich war noch niemand auf im Haus, und so beschloss sie, allein zum Kızılayplatz zu gehen.

Sie wusch sich kurz und zog sich an. Sie brauchte nicht lange zu überlegen, welches Kleid sie anlegen sollte, denn in alter Festtagsgewohnheit hatte sie am Vorabend schon alles bereitgelegt. In ihrem roten Kleid mit den weißen Streifen betrachtete sich vor dem Schrankspiegel und gefiel sich. Dann zündete sie die Öfen an. Wenn die anderen aufwachten, würden sie das Haus angenehm warm vorfinden und gerührt an Nazlı denken. Sie selbst würde dann schon unterwegs zum Kızılay sein. Ein schöner Gedanke! Sie fühlte sich wohl in ihrer Haut, kam sich klug und liebenswert vor. Sie streichelte die Katze und hätte ihr auch gerne etwas zum Fressen gegeben, aber sie wollte so schnell wie möglich aus dem Haus. Sie eilte die Treppe hinunter, schlüpfte hinaus und zog leise die Tür hinter sich zu. Im dunstigen Himmel über Ankara schwebte Festtagsstimmung. Sie ging los.

Die Morgenspaziergänge an Feiertagen waren eine allmählich in Vergessenheit geratende Familientradition. Zu Lebzeiten ihrer Mutter waren sie nicht nur am Tag der Republik, sondern an allen staatlichen Feiertagen gleich nach Sonnenaufgang zusammen ins Zentrum gegangen. Ihr Vater hatte immer eifrig doziert und ihre Mutter viel gescherzt. Nazlı mochte diese gemeinsamen Spaziergänge, die sie spüren ließen, wie sehr ihre Eltern sie liebten. Wenn ihr Vater kopfschüttelnd auf unbeflaggte Häuser gezeigt hatte, war Nazlı ganz traurig darüber gewesen, was es doch für schlechte Menschen gab.

Nun stellte sie erfreut fest, dass an kaum einem der gleichförmigen Einfamilienhäuser keine Fahne hing.

Sie ging schnell, als hätte sie es eilig, doch war ja noch kaum jemand wach, so dass ihr ein langer, jungfräulicher Tag bevorstand. Noch am Vormittag würden Ömer und sein Freund Refik kommen und zum Mittagessen bestimmt auch Onkel Refet. Danach würde ihr Vater zur Feier im Parlament gehen, und anschließend stand ein gemeinsamer Besuch im Stadion auf dem Programm. Abends würden sie dann wieder zu Fuß ins Zentrum und bis Ulus gehen, wo es ein Feuerwerk gab. Am liebsten hätte sie nur daran gedacht und ansonsten in Erinnerungen an frühere Feiertage geschwelgt oder sich hin und wieder über ein unbeflaggtes Haus geärgert, aber da war etwas, das ihr keine Ruhe ließ. »Was soll nur aus Ömer und mir werden?« dachte sie. Sie kam an einer Schule vorbei, deren Fenster mit Kreppgirlanden, Atatürkbildern, Laternen und Fahnen mit Atatürkkonterfei geschmückt waren. Während ihrer Kindheit in Manisa hatte an Feiertagen ihr Vater immer ganz im Mittelpunkt gestanden. Als Gouverneur hielt er seine Rede zum Tag der Republik, und danach erboten die Honoratioren der Stadt einander ihre Festtagsglückwünsche, und die Leute streichelten dem Gouverneurstöchterlein in ihrem roten Kleidchen über das bezopfte Haar mit den weißen Schleifchen darin. Ihre Mutter lächelte immer dazu, als empfinde sie das alles ein wenig albern und pathetisch, und sie züchtete sich geduldig eine Lungenkrankheit heran und klärte ihre Tochter in sanftem Ton über die klare Linie auf, die das Schickliche vom Unschicklichen trennte. Atatürk, der damals in der Provinz sehnlichst erwartet wurde, war jetzt krank, die Mutter längst gestorben. Nazlı war zum Studieren nach Istanbul gegangen und nun wieder zurück. Von Atatürk hieß es, er würde nicht mehr gesund werden, so wie damals auch von der Mutter. Ihr Vater hatte am Vortag gesagt, es würden ganz umsonst im Stadion Vorbereitungen für Atatürk getroffen, und der Feiertag werde mehr von banger Erwartung als von Freude geprägt sein.

Sie ging dahin, zwischen Fröhlichkeit und Beklemmung schwankend. Mittlerweile war es zwanzig nach sieben, und sie hatte die Hauptstraße erreicht, auf der nun das Leben begann. Ein Straßenfeger kehrte das Laub der kleinen Alleebäume zusammen. Ein Angehöriger der Fliegerschule hatte sich in einen Hauseingang gedrückt, als schämte er sich seiner blauen Uniform. Ein Junge ging an der Hand seines Vaters dahin und schwenkte eine kleine Fahne. Der Vater legte den Kopf schief und las die Überschriften von Zeitungen, die am Boden ausgebreitet waren. »Fünfzehn Jahre Republik« stand in großen Lettern da. Nazlı dachte: »Ich bin zweiundzwanzig und werde heiraten. Aber wann?« Ömer trug oft eine abweisende Miene zur Schau. Er kam zu ihr nach Hause, setzte sich in den Sessel gegenüber der Ansicht von Venedig und sah Nazlı an, aber sein Blick schien durch sie hindurchzugehen. Sie hätte ihm wohl etwas Aufmunterndes erzählen sollen, aber meist fiel ihr einfach nichts ein. Dabei hatte sie sonst nicht das Gefühl, unbeholfen oder töricht zu sein. Sie war durchaus der Meinung, dass in ihren Briefen an Ömer alles enthalten war, was ein modernes junges Mädchen ausmachte. Schließlich war sie die Tochter eines Vorreiters der Reformen. Sie war kein scheues Wesen, vertrat zu vielem eine eigene Meinung, und wenn sie auch keine ausgesprochene Schönheit war, so war sie doch auch nicht hässlich.

Um sich von ihren Zweifeln abzulenken, wechselte sie auf die andere Straßenseite, wo an der Bretterwand vor einer Baustelle Plakate angebracht waren. Auf einem stand: *Mit dem Volk für das Volk*, und man sah eine Frau mit Kopftuch, die ein Kind auf dem Arm trug. Bei einem anderen lautete die Überschrift: *Die neue Erziehung in Zeiten der Republik*, und unter dem Bild einer Ansammlung von Dorfbewohnern, die allesamt eine Mütze trugen, war an einer Tabelle abzulesen, wie Jahr für Jahr die Alphabetisierung voranschritt. Nazlı kam Refik in den Sinn; er tat ihr leid. Da hatte er sich monatelang abgemüht und ein Projekt entworfen, um über das bisher schon Erreichte noch hinauszukommen, aber er stieß gegen eine Mauer des Unverständnisses. Ihr Vater hatte ihn in Ministerien geschleppt, hatte eigens Abgeordnete zu sich nach Haus eingeladen, um sie mit Refik bekannt zu machen, aber nie war etwas dabei herausgekommen. Es war wohl außer Refik auch jedem klar, dass die Sache so ausgehen würde, und Nazlı konnte sich auch nur wundern, dass Refik selbst so naiv war. Wie konnte ein intelligenter, gebildeter Ingenieur nur so bar jeder Vernunft sein? »Was ist eigentlich Vernunft?« Ihr Vater hatte gesagt, Onkel Refet sei vernünftig. Er hatte sich aus der Politik zurückgezogen und betrieb nun Handel. Er hatte draußen vor der Stadt, in Keçiören, ein Häuschen, in dem er bei Tavlaspiel und Wein vor dem Kamin saß und seinen früheren Parteigenossen dazu aufrief, doch einmal der Realität ins Auge zu sehen. Ihr Vater nämlich war nicht vernünftig. Genausowenig wie dieser Refik, der nicht sah, was jedem anderen sofort einleuchtete. Sie dachte an Ömer. Er hatte an seiner Baustelle so viel Geld verdient, war also er vernünftig? Es machte ihr angst, darüber nachzudenken. Sie kam nicht los von ihren deprimierenden Gedanken. Und müde wurde sie auch. Sie ging wieder auf die andere Straßenseite, in Richtung Haus. »Und was ist mit mir? Bin ich vernünftig?« Sie ging ein paar Schritte. »Ömer ist intelligent, gutaussehend und jetzt auch noch wohlhabend!« dachte sie errötend. Gerne wäre sie wieder so unschuldig gewesen wie das Gouverneurstöchterlein im roten Kleidchen. Aber sowohl sie selbst als auch die ganze Republik hatten sich in Sünde verstrickt. Wie sie nur darauf wieder kam? Vielleicht hatte ja doch ihr Nachbar recht, der an so einem Tag draußen im Garten im Schlafanzug rauchte. »Ich bin eine Tochter der Republik!« So nannte ihr Vater sie manchmal, wenn er das zweite Glas Raki intus hatte. »Fünfzehn Jahre Republik und ich mittendrin!« Herrje!

An einer Straßenecke hatte ein Blumenhändler seinen Stand aufgemacht. Am Gebäude des Roten Halbmonds gegenüber war die gesamte Fassade von einer türkischen Fahne bedeckt. Ein Junge, der sich nichts von dem Fest entgehen lassen wollte, fuhr auf dem Fahrrad vorbei. Zwei Wächter kauten schlendernd an ihren Simits. Ein kleines Mädchen in Pfadfinderkluft kam Nazlı entgegen. »Auch eine Tochter der Republik!« Das Mädchen tat Nazlı leid. Ihr fiel das melancholische Lächeln ihrer Mutter ein. »Wie hat eine Tochter der Republik zu sein?« Sie dachte an die Vorstellung, die Männer von »modernen jungen Mädchen« hatten. In den Zeitungen wurden Umfragen dazu veröffentlicht. »Wie sollte Ihrer Ansicht nach ein junges Mädchen heutzutage sein?« Antwort: »Es soll im Umgang mit Jungen nicht schüchtern sein, es soll Atatürks …« Ach was. Nazlı merkte, dass sie immer schneller ging. Als sollten ihre Schritte mit den Gedanken mithalten. Die kleine Pfadfinderin ging stolz an ihr vorbei. »Die wird auch heiraten und Kinder bekommen!« Das hatte Ömer einmal herabwürdigend über ein Mädchen gesagt. Und Küchengeruch mochte er nicht, das hatte er auch mal geäußert. Er identifizierte sich mit einem Romanhelden, mit Rastignac, aber das war schon etwas kindisch. Erst war es ihr sogar peinlich gewesen, nun ging sie mit Nachsicht darüber hinweg. Bei Männern Schwächen festzustellen nagte aber an ihrem Urvertrauen in die Welt. Sie ärgerte sich wohl deshalb auch über Refik. »Ein Eroberer sein wollen! Wie kommt man bloß auf so was?« Das musste Ömer aus Europa haben. »Schließlich heiraten wir ja doch! Und wenn er keinen Küchengeruch mag, dann soll er seine Frau da gefälligst heraushalten und ein Dienstmädchen einstellen! Was will ein junger Mann überhaupt?« Darauf fand sie keine bündige Antwort. »Und was will ich? Nicht so werden wie meine Mutter, obwohl mir gerade das blüht.« Dann verglich sie Ömer mit ihrem Vater. Ömer hatte in Europa gelernt, was das Leben für einen Wert hatte. Auch die Republik hatte von Europa viel gelernt. Dass man statt dem Fes so einen komischen Hut aufsetzen sollte. Und wie ein junges Mädchen zu sein hatte. Das sollte nun allen beigebracht werden. »Aber so blindes Nacheifern wie bei Ömer, das liegt mir nicht!« Ömer hatte einmal angedeutet, wie er dazu stand, und dann wieder, wie so oft, auf irgendeinen imaginären Punkt gestarrt. Auch legte er in letzter Zeit ein Gebaren an den Tag, das Nazlı auf die Nerven ging. Wie ein antiker Philosoph oder ein chinesischer Weiser lächelte er vor sich hin, als ob er schon alles gesehen und erlebt hätte. Dann verwandelte sich dieses Lächeln in ein herablassendes Grinsen, bis Nazlı sich vorkam wie ein Dummchen, das wegen seiner Ignoranz ständig um Verzeihung bitten musste. Ach, warum dachte sie an einem Feiertag nur solches Zeug! »Ich werde ihn das alles fragen! Wenn er mich nicht will, dann soll er es sagen! Genau danach werde ich ihn fragen!« Sie bog von der Hauptstraße ab, und nach wenigen Schritten wurde ihr klar, dass sie das nicht fragen würde. Weil Ömers Antwort sie nämlich erröten ließe.

Sie kam wieder an den Genossenschaftshäusern von Yenişehir vorbei. Alles war dort gleichförmig, vom Grundriss der Häuser über die Schornsteine und die engen Balkons bis hin zu den Fähnchen auf den Balkons; nur bei der Gartengestaltung taten sich Unterschiede auf. Auch Beamte wussten sich voneinander abzuheben. Während der eine es mehr mit Bäumen hatte, tat der andere sich mit bunten Blumen hervor, manch einer friedete seinen Garten mit einer Mauer ein oder hielt sich Hühner wie der Oberst nebenan. Mit Ömer hatte sie darüber schon mal ein unerquickliches Gespräch geführt. Sie dachte an das Leben in diesen Häusern. »Jetzt wachen sie auf, dann frühstükken sie, lesen Zeitung, machen das Radio an, machen sich für den Festakt zurecht.« Auch wenn sie im Dunkeln durch diese Straßen ging, kamen ihr ähnliche Gedanken. Dann schienen aus den Fenstern Lichter in die Nacht, die von einem sich ständig wiederholenden Alltag kündeten. »Wir werden in Istanbul leben«, dachte sie, aber machte sie sich damit nicht etwas vor? Schon ihre Mutter hatte sich nach Istanbul gesehnt. Nazlı merkte erstaunt, dass ein unbeflaggtes Haus ihr regelrecht wohltat. »Woran glaube ich eigentlich? Was ist mir etwas wert im Leben? Ich werde ihn direkt fragen: Willst du mich heiraten oder nicht? Und er soll mir eine klare Antwort geben.« Ömer würde wohl etwas ganz anderes sagen, dachte sie, diesmal aber ohne ein Erröten zu befürchten. »Ich werde so sein wie alle anderen auch. Nur vielleicht ein bisschen besser!«

Sie bog in ihre Straße ab. Von ihrer Fröhlichkeit war nichts mehr übrig; versonnen sah sie im Gehen vor sich hin. Weder der Spaziergang noch ihre Gedanken oder der bevorstehende Tag hatten etwas Belebendes an sich. Der Oberst stand nun im Vorgarten, nach wie vor in seinem peinlichen Aufzug. Zum erstenmal seit Jahren fand Nazlı ihn sympathisch. Sie sperrte auf und ging hinein. Auf der Treppe wünschte sie sich ihre Fröhlichkeit zurück. Sie hörte, dass ihr Vater schon auf war, und ging ins Wohnzimmer.

Der Frühstückstisch war für zwei Personen gedeckt. Auf dem bullernden Ofen zog der Tee. Es war zu hören, wie verkohlte Stellen von Toastbrot abgekratzt wurden. Ja, gerade solche Kleinigkeiten konnten sie glücklich machen, ein warmes Zimmer und ein Frühstückstisch, und erschrocken dachte sie, dass Ömer sich mit dergleichen nicht begnügen würde. »Was vergällt ihm bloß das Leben?« Da merkte sie, dass ihr Vater in seinem Sessel saß, und drehte sich zu ihm um.

Muhtar hatte die Zeitung auf den Schoß sinken lassen, sah abwechselnd auf den Tisch und auf seine Tochter und fragte sich, was

Nazlı wohl so in Aufregung versetzte. Dann sah er sie lächeln und lächelte zurück: »Ich gebe hiermit bekannt, dass ich als Abgeordneter nunmehr Feiertagsglückwünsche entgegennehme!«

Nazlı küsste ihn sogleich auf die Wangen.

Muhtar küsste sie auch und fragte dann: »Du warst schon draußen? Warum hast du denn nichts gesagt? Ich wäre doch mit!«

»Ja, ich bin schon spazierengegangen. Es war wunderbar!«

»Soso«, seufzte ihr Vater. »Komm, wir frühstücken, dann erzählst du mir, was du alles gesehen und gedacht hast!«

42

IM HAUS DES ABGEORDNETEN

Ömer ging zwischen den einheitlichen Häusern hindurch. Als er Nazlı einmal auf die Monotonie des Bauens und Lebens in dem Viertel angesprochen hatte, war ihre Reaktion so empfindlich ausgefallen, dass er rasch das Thema gewechselt hatte. Nun wollte er über das Viertel und über sein eigenes Leben nicht weiter nachdenken. Es waren zwanzig Minuten vergangen, seit er das Hotel verlassen hatte. Von Refik, der noch in der Stadt herumlaufen wollte, hatte er sich sogleich getrennt und ihn nur noch ermahnt, nicht zu spät zum Essen zu kommen. Eine spöttische Bemerkung über Refiks Eifer, der ihm lächerlich erschien, konnte er sich gerade noch verkneifen. Nach dem Mittagessen bei Nazlı würden sie gemeinsam zum Festakt im Stadion gehen, dessen Ablauf ihnen Muhtar schon so eindringlich geschildert hatte, dass an ein Fernbleiben nicht zu denken war. Es ärgerte Ömer, dass ihm als Verlobtem solche lästigen Pflichten auferlegt waren, doch ließ er sich im allgemeinen nicht mehr anmerken als ein spöttisches Lächeln.

Ein solches war nun wieder angebracht, als er in Nazlıs Straße einbog. Dabei musste er nämlich jedesmal daran denken, wie er mit seiner Tante und seinem Onkel damals hierhergekommen war und um Nazlıs Hand angehalten hatte. Er rechnete nach: Zwanzig Monate war das nun her. Wie eifrig und aufgeregt war er damals gewesen und wie verstimmt und sarkastisch dagegen jetzt! »Inzwischen habe ich das Leben kennengelernt!« dachte er, aber war das nicht eine Verliererausrede? »Bin ich noch so ehrgeizig wie früher? Nun, jetzt bin ich eben reich!« Verwundert sah er auf dem Balkon von Nazlıs Nachbarhaus einen Mann in Mantel und Schlafanzug sitzen. Er klingelte. »Wann wir wohl heiraten?« fragte er sich allen Ernstes, als ob nicht er selbst es gewesen sei, der unter allen möglichen Vorwänden den Hochzeitstermin hinausgeschoben und bei der bloßen Erwähnung des Themas das Gesicht verzogen hatte. »Vielleicht heirate ich ja gar nicht?« dachte er verdutzt. »Wozu auch?« Er hörte die Schritte des Dienstmädchens auf der Treppe. Ihm fiel wieder die nicht enden wollende Verlobung ein. »Ob ich so etwas noch einmal überstehe? Ja, wie lange braucht denn das Weib die paar Stufen herunter?« Er merkte, dass er am liebsten an die Tür gedonnert hätte, und steckte erschrocken die Hände in die Taschen.

Als das Dienstmädchen öffnete, lächelte es Ömer gleich an. Ömer kannte diese Art Lächeln zur Genüge, doch obwohl er schon in seiner Kindheit von älteren Frauen, die ihn lieb und putzig fanden, so angelächelt worden war, fragte er sich auf der Treppe: »Warum lacht sie so? Weil ich gut aussehe, liebenswert bin und hier als potentieller Schwiegersohn auftrete …« In ungenierter Manier trat er ins Wohnzimmer, und als er Muhtars Blick begegnete, merkte er, dass nicht jedermann ihn liebenswert fand. Sein zukünftiger Schwiegervater schüttelte ihm die Hand und musste sich dabei zu einem Lächeln sichtlich zwingen. Dann musterte Ömer die anderen Anwesenden: Nazlı in ihrem roten Kleid, den häufigen Gast Refet, der wie immer selbstgefällig nickte, und die Katze, die ihn von ihrem Kissen aus neugierig beäugte. Ömer sah auch, dass der Tisch schon gedeckt war, und nach einem weiteren Blick auf Nazlı dachte er: »Im roten Festtagskleidchen, wie eine Zwölfjährige!« Dann nahm er wie üblich in seinem Sessel gegenüber dem Venedigbild Platz.

»Wo bleibt denn unser großer Reformer?« fragte Muhtar.

Ömer erwiderte, der werde bald eintreffen, und Muhtar nickte. Refet indessen hörte gar nicht mehr auf zu nicken. Sie hörten gemeinsam Radio, denn der Sender Radio Ankara nahm an jenem Tag seinen Betrieb auf. Das Vormittagsprogramm bestand aus einer Reihe von Vorträgen. Gerade war vom Weltfrieden und der türkischen Außenpolitik die Rede. Ömer lauschte aufmerksam.

Als danach ein Vortrag mit dem Titel »Für den Frieden in der Welt ist eine starke Türkei nötig!« angekündigt wurde, stand Muhtar mit einer Behendigkeit auf, die man seinem massigen Körper nicht zugetraut hätte.

»Das ist ja alles gut und schön, aber was kommt danach?« fragte er. »Wer weiß schon, was danach kommt?«

Refet sah von seiner Zeitung auf und erwiderte trocken: »Danach kommt ein Vortrag über die İş-Bank.« Mit der diebischen Freude eines Mannes, der für sein Leben gern einen Treffer landet, fügte er hinzu: »Da war doch mal Celâl Bayar Direktor, dein ganz spezieller Freund! Also geht es mit dem wieder weiter!« Er lachte auf.

»Gott behüte!« rief Muhtar verärgert aus und begann im Wohnzimmer auf und ab zu gehen. Als er auf Nazlıs Kleid einen Faden entdeckte, beugte er sich vor und klaubte ihn herunter. Schließlich sah er auf die Uhr. »Wo bleibt er denn?« Und zu Refet gewandt sagte er: »Dann geht also alles so weiter wie bisher? Das meinst du doch, oder?«

Voller Betrübnis musste Refet feststellen, dass er zu gut getroffen hatte. »Aber Muhtar, da hast du mich falsch verstanden! Und wie sich alles ändern wird!« Er sah, wie geknickt sein Freund war. »Nimm dir doch nicht alles so zu Herzen! Heute ist ein Feiertag, da muss man fröhlich sein! Wozu diese Trauermiene?«

»Setz dich doch, Papa!« sagte Nazlı. Sie warf Refet einen vorwurfsvollen Blick zu, und jener erkannte, wie sehr er ins Fettnäpfchen getreten war.

»Komm, trinken wir Wein!« rief er aus, und als sei er hier zu Hause, ging er umstandslos in die Küche und holte eine Flasche. Erst schenkte er dem immer noch hin und her wandernden Muhtar ein Glas ein, dann den beiden Verlobten. Schließlich erzählte er eine Anekdote. Zu ihm in den Laden sei einmal Hacı Resul gekommen, ein Geistlicher, der auch im Parlament saß. Er habe einen Kühlschrank kaufen, sich diesen aber genau ansehen wollen. Da habe Refet ein Modell aufgemacht, in dem auch ein paar Flaschen Wein gewesen seien. Hacı habe zunächst gestaunt, und dann habe er … Es folgte noch eine zweite Anekdote. Dann schwelgten Refet und Muhtar in Erinnerungen an ihre gemeinsame Zeit im Parlament und den Kampf gegen religiöse Fanatiker und Reformgegner. Muhtar erzählte, was er in Manisa alles unternommen hatte, um das Hutgesetz bei der Bevölkerung durchzusetzen. Er trank nun Glas um Glas und wurde immer fröhlicher. Auch die beiden Verlobten hielten einigermaßen mit. Als Muhtar gerade wieder etwas zum besten gab, unterbrach er sich auf einmal.

»Ah, jetzt sitzt er in diesem Aufzug auf dem Balkon!«

»Wer denn?« fragte Refet.

»Na, unser Nachbar, der Oberst! Schämt sich nicht im mindesten! Und unrasiert ist er auch wieder! Am fünfzehnten Jahrestag der Republik!«

»Das kann uns doch egal sein!« sagte Refet. »Es ist eben ein Feiertag, da kann sich jeder amüsieren, wie er will!«

»Von wegen!« rief Muhtar. »Ich gehe jetzt rüber und klingle bei ihm, und ich weiß auch schon, was ich ihm sage … Was gibt's denn da zu lachen, Refet? Du bist ja auch schon wie die da! Sitzt gleichgültig da und lacht und trinkt! Ja, ist es denn aus und vorbei mit uns? Wir sind doch die Generation der Reformer!«

»Jetzt lass den Mann doch, das ist eben sein Morgenvergnügen!« sagte Refet.

»Papa, trink nicht soviel!« mahnte Nazlı.

»Was heißt hier Morgenvergnügen! Weißt du, wie spät es ist? Halb zwei! Wo ist jetzt dieser Refik?«

»Wir haben doch gesagt, wir essen um zwei«, beschwichtigte Nazlı.

»Er ist bestimmt bald da!« sagte Ömer.

»Jetzt beruhige dich doch«, sagte Refet. »Das viele Trinken tut dir nicht gut!«

»Jetzt fang bloß nicht damit an!« rief Muhtar. »Was meinst du, warum Atatürk im Sterben liegt?« Sein Gesicht lief puterrot an. »Ich geh jetzt rüber und läute bei dem! Von wegen Morgenvergnügen! Und wo bleibt der junge Kerl?«

Nazlı stand auf. »Papa, du setzt dich jetzt hin!«

»Ist heute ein Tag zum Hinsetzen? Ich komme noch zu spät ins Parlament! Und dann heißt es, Muhtar hat dem Parlamentspräsidenten nicht gratuliert! Ja, ich komme zu spät! Ich ziehe mich wenigstens schon mal um!«

»Aber Papa, wenn du dich dann vollkleckerst beim Essen?« sagte Nazlı. »Zieh den Frack lieber nachher an!«

»Was ist denn heute los mit euch?« protestierte Muhtar. »Tu dies nicht, tu das nicht … Jetzt läute ich erst recht beim Nachbarn!« Er musste lachen.

Refet stimmte in sein Lachen sein. »Ach lass doch, Muhtar! Wir leben nicht mehr zu Sultans Zeiten! Soll der Mann doch anziehen, was er will! Wir sind frei heute!«

Nun lachte auch Nazlı mit, und selbst die Katze setzte sich auf die Hinterbeine.

»Ich werfe mich jetzt in Frack und Zylinder, und dann sollt ihr mich mal sehen! Und unser Reformer wird erst Augen machen! Wir sind immer noch auf Zack, oder?«

Von dem Radau angelockt, war auch das Dienstmädchen herbeigeeilt und schloss sich der allgemeinen Heiterkeit an, einfach im Vertrauen darauf, dass sie schon noch begreifen werde. Allein beim Anblick der leeren Weinflasche auf dem Tisch ging ein kurzes Zucken über ihr Gesicht.

Refet fasste Muhtar unter dem Arm. »Na komm schon, jetzt bringst du mir mal bei, wie man einen Frack anzieht!« Nicht einmal er selbst schien diesen Scherz lustig zu finden.

Beim Hinausgehen lachte Muhtar laut auf. Da fiel ihm etwas ein und er kehrte noch einmal um. Als hätte er auf seinem Anzug einen Fleck entdeckt, sah er mit gerunzelter Stirn Ömer an. Dann ging er hinaus.

Das Dienstmädchen sah den beiden Herren hinterher und sagte dann zu Nazlı und Ömer: »Heute ist er aber beschwingt, der gnädige Herr!«

»Ja«, erwiderte Nazlı.

»Wenn das mal nur so bleibt!« Sie trollte sich in die Küche.

Ömer und Nazlı blieben allein zurück. Ömer spürte Nazlıs Blicke auf sich. Er stand auf, zündete sich eine Zigarette an, stellte das Radio ab und setzte sich dann wieder in seinen Sessel. Er wünschte sich weg aus dieser ganzen Heim- und Herd- und Feiertagsatmosphäre, aber was sollte er tun? »Nun gut, ich bin reich und sitze mit meiner Verlobten zusammen!« dachte er. »Ich lebe. Und ich werde noch vieles sehen und erleben.«

»Wie findest du meinen Vater heute?« brach Nazlı das Schweigen.

»Ganz in Ordnung«, sagte Ömer. Er fühlte sich bemüßigt, spezifischer zu werden. »Nur ziemlich ungeduldig!« Auch das klang banal.

»Tja …«

Wieder schwiegen sie. Ömer gingen die ewig gleichen Dinge durch den Kopf. Aber das war doch alles Unsinn!

»Wo bleibt denn Refik?« fragte Nazlı.

»Der kommt schon noch!« brummte Ömer.

Nazlı zupfte nervös an ihrem Kleid herum. »Warum sagst du denn gar nichts heute?«

Ömer verfolgte gereizt das Zupfen und fragte: »Was ist los mit dir? Was willst du?«

»Gar nichts ist los! Und ich will auch nichts!« erwiderte Nazlı. Sie sah Ömer merkwürdig an.

Erst irritierte Ömer dieser Blick, aber dann wurde er dadurch an traute Momente erinnert und wollte Nazlı seine Zuneigung bezeigen. Er sah zur Seite, zog heftig an seiner Zigarette, fühlte noch immer Nazlıs Blick auf sich ruhen. Als wollte er etwas loswerden, sagte er dann hastig: »Du weißt doch, dass ich dich liebe!«

Danach sah er wieder auf einen bestimmten Punkt, als ob da etwas ganz Wichtiges wäre, und als er merkte, dass er das Venedigbild anstarrte, musste er so tun, als ob ihn daran etwas ganz besonders interessierte. So betrachtete er das Bild, als sehe er es zum erstenmal. Dann glitt sein Blick auf die Glut seiner Zigarette, und irgendwann merkte er, dass Nazlı etwas zu ihm sagte.

»Ich will mit dir reden!«

»Gut, dann reden wir!« entgegnete Ömer.

»Ich muss dich nämlich so einiges fragen!«

»Na, dann frag doch!« sagte Ömer. Er schielte zu Nazlı hinüber, dann glitt sein Blick wieder zu der Zigarettenspitze.

»Du bist so unruhig in letzter Zeit!« sagte Nazlı.

»Das ist aber keine Frage.«

»Warum bist du so?«

»Ich bin nicht unruhig«, erwiderte Ömer. Und spürte dabei, dass er es war.

»Sag mir jetzt, was los ist!«

»Nicht ist los! Nichts!« rief Ömer und sprang auf. »Wie kommst du denn auf so was?« Er wusste selber nicht, wie ihm geschah. Am liebsten hätte er sich wieder hingesetzt, aber das ging jetzt auch nicht.

»Ich weiß nicht! Aber ich will dich ganz offen etwas fragen!«

Ömer fürchtete, sie würde das weinend tun, und flüchtete sich ans andere Ende des Zimmers. Er besah sich den Turbanständer auf dem Buffet und drückte seine Zigarette aus.

»Ich habe nachgedacht und möchte dich folgendes fragen«, sagte Nazlı, die nun aufstand und auf Ömer zuging. »Ganz offen will ich dich fragen, denn ich glaube, ich kann deine Antwort ertragen, ohne rot zu werden!«

Ömer wandte den Blick nicht von dem Turbanständer mit den Perlmutteinlagen. Er spürte seine Wange zucken und dachte, dass sein Mund wohl hässlich verzerrt war.

»Ich werde nicht erröten, also frage ich dich jetzt: Willst du mich überhaupt noch?« Sie stand nun direkt hinter Ömer. »Wenn du mich nicht mehr willst, dann sag es!«

»So ein Unsinn!« rief Ömer. Linkisch wandte er sich um und hatte Nazlıs Gesicht direkt vor sich. Er nahm ihren Kopf zwischen die Hände, zog ihn zu sich heran und küsste sie, so fest er nur konnte. Wie in Trance tat er das alles.

Danach sagte Nazlı wieder: »Wenn du mich nicht willst, dann sag es!«

Sogleich küsste Ömer sie wieder, heftig genug, um ihr auch ein bisschen weh zu tun. Dann sagte er: »Ich bin ein Mann, ein Eroberer, und kein gewöhnlicher Mensch!«

»Du schiebst die Hochzeit immer wieder auf!« sagte Nazlı zitternd.

Ohne sie anzuschauen, erwiderte Ömer: »Du weißt doch, dass ständig was dazwischengekommen ist!«

»Das stimmt nicht!«

»Du wirst ja doch rot!« rief Ömer.

»Bitte nicht so laut, die hören uns sonst!« flehte Nazlı. Ihr liefen nun Tränen herunter.

Ömer ließ sie los, trat einen Schritt zurück und sah ihr rotes Kleid an.

Nazlı wischte sich die Tränen ab und hob den Kopf. »Jetzt hast du wieder diesen abschätzigen Blick! Was habe ich dir denn getan? Wenn du mich verachtest und mich nicht mehr willst, dann sag es mir endlich!«

»Ich will ja, aber du willst nicht!« sagte Ömer lachend.

Nazlı weinte wieder los. Ömer fasste sie an den Schultern, um sie zu beruhigen und zu trösten, aber dann hörte er Stimmen und trat zurück.

»Komm, setzen wir uns wieder!« sagte er und erschrak, wie sich seine Stimme anhörte. »Du hättest nicht so viel trinken sollen! Das kommt alles nur davon. Du weißt, dass dir das nicht guttut!«

Hastig nahmen sie wieder da Platz, wo sie zuvor gesessen hatten. Aus dem Gang ertönten fröhliche Stimmen.

Dann kam Refet herein. »Also, dein Vater ist schon eine Marke!« Als er Ömer sah, spürte er wohl, dass etwas Missliches vorgefallen war, ließ sich aber nichts anmerken.

Da kam Muhtar in einem glänzenden Frack herein. »Na, wie steht mir der?« fragte er schmunzelnd Nazlı.

Nazlı stand auf und ging hastig auf ihren Vater zu. »Ausgezeichnet steht er dir!« sagte sie und umarmte ihn.

Gerührt erwiderte Muhtar die Umarmung und tätschelte seiner Tochter den Rücken. Dabei merkte er, dass sie zitterte. Er fasste sie an den Schultern und sah ihr ins Gesicht. »Du weinst ja! Was gibt es denn jetzt zum Weinen?«

»Ich weiß auch nicht, ich weine einfach so!« schluchzte Nazlı und weinte nun ganz hemmungslos.

Verblüfft umarmte Muhtar seine Tochter noch inniger und strich ihr durch die Haare. Auf einmal sagte er schmunzelnd: »Ach so, ja: der Wein! Ihre Mutter war genauso. Natürlich! Ich habe immer zu ihr gesagt: Auf ein Glas Wein kommt bei dir ein Löffel voll Tränen!« Er lachte. »Genau wie ihre Mutter. Ach, wenn die noch hier sein könnte! Und den fünfzehnten Jahrestag erleben!« Er küsste Nazlı auf die Wangen. Als er Ömers Blick begegnete, verfinsterte sich seine Miene.

Ömer versuchte den vorwurfsvollen Blicken zu entkommen, aber vergebens. Er fühlte sich schlecht und schuldig, und um sich nicht selber zu verachten, bemühte er sich, an etwas anderes zu denken und das Vorgefallene als möglichst natürlich hinzunehmen.

Muhtar küsste seine Tochter noch einmal auf die Wangen und sagte dann lächelnd: »Heute ist ein Feiertag, da muss man doch fröhlich sein!« Als er sah, wie Nazlıs Miene sich aufheiterte, fragte er sie erfreut: »Jetzt mal ehrlich, wie findest du mich?« Da klingelte es. »Na endlich! Unser Jungreformer! Was der wohl sagt, wenn er mich so sieht? Na, dass die Altreformer noch ganz schön auf Draht sind, wird er sagen!«

43

DER STAAT

Refik tauschte ein paar Worte mit dem Dienstmädchen und musste dabei wie jedesmal an Nişantaşı denken, an Emine, seine Mutter, an Perihan. Auf der Treppe hörte er von oben Gelächter. »Denen werde ich die Stimmung schon verhageln!« Bei jedem Besuch in dem Haus empfand er sich als Spielverderber. Als Muhtar Parlamentskollegen zu einem Essen geladen hatte, damit Refik sein Projekt vorstellen konnte, hatten die Männer ihm zwar brav zugehört und lobende Worte geäußert, sich dann aber rasch dem zugewandt, was sie wirklich interessierte, nämlich der politischen Gerüchteküche. »Da sie mir nicht weiterhelfen können, haben sie für mich nichts weiter als Mitleid oder höchstens noch ein Schuldgefühl übrig, und so verderbe ich ihnen die Laune.« Zwar hatte er bei seinen Plänen darauf geachtet, die Leute nicht zu verprellen, aber letztendlich war es doch geschehen. Er stieg die letzten Stufen empor und sah einen befrackten, väterlich grüßenden Muhtar vor sich stehen.

»Da ist ja unser junger Reformer!« rief Muhtar und drückte Refik fest die Hand. »Wo hast du denn gesteckt? Hast dich in der Stadt umgesehen, was? Und, wie gefällt dir das alles? Gut, was? Und wie gefalle ich dir?«

»Ausgezeichnet!« Refik spürte etwas Besonderes in der Luft liegen und musterte die anderen.

Refet und Nazlı lächelten, doch bei Nazlı wirkte das Lächeln befremdlich. Auch Ömer lachte, aber irgendwie als stünde er nicht im Zimmer, sondern ganz woanders.

»Seht ihr, der findet auch, dass ich noch auf Zack bin!« rief Muhtar. »Setzen wir uns an den Tisch, und dann erzählst du mir, was du alles gesehen hast! Warum bin ich eigentlich den ganzen Vormittag zu Hause geblieben? Setz du dich dahin und du da … Wo bleibt denn das Essen? Hatice, ist das Essen fertig?«

Das Dienstmädchen antwortete, sie habe den Braten schon aus dem Rohr genommen, er sei nur noch nicht servierbereit. Daraufhin wollte Muhtar noch eine Flasche Wein. Nazlı und Refet protestierten, und Muhtar erklärte Refik, zwei Glas habe er schon getrunken. Ob Refik den Mann auf dem Balkon gesehen habe, fragte er dann grimmig, und als Refik nicht verstand, empörte er sich wieder über den Oberst, der es völlig an Achtung fehlen lasse. Hätten Refet und Nazlı ihn nicht davon abgehalten, wäre er längst hinübergegangen und hätte den Mann zur Rede gestellt! Dann fragte er wieder, was Refik denn alles gesehen habe.

Refik war müßig umhergegangen, ohne die erhoffte Erregung zu verspüren. Als er sich von Ömer getrennt hatte, hatte er erwartet, durch die vielen Leute, die Soldaten in Paradeuniform und die Hektik der Festvorbereitungen würde auch bei ihm die entsprechende Vorfreude aufkommen, aber das war nicht der Fall, und er hatte nur wieder an sein Heim, an Perihan und an sein Projekt gedacht und an das, was er in Ankara vielleicht sonst noch anfangen konnte, und schließlich war er sich reichlich überflüssig vorgekommen. Er wollte Muhtar Erfreulicheres berichten, brachte aber nicht viel zustande. Allmählich begann er an Muhtars Begeisterung zu zweifeln und darin eher eine Form von Ungeduld zu sehen. Als das Dienstmädchen das Essen auf den Tisch brachte, beobachtete Refik verständnislos, wie der Abgeordnete gleich wieder ins Schwärmen geriet. »Sie werden nur melancholisch, wenn sie mich sehen! Dabei wollte ich doch Klarheit und Licht hierherbringen!« Er machte sich wieder daran, dem Abgeordneten etwas zu erzählen, und berichtete gerade von einer Familie vom Land, die er gesehen hatte, alle mit einem Fähnchen in der Hand, als Muhtar plötzlich ausrief: »Nun ja, nun ja, aber was wird jetzt geschehen? Ob wohl eine neue Mannschaft ans Ruder kommt?«

»Eine neue Mannschaft?« sagte Refik verdutzt. Er dachte an die Zeitschrift *Organisation*. Darum bemüht, zwischen seinen eigenen Gedanken und Muhtars Anliegen eine Gemeinsamkeit zu finden, sagte er, eine neue Regierung werde bestimmt mit neuen Vorstellungen und Plänen antreten.

Refet erwiderte lachend: »Vielleicht wechselt unsere Regierung, aber nicht unser Schlendrian!«

»Ist denn der Kemalismus eine geistige Bewegung oder das Produkt einer bestimmten Personengruppe?« fragte Muhtar.

Refik antwortete, er sei wohl ein Mittelding zwischen den beiden, doch sei das nicht so wichtig. Entscheidend sei vielmehr eine neue Herangehensweise an die dörflichen Strukturen. Worin die denn bestehe, fragte Muhtar, aber Refiks Erläuterungen hörte er dann schon gar nicht mehr zu, sondern beschwerte sich, wie zäh das Fleisch sei. Zu heiß sei es obendrein. Er schien nur nach einem Vorwand zu suchen, seinen Unmut auszudrücken. Dass der neue Ansatz sich aus der von der Volkspartei zum Prinzip erhobenen »Volksnähe« ableite, behielt Refik daher lieber für sich.

Refet merkte an: »Die Reformen waren das Werk einer Mannschaft, und die hat aus einem einzigen Mann bestanden.«

»Der jetzt in Istanbul auf dem Totenbett liegt«, ergänzte Muhtar und war selbst überrascht, wie offen er das ansprach. »Und was wird dann geschehen?«

»Ach, bis in der türkischen Bürokratie mal eine Stelle besetzt wird …« sagte Refet und sah von einem zum anderen, um die Wirkung seines Scherzes zu prüfen.

»Du behauptest also, dass mit Atatürk auch die Reformbewegung stirbt«, sagte Muhtar und sah Refet dabei vorwurfsvoll, ja drohend an.

Um einen Themenwechsel bemüht, sagte Nazlı: »Ihr könnt eure

Reste auf diesen Teller tun, dann gebe ich sie der Katze.« Dann fragte sie Ömer, der noch nicht einmal den Mund aufgetan hatte, seit er am Tisch saß, ob er das fettige Fleischstück auf seinem Tellerrand noch essen wolle.

»Du hast mich mal wieder falsch verstanden, mein lieber Muhtar«, beschwichtigte Refet. »Was ist denn heute los mit dir? Was sehe ich da, Spinat in Olivenöl!«

»Ich habe dich sehr wohl richtig verstanden! Wenn die Reformen nur auf einen Mann zurückgehen, dann sind sie mit Atatürks Tod am Ende. Aber das ist ganz und gar nicht so. Was hältst du etwa von İsmet Paşa?«

»Habt ihr gehört, was Şükrü Kaya über İsmet Paşa gesagt hat?« fragte Refet und begann eine Anekdote über die Gallensteine von İsmet Paşa zu erzählen, die sich durchs Reiten entzündet hätten, so dass dem Paşa von den Ärzten das Reiten verboten worden sei. Şükrü Kaya habe daraufhin immer gestichelt, ob der Paşa dieses Verbot auch wirklich einhalte, und da brach Refet plötzlich ab und gab zu, sich in der Anekdote verheddert zu haben, aber an seinem Schmunzeln erkannte jeder, dass er nur drauflos erzählt hatte, um von dem alten Thema abzulenken.

»Was meinst du, Refik, glaubst du, es lässt sich alles mit Verboten und mit Gewalt lösen?« fragte daraufhin Muhtar.

»Nun ja, staatliche Gewalt hat im Verlauf unserer Geschichte zu einigem Fortschritt geführt.«

»Dann bist du also dafür, dass der Staat den Fortschritt mit Gewalt durchsetzt?«

Refet warf ein: »Aber das läuft doch ohnehin immer so ab!«

»Lass den jungen Mann selber antworten! Er soll sagen, dass er für den Einsatz von Gewalt ist!«

Das konnte Refik zwar nicht sagen, aber ihm war klar, dass er auch nicht einfach das Gegenteil behaupten konnte. So blieb ihm nichts übrig, als zu tun, was entscheidungsunfreudige Menschen in solchen Fällen eben tun, und er betete herunter, was die Anwendung von Gewalt in der türkischen Geschichte für eine Rolle gespielt hatte. Während er über die Reformen Mahmuts II. referierte, fragte er sich, wie er nur schon wieder in so eine Zwickmühle geraten war.

»Siehst du, du kannst nicht dagegen argumentieren, dass der Staat seine Macht einsetzt! Dabei hast du so auf die Eintreibung der Straßensteuer geschimpft und auf die Niederschlagung des Dersimaufstands!« sagte Muhtar. Aufgekratzt fügte er hinzu: »Wenn du völlig gegen Gewalt wärst, wie sollten dann auch deine Projekte durchgesetzt werden? Meinst du, die Bauern machen das von allein? Ha! Nein, nein, ohne Zwang geht gar nichts. Bei uns braucht es immer einen Knüppel! Nazlı, servier uns doch mal den Joghurt!«

Refik dachte: »Aber das stimmt doch gar nicht! Der Fortschritt kann nicht mit Knüppel und Peitsche gebracht werden! Das ist falsch! Aber ob auch falsch ist, was er über die Umsetzung meiner Projekte gesagt hat? Soll ich ihm antworten?«

»Ja schon«, sagte er schließlich, »aber man soll dabei Maß halten.«

»Der Joghurt soll nämlich vorzüglich sein«, sagte Muhtar, um von seinem Triumph ein wenig abzulenken. »Na siehst du! Du hattest gesagt, das Vorgehen in Dersim sei ein Fehler gewesen. Doch hätte man denen nicht mit dem Knüppel Einhalt geboten, so wären die Reformen in Gefahr geraten. Entweder du schlägst dich auf die Seite von Staat und Reformen und bringst deine Projekte mit Zwang auf den Weg, oder du stehst allein da und kommst womöglich auch noch ins Gefängnis! Nimm nur die Schließung der Derwischklöster! Man muss doch die Leute von diesem unsinnigen Glauben abbringen! Von selber wollen sie aber nicht! Was soll man dann tun?«

Refik dachte: »Wenn man den Menschen etwas einpeitschen muss, kommt nichts Gutes heraus!« Er wusste aber, dass er das Prinzip des Fortschritts durch Zwang nicht gänzlich verurteilen konnte.

»Von allein wollen die Leute nicht!« wiederholte Muhtar. »Refet, erzähl doch mal, wie das in Adana war, mit der Ansiedlung der Stämme. Seit ewigen Zeiten wollte man dort schon, dass die turkmenischen Nomaden endlich sesshaft werden, und die haben sich ständig dagegen gewehrt. Schließlich hat man sie mit Gewalt irgendwo angesiedelt. Und was ist passiert? Sofort ist es mit der Landwirtschaft aufwärtsgegangen! Und mit der ganzen Gegend! Dort wird jetzt die Baumwolle angebaut, die die ganze Welt von uns will! Aber wenn es nach den Leuten ginge, dann hätten sie lieber ihren früheren armseligen Zustand zurück … Deshalb ist der Zwang so nötig!«

»Aber Aufklärung darf doch nicht in Tyrannei ausarten!« sagte Refik.

Muhtar war anzusehen, dass sich in all seinen Diskussionen mit Refik etwas in ihm angestaut hatte, das er nun loswerden musste. »Ach Junge, mit was für Worten du um dich wirfst!« rief er lachend. »Was meinst du denn mit deiner Aufklärung? Fortschritt ja, das habe ich begriffen, der Fortschritt ist wichtig, aber mit dieser Aufklärung bleib mir vom Leibe! Solange es mit Industrie und Landwirtschaft vorwärtsgeht, kann es ruhig dunkel bleiben im Lande. Ohne den Knüppel in der Hand hat sich noch nie etwas getan bei uns, habe ich nicht recht?« Er sah Refiks bedrückte Miene. »Vielleicht habe ich dich ja falsch verstanden. Aber man kann hier nicht jeden machen lassen, was er will.« Zu Refet gewandt, sagte er: »Darum habe ich auch auf diesen Nachbarn so eine Wut! Es soll doch vorwärtsgehen im Land ... Warum erzähle ich das eigentlich alles? Vielleicht, weil ich sehe, dass keiner die Ratschläge von Onkelchen Muhtar so recht ernst nimmt ... Aber jetzt übertreibe ich! Der Einmannreformer mag im Sterben liegen, doch es sind noch andere da, die die Fahne hochhalten!«

»Die Fahne oder die Fahnenstange zum Dreinschlagen?« sagte Refet und lachte schallend, und dann wiederholte er es, um nur ja klarzumachen, dass ihm nichts über das Scherzen ging.

»Ja, lach du nur«, entgegnete Muhtar, »aber vergiss nicht, dass die Reformergeneration noch aufrecht dasteht wie eine Eins!« Er sah auf das Dienstmädchen, das mit einem Obstteller hereinkam, und sagte: »Jawohl, wie eine Eins!« Dann blickte er auf die Uhr. »Mensch, was sitze ich hier noch herum! Ich komme noch zu spät ins Parlament! Was wird es dann heißen über mich!« Hastig stand er auf und stieß dabei an den Tisch, so dass der Wasserkrug umfiel.

»Papa! Jetzt hast du doch noch einen Fleck!« rief Nazlı.

Muhtar schlüpfte rasch in seinen Mantel. Überflüssigerweise küsste er Nazlı noch auf beide Wangen. Er warf Refik einen kurzen Blick zu, der wohl besagen sollte: »Tja, so bin ich nun mal!«, und sah dann Ömer beinahe strafend an. Im Hinausgehen rief er noch, er sei in einer Stunde wieder zurück und bis dahin solle jedermann für die Fahrt zum Stadion bereit sein.

Um die Erstarrung zu überwinden, in der sie nach seinem Abgang verharrten, versuchte Refik wieder an das vorhergehende Gespräch anzuknüpfen und seine Gedanken zu sammeln.

»Wie soll das also funktionieren? Wie soll man das Licht der Vernunft bringen, indem man das Volk verprügelt? Wenn wir darauf aus sind, dass in diesem Land die Vernunft einmal taghell leuchtet, dann wollen wir das doch für das Volk, oder?« Da niemand Antwort gab, sprach er nun speziell Refet an. »Finden Sie nicht auch, dass es falsch ist, dem Volk eine fortschrittliche Gesellschaft aufzwingen zu wollen? Es mag ja sein, dass in unserer Geschichte Modernisierung oft mit Zwang einherging, aber das heißt doch nicht unbedingt, dass wir auch bei diesem Staat für Gewaltanwendung sind ...«

Refet witterte die Gelegenheit, wieder ein Scherzchen anzubringen, und kam auch tatsächlich zum Zug, doch als niemand in sein Lachen einstimmte und Refik ihn missmutig ansah, blickte er nur noch sinnierend vor sich hin.

Refik wandte sich daraufhin Ömer zu und setzte noch einmal zu einer Erklärung an, doch erntete er von seinem Freund nichts anderes als das spöttische Lächeln, mit dem schon die Diskussionen mit Herrn Rudolph bedacht worden waren. Da fühlte Refik sich so niedergeschlagen wie noch nie nach einem jener Gespräche, und fiebrig überlegte er, was er Muhtar entgegnen sollte. »Ich werde sagen, dass ich niemals etwas unterstütze, was gegen das Volk gerichtet ist! Darauf wird er behaupten, das alles sei nicht gegen das Volk, sondern für das Volk, nur eben unter Zwang. Dann sage ich, so etwas gibt es nicht! Er wird mir dann genüsslich historische Beispiele aufzählen und mich fragen, wie ich denn mein Dorfprojekt durchzusetzen gedenke. Durch die Befugnis des Parlaments, sage ich dann! Darauf sagt er, dass das Parlament doch gar nicht wirklich vom Volk gewählt worden ist, und ich schweige betroffen. Wer hat also unrecht von uns beiden? Keiner! Er will mir ja nur beweisen, dass es nicht verkehrt ist, gegenüber dem Volk Zwang anzuwenden, und ich rede dagegen. Was kommt dabei heraus? Jeder sagt, was er denkt, nur wirkt seine Version etwas glaubwürdiger. Das liegt an meinen Projekten. Dabei sollten die doch das Licht der Vernunft bringen! Was wird nun geschehen? Bald kommt Muhtar zurück, dann fahren wir ins Stadion.

Später werde ich mich vielleicht mit Süleyman Ayçelik treffen. Und bald kehre ich nach Istanbul zurück. Ömer und Nazlı schweigen sich schon tagelang an … Was soll ich nur tun?« In seiner Verlegenheit dehnte und streckte er sich ausgiebig und sah dann zum Fenster hinaus. Er wollte mit jemandem sprechen, sah aber ein, dass jeder nur seinen Gedanken nachhing und keiner reden wollte. So grübelte er weiter. »Dann sage ich ihm, dass das Parlament eben tatsächlich vom Volk gewählt werden sollte. Darauf wird er mir entgegnen, dass das Volk nicht Leute wählt, die ihm nützen, sondern solche, die ihm Honig ums Maul schmieren. Da hat er auch wieder recht. Würden freie Wahlen veranstaltet und eine zweite und dritte Partei zugelassen, so kämen lauter Imame und Spitzbuben ins Parlament. Um das zu verhindern, müsste man bestimmte Regeln aufstellen: dass etwa die Religion nicht zu politischen Zwecken missbraucht werden darf und dass man nicht Abgeordneter werden kann, wenn man nicht studiert hat, auch wenn man Kaufmann oder Großgrundbesitzer ist. Und dann muss das Volk so erzogen werden, dass es auch die richtigen Leute wählt! Was noch?« Er musste schmunzeln. »Also, was soll man wirklich machen? Muhtar hat nicht recht. Ich zwar auch nicht ganz, aber ich stecke voll guter Absichten. Ich will etwas tun! Nur was?« Er dachte an die Diskussionen mit Herrn Rudolph zurück. »Ich will den Leuten hier das Licht bringen!« Er merkte, dass er sich im Kreise drehte und immer nur die gleichen Gedanken und unscharfen Begriffe wiederholte. Mittlerweile war viel Zeit verflossen, und er hatte auch seinen Kaffee schon getrunken. Immer wieder kam er auf das gleiche zurück, auf sein früheres Leben, auf Perihan. »Damals war ich noch ausgeglichen, und dann dachte ich, ich wäre aus dem Gleichgewicht geraten. Ich ging zu dieser Güler ins Haus und danach wieder heim. Und ich wanderte in Nişantaşı herum und dachte über mein verlorenes Gleichgewicht nach. Wie lange ist das nun her? Acht Monate! Und was mache ich? Ich sitze da und schaue, und ich sehe, dass Nazlıs Kleid rot ist und denke darüber nach. Gut, dass sie das angezogen hat. In diesem Zimmer, in dem jeder so finster dreinschaut, ist das einzig Fröhliche dieses flaggenrote Kleid!« Er sah das Kleid an und dachte: »Aber Muhtar war auch fröhlich. Und zwar so fröhlich, dass er mich ungeniert gepiesackt hat. Was er wohl denkt? Er möchte, dass İsmet Paşa ans Ruder kommt und ihm einen Posten verschafft. Vielleicht wartet ja ein Ministeramt auf ihn. Warum nicht? Er ist ein guter Mann. Wie werde ich wohl in seinem Alter sein?« Gähnend dachte er an das schwere Essen, das ihm im Magen lag, dann an seinen Vater, und erst als es klingelte, merkte er, wie schnell die Zeit vergangen war.

Muhtar kam herein und rief: »Los jetzt, schnell, wir sind schon spät dran! Was sind denn das für mürrische Gesichter? Das Taxi wartet schon!«

Sie eilten aus dem Haus und stiegen in das Taxi. Unterwegs gab Muhtar den neuesten Klatsch aus dem Parlament zum besten: Der Minister Şükrü habe sich gegenüber einem Journalisten zu der Behauptung verstiegen, in intellektuellen Kreisen traue man das höchste Amt keinem anderen so zu wie ihm. Um seinen Freund zu trösten, ließ Refet wieder einen Scherz vom Stapel: Während seiner Verbannung auf Malta habe Şükrü Kaya geschworen, sich an der Regierung dereinst zu rächen, und als Minister sei ihm dieser Schwur wieder eingefallen … Diesmal lachten alle. Auch Muhtar war wieder besser gelaunt und berichtete spöttelnd über die Zeremonie, der er beigewohnt hatte.

»Ein Theater, das Ganze! Gratuliere hin, gratuliere her, wie ist das Befinden, ergebensten Dank!« Dabei neigte er sich jeweils vor, als würde er wirklich jemandem die Hand schütteln, und sein Gesicht wurde dabei rot und röter. Plötzlich rief er aus: »Ach Gott, ein Stau, das hat uns gerade noch gefehlt! Jetzt kommen wir zu spät!« Das Taxi kam nur noch schleppend vorwärts, und jedesmal, wenn es stand, fluchte Muhtar vor sich hin. Als das Stadion in Sichtweite kam, drückte er dem Fahrer Geld in die Hand und sagte: »Wir steigen hier aus und gehen zu Fuß weiter!« Er trieb die anderen zur Eile an und ging mit ausholenden Schritten voran. Am Eingang zur Ehrentribüne trafen sie einen anderen Abgeordneten mit seiner Familie. Dann grüßte Muhtar einen hochrangigen Militär. Als er merkte, dass die Feier mit der üblichen Verspätung beginnen würde, beruhigte er sich. Als würde er jetzt erst gewahr, was er da angezogen hatte, sah er an sich herunter, rückte seinen Frack zurecht, und als Nazlı an ihrem Kleid herumzupfte, fragte er sie, ob der Fleck auf seiner Hose noch zu sehen sei. Dann lächelte er Refik an, wieder auf diese augenzwinkernde Art, als wollte er sagen: »Tja, so bin ich eben, siehst du?«

Refik dachte: »Wenn wir von der Feier zurück sind, sage ich ihm …«, und er sah sich aufmerksam um, aber wie schon bei seinem Vormittagsspaziergang wurden nicht die gewünschten Gefühle in ihm wach. Vielmehr empfand er sich wieder albern und erbärmlich, und in diese Empfindung bezog er alles ein, was er um sich herum sah, so dass er regelrecht erschrak. Er riss sich am Riemen und bemühte sich, seine Umgebung nicht mit Verachtung zu behandeln, sondern die Menschen ringsum als wertvolle, intelligente Wesen anzusehen. So trabte er hinter Ömer und Nazlı her, und hin und wieder fiel ihm eine Antwort ein, die er Muhtar verpassen würde. Gemeinsam gingen sie eine Treppe hinauf und betraten dann den Salon vor der für Abgeordnete, Minister, Diplomaten und hohe Beamte und Militärs reservierten Tribüne.

In einer Ecke des Salons wurden heiße Getränke ausgegeben, und an kleinen Tischen davor saßen Leute bei Tee und Kaffee, doch die meisten Menschen standen. Fast alle der in kleinen Grüppchen herumwandelnden Männer trugen so wie Muhtar einen Frack und ein Dauerlächeln. Man plauderte und grüßte und nickte einander zu, man blieb stehen, um seine Familie vorzustellen, dann zog man weiter, musterte andere Familien, stets bereit zum Gruß, in allgemeiner Erwartungshaltung an das Stimmengewirr im Salon hingegeben. Als Muhtar erfuhr, dass es bis zum Beginn der Feier sogar noch eine ganze Weile dauern würde, verkündete er sogleich, dann werde man eben noch Tee trinken. Er ging auf den Getränkestand zu, lächelte dabei mehreren Menschen zu und zog vor einem Mann in tiefer Verbeugung seinen Zylinder. Als er mit den Teetassen zurückkam, sah er in einer Ecke einen Vater ganz unbeteiligt mit seiner Tochter zusammenstehen und sagte zu Nazlı: »Schau mal, das ist der französische Botschafter mit seiner Tochter! Bei denen ist gerade niemand. Gehen wir hin, dann kannst du mit ihnen reden!«

»Aber Papa! Was soll ich denn sagen?«

»Früher hast du doch so gerne mit Ausländern geredet!« sagte Muhtar und flüsterte dann einem etwa gleichaltrigen Mann, der an ihm vorbeikam, lachend etwas ins Ohr. Danach errötete er, als sei sein Lachen sehr unschicklich gewesen.

»Ah, Piraye, du bist auch da!« rief da Nazlı aus und umarmte ein Mädchen, das gleichfalls einen Entzückensschrei ausgestoßen hatte. Sie redete mit dem Mädchen, zeigte dabei auf ihren Ring und sah lächelnd zu Ömer hin.

Ömer nickte hinüber, um anzudeuten, dass er begriffen hatte. Während er Nazlı mit dem gleichen mürrischen Blick bedachte, den er schon seit dem Vormittag zur Schau trug, lächelte er Nazlıs Freundin unwillkürlich zu. Dann gab er sich einen Ruck, trat an die beiden heran, stellte sich vor und blieb dann leicht herumtänzelnd und mit unnahbarer Miene dort stehen wie jemand, der nur allzugut weiß, dass er ein willkommener Schwiegersohn ist.

Muhtar flüsterte Refik zu: »Schau, da kommt der Justizminister! Soll ich dich vorstellen?« Der Minster schritt starren Blickes an ihnen vorbei. »An den kommt man ja gar nicht heran, so eingebildet ist der!«

Auch Refik sah sich in der Menge auf der Suche nach einem bekannten Gesicht um. Insbesondere beschäftigte ihn schon seit dem Morgen der Gedanke, er könne vielleicht Süleyman Ayçelik begegnen. Er war sich hundertprozentig sicher, dass der Autor aus seinem Urlaub zurückgekehrt war, um die Feiern zum fünfzehnten Jahrestag nicht zu versäumen. Einmal hatte er auch schon geglaubt, den Mann, den er nur von Fotos her kannte, vor sich zu haben, doch kam er dann zu dem Schluss, er müsse sich geirrt haben. Während er noch überlegte, woher ihm das Gesicht aber doch bekannt vorkam, lächelte der andere ihn plötzlich an. Und nicht nur das, er löste sich auch von den Personen, mit denen er zusammenstand, und kam auf Refik zu. Er war in Uniform. Da erkannte Refik ihn: Es war sein Cousin Ziya, der an Feiertagen immer Glückwunschkarten schickte und zu Lebzeiten von Refiks Vater Geld und danach dann ein Teil des Erbes verlangt hatte. Peinlich berührt lächelte Refik zurück. Als er dann den Orden sah, den Ziya auf der Brust trug, schämte er sich ein wenig.

»Na, wie geht's?« sagte Ziya. »Wie kommst du denn hierher?«

»Ich bin mit einem Freund zusammen. Auf der Rückkehr von einer Reise in die Osttürkei!« stammelte Refik.

»Soso, eine Reise in die Osttürkei!« erwiderte Ziya. Er hatte etwas Entschlossenes an sich, wie Refik es noch nie an ihm wahrgenommen hatte. »Na, und wie war's dort?« fragte Ziya und musterte dabei Muhtar.

Refik stellte Ziya Muhtar und Refet vor.

»Also, wie hat es dir im Osten gefallen? Warst du auch in Dersim? Da herrscht doch wieder Ruhe jetzt, oder? Dafür hat die Armee schon gesorgt.«

»Nein, in Dersim war ich nicht.«

»Ich ja auch nicht. Aber es rührt sich nichts mehr dort. Denen haben wir es gezeigt! Jetzt können die Reformen auch dort Einzug halten. Denen haben wir die eiserne Faust der Reformen gezeigt! So schnell werden die nicht mehr aufmüpfig!« Zu Muhtar gewandt, fügte er hinzu: »Stimmt's etwa nicht?«

»Doch, doch, und ob!«

»Im Verein mit der Macht des Staates und der Reformen ist unsere Armee auch dieses Problems Herr geworden.« Über sein Gesicht legte sich ein Schatten. »Ohne die Armee keine Reformen. Und die Armee holt sich immer ihr Recht … Früher oder später! Aber auch andere Kreise sollten an die Reformen denken. Die Kaufleute zum Beispiel.« Unter seinen Augen und um die Mundwinkel herum wurde der Schatten noch dunkler. »Wenn sie das nicht von selber tun, wird die Armee sich ihr Recht mit Gewalt holen. Es gibt da für niemanden Ausnahmen. Auch für Kaufleute nicht. Wie geht es übrigens Nigân?«

Refik erwiderte, es gehe allen gut, was er allerdings auch nur aus Briefen wusste.

»Das mit deinem Vater hat mir leid getan«, sagte Ziya. »Man darf aber auch nicht vergessen, dass es im Leben Wichtigeres gibt, als Handel zu treiben. Du scheinst das ja begriffen zu haben, wo du dich im Land ein wenig umschaust. Oder warst du etwa auf Geschäftsreise?« Er grüßte einen vorbeigehenden Militär.

»Nein, ich wollte mir nur ein Bild machen«, erwiderte Refik und schämte sich dabei so sehr, dass er sich mehr über sich selbst ärgerte als über Ziya.

»Und? Hast du gesehen, wie sich die Reformen jetzt auch dort durchsetzen? Jetzt siehst du gleich die Armee. Sie ist eine riesige Macht! Ohne diese Macht, ohne diese eiserne Faust würde es weder Reformen noch irgendeinen Fortschritt geben, nicht wahr?« Die Hand, die soeben noch gegrüßt hatte, war nun zur Faust geballt.

»Was für ein Zufall!« warf Muhtar ein. »Wir haben heute vormittag über das gleiche geredet!«

»Hervorragend!« rief Ziya erfreut aus. »Die Armee ist alles. Sie ist die Hüterin der Reformen und bekämpft jede Art von Unrecht und Unordnung. Sie weiß sich auch ihr Recht zu verschaffen, nicht wahr? Irgendwann kriegt sie es!« Diese letzten Worte waren mit vor Eifer verzerrtem Gesicht gesprochen. »Ah, da ist er ja!« sagte Ziya schließlich, drückte Refik eilig die Hand und verschwand in der Menge.

»Wer war denn das? Ein Verwandter von dir?« fragte Muhtar. »Scheint ein überzeugter Soldat und Reformanhänger zu sein. Und wie man an seinem Orden sieht, hat er im Unabhängigkeitskrieg gekämpft, nicht so wie unser Faulpelz von Nachbar ... Ach, wie gut mir das tut, solche Menschen zu sehen! Übrigens, vorhin habe ich gehört, dass es Atatürk schlechter gehen soll. Ah, tatsächlich, der Ministerpräsident ist da!«

Als wäre mitten im Salon ein Feuerball herniedergegangen, strömten die Leute auf die Treppe zu, die zur Ehrentribüne hinaufführte. In dem Gedränge fiel klirrend eine Teetasse zu Boden. Refik vermeinte einmal den Nacken und eine Wange Celâl Bayars zu sehen. Als er später einmal glaubte, sein Brillengestell zu erkennen, trat ihm jemand auf den Fuß.

Ein älterer Abgeordneter sagte: »Habe ich euch nicht gesagt, wir sollten erst Plätze reservieren?« Er grüßte zu Muhtar hinüber und schimpfte dann weiter auf seine Frau und seine Tochter ein.

Da rief an der Tür ein Angestellter: »Benutzen Sie jetzt bitte den anderen Eingang, hier ist alles voll! Bitte den anderen Eingang!«

Zusammen mit allen anderen wandten sie sich der zweiten Tür zu und zwängten sich dann die Treppe hinauf. Der Abgeordnete hielt seine Tochter bei der Hand und die wiederum Ömer. Plötzlich hatte Refik das Stadion vor sich. Auf der Ehrentribüne wimmelte es vor Fracks, Zylindern, Hüten, Orden und Uniformen, und daraus stachen die Farbtupfer der überall angebrachten Fähnchen und der bunten Kleider und Hüte der Frauen heraus. Alles harrte in freudiger Erregung.

Muhtar sah sich nach freien Sitzplätzen um und lüpfte dabei immer wieder grüßend den Zylinder. Schließlich entschied er sich für eine Sitzreihe und hielt entschlossen darauf zu. Hin und wieder blickte er zurück, ob die anderen ihm auch folgten, grüßte dabei weiter nach links und rechts und redete auf Refet ein.

Da ging ein Raunen durch die Tribünen, und alle Köpfe wandten sich der gleichen Stelle zu. Applaus brandete auf. Alle standen auf, um besser zu sehen. Der Applaus wurde noch stärker. Refik bekam wieder den Nacken und die Wange zu sehen, die er zuvor schon in der Menge erspäht hatte. Über dem Nacken war nun eine Hand, die einen Hut hielt und damit umherfuhr, als wollte sie jeden Anwesenden einzeln streicheln. Wohin Hand und Hut sich gerade wandten, dort war der Applaus am heftigsten.

Die Leute setzten sich dann, standen aber zur Nationalhymne gleich wieder auf. Während sie gespielt wurde, musste Refik daran denken, dass er auch jetzt die allgemeine Begeisterung nicht teilen konnte. Ihm fiel ein, dass er schon auf dem Gymnasium bei der Hymne nie mitgesungen hatte. Wie hatte doch Herr Rudolph gesagt: »In Ihnen ist das Licht des Verstandes entzündet worden, deshalb sind Sie hier ein Fremder!« Aber das hatte doch mit der Nationalhymne nichts zu tun? »Warum singe ich dann nicht mit? Weil ich sonst meine eigene Stimme höre und mir das seltsam vorkommt!« Er dachte an Hölderlins Worte über den Orient und dann wieder an die Diskussion mit Muhtar. »Ich werde ihm sagen, dass ...« Die gemeinsam gesungene Nationalhymne hallte von der gegenüberliegenden Tribüne mit zweisekündiger Verzögerung wider, so dass Refik sich an das Kanonsingen im Musikunterricht erinnert fühlte. Ihm ging noch einiges Unsinnige durch den Kopf, bis die Hymne zu Ende war, dann setzten sich alle und lauschten der von Celâl Bayar verlesenen Rede Atatürks.

Als diese zu Ende war, rief von hinten jemand: »Er hat sie alle besiegt, dann besiegt er auch den Tod!«

Alles drehte sich zu dem Rufer um. Da sagte plötzlich jemand: »Ach, Muhtar, Sie auch hier?«

Muhtar grüßte theatralisch.

Es war Kerim Naci, und neben sich hatte er den Parteiinspektuer İhsan. Die beiden begrüßten auch Refik und Ömer.

»Aha, Sie sind mit den Herren Ingenieuren hier!« sagte Kerim Naci.

Muhtar murmelte erst »Jaja!«, aber dann schickte er ein »Wie bitte?« hinterdrein, denn wegen der Flugzeuge, die nun über das Stadium hinwegdröhnten, hatte er eigentlich nichts verstanden.

»Mit den jungen Ingenieuren sind Sie also hier, habe ich gesagt!« wiederholte Kerim Naci unwillig. Unter seinen hängenden Lidern hervor musterte er dann Ömer und Nazlı und fragte: »Nun, haben Sie geheiratet?«, nickte aber, ohne eine Antwort abzuwarten, gleich väterlich mit dem Kopf, als dächte er wieder: »Was können Sie und Ihr Gestammel in meiner Welt schon für einen Wert haben …«

Als Kerim Naci sich entfernt hatte, musste Refet sich gleich profilieren: »Großgrundbesitzer, Ingenieur und Abgeordneter in einem! Der Staat in Person!«

Muhtar aber verstand wieder nichts, denn gerade brauste eine zweite Fliegerstaffel mit ohrenbetäubendem Lärm über das Stadion. Auf den Tribünen wurde geklatscht, und manche riefen sogar etwas zum Himmel hinauf.

44

HOFFNUNGEN EINES ABGEORDNETEN

Muhtar eilte die Treppe hinauf. Er ging ins Wohnzimmer, dann ins Zimmer seiner Tochter, aber diese war nicht da. So zog er sich in sein Schlafzimmer zurück, schloss die Tür und warf sich wie ein zum Weinen bereites Kind aufs Bett. »Jetzt ist alles vorbei! Und alles fängt neu an! Was wohl geschehen wird?« Er starrte auf die weiße Zimmerdecke. »Der Tod ist furchtbar! Und ich ein Nichts! Neben ihm bin ich wirklich ein Nichts!« Sein Gesicht zuckte, und nur die Scham bewahrte ihn davor, einfach loszuweinen. »Wie furchtbar! Es ist alles so leer! Was soll nur werden?«

Was alle schon erwartet hatten, war vor zehn Tagen eingetreten: Atatürk war in Istanbul verstorben. Nun hatte er, nach einer ergreifenden Trauerfeier, an der ganz Ankara teilgenommen hatte, im Ethnographischen Museum seine vorläufige Ruhestätte gefunden. Muhtar hatte bereits der Feierstunde im Parlament beigewohnt und dabei geweint wie alle anderen auch, und um nicht wieder in Tränen auszubrechen, hatte er zunächst vorgehabt, nicht zu der Feier draußen in der Stadt zu gehen, aber davon war er wieder abgekommen, denn eine Teilnahme dort gehörte sich einfach. Wie schon bei der Trauerfeier in Istanbul und bei der Zeremonie im Parlament war es wieder zu einem Tränenmeer gekommen, und Muhtar, der nicht zu halten war, wenn es rührselig wurde, hatte wiederum in aller Öffentlichkeit geweint. »Warum eigentlich?« dachte er nun. Er wälzte sich in dem Doppelbett herum. »Weil es furchtbar war! Wirklich furchtbar!« Er versetzte sich bei diesen Worten wieder in den Zustand zurück, der ihn während der Feier erfasst hatte, und wieder erschien ihm alles so völlig leer und sinnlos. Woran das wohl lag? »Ganz einfach daran, dass neben dem Tod eines Mannes, dem so viele Menschen nachweinen, mein eigenes Leben keinen Wert hat … Im Vergleich zu diesem Berg bin ich nichts als eine Ameise!« Und doch blitzte auf einmal ein Funke in ihm auf: »Aber ich lebe! Und ich werde sehen, was auf der Welt noch passiert! Und werde noch vieles erleben! Ja, was wird jetzt geschehen?« Er schämte sich dieser Gedanken, und um sich dafür zu bestrafen, zwang er sich, wieder an Atatürks Tod zu denken. Verärgert musste er feststellen, dass er wie jedesmal wieder zu seinem eigenen Tod und seinem eigenen Leben abschweifte.

Diese Gedanken wurden ihm so lästig wie die aus dem Kopfkissen aufsteigende Wärme, und ächzend wälzte er sich wieder auf den Rücken. »Was wird nun geschehen? Mit Celâl Bayar wird es bald vorbei sein. Er wird sich zurückziehen, und dann kommen endlich die Leute von İsmet Paşa zum Zug! Die Frage ist nur, wann!« Muhtar hatte vermutet, dies würde gleich nach Atatürks Tod der Fall sein, aber er hatte sich getäuscht. Es hatte wohl niemand gewagt, den Anschein zu erwecken, dass es im Land zu großen Veränderungen kommen würde, und so war vor fünf Tagen Celâl Bayar im Parlament das

Vertrauen ausgesprochen worden. Das hatte zu bedeuten, dass die alte Regierung noch mindestens zwei Monate im Amt verbleiben würde. »Zwei vertane Monate, nur damit im Land alles ruhig bleibt! Dabei braucht das Land nichts notwendiger als eine Umorientierung und neues Regierungspersonal! Die entsprechenden Leute stehen schon in den Startlöchern!« Aufgeregt dachte er: »Nicht zuletzt ich selber!« Lachhaft? »Nein, warum sollte es das sein? Ich habe geduldig abgewartet und bin fleißig gewesen. Ich habe genügend Wissen, Erfahrung und Courage, um ein Amt befriedigend auszufüllen. Außerdem habe ich bewiesen, dass ich voller Entschlossenheit meinen eigenen Weg gehen kann. Warum soll ich meinen Wunsch also lachhaft finden? Mir fehlt es doch an nichts!« Erregt richtete er sich auf. »Wer in Gottes Namen soll geeigneter sein als ich? Etwa Tevfik? Oder Faik?« An den Fingern zählte er die Namen von Leuten her, die schon einmal Minister gewesen waren oder für ein Amt in Frage kamen, und jedem einzelnen von ihnen fühlte er sich überlegen: »Oder Muhlis? Doktor Hulusi? Sacit mit seinem radebrechenden Französisch? Gott sei Dank ist mir keiner von denen über! Außerdem bin ich entschlossener und couragierter als die alle und gehe seit jeher meinen Weg!« Aufgeregt stellte er sich vor, wie weit dieser ihn noch führen konnte. Er war İsmet Paşa eng verbunden, und ganz bestimmt würde dieser ihn in die neue Regierung berufen! »Wann wird nur dieser Celâl Bayar endlich abserviert? Mit dieser Regierung soll das Land doch bloß hingehalten werden! Jeder dieser Tage ist Gold wert und wird dabei nutzlos verstreichen. Jammerschade!« Er ließ sich wieder auf sein Kissen zurücksinken. Ganz bestimmt würde man ihn rufen!

Ja, bei der Regierungsbildung konnte İsmet Paşa gar nicht anders, als dem neuen Ministerpräsidenten Muhtar Laçin vorzuschlagen, der ihm seit jeher treu ergeben war. Bildlich stellte sich Muhtar die Szene vor, die sich in Çankaya, dem Sitz des Präsidenten, unweigerlich abspielen würde. In der Rolle des Ministerpräsidenten sah er dabei abwechselnd Refik Saydam und Şükrü Saraçoğlu, und einen dieser beiden würde İsmet Paşa also fragen, an wen er denn so gedacht habe, und noch bevor jener Antwort geben könnte, würde İsmet Paşa auch schon sagen: »Was ist mit Muhtar Laçin?« Aufgeregt sah Muhtar an die Decke. »Jawohl, Laçin!« Selbstredend würde İsmet Paşa sich an einen Familiennamen erinnern, den er seinem Träger selbst verliehen hatte. Vier Jahre zuvor war das gewesen, nach der Verabschiedung des Namensgesetzes. Es war damals Mode gewesen, dass man eine hochgestellte Persönlichkeit, zu der man irgendeine Beziehung hatte, darum bat, für einen selbst einen Familiennamen auszusuchen. Als Muhtar einmal zum Schachspielen bei İsmet Paşa zu Gast gewesen war, hatte er nach der letzten Partie seinen Wunsch geäußert, und nach kurzem Nachdenken hatte der Paşa »Laçin!« gesagt. Muhtar hatte das Wort auf Anhieb nicht richtig verstanden und den Paşa gebeten, es ihm auf einen Zettel zu notieren. Diesem Papier mit der zittrigen Unterschrift des Paşas, das er seither sorgsam verwahrte, hatte er also damals entnommen, wie sein Familienname lauten würde, und wenn der Name auch weiter keine Bedeutung hatte, so schien er ihm doch in seiner ruhigen Lautung gut zu seiner Persönlichkeit zu passen. Das Ruhige, Unaufgeregte lag ihm nämlich. Er hatte es verstanden, abzuwarten und das Geschehen geduldig zu beobachten. Geduldig, aber nicht etwa in schläfriger Unentschlossenheit! Zu İsmet Paşa hatte er stetig ein Vertrauensverhältnis aufgebaut. Er dachte zurück, wie einst der Grundstein dazu gelegt worden war. Es war in den ersten Monaten seines Mandats gewesen. Der Paşa hatte die neuen Abgeordneten zum Kennenlernen zu sich gerufen und sie über ihre Lebensgewohnheiten befragt; wer sich etwa nach dem Mittagessen gerne ein wenig hinlege. Muhtar hatte sogleich erwidert, dass er es so halte, und war dem Paşa damit ins Auge gefallen. So richtig geweckt war dessen Interesse allerdings erst, als er erfuhr, dass Muhtar gerne Schach spielte. Als Muhtar gerade ein halbes Jahr Abgeordneter war, genoss er dann schon das nicht unerhebliche Privileg, in İsmet Paşas Residenz zum Schachspiel geladen zu werden. Gerührt erinnerte er sich an jene Zeit zurück. Damals lebte seine Frau noch, und er selbst kämpfte im Parlament gegen die Reformgegner, riss vermeintlichen Reformfreunden die Maske vom Gesicht und fühlte sich sehr wohl in Ankara, das ihm eine glänzende Zukunft versprach. »Und diese Zukunft, die Frucht meiner Geduld und meines Eifers, ist jetzt nur noch einen Schritt entfernt! Ein Schritt bis zum Ziel meines ganzen Lebens!«

433

Wieder drehte er sich herum in seinem Bett mit den glänzenden Messingknäufen. »Ein Schrittchen noch!« War das erst getan, so würde sein ganzes Leben, also nicht nur seine Zukunft, sondern auch seine Vergangenheit, eine völlig neue Dimension gewinnen. Der Fortschrittseifer seiner Jugendjahre und die Entschlossenheit, die er im Mannesalter an den Tag gelegt hatte, würden nun, in der Zeit der Reife, durch hohe Verantwortung gekrönt. Wodurch konnte der Mensch seinem Leben mehr Tiefe verleihen als durch ein solches Amt? »Vor allem ein Mensch wie ich!« Er hatte sich nie als besonders vielfältig erlebt und dem Leben nicht einmal den Genuss abgewonnen, der ähnlich veranlagten Menschen zuteil wurde. Nach dem Tod seiner Gattin hatte er – von einem feuchtfröhlichen Abend in Istanbul einmal abgesehen – keine Frau mehr kennengelernt und die Bedürfnisse seines alternden Körpers unterdrückt, teils aus Entscheidungsschwäche, teils aus reiner Trägheit. Auch hatte er nie zum Salonlöwen getaugt. In Gesellschaft stand er oft abseits und hatte das Gefühl, nicht einmal den Stuhl, auf dem er saß, richtig auszufüllen, geschweige denn den ganzen Salon. Leeres Geschwätz war ihm außerdem zuwider. Zwar ertappte er sich selbst oft genug dabei, und insbesondere während seiner Gouverneurszeit hatte er sich von dem Interesse und der Bewunderung, die ihm entgegenschlugen, nicht selten blenden lassen, doch spätestens in Ankara hatte er dann gemerkt, dass die Schwatzhaftigkeit keinen entscheidenden Anteil an seiner Persönlichkeit hatte. Er zählte weiter seine Eigenschaften auf und dachte: »Von Memoiren abgesehen kann ich auch mit Büchern nichts anfangen! Außer diesem erhofften Amt gibt es also nichts, was meinem Leben einen tieferen Sinn geben könnte! Denn Sinn sehe ich nur darin, meinem Land zu dienen und dadurch aufzusteigen! Und von dem Amt bin ich nur noch einen Schritt entfernt. Einen winzigen Schritt!« Der aber hing nicht von ihm selbst ab, sondern von İsmet Paşa … Unruhig wälzte er sich wieder auf die andere Seite.

»Ein winziger Schritt!« Was hatte er aber nicht alles mitgemacht, um erst so weit zu kommen! Als Gouverneur hatte er Drohbriefe voller Verleumdungen und wüster Beschimpfungen erhalten. Unter dem Vorwand, die Kleidungsreform durchzusetzen, hatte er die kleinen Geschäftsleute und die Geistlichen der Stadt aber auch ziemlich sekkiert. Am Jahrestag der Republik hatte er ungeniert ausgerufen, dass alle Reaktionäre ohne Nachsicht bestraft würden. Er setzte in die Tat um, was er während seiner Ausbildung von Autoren wie Namık Kemal und Tevfik Fikret in sich aufgesogen hatte. Daneben war da sein von Rationalismus und Entschlossenheit gekennzeichneter Kampf im Parlament. Selbstredend hatte er dabei nie in vorderster Linie gestanden, aber als Hinterbänkler war er auch nicht zu bezeichnen, denn er war unter den Reformanhängern der Präsenteste im Parlament. Er nahm an jeder Sitzung teil, hörte aufmerksam zu, stand in den Pausen im Korridor, und wenn irgendwo eine Diskussion entbrannte, war er augenblicklich zur Stelle und tat seine Meinung kund, ohne aber je lautstark auf sich aufmerksam zu machen, eher wie ein unauffälliger Schatten. Seine häufige Anwesenheit war nicht nur seinem Eifer geschuldet, sondern auch der Tatsache, dass er neben dem Abgeordnetenamt keiner anderen Arbeit nachging. Abgesehen von den Ministern und den hohen Parteifunktionären hatten die meisten Parlamentarier noch eine Nebentätigkeit. Der eine war Journalist, der andere Rechtsanwalt, und so mancher war Großgrundbesitzer. Ins Parlament waren diese Leute oft gerade wegen ihres beruflichen Erfolgs gekommen. Muhtar hingegen, der seinen Sitz als erprobter Gouverneur und Reformanhänger erhalten hatte, konnte keine andere Arbeit ausüben. Man durfte nämlich zugleich Abgeordneter und Journalist sein, aber nicht Abgeordneter und Gouverneur. »Zugleich Abgeordneter und Reformer zu sein, das lassen die Statuten allerdings zu, und so jemand bin eben ich!« dachte Muhtar und stand erregt vom Bett auf.

»Wenn İsmet Paşa dieses Schrittchen doch nur tun würde!« Er erinnerte sich, was er selbst für İsmet Paşa schon geleistet hatte. Als der Paşa Ministerpräsident gewesen war, hatte er ihn vorbehaltlos unterstützt, und nach seinem Rücktritt hatte Muhtar ihm im Parlament Stimme und Ohr geliehen und bei Hintergrundgesprächen dafür gesorgt, dass der Paşa nicht in Vergessenheit geriet. Bei seinen Besuchen hatte er ihm auch stets hinterbracht, wie in den Gängen des Parlaments über ihn geredet wurde. Seit İsmet Paşa in Ungnade gefallen war, nahm er als Privatier Englischunterricht, las sich durch die englische Geschichte, lernte das Geigespielen und studierte Schachzeitschriften. Muhtars Eifer quittierte er mit einigem Erstaunen und ließ es hin und wieder nicht an einem lobenden Wort fehlen. Nach einer wie stets mit einem Sieg des Paşas zu Ende gegangenen Schachpartie hatte er zu Muhtar gesagt: »Im Verteidigen sind Sie ja ganz passabel, aber sobald es ans Angreifen geht, lassen Sie sich alle Chancen entgehen!« Nun dachte Muhtar, während er im Schlafzimmer umherwanderte: »Hm, ich lasse mir alle Chancen entgehen! Aber nein, diesmal wird sich İsmet Paşa meiner erinnern und dafür sorgen, dass ich einen Posten bekomme! Er wird daran denken, wie sehr ich ihm verbunden bin!« Beschämt hielt er inne. »Ist das meine Haupteigenschaft: Verbundenheit?« Aber gleich beruhigte er sich wieder. »Daran ist ja nichts Schlechtes! Zugegeben, ein Ausbund an Intelligenz bin ich nicht. Leute wie ich kommen eben nicht durch Intelligenz hoch, sondern weil sie fest an etwas und an jemanden glauben. Bei uns im Land steht ja auch nicht hoch im Kurs, wer stur nur sein eigenes Ziel verfolgt. Man muss sich immer an jemanden binden, der mehr weiß und versteht als man selbst, und an diesen Menschen muss man dann glauben. Ja, Verbundenheit und Glaube, das ist es! Ich bin İsmet Paşa verbunden, und ich glaube an die Reformen.« Abrupt blieb er stehen. War das nicht alles lächerlich? Erschrocken blickte er in den Schrankspiegel. »Mein Gott, bin ich etwa ein lächerlicher Mensch? Nein, das bin ich nicht! Ich bin so wie alle. Schau dir nur dieses Gesicht an, diese Gedanken … Ach, warum ist bloß alles so!« Er dachte wieder an die Trauerfeier. »Alles so leer und lächerlich und sinnlos neben diesem großen Mann! Wie die Menschen alle geweint haben! Und ich stelle hier meine eiskalten Berechnungen an! Was würden die Leute sagen, wenn sie davon erführen? Unsinn! Was soll man dann mit seinem Leben anfangen? Sieh dich nur an in dem Spiegel! Wie passt die kleine Nase zu deinem riesigen Körper? Jemand – war das nicht Kâmil Paşa? – hat mal gesagt: Ein imposanter Staatsmann braucht vor allem eine imposante Nase! Und ich habe nichts anderes als diese lächerlichen Segelohren!« Nein, er durfte nicht länger allein in diesem Zimmer bleiben und Trübsal blasen!

Nervös ging er in die Küche, wo das Dienstmädchen am Herd etwas kochte. Die Fenster waren angelaufen von dem vielen Dampf.

»Wo ist denn meine Tochter, Hatice?«

»Sie ist mit Ömer aus dem Haus gegangen. Sie wollten zur Trauerfeier.«

»Und sie ist noch nicht zurück?« Verärgert darüber, so eine unsinnige Frage gestellt zu haben, ging er wieder hinaus. »Wo die beiden bloß stecken?« Wie konnte seine Tochter an so einem Tag nur ans Herumlaufen denken? »Man setzt sie in die Welt, hegt und umsorgt sie, und dann wirft sie sich so einem eingebildeten, geldgierigen Fatzke an den Hals!« Er sah auf das Venedigbild, das er selber gekauft hatte. Seiner Frau hatte es nicht gefallen, aber aufgehängt hatten sie es trotzdem. Wehmütig dachte er an seine Frau. »Sie allein habe ich wirklich geliebt. Sie hat immer nur milde über mich gelächelt, und eines Tages ist sie von mir gegangen. Und Nazlı verlässt mich auch bald. Noch dazu mit diesem arroganten Kerl! Wenn sie doch wenigstens einen anderen gefunden hätte!« Ihm fiel Refik ein. »Ja, den zum Beispiel. Er mag naiv sein, aber es ist ein grundanständiger, liebenswerter Mensch.« Schmunzelnd dachte er an die Diskussionen mit Refik. »Na ja, ein bisschen zu naiv ist er schon! Man darf und soll sogar ruhig idealistisch veranlagt sein, aber was zu weit geht, geht zu weit!« Wenigstens hatte man im Landwirtschaftsministerium nun doch beschlossen, Refiks Buch herauszubringen. Vermutlich wollte der Minister sich mit den Anhängern İsmet Paşas gutstellen und hatte daher dem Schützling Muhtars einen Gefallen getan. Refik hatte noch vor, sich mit Süleyman Ayçelik zu treffen, dann wollte er nach Istanbul zurück. Verärgert dachte Muhtar an diesen Ayçelik und seine Zeitschrift. »Ich habe nichts übrig für solche Spinner! Aber wer weiß, vielleicht ist mein Sehnen nach diesem Posten auch nichts anderes als Spinnerei … Vielleicht bin ich nur ein armseliger Phantast, der sich leeren Hoffnungen hingibt! Und sowieso bin ich ein Nichts neben jenem großen Toten! Wie furchtbar ist doch der Tod! Man lebt und bemüht sich und wird zu einem der größten Staatsmänner des Landes und der ganzen Geschichte, und plötzlich ist auf einen Schlag alles aus!« Er breitete die Hände aus. »Furchtbar ist der Tod. Und ich nur eine kleine Ameise. Vor allem jetzt, nach seinem Tod. Ach, wenn ich doch mit jemandem reden könnte!« Vielleicht mit dem Dienstmädchen? Hoffnungsvoll machte er sich in die Küche auf.

Hatice stand noch genauso vor dem Herd und rührte prüfend in einem Topf umher.

»Was kochst du da, Hatice?«

»Sie wollten doch gestern Milchreis haben!« gab das Mädchen trocken zurück.

»Ach ja, stimmt! Aber lass ihn nicht anbrennen!«

»Habe ich Ihnen schon mal angebrannten Milchreis vorgesetzt?« erwiderte Hatice im gleichen Ton.

»War ja nur ein Scherz!« Aus Verlegenheit öffnete Muhtar den Kühlschrank und suchte darin herum. Als sein Blick auf einen bestimmten Teller fiel, wurde er gleich wieder wehmütig. Der Teller gehörte zu einem Geschirrservice, das seine Frau drei Monate vor ihrem Tod noch gekauft hatte. Es hatte Streit darüber gegeben, denn Muhtar war der Auffassung gewesen, für Wohnzimmersessel oder Kleidung hätten sie das Geld besser ausgeben können. Nun wurde ihm wieder bewusst, wie sinnlos dieser Streit gewesen war. »Ach, Leben, Tod … Es ist ja alles so sinnlos!« Im Kühlschrank sagte ihm einzig und allein eine Olive zu, und als er die gegessen hatte, bekam er Durst. Er trank ein Glas Wasser und fragte sich dabei, wie er wohl mit dem Dienstmädchen ins Gespräch kommen sollte. Er sah ihr zu, wie sie energisch in dem Topf rührte. »Man muss also ständig umrühren?« sagte er.

»Ja.«

»Und geht da nicht der Geschmack verloren von dem vielen Rühren? Und, äh, die richtige Konsistenz?«

Als einzige Antwort klopfte das Dienstmädchen den Holzlöffel mit heftigen Schlägen an der Topfwand ab. Dann legte sie mit unwirscher Geste den Deckel auf den Topf.

Muhtar trat ans Fenster und zeichnete Figuren auf die beschlagene Scheibe. »Na, Hatice, was sagst du dazu, dass Atatürk gestorben ist?«

»Das war ein großer Mann. Und er ist gestorben, wie wir alle einmal sterben.«

»Aber was passiert jetzt? Was meinst du, wen İsmet Paşa berufen wird?«

»Was soll ich dazu sagen? Davon verstehe ich nichts.« Da blitzte in ihren Augen etwas auf. »Ich verstehe nichts von Politik, also mische ich mich da nicht ein. So wie Sie nichts vom Kochen verstehen …«

»Ja, natürlich!« Muhtar fand es rührend, wie das Dienstmädchen sich erregte. Er ging aus der Küche hinaus. Als er im Wohnzimmer war, hatte er seine Sorgen auf einmal vergessen. Ob das Leben einen Sinn hatte oder nicht, war plötzlich ganz unwichtig. »Hauptsache, ich lebe! Ich lebe und lache und rede! Und freue mich auf mein Amt! Und da drüben kocht Milchreis … Wenn das nicht reicht!«

45

BEIM REFORMSCHRIFTSTELLER

Refik stand vor der Wohnungstür und zögerte vor dem Klingelknopf. »Ich werde ihm sagen, dass … Dass meinen Projekten das Prinzip der türkischen Eigenart zugrunde liegt. Und dass davon ausgehend bei der Schaffung der Dorfverbände die Straßen und die Zentraldörfer …« Er drückte auf die Klingel. »Vor allem muss ich sagen, was ich von ihm will: Süleyman Ayçelik, ich möchte, dass Sie mir im Rahmen unserer gemeinsamen Überzeugungen bei der Gründung einer Bewegung behilflich sind, die den jungen Staat bei seinen Reformen unterstützen soll. Das ist meine Bitte an Sie … werde ich sagen.«

Die Wohnungstür ging auf, und Refik wurde von einem pausbäkkigen runden Gesicht angelächelt. »Aha, Sie sind das also. Willkommen! Haben Sie leicht hergefunden?«

»Jaja, ganz problemlos«, erwiderte Refik schüchtern.

»Geben Sie mal Ihren Mantel her! Oh, ich glaube, Sie frieren ganz schön! Ich habe gerade Tee gemacht. Gehen Sie schon mal vor in das Zimmer da am Ende des Gangs, ich komme gleich. Ihr Gesicht habe ich mir ganz anders vorgestellt! Herrgott, warum ist da wieder kein Haken frei!«

Sie gingen in ein mit Büchern vollgestelltes großes Zimmer mit niedriger Decke. Aufgeregt lugte Refik auf die Bücher, die auf dem

Schreibtisch lagen. Er setzte sich in den zugewiesenen Sessel neben dem Tisch.

»Sie haben doch nichts dagegen, wenn ich mich an meinen Schreibtisch setze?« sagte Süleyman Ayçelik. »Das soll nicht offiziell wirken, aber an meinem Arbeitsplatz kann ich besser denken. In einem Sessel wird man gleich so träge!«

»Aber ich bitte Sie!« wehrte Refik ab und sah wieder auf die vielen Bücher, die Bilder an der Wand, die Papiere und Stifte, das Werkzeug eines denkenden und seine Gedanken auch publizierenden Menschen, und wieder hatte er Angst, vor lauter Aufregung seine Pläne nicht gut genug erläutern zu können. Als Süleyman Ayçelik den Tee holen ging, holte Refik tief Luft und ging noch ein letztesmal durch, was er sagen wollte. Gerührt sah er an der Wand ein Foto, das Atatürk und İsmet Paşa gemeinsam zeigte.

Als Süleyman zurückkam und bemerkte, wohin Refik blickte, sagte er: »Ja, hat der Tod nicht etwas Furchtbares?« Ohne Refik anzusehen, fuhr er fort: »Aber wir dürfen hier auch etwas sehr Positives vermerken, und zwar dass die Republik diesen großen Verlust mit Fassung zu tragen weiß. Es ist keine Panik ausgebrochen, keine Angst vor einer ungewissen Zukunft. Das ist schon ein großer Erfolg. Wieviel Zucker möchten Sie?«

Sie plauderten dann noch eine Weile über das Leben und den Tod an sich, über Jugend und Alter, wie zwei besonnene Männer – einer mittleren Alters, der andere am Ende seiner Jugendzeit –, die einander besser kennenlernen möchten. Süleyman Ayçelik erwähnte dabei seinen Sohn, der in Istanbul das letzte Schuljahr absolvierte.

»Ingenieur möchte er werden. Die Jugend wendet sich heute mehr der Technik zu. Zu unserer Zeit wollte jeder Soldat werden …«

»Aber Sie doch bestimmt nicht! Wenn ich mich nicht irre, haben Sie Ihr Studium in Moskau …«

»Ja, aber darum geht es jetzt nicht. Er will also Ingenieur werden, bitte schön, soll er nur. Aus Ihren Briefen habe ich ja ersehen, wie differenziert ein Ingenieur zu denken vermag. Aber dem Jungen fehlt es einfach an Begeisterungsfähigkeit, und das macht mir zu schaffen. Haben denn die Reformen der Jugend nichts mehr zu bieten?«

»Ja, Begeisterung ist wichtig, nicht wahr?«

»Wenn man jung ist, ja.«

»Sie waren doch damals begeistert, oder?«

»Natürlich war ich das!« Gereizt rutschte Süleyman mit den Füßen hin und her. »Aber die heutige Jugend ist so träge! Und vor lauter Trägheit entfernt sie sich von der Gesellschaft! Meinen Jungen kümmert es überhaupt nicht, was sich um ihn herum tut! Elektrische Geräte, Maschinen, das interessiert ihn. Wie ein Radio funktioniert … Meinetwegen! Ich sage ja selbst, dass wir Technik und Industrie unbedingt nötig haben. Und trotzdem stört es mich, dass mein Sohn so ist.«

»Ja, auch die Industrie kann uns helfen, aus den mittelalterlichen Zuständen herauszukommen.« Refik merkte, dass er das nur so dahingesagt hatte.

»Haben Sie sich schon mal mit Pädagogik befasst?« fragte Süleyman unvermittelt.

»Noch nicht so richtig«, erwiderte Refik und kam sich dabei unaufrichtig vor.

»Es braucht aber Pädagogik in einem Land wie dem unseren! Wie wollen Sie denn Ihre Bauern erziehen? Doch nicht allein mit Ihren Projekten! Diese Leute wissen doch gar nicht, wer oder was gut für sie ist!«

Refik war überrascht, dass sie auf Umwegen bei seinen Projekten angelangt waren. »Ich bin dafür, dass zuerst wirtschaftliche Maßnahmen getroffen werden.«

»Und wenn sich die Leute dagegen sperren?«

»Gegen die Vorschläge, die ich mache, dürfte sich kaum jemand sperren«, entgegnete Refik aufgeregt. »Bei meinen Projekten –«

»Jaja, die habe ich gelesen!« Er zog eine Schublade auf und holte das Dossier heraus, das Refik ihm zehn Tage zuvor per Boten hatte überbringen lassen. »Aber wie soll das alles umgesetzt werden?«

»Genau darüber möchte ich ja mit Ihnen sprechen!«

»Ich finde diese Projekte aber nicht sinnvoll.«

»Wie bitte?«

»Ich finde sie nicht sinnvoll. Sie möchten aus der Türkei ein Bauernparadies machen!«

Der Ton, in dem das gesprochen war, ließ an Deutlichkeit nichts zu wünschen übrig. »Ich möchte aus der Türkei ein Paradies für alle machen!« sagte Refik.

»Ja, das habe ich aus Ihren Briefen schon herausgelesen. Aber so redet jeder daher. Bei Ihnen ist oft von ›Aufklärung‹ die Rede, aber wem genau soll die nützen? Den Bauern? Dem Volk? Den Armen? Gutgemeint! Aber mit welchen Mitteln wollen Sie das bewerkstelligen? Mit unseren eigenen? Industrie haben wir keine, also muss erst der Landwirtschaft entzogen werden, was sie dann wieder zurückbekommt! So ist es doch, oder?«

»In gewisser Weise schon. Aber hier wäre es eben Aufgabe der Reformen, die Strukturen dafür zu schaffen. Es muss dafür gesorgt werden, dass die Leute in den Dörfern im Hinblick auf die neuen Prinzipien zusammenarbeiten und –«

»Die Mittel werden also wieder der Landwirtschaft zugeführt«, unterbrach ihn Süleyman. »Im Grunde nicht anders als schon seit jeher. Unser Ziel muss aber vielmehr sein, mit diesen Mitteln eine Industrie zu schaffen. Über meine Auffassung von einer widerspruchsfreien, technisch fortgeschrittenen Gesellschaft scheinen Sie sich keine großen Gedanken gemacht zu haben. Im Gegensatz zu dem, was Sie in Ihren Briefen behaupten.«

»Ich habe mir schon Gedanken darüber gemacht!« sagte Refik eifrig.

»Dann hätten Sie einsehen müssen, dass mir zufolge das Geld, das unsere Kapitaleigner zur Schaffung einer Industrie nicht aufbringen können, vom Staat zur Verfügung gestellt werden muss. Oder fassen Sie das Prinzip des Etatismus etwa anders auf?«

»Nein, nein!« beeilte sich Refik zu sagen. Wichtig war ihm allerdings nicht, was er wie auffasste, sondern einzig und allein die Verwirklichung seiner Projekte, die dem Land so viel Nutzen bringen würden. »Ich muss ihm das unbedingt klarmachen!«

»Wenn Sie dieses Prinzip also genauso auffassen wie ich, wie kommen Sie dann auf solche Gedanken?« fragte Süleyman und deutete auf das vor ihm liegende Dossier. »Wie kommt es, dass Sie zu einer Meinung gelangen, die der meinen diametral entgegensteht?«

Für Refik war es eher so, dass seine Projekte lediglich in Detailfragen zu Süleyman Ayçeliks Gedanken im Widerspruch standen. Was der Autor so hervorhob, war für Refik nicht weiter von Bedeutung. Schließlich glaubten sie doch an die gleichen Reformen und verfolgten beide gute Absichten. Der gemeinsame Reformeifer würde ihnen über solche Kleinigkeiten schon hinweghelfen. So hörte Refik zu, ohne dem Autor zu widersprechen, und seine Aufmerksamkeit galt nicht den Einzelheiten, sondern nur der Verve, mit der sie vorgetragen wurden.

Um so recht zur Geltung zu bringen, worin sie einander missverstanden, führte Süleyman Ayçelik die in seinem Buch und seiner Zeitschrift vertretenen Thesen noch einmal aus. Dabei machte er immer wieder Kunstpausen und sah Refik streng an, als dächte er: »Jetzt sieh doch mal ein, dass wir uns unterscheiden!« Als er mit seiner ausführlichen Zusammenfassung fertig war, ging er zum Teeholen in die Küche.

Refik hatte ihm gar nicht richtig zugehört, waren das doch alles Ansichten, die er zur Genüge kannte und auch richtig fand. Viel wichtiger war ihm das imposante Gebaren des Schriftstellers. »Ja, die Aufklärung wird kommen!« dachte er. Es wunderte ihn nur, warum der Mann immer wieder so heftig wurde.

Als Süleyman mit dem Tee zurückkam, fuhr er auch sogleich anklagend fort: »Da behaupten Sie, dass Sie mir in allem zustimmen, und dann arbeiten Sie so völlig andere Projekte aus!«

Um Höflichkeit bemüht, erwiderte Refik: »Mir ist immer noch nicht klar, wo da ein Widerspruch liegen soll!« Dann zählte er ihre auch brieflich schon erörterten Gemeinsamkeiten auf.

Süleyman Ayçelik unterbrach ihn. »Gemeinsam haben wir doch einzig und allein unseren Reformeifer. Und ich will Ihnen mal sagen, wo der Widerspruch zwischen uns besteht. Sie nämlich haben noch nicht begriffen, dass die Reformen ihre ganze Kraft aus dem Staat beziehen. Sie haben lediglich vor, den Menschen auf dem Land das Leben ein wenig zu erleichtern und ihnen die Möglichkeiten der modernen Technik zu verschaffen. Das wollen wir alle. Aber Sie wollen nur das und nichts anderes. Und Sie verstehen nicht, dass das nicht der erste Schritt sein darf und nicht von selber geht. Erst muss der Staat wieder zu seiner früheren Stärke zurückfinden, und dank dieser Stärke kann er dann überwinden, was dem Fortschritt im Wege steht.

Dem Staat gebührt der Vorrang! Denn dass der Staat bei uns eine ganz besondere Rolle spielt, das scheinen Sie noch nicht eingesehen zu haben!«

»Ich bin seit jeher der Meinung, dass wir unsere Eigenheiten haben«, sagte Refik, ganz erschrocken, wie verzagt seine Stimme klang. »Ich kann mich nur wundern!«

»Wir sind wir!«

»Ja, das sage ich doch auch immer!«

»Ja, das sagen Sie, und dann wollen Sie nichts anderes als das Dorfleben ändern!«

»Den Leuten in den Dörfern geht es furchtbar schlecht! Ich habe es gesehen auf der Baustelle!«

Abrupt stand Süleyman Ayçelik auf. Lächelnd sagte er betont ruhig: »Sie sind da hingefahren, und die Menschen haben Ihnen leid getan. Mir tun sie auch leid. Früher habe ich mich bemüht, Marxist zu werden. Aber dann habe ich gelernt, mich von Gefühlen nicht überwältigen zu lassen. Lernen Sie das auch! Dann bekommt das, was Sie schreiben, einen Wert!« Nachdem er das so offen ausgesprochen hatte, setzte er sich wieder. »Der Staat und seine Reformen werden sich auf ebendiese Bauern stützen. Wenn wir uns von Gefühlen leiten lassen und den Bauern alles zurückgeben, was wir in Händen halten, wie sollen wir dann eine Industrie aufbauen? Wenn wir nämlich das nicht schaffen, wird der Imperialismus uns schlucken!«

»Stimmt, ohne Industrie wird es ganz schlimm!« sagte Refik und kam sich dabei alberner vor denn je.

»Sie sagen mal das eine und mal das andere. Beides zusammen geht aber nicht. Die Priorität gilt der Schaffung einer staatlichen Industrie. Es hat schon einen Anlauf dazu gegeben, aber der wurde gestoppt. Ich weiß nicht, was İsmet Paşa jetzt vorhat, aber eine Staatsindustrie ist unbedingt notwendig. Und finanziert muss sie durch die Landwirtschaft werden, also durch die Bauern, die Ihnen so leid tun!«

»Wenn sie doch wenigstens von den Großgrundbesitzern nicht mehr unterdrückt würden!« seufzte Refik trübsinnig.

Süleyman Ayçelik lächelte. »Dagegen können die Reformen nichts ausrichten, das wissen Sie doch. Die Bolschewiken möchten das bewerkstelligen. Aber die haben in der Türkei nichts zu melden. Und je weniger Rückhalt sie haben, um so mehr kritisieren sie!« Aus seiner Miene sprach Mitleid mit den früheren Genossen. »Idealismus mag ja eine schöne Tugend sein, aber es erscheint mir sinnvoller, etwas Handfestes zu schaffen!« sagte er zornig. »Wie sind wir überhaupt darauf gekommen? Ach ja, weil die Reformen den Großgrundbesitz nicht antasten.«

»Das können die Reformen also nicht …« murmelte Refik.

»Aber vieles andere haben sie schon geleistet. Auf die Landwirtschaft werden keine Steuern mehr erhoben. Für mehr Wehrgerechtigkeit ist gesorgt worden. Und vor zwei Jahren haben wir die Straßenbausteuer abgeschafft.«

»Die muss eine arge Plage gewesen sein. Sie wissen ja, wer sie nicht zahlen konnte, der wurde –«

»Das weiß ich alles. Sie können mir auch von Dersim erzählen, aber das weiß ich auch schon alles. Ich kenne unsere sämtlichen Sünden und stehe auch dazu, weil ich überzeugt bin, dass es keinen anderen Weg für uns gibt! Und wenn Sie etwas tun und dem Staat nützlich sein wollen, dann müssen Sie sich trauen, ebenfalls zu diesen Sünden zu stehen. Aber Sünden kann ich das nicht einmal nennen. Was für den Staat getan wird, kann nicht Sünde sein. Aber für Sie mit Ihren verqueren Ansichten ist einiges natürlich schon Sünde, und darum verfolgen Sie auch so falsche Ansätze. Denken Sie doch mal nach, was Reformen eigentlich bedeuten. Was zum Wohle des Volkes ist, muss dem Volk gebracht werden, aber notfalls auch gegen seinen Willen …«

Mit einemmal dachte Refik: »Was bin ich doch für ein Idiot! Ich habe an diesen Projekten gearbeitet, um meinem Leben eine neue Richtung zu geben. Um ein Ziel vor mir zu haben, habe ich diese Bauern bemitleidet. Und jetzt stellt sich heraus, dass das alles nur Unsinn war.« Mit gesenktem Kopf saß er da, sah auf seine Fußspitzen und nickte leise. Er fühlte sich schuldig, wie ein Wesen außerhalb der Gesellschaft, ein Perverser. »Ich habe nur phantasiert, mir alles mögliche eingebildet«, dachte er. »Rousseau habe ich gelesen und bin aus Istanbul weg, und dann habe ich die Armut dieser Bauern gesehen. Aber ich habe mich vertan …« Zum erstenmal kam es ihm nicht erschreckend vor, sich als Außenseiter zu fühlen. »Ich wollte etwas tun! Und das will ich immer noch!«

Refik sah Süleyman an und fragte: »Ja was soll ich denn sonst tun?« Er schämte sich etwas, weil ihm die Frage zu salopp geraten war.

»Sie können das tun, was ich mache«, erwiderte Süleyman Ayçelik.

Refik dachte: »Und was macht er? Er ist bei der Stadtverwaltung von Ankara für Wirtschaftsfragen zuständig. Ein Beamter. Wenn ich Beamter werde, muss ich alles gutheißen, was der Staat unternimmt. Und wenn ich mich dagegen auflehne, bringe ich gar nichts zuwege ...«

»Wir könnten eine schöne Aufgabe für Sie finden«, sagte Süleyman Ayçelik. »Das Landwirtschaftsministerium hat ja Ihr Buch veröffentlicht. Ich halte das Buch zwar für verfehlt, aber das macht nichts. Zumindest stellt es Ihren guten Willen unter Beweis. Sie könnten im Industrieförderungsausschuss des Wirtschaftsministeriums einen Posten finden. Vielleicht werde ich auch dorthin wechseln. Sie wissen ja, erstes Ziel ist eine starke Staatsindustrie!«

»Ach, ich kann weder ganz für den Staat sein noch gegen ihn!«

»So sieht es aus bei Ihnen!« Zum erstenmal klang bei Ayçelik so etwas wie Melancholie an. »Aber Sie müssen sich entscheiden. Sie sind entweder für oder gegen uns. Sie wissen ja, wer gegen uns ist.« Er zeigte auf seine linke Brust. »Auf der einen Seite die Kommunisten. Die haben aber keine Wirkung. Und manche sind leider auch im Gefängnis.« Nun deutete er auf die rechte Brust. »Und auf der anderen Seite die Freiheitsapostel, die Leute von der İş-Bank und die falschen Liberalen. Haben Sie zum Beispiel *Staat und Individuum* von Ağaoğlu Ahmet gelesen? Es hat aber weder an denen noch an den anderen gelegen, dass unserer Organisationsbewegung kein Erfolg beschieden war. Das haben vielmehr die Reaktionäre und die Reformfeinde besorgt. Die haben uns in einer Nacht den Garaus gemacht. Sie wissen vermutlich, wie man den Autor Ihres geliebten *Ankara*-Romans als Botschafter nach Tirana abgeschoben hat? Na ja, vielleicht lässt sich unsere Arbeit unter İsmet Paşa fortsetzen. Sie können bei uns mitmachen.«

446

Refik war verdutzt. Der Mann hatte den Satz so zwanglos dahingesagt, als hätte er Refik nur zum Sitzen aufgefordert. »Bei denen mitmachen?« dachte er. »Erst so viel Eifer an den Tag legen und dann Beamter werden?« Der bloße Gedanke daran war ihm ein Greuel.

»Nein, unmöglich!« rutschte es ihm heraus.

Es entstand ein Schweigen.

»Schade«, sagte Süleyman Ayçelik dann. »Dabei haben Sie genau die Begeisterung, an der es der Jugend so fehlt. Was haben Sie denn sonst vor?«

»Ich gehe wieder nach Istanbul.«

»Ach ja, Sie waren ja so lange an dieser Baustelle.«

Refik dachte: »Ich gehe wieder nach Istanbul! Habe ich etwa ein zu weiches Herz? Mit dem Staat zusammenarbeiten? Nein, ein zu weiches Herz habe ich nicht, ich will mich nur nicht an Schlechtigkeiten beteiligen! Bin ich also ein besserer Mensch als dieser Süleyman Ayçelik? Auch nicht. Obendrein bin ich ziemlich blauäugig. Ich will zurück nach Hause. Und was mache ich dann dort? Wird wieder alles so wie früher? Dann werde ich gegen den Staat sein. Ob ich mich das traue?«

»Schreiben Sie mir wieder aus Istanbul! Vielleicht einigen wir uns ja irgendwann mal!«

»Ich will für das Land das Beste, nicht für den Staat!«

»Weiß ich doch! Ihnen ist nur nicht klar, dass sich das nicht trennen lässt und der Staat sogar Vorrang hat!«

»Das ist mir schon klar, und vielleicht stimmt es ja auch. Ich kann nur nicht danach handeln!«

Erst hielten die beiden inne, dann lächelten sie sich plötzlich an wie zwei Menschen, die einander von Grund auf verstehen. Alle Missverständnisse schienen ausgeräumt zu sein und alles offen auf dem Tisch zu liegen.

Süleyman Ayçelik stand von seinem Schreibtisch auf und ging vor Refik hin und her. Dann setzte er ein so verlegenes Lächeln auf, wie Refik es nie von ihm erwartet hätte, und sagte: »Wissen Sie was, junger Mann, ich mag Sie! Ihre Briefe haben mich gefreut und auch zum Nachdenken gebracht. Als ich von Ihren Projekten gelesen habe, war ich natürlich verschnupft, aber ich kann Ihnen sagen, als Mensch gefallen Sie mir sehr!« Er klopfte dabei Refik ein paarmal auf die Schulter. »Ihr Gesicht hatte ich mir ganz anders vorgestellt. Aber jetzt ist mir alles klar: Sie haben so ein rundes, reines, friedliches Gesicht ...« Verschämt stockte er und sah zur Seite. »Für den Fall, dass ich vorhin zu grob war, bitte ich um Entschuldigung. Hm, am besten hole ich uns Tee, ja?« Mit kleinen, hastigen Schritten ging er aus dem Zimmer.

»Ein rundes, friedliches Gesicht!« dachte Refik und kam sich wie ein Einfaltspinsel vor. »Ein gutwilliger Einfaltspinsel! Warum interessiert ihn mein Gesicht so? Weil er meine Dummheit daraus abliest!« Er stand auf und versuchte sich in der Scheibe des Bücherschranks zu sehen. »Ein rundes, friedliches Gesicht!« Er dachte an Perihan und sein früheres Leben. »Dieses runde, friedliche Gesicht habe ich am Opferfest bei Tisch zur Schau getragen, und an Silvester habe ich es beim Bingospielen lächeln lassen.« Er erinnerte sich an seinen letzten Tag in Istanbul vor neun Monaten. Er war in Beyoğlu herumgelaufen, hatte das Alltagsleben verflucht, war sich beinahe wie ein Christ vorgekommen oder wie ein seltsames Wesen, für das sich niemand interessierte. »Warum ist das alles passiert? Und wie? Was bin ich? Warum bin ich vom Weg abgekommen? Ich bin ein guter Mensch! So sehen mich die Leute zumindest. Ein guter, aufrichtiger, naiver Mensch. Wenn man sonst keine besonderen Eigenschaften hat, dann heißt es über einen, man sei ein guter Mensch.« Aus der Küche hörte er Tassengeschepper. »Wenn etwa dieser Mann mit jemandem über mich spricht, dann wird er sagen: Refik Işıkçı? Jaja, ein guter Mensch. Grundanständig. Und sein Gegenüber wird denken: Aha, ein rechter Dummerjan also. Darauf sagt dann Süleyman Ayçelik: Er hat Skrupel, für den Staat zu arbeiten. Dann schütteln beide wissend den Kopf: Was es doch für Leute gibt!« Er dachte an das stürmisch verlaufene Gespräch zurück. Zu Anfang hatte er nichts begriffen und nur naiv gelächelt. Dabei hätte er schon früher begreifen können. »Eigentlich hatte ich sogar schon begriffen! Als ich diesen Ziya sah und den Landwirtschaftsminister, nein, nein, schon als ich Kerim Naci sah.« Er dachte an Herrn Rudolph. »In mir ist nun mal der Teufel gefahren. Ich bin selbst ein Fremder in diesem Land!« Nun aber genoss er plötzlich das Bewusstsein des Fremdseins, sog es ein wie Zigarettenrauch. »Es hängt also nichts von meinen Absichten und Wünschen ab. Ich bin dazu verurteilt, draußen zu bleiben. Weil in meine Seele das Licht der Vernunft gefallen ist! Alles ist umgeben von dem, was sich Staat nennt, Reform, Republik. Für mich ist da kein Platz!« Ihm fielen wieder die Worte Hölderlins ein. »Wie soll da die Aufklärung kommen?« Wütend dachte er daran, dass Muhtar sich an staatlicher Gewalt regelrecht delektierte. »Wie soll die Aufklärung kommen? Ich hatte so daran geglaubt! Aufklärung oder Finsternis? Ist es Finsternis, so bin ich für immer verurteilt. Ist es Finsternis, so muss ich mich beugen und auf die Freiheit verzichten, nicht wahr? Aber warum, für wen und auf welche Freiheit? Laut Muhtar kommen wir schneller voran, wenn wir auf Freiheit und Aufklärung verzichten … Ist das tatsächlich so? Wer will dann überhaupt Freiheit? Der Staat schon mal nicht! Die Kaufleute sind auch nicht sehr darauf aus. Die Großgrundbesitzer hassen die Freiheit. Und die Bauern haben noch nie was davon gehört. Wen haben wir noch? Die Arbeiter? Tja, und ich! Ha! Ich vielleicht als einziger!« An der Wand hingen Bilder von großen Staatsmännern. Sie sahen ihn streng, aber auch liebevoll an, als wollten sie sagen: »Was willst du eigentlich, junger Mann? Wir haben schon alles im Griff. Wir wissen, was gut und richtig ist, und das tun wir dann auch. Einen Sterblichen wie dich braucht so etwas nicht zu kümmern. Finsternis, Aufklärung, Freiheit, wie kommst du nur auf das alles? Vergiss nicht, dass du ein Untertan bist, und beuge dich uns!« Refik musste schmunzeln. Es hatte auch etwas Angenehmes, sich zu beugen. So konnte man jegliche Schuld auf die Geschichte abwälzen, auf seine Umwelt, und einfach dahinleben. Und wenn einem mal nicht ganz geheuer dabei war, so konnte man hinausposaunen: »Ich kenne alle Sünden und stehe zu jeder einzelnen davon! Ich weiß ja, dass ich ein Untertan bin!« Ihm fiel wieder Hölderlin ein. Dann dachte er plötzlich: »Nein, das stimmt doch alles nicht!« und merkte, dass er sich wie so oft mit seinen Gedanken im Kreise drehte. Er setzte sich, um daraus auszubrechen. Die Dinge auf dem Schreibtisch, die Stifte, und Papiere, Zigaretten und Aschenbecher, Bücher und Dossiers, die er beim Eintreten noch so bewundernd angesehen hatte, kamen ihm nun lächerlich vor, sein dort liegendes eigenes Dossier nicht weniger. Ihm fiel wieder ein, dass es ja bald veröffentlicht würde, und da waren auf einmal alle Gedanken wie weggewischt. »Wenn es herauskommt, interessiert sich vielleicht jemand dafür!« Plötzlich war er selbst bereit, alle Schuld auf Geschichte und Umwelt abzuwälzen.

46

UNTER NATIONALISTEN

»Der verrennt sich völlig! Er behauptet, man müsse bei sechzig Millionen Menschen den Schädel vermessen, um herauszukriegen, ob sie richtige Türken sind!« sagte Mahir Altaylı.

Muhittin dachte: »Bei genau neunundfünfzig Millionen zweihundertfünfzigtausend!« Er hatte noch die Zahlen der »Detaillierten Erhebung zum Türkentum« im Kopf. Aber er merkte, dass er sich schon wieder mit Nichtigkeiten abgab.

»Er verrennt sich, er wird einfach alt! Wisst ihr, was er gesagt hat? Dass Atatürk zwar blond und blauäugig war, aber einen sehr guten Schädel hatte. Bei İsmet dagegen sei der Schädel eine Katastrophe. Mit so etwas gibt er sich ab!«

Muhittin wunderte sich, dass er darauf noch nie geachtet hatte.

»İsmets Schädel sei früher vielleicht in Ordnung gewesen, aber nun habe er so komische Einbuchtungen. Das hat er mir in allen Einzelheiten erzählt. Erst habe ich ihm zugehört, schon aus Achtung vor seinem Alter und seiner Erfahrung, aber dann habe ich dagegengeredet. Ich habe ihm gesagt, dass sich Rassismus und Nationalismus nicht von der Schädelform herleiten können. Ich habe ihm von der Rassenpsychologie erzählt und dass wir uns eher darauf stützen, aber er hat mir gar nicht zugehört. Leuten, die wie ich dächten, mangele es schlicht und einfach an Erfahrung, behauptet er.«

»Er macht uns also schlecht?« fragte Serhat Güloğlu.

»Unsere Zeitschrift gefällt ihm auch nicht. Er hat behauptet, dass wir die türkische Abstammung mit falschen Kriterien verwässern. Ich habe ihm gesagt, wenn das so ist, dann können wir nicht mehr zusammenarbeiten.«

450

»Genau, das wäre sonst ein fauler Kompromiss!« rief Serhat, aber niemand ging darauf ein.

»Er ist darauf ganz herablassend geworden, wie es alte Leute oft sind, die sich furchtbar viel auf ihre Erfahrung einbilden, und er hat gesagt, wir hätten doch sowieso nie richtig dazugehört. Ich meine, seine Erfahrung und sein ganzer Dienst am türkischen Nationalismus, alles in Ehren, aber das ist doch eine Frechheit! *Ötüken* ist momentan die einzige Zeitschrift, die den türkischen Nationalismus vor der Welt vertritt. Was meint er also damit, wir hätten nie richtig dazugehört?«

»Vielleicht, dass er selbst nicht zur türkischen Bewegung gehört?« warf einer der jungen Mitarbeiter vorsichtig ein.

Mahir Altaylı sah ihn an, als hätte er einen toten Gegenstand vor sich. Er nickt sinnierend und verkündete dann in prophetischem Ton: »Unsere Wege trennen sich nun. Mit ihm und den Seinen kann es keine Zusammenarbeit mehr geben. Das bedeutet aber nicht, dass die türkische Bewegung sich gespalten hätte. Im Gegenteil wird die türkische Bewegung auch weiterhin als ein Ganzes die einzig richtige Auffassung vertreten. Die türkische Bewegung wird sich lediglich von einigen radikalen Elementen trennen, die einen falschen Weg einschlagen.«

Es folgte eine Stille, als wollte jeder den historischen Augenblick genießen. Sie saßen in Mahir Altaylıs Wohnung in Vezneciler, wo sich jeden Sonntagmorgen die vier, fünf Redakteure von *Ötüke*n trafen, um über die türkische Bewegung und die anfallenden Aufgaben zu sprechen. Das Mittagessen war beendet, Mahir Altaylıs Frau hatte den Tisch abgeräumt, und seine Tochter, die Muhittin sehr ins Auge stach, hatte längst den Kaffee serviert, doch verharrten sie noch bei Tisch. Das ganze Essen über hatte Mahir Altaylı von seinem Gespräch mit einem nationalistischen Professor berichtet, der nach Atatürks Tod in die Türkei zurückgekehrt war. Man gab sich selbstsicher und entschlossen am Tisch, doch der unverhoffte Verlauf jenes Gesprächs ließ Zweifel wach werden. Sie befürchteten nämlich, der in nationalistischen und rassistischen Kreisen sehr angesehene Professor werde seinerseits eine Zeitschrift herausbringen.

»Was sagt er zu Hatay?« fragte Serhat.

»Das ist ja eigentlich ein abgeschlossenes Kapitel, aber ich habe ihn trotzdem danach befragt. Er ist auch da auf dem Holzweg. Er war für die friedliche Lösung, die zu einer Angliederung führt. Damit hat er zwar recht bekommen, aber das war der falsche Weg. Er begreift nicht, dass uns die Franzosen Hatay nur deshalb gegeben haben, damit wir uns nicht auf die Seite der Deutschen schlagen. Hätten wir uns Hatay mit Gewalt geholt, wäre es zum Kampf mit den Franzosen und Engländern gekommen, und wir hätten heute mit größter Selbstverständlichkeit eine Allianz mit den Deutschen. Hatay gehört zwar heute uns, aber wir haben eine Chance verpasst. Das habe ich ihm alles zu bedenken gegeben, aber er hat mich nicht begriffen oder zumindet so getan. Er hat sogar an den Deutschen herumgemäkelt. Der türkische Nationalismus werde durch den deutschen Nationalsozialismus in Misskredit gebracht, weil uns alle nur noch als Faschisten sähen, und deshalb müssten wir uns vor den Deutschen in acht nehmen. Wie einen naiven kleinen Schüler hat er mich behandelt. Ob er das alles selber glaubt, weiß ich auch nicht. Ich habe ihn aber schon auf einen Widerspruch hingewiesen und ihn gefragt, wie sich das denn vertrage, auf der einen Seite die Schädelvermessung und auf der anderen eine gemäßigte Politik in Abgrenzung von den Deutschen. Ganz verärgert hatte er da von seiner Erfahrung schwadroniert, und dass ich noch viel zu jung sei, und er hat von neuen Büchern angefangen, die er gelesen habe, von Blümchen und Gobineau. Der ist also noch nicht mal über Gobineau hinaus!«

»Wir müssen was unternehmen gegen den!« rief Serhat, wie immer der eifrigste.

»Ich weiß nicht, lohnt sich das?« fragte Mahir Altaylı in plötzlicher Bescheidung.

»Stimmt, lohnt sich vielleicht gar nicht!« rief Serhat. »Wer ist er denn schon: ein alternder Professor. Er hat nichts mehr als seinen Namen: Gıyasettin Kağan. Es heißt, dass er Hühner züchtet bei sich im Garten in Üsküdar.«

»Von diesem Namen hätten wir vielleicht noch profitieren können«, murmelte Mahir Altaylı. »Von dem Mann selber nicht, aber von seinem Namen. Na ja, nichts draus geworden. Aber ganz habe ich die Hoffnung noch nicht aufgegeben. Wir müssen ihm gegenüber eine vorsichtige Politik betreiben.«

»Eine vorsichtige Politik!« wiederholte einer der Jungen ehrfürchtig. Mahir Altaylı nippte ungerührt an seinem Kaffee.

»Jetzt sehen wir uns mal die Dossiers an«, sagte er dann. Für die Januarausgabe der Zeitschrift mussten Artikel und Gedichte ausgewählt werden.

Mahir Altaylı stand auf, aber einer der Jungen kam ihm zuvor und holte zwei Dossiers vom Bücherregal. Muhittin rief ihm nach, er solle auch gleich sein Dossier mit den Gedichten an den Tisch holen, das er ihnen vor dem Essen gezeigt habe, doch der Junge wollte das nicht hören oder hörte es auch tatsächlich nicht, jedenfalls kam er ohne Muhittins Dossier an den Tisch zurück.

Wütend stand Muhittin selber auf. Mahir Altaylı fing gleichwohl sofort zu sprechen an, als wär Muhittins Anwesenheit nicht so wichtig. »Der und seine Jünger!« dachte Muhittin und griff zu seinem Dossier. Er war bei der Zeitschrift für die Gedichte zuständig. Auf dem Rückweg zum Tisch sah er, wie ergriffen die jungen Leute Mahir Altaylı lauschten. »Mich haben sie wohl schon vergessen. Die würden alles für ihn tun, so bewundern sie ihn. Was habe ich eigentlich hier verloren? Nein, fang nicht damit wieder an! Ich glaube jetzt einfach an die Sache!« Er setzte sich wieder an den Tisch.

Es war noch nicht von den Dossiers, sondern immer noch von Gıyaseddin Kağan die Rede. Muhittin merkte, wie sehr der Mann sie beunruhigte. »Wie soll er uns denn schaden? Nun ja, wenn er eine Genehmigung dafür bekommt, gibt er eben seine eigene Zeitschrift heraus. Und wir sind dann weg vom Fenster!« Statt Katastrophenstimmung löste der Gedanke bei ihm Frohsinn aus. »Unsere Zeitschrift verkauft sich dann nicht mehr, und Mahir Altaylı bekommt von der Creme der Nationalisten den Laufpass!« Erschrocken hielt er inne. »So darf ich doch nicht denken! Ich muss mich der Sache richtig hingeben! Also, was fällt jetzt an?« Er schlug sein Dossier auf, aber dann klappte er es gleich wieder zu, denn es war wohl angebracht, erst einmal Mahir Altaylı zuzuhören. Der sprach immer noch über den Professor.

Serdar sagte: »Was haben wir denn zu befürchten von ihm? Wenn er nur noch in Üsküdar hockt und liest und seine Hühner füttert … Ignorieren wir ihn doch!«

»Nein, wir müssen ihn ausnützen!« erwiderte Mahir Altaylı und stand auf. »Wir sollten einen würdigen Artikel über ihn schreiben! Dann werden seine Bewunderer auf uns aufmerksam und geben mehr auf unsere Zeitschrift. Aber ich selber kann so etwas nicht schreiben. Aus dem Artikel muss hervorgehen, dass er in Ehren ergraut, aber eigentlich nicht mehr aktuell ist. Mehr so eine Art Nachruf …« In der Gewissheit, dass aller Augen auf ihn gerichtet waren, ging er im Zimmer herum.

Muhittin wollte gar nicht hinsehen und schlug doch wieder sein Dossier auf. Vor den meisten Gedichten, die bei der Zeitschrift eingingen, graute ihm. Lauter Lobhudeleien auf Kampfgeist und Heldentum und die Titel fast immer aus alten Legenden abgekupfert. Stets kamen die gleichen Wörter darin vor. Mahir Altaylı wollte in der Zeitschrift möglichst viele Gedichte veröffentlichen, um die Jugend anzufeuern und an das Blatt zu binden. Muhittin hatte für die kommende Ausgabe wieder eine Auswahl getroffen und dabei auch ein Gedicht eines seiner beiden Kadettenfreunde berücksichtigt. Innerhalb von drei Monaten hatte er sie zum Nationalismus bekehrt. »Die sind eben meine Jünger!« dachte er. Er wollte sich in ein Gedicht vertiefen, um nicht weiter auf Mahir Altaylı hören zu müssen, und stieß auf ein Gedicht von sich selbst, das obenauf lag. Da packte ihn wieder jene Neugier, die ihn so oft davon abhielt, sich dem Nationalismus ganz und gar hinzugeben. »Warum sind die alle so? Warum schreiben sie solche Gedichte? Was geht in ihnen vor?« Plötzlich merkte er, dass Mahir Altaylı ihn ansprach.

»Du könntest so einen Artikel schreiben, Muhittin!«

»Aber ich kenne den Mann doch kaum!«

»Das ist sogar besser, wenn man so einen loben will. Hast du gar nichts von ihm gelesen?«

»Doch, den *Anfang der türkischen Geschichte* und die *Folklore Turkestans.*«

»Das reicht zur Genüge. Er breitet ja in jedem Buch seine Lebensgeschichte aus. Ansonsten kannst du mich noch fragen. Schreib so an die zwei Seiten.«

Muhittin suchte krampfhaft nach Worten, um seinen Unwillen auszudrücken, aber als sie ihn alle so anblickten, konnte er sich schon denken, was sie von ihm hielten, und in Erinnerung daran, dass er einmal Gedichte über Einsamkeit und Tod geschrieben hatte, sagte er: »Zwei Seiten werde ich schon hinbekommen!«

»Aber behutsam, das Ganze!« forderte Mahir Altaylı, als fürchtete er, dass da etwas seiner Kontrolle entging.

»Jaja, behutsam«, knurrte Muhittin und ärgerte sich, dass seine Worte dennoch als unterwürfig gelten mussten. »Ich bin auch nichts als ein Jünger! Er denkt wohl, dass er mich ganz in der Hand hat. Hin und wieder fällt ihm wahrscheinlich ein, dass ich mal Gedichte à la Baudelaire geschrieben habe! Aber das sind hässliche Gedanken! Ich tue jetzt einfach, was getan werden muss. Wir versuchen, Leben in die Bewegung zu bringen.« Er zwang sich zu schicklichen Gedanken. »Vier Jahre lang hat die türkische Bewegung geschlafen, und erst durch *Ötüken* ist sie wieder aufgewacht. Gıyaseddin Kağan scheint eine Gefahr darzustellen. Zur Vermeidung einer Spaltung …«

»Gemäßigtes Lob soll es werden«, sagte Mahir Altaylı. »Am meisten wird er selber staunen! Ha! Der wird nicht wissen, wie ihm geschieht! Sowieso ist er krank. Grippe hat er. Also wünschen wir ihm gute Besserung, dann fragt er sich gleich, ob es nicht dahingeht mit ihm! So, dann sehen wir uns mal die Dossiers an!« Er setzte sich und griff nach dem vor Muhittin liegenden Dossier mit den Gedichten.

Als Muhittin die fleischigen Finger des Mannes auf dem Dossier sah, dachte er: »Dem bin ich auf den Leim gegangen!« Aber gleich fasste er sich wieder. »Nein, ich gehe keinem auf den Leim!« Er dachte an jenen Abend in der Kneipe zurück. »Damals hat er nach einem harmlosen älteren Herrn ausgesehen. Dabei ist er ein Teufel!« Ihm kam seine Mutter in den Sinn, seine Schulkameraden. »Nie werde ich in die Rolle des verführten Opfers schlüpfen! Ich bin immer selber der Verführer, selber der Teufel! Dadrinnen stehen die Gedichte meiner Opfer. Nur hat jetzt er seine Hand darauf …«

Mahir Altaylı schlug das Dossier auf und sah das obenauf liegende Gedicht. Muhittin blickte ihm aufmerksam ins Gesicht, aber der Mann war nun mal Lehrer und ließ sich so leicht nichts anmerken. Mahir Altaylı ging zum nächsten Gedicht über. Muhittin hatte angekreuzt, was veröffentlicht werden sollte. Mahir Altaylı hatte wieder jenen Blick wie damals in der Kneipe: »Ich kann lesen, was in dir vorgeht!« Plötzlich fragte er: »Wer ist denn dieser Barbaros?«

»Ein Soldat! Wird immer nationalistischer! Ich habe ihm geraten, nur seinen Vornamen anzugeben.«

»Ah, du kennst ihn also? Ein nationalistischer Soldat? Liest er unsere Zeitschrift? Den würden wir gerne kennenlernen!«

Muhittin hatte das Gefühl, er würde sich etwas vergeben. »Er ist noch sehr jung!«

»Jung sind wir alle!« sagte Mahir Altaylı lächelnd, aber er hatte schon gemerkt, dass Muhittin nicht gleich nachgeben würde. »Eilt ja auch gar nicht! Die türkische Bewegung hat jahrelang geduldig jeglichem Druck widerstanden, vielen hinterhältigen Komplotten. Sie versteht es zu warten.« Er ging kurz die anderen Gedichte durch. »Den Namen da kenne ich schon … Und den da auch.« Er klappte das Dossier wieder zu, hatte aber Muhittins Gedicht zuvor beiseite gelegt. »Nun, was hast du denn geschrieben, Baudelaire?«

Serhat lachte los und auch einer der beiden Jungen, während der andere Muhittin mehr Achtung entgegenbrachte. Danach entstand ein verlegenes Schweigen, weil Muhittin nicht mitgelacht hatte.

»Genug gescherzt!« sagte Mahir Altaylı. »So, unseren Kaffee haben wir getrunken, jetzt werden wir mal …«

Da ging die Tür auf, und Mahir Altaylıs Tochter trat ein. Ihr Vater schwieg, während sie die Kaffeetassen abräumte. Keiner sah das Mädchen an, aber jeder dachte vermutlich an sie, obwohl sie nicht besonders hübsch war. Da ritt Muhittin auf einmal der Teufel, und er starrte das Mädchen unverhohlen, geradezu herausfordernd an. Er war stolz, dass er sich das traute. »Was sie wohl jetzt denken über mich? Furchtbar werden sie mich finden! Zu zivilisiert oder zu frech, obwohl das ja für sie aufs gleiche hinausläuft … Für sie? Wer soll das sein? Ich gehöre doch auch zu ihnen! Ich muss endlich aufhören mit meinen elenden Zweifeln und Vernünfteleien! Und muss glauben! Und das werde ich auch und diesen dummen Verstand zum Schweigen bringen! Worüber reden sie jetzt? Heute fängt der Ramadan an. Was wohl Refik jetzt macht? Mahir Altaylı erklärt zum hundertsten Mal, was Rassenpsychologie ist. Dass die rassische Abstammung nicht allein

durch physische Merkmale bestimmt wird, sondern auch geschicht-
liche Einflüsse eine Rolle spielen. Die anderen hören zu. Das brauche
ich nicht, ich habe längst alles begriffen. Der Ramadan fängt also
heute an. Was wohl Refik … Nein, ich höre lieber doch zu! Hm, wie
schreibe ich diese Gedichte … Diese Gedichte? … Nein, was ich hier
mache, ist richtig! Das Gedicht von Barbaros wird im Januar abge-
druckt … Ich muss zuhören! Zuhören und mitmachen! Was sagt er
gerade? Dass zum Beispiel die Spanier dieses übermäßig Sinnliche
und Aristokratische an sich haben, bedeutet rassenpsychologisch …
Und was ist dann mit den Türken? Wir schreiben uns Mut und Tap-
ferkeit zu … Die Ausländer denken eher an Gastfreundschaft, Kebab
und … Genug!«

47

ÜBERDRUSS

Ömer lag in seinem Hotel im Stadtviertel Ulus auf dem Bett und
starrte zur Decke hinauf. Er wusste nicht, was er unternehmen sollte. Es war Samstag, drei Uhr nachmittags, und da er unrasiert war,
konnte er zum Friseur gehen. Weil ihm langweilig war und er sich
gerne mit einem vernünftigen Menschen unterhalten hätte, kam auch
ein Besuch bei seinem ehemaligen Kommilitonen Samim in Frage.
Irgendwie reizte ihn aber beides nicht so recht. »Ich könnte auch in
den Club gehen. Oder ins Kino. Oder soll ich zu Nazlı?« Er stand
vom Bett auf und sah zum Fenster hinaus: Es schneite. »Was soll ich
machen?« Er setzte sich in den Sessel und griff zur Zeitung. » Wahlvorbereitungen in vollem Gange! Ministerpräsident Köse Iwanow
aus dem befreundeten Bulgarien auf Staatsbesuch.« Er legte die Zeitung wieder weg. »Was soll ich nur machen?« Schließlich beschloss
er, in den Hotelsalon hinunterzugehen.

Seit einem halben Jahr wohnte er nun in dem Hotel. Die Gäste
bestanden zum Großteil aus Abgeordneten und Geschäftsleuten.
Wegen der auf Ende März angesetzten Wahlen waren seit Ende Ja-

nuar Parlamentsferien, und das Hotel war daher verwaist. Abgesehen von einem dösenden Hoteldiener begegnete Ömer auf dem Weg in den Salon hinunter keinem Menschen, weder auf der Treppe noch auf den Korridoren. »Soll ich hier was trinken?« Er betrat den Salon.

Seit einem halben Jahr überlegte er immer, wie er seinen Tag verbringen sollte, und ging dann doch so gut wie jeden oder – wie in letzter Zeit – jeden zweiten Tag zu Nazlı. Das Hochzeitsdatum war nun endgültig festgelegt worden auf Ende April, und bis dahin wollte er weder nach Istanbul fahren noch sich mit Hochzeitsvorbereitungen beschäftigen. Über letztere hatte er noch am Vortag mit Nazlı gestritten, aber daran wollte er jetzt nicht denken, sondern sich lieber ablenken. Das sollte ihm aber hier nicht gelingen, denn wo sich sonst immer Parlamentarier und Geschäftsleute tummelten, saßen nun lediglich ein alter Mann und eine Familie mit ihren Koffern herum. Da er nicht schon mittags mit dem Trinken beginnen wollte, ging er wieder in sein Zimmer hinauf und überlegte weiter, wohin er gehen könnte.

Zum Friseur wollte er nicht, denn dort war es doch nur auszuhalten, wenn einen danach irgendeine Festlichkeit erwartete. Auch in den Club der Bauingenieure zog es ihn nicht. Genau wie im Istanbuler Pendant war dort nichts anderes zu erwarten als endloses Geschwafel über Geschäfte, Bestechungen und Weibergeschichten, und immer die gleichen Leute saßen im Zigarettenrauch da und spielten Karten und rissen Witze. Ömer war schon oft dort gewesen und hatte stundenlang Bridge gespielt, und er wusste daher, dass er die Kameradschaft, nach der ihm war, dort nicht finden würde. Im Kino war er in dieser Woche schon zweimal mit Nazlı gewesen, dort konnte also nichts Neues laufen. Trotzdem griff er zur Zeitung und vergewisserte sich; tatsächlich, nichts Interessantes. Die Filme, die er mit Nazlı gesehen hatte, hatten ihm außerdem nicht gefallen. Sein Auge fiel auf die Unterhaltungsseite der Zeitung, auf der er zuerst einen unglaublich albernen Witz, dann einen halbwegs amüsanten las. Er blätterte weiter und stieß auf eine Ausschreibung für den Bau mehrerer Brücken im westlichen Schwarzmeerraum, die er bereits am Morgen gelesen hatte. Da Ömer nun finanzkräftig genug war, um sich auf solche Großaufträge einzulassen, hatte er sich diesbezüglich im Club schon umgehört. Er las, wie an das Lastenheft zu gelangen war und wo genau die Brücken entstehen sollten. »Lohnt sich das überhaupt? So weit weg, nur für ein bisschen mehr Geld?« Im vergangenen halben Jahr hatte er mit Hilfe seines Schwagers allein mit dem An- und Verkauf einiger Grundstücke in Istanbul neuntausend Lira verdient. »Lohnt sich das also?« Er blätterte weiter. Während er eine Cremereklame ansah, dachte er: »Dabei wollte ich doch ein Eroberer werden und viel Geld verdienen!« Er musste grinsen. »Vor dem Friseur graut es mir, auf den Club habe ich keine Lust, im Kino läuft nichts, und Nazlı kommt nicht in Frage. Also auf zu Samim!« Er legte eine Krawatte um und zog sich warm an. Nunmehr besserer Laune, ging er hinunter, gab seinen Schlüssel ab und verließ das Hotel.

Auf Ulus rieselten schwere Schneeflocken herab, die am Boden sofort schmolzen. Es waren nur wenige Menschen unterwegs. Ömer bestieg ein Taxi und gab eine Adresse in Sıhhiye an. Auf der Fahrt ließ er sich von den vorbeiziehenden Bildern ablenken. »An den Ärger mit Nazlı gestern will ich gar nicht denken!« Als er aus dem Taxi ausstieg, kam es ihm noch früh vor, so dass er gemütlich in Richtung Kızılay schlenderte. Er dachte daran, wie herzlich Samim und dessen jungverheiratete Frau ihm zugetan waren. »Ja, woanders als zu denen kann ich jetzt gar nicht hin!««

Er war Samim vor zwei Monaten im Club wiederbegegnet. Sie waren Kommilitonen gewesen, ohne aber viel Umgang miteinander zu haben. Auf Ömers Frage, warum sie eigentlich nicht schon damals Freundschaft geschlossen hatten, hatte Samim Refik und Muhittin erwähnt und gesagt: »Ich habe Angst vor euch gehabt!«, worauf Ömer losgelacht hatte. »Er ist wirklich ein guter Kerl, und er und seine Frau meinen es gut mit mir. Warum haben wir bloß damals nicht schon zueinandergefunden? Angst hat er vor uns gehabt! Wohl nicht zu Unrecht. Die Allerangenehmsten waren wir nicht. Und wie sind wir heute? Wie bin ich?« Es war hier bei weitem nicht so menschenleer wie in Ulus. Dem Schnee und der Kälte trotzende Menschen bevölkerten an diesem Samstag nachmittag Gehsteige und Lokale. Ömer musterte die Gesichter. »Die einen wollen nichts wie nach Hause, die anderen hat der Wunsch nach etwas von dort fortgetrieben. Wie sie mich wohl sehen? Ein gutaussehender junger Mann in einem eleganten Mantel … Vermutlich so!« Und Samim und seine Frau? »Ja, jung, gutaussehend, eleganter Mantel, nur dass die auch noch wissen, wie reich ich bin. Und dass meine Braut einen Abgeordneten zum Vater hat … Aber ich tue Samim Unrecht!« Als müsste er über Hässliches hinwegsehen, blickte er zum Himmel hinauf. Die schweren Schneeflocken, die zwischen den neuen Apartmenthäusern herabsegelten, brachten ihm aber lediglich einen dummen alten Vers in Erinnerung: »Schnee wie ein Vogel, dem verlorengeht die Frau …« Da fiel ihm wieder Nazlı ein und der Streit, den sie gehabt hatten. »Was soll’s, Samims Frau setzt wohl gerade frischen Tee auf!« Doch die Gedanken ließen sich nicht verscheuchen. »Ich bin irgendwie verbiestert und werde das nicht los! Und warum? Weil ich gestern mit Nazlı so gestritten habe. Und weil ich diese Ehe, dieses ganze … Nein! Ich werde jetzt Tee trinken bei denen. Und reden.« Er dachte daran, worüber sie bei Samim wohl sprechen würden, und seufzte. »Na ja, sie bewundern mich eben. Weil ich so reich und so intelligent bin und so eine Verlobte habe. Was soll ich jetzt tun? Zurück ins Hotel?« Er bog von der Hauptstraße ab. Falls er ins Hotel zurückkehrte, würde er zu trinken anfangen, aber seltsamerweise schreckte ihn dieser Gedanke gar nicht. »Was ich an Samim auszusetzen habe? Dass er und seine Frau mir nach dem Mund reden und sich meinen größten Blödsinn anhören, als wäre er weiß Gott wie geistreich. Sie sind einfach zu gut zu mir, so wie eine Mutter zu ihrem Sohn, wenn sie meint, er wird mal General!« Er verzog das Gesicht und wollte schon umkehren, aber dann kam ihm wieder Samims treuherziges Lächeln in den Sinn. »Er ist kein schlechter Junge, ganz und gar nicht, aber irgendwie so gewöhnlich! Er mag mich ganz ohne Hintergedanken wegen meiner Eigenschaften, aber er ist eben naiv!« Einmal hatte Samims Frau sich gegenüber Nazlı so benommen, als sei sie dieser ebenbürtig, und zwar in dem Wunsch, es auch tatsächlich zu sein, aber das hatte so deplaziert gewirkt, dass ein peinliches Schweigen entstanden war. »Sie sind so gut zu Nazlı und mir, weil sie so leben wollen wie wir, oder vielmehr so, wie sie sich vorstellen, dass wir leben. Sie wollen so werden wie wir. Das ist ihnen vielleicht nicht bewusst, aber sobald sie uns sehen, verhalten sie sich ganz instinktiv so. Nein, ich kann da jetzt nicht hin!« Abrupt blieb er stehen. Das Haus, in dem sein Freund wohnte, war keine fünfzig Schritt mehr entfernt. »Was denke ich nur für hässliches Zeug!« Im Nebenhaus ging ein Fenster auf, eine Frau streckte den Kopf heraus und rief einem Jungen, der gerade das Haus verließ, noch zu, er solle beim Krämer auch Essig besorgen. »Was für unschöne Gedanken! Die sind so gut, und ich bin schlecht. Und warum? Weil ich mir mal eingebildet habe, ein Eroberer zu sein.« Er tat noch ein paar Schritte, dann kehrte er um. »Mit solchen Gedanken im Kopf hätte ich ohnehin keine Ruhe dort!« dachte er erleichtert.

Als er wieder an der Hauptstraße anlangte, schneite es nicht mehr. Als hätten in allen Läden und Häusern die Leute nur darauf gewartet, waren im Nu die Gehsteige voll. »Was soll ich nur machen? Soll ich zu Nazlı gehen und alles noch mal bereden mit ihr? Das könnte aber noch fürchterlicher ausgehen als gestern! Das will ich nicht! Also was sonst? Wohin soll ich jetzt?« Aber eigentlich wusste er es schon. Er würde ins Hotel zurückgehen und im Salon zu trinken beginnen. Deshalb führten ihn auch seine Füße wie von selbst zum Taxistand. Während er dann im Taxi an seiner Zigarette zog, hielt ihm sein Gewissen noch einmal vor, wie schlecht sein Plan doch sei, doch Ömer brachte es zum Schweigen, denn Alternativen hatte er nicht.

Und als er dann in dem Salon, den manche »Lobby« nannten, schon in seinem Sessel saß, sagte er sich zur weiteren Gewissensberuhigung: »Bitte, ich war draußen, ich bin herumgegangen, aber ich habe nun mal nichts anderes gefunden. Mich trifft also keine Schuld!« Die Familie mit den Koffern war nicht mehr da, aber der ältere Herr las noch immer in der gleichen Zeitung. Neben dem großen Kaktus in der Ecke saß nun ein Ausländer. Der Kellner sah Ömer an seinem Stammplatz und wusste genau, was er bestellen würde, aber er ging dennoch zu ihm hin, und sein Blick besagte dabei, dass diese Formalität nun mal zu vollziehen sei. Ömer bestellte Cognac. »Jetzt kann es losgehen!« dachte er. Da er noch schlechter gelaunt war als sonst und damit geneigt, an allem nur die hässlichste Seite zu sehen, würde der Alkohol die schlechten Gedanken nur so anfeuern.

Als ihm der wohlvertraute Cognacschwenker gebracht wurde, dachte er aufatmend: »Nur gut, dass ich nicht zu Samim bin! Ich hätte mich ja doch nur mit leerem Geschwätz betäubt! Viel besser ist es, alles mal zu überdenken.« Er nahm einen Schluck aus dem Glas. »Warum haben Nazlı und ich gestritten? Da das mit unseren anderen Krächen zu tun hat, sollte ich eher fragen: Warum streiten wir uns andauernd?« Da merkte er, dass er zu nüchtern war, um sich auf diese Frage einzulassen, und kippte den Cognac hinunter. »Was erwartet Nazlı von mir? Dass ich ein guter Ehemann bin und ein erfolgreicher Unternehmer. Dass ich sie liebe, sie beschütze und ihr ein Heim biete. Ist das alles?« Er schüttelte den Kopf. »Alles kann man gar nicht aufzählen, aber der Einfachheit halber wollen wir mal sagen, das sei alles. Aber was erwarte ich von ihr?« Er starrte in sein Glas hinein. Dann bestellte er einen zweiten Cognac. »Was will ich von ihr?« Darauf wusste er nie eine triftige Antwort. »Was erwartet jemand in meiner Situation von einer Frau? Nichts! Gar nichts? Ich will nur sie selber!« Er merkte, wie ihm der Alkohol ins Blut schoss, und murmelte, jede Silbe betonend: »Ich will nur sie!« Er versuchte, seine aufsteigende Wut mit einem Scherz zu bändigen: »Ich will sie, und sie will lauter Hausrat!« Ihre Auseinandersetzungen liefen in letzter Zeit immer auf das gleiche hinaus: Nazlı wollte nach Istanbul fahren, um die Hochzeit vorzubereiten, Möbel zu kaufen und auf Haussuche zu gehen, und Ömer hielt stets dagegen, dass er in Ankara noch zu tun habe. Dabei wussten sie beide haargenau, dass er eben nichts zu tun hatte. »Aber nach Kemah muss ich, um die letzten Baufahrzeuge zu verkaufen!« dachte er und ahnte doch, dass damit der Sache nicht beizukommen war. »Ich will nicht nach Istanbul! Und zwar deswegen nicht, weil ...« Er stand auf. »Weil ich ...« Mit dem leeren Glas in der Hand ging er auf die Tür zu. Als er den Kellner sah, gab er ihm das Glas und bestellte noch einen Cognac. Auf dem Rückweg zu seinem Sessel trafen sich seine Blicke mit denen des Ausländers neben dem Kaktus. Der Ausländer schien ihn anzulächeln, und auf gut Glück lächelte Ömer zurück. »Ein Engländer? Ach, England!« dachte er. »Hätte ich dort bleiben sollen? Vielleicht ein Deutscher? Herr Rudolph! Was wohl Refik jetzt macht? Ich wollte nach Istanbul wie ein einsamer Eroberer ...« Er sackte wieder in seinen Sessel. »Ganz ruhig. So zu denken hat keinen Sinn.« Beinahe feindselig starrte er das Glas an, das der Kellner vor ihn hinstellte. »Nazlı und ich streiten, weil sie weiß, was sie will, und ich nicht. Was will ich? Eigentlich ganz klar, ich sage es ja immer wieder: ein Eroberer sein! Und was bedeutet das konkret? Ich meine, was bedeutet es anderen, oder was soll es ihnen bedeuten? Ganz einfach: dass ich nicht wie jedermann und nicht genügsam sein will. Ich will kein gewöhnlicher Familienvater sein, der sich mit neuen Möbeln, einem neuen Haus und mit Kindern begnügt. Und was will ich statt dessen? Ich! Ich! Ich sage immer nur ›ich, ich‹. Ich weiß, wie hässlich das ist. Ich –« Erschrocken hielt er inne. »Ich weiß nur, was ich nicht will, und nicht, was ich will! Ich bin jung. Jetzt habe ich schon wieder angefangen zu denken. Ich darf nicht denken. Das Denken ist nichts für mich! Warum habe ich bloß diesen Cognac bestellt!« Angewidert von den Gedanken und vom Alkohol, stand er auf. »Jetzt bin ich auch noch betrunken. Ich gehe zu Nazlı. Ich darf nicht so hässliches Zeug denken. Ich rede mit ihr. Und ich heirate sie. Sie muss mich verstehen …«

Er verließ das Hotel. Er freute sich darauf, sich mit Nazlı aussprechen zu können, aber zugleich fürchtete er, dort Muhtar anzutreffen und auch von Nazlı nicht so liebevoll empfangen zu werden, wie er es hoffte. So beschloss er, erst einmal anzurufen, ob Muhtar zu Hause war.

48

EIN VERZAGTER ABGEORDNETER

Muhtar sah noch mal auf die Uhr: halb sieben. »Gerade rechtzeitig«, dachte er. Er machte sich ins Hotel Ankara Palas auf, zu dem Essen und der Soiree, die zu Ehren des bulgarischen Ministerpräsidenten gegeben wurden. Ein letzter Blick in den Spiegel: »Ich bin genau zur rechten Zeit fertig. Warum haben sie mich aber eingeladen? Als Trostpflaster!« Um sich nicht wieder aufzuregen, verließ er rasch das Schlafzimmer und rief: »Nazlı, wo bist du denn? Ich gehe jetzt!«

»Hier bin ich! Ich war am Telefon!« Sie kam aus dem Zimmerchen, in dem Muhtars Schreibtisch und das Telefon standen.

»Ich gehe jetzt. Wer war denn dran?«

»Ömer! Die Krawatte passt aber nicht, Papa!«

»Ömer? Was will er denn?«

»Er kommt so in einer Stunde!«

»Wollte er nicht morgen kommen?«

»Deswegen hat er ja angerufen. Er will jetzt schon kommen.« Nazlı sah schuldbewusst drein.

»Na dann soll er eben!« knurrte Muhtar. Er fühlte sich berechtigt, seinen Unmut zu äußern. »Ich weiß nicht so recht, wie es aussieht mit euch!«

»Ich ja auch nicht! Ich habe auch Angst!«

»Angst hast du? Das brauchst du nicht zu haben! Solange ich da bin, lasse ich nicht zu, dass jemand dich unglücklich macht, verstanden?« Er wusste, dass Nazlı nicht weiter über das Thema reden wollte. »Dir gefällt also meine Krawatte nicht? Ob die jetzt passt oder nicht, jedenfalls lege ich für die keine andere an! Also bis später dann!«

»Wiedersehen, Papa!«

An der Tür wandte Muhtar sich noch einmal um und umarmte seine Tochter zärtlich.

»Ich mache mir Sorgen um dich!« Er nahm seinen Mantel vom Haken, und als er von Nazlı keine Antwort bekam, sorgte er sich erst recht. Seufzend schlüpfte er in den ersten Ärmel hinein. »Was soll nur werden?« Da das klang, als sei es nur auf ihn selbst bezogen, fügte er beim zweiten Ärmel hinzu: »Der Hochzeitstermin steht ja nun fest, aber irgendwas gefällt mir an der Sache nicht! Du bist mir doch nicht böse deswegen?« Um seiner Tochter nicht ins Gesicht zu sehen, konzentrierte er sich auf das Zuknöpfen des Mantels.

»Nein, ich bin dir nicht böse.«

Die Gelegenheit schien günstig, Nazlı auf den Zahn zu fühlen. »Was hast du denn, Kindchen?« fragte Muhtar. »Und was war gestern los? Du wirkst so merkwürdig!«

Nazlı starrte auf einen der Knöpfe, der einfach nicht zugehen wollte. »Wir haben gestritten gestern!«

»Und warum?«

»Ach, frag mich nicht weiter, Papa!«

464

»Schon gut! Aber wie gesagt, mir gefällt das nicht. Und streitet ihr nicht andauernd? Soll ich mal mit ihm reden? Zieh nicht gleich so ein Gesicht! Vergiss nicht, dass dein Papa immer zu dir steht!«

»Das weiß ich doch!«

Um seine Rührung zu verbergen, öffnete Muhtar die Tür. Er hätte gern noch etwas gesagt, fürchtete aber, seine Stimme würde erstickt klingen. »Was findet sie nur an dem Kerl?« dachte er. An der frischen Luft atmete er tief durch und setzte dann seinen Hut auf. »Ich bin ein unglücklicher Mensch!« Er ging los.

Nach Atatürks Tod war nichts von dem eingetreten, was Muhtar sich erhofft hatte. Weder hatte İsmet Paşa ihm ein Amt verschafft, noch war die alte Regierung abberufen worden. Deshalb betrachtete sich Muhtar als vom Pech verfolgten Menschen, dessen Träume nicht in Erfüllung gingen. Da er nicht in ein Amt gelangt war, das seinem ganzen Leben einen tieferen Sinn verliehen hätte, war ihm nun schon mehr als einen Monat lang alles verhasst. Schwerfällig ging er in Richtung Hauptstraße und dachte dabei: »Und zu all diesen Widrigkeiten kommen jetzt noch die Sorgen meiner Tochter hinzu!« Er zog den Kopf zwischen die Schultern, wie um sich vor der Unbill der Welt zu schützen. »Alles ist so hässlich und verlogen und gemein! Und jetzt auch noch das mit diesem Kerl da! Wo ich so ein Bedürfnis nach Frieden und Entspannung habe!« Endlich fand er ein Taxi und ließ sich nach Ulus fahren. »Warum haben sie mich da überhaupt eingeladen?« Wieder musste er sich die gleiche Antwort geben: »Als Trostpflaster!« Er nickte sinnierend. »Aber so leicht bin ich nicht zu trösten! Niemand kann mich trösten! Außer meiner Tochter!« Er dachte an Nazlıs Probleme. »Ihr ganzes Unglück rührt nur daher, dass sie sich in diesen eingebildeten, schlechten Kerl verliebt hat!« Immer wenn er an Ömer dachte, kam ihm dieser Begriff in den Sinn: »Eingebildeter Kerl!« Beschämt merkte er plötzlich, dass er zurückdachte, wie er selbst in Ömers Alter gewesen war. »Ich werde alles tun, damit meine Tochter nicht unglücklich wird. Wenn es sein muss, werde ich mir das Bürschchen mal vorknöpfen!« Das Taxi quälte sich die steile Straße hinauf. Muhtars Kopf war angelehnt; mit einem Ruck hob er ihn hoch: »Was sie wohl jetzt zu Hause machen? Ausgerechnet heute hat Hatice Ausgang!« Er sah auf die Uhr und merkte, dass Ömer ja wohl noch gar nicht eingetroffen war. Kurz darauf dachte er trotzdem wieder: »Was sie wohl jetzt machen? Vielleicht braucht Nazlı Hilfe, und ich fahre zu dieser dummen Veranstaltung …« Er verzog das Gesicht. »Köse Iwanow! Bulgarischer Ministerpräsident! Dass ich nicht lache!«

Vor dem Hotel stieg er aus und sah sich mit spöttischer Miene das Gewimmel der Bediensteten und Funktionäre an. In der Gewissheit, gerade zur rechten Zeit gekommen zu sein, schritt er selbstbewusst die Treppe hinauf und ging durch den Korridor, der ihm von mehreren Besuchen her bekannt war, in den Salon. Dort blieb er erst einmal stehen, wie betäubt von Lichterglanz und Stimmengewirr. Dann sah er zwei ihm bekannte Abgeordnete, die sich in einer Ecke im Stehen unterhielten, und lächelnd ging er auf sie zu. Ihm war, als sei der Spott in seinen Augen nun ganz und gar unübersehbar.

»Darf ich mich den Herren anschließen?«

»Ah, Muhtar! Aber bitte schön!«

Die beiden erörterten gerade die Balkan-Entente, doch kaum gesellte sich Muhtar zu ihnen, kamen sie irgendwie auf eine Zeitungsmeldung zu sprechen, laut der rohes Fleisch der Gesundheit förderlicher sei als gekochtes. Schmunzelnd lauschte Muhtar den beiden und sah dabei diskret in die Runde. Innerhalb weniger Minuten hatte er heraus, wer wo mit wem beisammensaß. Es waren kaum mehr als achtzig Leute versammelt, von denen so gut wie jeder ein Amt innehatte, und Muhtar wurde wieder schmerzlich bewusst, dass er selbst nur zum Trost eingeladen worden war. Das Gespräch über rohes und gekochtes Fleisch zog sich in die Länge. Neben der Gattin Köse Iwanows und seiner Stieftochter, die im Scherz ganz anders bezeichnet wurde, erblickte Muhtar den Kahlkopf des neuen Ministerpräsidenten Refik Saydam und dachte spontan: »Mein Gott, was soll der bloß haben, was ich nicht habe?« Er spürte, wie das Spöttische in seinem Gesicht erlosch. »Der ist Ministerpräsident geworden und ich gar nichts! Refik Saydam! Militärarzt! Im Krieg die rechte Hand von Heeressanitätschef Numan Paşa. Hatte lediglich das Glück, in dem Schiff mitzufahren, mit dem sich Atatürk in den Unabhängigkeitskrieg aufmachte! Weitere Verdienste: Fehlanzeige! Nichts weiter als ein Sklave İsmet Paşas! Als Minister zurückgetreten, als İsmet

Paşa zurücktrat. Und nun selber Ministerpräsident! Und ich ein Nichts! Ein zum Trost eingeladenes Nichts! Wozu bin ich überhaupt gekommen! Ab nach Hause! Was Nazlı wohl macht?«

»Ah, Muhtar, wie geht's denn so!«

Muhtar blickte auf: Innenminister Faiz Öztrak! Muhtar dachte: »Was lacht er mich denn so an?« Dann sagte er: »Danke der Nachfrage!« Und schämte sich sogleich wegen dieser albernen Antwort. Überrascht sah er, wie der Minister sich kameradschaftlich bei ihm unterhakte.

Der Minister entschuldigte sich bei den beiden Abgeordneten, weil er ihnen Muhtar entführte, und nahm ihn ein wenig beiseite.

»Sag mal, was ist denn los mit dir? Bedrückt dich etwas?«

»Nein, nein«, erwiderte Muhtar, ganz erstaunt über diesen lockeren Ton. Doch kannten sich die beiden von ihrem Studium und ihrer Arbeit im Innenministerium her.

»Es heißt, du läufst herum wie ein Trauerkloß und beklagst dich überall!«

»Ich? Wer sagt das?«

»Offen sagen tut es niemand, aber İsmet Paşa hat neulich gefragt, ob du uns böse bist.«

»Hätte ich einen Anlass dazu?« fragte Muhtar hintergründig.

»Was weiß ich? Das musst du selber am besten wissen!« erwiderte der Minister und lächelte einer dicken Frau zu.

»Was soll es da zu wissen geben?«

Der Innenminister löste seinen Arm von dem Muhtars. »Schön, freut mich! Wir dachten nur, du seist uns gram. Wir möchten nämlich keinerlei Ressentiments aufkommen lassen. Sehr schön!«

»Ja, ich kenne sie schon, diese Politik des Paşas: Reparatur der gebrochenen Herzen!« So spöttisch, wie das klingen sollte, brachte er es nicht heraus.

»Reparatur der gebrochenen Herzen?« Der Minister lachte auf, als hätte er diesen von jedermann verwendeten Begriff noch nie gehört. Dann sah er sich um, ob jemand mitbekommen hatte, wie fröhlich er gegebenenfalls sein konnte.

»Du bist ja recht vergnügt!« sagte Muhtar grimmig.

Der Minister erschrak ein wenig über die finstere Miene seines früheren Kollegen. »Und du bist noch genauso steif wie früher! Lach doch mal ein bisschen!« Dann merkte er, wie unangebracht das war. »Hör zu, du stehst auf der Liste, und zwar ganz oben. Wir arbeiten bald wieder zusammen. Du glaubst doch nicht etwa, wir hätten dich vergessen?« sagte er tadelnd.

»Aber ich bitte dich!« stammelte Muhtar unbeholfen.

Als hinter ihnen jemand laut auflachte, drehten sie sich beide um. Der Minister ließ sich die Gelegenheit nicht entgehen, und als hätte er da, wo das Lachen herkam, jemanden entdeckt, den er schon seit Ewigkeiten suchte, strebte er eilig von Muhtar weg.

Muhtar sah ihm hinterher. »İsmet Paşa hat also nach mir gefragt! Und der da soll mich ausfragen. Es ist sein erster Ministerposten. Vielleicht ist er ja bloß ein Wichtigtuer. Warum sollte der Paşa sich nach mir erkundigen?« Er drehte sich zu Refik Saydam um, der neben Köse Iwanow saß. »Wie er lacht! Der Paşa hat wahrscheinlich gesagt, jemand soll mich besänftigen, und der da hat den Auftrag ausgeführt. Ich hatte keinen Zweifel, dass man noch zurückkommt auf mich, aber warum sagen sie mir das ausgerechnet jetzt? Weil sie wollen, dass Frieden herrscht. Ich soll mich mit meinen Feinden versöhnen. Wer hat denen bloß hinterbracht, dass ich in den Parlamentsgängen manchmal vom Leder ziehe? Meinen Wutausbruch neulich haben Hulusi, Sermet und Ekrem mitbekommen. Sermet würde nicht petzen. Bei Ekrem …« Es schüttelte ihn plötzlich. »Ihr seid mir allesamt zuwider!« dachte er. Er stand nun allein am Rand des Salons. »Und ich weiß auch genau, was ihr seid, nämlich lauter Sklavenseelen! Ich weiß es, weil ich selber mal so war, aber jetzt bin ich aufgewacht! Und dafür müsste ich İsmet Paşa sogar dankbar sein!« Obwohl er so einsam dastand, gesellte sich niemand zu ihm. »Bei jedem von euch weiß ich ganz genau Bescheid! Reparatur der gebrochenen Herzen! İsmet Paşa hatte sogar Angst, nach Istanbul zu fahren, als Atatürk im Sterben lag, weil Recep Zühtü drohte, ihn zu erschießen, und jetzt machen sie alle Frieden miteinander!« Er erinnerte sich an ein Gerücht: Recep Zühtü habe Atatürk gesagt, er habe İsmet Paşa erschossen, so dass Atatürk in seinen letzten Lebensmonaten den Paşa tot gewähnt und nur deshalb in seinem Testament angeordnet habe, für die Ausbildung von İsmets Kindern zu sorgen. Diese Anekdote heiterte Muhtar ein wenig auf. Und noch munterer wurde er, als er Burhanettin Okay erblickte, den Abgeordneten von Maraş, der in der letzten Legislaturperiode für einen verstorbenen Abgeordneten nachgerückt war. Als er seinen Eid leisten sollte, sagte er: »Danke, dass ihr mich gewählt habt!« Als man ihm bedeutete, gewählt werde er vom Volk, rief er laut: »Danke, dass ihr mich habt wählen lassen! Gott schütze euch!« Muhtars Blick glitt wieder zu Refik Saydam. »Er lacht und lacht! Was gibt es eigentlich zu lachen, wenn doch alles so armselig und hässlich und gewöhnlich ist? Denk gefälligst an dein Land, anstatt hier zu grinsen! Dem Land geht es nämlich …« Dabei fiel ihm Refik ein. »Sein Buch ist herausgekommen. Aber der Landwirtschaftsminister ist nicht mehr im Amt. Es hat noch ein paar andere Veränderungen gegeben, natürlich, doch reicht das? Kann man sich mit so wenig begnügen? Sie haben ihren Frieden miteinander gemacht, alles gütlich bereinigt, und neue Leute wurden nicht aufgenommen. Hauptsache, es gibt keinen Ärger; Hauptsache, es läuft alles weiter wie bisher; Hauptsache, es ist niemand beleidigt! Ich aber bin beleidigt! Ich, Muhtar Laçin, mit meinem lächerlichen Nachnamen, Absolvent der Verwaltungshochschule, früherer Gouverneur von Manisa, ich hasse euch alle! Ich bin unglücklich! Das einzige, was ich habe, ist meine Tochter! Ich hasse euch, ich hasse diese erbärmliche Welt, ich hasse –«

»Na sagen Sie mal, Muhtar, sind Sie auf Diät?«

»Wie bitte?«

»Sie verschmähen ja das Buffet! Kommen Sie mit, tun wir uns ein wenig gütlich!«

Muhtar sah den schnauzbärtigen Parteiinspekteur İhsan an, als würde er ihn gar nicht erkennen. »Gütlich tun? Ich habe gar keinen Hunger!«

»Ach was, wenn Sie das Buffet sehen, bekommen Sie gleich Appetit! Gehen wir los, sonst ist nichts mehr übrig. Sagen Sie mal, was halten Sie eigentlich von diesen Bulgaren?«

»Ich denke …« fing Muhtar an und schämte sich auf dem Weg zum Buffet, sich darauf nicht vorbereitet zu haben.

»Das mit dieser Neutralität«, sagte İhsan, »das ist doch keine Politik bei denen, sondern reine Notwendigkeit. Denken Sie nur mal, der

König ist für die Engländer, die Königin für die Italiener, die Regierung für die Deutschen und das Volk für die Russen. Möchten Sie Hühnchen? Außerdem schielen die auf Makedonien und auf die Dobrudscha …«

Muhtar dachte: »Das kümmert mich alles nicht.« Er beneidete İhsan um sein Wissen, aber er sagte sich auch: »Das ist einer von denen! Warum erzählt er mir das alles? Oh, Şükrü Saraçoğlu grüßt mich!« Muhtar verneigte sich leicht vor dem Außenminister. »Hm, wie war meine Verbeugung? Doch gemäßigt, oder? Nein, ich habe mich zu sehr vorgebeugt. Ach, was habe ich hier verloren? Ich bin doch ein reiner Kasper hier! Dieses ganze Essen … Das Volk leidet Hunger, und die da stopfen sich voll. Diese fürchterlichen dicken Frauen mit ihren nackten Armen … Was die alles in sich hineinschlingen! Die Frauen und Töchter von Sklaven … Meine Tochter wird einmal nicht so! Ich muss nach Hause. Was Nazlı wohl macht? Und Hatice ist nicht zu Hause. Wie spät ist es? Was redet der noch?«

»Wenn wir die Dobrudscha-Türken in die Heimat rufen …«

Muhtar verneigte sich wieder vor jemandem, und es überkam ihn dabei ein leichter Schauer. »Ich bin ein Nichts neben denen!« Die Augen des Mannes, den er gerade gegrüßt hatte, zuckten unter den weit herabhängenden Lidern.

»Haben Sie Ihre Tochter schon verheiratet, Muhtar?« fragte Kerim Naci.

»Verlobt habe ich sie …«

»Das wusste ich schon.«

»Warum fragen Sie dann?« gab Muhtar zurück und erschrak über sich selbst. »Mein Gott, was habe ich da gesagt? Was habe ich da zu Kerim Naci gesagt?«

»Ihnen geht es wohl nicht ganz gut?« versetzte Kerim Naci.

Muhtar wollte etwas sagen und dachte auch, er sei dabei, das zu tun, aber dann merkte er, dass er nur die Lippen bewegte.

»Ja, Muhtar geht es wirklich nicht ganz gut«, sagte İhsan beschwichtigend und zog Kerim Naci mit sich fort.

Muhtar blieb allein stehen und starrte auf seinen Teller. »Ein Hühnchenschlegel! Und den wollte ich essen?« Am liebsten hätte er den Teller fortgeschleudert, aber dann stellte er ihn doch bloß irgendwo diskret ab. »Trotz all dieser Gemeinheiten um mich herum hätte ich also fast diesen Hühnchenschlegel gegessen. Was bin ich doch für ein armseliger Mensch. Hühnchenschlegel …« Er zog sich vom Buffet zurück und ging langsam und beinahe schwankend zwischen den Menschen hindurch, die einander anlachten, sich mit vollem Mund zunickten, ihn erkannten und ihn zum Zeichen ihrer Zuneigung auch anlächelten. »Hühnchenschlegel hätte ich fast gegessen. Was bin ich nur für ein Mensch? Ein armseliger Wicht. Und Kerim Naci bin ich über den Mund gefahren. Jetzt werden sich alle über mich lustig machen. ›Der arme Muhtar hat sie nicht mehr alle … Und seine Tochter wird er auch nicht los …‹ Meine Tochter! Was machen die zu Hause? Ich muss heim. Wie konnte ich bloß meine Tochter mit diesem Kerl allein lassen? Habe ich denn gar keine Moral mehr? Warum habe ich da nicht aufgepasst? Ja, mir geht es wirklich nicht ganz gut, Kerim Naci hat schon recht. Was habe ich bloß zu ihm gesagt? Und Refik Saydam lacht immer noch! In der Zeitung habe ich gesehen, dass İsmet Paşa auch lacht. Worüber eigentlich? Was gibt es denn zu lachen? Bestimmt hat Ekrem getratscht. Das hier hat mich nicht getröstet! Keiner kann mich trösten! Ich habe nur meine Tochter! Ach, was für ein Leben! Ich hätte es machen sollen wie Refet. Ich hätte auch dieses ganze Heuchlerdasein aufgeben, viel Geld verdienen und mich dann vergnügen sollen. Dann hätte ich jetzt auch ein Landhaus in Keçiören und würde mir einen offenen Kamin einbauen lassen und dann rauchend auf das Knistern des Feuers lauschen …«

49

FAMILIE, MORAL ETC.

Ömer saß gegenüber dem Venedigbild und hörte aus der Küche Gebrutzel und Besteckklappern. »Wenn wir heiraten, werde ich abends nach Hause kommen und diese Geräusche hören und auf das Essen warten!« Als er vor einer halben Stunde eingetroffen war, hatten Nazlı und er sich erst lange angeschwiegen und waren dann übereingekommen, über den Streit vom Vortag kein Wort mehr zu verlieren. Sie hatten sich versöhnt und sich geküsst, und dann war Nazlı in die Küche gegangen. Aber nicht nur zum Kochen, denn Ömer wusste, dass Nazlı genauso wie er an jenen Streit und an die vorhergehenden dachte und es nicht ertrug, so schweigend dazusitzen.

Nazlı kam mit einem Teller voller Geschirr zurück und deckte den Tisch. Ömer sah wieder auf das Venedigbild. »Warum bin ich eigentlich gekommen?« dachte er. »Weil ich es allein nicht mehr aushalte!« Als Nazlı in die Küche zurückging, sah er ihr nach. »Wir sind zwar verlobt, können uns aber nicht einmal küssen, ohne rot zu werden.« Er dachte an ihren Versöhnungskuss zurück. »Ich bin betrunken.« Er konnte aber nicht umhin, auch noch anderes zu denken: »Sie vergisst immer, dass ich ein Mann bin und dass man doch sexuelle Wünsche hat. Vielleicht meint sie ja, ich wäre so ein Engel wie sie selbst. Und immer, wenn sie das anders sieht, fällt ihr ein, dass wir ein Haus und Möbel brauchen!« Ihm graute vor seinen Gedanken und vor sich selbst. Er stand auf und ging im Zimmer hin und her. Er merkte, dass er Nazlı mit seinen kleinen, hastigen Schritten nervös machte. Das Gebrutzel hörte auf, und Nazlı kam mit einem Teller Köfte zurück.

Ömer setzte sich an den Tisch. »Weißt du, dass ich heute nachmittag schon getrunken habe?«

»Man riecht es.«

»Ich bin zu Samim, das heißt, ich wollte hin, aber dann bin ich mitten auf dem Weg wieder umgekehrt.«

»Wie findest du die Köfte? Nimm dir doch mehr davon!«

»Jaja. Du fragst mich ja gar nicht, warum ich umgekehrt bin?«

»Warum bist du umgekehrt?« fragte sie tonlos.

»Weil ich zu dem Schluss gekommen bin, dass ich es bei Samim widerlich finde. Diese biedere Familienatmosphäre, das ständige Bemühen um das kleine Glück und um nette Bekanntschaften, das finde ich alles ganz furchtbar …« Ömer sah, dass Nazlı auf ihren Teller hinunterstarrte. Es hielt ihn nicht mehr an seinem Platz. Er stand auf und sagte: »Ich will noch was trinken. Hat dein Vater noch Wein da? Er kommt doch nicht so bald zurück, oder?«

»Der Wein steht in der Küche auf dem Fliegenschrank! Und mein Vater bleibt länger weg.«

Ömer holte rasch den Wein aus der Küche und machte ihn auf.

»Ich will auch welchen«, sagte Nazlı.

»Du weißt, dass dir das nicht guttut! Dann weinst du wieder!«

»Nein, nein, ich will jetzt was trinken.« Mit fahriger Geste griff sie zur Flasche. »Du findest Samim und seine Frau also schlimm. Dabei hast du doch immer gesagt, was für ein netter Kerl er ist. Und was meinst du mit der Familienatmosphäre?«

Ömer trank hastig aus seinem Glas. »Was ich damit meine? Mit der Familienatmosphäre? He, trink nicht so schnell! Hör auf!«

»Ja, was du damit meinst!«

Ömer versuchte zu unterdrücken, was ihm auf der Zunge lag, aber er konnte sich doch nicht beherrschen. »Na, eben Familienatmosphäre! ›Wie findest du die Köfte?‹ Solches Zeug und noch einiges andere!« sagte er und wollte dann gleich auf ein anderes Thema umschwenken. »Was hast du heute gemacht zu Hause?«

»Was soll ich gemacht haben? Weil Hatice Ausgang hatte, habe ich gekocht. Diese Köfte da, über die du spottest!«

Ömer ging nicht darauf ein. Sie schwiegen. Nazlı trank noch ein Glas Wein, und Ömer versuchte nicht, sie davon abzuhalten.

Schuldbewusst fragte Ömer dann: »Woran denkst du?«

»Immer an das gleiche!«

»Nämlich?«

»Ach, nichts!«

Als wollte er einen immer dünner werdenden, aber doch nicht entzweigehenden Faden endlich abreißen, sagte er nervös: »Jetzt erzähl mir doch bitte, woran du denkst!«

»Immer an das gleiche. Was aus uns werden soll.«

»Was soll schon werden? Heiraten werden wir!« Und spöttelnd fügte er hinzu: »Am sechsundzwanzigsten April!«

»Ich begreif dich nicht!« rief Nazlı. »Was willst du eigentlich? Wenn du mich nicht liebst und mich nicht passend findest, warum gibst du dich dann mit mir ab? Ich weiß, dass du mich verachtest, du versuchst es inzwischen ja nicht einmal mehr zu verbergen. Du verachtest mich, weil ich uns ein Heim einrichten will, weil ich schöne Kleider anziehen und mit gleichgesinnten Leuten Freundschaften knüpfen will. Für das alles hast du nur Spott übrig, jetzt auch wieder.

Aber warum bloß? Das verstehe ich einfach nicht. Ich suche die Schuld immer bei mir selber und denke mir, dass ich lauter falsche Sachen sage, dass ich nicht so intelligent bin wie du und dass ich oberflächlich sein muss, weil ich von Dingen was halte, die du nur verachtest. Aber wenn das so ist, warum kommst du dann noch? Warum kommst du, wenn ich dir so wenig wert bin? Du musst ja nicht kommen, wir sind lediglich verlobt!«

»Willst du die Verlobung etwa lösen?« fragte Ömer leichthin, um die Schuld auf Nazlı abzuwälzen. Ihm sausten die Worte im Kopf herum. Nicht einmal zu Spott war er mehr in der Lage.

»Nein, will ich nicht!« rief Nazlı. »Ich hab dich …« Sie senkte den Kopf, aber gleich darauf zwang sie sich, Ömer ins Gesicht zu sehen. »Die Briefe, die du mir von der Baustelle geschrieben hast, die haben mir sehr gefallen. Du hast dich darin über so vieles lustig gemacht, und ich habe das gern gelesen, denn ich dachte, wir wären da einer Meinung. Nur merke ich jetzt, dass zu den Leuten, die du verspottest, ich selber gehöre.«

Ömer versuchte sich empört zu geben wie jemand, dem ein Unrecht widerfahren ist: »In diesen Briefen habe ich auch geschrieben, dass ich ein Eroberer sein will!« Er kam sich schäbig vor.

»Ach, ich kann es nicht mehr hören! Mein Gott, wie kann man nur so kindisch sein, so naiv! Ich kann mich nur wundern, wie du dieses Wort so voller Ernst benutzen und so daran hängen kannst! Ich mach mir sogar Vorwürfe, weil ich das nicht begreifen kann, aber ich begreife es nun mal nicht!«

Nun glaubte Ömer tatsächlich, dass ihm Unrecht geschah. »Ja, das stimmt, begreifen tust du mich wirklich nicht!«

»Wie kann man nur so eingebildet sein!« rief Nazlı. »Du musst da irgendwas ganz Geheimes wissen, von dem ich keine Ahnung habe! Nur, was soll das sein? Jedenfalls –«

»Ehrgeiz nennt man das!« rief Ömer. »Ich bin so komische Diskussionen nicht gewöhnt«, rief er dann. »Ich verstehe nicht mal, wie man über so etwas überhaupt reden kann. Ich habe keine Lust, den reifen Menschen zu spielen, der zu allem eine Meinung hat. Ich will ich selber sein. Sowohl leben als auch spotten, sowohl stark und intelligent sein als auch …« Er hielt inne. »Ja, oder vielmehr nein, ich bin hässlich … Ich bin ein richtiger Türke! Kann einfach nicht den Mund halten. Immer denke ich nur an mich. Und sehe jeden nur als Mittel zum Zweck. Ich bin sonderbar, und ich weiß es auch. Ich bin ehrgeizig, feige, und jetzt bin ich betrunken. Ich kenne Europa …« Er stand auf. »Das Abendessen … Bin ich etwa ein Schmarotzer? Dabei habe ich auf der Baustelle mehr gearbeitet als jeder andere. Das ist doch furchtbar … Ich werde heiraten … Ich will … Ich habe Angst.« Er fragte sich, was Nazlı wohl jetzt von ihm hielt. Am liebsten hätte er sie umarmt, doch hätte er es getan, so wäre es doch nur wieder gewesen, als würde er sich selbst dabei zuschauen. So blickte er nur müde in Nazlıs furchtsames Gesicht und sagte lächelnd: »Warum habe ich bloß so viel getrunken!«

»Dir geht es nicht gut!« sagte Nazlı. »Fahr in dein Hotel und lege dich ins Bett!«

»Ach, wenn du wüsstest, wie gern ich hier bei dir bleiben würde!«

»Steh nicht so herum, setz dich doch!«

»Was bin ich für ein Mensch? Wie siehst du mich? Wie sehen mich die anderen?«

»Na ja, du scheinst dort in Europa gelernt zu haben, an dich selber zu denken. Das sagst du ja auch selbst.«

»Ja, stimmt schon! Das macht mich ja so hässlich!« rief Ömer. »Vernunft! Nein: das Selbst! Ich weiß, dass ich ich selber bin! Das weiß hier keiner sonst! Und da nur ich es so ganz und gar weiß, werde ich auch so komisch. Zum Tier werde ich. Ja, ich bin ein Tier! Unter lauter quicklebendigen, ausgeglichenen Menschen laufe ich mit meinen bösen Gedanken herum wie ein Tier! Und noch dazu bin ich ein Chef! Ein fürchterlicher, hinterhältiger, heuchlerischer Chef!«

»Bitte hör jetzt endlich auf, ich halte es nicht mehr aus!« Nazlı schlug die Hände vors Gesicht. Plötzlich horchte sie auf. »Mein Vater kommt!«

Ömer, der nichts gehört hatte, fragte: »Meinst du wirklich?«

»Jaja, er kommt! Ich habe seine Schritte gehört!«

»Na ja, ich wollte sowieso gerade gehen! Die Köfte waren ausgezeichnet, vielen Dank. Wie soll es jetzt weitergehen? Warum soll ich noch mehr arbeiten und noch mehr Geld verdienen? Weil mir die anderen zuwider sind! Soll ich morgen kommen?«

»Wie du willst!«

Sie hörten, wie Muhtar die Haustür aufschloss und die Treppe heraufkam.

»Er kommt! Ich weiß, dass dein Vater mich nicht mag. Keiner mag mich! Und die haben ja auch recht. Ich bin nämlich zugleich ein Chef und ein –«

Die Tür ging auf. Sie hörten Muhtar hüsteln und dann seinen Mantel ausziehen.

»Papa, bist du das?«

»Ja, ich bin's!«

»Schon zurück?«

Muhtar zog draußen im Korridor erst noch seine Pantoffeln an, dann trat er ins Zimmer.

Ömer stand noch immer. Als er Muhtar ungehalten auf die Wein-flasche blicken sah, sagte er: »Guten Abend! Wir haben gerade gegessen!«

»Und getrunken, was?«

Nazlı fühlte sich nun auch bemüßigt aufzustehen. »Wir haben eine deiner Flaschen genommen, die auf dem Fliegenschrank stehen!«

»Auf dem Fliegenschrank … Meine Flaschen …« murmelte Muhtar. Als er seine Tochter auf sich zukommen sah, schwante ihm nichts Gutes.

»Was ist denn los, Papa?«

»Mir geht es nicht besonders. Wird zumindest behauptet …« sagte Muhtar. »Soso, Wein … Vom Fliegenschrank …« Und plötzlich brüllte er los: »Junger Mann, ich verbiete Ihnen, um diese Zeit im Haus eines unbescholtenen Mädchens zu sitzen und Wein zu trin-ken!«

»Wie bitte?«

»Ich verbiete es, verstanden?«

»Papa, was hast du denn?«

»Ich wollte sowieso gehen!« sagte Ömer.

»Nein, du bleibst da! Ich habe noch ein Wörtchen mit dir zu re-den!« Er packte seine Tochter, die ihm in die Arme fallen wollte. »Was ist denn mit dir los? Du hast getrunken! Und jetzt weinst du auch noch! Leg dich bitte augenblicklich schlafen!«

»Papa, bitte!« flehte Nazlı, dann weinte sie ungeniert los.

»Das gefällt mir gar nicht! Überhaupt nicht! Geh sofort in dein Zimmer und leg dich hin! Ein Muhtar weiß immer noch, was sich gehört! Gott sei Dank habe ich noch Anstand im Leib! Geh auf dein Zimmer, sonst muss ich als Vater zum erstenmal unangenehm werden!«

Weinend verließ Nazlı den Raum.

»Ich kann auch gehen, wenn Sie wollen!« sagte Ömer, aber als er Muhtars Gesicht sah, setzte er sich lieber.

»Bleib noch!« sagte Muhtar. »Dir bin ich nicht mal böse jetzt. Bleib noch ein wenig sitzen, ich habe mit dir zu reden. Als allererstes: Wenn meine unverheiratete Tochter um Mitternacht, na ja, um neun Uhr abends, allein mit einem Mann hier sitzt und Alkohol trinkt und sich das nach den allgemeinen Anstandsregeln nicht schickt, dann bin in erster Linie ich schuld daran! Jawohl, ich mache mir Vorwürfe, weil ich meine Tochter vernachlässigt habe und vor lauter eigenen Sorgen nicht sehe, was sich direkt vor meiner Nase abspielt. Und deshalb kann ich dir nicht böse sein. Eine Teilschuld trifft dich aber auch. Ich weiß, du bist ihr Verlobter, ihr werdet bald heiraten, aber trotzdem finde ich dieses Verhalten nicht richtig!« Er deutete auf die Tür. »Natürlich ist auch sie ein wenig schuld, aber sie ist eben ein junges Mädchen!«

Ömer schämte sich nicht im geringsten, empfand keinerlei Schuldbewusstsein, sondern nur wieder jenes Gefühl, das ihn seit jeher in solchen Situationen überkam, nämlich dass er grundsätzlich recht hatte und der Überlegene war. Um aus der Widrigkeit herauszukommen und Muhtar gleichsam auch etwas zu gönnen, sagte er: »Sie haben recht!«

»Ja, das habe ich, ich habe recht. Selbst du merkst es, aber bis ich es gemerkt habe, hat es lange gedauert.« Über sein Gesicht ging ein Leuchten. »Ich habe recht! Es freut mich, dass du das sagst, mein Junge, denn ich bin ziemlich missgestimmt. Lass mich dir erst mal was erzählen. Ich war heute im Ankara Palas, wie du vielleicht weißt, wegen Köse Iwanow. Und stell dir vor, mitten bei diesem Essen oder Fest oder Empfang oder was immer das sein sollte, da habe ich mich doch klammheimlich davongemacht und bin nach Hause gefahren.

Und zwar deswegen, weil mir dort alles so hässlich und gemein vorkam und ich gemerkt habe, dass ich zum unmoralischen Menschen verkomme.«

»Aber ich bitte Sie!« sagte Ömer, wiederum gönnerhaft.

Muhtar schien das gar nicht wahrzunehmen. »Jawohl, zum unmoralischen Menschen! Mein ganzes Leben kommt mir plötzlich sinnlos und leer vor. Es erscheint mir voller Gemeinheit und Heuchelei. Dabei habe ich stets für meine Überzeugungen gekämpft. Ob in der Hochschule, als Landrat oder als Gouverneur, immer war ich voller Glauben an die gute Sache, bin mutig für sie eingetreten, habe Ehre und Stolz bewahrt oder dies doch zumindest geglaubt. Aber jetzt … Jetzt fühle ich mich betrogen, übers Ohr gehauen, wie ein vertrottelter, verlassener Ehemann. Ich bin ein unglücklicher Mensch! Verstehst du das?«

Ömer nickte stumm.

Plötzlich war Muhtar anzusehen, dass ihn das Gesagte reute. »Was muss ich dem Kerl das alles erzählen?« dachte er wütend. Als redete er gar nicht über sich selbst, sondern über Ömer, sagte er in scharfem Ton: »Vor der Unmoral können mich allein mein Wille und mein Verstand bewahren! Auf der Heimfahrt habe ich darüber nachgedacht und bin zu folgendem Schluss gekommen: Im Hinblick auf die Moral, nein, mehr noch, bei der Ausrichtung meines ganzen Lebens werde ich mich von nun an auf meinen gesunden Menschenverstand verlassen. Wann bin ich vom rechten Weg abgekommen? Ich weiß es nicht! Wo ist die Grenze zwischen Moral und Unmoral? Auch das weiß ich nicht! Ich weiß lediglich, dass ich heute in einer hässlichen Situation war und das gerade noch gemerkt habe. Was ist Moral? Auf nichts ist Verlass!« Nachdem er sich so in Rage geredet hatte, wurde er mit einemmal wieder ruhig. »Ich werde mich nicht mehr um die anderen kümmern, sondern um mich selbst. Ich hoffte, mir würde ein hohes Amt zuteil, aber daraus ist nichts geworden. Aber zu mir selbst und meinen fünf Sinnen habe ich zurückgefunden. Und begriffen, dass ich nichts anderes habe als meine Tochter. Das verstehst du nicht, und wahrscheinlich lachst du mich aus, aber ich teile dir jetzt mit, was für einen richtigen und nötigen Beschluss ich gefasst habe: Bis zu eurer Heirat wirst du nicht mehr in dieses Haus kommen und dich mit meiner Tochter nicht mehr treffen. Du hast sie nun genug gesehen. In einem Monat seid ihr verheiratet, aber bis dahin siehst du sie nicht mehr. Das ist mein fester Entschluss! Und zu seiner Umsetzung werde ich auch sämtliche Maßnahmen –«

»Ich bin ganz der gleichen Meinung!« unterbrach ihn Ömer und stand auf.

Auch Muhtar erhob sich. »Schön! Du bist also der gleichen Meinung!« Nervös spielte er mit einem Jackettknopf. »Und warum bist du dann überhaupt hier?«

Hochtrabend erwiderte Ömer: »Mir ist das eben gerade erst eingefallen!«

»Du weißt vermutlich, dass ich dich nicht besonders mag!«

»Das weiß ich.«

Stumm blickten sie sich an.

»Du musst schon entschuldigen«, sagte Muhtar dann. »Ich bin dich hart angegangen, aber ich konnte nun mal nicht anders.« Wieder fuhr seine Hand an den Jackettknopf. »Mich reut auch, was ich dir vorhin alles erzählt habe. Was muss ich dir mein Herz ausschütten? Hast ja doch nichts verstanden!«

»Ich bin betrunken«, sage Ömer.

Nach einer Weile fuhr Muhtar mit weinerlicher Stimme fort: »Du hast mit meiner Tochter um Mitternacht Alkohol getrunken. Du hast sie zum Weinen gebracht, und das nicht zum erstenmal.«

»Ja, das habe ich gemacht!« erwiderte Ömer. »Ich weiß schon, dass ich kein Schwiegersohn bin, auf den man stolz sein kann.« Er ging zur Tür. »Auf Wiedersehen!«

Da ging die Tür zum Korridor auf und Nazlı erschien. »Was ist denn los?« rief sie.

»Nichts!« antwortete Muhtar. »Er geht jetzt!«

»Ich habe beschlossen, dass wir uns bis zu unserer Hochzeit nicht mehr treffen!« sagte Ömer, als würde er sich allein die Schuld daran geben, doch empfand er das keineswegs so.

Muhtar sah seine Tochter an. »Wir haben das gemeinsam beschlossen!« Und zu Ömer gewandt sagte er: »Nicht wahr, junger Mann?«

»Jaja, natürlich!«

»Was? Warum denn? Das geht doch nicht!« Nazlı tat einen Schrei. Als habe er Angst, etwas kaputtzumachen, ging Ömer auf Zehenspitzen die Treppe hinunter und verschwand in der Nacht.

50

WIEDER IN ISTANBUL

Um nicht ins Gedränge zu geraten, stand Refik schon ein paar Minuten vor Ende des Spiels auf und ging an der Mauer der früheren Artilleriekaserne entlang, die nun als Stadion genutzt wurde. Als er gerade auf den Taksimplatz hinaustreten wollte, rief ihm jemand hinterher.

»Refik! Mensch, Refik!«

Er drehte sich um und erkannte Nurettin, einen früheren Kommilitonen. Lächelnd umarmten sie sich.

»So eine Holzerei, was?« sagte Nurettin.

»Na ja, bei dem schlammigen Platz!«

»Die wollten uns wohl den Spaß am Fußball austreiben! Die haben ja mehr aufeinander eingetreten als auf den Ball! So schnell sehen die mich nicht mehr hier!« Er musste schmunzeln. »Das sage ich jetzt so, aber nächste Woche spielt Fenerbahçe wieder, und ich bin auch wieder da! Aber dich sieht man gar nicht mehr oft …«

»Stimmt schon!«

»Nein, wirklich! Na ja, du warst ja in lang in Erzincan, das hat mir Muhittin erzählt. Seit wann bist du denn zurück?«

»Schon lang, seit vier Monaten. Im November bin ich zurück.«

»Was hast du denn dort gemacht? Beim Eisenbahnbau warst du, nicht wahr?«

»Ja! Und ich habe etwas vom Land gesehen!«

»Ach, schön!« seufzte Nurettin. »Wenn ich das doch auch mal könnte! Beim Eisenbahnbau gäbe es so viele Möglichkeiten. Jeder geht da hin und verdient sich eine goldene Nase. Aber ich sitze hier fest und komme nicht so schnell weg.«

Es kamen immer mehr Leute aus dem Tor heraus. Einer stieß Refik an. Aus dem Kasernenhof ertönte ein dumpfes Stöhnen.

»Jetzt ist es wohl aus!« sagte Nurettin. Er zog Refik am Ärmel. »Bevor wir nach Hause gehen, sollten wir noch …« Er ballte die Faust und steckte den Daumen in den Mund, als würde er daran nukkeln. »Na komm schon!«

»Ich muss in den Tennisclub!«

Mit der Faust, die er gerade noch zur Geste des Trinkens geformt hatte, boxte Nurettin Refik ein paarmal so fest an die Schulter, wie es sich für ein früheres Mitglied der Schulfußballmannschaft gebührte. »Zu den feinen Pinkeln gehst du also?« Er sagte das ganz unbefangen; Refik würde schon nicht beleidigt sein.

Refik verzog auch nur verlegen das Gesicht, als wollte er sagen: »Tja, was soll man machen!«

»Du kommst also nicht mit? Schade, ein paar Schluck hätten uns gutgetan!« Refiks Miene war unverändert. »Na schön, geh nur in deinen Luxusclub! Übrigens, weißt du was von Ömer?«

»Der heiratet demnächst.«

»Tatsächlich? Dann bin ja bloß noch ich übrig!« Von den herausströmenden Zuschauern gingen nun manche zwischen ihnen hindurch. »Na dann bis bald! Nächste Woche spielt Fenerbahçe gegen Güneş. Ich stehe auf der Friedhofsseite, hinter dem Tor!«

Refik lächelte. Er sah dem in der Menge verschwindenden Nurettin noch ein wenig nach und ging dann an der Trambahnlinie entlang bis zum Taksimgarten. Er löste ein Billett und betrat den Garten, der am Sonntag nachmittag nicht so still und einsam war wie sonst, aber genauso nach Urin roch. Von draußen hörte er noch die davonziehenden Fußballfans. »Ein miserables Spiel. Und nur ein einziges Tor. Na ja, gesehen habe ich es. Ich habe frische Luft geschnappt, wie gewollt, und jetzt friert mich!« Er sah das Holzgebäude vor sich, in dem ein Restaurant und der Tennisclub untergebracht waren. »Jetzt fahren wir nach Hause ins Warme!« Er war nach dem Mittagessen mit Osman, Nermin und Perihan hierhergekommen, und während die anderen im Club geblieben waren, war er zu dem Fußballspiel gegangen. Da sie vereinbart hatten, gemeinsam nach Hause zu fahren, musste er nun zurück in den Club, den er früher oft genug aufgesucht hatte. Beim Betreten des Gebäudes dachte er an das, was Nurettin über den Club gesagt hatte. Er ging rasch die Treppe hinauf, und als er den immer noch nicht reparierten Türgriff wiedersah, das unveränderte Lächeln des Kellners, die seit eh und je am gleichen Platz hinter Glas vergilbenden Clubstatuten, wäre er fast wehmütig geworden. Er ging zügig an den Räumen vorbei, in denen bei geöffneter Tür Karten gespielt und geraucht wurde, und erblickte auch gleich Nermin und Osman. Er begrüßte ein paar Leute und setzte sich dann neben Perihan, die einen Tee vor sich stehen hatte. Diskret bestellte er sich auch einen bei dem müden Kellner und lauschte dann dem Gespräch, froh darüber, es nicht gestört zu haben.

Osman gegenüber saß der Clubvorsitzende Mükrimin, ein Medizinprofessor, der vor allem wegen seiner Beziehungen zu Regierungs- und Gesellschaftskreisen gewählt worden war. Sein Interesse an Sport ging über das Verfassen diverser Artikel über Sportlergesundheit kaum hinaus. Er war gerade dabei, der Tischgesellschaft zu erläutern, welche Gefahr dem Tennisclub droht. Der neue Gouverneur habe nämlich vor, das Gebäude abreißen zu lassen und dem Club ein neues Terrain auf dem Gelände des Surp-Agop-Friedhofs nebenan zuzuweisen, wobei auch letzteres noch nicht gesichert sei. Des weiteren habe der Gouverneur behauptet, der Club sei eigentlich mehr eine Spielhalle als ein Sportzentrum, und damit habe er alle Mitglieder beleidigt. Einige am Tisch mahnten daraufhin zur Mäßigung, während andere dafür waren, zur Verteidigung des türkischen Tennissports einen Brief an den Ministerpräsidenten zu schreiben. Die Debatte wurde immer hitziger, bis jemand mit einem Scherz alle zum Lachen brachte. Eine Frau gab zu bedenken, dass es doch unschicklich sei, auf einem früheren Friedhof Tennis zu spielen, und es trat betroffenes Schweigen ein, und mitten in dieses Schweigen hinein wurde Refik von dem Eisenhändler Hamdi angesprochen, einem Klassenkameraden von Ömer, der Refik die ganze Zeit schon immer wieder angesehen hatte.

»Mensch, Refik, was du so alles machst! Bis nach Kemah bist du gekommen!«

»Ja«, erwiderte Refik, peinlich berührt, da alle mithörten.

»Und was hast du dort getrieben?«

»Ach, nichts Besonderes!«

»Du hast doch ein Buch geschrieben! Und ein Ministerium hat es herausgebracht!«

Refik wollte vor den anderen möglichst unbeteiligt wirken, merkte aber gleich, dass er viel eher die Haltung des kleinen Bruders einnahm, so wie er dies Osman gegenüber tat. »Ja, es ist veröffentlicht worden.«

»Dann bist du ja jetzt ein Schriftsteller!« betonte Hamdi und sah sich in der Runde um, als habe er etwas ganz Besonderes entdeckt. »Worüber schreibst du denn so? Über die Probleme der Türkei, oder?«

»Über die Probleme in den Dörfern«, erwiderte Refik, um wenigstens ein bisschen was von sich zu geben. Das Wort »Schriftsteller« war ihm höchst peinlich.

»Aha, die Probleme in den Dörfern …« wiederholte Hamdi und sah die anderen wieder auffordernd an, als sollten sie sich gefälligst für Refik interessieren. »Könnte ich auch eines von diesen Büchern haben? Von dir signiert? Ich habe nämlich auch –«

Da streckte jemand den Kopf zur Tür herein. »Weiß jemand, wie das Spiel ausgegangen ist?«

Refik ergriff die Gelegenheit beim Schopf: »Eins zu null für Fenerbahçe!«

»Ach ja? Und wer hat das Tor geschossen?«

»Yaşar!«

Hamdi rief: »He, Vasıf, dich sieht man ja gar nicht mehr! Warum bist du denn gestern nicht gekommen?« und stand auf.

Sie knüpften wieder an das Gespräch über die Zukunft des Clubs an, aber diesmal wurde allgemein locker darüber gescherzt. Der Frau, die nicht auf einem Friedhof Tennis spielen wollte, wurde versichert, auf dem Gelände befänden sich lediglich Überreste einer alten Kirche. In dem großen Raum, der für jedes Clubmitglied immer der erste Anlaufpunkt war, herrschte nun ein Kommen und Gehen, und als aus einem der Nebenzimmer ein hünenhafter Mann kam und seine Frau anbettelte, noch eine »winzig kleine Runde« spielen zu dürfen, und diese daraufhin mit einer wütenden Geste auf ihre Uhr zeigte, stand Osman auf, und das war dann auch das Zeichen für

Nermin, Refik und Perihan. Sie mussten noch ein bisschen warten, bis Osman mit dem Vorsitzenden ein paar Worte gewechselt hatte, dann gingen sie hinaus in den Garten, wo es noch immer kalt und bedeckt war. Perihan hakte sich bei Refik unter.

Auf dem Weg zum Auto, das an der Friedhofsmauer stand, sagte Osman zu Refik: »Mükrimin behauptet, du hättest seit Monaten deine Mitgliedsbeiträge nicht entrichtet. Er wollte sie von mir, aber ich wollte nicht an deiner Stelle zahlen.«

»Gut.«

»Du weißt, in was für Schwierigkeiten sie stecken. Wäre schon gut, wenn du zahlen würdest.«

»Ja.«

»Oder hätte ich doch für dich zahlen sollen?«

»Weiß nicht …«

»Was soll das heißen, ›weiß nicht‹?« Osman blieb vor seinem Auto stehen, fand aber den Schlüssel nicht, den er sonst immer auf Anhieb aus der Tasche zog. Wütend blickte er Refik an. »Wo ist denn bloß der Schlüssel?« Dabei war das Innere seiner Taschen genauso geordnet wie sein Alltagsleben, und er rühmte sich immer, genau zu wissen, wo was war, und nie etwas zu verlieren. »Ja ist das möglich?« Er tastete an sich herum und sah dabei Refik an, als wollte er sagen: »Für was hältst du dich eigentlich, Refik? In welcher Traumwelt lebst du? Wann wirst du mal zu dir kommen und so werden wie wir alle? Wegen dir finde ich nicht mal mehr meinen Schlüssel!« Schließlich fand er ihn doch.

Refik wandte den Blick ab. Mit der Miene des naiven, ungeschickten kleinen Bruders, an die er sich schon so gewöhnt hatte, sah er zum Himmel empor, wo sich ein Wolkengrüppchen zu einem anderen Grüppchen vorschob. »Der Mitgliedsbeitrag …« dachte er. »Hm, ich muss mich wohl mal entscheiden … Diese Wolken da scheinen auf die anderen zu warten … Der Mitgliedsbeitrag … Ich muss einmal sterben. Wir müssen alle mal sterben. Ich soll den Mitgliedsbeitrag zahlen … Die haben schon recht … Aber daran kann ich auch später denken. Soll Osman ihn doch zahlen, wenn er Lust hat. Diese Wolken kommen sich immer näher. Warum soll ich über eine solche Kleinigkeit aufregen? Ich war heute beim Fußball. Fenerbahçe –

Vefa: eins zu null. Jetzt fahren wir nach Hause. Osman ist mir böse, weil ich nicht so werden kann, wie er sich das wünscht. Er hat ja recht. Aber wir müssen alle einmal sterben!«

Osman sperrte die Autotüren auf, und seiner Miene merkte man an, dass er sich nicht so leicht würde aufheitern lassen. Bevor die anderen noch richtig saßen, ließ er schon den Motor an. Auf Nermins besänftigende Scherze ging er nicht ein. Er wartete auch nicht lange, bis der Motor warm war, sondern fuhr das violettfarbene Auto gleich los in Richtung Nişantaşı.

Außer dem Brummen des Motors war nichts zu hören. Refik saß hinten an das Seitenfenster gelehnt und sah auf die vorbeiziehenden Bilder hinaus. Seit er als Student hier jeden Tag mit der Trambahn entlanggefahren war, hatte sich an den Gebäuden, den Mauern, den Bäumen kaum etwas geändert. »Ich war beim Fußball, und jetzt fahren wir nach Hause. Es ist Sonntag nachmittag, der 19. März 1939. Morgen werde ich wie üblich in die Firma gehen. Da hängen sich Kinder an die Trambahn ... Meine Mutter liegt mit Grippe im Bett ... Es ist kalt draußen ... Zu Hause werde ich Tee trinken, ein wenig mit den anderen unten sitzen und dann hinaufgehen. Wir werden reden, Perihan und ich ... Worüber? Warum reden wir jetzt nicht? Osman hat eine Geliebte, von der Nermin nichts weiß. Oder doch? Nermin hat auch ein Verhältnis, und davon habe ich Osman nichts gesagt! Wir müssen alle einmal sterben. Worauf wartet denn der Mann da? Friedhöfe, Grabsteine, Christen ... Herr Rudolph ... Was soll ich dem schreiben? Hölderlin. Wie spät ist es? Halb sechs. Meine Mutter wird sich Sorgen machen. Was wohl Melek macht? Es wird sich alles wieder einrenken, mein ganzes Leben ... Ich werde herausbekommen, was zu tun ist ... Der Mitgliedsbeitrag? Und ich werde herausfinden, wie man leben muss ... Später, später einmal ... Wenn ich erst einmal mein großes Projekt auf die Beine gestellt habe, wird mein Leben in geregelten Bahnen verlaufen. Und was mache ich jetzt? Ich warte und sehe zum Fenster hinaus. Und sage im Auto nichts. Zu Hause im Schlafzimmer werden Perihan und ich reden. Seit einem Monat bin ich aus Ankara zurück ... Perihan ist mir nicht böse ... Bücher ... Ich lebe ...«

51

DIE REISE

Ömer erwachte und stand sogleich vom Bett auf. Obwohl er in Anzug und Krawatte geschlafen hatte, fühlte er sich, als hätte er sich soeben erst angezogen und sich das Gesicht mit kaltem Wasser erfrischt, und tatendurstig ging er im Hotelzimmer herum. Er sah auf die Uhr: halb sechs. »Sonntag nachmittag ... Hm, warum soll ich nicht heute losfahren? Vielleicht hat er ja angerufen!« Sein Zimmertelefon hatte nicht geklingelt, aber er ging rasch hinunter und fragte den Hotelburschen, ob ein Anruf für ihn gekommen sei. Das war nicht der Fall. Er ging wieder hinauf, und angetrieben von einer ganz besonderen Energie, packte er rasch seinen Koffer. Er ging damit hinunter und sagte dem Hotelburschen, er werde für eine Weile wegfahren und wolle daher seine Rechnung begleichen. Daraufhin trat ein älterer Angestellter hinzu und erklärte, man werde versuchen, ihm sein Zimmer freizuhalten. Wo er denn hinfahre und für wie lange? Ömer erwiderte, jetzt, wo die Saison wieder beginne, werde er nach Kemah fahren und noch einige Fahrzeuge und Maschinen von der Baustelle loszuschlagen versuchen, aber er werde bald zurück sein. Er zahlte seine Rechnung und fuhr mit dem Taxi zum Bahnhof. Dass sein Zug um sieben fahren würde, hatte er schon am Morgen erfragt. Nachdem er sich eine Fahrkarte besorgt hatte, ging er in die Gaststätte des neuen Bahnhofs und bestellte ein Kalbsfilet.

Er hatte schon eins zu Mittag gegessen, und da es wie die Krönung des ganzen schönen Vormittags gewesen war, wollte er nun wieder eines. Am Vorabend war er von Muhtars Haus ins Hotel zurückgekehrt und hatte sich geschworen, mit dem Trinken aufzuhören. Nach langem traumlosem Schlaf war er genauso energiegeladen erwacht wie vor einer Stunde auch, hatte sich anständig angezogen und sich auf den Weg zu Muhtar gemacht, in der frischen Überzeugung, in einer solchen Situation sei nun mal eine Entschuldigung angebracht. Die Morgenluft war so herrlich gewesen, dass er aufs Taxi verzichtet hatte und zu Fuß bis Yenişehir gegangen war. Kein Wölkchen war am

Himmel gewesen. Da es in der Nacht geschneit hatte, waren Mauern, Bäume und Dächer voller Schnee. Die Straßen waren sonntäglich leer gewesen. Während Ömer ziemlich fröhlich dahinmarschiert war, hatte er überlegte, wie er sich bei Muhtar entschuldigen sollte, und je länger er darüber nachgedacht hatte, um so normaler war ihm sein Verhalten vorgekommen, und eigentlich hatte er sich nicht für ein bestimmtes Vorkommnis, für einen einzelnen Fehler zu entschuldigen, sondern für sein Verhalten ingesamt, so dass es im Grunde Unsinn war, sich überhaupt zu entschuldigen. Je mehr diese Überzeugung in ihm herangereift war, um so mehr hatte ihn auch wieder das Gefühl vom Vortag überkommen, nämlich dass er stets in allem recht hatte. Es war wieder genauso wie in seiner Kindheit und frühen Jugend gewesen, dass er sich grundsätzlich im Recht wähnte, weil er doch so intelligent und gutaussehend war und jeder ihn mochte, ohne von ihm etwas zu erwarten. Auf diesem Gang durch die verschneite Landschaft hatte sich ihm sogar aufgedrängt, dass er nicht nur recht hatte, weil er intelligent, gutaussehend und reich war, sondern auch, weil die Sonne nur für ihn durch die schneebedeckten Zweige schien und das Wetter nur so herrlich war, damit er diesen Spaziergang unternehmen konnte. Als er am Kızılayplatz vorbeigegangen und durch Seitenstraßen flanierend in die Nähe von Muhtars Haus gelangt war, war er gar zu dem Schluss gekommen, dass die Freude, die er in seinem Sonntagsstaat am munteren Dahingehen unter makellos blauem Winterhimmel empfand, durch den Akt der Entschuldigung und die zu befürchtenden Ermahnungen von seiten Muhtars doch erheblich getrübt worden wäre, und neben einem Grundstück, auf dem Kinder eine Schneeballschlacht austrugen, war er plötzlich umgekehrt und hatte beschlossen, Nazlı vom Hotel aus anzurufen. Auf dem ebenso ersprießlichen Rückweg nach Ulus hatte er dann allmählich empfunden, dass es gar nicht an ihm war, anzurufen, sondern vielmehr an Nazlı, und er hatte sich erst einmal ins Hotelrestaurant gesetzt, wo er ein weit schöneres Stück Fleisch verzehrt hatte als das, das er nun vorgesetzt bekam, und schließlich hatte er befunden, es sei nun genau der richtige Zeitpunkt, um nach Kemah zu fahren.

Nun fühlte Ömer sich auch wieder kräftig und unternehmungslustig, und als er das Restaurant verließ, erwog er zunächst, Nazlı doch anzurufen, doch der Gedanke, es könne Muhtar ans Telefon gehen, brachte ihn davon ab. Für den Zug kaufte er sich sämtliche Tageszeitungen sowie eine Wochenzeitschrift. Als der Zug losfuhr, lobte er sich in seinem leeren Abteil für diese Voraussicht und fing gemütlich zu lesen an. Als er dann wieder selige Müdigkeit in sich aufkommen spürte, streckte er die Beine aus, neigte den Kopf zur Seite und überließ sich dem Schlaf.

Als er erwachte, war die Sonne schon aufgegangen und schien auf die Scheibe. Ömer streckte sich und lächelte den älteren Herrn an, der inzwischen das Abteil bestiegen hatte. Daran, dass der Fluss entlang der Bahnlinie entgegen der Fahrtrichtung floss, erkannte Ömer, dass es sich nicht um den Çaltı, sondern um den Karasu handeln musste und sie somit von Kemah nicht mehr weit entfernt sein konnten. Nach einem langen Tunnel waren felsige Abgründe zu sehen, und Ömer war nun vollends wach. »Und gestern war ich noch in Ankara!« Wie bei jeder Zugreise weckte die vorbeiziehende Landschaft bei ihm das Gefühl, dass das Leben etwas Reiches und Vielfältiges war, das in vollen Zügen gelebt werden musste. Schließlich lächelte er wieder den älteren Herrn an, der schon lange auf ein Gespräch aus war.

Der Mann war wie ein Beamter gekleidet und sagte zu Ömer: »Sie haben die ganze Nacht durchgeschlafen. Beneidenswert!«

Ömer sah auf die Uhr. »Fast zehn Stunden muss ich geschlafen haben!«

»Die ganze Nacht!« wiederholte der Mann kopfschüttelnd, als wunderte er sich, wie man sich so arglos einer Maschine anvertrauen konnte. »Ich dagegen habe kein Auge zugetan und nur Ihnen beim Schlafen zugesehen.« Er sei Katasterbeamter in Erzincan, und die Eisenbahn habe ihn zwar nach Ankara gebracht, doch sei von ihr nicht weniger Schlechtes als Gutes zu erwarten. Er habe in Ankara wegen seiner Schmerzen einen guten Arzt konsultieren können, doch habe der auch nichts anderes zuwege gebracht, als ihm irgendeine Medizin zu verschreiben. Als der Mann erfuhr, was Ömer beim Eisenbahnbau geleistet hatte, zeigte er sich ob Ömers Jugend beeindruckt, und mit Blick auf den Ring an Ömers Finger erklärte er, er selbst sei einst auch einmal verlobt gewesen.

Ömer musste dabei an Nazlı denken, aber ganz ohne Unwillen.

»Wie weit ich jetzt weg bin!« Freundlich lächelte er den älteren Herrn an, der fortwährend redete, als wollte er damit verhindern, dass sein junger Mitreisender sich in unerquicklichen Gedanken verlor. Da Ömer an diesem schönen Tag keine Lust hatte, sich irgend etwas zu widersetzen, lauschte er zustimmend den für einen Beamten recht ungewöhnlichen Ansichten und Beschwerden des Mannes über die Eisenbahn, die moderne Zeit und den Fortschritt im Lande. Wie sorglose Menschen es tun, gähnte er hin und wieder herzhaft und stöhnte dabei jedesmal zum Abschluss. Der Zug durchfuhr oft lange Tunnels und fuhr über Brücken von der einen Flussseite auf die andere, und bei jeder Tunneleinfahrt verstummte der Mann und nahm sein Erzählen erst danach wieder auf. Wenn Ömer gerade nicht am Thema interessiert war, schweiften seine Gedanken ab. »Tja, die Natur ... Verschneite Hügel und Felsen ... Gut, dass ich gekommen bin ... Gut, dass es dort was zu verkaufen gibt ...«

Als der Zug am Bahnhof von Kemah hielt, wurde er von Kindern und von Neugierigen umstanden. Ömer sah die an die Hügel geschmiegten weißen Häuser. »Wie still es hier ist!« Ein Junge rief etwas, ein Pfiff ertönte, und sobald der Zug anfuhr, fing der ältere Herr wieder zu erzählen an. Etwa zwanzig Minuten später griff Ömer zu seinem Koffer, verabschiedete sich von dem Mann und stellte sich in den Durchgang zwischen den zwei Waggons, wo er hin und her geschüttelt wurde. »Gestern noch in Ankara und heute hier!« Aber der Zug wollte und wollte nicht halten. »Ich war in Ankara, in Istanbul, in England, ich erlebe was, ich sehe was ... Ich bin reich und ehrgeizig ... Und? Ein Eroberer! Istanbul! ... Da hält er ja endlich!«

Da außer ihm niemand ausstieg, hatte er das Gefühl, der Zug habe nur für ihn gehalten. Er ging auf das Bahnhofsgebäude zu, sah den Zug hinter einer Kurve verschwinden und merkte so richtig, dass in dieser schneebedeckten, zwischen Berge eingezwängten Ebene nichts war als Stille. Das Büro des Bahnbeamten war leer, desgleichen der Warteraum. Ömer trat vor das Gebäude und sah sich um. Er erblickte ein Huhn, dann noch eines, einen Hühnerstall und aufgehängte Wäsche, daneben einen vollen Wäschekorb. Wie verzaubert blieb er stehen. Die bunte Wäsche hing so reglos zwischen den schneebedeckten Zweigen. »Wie schön! Wie echt! Wie schön, zu leben und das zu sehen!« Er wollte sich schon abwenden, da sah er aus der Tür zur Wohnung des Bahnwärters eine Frau heraustreten. Als sie Ömer erblickte, zuckte sie zusammen und wollte instinktiv ihr Kopftuch zurechtrücken, doch hatte sie gar keines auf. Ömer dachte schmunzelnd: »Das ist ja noch echter!« Irgend jemand schien alles so einzurichten, dass ihm, Ömer, ungeahnte Wonnen zuteil wurden und er sich nur ja nicht langweilte, sondern einfach nur das Dargebotene zu genießen brauchte.

Als er sich wieder den Gleisen zuwandte, sah er den Bahnwärter von den Weichen zurückkommen. Er stellte sich vor und fragte nach Hacı, der das Depot mit den Baumaschinen beaufsichtigte und ihn nach Möglichkeit beherbergen sollte.

Bei der Erwähnung des Namens Hacı leuchtete das Gesicht des Bahnwärters auf. »Ja, der kommt manchmal hier vorbei! Ich kann meinen Jungen nach ihm schicken! Setzen Sie sich doch!«

Ömer nahm drinnen Platz. An der Wand hingen Bilder von Atatürk und İsmet Paşa.

Der Bahnwärter kam zurück. »Ich habe ihn losgeschickt.« Ömer nickte gähnend. »Bis er zurück ist, könnten wir doch Tavla spielen? Zum Zeitvertreib …«

»Natürlich, warum nicht?«

Der Mann holte ein Tavlaspiel herbei, und sie begannen eine Partie.

52

IMMER NOCH AUF DER SUCHE

Refik saß im Arbeitszimmer an seinem Tisch.

Die Tür ging auf, und Osman streckte neugierig den Kopf herein. »Ach, da bist du!« Er trat ein. »Jetzt sitzt du schon wieder hier herum!«

Refik lächelte seinen Bruder an.

Osman sagte: »Heckst du wieder was aus? Nicht dass du uns wieder abhaust!«

»Wer weiß?«

Osman goutierte nicht, dass Refik auf seinen Scherz auch noch einging. »Das würde aber keiner mehr tolerieren! Auch deine Frau nicht …«

»Ach ja?«

»Was liest du denn da?« Wie ein Vater, der die Schulbücher seines Sohnes kontrolliert, beugte er sich über das Buch auf dem Tisch. »Hölderlin … Hyperion! Wer ist denn das?«

»Ein deutscher Dichter.«

»Und was schreibt er so?«

»Ist ziemlich kompliziert. Ich verstehe es auch nicht so ganz. Von den alten Griechen und ihrer Zivilisation und von …«

»Jaja«, sagte Ömer gähnend. »Was ich sagen wollte … Was machst du dieses Wochenende?«

»Heute bleibe ich zu Hause und morgen wahrscheinlich auch.«

»Ich gehe in einer Stunde in den Club, und Nermin fährt zu einer Freundin.«

Refik dachte: »Das mit Nermin habe ich ihm immer noch nicht gesagt! Aber ist das auch meine Aufgabe?«

»Perihan und du, ihr könntet doch auf Mama aufpassen?«

»Machen wir!«

»Jetzt dauert diese Grippe bereits zehn Tage an, ich mache mir schon Sorgen. Es wird doch hoffentlich nicht diese eine Grippe da sein, wie heißt sie gleich wieder, die spanische oder asiatische?«

»Nein, glaube ich nicht.«

»Meinst du also nicht? Gut. Tja, und noch was …«Zögernd ließ er seinen Blick über die Bücher und Papiere auf dem Tisch schweifen. »Soll ich den Mitgliedsbeitrag für dich zahlen?«

»Ach, den habe ich ganz vergessen! Ich hatte gar keine Zeit, mich darum zu kümmern!«

Verständnislos blickte Osman seinen Bruder an, als machte er sich Sorgen um seinen Geisteszustand. »Pass auf dich auf, Refik! Ich bin noch ein wenig unten, dann gehe ich in den Club.« Mit bedrückter Micne verließ er den Raum.

Refik kritzelte auf einem Papier herum. Schließlich ertappte er sich dabei, dass er nichts anderes tat, als zwischen Dreiecken und

Vierecken Linien zu ziehen. »Was soll denn das? Ich vertrödele nur meine Zeit! Dabei muss ich doch diesen Hölderlin lesen.« Er versuchte sich wieder in das Buch zu vertiefen, das keinerlei innere Erregung in ihm auslöste. »Und warum muss ich das eigentlich? Weil es zu dem Lesepensum gehört, das ich vor der Entwicklung meines Programms absolvieren will. Und weil ich es brauche, um auf den Brief von Herrn Rudolph zu antworten.« Wieder las er ein Stück. Vor Ungeduld zappelte er mit den Beinen. Es ging in dem Buch um die alten Griechen, das goldene Zeitalter Athens und später dann um einen griechischen Aufstand, gegen die Türken wohl, wie Refik vermutete. Obwohl Refik eine französische Ausgabe des von Herrn Rudolph so gern zitierten Textes hatte und sich mit dem Lesen redlich Mühe gab, konnte er dem Buch nichts abgewinnen. Bei dem Begriff Griechen kamen ihm stets in wallende Gewänder gekleidete Menschen in den Sinn mit Bart und breiter Stirn, in tiefe Gedanken versunken, so wie er sie aus Filmen und Schulbüchern kannte. Er las noch etwas weiter und stellte schließlich fest, dass er ganze vier Seiten weit gekommen war. »Und was stand auf diesen vier Seiten? Durch den Einfluss von Diotima kommt meine Seele, das heißt die Seele Hyperions, wieder ins Gleichgewicht, und Bellarmin … Hat es geläutet? Nein, das war das Gebimmel der Trambahn … Und Kunst und Philosophie und Staatsform seien in Athen Früchte des Baums, nicht Wurzel … So sollte es bei uns auch sein … Aber unser Staat ist ein ganz anderer … Ja … Und warum gibt es bei uns keine Philosophie? Die bräuchten wir nämlich! Und von der Vernunft ist die Rede. In Athen gab es Vernunft, und alles war auf sie gebaut … In der Türkei gibt es keine Vernunft. Auch muss zur Vernunft sich Geistes- und Herzensschönheit gesellen, das ist schön gesagt. Wo war das noch mal?« Er fand die Stelle und strich sie an. Am Geschmack in seinem Mund merkte er, dass er ständig an seinem Bleistift kaute. »Wie ich den schon zugerichtet habe! Wie spät ist es eigentlich? Was hatte Perihan heute vor?« Er stand auf und ging aus dem Zimmer.

Eilig ging er die Treppe hinauf in sein Schlafzimmer. Perihan saß vor dem Spiegel. Melek krabbelte auf dem Boden herum und sah sich neugierig den geschwungenen Pfosten des Jugendstilbettes an.

Refik sah, dass Perihan ihn im Spiegel anblickte, und wandte die Augen ab. »Ich kann mich heute nicht aufs Lesen konzentrieren!«

»Lies nur weiter!«

»Irgend etwas plagt mich …« Er ging zum Fenster. »Es ist kalt heute. Du, Osman hat da vorhin was gesagt …« Da Perihan nichts erwiderte, drehte er sich zu ihr um. »Hörst du mir zu?«

Perihan malte sich die Lippen an. Sie hielt den Lippenstift etwas von sich weg, sagte: »Ja!« und schob die Lippen dann wieder vor.

»Osman hat gesagt … Wenn ich wieder mal von zu Hause weggehe, also so wie letztes Jahr, dann wird keiner das mehr tolerieren, und du angeblich auch nicht. Stimmt das?«

Perihan lachte. »Willst du etwa schon wieder weg?«

»Ich frage bloß aus Neugier, du verstehst schon!«

»Ja. Ich liebe dich und bin sehr froh, dass ich auf dich gewartet habe und jetzt mir dir zusammen bin. Und ich würde wieder warten …«

»Ich will ja auch nirgends hin!« beeilte sich Refik zu sagen. »Ich liebe dich auch!« Er ging zu Perihan und umarmte sie, aber als er sich im Spiegel dabei sah, war ihm das peinlich, und er ging zum Fenster zurück. »Wozu malst du dir die Lippen an?«

»Mein Vater hat gesagt, er will mich mal mit Lippenstift sehen!«

»Ach stimmt, du gehst zu deinen Eltern heute! Das hatte ich ganz vergessen …« Nach einer Weile sagte er: »Und was machen wir morgen?« Perihan war immer noch nicht fertig. »Was machen wir morgen, was machen wir übermorgen, was machen wir überübermorgen, und was machen wir bis ans Ende unseres Lebens?«

»Du gehst doch jetzt wieder zur Arbeit …«

»Ja, schon, aber ich habe immer noch Zeit zum Nachdenken. Die Firma füllt mich also nicht aus!«

»Osman sagt aber, dass du sehr fleißig bist. Und du wolltest doch an solche Sachen nicht mehr denken? Und dich mit der Arbeit ablenken? Du hast gesagt, anstatt dich in Phantastereien zu flüchten, willst du in der Firma arbeiten, zu Hause dann lesen, ein Programm ausarbeiten und richtig leben.«

»Lebe ich vielleicht nicht?«

»Mir ist nicht zum Scherzen.« Um zu zeigen, wie ernst es ihr war, wandte sie sich vom Spiegel weg und dem echten Refik zu. »Du hast gesagt, du willst alles im Licht deiner Erfahrungen von Kemah und Ankara neu überdenken, willst auch über unser gemeinsames Leben nachdenken und darüber, was notwendig ist, um aufrecht und ehrlich zu leben, wie man sein Leben gestalten soll, und von den großen Zielen bis hin zum kleinsten Alltagsdetail willst du alles durchdenken und ein Programm ausarbeiten, ohne dich von lähmenden Spinnereien und Krisen aus dem Konzept bringen zu lassen!«

Refik war stolz, dass Perihan sich das alles so genau gemerkt hatte. Bewundernd sah er seine Frau an und schämte sich. Zum Zeichen dafür, dass er gedanklich wenigstens ein bisschen vorangekommen war, sagte er: »Was meinst du, sollen wir uns eine eigene Wohnung suchen?«

»Ich würde gern wissen, wie ernst dir damit ist!« entgegnete Perihan und stand auf. Sie nahm ihre Tasche vom Bett und steckte einen Kamm, ein Taschentuch und einen Handspiegel mit dem Bild eines Rehs auf der Rückseite hinein.

Leicht gereizt sagte Refik: »Das ist tatsächlich ein ernstes Thema, über das nachzudenken ist. Aber du musst dazu auch etwas sagen!«

»Ich möchte lediglich mit dir zusammensein! Die vielen Leute hier im Haus treiben einen Keil zwischen uns. Und seit ich Nermin mit einem anderen Mann gesehen habe und von dir weiß, was Osman treibt, habe ich das Gefühl, ständig heucheln zu müssen. Ich kann denen gegenüber nicht mehr natürlich sein.« Während sie redete, suchte sie auf der Kommode und in den Schubläden nach etwas. »Weißt du, was ich meine? Man braucht ja anderen Leuten nicht immer alles zu sagen, aber dass wir ihnen etwas verheimlichen, was solche Bedeutung für sie hat, finde ich nicht richtig. Wenn wir es wieder nicht schaffen, ihnen das … Ah, nimm das sofort aus dem Mund! Los, raus damit!« Perihan packte die kleine Melek, schob ihr die Finger in den Mund und holte einen Knopf heraus. »Genau den habe ich gesucht! Mein Gott, fast hätte sie ihn verschluckt!« Sie sank auf den Stuhl vor der Kommode. »Mein Gott! Der Knopf, den meine Mutter wollte!«

Die erschrockene Melek weinte, und Refik nahm sie auf den Arm und beruhigte sie. Perihan sagte, sie sei schon spät dran, setzte Melek aufs Bett und zog ihr ein Mäntelchen an.

»Du hast recht. Ich empfinde das auch so. Soll ich also Osman etwas sagen?«

»Wenn du meinst … Dann muss ich mit Nermin reden.« Sie nahm Melek auf den Arm und öffnete die Tür.

»Vielleicht wissen sie ja beide schon Bescheid!« sagte Refik lachend, aber dann sah er, wie Perihans Lippen zitterten, und fand seinen Scherz abgeschmackt. Er wollte noch etwas zu Perihan sagen, wusste aber nicht, was. Gemeinsam gingen sie hinunter. In der Eingangshalle setzte er noch einmal an, aber dann sah er Yılmaz, und sein Gedanke entfiel ihm wieder.

Perihan machte die Haustür auf.

»Bist du mir böse?« fragte Refik sie noch.

»Aber nein, warum soll ich dir böse sein?« wehrte Perihan ab, doch mit weinerlichem Gesicht.

»Was ist los, was denkst du? Sag es mir bitte! Liebst du mich?«

»Und wie ich dich liebe!«

Ohne Rücksicht, ob sie gesehen wurden, küsste er sie. Dann küsste er auch Melek und fragte: »Wie kommt ihr denn hin? Nicht dass sie friert!«

»Die friert schon nicht! Die frische Luft tut ihr gut, wo sie doch den ganzen Tag im Zimmer ist. Ich gehe zu Fuß, ist ja nicht weit.«

Aus Angst, dass sie sich bei Nigân ansteckte, ließen sie Melek seit zehn Tagen nicht aus dem Zimmer. Schuldbewusst dachte Refik: »Weil wir auch alle so aufeinanderleben!« Er wollte noch etwas sagen, hielt Perihan, die schon losgehen wollte, noch an der Hand fest und umarmte Melek. Ohne Perihan anzusehen, blickte er fest in die wachen Augen des kleinen Mädchens und sagte dann leise: »Das alles, meine ganze Grobheit und Unentschlossenheit, die dir so zusetzen, dieser schlimme Zustand, in dem ich bin, rührt nur von einem her, und zwar will ich, dass … Ich will, dass dieses Mädchen da, unsere Tochter, für den Fall natürlich, dass mal ein aufgeweckter, intelligenter und gebildeter Mensch aus ihr wird, dass sie uns dann keine Vorwürfe macht. Dass sie nicht auf mein Leben und auf das, was wir gemacht haben, voller Verachtung blickt und uns als schlechte Menschen betrachtet!«

Erst zum Schluss konnte er Perihan anschauen, und diese wandte sich ihrer Tochter zu: »Wenn unsere Melek mal eine große Dame ist, dann wird sie natürlich intelligent und gebildet sein!« sagte sie lachend und küsste das Kind.

»Eine Dame muss sie nicht unbedingt werden«, sagte Refik.

»Soso, warum denn nicht?« erwiderte Perihan und tat so, als würde sie im Namen Meleks protestieren. »Na ja, das mit der Bildung und der Intelligenz sehen wir dann schon, aber auf jeden Fall wird es mal ein Riesenmädchen!« Sprach's und ging hastig auf das Gartentor zu.

Refik sah den beiden nach, bis er sie aus den Augen verlor. Dann ging er wieder hinein. Auf dem Treppenabsatz blieb er stehen, weil er durch den Türspalt seine Mutter und Osman im Wohnzimmer zusammensitzen sah, und ging hinein.

Osman redete auf seine noch immer fiebrige Mutter ein, doch die gab sich möglichst unbeteiligt und sah absichtlich nicht ihn an, sondern zum Fenster hinaus. Als sie Refik erblickte, wirkte sie erfreut.

»Ist Perihan etwa schon weg?«

»Ja.«

»Ach schade, ich wollte ihr doch schöne Grüße an ihre Eltern bestellen! Warum hat sie denn nicht Bescheid gesagt?« Zu Osman sagte sie: »Und wohin ist Nermin?«

»Zu einer Freundin!«

»Zu welcher?«

»Was weiß ich, Mama! Jetzt beantworte doch lieber mal meine Frage!«

Nigân verzog schweigend das Gesicht. Sie sah Refik an und sagte: »Setz dich doch!«

Osman hoffte bei Refik auf mehr Verständnis zu stoßen. »Wir reden über die Sache mit dem Apartmenthaus! Du weißt ja, dass sie gerade das Nachbargrundstück vermessen. Yılmaz hat nachgefragt, und ich habe mich auch erkundigt: Die lassen ein Apartmenthaus bauen. Und Tacettin von gegenüber macht es genauso. Wir sollten dieses oder spätestens nächstes Jahr …«

»Weder nächstes Jahr noch sonst irgendwann!« unterbrach ihn seine Mutter. »Euer Vater hat verfügt, dass dieses Haus hier niemals abgerissen wird.«

»Aber das ist doch Unsinn! Papa hat nie so etwas zu uns gesagt!«

»Zu mir schon! Wie oft muss ich euch seine und meine Einstellung dazu noch erklären! In einem Haus lebt man zusammen, wohnt man zusammen, und man kümmert sich umeinander! In meiner Familie hat man seit jeher in großen Häusern gewohnt, nicht in aufeinandergestapelten Schachteln. Man muss sich umeinander kümmern und sich lieben, und man darf nichts voreinander verheimlichen. So und nicht anders muss es sein! Falls wir, Gott behüte, einmal auseinandergerissen werden, dann möchte ich, dass wir nicht in einzelne Schachteln ziehen, sondern uns weiter umeinander kümmern. So soll es sein!«

Osman zeigte auf Yılmaz, der mit Eimer und Feuerzange kam und an dem großen Ofen hantierte. »Aber dieses Haus lässt sich nicht beheizen! Deswegen hast du doch deine Grippe.«

»Nicht aufgepasst habe ich auf mich, deshalb bin ich krank. Osman, ich bitte dich inständig, bring dieses Thema nicht mehr aufs Tapet!«

Sie hatten einander nichts mehr zu sagen, doch ihre angespannten Nerven mussten sich irgendwie abreagieren, so dass sich ihre ganze Aufmerksamkeit auf den armen Yılmaz konzentrierte. Der spürte, während er mit der Zange im Ofen herumstocherte, die Blicke aller so penetrant auf sich ruhen, dass seine Bewegungen, fatal denen des Vaters ähnelnd, allmählich fahrig wurden.

Refik dachte: »Wie sehr er seinem Vater gleicht! Der ist gestorben. Und auch Yılmaz wird sterben. Was denken wir heute über seinen Vater? Nichts mehr! Und falls doch, was hätte das schon zu bedeuten? Wir müssen alle einmal sterben. Ich werde auch sterben und mit mir alles, was jemand über mich denkt …« Da merkte er, dass Osman ihn ansprach.

»Wie oft habe ich dir's jetzt schon gesagt! Also, was machst du?«

»Was mache ich womit?«

»Mit dem Mitgliedsbeitrag!« Osman stand auf und sah erst seine Mutter, dann seinen Bruder an. »Ach, ich gehe jetzt in den Club, bevor ich hier noch –«

»Was ist denn los mit dir, Junge?«

Mit der herrischen Geste des Verärgerten, der jede Rechenschaft verweigern darf, stürmte Osman hinaus. Daraufhin erhob sich auch Refik.

Nigân fragte: »Und wer kümmert sich heute um mich? Ach, Cevdet, seit du nicht mehr da bist ...«

Refik ging die Treppe hinauf. »Ja, wir werden alle einmal sterben, aber daran darf ich jetzt nicht denken. Ich muss die Bücher lesen, die ich mir vorgenommen habe, und ich muss nachdenken und das Programm aufstellen, das ich Perihan und mir selber schuldig bin. Mein bisher so verschlafenes und unentschlossenes Leben wird daraufhin in geordneten Bahnen verlaufen. Und meine Tochter wird mir einmal keine Vorwürfe machen. Beim Gedanken an das armselige Dasein der Bauern und der Arbeiter in Kemah werde ich mich meines Lebens nicht mehr schämen. Ein programmgemäßes Leben wird mich überhaupt von vielerlei Scham befreien. Ich zweifle in keiner Weise daran, dass ich ein solches Leben erlangen werde. Ich werde lesend dazu finden, und so werde ich nun auch in einem der dazu nötigen Bücher weiterlesen.« Er setzte sich an den Tisch und sah in das aufgeschlagen daliegende Buch. »Aus dem bisher Gelesenen schließe ich folgendes: Die griechische Antike war ein goldenes Zeitalter und muss wiedererstehen, und zwar aus folgenden Gründen; das heißt, das sind die Gründe des Autors, aber was sind meine? Ich finde, was es damals gab, war hervorragend und täte uns heute auch gut. Man kann wohl sagen, dass es uns heute sehr daran fehlt, nämlich an Vernunft, Gleichgewicht, Harmonie und noch so manchem anderen. Das werde ich Herrn Rudolph schreiben. Und mein Buch werde ich ihm schicken. Was er wohl dazu sagt? Ob er mich für einen Phantasten hält? Wir brauchen ein Zeitalter der Aufklärung. Die griechische Antike war so eines. Um in der Türkei Ähnliches zuwege zu bringen, bedarf es nicht wirtschaftlicher Anregungen, so wie ich sie niedergeschrieben hatte, sondern eher kultureller. Solche müsste ich finden, aber nicht jetzt, denn Vorrang hat mein Programm! Ich muss lesen!« Er nahm seine Lektüre wieder auf, und nach einer Weile stellte er zufrieden fest, dass er sechs Seiten weit gekommen war. Er versuchte dann weiterzulesen, aber da er immer an das schon Geleistete denken musste, war es mit der Konzentration dahin, und die auf der Lauer liegenden Gedanken fielen wieder über ihn her. »Ich lese und lese, aber was kommt dabei heraus? Wie schaffe ich es, aus diesem Haus auszuziehen? Was würde Süleyman Ayçelik sagen, wenn er mich hier so sähe? Was ist dieser Mustafa für ein Mensch, der Mann von Perihans Freundin? Süleyman Ayçelik würde sagen: Anstatt mit dem Staat zusammenzuarbeiten, geben Sie sich hier mit nichtigen Gedanken ab, weil Sie zu weichherzig sind. Es läutet! Wenn doch …« Er wartete ab. »Wenn doch jemand käme, mit dem ich reden kann! Aber wer soll das sein? So jemanden gibt es doch gar nicht.« Er versuchte noch mal zu lesen, aber dann stand er ruckartig auf. »Was soll ich nur tun? Was soll ich tun?« Da ging die Tür auf.

»Muhittin!« rief er. Er breitete die Arme aus, schlug sich vor Freude auf die Schenkel und umarmte seinen Freund dann stürmisch. »Ist das schön, dass du da bist!«

»Ich bleibe aber nicht lang, höchstens zehn Minuten!«

»Wie geht es dir denn?«

»Gut, gut! Ich wollte nur nur mal vorbeischauen!« Muhittin setzte sich in den Sessel am Fenster, sah sich mit seinem kritischen Blick im Zimmer um. »Hm, das Bild von deinem Vater passt sehr gut hierher! Irgendwann mal werden deine Kinder dein Bild hier aufhängen!«

»Das ist noch sehr die Frage!«

»Keine Sorge, das kommt schon noch! So wie du dich zum Familienmenschen entwickelst!«

Refik dachte lächelnd an ihre früheren Diskussionen zurück. Er hätte gern daran angeknüpft, ahnte aber schon, dass das nicht möglich war. Beim ersten ihrer drei Zusammenkünfte seit Refiks Heimkehr hatten sie Meinungsverschiedenheiten gehabt und sich die beiden anderen Male dann mehr oder weniger angeschwiegen. Refik wollte das alles vergessen. »Na, was machst du denn so?« fragte er, aber zugleich fürchtete er, von Muhittin zu konkret zu erfahren, mit wem dieser zusammen war und womit er sich beschäftigte. »Warum kannst du nicht länger bleiben? Wo willst du hin?«

»Nach Beşiktaş, in die eine Kneipe, zu meinen Kadetten.«

»Was treiben die so?«

»Ach, denen geht's gut! Aber wie steht es mit dir? Neulich habe ich Nurettin gesehen, der hat erzählt, er hat dich beim Fußball getroffen; du sollst ziemlich zerstreut gewesen sein. Da habe ich mir gedacht, ich schau mal vorbei. Der wird doch nicht wieder eine Krise haben!«

»Insgesamt geht es mir gut!« erwiderte Refik gerührt.

»Und im speziellen?« Muhittin stand auf und sah sich das Buch auf dem Schreibtisch an. »Hölderlin liest du? Den habe ich mir auch mal angesehen, aber gepackt hat er mich nicht. Weißt du, seelisch sind diese Europäer ganz anders veranlagt als wir. Und der hier ist noch dazu ein Verehrer der Antike. Die sind uns fremd, damit können wir nichts anfangen. Die bringen uns nur durcheinander.«

»Es gibt aber soviel zu lernen von denen!«

»Als da wäre?«

Obwohl Refik von dem jüngst Gelesenen selbst nicht ganz überzeugt war, hatte er doch das Gefühl, es gegenüber Muhittins herausfordernden Blicken verteidigen zu müssen. »Was die Antike und die Renaissance bedeuten, dass müssen wir lernen!« Ohne Muhittin direkt anzusehen, setzte er hastig hinzu: »Die Kultur der Renaissance … Das Licht der Aufklärung, das wir brauchen, um bei uns Barbarei und Despotentum zu bekämpfen!«

»Hört, hört! Du bist mir ein kleiner Europäer geworden! Du nennst uns also Barbaren?«

Refik dachte: »Nein, so hatte ich es gar nicht gemeint! Aber wenn ich diesen aggressiven Blick sehe, dann habe ich Lust, es so auszudrücken!«

»Und ich bin dann also auch ein Barbar? Ich bin Türke, bin Nationalist und sage das auch, was hältst du also von mir?«

»Ich weiß nicht. Ich kann dazu nichts sagen. Ich suche noch …«

»Du wirst mir zum Europäer! Sowieso wird das jeder, der sucht. Anstatt zu suchen, solltest du fühlen! Du weißt ja, dass ich nicht mehr der alte Muhittin bin, und du solltest dich auch mal ein bisschen ändern, denn seit ungefähr fünf Jahren kaust du auf den gleichen Sachen herum. Lass endlich diese müßigen Diskussionen!« Er zeigte auf die Bücher in den Regalen. »Du liest immer noch, um herauszufinden, was man im Leben machen soll, was?«

»Ja, das tue ich …«

»Du wirst immer mehr zum Europäer und verlierst dabei den Boden unter den Füßen!« Muhittin sah streng in Refiks betretenes Gesicht. »Ich würde dich ja liebend gerne noch länger piesacken, aber ich kann jetzt nicht. Die Zeiten haben sich geändert ...« Er stand schon an der Tür. »Weißt du eigentlich, was es bedeutet, sich in der heutigen Welt mit solchen Dingen zu befassen und solche Ansichten oder besser gesagt Ansichtslosigkeiten wie die deinen auch noch öffentlich zu verbreiten?«

»Das tue ich doch gar nicht!«

»Ein Buch hast du immerhin schon geschrieben! Obwohl, viel Schaden hast du damit nicht angerichtet!«

Erfreut darüber, dass Muhittin sein Buch gelesen hatte, hätte Refik ihn am liebsten nach seiner Meinung dazu gefragt, doch Muhittins finstere Miene ließ ihn davon Abstand nehmen.

»Du willst also ständig tagsüber in der Firma dem Geld hinterherlaufen und dann abends und am Wochenende dem Sinn des Lebens?« Muhittin ließ noch einen letzten Blick durch das Zimmer schweifen und sagte im Hinausgehen: »Du machst Geschäfte, du liest, du benebelst dir mehr und mehr den Verstand und lebst weiter in diesem Haus, in dem seit Jahren die Uhr da nervtötend tickt. Wie geht es eigentlich deiner Frau und deiner Tochter?«

»Gut!« antwortete Refik und ging hinter Muhittin die Treppe hinunter.

Muhittin nickte, als dächte er dabei: »Wie soll es denen sonst gehen?« Dann verabschiedete er sich so gedankenverloren, wie Refik ihn gar nicht kannte.

Überzeugt davon, dass Muhittin schon gar nicht mehr an ihn dachte, sah Refik ihm kaum hinterher. Er fürchtete, das Ticken der Uhr nun bewusst wahrzunehmen, und setzte sich daher erst zu seiner Mutter ins Wohnzimmer. Diese erklärte, zwischen Ayşe und Remzi werde es allmählich ziemlich ernst, und sie fragte Refik, was er dazu meine. Refik sagte nur, man solle die jungen Leute doch in Frieden lassen. Dann unterhielten sie sich noch über dieses und jenes, und als Refik meinte, das Ticken würde ihn nicht mehr stören, ging er wieder hinauf und las.

53

MIT DEN JUNGEN LEUTEN ZUSAMMEN

Muhittin ging voraus, die beiden Kadetten hinterdrein, und so gelangten sie, von der Mutter unbemerkt, in Muhittins Zimmer im hinteren Teil der Wohnung. An ihrer Scheu beim Eintreten merkte Muhittin den beiden an, dass sie schon lange auf sein Zimmer neugierig gewesen waren, auf die Möbel, die ganze Einrichtung. Er setzte sich hinter seinen Schreibtisch, und mechanisch fuhr seine Hand zu den Zigaretten, aber er nahm sich noch keine. Es machte ihn nervös, wie die beiden dastanden und sich umsahen. »Es macht keinen Spaß, sich zu bloßzustellen!« dachte er. »Aber was hilft's, ich konnte mich nicht gut nur in der Kneipe mit ihnen treffen. Die hören ja gar nicht auf zu glotzen! Jetzt werden sie wissen, was ich so lese. Würde mich ja interessieren, was sie nun über mich denken. Wie unangenehm, so nackt und bloß dazustehen!«

»Was schaut ihr denn so, setzt euch doch!«

»Ach so, ja!« erwiderte Barbaros.

»Setz du dich dahin, Turgay! Was habt ihr denn gemacht diese Woche?«

Jeder der beiden schien darauf zu warten, dass der andere Antwort gab. Schließlich sagte Barbaros: »Nichts Besonderes!«

»Nichts Besonderes? Die ganze Woche über? Wozu lebt ihr dann überhaupt?«

Barbaros setzte eine schuldbewusste Miene auf, ohne sich indes wirklich zu schämen, wusste er doch mittlerweile, dass Muhittin über diese Schroffheit seine Zuneigung zu ihnen ausdrückte. Während sein Blick über die Bücherrücken wanderte, fiel ihm plötzlich etwas ein: »Turgay hat einen albanischen Leutnant nicht zurückgegrüßt!«

»Tatsächlich?« fragte Muhittin interessiert.

Mit bescheidener Miene nickte Turgay.

»Erzähl doch, wie war das genau?« fragte Muhittin. »Auf jeden Fall gut so!«

»Ich habe es nicht gesehen, er hat es erzählt!« sagte Barbaros.

»Der Leutnant soll ihn gegrüßt haben, und er hat darauf nicht zurückgegrüßt! Erzähl doch selber, Mensch!«

»Na ja, ich habe ihn eben nicht gegrüßt!« Er wirkte ein bisschen wie ein unbedarfter Schönling, doch Muhittin kannte ihn nun gut genug und hielt ihn für alles andere als dumm.

»Aber wie genau? Wer ist denn der Leutnant?«

»Ein Albaner eben! Den mag sowieso keiner, er ist nämlich schuld daran, dass jemand aus der dritten Klasse rausgeworfen wurde. Er kam mir der Treppe zum Haupteingang entgegen und hat mich gegrüßt. Und ich habe ihn ignoriert!«

»Wie genau?« hakte Muhittin nach.

»Ja, würde ich auch gern wissen!« sagte Barbaros.

»Ja glaubt ihr mir vielleicht nicht? Ich bin auf seinen Gruß hin einfach weitergegangen, als wäre er gar nicht da. Da war für ihn nichts zu machen. Aber ein Gesicht hat er gezogen!«

»Und hat er nicht versucht, eine Bestrafung zu erwirken?« fragte Muhittin.

»Nein.«

»Wie ist das mit dem Grüßen bei euch geregelt? Wer muss wen zuerst grüßen? Während meiner Militärzeit war mal so etwas vorgekommen, da wurde einer dann ganz schön schikaniert. Ist das nicht gefährlich?«

»Mir doch egal! Ich habe eh die Nase voll von der Armee! Wenn es irgend geht, hau ich ab von da! Sind wir vielleicht Sklaven?«

Besorgt sagte Muhittin: »Aber hör mal! Du musst doch bei der Armee bleiben! Und irgendwelchen Ärger gibt es in jedem Beruf!«

»Mach dir keine Sorgen, Muhittin, das renkt sich schon wieder ein!« sagte Barbaros. »Er ist nur ein wenig aufgebracht momentan. Vielleicht weil –«

»Ich hau ab vom Militär!« rief Turgay. »Und dann schreibe ich in aller Ruhe Gedichte!« Daran glaubte er wohl selbst kaum, aber es tat ihm sichtlich wohl, es zu sagen.

»Im Grunde war das gar nicht so schlau, was du da gemacht hast, Turgay«, gab Muhittin zu bedenken. »Das könnte üble Folgen haben!«

»Das habe ich ihm auch gesagt!«

»Also habe ich einen Fehler begangen? Tu mir das nicht an, Muhittin! Er ist doch Albaner! Und das hier ist unsere Heimat! Wegen dem Kerl werden junge Türken aus der türkischen Armee geworfen, und du findest, ich hätte was Unrechtes getan?«

Lehrerhaft befand Muhittin: »So ein Verhalten bringt uns unserem Ziel nicht näher! Um dieses Ziel zu erreichen, müssen wir unsere Gefühle hintanstellen und Vernunft walten lassen!«

»Wo die Gefühle doch so wichtig sind! Wir sollen doch lieber fühlen, anstatt zu verstehen!«

»Die Gefühle sind für das Glauben wichtig! Aber ab dann muss man seinen Verstand benutzen, Schritt für Schritt. Denk doch nur an unsere Zeitschrift, die verboten wurde, weil wir diese Landkarte auf dem Titelbild hatten. Wir können das noch so sehr als feiges Komplott beurteilen, aber Tatsache ist, dass wir einen Fehler begangen haben, und der hat uns um das einzige Publikationsorgan der türkischen Nationalisten gebracht.«

Die beiden Kadetten schwiegen betroffen. Barbaros sah Muhittin flehentlich an, als wollte er sagen: »Verzeih ihm doch noch mal!« Turgay wiederum schien sich seiner Gedankenlosigkeit inzwischen zu schämen. Muhittin genoss die andächtige Stille, die eingetreten war. »Habe ich sie doch wieder gezähmt!« dachte er. »Beim Anblick meines Zimmer und meiner Bücher haben sie gemerkt, dass ich auch nur ein gewöhnlicher Sterblicher bin, und sind sogleich frech geworden!« Er hatte schon den Satz parat, den er ihnen gleich sagen würde, doch zunächst ergötzte er sich an dem Gedanken, der ihn bei jeder Begegnung mit den beiden durchfuhr. »Ich bekomme die Kriegsakademie in die Hand! Mit dem, was ich hier säe, lässt sich vielleicht eines Tages die ganze Armee …« Dann ärgerte er sich wieder über Turgays Leichtsinn. »Den Dienst zu quittieren wagt er ja doch nicht, aber was ist, wenn sie ihn wegen solcher Dummheiten rauswerfen? Nationalist zu sein ist einfach, aber wem fressen schon Soldaten aus der Hand?« Anstatt Turgay nochmals zu ermahnen, sagte er lieber seinen Satz, der viel mehr Wirkung tun würde.

»Die Zulassung für die neue Zeitschrift wird auf meinen Namen laufen!«

»Wirklich?« rief Barbaros aus.

»Natürlich! Oder hattet ihr gedacht, die Bewegung gibt einfach auf?«

»Das haben wir nie gedacht!« rief Turgay, bemüht, sich wieder gut mit ihm zu stellen. »Aber dass du die Zulassung bekommst …«

Die Tür ging auf, und Muhittins Mutter Feride kam herein. Sie schien nicht überrascht, die beiden Männer zu sehen. »Guten Tag, die jungen Herren!« sagte sie lächelnd.

»Guten Tag!« erwiderte Turgay und stand sogleich auf. »Wir wollten Sie vorhin nicht stören!« Er beugte sich vor und küsste ihr ehrerbietig die Hand.

Barbaros tat es ihm gleich. Muhittin sah mitleidig, wie das Gesicht seiner Mutter aufleuchtete. Er fand das Verhalten der Kadetten überflüssig. Seiner Mutter war wohl schon lang nicht mehr die Hand geküsst worden.

»Wie möchtet ihr euren Mokka?« fragte Feride. Sie wusste nicht mehr wohin mit der soeben geküssten Hand.

»Mittelsüß!« erwiderte Muhittin. »Ihr doch auch? Also ja! Ich hole ihn dann!«

»Ich bringe ihn euch schon!« sagte Feride, aber dann sah sie Muhittins Gesicht und ging still hinaus.

»Deine Mutter scheint wirklich eine gute Frau zu sein!« sagte Turgay.

Muhittin verzog das Gesicht. »Reden wir über die Zeitung!« knurrte er. »Morgen gehe ich wieder nach Vezneciler, zu Mahir Altaylı. Dass ich die Zulassung beantragen soll, haben die mir dort vorgeschlagen, weil sie mir vertrauen. Ich vertraue aber ihnen nicht, und darum möchte ich eurem Wunsch, die Leute kennenzulernen, erst mal noch nicht stattgeben.«

»Warum vertraust du ihnen nicht?« fragte Barbaros.

»Weil bei *Ötüken* einzig und allein Mahir Altaylı das Sagen hatte. Ich konnte ja nicht einmal die Gedichte von euch unterbringen, die mir so gefallen haben. Und ich bin mit seiner Linie nicht einverstanden!« Mit einer abwehrenden Geste fügte er hinzu: »Aber ich will hier nicht ins Detail gehen!« Er griff nach seinen Zigaretten und dachte: »Er reitet darauf herum, dass ich früher Baudelaire gelesen habe. Ich hätte mich an der westlichen Kultur infiziert, sagt er. Und weil dieser Kulturteufel in mich gefahren sei, brächte ich jetzt keine Demut mehr auf ... Da er der Chef ist, meint er, ich hätte mich zu bescheiden. Also werde ich etwas tun, wozu es keine Bescheidenheit braucht! Bei der neuen Zeitschrift werde ich der Chef sein! Aber jetzt hole ich erst mal den Mokka, damit meine Mutter ihn nicht bringt!«

Beim Hinausgehen stellte er sich vor, dass die beiden Kadetten sich gleich auf seine Bücher stürzen würden. »Sie werden sehen wollen, was ich für einer bin. Bücher, nichts als Bücher ... Bin ich infiziert und vergiftet? Nein, ich bin lediglich intelligent und skeptisch!« Er betrat die Küche.

Seine Mutter goss gerade den Kaffee in die kleinen Mokkatassen. »Ach, bringst du ihn hinüber? Das sind nette Jungs. Was machen sie denn so?«

Muhittin hielt es irgendwie für besser, seiner Mutter das nicht zu sagen. Die Kadetten ließen immer noch ihre Uniformen bei dem Fotografen, teils aus Gewohnheit, teils weil Muhittin sich gern mit einer Aura des Geheimnisvollen umgab.

»Na? Ach Junge, warum behältst du nur immer alles für dich?« Muhittin nahm schweigend das Tablett auf und ging hinaus. Ihm fiel ein, er könnte die beiden überraschen, wie sie seine Bücher inspizierten. Ohnehin ging er sehr behutsam, um den Mokka nicht zu verschütten. Als er vor der Tür stand, hörte er sie reden, und neugierig lauschte er.

»Da, schau, Apollinaire hat er auch!«

»Tatsächlich! Und wir kriegen das nicht hin mit dem Französischen ...«

»Hier, Tevfik Fikret!«

»Zeig her!«

»Da, was er alles unterstrichen hat! So wie wir!«

»Was denn zum Beispiel, lies vor! Da aus dem Gedicht ›Alte Geschichte‹!«

»›Auf einen Sieger zehn Besiegte / Dem Unterdrücker alles Recht ...‹«

»Was hat er noch unterstrichen? Blätter um!«

»›Die deutlichste Weisheit: Wer nicht herrscht, wird beherrscht!‹

Da noch was: ›Was ist schon Heldentum: Grausamkeit und Blut …‹ War Tevfik Fikret etwa Pazifist?«

»Na klar! Aber warum hat Muhittin das alles unterstrichen?«

»Als Kritik daran!«

»Nicht so laut, sonst hört er uns! Was heißt hier Kritik? Vor einem halben Jahr war er doch selber noch so!«

»Wie war er? Schau mal, Dostojewski, auf französisch.«

»Pst!«

»Warum hast du ihm das mit dem Albaner gesagt? Jetzt ist er sauer auf mich!«

»Wenn du weiter so plärrst, ist er gleich wieder sauer!«

»Ach, ich hab's satt! Immer sind alle sauer auf mich … Da, Baudelaire! So etwas würde ich gerne schreiben und nicht immer diese Heldengedichte!«

»Sei still, Dummkopf!«

Da sah Muhittin den Moment gekommen, und ohne sonderlich auf den Mokka zu achten, platzte er ins Zimmer. »Was redet ihr da?« Turgay stand errötend vor dem Regal mit den Baudelairebänden. »Was hast du da in der Hand?« fuhr Muhittin ihn an. »Baudelaire? Gefällt dir der etwa?«

Turgay wurde noch röter. Er vollführte eine verlegene Geste, als wollte er das Buch irgendwie verbergen. »Auf den hast doch du uns erst gebracht!« Er stellte das Buch zurück wie etwas Giftiges.

»Da habe ich mich eben vertan!« rief Muhittin. »Aber was willst du auch mit Baudelaire anfangen, bei deinem bisschen Französisch!« Er zündete die im Aschenbecher verbliebene Zigarette wieder an. »Da, nehmt euch euren Kaffee! Ihr könnt eurem Gott danken, dass ihr noch nicht durch Bücher verdorben seid! Hätte ich nicht rechtzeitig eingegriffen, wärt ihr bald verloren gewesen. Begreift ihr, was ich meine? Ihr wärt armselige europäisierte Soldätchen geworden, nicht mal richtige Soldaten. Ich weiß schließlich, wie man sich durch ständiges Lesen das Gehirn vergiften kann!« Um keine Missverständnisse aufkommen zu lassen, fügte er eilig hinzu: »Und zwar weiß ich das von Refik, den ihr letzten Herbst kennengelernt habt. Der ist nach Kemah gegangen, hat gelesen und gelesen und schließlich was zusammengekritzelt. Letzte Woche habe ich ihn gesehen, und er ist immer noch der gleiche willenlose, prinzipienlose und vor allen Dingen ziellos dahintreibende türkische Intellektuelle … Oder vielmehr ein in der Türkei lebender europäischer Intellektueller. Versteht ihr?« Er sah Turgay wieder scharf an und freute sich, dass der rot wurde. »Versucht nicht, mir etwas zu verheimlichen, ich weiß sowieso, was ihr denkt! Der Teufel der Kultur wird stets darauf aus sein, in euch hineinzufahren und euch das Gehirn auszuhöhlen. Stellt euren Verstand lieber in den Dienst von Begeisterung, Gefühl und Glauben! Ich kann es nicht oft genug sagen!«

»Du hast ja recht!« sagte Barbaros. Er sah auf das Bild von Nişancı Haydar.

»Das war mein Vater! So wie der müsst ihr werden! Er war durch und durch Soldat. Er hat gekämpft und gelebt, dann ist er gestorben. Ziel hatte er allerdings keines, und so war er auch nicht im Unabhängigkeitskrieg. Ihr dagegen habt ein Ziel! Also verliert keine Zeit! Die Lage ist günstig. Bis die neue Zeitschrift herauskommt, müssen wir unsere Zeit gut nützen und arbeiten. Wenn Mahir Altaylı bei der neuen Zeitschrift wieder so unnachgiebig ist, werde ich mich nach anderen Optionen umsehen. Und eine davon könnte Gıyasettin Kağan heißen! Ich habe eine Lobeshymne auf ihn geschrieben, aber er ist auch tatsächlich ein bedeutender Mensch. Auf diese Weise könnten wir Mahir Altaylı loswerden. So, und fangt mir keine Kindereien mehr an wie die Sache mit dem Grüßen! Wenn ich die Zulassung bekomme, gehört die Zeitschrift uns, und dann –«

»Entschuldige, wie soll sie denn heißen?« fragte Turgay.

»Altınışık! Goldenes Licht! Aber ist das Formale so wichtig?«

»Nein, nein, ich wollte nur eine Vorstellung haben!«

54

ZEIT UND ECHTER MENSCH

Gleich nach dem Erwachen sah Ömer nach alter Gewohnheit aufs Handgelenk, aber er trug nun keine Uhr mehr. Das alte Herrenhaus kühlte nachts stark ab, so dass er er im Pullover schlief. »Hm, wie spät es wohl ist?« Er drehte sich im Bett herum. »Und in welcher Zeit bin ich hier überhaupt? Im zwanzigsten Jahrhundert oder noch im Mittelalter? In Erzincan!« Er sah zur Decke hinauf, zu den wurmzerfressenen Holzverzierungen. Eine Wand war gänzlich von einem Wandschrank eingenommen, auf dem die gleiche Art von Verzierungen arabische Koranverse umrankte. Ömer versuchte die Verse zu entziffern, die ebenfalls stark unter den Würmern gelitten hatten. »Vielleicht sind es ja gar keine Verse aus dem Koran, sondern von Namık Kemal.« Namık Kemal war von Abdülhamit als Landrat nach Kemah verbannt worden, und Ömer fragte sich, was er wohl für ein Mensch gewesen war. »Er hat sich damals dieses Haus bauen lassen, und anlässlich einer Amnestie oder nach Einführung der Konstitution durfte er nach Istanbul zurück. Wann werde ich wohl zurückgehen?« Seit dem als Hochzeitstermin festgelegten sechsundzwanzigsten April waren zwei Wochen und seit seiner Abfahrt aus Ankara ingesamt sieben Wochen vergangen, und noch immer wohnte er in dem heruntergekommenen Herrenhaus, dessen Verwalter einst Hacı gewesen war. Als er am Bahnhof angekommen war, hatte Hacı ihn dort in einem Zimmer im ersten Stock untergebracht, da er keine andere Unterkunft wusste.

»Ich bin noch immer da … aber nicht mehr lange! Ich muss wieder weg von hier. Ich sehne mich nach Istanbul. Ja, ich gehe weg von hier. Aber wann? So bald wie möglich! Wie spät ist es wohl jetzt in Istanbul?« Er blickte auf den Schatten auf dem Parkett und versuchte sich an einer Schätzung. Draußen musste herrlich die Sonne scheinen. »Frühling!« murmelte er, stand aber gleichwohl nicht auf. »Vielleicht sollte ich noch ein bisschen schlafen, bevor ich mich an die Arbeit mache? Ja, besser so, sonst geht nachher die Arbeit nicht vorwärts!« Er überließ sich wieder dem herannahenden süßen Schlaf.

Erst dachte er, ihn wecke eine Autohupe aus dem Schlaf, aber es war eine muhende Kuh. »Wie lang habe ich wohl geschlafen? Zehn Minuten? Eine Stunde? Schön, wie unwichtig das hier ist! Ich habe geschlafen, und das hat mir gutgetan. Jetzt kann ich mich an die Arbeit machen!« Er gähnte. »Womit fange ich an? Ich muss den Generator in Gang bringen, und dazu muss ich Diesel kaufen. Dann schreibe ich endlich diese Briefe, also das, was ich mir so vorgenommen habe. Und ich muss nach Erzincan.« Die Kuh muhte wieder. Ömer hörte eine Frauenstimme murren. Er wusste, dass das Hacıs Frau war, die im Stall gleich neben dem Haus beim Melken schimpfte, wenn eine Kuh zu unruhig war. »Schön! Sie melkt wieder!« Zum Spaß hatte er sich einmal selbst daran versucht. Erst waren Hacı und seine Frau dagegen gewesen, aber als er darauf bestand, hatten sie neugierig zugesehen, wie der Herr aus der Großstadt sich dabei anstellte. Bald schon mussten sie zu Hilfe eilen, weil Ömer über die ruckelnde Kuh fluchte und über den Eimer, der einfach nicht unter dem Euter bleiben wollte. Wenn Ömer an diesen Reinfall zurückdachte, sagte er sich: »Die mögen und achten mich!«, aber irgendwie glaubte er selbst nicht daran. Hacı beherbergte ihn und stellte ihm dreimal am Tag sein Essen hin, weil er gutes Geld dafür bekam. »Aber immerhin lässt er sich nicht anmerken, dass er es nur wegen des Geldes tut! Schön, dass ich das so sehen kann! Nach allem, was hinter mir liegt, haben diese Wochen hier in der Natur mir gutgetan. Ich sehe und ich erlebe etwas!« Nunmehr ganz wach, stieg er aus dem Bett und ging barfuß zum Fenster. Bewusst leise öffnete er das Fenster und atmete tief durch.

Die Sonne war längst aufgegangen und würde bald durch die Bäume hindurchscheinen. »Wie schön hier alles ist und wie echt! Hier lässt sich nichts verbergen. Alles ist hier genau so, wie es sein muss!« Er verspürte den Wunsch in sich, etwas zu tun, ja irgendetwas kurz und klein zu schlagen, so wie er das früher immer genannt hatte. »Man müsste jeden Morgen hier aufwachen, an diesem Fenster die klare Luft einatmen und dann in die Städte fahren. Als Eroberer …« Er glaubte nun die Kraft in sich zu haben, mit unliebsamen

Gedanken fertig zu werden. »Städte! Städte! Warum bin ich nicht dort, sondern hier?« Er meinte wieder, auf alles ein Anrecht zu haben. »Weil es mir hier gefällt! Ja, es gefällt mir hier! Dort fahre ich natürlich auch wieder hin. Ich sehne mich nach Istanbul. Aber dieser herrliche Morgen lädt mich erst mal zum Arbeiten ein! Es ist nicht allzuviel zu tun, ich muss es nur einmal anpacken. Erst der Generator!« Zufrieden dachte er daran, was er mit dem Generator vorhatte. Dieser hatte ein halbes Jahr lang in einem Lager vor sich hin gerostet, und Ömer wollte ihn nun reinigen und schmieren, ihn wieder in Gang setzen und dann damit dem Herrenhaus Strom verschaffen. Wie er so daran dachte, fiel ihm wieder ein, dass eigentlich nicht er, sondern Hacı darauf gekommen war. Und der hatte noch eine Idee: Er hatte nämlich Ömer empfohlen, das Haus einfach zu kaufen. Von jenseits des Gleises bis hinunter zum Fluss hätten sie dann jede Menge fruchtbaren Boden, den sie bestellen könnten. Wegen der Streitereien zwischen den Erben habe schon lang nichts mehr ausgesät werden können. Ein Jahr lang habe er Anstalten dazu gemacht, doch sei das den Erben hinterbracht worden. Diesen konnte auch jemand verraten, dass Hacı Ömer heimlich hier wohnen ließ und damit Geld verdiente, aber da Ömer vorhatte, schon bald wieder nach Istanbul zurückzukehren, wollte er sich mit diesem Gedanken nicht weiter befassen. »Ich gehe ja auch bald zurück! Aber ich habe denen auch gesagt, dass ich vorhabe, einen Bauernhof zu kaufen. Wem genau habe ich das gesagt?« Als er so nachdachte, fielen ihm Refik, Nazlı, Muhtar und zu seinem Erstaunen auch Kerim Naci ein. Frierend ging er zum Bett zurück, um sich anzuziehen.

»Wie bin ich auf Kerim Naci gekommen? Den kann ich doch nicht ausstehen! Der macht so ziemlich alles, was mir in der Türkei nicht gefällt. Und dieser stolze Blick, den er immer hat!« Er zog seinen Pullover aus und knöpfte den Schlafanzug auf. »Was soll ich denen sagen? Sie werden mich fragen, was ich hier mache. Meine Tante wird das fragen! Gut, dass ich schon mal geschrieben habe. Na ja, ich werde wieder das gleiche schreiben, nämlich dass der Verkauf der Maschinen sich hinzieht. Das schreibe ich auch Nazlı. Was die wohl von mir denkt? Ich habe noch keine Antwort von ihr. Aber wenn ich dieses Gut hier kaufe, was sage ich dann? Da sie seit jeher an mich glauben und mich für ein schlaues Kerlchen halten, werden sie sich denken, der hat irgendwas gerochen. Habe ich das?« Er zog das von Hacıs Frau gewaschene frische Hemd an und fühlte sich gleich noch lebendiger. »Natürlich habe ich das. Ich werde sagen, dass ich den Wert dieser unberührten Natur erkannt habe. Das werden sie allerdings nicht begreifen. Es überzeugt ja nicht einmal mich. Warum bin ich dann hier? Weil ich fürchte, dass mein Ehrgeiz dahinschwindet.« Er hielt inne. »Stimmt das? Nein, denn so stark, wie er ist, schwindet er nicht leicht dahin. Warum bin ich dann hier?« Er setzte sich auf den Bettrand und zog die Schlafanzughose aus. Ihn fror gleich so, dass er rasch in seine Hose schlüpfte, und wie jedesmal, wenn er das tat, überkam ihn gleich eine Lust, herumzulaufen und zu hüpfen und überhaupt zu leben. »Weil mir das eintönige Leben dort nicht mehr erträglich erscheint. Hier in der Natur ist alles so ursprünglich und echt. Es gibt keine Falschheit hier, das ist es!« Er eilte zu seinen Stiefeln, die er weit weg vom Bett abgestellt hatte, um sie nicht riechen zu müssen. »Ich fühle mich hier wie ein Ritter aus dem Mittelalter, wie ein Lehnsherr, ein Großgrundbesitzer, ein echter Mensch! Und wie schön diese Stiefel sind! So was zieht keiner mehr an!« Er schlüpfte in die Stiefel, die er in Erzincan gekauft hatte. Dann stopfte er die Hosenbeine hinein und stand auf.

»So! So sieht sein echter Mensch aus!« Er ging ein paar Schritte auf dem Parkett und trat dabei fest auf. »Das hören sie unten, und dann richten sie mir gleich mein Frühstück her! Jawohl!« Er blieb stehen. »Vielleicht bilde ich mir das ja auch nur ein, aber ich glaube tatsächlich, ich bin zum Befehlen geschaffen worden! Ich spüre das schon so lange in mir.« Er dachte an Muhittin. »Was der wohl macht? Der arme Zwerg! Unsere ganze Freundschaft über wollte er mit mir wetteifern, wer wohl der Intelligentere sei. Und dabei ist es nicht einmal er! Und Intelligenz ist auch nicht alles, es gibt auch noch den Willen und, noch viel wichtiger: das Glück. Ich bin ein Glückspilz, dazu gutaussehend und reich.« Beschämt stutzte er. »Ich bin ja wohl doch ein wenig eingebildet …« Er zog den Pullover wieder an, den er vorhin ausgezogen hatte, und mittendrin hielt er inne. »Was mache ich, und was würde ich gerne sein?« Schon als kleiner Junge hatte er manchmal beim An- oder Ausziehen eines Pullovers den Kopf darin vergraben und eine Weile nachgedacht. »Was habe ich getan? Ich bin hierhergekommen und habe mich umgetan, um die Maschinen zu verkaufen. Schließlich habe ich sie auf Lastwagen verladen und sie nach Erzurum gebracht. Dort bin ich sie auch nicht losgeworden, und seither bin ich hier und vertreibe mir die Zeit. Das Hochzeitsdatum ist darüber vergangen. Was hätte ich machen sollen?« Er dachte an seine Verlobung zurück, an seine Erregtheit damals und die vielen bewundernden und liebevollen Blicke der Leute. »Soll ich etwa wieder das gleiche machen? Wie wir damals um ihre Hand angehalten haben! Diese Gespräche! Entsetzlich ... Das ist alles nichts für mich! Ich will mich so richtig ausleben!« Ihm fiel ein, dass er das mit dem Ausleben einmal zu Refik und Muhittin gesagt hatte. »Furchtbar! Will gar nicht mehr daran denken! Ich will diese ganze Kriecherei und Heuchelei in den Städten vergessen und zu mir selber finden!« Er zog seinen Pullover an und griff nach dem Mantel, aber den ließ er schließlich, denn das Wetter war schön, und er fühlte sich robust. »Genau das braucht meine Seele, diesen dringenden Wunsch, an einem sonnigen Tag etwas Rechtes zu unternehmen!« Er hielt inne. »Aber nach Istanbul will ich auch, und ich fahre auch hin! Allein schon, um zu sehen, was sie so machen und wie das Leben dort, das ich so satt habe, weiter seinen Lauf nimmt ...« Er ging aus dem Zimmer hinaus. »Ich fahre nach Istanbul, sehe mir das an, dann entscheide ich endgültig und komme zurück!« Seine Stiefel klackten auf der Treppe. »Aber dann habe ich doch praktisch schon entschieden? Oder etwa nicht? Ich Eroberer! Was wollen Sie denn erobern, Herr Eroberer? Ach, Herr von Rudolph, ich gehe jetzt diese Treppe hinunter und will an nichts mehr denken! Ich will nur frühstücken, will leben ...«

Unten war niemand. Er ging hinaus und wurde gleich von der Sonne geblendet. Er sah Hacıs zotteligen Hund und dann Hacı selbst. Hacı fing gleich vom Generator an und vom Frühstück.

55

DIE BESCHNEIDUNG

»Jetzt sag mir doch mal, was in dem Glas drin ist?« fragte der Zauberer.

»Wasser!« sagte sein halbwüchsiger Sohn.

»Und wo haben wir das Wasser her? Aus dem Schwarzen Meer, aus dem Kaspischen Meer, aus dem Indischen Ozean oder aus dem Brunnen dahinten?«

»Die Kutscher haben es aus dem Brunnen!« rief Osman.

Auf dem Balkon kicherten alle, wenn auch nicht über den missglückten Scherz des Zauberers. Der Brunnen des Hauses auf Heybeliada wurde regelmäßig von Kutschern belagert, die dort ihre Pferde tränkten, und diese Plage war nicht loszuwerden. Nigân rümpfte die Nase. Schon wieder dieses lästige Thema! Dann stimmte sie aber in die allgemeine Fröhlichkeit ein, denn wann sollte sie schon fröhlich sein, wenn nicht beim Beschneidungsfest für ihren Enkel Cemil?

»Aus dem Brunnen haben wir es!« rief der Junge.

Dem Zauberer missfiel, dass er nur für unfreiwillige Lacher sorgte. Er sagte zu seinem Sohn: »Was lachst du denn, hör gefälligst zu!« und ließ auf die Schulter des Jungen seinen Zauberstab herabsausen, denn darüber, das hatte er schon gemerkt, amüsierten sich die Kinder auf dem Balkon und der Frischbeschnittene in seinem Ehrenbett am meisten. Er versetzte seinem Sohn gleich noch einen Schlag und rief dann: »Wir brauchen jetzt einen Gehilfen! Wer soll uns helfen, Cemil?«

Einen nach dem anderen sah Cemil die auf dem terrassengroßen Balkon versammelten Festgäste an.

»Onkel Sait!«

»Nein, der nicht!« sagte der Zauberer.

»Dann Onkel Fuat! Oder Onkel Refik!«

»Nein, nein! Sag mal, wie viele Onkel hast du denn, Junge? Wir brauchen ein Kind als Gehilfen!«

So deutete Cemil auf einen seiner Freunde von der Insel, und der Zauberer zog den schüchternen Jungen in die Mitte. Es schwieg alles rundherum. Sie fremdelten bei diesem Zauberer, der so gar nicht aus ihrem Milieu war und bei seinen Scherzen nicht den Ton traf. Refik tat der Mann leid, und gerne hätte er vermittelnd eingegriffen, doch wusste er nicht, wie.

Der Zauberer nahm einen Schluck aus dem Glas und ließ auch seinen Sohn daraus trinken. Dann hielt er das Glas dem Gehilfen hin, einem adrett gekleideten Jungen in kurzer Hose und Hosenträgern. »Jetzt wird unser junger Freund dieses Wasser trinken, und sogleich wird es aus seinem Bauch wieder herausfließen!« Mit einem roten Tuch wischte er sich den Schweiß von der Stirn.

»Ne bois pas aus dem Glas!« rief da die Mutter des Jungen.

»Genau, ja nicht!« sagte Nermin und rief der dabeistehenden Emine zu: »Hol schnell ein sauberes Glas!« Der Junge, der das Glas schon am Mund hatte, sah ganz erschrocken und mit zusammengepressten Lippen seine Mutter an, um nur ja nichts falsch zu machen.

»Wir brauchen kein anderes Glas!« rief der Zauberer verärgert. »Er hat ja schon getrunken!« Das hatte er aber nicht. Der Zauberer ließ sich von seinem Sohn einen Schlauch geben, hielt ihn dem Jungen an den Bauch und öffnete ihn. »Und schon fließt ihm das Wasser aus dem Bauch!« Das Wasser rann aus dem Schlauch auf den Boden. Der Zauberer musste einsehen, dass er auch damit keinen Stich machte, und stöpselte den Schlauch wieder zu. Dann schlug er erneut mit dem Zauberstab zu und ließ sich dabei rückwärts die Mütze vom Kopf fallen. Schließlich kauerte er auf dem Boden und suchte nach der Mütze, fand sie aber nicht, da inzwischen sein Sohn daraufgetreten war. Nun lachten die Kinder wenigstens.

»Das sind schon recht altbackene türkische Scherzchen!« monierte Nermin.

»Gegen ein gutaufgeführtes Schattenspiel habe ich ja nichts«, erwiderte Sait Nedim. »Aber was da beim Ramadan und bei Beschneidungen so alles als Belustigung geboten wird! Ich weiß ja nicht! Ich habe mal diesen Naşit gesehen, also worüber da die Leute lachen, das begreife ich nicht. Aber meinem Vater hat es gefallen.«

Sait Nedims Frau Atiye hatte endlich den richtigen Winkel gefunden, um die lachenden Kinder, den Zauberer und den im Bett liegenden Cemil aufzunehmen.

Nermin fragte Osman: »Wo hast du denn den aufgetrieben?«

»Was passt dir denn nicht? Turgut hat ihn auch engagiert. Und die Kinder lachen doch!«

Auch Refik wollte zur Verteidigung des Zauberers etwas sagen, aber es fiel ihm nichts ein. Er brachte lediglich ein verschämtes »Der ist doch ganz nett, der Mann!« heraus und nahm sich vor, über das Schattenspiel und andere türkische Traditionen etwas zu lesen. Er dachte, wenn der Mann sich schon nicht aufs Scherzen verstand, so hätte er sich eben mehr als Illusionist versuchen sollen, aber auch in der Hinsicht hatte er außer der grotesk schiefgegangenen Wassernummer und einem albernen Kunststück mit diversen Schachteln nichts gebracht.

»Die arbeiten wahrscheinlich mit den Beschneidern Hand in Hand«, sagte Fuat.

»Eigentlich ein bemitleidenswerter Mensch«, warf Güler ein.

Refik sah Güler an. Dann ging er ins Haus, wo Perihan und Melek waren. Melek hatte beim Anblick des Zauberers mit seiner seltsamen Mütze zu weinen begonnen. Alle hatten sich darüber amüsiert, aber Refik hatte der Mann nur noch mehr leid getan. Perihan saß in einem der Zimmer am Fenster und gab Melek Tee zu trinken.

»Ayşe und Remzi wollen Melek an den Strand mitnehmen«, sagte sie.

»Wollen die nicht lieber für sich allein sein?« fragte Refik.

»Nein, nein, sie haben es selber angeboten. Was hast du denn schon wieder? Hätten wir nicht kommen sollen?«

Aufgrund der Situation und gewissermaßen in erster Anwendung des immer noch nicht fertigen Programms, das Refik für ein »anständiges Leben« ausarbeiten wollte, hatten sie beschlossen, diesen Sommer nicht mit den anderen nach Heybeliada zu ziehen. Als Anfang Juni alle anderen losfuhren, waren Refik und Perihan froh gewesen, das ganze Haus für sich allein zu haben, und hatten sich sogar darauf geeinigt, im Herbst in eine eigene Wohnung zu ziehen, doch als dann im Juli die große Hitze hereinbrach und Melek einen sonderbaren Ausschlag bekam, waren sie schließlich doch auf die Insel gekommen, genau in der Woche, in der Cemil beschnitten wurde.

»Nein, nein, es ist gut, dass wir gekommen sind. Das hat uns auf andere Gedanken gebracht.«

»Aber morgen fährst du doch wieder?«

»Aber doch nur, um mich mit Ömer und Muhittin zu treffen. Am Montag abend komme ich mit Osman zurück!«

»Was erzählt Ömer denn so?«

»Wie gesagt, wir haben nur kurz telefoniert. Er ist seit vier Tagen aus Kemah zurück und will sich mit mir treffen. Daraufhin habe ich Muhittin angerufen. Ich habe nachgerechnet: Seit Ömers Verlobung, also seit zweieinhalb Jahren, waren wir nicht mehr alle drei zusammen!«

»Hat Ömer dieses Mädchen verlassen?«

»Das weiß ich nicht. Eigentlich wollten sie im Frühjahr heiraten. Aber es hat sich nichts getan, und er war monatlang tatenlos in Kemah …«

»Soll ich morgen mitfahren?«

»Was willst du denn dort? Wir hocken ja nur zusammen und quatschen.«

»Ich kann mit der Kleinen oben bleiben«, schlug Perihan vor, sah dann aber Refiks Gesicht. »Schon gut, schon gut, ich fahre nicht mit. War nur so dahingesagt. Mir gefällt nur der Gedanke nicht, dass du mit den beiden wieder herumdiskutierst. Sie sind Junggesellen, sie trinken, sie verachten alles bloß …«

»Also erstens trinkt Muhittin nicht mehr. Und dass er alles verachtet, würde mich wundern, denn er hat jetzt ein Ideal, auch wenn es noch so blödsinnig ist. Und Ömer … Ach Perihan, lass doch, die zwei sind meine besten Freunde!« Er setzte sich neben seine Frau.

»Aber du kommst wieder ins Zweifeln, wenn du mit denen beisammen bist. Einer allein geht ja noch, aber zusammen …«

»Lassen wir doch dieses Thema jetzt«, sagte Refik und zeigte zur Tür. Dann stand er auf.

Ayşe war ins Zimmer getreten, hinter ihr Remzi. Ayşe nahm Melek auf den Arm. »Jetzt zeigen wir dir das Meer!«

Perihan lächelte. Neben Melek wirkte Remzi noch dicker und ungeschlachter. Refik ging hinaus und dachte: »Die heiraten jetzt auch und bekommen Kinder.« Als er an der Waschküche vorbeikam, sah er darin den Zauberer und seinen Sohn, die ihre Sachen zusammenpackten. Er ging zu ihnen hinein, um den Mann versöhnlich zu stimmen.

»Haben Sie gut gemacht! Gratuliere!«

»Danke.«

In Übereinstimmung mit seinem Programm gedachte Refik nun, Volksnähe zu demonstrieren und dabei vom Volk noch etwas zu lernen.

»Wie gehen die Geschäfte?«

»Momentan gut, jetzt sind die meisten Beschneidungen. Und auch im Ramadan läuft es gut, aber sonst …«

»Ja, klar, im Ramadan!« sagte Refik und redete sich dabei ein, er könne sich gut in den Mann hineinversetzen. »Und was machen Sie sonst so?«

»Ich nähe Steppdecken. Der Junge ist im Winter sonst im Dorf, aber da will er nicht mehr hin, die verspotten ihn, sagt er. Das Nähen habe ich ihm nicht beibringen können. Man hat mir gesagt, er hat Talent zum Schauspielern, das soll ich ihn lernen lassen. Ich wollte ihn anmelden, da hat es geheißen, das geht nicht, der hat ja keinen Schulabschluss. Was soll ich jetzt machen mit ihm? Ihn im Winter wieder ins Dorf schicken? Ich selber habe ja nichts. Als Tagelöhner kann er auch nicht arbeiten, weil er Asthma hat!«

Refik sann sofort über eine Lösung nach. »Also, der Junge braucht eine Arbeit!«

»Eine Arbeit! Wo gibt es denn eine? Sie sind reich, Sie haben alle Möglichkeiten!« Zu dem Jungen sagte er: »Los, nimm die Tasche!«

Refik dachte an die Lager der Firma, ob es da nicht … Aber dann fiel ihm Osman ein. »Tja!«

»Wir gehen jetzt zu Turgut!« sagte der Zauberer.

»Man müsste mal drüber reden«, murmelte Refik und stellte beschämt fest, dass sein Hilfseifer augenblicklich erlahmte, sobald die Interessen der Firma auf dem Spiel standen. »Ich erkundige mich mal!« Er begleitete die beiden zum Garten hinaus. »Natürlich hat es keinen Sinn, die Leute einzeln retten zu wollen!« dachte er, aber das war ihm kein Trost. Er ging die Außentreppe hinauf, am pflanzenumrankten Geländer vorbei. »Aber was tue ich, um sie in ihrer Gesamtheit zu retten?« Er dachte an sein Buch. Abgesehen von einem

Artikel mit der Überschrift »Utopie und Realität«, in dem ein Professor darüber gespottet, aber in erster Linie sein eigenes enzyklopädisches Wissen zur Schau gestellt hatte, war dem Buch keinerlei Interesse zuteil geworden. »Es war ja auch ein falscher Ansatz …« dachte er. »Was wir wirklich brauchen, sind Maßnahmen im kulturellen Bereich. Was genau, das muss ich noch erforschen. Und vor allem muss ich herauskriegen, wie wir unser Leben überhaupt in so eine Richtung lenken können!« Er versuchte sich an der Vorfreude auf das Treffen mit Ömer und Muhittin aufzurichten. »Endlich wieder mal so richtig reden mit den beiden!« Wenn ihm auch schon schwante, dass die Interessen seiner Freunde sich verlagert hatten und er Gefahr lief, ein wenig lächerlich zu scheinen. Oben auf dem Balkon setzte er sich zu Osman, der zwischen Nermin und Sait Nedim saß.

»Der Zauberer ist fort. Er sagt, sein Sohn sei begabt, aber er finde keine Arbeit für ihn. Ich habe mir überlegt, ob wir ihn nicht irgendwo unterbringen könnten?«

»Der hat dich um Arbeit gebeten? Sein Geld hat er schon bekommen. Arbeit also … Du weißt doch, dass wir nur Lagerarbeiter und Schreiber brauchen können!« sagte Osman.

»Soso, der wollte Arbeit?« sagte Sait Nedim. »Na ja, ich weiß ja nicht, was mit dem Jungen ist, aber der Vater ist alles andere als ein guter Zauberer. Nur vom Gesicht her, da hat er so was, das erinnert mich an einen Kutscher meines Vaters, der sah ihm unheimlich ähnlich. Bayram Baba haben wir den genannt. Ein braver Mann! Und wie er immer auf seiner Kutsche saß …«

Osman fragte Refik besorgt: »Du hast ihm doch hoffentlich nichts versprochen?«

Von Cemil in seinem Bett war ein Wimmern zu hören. Seine Mutter, die sich gerade mit Leylâ unterhielt, setzte sich zu ihm und redete besänftigend auf ihn ein. Osman rief hinüber: »Tut es sehr weh?«

Refik fragte sich, was die in einer Ecke sitzende Lâle und die anderen Mädchen wohl von der Beschneidung hielten. »Es ist eine primitive, stupide Angelegenheit!« dachte er und stand auf.

»Wo willst du denn schon wieder hin? Bleib doch sitzen, wir sehen dich sowieso kaum!« sagte Nigân.

Aber Refik ging ins Haus. »Jawohl, primitiv, barbarisch und abstoßend, so ganz nach unserem Geschmack! Da wird ein Stückchen Haut für überflüssig erklärt und weggeschnitten. Was soll das?« Ihm fielen die hygienischen Gründe ein, die dafür oft angeführt wurden. »Nun, sagen wir, es hat einen Sinn; wozu aber dieses Tamtam herum? Es wird jedermann verkündet, dass geschnipselt werden soll, und die Leute rücken mit Geschenken an. Und obwohl man sich als Junge der Sache eigentlich schämt, freut man sich, weil man etwas bekommt.« Er dachte an seine eigene Beschneidung zurück. Als er gesehen hatte, dass ein Ereignis, für das er sich schämte und das er am liebsten verheimlicht hätte, von jedermann freudestrahlend begrüßt wurde, und dass man ihn mit Liebesbeweisen und Geschenken nur so überhäufte, als hätte er weiß Gott was geleistet, da hatte er seine ganze Scham vergessen und sich ohne weiteres einreden lassen, dass er stolz auf sich sein dürfe. »Schon damals ist klargeworden, dass es mir an Charakter fehlt! Dass dem so ist, gibt mir jetzt Perihan immer zu verstehen. Und wenn ich mit Ömer und Muhittin zusammen bin … Ja, kann schon sein, dass ich mich beeinflussen lasse!« Als er Perihan oben nirgends fand, ging er in sein Zimmer und legte sich aufs Bett. »Warum bin ich nur hierhergekommen! Wären wir doch zu Hause geblieben! Das Geschenk hätte ich dem Jungen auch später geben können.« Wenn er wie alle anderen auch ein Geschenk besorgt hatte, unterschied er sich da überhaupt noch von den engstirnigen, widerwärtigen Leuten, die ihn einst bei seiner Beschneidung über den grünen Klee gelobt hatten? »Was hätte ich machen sollen? Hätte ich ihm nichts geschenkt, wären sie mir böse gewesen und hätten gedacht, ich mag den Jungen nicht. Und vor allem hätte Cemil selber das gedacht! Wenigstens habe ich ihm ein Buch gekauft, und noch dazu *Robinson Crusoe*, von dem doch Rousseau schon sagt, etwas Besseres könne man einem Kind gar nicht schenken. Nur: Damit es nicht so aussieht, als würde ich dem Jungen nichts Teureres als ein Buch gönnen, habe ich dazu noch eine Armbanduhr gekauft!« Er stellte sich wieder vor, wie verblüfft und erfreut Cemil am Morgen gewesen sein musste, als er nicht nur diese, sondern auch die anderen Uhren, die er bekommen hatte, nebeneinander angelegt hatte. Und Lâle, die man nie so feiern würde, war aufgefordert worden, ihrem Bruder zu gratulieren.

»Furchtbar ist das alles! Beschneidungsfeiern sollten verboten werden! Welche Regierung könnte das machen? Wir bräuchten eine Reformregierung, aber mit den Reformen ist es ja vorbei. Was können wir also tun? Zuerst einmal unsere Beziehungen mit der Familie auf ein Mindestmaß reduzieren. Aus dem Haus ausziehen, so wie wir es ja schon beschlossen haben. Und denen Daniel Defoe zu lesen geben und den ganzen Rousseau.« Er hatte für Cemil eine französische Ausgabe von *Robinson Crusoe* gekauft. Nun dachte er düster, dem Jungen werde das wohl zu mühsam sein. Es gab auch eine türkische Version unter dem Titel *28 Jahre auf einer einsamen Insel*, aber sie war gekürzt und unbeholfen übersetzt. »Wie soll das Volk den *Robinson* dann lesen?« Ihm kam ein Gedanke. Aufgeregt stand er auf und suchte nach Perihan. Er fand sie unten am Kühlschrank. Sie trank ein Glas Wasser und sah ihn fragend an.

»Komm schnell, ich muss dir was erzählen!« Perihan konnte gerade noch ihr Glas abstellen, da zog Refik sie schon mit sich. »Gehen wir raus dazu!«

Perihan sah bedeutungsvoll zum Balkon hinauf.

»Gut, dann lieber hinten!« sagte Refik und lächelte den neugierig blickenden Yılmaz an. Sie gingen hinters Haus, wo es gleich ziemlich steil den Hügel hinanging und sie aufpassen mussten, nicht auf Piniennadeln auszurutschen.

»Jetzt red doch schon!« bat Perihan. »Wir machen uns ja lächerlich.«

»Du darfst mir jetzt bitte nicht böse sein! Bitte steh zu mir!« sagte Refik hastig. »Ich gehe nach dem Sommer nicht mehr in die Firma!«

»Was willst du dann machen?«

»Einen Verlag gründen, in dem lauter Bücher herauskommen, die man unbedingt lesen muss! So wie *Robinson Crusoe*! Und dann habe ich mir noch gedacht, dass man Beschneidungen verbieten sollte. Aber das ist nicht so wichtig! Ich werde einen Verlag gründen!«

»Hast du dir das gut überlegt? Ist das wirklich notwendig? Und verdienst du genug Geld damit?«

»Geld und Familie sind dabei zweitrangig!« Refik schaute einen Bienenstock an, um Perihan nicht ins Gesicht sehen zu müssen. Eine Grille zirpte.

»Ich will jetzt nicht losweinen, aber wenn wir hierbleiben, dann tue ich es. Gehen wir zurück!« sagte Perihan.

»Was gibt's da schon? Eine widerwärtige Feier. Ein Beschneidungsfest! Ist dir eigentlich klar, wie furchtbar das ist? Ohne Rücksicht auf die kleinen Mädchen, die das alles mit ansehen, staffieren sie den armen Jungen heraus und setzen ihm diese lächerliche Mütze auf. Dann steht alles um ihn herum und redet dummes Zeug. Und wie sie über den Zauberer gespottet haben! Pass auf, fall nicht hin! Gehen wir auf unser Zimmer. Dabei ist der Zauberer tausendmal mehr wert als sie. Diese Güler ist auch da. Du glaubst doch nicht, dass ich mich zu der setze oder?«

»Ich glaube überhaupt nichts.«

»Ich kann es aber machen, wenn du willst. Ach, wie lang soll das noch so weitergehen? Du bist mir doch nicht böse, oder?«

»Bin ich nicht!« sagte Perihan lachend.

»Weiß selber nicht, warum ich von der angefangen habe!« sagte Refik munter. »Du glaubst doch hoffentlich nicht, jetzt geht wieder diese Debatte los? Ach, stimmt, du glaubst ja gar nichts. Ömer geht die Frau auch auf die Nerven. Zeig mal dein Gesicht, lachst du etwa?« Beruhigt sah er, dass Perihan keine Miene verzog.

»Morgen fährst du hinüber, ja?«

»Ja. Was sollen wir jetzt machen?« Perihan ging auf den Balkon zu und er hinterdrein. »Na gut, setzen wir uns zu ihnen, sonst gibt es ja doch nur Gerede. Aber mir ist ernst mit der Sache!« Als sie auf den Balkon kamen, küsste der Rechtsanwalt Cenap gerade Nigân die Hand. »Noch so ein Kasper!« murmelte Refik.

»Aber doch wenigstens ein harmloser!« versetzte Perihan lachend.

56

DAS VERHÖR

»Nişantaşı!« dachte Ömer, als er aus dem Taxi stieg. »Da vorne ist auch der Stein, von dem das Viertel seinen Namen hat. Was steht da eigentlich drauf?« Er sah zu Refiks Haus und ging über die Straße. »Hm, die Läden alle zu? Ist er gar nicht da? Doch, bestimmt. Was denke ich eigentlich, wenn ich das Haus so sehe? Momentan denke ich, dass ich über die Straße gehe und dass es ein schöner Sonntag morgen ist. Wie spät? Fünf nach elf.« Er ging an der Mauer entlang bis zum Gartentor. »So wild, wie er immer auf unsere Gespräche ist, horcht er bestimmt schon auf die Glocke und stürzt gleich heraus!« Er öffnete das Gartentor, und die Glocke schepperte, aber kein Refik erschien. »Ja, was denke ich so? Er wird mir Fragen stellen. Und was soll ich ihm antworten? Ich werde schulternzuckend sagen: Tja, doch nichts geworden mit dieser Nazlı! Und er wird sich wundern und nachbohren.« Als er die zwei Stufen zur Haustür hinaufstieg, fiel ihm auf, dass er noch nie zu dieser Tageszeit, bei solchem Licht, hiergewesen war. »Immer erst abends und nachts, zum Poker und so …«

Da ging die Tür auf, und Refik umarmte ihn. »Alter Junge, wie geht's dir?«

»Gut! Ist sonst niemand da?«

»Nein! Ich habe Muhittin Bescheid gesagt, aber er ist noch nicht gekommen.«

Ömer trat ein und sah sich gleich in dem großen Spiegel. Wenn er in Refiks Haus kam, hatte er immer das Gefühl, besonders gut auszusehen, doch diesmal war das nicht der Fall. »Wahrscheinlich weil niemand da ist, der mich bewundern könnte …«

»Na komm schon! Was schaust du denn in den Spiegel?«

»Ich will wissen, wie ein Großgrundbesitzer so aussieht!«

»Ha! Ein Großgrundbesitzer? Ist das dein neuer Spleen? Und was ist mit dem Eroberer?«

»Das ist kein Spleen, ich bin wirklich einer. Vor drei Tagen habe ich alle Erben zusammengetrommelt, wir sind zum Notar und haben das unter Dach und Fach gebracht.«

»Tatsächlich?« rief Refik. »Gratuliere! Was stehen wir hier noch herum, komm rein! Aber ein richtiger Großgrundbesitzer bist du trotzdem nicht. Das hat ja nicht nur mit dem Besitz als solchem zu tun, das ist auch ein kultureller Begriff. Kulturelle Determinierungen finde ich nämlich besonders wichtig neuerdings, und du kannst natürlich darüber lachen …«

»Nein, warum denn?« Ömer folgte Refik ins Wohnzimmer. Verwundert sah er, dass alle Sessel mit Schutzbezügen bedeckt und sämtliche Teppiche entfernt waren.

»Seid ihr denn nicht hiergeblieben, Perihan und du?«

»Doch. Ach so, ja, meine Mutter hatte Angst, dass alles verstaubt. Setz dich doch. Ich habe Tee gemacht.«

»Alkohol hättest du keinen?«

»Um die Zeit schon? Trinkst du dort recht viel? Jetzt erzähl schon, was treibst du dort seit all den Monaten?«

»Nur mal langsam, ich erzähl schon alles. Hm, ihr habt hier ein Foto von deinem Vater aufgehängt …«

»Warst du denn seither nicht mehr hier? Überall hängen solche Bilder, in allen Zimmern. Ist es dir zu dunkel? Soll ich die Läden aufmachen?«

»Nein, nein, so ist es besser. Dann meint man, es sei Abend. So lässt sich besser reden.«

»Genau: reden!« wiederholte Refik aufgekratzt und ging in die Küche, um den Tee zu holen.

Ömer stand wieder auf und ging umher. »Ja, reden werden wir. Er wird erfahren, was ich so gemacht habe und was ich denke, und dann wird er das mit seinem Leben vergleichen, und wenn ihm was Besonderes auffällt, wird er sich freuen. Wie immer! Und ich werde wie immer so tun, als würde ich auf alles nur verächtlich herabsehen. Wenn wir doch wenigstens was trinken könnten!« Refik kam mit dem Samowar zurück. »Hättest du eine Kleinigkeit zu essen?« fragte ihn Ömer, und in seiner gutmütigen Art trabte Refik sofort wieder in die Küche. »Als wollte ich irgendwas hinausschieben!« dachte Ömer. »Schon auf der Schule war ich so. Ich mag es nicht, ausgefragt zu werden. Aber das trifft es auch nicht!« Er blieb stehen. »Könnte ich doch nur meinen plappernden Verstand zum Schweigen bringen! Was bin ich nur für ein Mensch? Ach, jetzt fängt das schon vor dem Trinken an!« Er setzte sich in Cevdets alten Sessel und wartete nervös.

Refik kam mit Biskuits und Käse zurück. Er merkte dann, dass Ömer an den Biskuits nur knabberte, um sich zu beschäftigen. »Muhittin kommt bestimmt gleich!« sagte er.

»Was macht er jetzt?«

»Du weißt ja, er bringt eine Zeitschrift heraus.«

»Jaja, so einen pantürkischen Blödsinn. Ich habe die letzte Nummer gesehen: einfach nur furchtbar! Aber was macht er sonst?«

»Sonst weiß ich auch nichts.« Er fühlte sich bemüßigt, Ömer zu unterhalten. »Ich kann ja erst mal von mir erzählen. Also, ich gehe nach wie vor in die Firma, und ich arbeite an einem Programm, aber diesmal an einem, das wirklich einen Nutzen hat. Mit Perihan geht es gut momentan. Es wundert dich wohl, dass ich das so betone. Na ja, es kann ja auch mal nicht so gutgehen, denke ich. Du weißt, dass ich kein Mensch bin, der allein leben kann. Melek wächst heran, sie macht uns viel Freude, aber es ist nicht immer leicht mit ihr. Noch ein Kind möchte ich nicht! Ich lese viel. Was mache ich sonst noch?«

»Ich nehme an, du atmest auch und isst hin und wieder was? Habe ich dir geschrieben, dass ich mich in Ankara mit Samim getroffen habe? Einmal war ich sogar mit Nazlı zum Essen dort. Er ist jetzt verheiratet!«

»Tatsächlich?«

»Hat eine Wohnung. Hat Sachen drin. Will sich neue Sachen kaufen. Will neue Menschen kennenlernen, gute Menschen!«

Refik lächelte Ömer an und dachte: »Warum kann ich nicht so scherzen?« Er tunkte ein Biskuit in seinen Tee.

»Der lebt auch und atmet. Und weißt du, was er über uns gesagt hat? Über uns drei, meine ich? Dass er damals Angst vor uns hatte! Hat es nicht geläutet?«

»Bestimmt Muhittin! Also Angst hatte er vor uns? Wie meint er das?« Er ging zum Fenster und spähte durch die Läden hinaus. »Ja, es ist Muhittin!« Er ging hinaus, um ihm zu öffnen.

Ömer stand auf, und als er durch die Fensterläden Muhittin erblickte, empfand er zunächst Freude, aber dann sah er wieder Muhittins zornig-forschenden Blick, und ihm sank der Mut. »Jetzt werden wir wieder unsere Leben aufeinanderprallen lassen und sehen, wer am besten dabei wegkommt! Und jeder wird behaupten, dass er derjenige ist! Hätte ich Refik das mit Nazlı doch schon vorher erzählt, als Muhittin noch nicht da war! Wenn wir doch was zu trinken hätten! An so einem heißen Tag kommt denen das komisch vor. Wofür leben die eigentlich?« Er hörte Muhittins Stimme und ging ihm entgegen. Als er merkte, was die Stimme in ihm wachrief, war ihm plötzlich, als sei er ganz umsonst nach Istanbul gekommen.

Muhittin sagte: »Wie ich ihn mir vorgestellt hatte! Na, wie geht's?« und streckte Ömer die Hand entgegen. »Na, gib mir schon die Pfote! Hm, was denkst du, wie findest du mich?«

»Gut siehst du aus!«

»Tatsächlich?« Muhittin sah sich im Wohnzimmer um. »Was sollen die Leichentücher?« fragte er Refik. Mit seinem Scherz nicht zufrieden, setzte er sich mürrisch hin.

»Willst du Tee?« fragte Refik.

»Klar. Immer das gleiche …«

»Blendet dich vielleicht das Sonnenlicht?« sagte Ömer.

»Nein, das Auge des Teufels scheut nicht das Licht! Na, erzähl schon!«

»Was soll ich erzählen? Ich schlag mich so durch!« erwiderte Ömer. Er wollte aber nicht verlegen wirken. »Ich wohne jetzt in Alp, in einem alten Herrenhaus.«

»Und all die Pläne, die Träume, der ganze Ehrgeiz?«

Ömer sah Muhittin an, als redete der in einer Fremdsprache zu ihm. Dann wandte er sich lächelnd zu Refik, als wollte er sagen: »Es ist bestimmt interessant, was unser Freund hier sagt, doch verstehe ich leider nichts!« Als er vermeinte, seine Botschaft perfekt vermittelt zu haben, atmete er auf.

Muhittin ließ nicht locker: »Na, deine Pläne, dein Ehrgeiz, was ist damit?«

»Habe ich nach wie vor!« versetzte Ömer. Er merkte, dass seine Verlegenheit nicht zu verbergen war. »Hat sich nichts geändert. Ich tue ja auch was. Zum Beispiel habe ich das Dorf da in den Bergen mit Strom versorgt. Also das Herrenhaus, meine ich …«

»Ach ja?« warf Refik ein. »Du hast also Licht dorthin gebracht!«

So naiv, wie das vorgebracht war, musste Ömer Muhittin noch lächerlicher erscheinen. »Aber nicht das Licht der Aufklärung, sondern stinknormales Lampenlicht!« sagte er.

Refik war sein Vorpreschen nun etwas peinlich. »Na ja, die beiden ergänzen sich ja. Und ich denke, das Licht der Aufklärung ist doch das wich–«

»Gibt es nichts zu trinken hier?«

»Wo bin ich denn hier gelandet?« rief Muhittin. »Ihr scheint mir beide ganz schön zu spinnen!«

»Soll ich uns was zu trinken besorgen?« fragte Refik. »Aber was ist dann mit dem Tee?«

»Besorg was, worauf wartest du noch!« sagte Ömer, und als Refik Muhittin ansah, fügte er hinzu: »Der trinkt wohl kaum was! Oder, trinkst du was? Hm, nicht? Du hast dich ja in den Altai zurückgezogen, in die Urheimat der Türken, ins Kloster zum Roten Apfel! Obwohl, in Klöstern wird eigentlich gesoffen!«

»Finde ich überhaupt nicht witzig!« erwiderte Muhittin, um ein entschlossenes Auftreten bemüht.

»Ist mir völlig egal!« konterte Ömer. »Also, was kaufst du jetzt, Refik, am besten Raki, aber einheimischen, das ist unserem Freund hier wichtig. Und nimm noch gegorene Stutenmilch dazu!« Das letzte Scherzchen fand er wohl selbst nicht so gelungen, doch wollte er Muhittin einfach damit treffen und sah ihn daher grinsend an.

»Du gefällst dir wohl sehr!« sagte Muhittin.

»Nein, mir gefällt niemand, ich bin da ganz so wie du!« Er deutete auf Refik. »Mit dem da ist es bestimmt ganz anders, sonst würde er nicht so leben wie … na ja, wie er eben lebt!«

Refik war es nur recht, dass das Gespräch sich so entwickelte. Er wollte Ömer etwas entgegnen, doch fiel ihm nichts ein. »Soll ich auch eine Kleinigkeit zu essen kaufen? Muhittin, du kannst dir ja schon mal Tee nehmen!«

»Ja, kauf was zu essen!« sagte Ömer. »Ohne dich wären hier gar nicht zusammengekommen!«

»Unsere Freundschaft ist schon was Besonderes!« sagte Refik beim Hinausgehen.

Sofort setzte Muhittin eine eisige Miene auf. »Ich sag dir zum letztenmal, dass ich solche Scherze nicht liebe! Ich will nicht bereuen müssen, dass ich da bin, ja? Ich wäre sowieso fast nicht gekommen.«

»Ach ja? Was hattest du denn sonst vor? Ich habe mir neulich deine Zeitschrift gekauft und drin herumgelesen.«

»Fang ja nicht mit dem Thema an!« Nervös stand Muhittin auf. »Ich wäre nicht gekommen, wenn Refik nicht noch mal angerufen hätte.«

»Den siehst du anscheinend auch nicht oft. Warum trefft ihr euch denn nicht?«

»Wahrscheinlich, weil wir uns nichts zu sagen haben! Und ich habe auch nicht viel Zeit. Sowieso ist Refik ganz komisch geworden.«

»Wie denn?«

»Ach, ich weiß auch nicht ... Einmal diese schon an Dummheit grenzende Selbstlosigkeit und dann auch noch die ständigen Sinnkrisen, na ja, du weißt schon, was ich meine. Früher war er mehr so einer von uns, aber jetzt kommt er mir vor wie ein Ausländer. Ich habe ihm auch schon gesagt, dass er bald ein Europäer ist ... In der Hinsicht gleicht er dir!«

»Du hast dich doch überhaupt nicht geändert, Muhittin!« erwiderte Ömer gelassen.

»Wieder mal eine deiner oberflächlichen Beobachtungen! Ich habe mich nämlich durchaus geändert. Ich stehe jetzt hinter einer Sache!«

»Das meinst du doch nur! Warst du nicht immer dagegen, so große Töne zu spucken? Glaubst du wirklich, dass du an etwas glaubst?«

»Lass doch diese Feinheiten! Was hat das schon zu bedeuten, ob ich daran glaube oder nicht? Ich tue etwas! Und das, was ich tue, hat einen Sinn! Was zählt dabei, wie überzeugt ich bin?«

»Darf ich das als Geständnis werten?«

»Ich sage dir doch, lass diese Spitzfindigkeiten. Du meinst immer noch, es geht nichts über Intelligenz, was?« Er steckte die Hände in die Taschen und sah nicht mehr Ömer, sondern die verhüllten Möbel an.

Ömer merkte, dass Muhittin eingeschnappt war. »Ich mag es nicht, wenn mir etwas ähnelt«, dachte er. »Was habe ich hier eigentlich zu suchen? Ich habe doch so ein ruhiges und reiches Leben dort! Oder? Ach, ich weiß nicht ... Wo soll ich leben?«

Ohne die Hände aus den Taschen zu nehmen, ging Muhittin umher. Er wechselte in den Nebenraum über und rief von dort: »Was hältst du eigentlich von diesem Haus? So und so oft sind wir hierhergekommen, aber nie war es so leer. Als ob ...«

Auch Ömer ließ seine Blicke schweifen. Plötzlich war aus dem Nebenraum ein Klavier zu hören. Muhittin klimperte herum. Dann klappte er geräuschvoll den Klavierdeckel zu.

»Wie geht's jetzt mit dir und diesem Mädchen?«

»Da geht überhaupt nichts mehr«, erwiderte Ömer.

»Hat die Klavier gespielt? Wahrscheinlich nicht, denn ich habe mir immer vorgestellt, du heiratest mal eine, die Klavier spielt. Refiks Schwester, die wäre doch was für dich gewesen!« Er lachte. »Was die sich gefreut hätten! Du hättest dann Cevdet die Hand geküsst, und heute würdest du ehrfurchtsvoll die Fotos von ihm hier anschauen. Du großer Mann, du Gründer unserer Familie, du unvergleichlicher Mensch, wie sind wir dir dankbar!« Er kam wieder ins Wohnzimmer.

»Amüsier dich nur«, sagte Ömer.

Sie schwiegen. Ömer zündete sich eine Zigarette an.

Muhittin ging wieder im Zimmer umher. »Wo bleibt der Kerl denn?«

»Heute ist Sonntag, da wird er nichts Offenes gefunden haben.«

»Von wegen! In Nişantaşı hat sich einiges getan, während du weg warst!«

Die Gartenglocke ertönte, und bald darauf kam ein aufgeregter Refik mit mehreren Schachteln herein.

»Na, worüber redet ihr gerade?«

»Dieses und jenes«, sagte Muhittin.

»Ich bin gleich wieder da!« Refik eilte in die Küche hinüber und rief dabei, was er alles gefunden hatte und was nicht. Mit Tellern und Besteck kam er zurück. »Essen wir lieber an dem kleinen Tisch!«

»Aber nicht, dass wir den ruinieren!« sagte Muhittin.

»Dem passiert schon nichts«, erwiderte Refik, und dann erst

merkte er, dass Muhittin nur gespottet hatte. Er war ihm aber nicht böse, denn war dieser Spott nicht ein Zeichen von Vertrautheit? Schnell holte Refik noch den Raki und die Gläser.

»Siehst du, für dich hat er auch eins, Muhittin!«

»Ich trinke aber nichts. Am Nachmittag muss ich sowieso weg!«

»Komm, wir wollten doch so schön reden!«

»Das lässt sich auch in zwei Stunden erledigen!«

»Gut, dann fangen wir an, meine Herren!« rief Ömer und öffnete die Rakiflasche. Er schenkte ihnen ein und stand dann feierlich auf. »Der Tag des großen Verhörs ist angebrochen! Auf unseren Schultern sitzen die Engel, die all unsere Taten niederschreiben. Das sind doch Engel, oder? Egal! Nun wird offen zutage treten, wer im Leben was gemacht hat und auf wessen Seite das Recht ist!« Unverdünnt kippte er seinen Raki hinunter. »Warum mache ich das?« dachte er. »Das braucht es doch gar nicht!«

Refik sagte: »Pass auf, du wirst noch in der Hölle braten!«

Muhittin sagte gar nichts und sah nur aufmerksam zu, als wollte er sich da heraushalten.

»Jawohl, es beginnt nun! Was für Menschen sind wir? Wir sind ... Ja, genau: Ich habe doch in Ankara Samim getroffen. Er hat gesagt, er hat sich vor uns gefürchtet. Hörst du, Muhittin? Dieser stille, unscheinbare Junge. Hat sich vor uns als Student gefürchtet. Warum nur?«

»Wahrscheinlich hat ihm schon angst gemacht, wie du angezogen warst!« sagte Muhittin. »Immer wie aus dem Ei gepellt, die Pfeife im Mund ... Kein Wunder, wenn er als armer Schlucker da eingeschüchtert war!«

»Ach was! Nicht mich speziell hat er gefürchtet, uns alle! Eher noch dich am meisten. Ich habe deine Zeitschrift gelesen. Der Schweiß ist mir ausgebrochen dabei, ich habe schon gedacht, ich habe Fieber. Am Schluss habe ich natürlich losgelacht! Also gefürchtet hat er eher deine, nein, nein, unsere Art. Nun zieh doch nicht so ein Gesicht! Verschieben wir das Thema lieber!«

»Na hoffentlich!« sagte Muhittin.

»Nein, verschieben wir es nicht!« rief Ömer. »Ich will alles sagen, was mir in den Sinn kommt! Ihr wollt wahrscheinlich wissen, was ich so gemacht habe? Auf dich kommen wir schon noch zurück, aber erst mal schlagen wir mein Heft auf! Ihr seid neugierig, und …«

»Nimm dich doch nicht so wichtig!« sagte Muhittin, der nun vergnügter wirkte.

»Ich bin Großgrundbesitzer geworden, wenn auch Refik das Wort nicht gefällt. Jedenfalls etwas in der Art. Wir sind zum Notar und fertig. Und von meiner Verlobten habe ich mich getrennt.«

»Auch beim Notar?« fragte Muhittin.

»Mensch, pass doch auf«, sagte Refik, »beim Notar hat er den Grund gekauft.« Und zu Ömer: »Wird so was nicht im Grundbuchamt gemacht?«

»Du hast schon was getrunken und du noch nicht, aber besoffen seid ihr beide schon!« sagte Muhittin.

»Trink du deinen Tee! Alkohol ist für dich verboten!« sagte Ömer. »Ich habe mich also von meiner Verlobten getrennt. Jetzt werdet ihr euch fragen, wie so was vor sich geht, wenn der Verlobte sich bis zum Hochzeitstermin irgendwo versteckt? Na eben per Brief. Muhtar hat meinem Onkel einen Brief geschrieben, und wenn du den sehen würdest, Muhittin, wärst du entzückt. Obwohl, inzwischen findest du so was vielleicht ganz normal. Na ja! Gott sei Dank haben sie es nicht so weit getrieben, mir auch noch den Verlobungsring zurückzuschikken! So, jetzt ist es heraus!«

»Erzähl doch lieber mal, was du dort so treibst!« verlangte Muhittin.

»Dann bist aber du dran! Also, ich stehe morgens auf und suche mir irgendeine Beschäftigung. Am Generator oder am Lastwagen was reparieren, die Wasserpumpe schmieren, so was in der Art. Da ich bisher nur Gast war, habe ich nicht mehr unternommen. Jetzt, mit dem Boden, geht es ans Bestellen. Ansonsten fahre ich manchmal nach Kemah für Besorgungen oder nach Erzincan, da habe ich inzwischen Bekannte, den Gouverneur und einen Arzt. Wir spielen Poker und trinken und schwatzen. So, reicht das? Jetzt erzähl du – oder du, Refik!«

»Ich habe ja vorhin schon berichtet. Aber jetzt noch mal für Muhittin!« Als er fertig war, fragte er Ömer: »Hat Muhtar was über mich gesagt?«

»Hätte ich ja gar nicht gedacht, dass dich so etwas plagt!« warf Muhittin ein.

»Nein, hat er nicht. Ich denke, er mag dich. Mich dagegen gar nicht, soviel steht fest!«

»Ist was vorgefallen zwischen euch?« fragte Refik.

Ömer schnaubte nur und sagte: »Jetzt ist Muhittin dran! Muhtar mag mich einfach nicht. Wenn er mich sieht, wird ihm klar, wie unsinnig das Leben ist!«

»Sei doch nicht so eingebildet!« rügte ihn Muhittin. Dann nahm er sich zurück: »Na ja, tut mir leid, wir wissen schließlich nicht, was dahintersteckt …« Er nahm sich Salami vom Teller.

»Jetzt erzähl du endlich! Wenn du nichts sagst und nichts trinkst, warum kommst du dann überhaupt?«

»Dann trinke ich eben was!« rief Muhittin und stand auf.

»Das lobe ich mir!« rief Ömer. »Wahre Freundschaft …«

57

DIE QUALLEN

»… zeigt sich erst da!«

Muhittin dachte: »Warum habe ich bloß gesagt, dass ich was trinke?« Er versagte sich Alkohol, hatte aber das Gefühl, ein bisschen würde ihm nicht schaden, so dass er fürchtete, die Überzeugung, die hinter dem Verbot stand, könnte ins Wanken geraten.

»Her mit deinem Glas! Gesagt ist gesagt!«

Muhittin hielt Ömer sein Glas hin. »Aber denk ja nicht, du hättest mich dazu verführen können!«

»Ich weiß, ich weiß, du wirst nie verführt, sondern bist selber Verführer. Der Teufel! Wissen wir alle. Aber nicht wissen wir, welcher Teufel dich mit diesem Panturkismus reitet!« Er lachte und kippte sein Glas hinunter.

»Du bist ja vergiftet! Du bist ein … ein … eine kulturverseuchte Qualle, kapiert?«

»Warum denn eine Qualle? Geht jetzt der Dichter mit dir durch?«
Refik sagte: »Quallen mag ich auch nicht!«

»Ist mir nur so in den Sinn gekommen!« lachte Muhittin.

»Bist ein Prachtkerl!« rief Ömer und stand auf. »Pass auf, was ich jetzt mache! Jetzt gebe ich dir nämlich einen Schmatz! Wohlgemerkt bin ich noch nicht betrunken, nicht dass es hinterher heißt, der Kerl hat ihn besoffen abgebusselt!« Er ruderte auf Muhittin zu und küsste ihn auf beide Wangen.

»So, endlich Schluss mit der Reserviertheit!« sagte Refik.

Muhittin fühlte sich, als sei er in eine Falle gegangen, aber er nahm es nicht schwer. »Komm ich mal auf andere Gedanken!« tröstete er sich. Er nahm einen Schluck aus dem Glas, das Ömer ihm vollgeschenkt hatte. Nach einem weiteren Schluck sagte er sich: »Wenn schon, denn schon!« und leerte das ganze Glas.

»Jetzt geht's erst richtig los!« freute sich Ömer. »Trink du auch was, Refik! Obwohl, du brauchst das ja nicht mal …«

»Genau!« sagte Muhittin, »der ist auch so immer gut drauf! Kann alles einfach so sehen, wie es ist. Glück nenne ich das, Glück!«

»Für so glücklich solltet ihr mich lieber nicht halten!«

»Dann erzähl uns doch deine Sorgen!« sagte Ömer.

»Mache ich ja. Ich fühle mich nicht mehr wohl in diesem Haus. Und mit der Arbeit bin ich auch nicht zufrieden. Ein neues Leben …«

»Suchst du und findest es nicht!« unterbrach ihn Muhittin verärgert. »Aber das kann ich nicht ernst nehmen, Refik! Deine Sucherei führt doch bloß dazu, dass du dein altes Leben weiterlebst. Entschuldige schon, wenn ich es Sucherei nenne, aber du betreibst das doch nur zur Gewissensberuhigung! Welche ernsthaften Sorgen hast du denn?«

»Es kommt mir alles so banal vor! Ich kann nicht mehr so leben wie früher!«

»Mensch, wie oft hast du uns das schon erzählt!«

»Ja, stimmt schon …« Schuldbewusst senkte Refik den Kopf.

»Jetzt fangen wir nicht damit an, Kinder!« sagte Ömer. »Wir reden immer das gleiche. Ich hab's satt!«

»Ihr glaubt eben an nichts! Deswegen seid ihr so abstoßend!« rief Muhittin aus.

»Ach so, abstoßend findest du uns?« sagte Refik.

»Abstrakt gesprochen schon! Aber sogar als euer Freund empfinde ich euch allmählich so!«

»Mit unserer Freundschaft ist es dann nicht mehr weit her!« sagte Ömer.

»Das sagst du doch nur aus Stolz, weil du nicht als erster draufgekommen bist!«

»Nein! Na, mag ja sein … Aber entscheidend ist doch, dass du vor uns davonläufst! Was soll denn das? Vorhin hast du auch wieder gesagt, dass du fortmusst und keine Zeit hast. Ist die Zeit etwa so wichtig? Das glaube ich nämlich nicht. Du hast höchstens Angst, dass wir dich verspotten. Diese pantürkischen Gedichte sind nämlich nicht nur blödsinnig, sondern auch einfach lächerlich!«

»Ich hätte überhaupt nicht kommen sollen!« schrie Muhittin.

»Lächerlich, Muhittin, nichts als lächerlich!«

Muhittin schüttete noch ein Glas Raki hinunter.

»Was sagst du, Refik?« fragte Ömer. »Liest du seine Zeitschrift?«

»Ja.«

Muhittin rief: »Du bist einer von denen, die aus lauter Angst, ausgelacht zu werden, lieber gar nichts machen! Immer denkst du nur, oh, ist das nicht oberflächlich, ist das nicht lächerlich, und so bringst du überhaupt gar nichts zustande! Damit nur ja keiner was über dich denkt! Banal zu sein, das schreckt dich, aber abstoßend zu sein nicht! Warum eigentlich? Hast du darüber schon mal nachgedacht?«

»Hm, tatsächlich, habe ich noch nie!« sagte Ömer grinsend.

Muhittin sah aber, dass er Ömer getroffen hatte, und fühlte sich dadurch bestätigt. »Lächerlich zu sein macht dir was aus, aber unrecht zu haben ist kein Problem für dich? Ich habe dir ja schon mal gesagt, dass dir nichts wichtiger ist, als intelligent zu erscheinen. Aber warum soll einer dumm dastehen, wenn er etwas macht? Oder an etwas glaubt?«

»Ich glaube an mich«, sagte Ömer mit gespielter Fröhlichkeit.

»Ja, früher mal … Da wolltest du viel Geld verdienen und Istanbul erobern, die ganze Türkei … Ob das nicht widerwärtig ist, sei mal dahingestellt. Aber hast du es jetzt gemacht? Du hast ja auch nicht geheiratet, damit keiner über deine Ehe spotten kann. Gar nichts machst du. Damit nur ja keiner in Zweifel zieht, wie intelligent du bist. Du meinst, wenn du was tust, verlierst du damit das Recht, zu kritisieren, nein, zu spotten. Du heiratest nicht, denn wenn du es tust, dann darfst du die Ehen der anderen nicht mehr banal und oberflächlich finden. Aus Istanbul bist du auch fortgelaufen und hast dich in dein Nest da geflüchtet. Und warum bist du jetzt gekommen? Um zu sehen, was die anderen so machen. Um dich daran zu ergötzen, wie gewöhnlich es hier zugeht. Hast du nicht selber gesagt, du bist aus Neugier gekommen? Nein, nicht aus Neugier, sondern um verachten zu können. Ich kann mir vorstellen, wie aufgeregt du warst, als du meine Zeitschrift in die Hand genommen hast. Du wirst inständig gehofft, ja gebetet haben, dass sie auch möglichst lächerlich ist!«

»Für so einen einfachen Menschen hältst du mich also, Muhittin?«

»Vielleicht bist du auch komplizierter, aber so einfach stellt sich mir das dar!«

»Dann sag mir doch mal das eine: Kann der Mensch zugleich leben und spotten? Kann er glücklich sein und zugleich zugeben, das alles tatsächlich so furchtbar ist, wie es ist? Das kann er nicht!«

«Kann er schon! Wenn er nur an was glaubt!«

»Aber allein, was du da glaubst, ist ja schon lächerlich! Und ich kann mir nicht einmal vorstellen, dass du es wirklich glaubst!«

»Das schmeckt dir gar nicht, was, der Gedanke, dass ich mich an etwas binde!«

»Ach, ich find's nur einfach lächerlich! Und weil ich dich kenne, würde ich zu gerne wissen, wie du dich unter diesen Leuten verhältst …«

»Unter was für Leuten?« fragte Refik, der auch schon einiges getrunken hatte.

»Unter den Nationalisten und Panturkisten!«

»Hör auf, in diesem spöttischen Ton über sie zu reden!«

»Mir kann keiner verbieten, über alles so zu reden, wie es mir passt!«

»Du bist so was von widerwärtig und eigensüchtig! Von wegen reden, nur spotten willst du! Und mit welchem Recht? Was ist für dich richtig? Was bist du schon? Ein Nichts! Aber ich habe dich damals gesehen auf deiner Verlobung, wie du alle angelächelt hast und jedermanns Schätzchen warst. Deine flehentlichen Blicke haben damals besagt: Bitte, Muhittin, verspotte mich nicht! Und jetzt würde ich gern auch mal in dein Kemah oder dein Alp fahren, wo auch immer du bist, und mir ansehen, wie du da lebst!«

»Jetzt hört doch bitte auf, Kinder!« bat Refik. »Ihr macht mir ja angst! Soll ich vielleicht Witze erzählen, um uns ein wenig aufzuheitern?« Er dachte nach, aber ihm fiel keiner ein. »Ich hatte ja eher gedacht, ihr zwei würdet euch gegen mich zusammentun! Früher war es doch so, oder es ist mir so vorgekommen. Aber ihr habt ja ganz vergessen, wie lange ihr schon Freunde seid!«

»Es hat eben alles seine Grenzen!« sagte Muhittin.

»Schau, schau, jetzt will er alles herunterspielen! Jetzt denkt er sich: Gut, sage ich eben nicht, was ich über ihn denke, und wenn doch, dann in gefälliger Form. Deshalb auch vorhin diese herzzerreißende Tirade: Versteht mich doch, ihr Ingenieure, ich glaube an etwas! Ich aber muss der Intelligenz und dem Spott zu ihrem Recht verhelfen! Denn wie du so richtig gesagt hast, lieber Muhittin, geht mir nichts über den Verstand. Es lebe der Verstand!« Er wandte sich zu Refik: »Hast du eigentlich von Herrn Rudolph was gehört?«

»Ja, wir schreiben uns.«

»Wer ist denn das?« fragte Muhittin.

»Ein Deutscher. Aber nicht einer von den deinen. Ein wunderbarer Mensch!«

Refik sagte kopfschüttelnd: »Also bei dir weiß ich nie, was Spaß und was Ernst ist!«

»Weiß ich doch selber nicht! Spaß! Ernst! Keine Ahnung! Und apropos Vernunft … Sag mal, Refik, was schreibt ihr euch denn so? Immer noch das gleiche Zeug?« Er machte eine wegwerfende Handbewegung. »Aufklärung, Finsternis, Seele, Gedanken, Sklaventum … Sonst noch was? Immer noch dieses Zeug?«

»Ja, immer noch.«

»Was ist mit Aufklärung und Finsternis?« fragte Muhittin.

»Das sind lauter ganz hehre, entrückte Begriffe, die von Ehrgeiz und Leidenschaft zerfressene Leute wie du und ich nicht verstehen können. Weißt du, da die Türkei und überhaupt der ganze Orient ein Hort der Dummheit und des Drecks sind –«

»Aber das behauptet doch kein Mensch!« protestierte Refik.

»Erzähl nur weiter!« rief Muhittin und stand erregt auf. »Aber ich hab schon verstanden!« Er sah Refik zürnend an, und an dessen sichtbarer Verlegenheit merkte er, dass er richtig lag. »Ich hätte nur nicht gedacht, dass dieses naive Gehabe so sehr ausarten kann! Von unserem Barbarentum und vom Licht der Aufklärung hattest du ja schon geschwätzt, aber dass du so weit gehst … Da schreibt er sich Briefe mit einem Christen …« Refiks Schweigen spornte ihn noch mehr an. »Ich habe schon oft gedacht, dass du eigentlich selber einer bist! Du bist gar kein Türke mehr!«

»He! Meinst du das im Ernst?« warf Ömer ein.

Muhittin kam der Verdacht, er sei zu weit gegangen. Er wunderte sich, dass Refik so gar nicht reagierte. »Der ist wahrscheinlich wirklich ein glücklicher Mensch!« dachte er. »Er ist überhaupt nicht aggressiv. Wahrscheinlich denkt er sich nur, dass er sowieso recht hat, und leid tut ihm höchstens, dass er keine Antwort zustande bringt. Na ja, und vielleicht tue ich ihm ein bisschen leid!« Er kehrte den beiden den Rücken zu und wanderte im Wohnzimmer umher. Dann wandte er sich um und sagte: »Du bist mir doch nicht böse, Refik? War nur ein Scherz!«

»Ich weiß doch, dass du ein guter Mensch bist, Muhittin!« sagte Refik.

»Ein guter Mensch mit schlechten Gedanken, das meinst du doch, oder?« Zum erstenmal wollte er wirklich wissen, was in Refik vorging. Ihm fiel wieder Refiks Hölderlinlektüre ein. »Dieser Hölderlin da, liest du den noch?«

»Ach, dir hat er auch davon erzählt!« sagte Ömer. »Das war der Lieblingsautor von diesem Deutschen!«

»Ich habe sogar gesehen, wie er drin gelesen hat. Aha, von dem Deutschen hast du das also. Und was hast du so gelernt von deinem Hölderlin?«

»Das, was du so von Baudelaire gelernt hast …« versetzte Refik.

»Da hast du deine Antwort!« sagte Ömer lachend. »Ganz schön schlagfertig, unser Refik!«

»Aber so meine ich es gar nicht!« korrigierte Refik. »Die beiden sind ganz verschieden. Hölderlin schreibt doch gesündere Sachen.«

»Gesünder? Wie darf ich denn das verstehen?« fragte Ömer.

»Mich kümmern die beiden herzlich wenig«, sagte Muhittin. »Und wenn ihr mich fragt, ist da einer wie der andere!«

»Ich weiß ja auch nicht so recht!« erwiderte Refik. »Was wissen wir schon! Wir müssten viel mehr lesen. Jeder sollte lesen. Und da ich schon was intus habe, gestehe ich euch jetzt, dass ich einen Verlag gründen will! Ich will billige, gute Bücher herausbringen und dafür sorgen, dass jedermann Autoren wie Rousseau und Defoe lesen kann.« Verlegen sah er seine Freunde an. »Na, was sagt ihr dazu?«

»Pleite wirst du machen!« sagte Ömer gähnend.

»Ums Geld geht es mir dabei nicht! Und warum sollte ich Pleite machen? Gute Bücher finden beim Volk ihre Leser.« Er sah Muhittin an. »Komme ich euch weltfremd vor?«

»Die Renaissancekultur … Die griechischen Klassiker!« murmelte Muhittin. Verärgert stellte er fest, dass er betrunken war.

»Ja, genau solche Sachen!« sagte Refik aufgeregt. Als er Muhittins Miene sah, wandte er sich lieber Ömer zu. »Ich habe schon recht mit dem, was wir bräuchten. Gestern war ich auf Heybeliada, bei der Beschneidung meines Neffen. Eine furchtbare Veranstaltung! Abstoßend! Die Mädchen und Frauen versammeln sich um den Beschnittenen, und dann kommt ein Zauberer und …«

Muhittin dachte: »Was erzählt der da? Warum bin ich bloß schon betrunken? Ich muss mich hinsetzen. Wie viele Gläser hatte ich denn? Ich habe überhaupt nicht aufgepasst. Am besten, ich ess erst mal was!« Er lud sich ein wenig Salami und gegrillte Auberginen auf den Teller und setzte sich taumelnd in den Sessel gegenüber von Ömer.

»Mensch, ihr hört mir ja gar nicht zu!« beklagte sich Refik.

»Ja, keiner von uns hört dem anderen zu!« sagte Ömer. »Wir haben uns volllaufen lassen wie die Idioten. Aber das ist es gar nicht mal. Wir interessieren uns nicht mehr füreinander! Jeder denkt nur an sich selbst, ist mit dem eigenen Leben beschäftigt. Und was haben wir schon gemacht in unserem Leben? Nichts!« Er goss sich wieder Raki ein.

»Das kannst du über dich selber sagen, aber nicht über uns, nicht über mich!« entgegnete Muhittin angewidert.

»Soso! Und wolltest du dich vielleicht nicht umbringen, falls du kein guter Dichter wirst?«

»Aber ich sage euch doch, dass ich mich von Grund auf geändert habe. Diese Art von Dichterei und diesen Pessimismus habe ich überwunden. Was ich jetzt schreibe, kann man sowieso nicht mehr direkt Poesie nennen.«

»Ach ja, Lehrgedichte …« sagte Ömer.

»Die Poesie überlasse ich Zwergen und Kleingeistern!«

»Siehst du? Du bringst dich nicht um! Hatte ich nicht gesagt, du findest irgendeinen Vorwand?«

»Was rede ich noch mit jemand, der sagt, er will kein räudiger Türke sein?«

»Keine Angst, du wirst den heutigen Tag schnell wieder vergessen!«

»Schau, schau, unser Eroberer! Hätte gar nicht gedacht, dass ein Eroberer so erbärmlich, so unglaubwürdig und so defätistisch sein kann! Bist ein moderner Eroberer! Nur dass das Land, in dem du lebst, eben nicht modern ist! Refik, wie würdest du das sagen? Dass in dem Land das Licht der Aufklärung noch nicht leuchtet, was? Was macht dann unser Eroberer? Er ist eben keiner mehr und schmollt. Und lebt seinen Ehrgeiz in sich selber aus. Dann sieht er in sich hinein und sagt sich: Was bin ich doch für ein großer Mann! Nur die Welt ist so unmöglich, wie soll ich da nicht spotten über sie? Das denkst du doch, nicht wahr?«

»Na und du? Du mischst dich jetzt unters Volk! Wahrscheinlich, weil du so ein miserabler Dichter bist. Deinen Verstand versuchst du zu ignorieren, aber der lässt dir keine Ruhe, er läuft dir ständig nach. Du bist nämlich genau das, was du von mir behauptest: infiziert von der Kultur! Also kannst du deinen Verstand nicht vergessen. Dass du an dieses Türkentum da glaubst, nehme ich dir auch nicht ab. Du redest dir lediglich ein, dass du wenigstens irgendwas tust. Aber wir zwei, wir glauben eigentlich an gar nichts. Nur bei Refik bin ich mir nicht so sicher!«

»Ach komm, Rastignac! Ich bin ein Türke!« rief Muhittin. »Ich habe jetzt begriffen, wie falsch es war, hierherzukommen! Von eurer schmutzigen, armseligen Welt bin ich weit entfernt. Mit meinen

Freunden, die sich alle für das gleiche Ideal einsetzen, die sich aufopfern und brüderlich zusammenhalten, habe ich –«

»Triffst du dich noch mit den zwei Soldaten?« unterbrach ihn Refik. »Das waren doch nette Kerle!«

»Soldaten?« fragte Ömer. »Echte Soldaten also? Hast du die auch umgepolt?«

Muhittin dachte: »Herrgott, warum bin ich bloß gekommen? Es ist furchtbar! Dieser elende Kerl! Warum bin ich gekommen, und warum habe ich so gesoffen? Und warum bin ich jetzt so? Und warum –?«

»Also, hast du sie umgepolt? Ha, Soldaten! Komm, lies uns doch eins von deinen Lehrgedichten vor, vom Roten Apfel, vom Grauen Wolf oder so was … Haha! Der schreibt das Zeug und lacht dann bestimmt als erster darüber! Weil er nämlich selber eine Qualle ist!« Er warf den Kopf zurück. »Eine Qualle, eine Qualle! He, da an der Decke fliegen ja lauter Engel herum!«

»Das merkst du jetzt erst?« sagte Refik schmunzelnd.

»Wo ist denn das Klo?« fragte Muhittin.

»Das hast du schon vergessen? Oben!« sagte Refik.

»Das türkische Stehklo ist unten!« rief Ömer.

Muhittin ging die Treppe hinauf. »Ich muss mich ein wenig erfrischen!« dachte er. Als er die Stimmen der beiden anderen kaum noch hörte, wurde er ruhiger. »Muhittin, es war ein Fehler, hierherzukommen, aber du bist Manns genug, um das wieder auszubügeln! Ich trinke jetzt einen Kaffee, und dann gehe ich draußen ein wenig herum. Es ist jetzt zwei, der heißeste Moment des Tages. Am besten, ich gehe heim und lege mich ein bisschen hin.« Im ersten Stock hörte er die Uhr ticken. »Wer hat die denn aufgezogen? Refik? Oder Osman kommt in der Woche manchmal hierher. Die wollen also, dass die Uhr nicht zu ticken aufhört.« Vorsichtig ging er an der Uhr mit den schweren Gewichten vorbei, als wollte er sie nur ja nicht berühren. Als er die Toilettentür öffnete, dachte er: »Was fürchte ich mich denn vor der Uhr? Ich könnte sie einfach kaputtschlagen!« Er wusch sich Hände und Gesicht und dachte an die ersten Jahre ihrer Freundschaft zurück. »Die Studentenzeit war doch das beste!« Draußen hörte er wieder die Uhr und geriet in Wut. »Ich schlag sie kaputt!

Dann werden sie sich ganz schön wundern! Der arme Osman kommt nie darauf, wer das war!« Neben der Wanduhr stand auf einem Tischchen ein Aschenbecher, zu dem griff Muhittin, holte aus und … nichts passierte, denn im letzten Moment hielt er sich zurück. »Hm. Ich hab's nicht getan!« Er stellte den Aschenbecher wieder ab. Ohne an irgend etwas zu denken, ging er durch die Tür neben der Uhr in die Bibliothek. »Jahrelang haben wir hier Poker gespielt! Was ist jetzt aus uns geworden! Aber nein, nein, ich … Ich gehe zu Gıyasettin Kağan und sage, Mahir Altaylı und die anderen haben die Sache verraten. Ich werde mit Ihnen arbeiten … Die Zeitschrift soll auch Ihnen gehören!« Er sah Cevdets Foto. »Cevdet … Das Leben von Cevdet! Die ganze Einrichtung hier, die Familie, viele Leute, Fröhlichkeit, Glück!« Cevdet sah aus seinem Rahmen heraus, als sagte er zu Muhittin: »Pass nur ja auf!« Muhittin verließ den Raum und wollte gerade hinunter, als er plötzlich neugierig auf die anderen Zimmer wurde. Er öffnete eine Tür. »Hm, wohl das Schlafzimmer von Osman und Nermin.« Wegen der geschlossenen Läden war das Licht so gedämpft wie im ganzen Haus. »So ein großes Bett … Der Kaufmann und seine Frau. Es riecht nach Seife und Parfum. Samtbespannte Sessel … Hier leben sie also …« Wieder hätte er am liebsten alles zerschlagen. Aber nicht einmal lachen konnte er. Er schlug die Bettdecke zurück und zog unter dem Kopfkissen Osmans Schlafanzug hervor. Er hob ihn hoch, begutachtete ihn. Obwohl einfach blau-weiß gestreift, hatte der Schlafanzug doch etwas Kostbares an sich. »Nie wieder ziehe ich so etwas an!« Muhittin stellte sich Osman vor, wie er im Schlafanzug an irgendwelche Geschäfte dachte oder mit der nach Seife duftenden Nermin sprach. Dann legte er alles wieder an seinen Platz und ging ins Zimmer daneben. »Aha, Cevdets Schlafzimmer!« An der Wand wieder das gleiche Porträt mit dem strengen Blick: Pass nur ja auf! In diesem Bett also hatte jahrelang Cevdet geschlafen. »Cevdet! Cevdet!« Mit einemmal wurde Muhittin ganz fröhlich zumute, als ginge die Tür auf und Gäste strömten herein und andere hinaus, redend, lachend, Witze reißend, sie lebten, und Muhittin konnte ihnen nur aus der Ferne lauschen. »Ich bin betrunken!« In einer dunklen Ecke des Zimmers sah er einen Schrank; sofort ging er hin und öffnete ihn. Auf der einen Seite hingen Nigâns

Kleider, die interessierten ihn nicht. Die Schubläden dagegen zog er auf. Handtücher, Tischtücher, Seidenstoffe, ein paar Porzellantassen … Plötzlich wurde ihm schwindlig. »Das alles benutzen sie … Sie benutzen es und leben voller Selbstvertrauen!« Er fürchtete umzukippen. »Ich sollte ein wenig schlafen!« dachte er und legte sich auf das Bett. »Wenn jemand kommt, stehe ich sofort auf! Und heute gehe ich zu Gıyasettin Kağan und sage, die anderen haben den Rassismus aufgegeben! Was er dann wohl sagt? Ich lese Ihre Artikel! Wie weich das Bett ist … Ich höre die Uhr! Mahir und Haydar! Höre ich da Schritte? Ich muss aufstehen, sonst denken sie, ich sei betrunken … Ich stehe auf und sage zu Refik, dass es mir gutgeht. Da ist er! Ich habe mich nur kurz hingelegt. Das kommt schon mal vor, wenn man getrunken hat!«

»Da bist du ja!« rief Ömer. »Was machst du denn hier? Hat sich hingelegt! Ist dir schlecht? Du hättest kotzen sollen!«

»Nein, nein, alles in Ordnung!« sagte Muhittin und stand auf.

»Du hast im Schrank herumgesucht, was?«

Muhittin bemühte sich um ein Lächeln. »Ich wollte nur ein bisschen sehen … was für Sachen sie so haben.«

»Du bist unglücklich, was? Was für Sachen! Das sind die Sachen von Nigân …«

»Mach zu! Ich glaube, Refik kommt!«

Ömer ließ die Augen über die Schubläden und das ganze blitzsaubere Zimmer schweifen. »Du kannst wohl nichts anfangen mit dieser Kultur, nicht wahr?«

»Hier geht es ja noch!« jammerte Muhittin. »Drüben bei Osman ist es viel schlimmer!«

Ömer nickte verständnisvoll. »Du kannst mit dieser Kultur nichts anfangen, und ohne sie kannst du auch nicht sein. Bist du nun ihr böse oder dir selber? Ärgern dich diese Sachen, oder ärgert dich deine Unentschlossenheit?«

»Wenn wir doch sein könnten wie Refik!«

Ömer schloss die Schubladen. »Familienessen, Gelächter, Fröhlichkeit … Alles das hast –«

»Schnell, mach alles zu! Mensch, das war doch nur ein Scherz, hast du das nicht kapiert?«

Als Ömer gerade die Schranktüren schloss, kam Refik herein. »Was ist denn los hier? Mensch, ist das stickig hier!«

»Ich habe ein Handtuch gesucht«, sagte Muhittin.

»Wir haben uns schon Sorgen gemacht! Geht's wieder? Wir sind ja selber schuld, was müssen wir bei dieser Hitze trinken! Ich lüfte mal hier, und dann mache ich uns Kaffee.« Er machte Vorhänge, Fenster und Läden auf. Strahlende Helle drang ins Zimmer.

»Seht doch mal, wie schön es draußen ist! Der Garten! Und eine leichte Brise weht auch. Trinken wir den Kaffee draußen, unter den Bäumen ist es schon kühler jetzt. Hört ihr die Grillen?«

Muhittin sagte: »Ich treff mich nie wieder mit euch beiden!«

58

SONNTAG

»Osman, fahr doch nicht so schnell!« mahnte Nigân.

»Aber Mama, ich fahre nicht schneller als fünfzig!« beteuerte Osman.

»Und schau nicht zu mir her, sondern auf die Straße!«

»Ich schaue ja auf die Straße, aber wenn du immer …« grummelte Osman und verstummte dann mit resignierender Geste, aber in Wirklichkeit war er nicht aufgebracht. »Keriman! Heute nachmittag sehe ich Keriman!« dachte er nur. An Sonntagnachmittagen traf er sich mit der Frau in der Wohnung, die er für sie gemietet hatte.

»Kinder, hört doch mal mit diesem Spiel auf und seht euch lieber die Landschaft an!«

Wie bei jeder Autofahrt spielten Cemil und Lâle »Augen zumachen«. Osman kannte die Regeln dieses Spiels nicht, aber er wusste, dass die beiden fortwährend die Augen zudrückten und nicht zum Fenster hinaussahen.

»Hört auf mit dem Spiel!« sagte auch Nermin. »Schaut mal, wie der Dampfer ablegt. Wir machen wegen euch solche Ausflüge, und ihr macht ständig die Augen zu!«

»Wir haben auf der Hinfahrt schon alles gesehen!« sagte Cemil.

Da mussten sowohl Nigân als auch Nermin lachen. Sie waren auf der Rückfahrt von einem ihrer Sonntagsausflüge. Es war schon Anfang September, aber noch ziemlich heiß. Sie waren in dem Jahr früh von Heybeliada zurückgekehrt. Nach Ausbruch des Krieges hatte Nigân immer wieder gesagt, sie wolle heim, sie sehne sich nach ihrem Haus. Man erklärte ihr, die Türkei werde in den Krieg nicht eintreten, und selbst wenn, dann sei man auf der Insel noch am sichersten, aber darüber rümpfte sie nur die Nase und sagte, sie wolle auch Vorbereitungen für Ayşes Verlobung treffen. Bis dahin waren es zwar noch gute drei Monate hingewesen, und der Krieg fand in weiter Ferne statt, aber da Nigâns trübe Miene mehr zählte als alles andere, waren sie frühzeitig nach Nişantaşı umgezogen. Osman dachte: »Wieder ein neues Jahr! Wir werden wieder sonntags an den Bosporus fahren, werden dort Fisch kaufen, und in der Firma wird es wieder …« Da musste er an die Hindernisse denken, die der Krieg für den Handel mit Deutschland bringen würde.

»Ist es für den Fisch nicht zu heiß dahinten?« fragte Nigân.

»Er war ganz frisch!« beruhigte sie Nermin.

»Nimm trotzdem das Paket lieber auf den Schoß, Ayşe! Wir grillen den, nicht wahr? Hoffentlich kommt Refik nicht zu spät zum Essen.«

»Tut er schon nicht!« sagte Osman.

Sie schwiegen. Drei Tage zuvor hatte Refik beim Mittagessen erklärt, Perihan und er hätten vor, in eine eigene Wohnung zu ziehen. Nigân hatte sich aufgeregt und dann angefangen zu weinen, und da sie von ihrem Sohn keine befriedigende Begründung für diesen Schritt erhalten hatte, führte sie auch diese Unbill darauf zurück, dass Cevdet nicht mehr da war.

»Warum wollen sie denn weg von uns? Kannst du mir das sagen, Osman?«

»Bitte, Mama, nicht wieder dieses Thema! Er hat es dir doch gesagt. Jetzt, wo Melek so groß ist, wollen sie mehr Platz.«

»Aber sie kriegen doch ein eigenes Kinderzimmer, wenn sie wollen!« Nigân fragte Ayşe: »Was sagt denn Perihan? Du kommst doch gut mir ihr aus, dir hat sie bestimmt was gesagt!«

»Ja, aber auch nur, dass ihnen das Zimmer zu klein ist.«

»Ach, warum nur?« klagte Nigân. »Und du wirst heiraten und weggehen!«

Da entfuhr es Osman: »Dann lassen wir endlich auch ein Apartmenthaus bauen!«

»Das könnt ihr schon machen, aber erst, wenn ich bei Cevdet bin!« versetzte Nigân weinerlich. »Ach, Cevdet!«

Osman dachte wieder an Keriman. »Nach dem Mittagessen … Wie könnte ich es aushalten, ohne zu ihr zu gehen? Keriman … Das Halstuch!« Er überlegte, wie er ihr das Tuch überreichen sollte, das er für sie gekauft hatte. Dann dachte er an die erste Zeit mit Nermin zurück. »Alt bin ich geworden!« Er schielte zu Nermin hinüber, die neben ihm saß, auch sie in Gedanken versunken. »Alles zerfällt. Aber ich bin nicht schuld daran. Wer dann? Es ist eben passiert. Aber der Firma geht es gut!« Seit Kriegsausbruch waren die Umsätze emporgeschnellt. »Dass Ayşe Remzi heiratet, ist auch günstig. Jetzt habe ich keine Befürchtungen mehr, dass die Firma mal auseinanderbricht. Wir stehen sogar noch stärker da.« Neben einer reinen Vergrößerung der Firma schwebte ihm noch etwas anderes vor. »Warum sollten wir nicht auch hierzulande Glühbirnen herstellen? Oder Elektroteile … Das ist quasi Vaters Vermächtnis … Mit Siemens könnten wir –«

»Hier haben sie ganz schön gewütet!« sagte Nigân.

Sie kamen gerade durch Beşiktaş. Osman hatte in der Zeitung gelesen, um neben dem Grab Barbarossas ein Denkmal für den Seehelden und einen Park zu schaffen, sei man dabei, einen Friedhof zu verlegen und zahlreiche alte Häuser abzureißen.

»Hier wohnt doch dieser eine Freund von Refik. Der lässt sich gar nicht mehr blicken!« sagte Nigân.

»Meinst du Muhittin?«

»Der, der immer so mürrisch dreinsah. Lässt Refik sich etwa von dem beschwatzen?«

»Jetzt hör doch auf, Mama!«

»Worüber sollen wir dann sprechen? Es wird überhaupt nicht mehr geredet bei uns!«

»Morgen gehen wir bummeln in Beyoğlu!« sagte Nermin.

Nigâns Miene heiterte sich auf, und auch Ayşe lächelte. Aufatmend fragte Osman nach, wie der Fisch zubereitet werde, worauf wiederum Ayşe erzählte, was für einen Fisch sie im Hause von Fuat gegessen hatte. Als sie durch Maçka kamen, musste Nigân an ihre alte Freundin Kutsiye denken, die im Sommer verstorben war, und an der Teşvikiyemoschee kamen ihr die Kinderjahre in den Sinn, und vergnügt erzählte sie von ihrer Mutter. Mitte der Woche würde sie ihre Schwestern besuchen. Sie rügte Osman, weil er seine Tanten nie anrufe. Beim Anblick des Ladens des Obsthändlers Aziz sagte sie, dass ihr Garten wohl nie wieder in Schuss gebracht werde, was aber insofern nicht schlimm sei, als sie wegen der Baustelle nebenan ohnehin nicht mehr hinauskönne. Kaum waren sie jedoch angekommen, ging sie sogleich im Garten umher, um zu sehen, was sich auf dem Nachbargrundstück tat.

»Keriman!« dachte Osman in der Eingangshalle vor seinem Spiegelbild. »Ach, wie alt ich doch geworden bin!« Er nahm sich vor, innerhalb seines geregelten Tagesablaufs die Zahl der Zigaretten zu verringern. Als er doch mit einigem Schwung die Treppe nahm, kam er sich schon nicht mehr so alt vor. Er ging in das Schlafzimmer. Ja, das Halstuch war noch in seinem Versteck. Er ging zur Toilette und sah dabei Nermin die Treppe heraufkommen. Genüsslich wusch er sich die Hände, und gemäß seinem Vorsatz, jegliche Wartezeit auszunutzen, setzte er sich dann unten hin und las Zeitung. Alles war voller Kriegsnachrichten. »Franzosen rücken an der Siegfried-Linie vor. Deutsche gehen zum Gegenangriff über.« In Erinnerung an seinen Militärdienst und an Kriegsfilme versuchte Osman sich in die Lage der kämpfenden Soldaten hineinzuversetzen, doch kam nicht viel mehr dabei heraus, als dass er selber sich plötzlich bedroht fühlte. Er sah Bomben auf Istanbul herniedergehen, auf seine Lager in Karaköy und in Sirkeci, sah alles zunichte werden, die Bilanzbücher, die Wechsel, die Bestände, ja die Kunden, und wollte sich nur verstecken und schlafen, bis alles vorüber wäre. Er merkte, wie er schon wieder gähnte. Der Spaziergang in Bebek hatte ihm gutgetan. Er fühlte sich voller Spannkraft und dachte daran, was er am Nachmittag mit Keriman unternehmen würde; viel Aufregendes kam ihm in den Sinn. Um nicht mehr einfach so dazusitzen, stand er auf und ging in die Küche wie ein kleiner Junge, der ungeduldig auf das Essen wartet.

Yılmaz und Emine waren dabei, den Fisch zu putzen.

»Wann essen wir denn?« fragte Osman. Amüsiert fiel ihm wieder ein, dass die beiden die Zeit ja nicht in Minuten, sondern in Worten maßen, und er trällerte leise vor sich hin: »Zeit ist Geld!«

»Sind Refik und Perihan schon da?« fragte Emine.

»Ich weiß nicht. Um eins wollten sie dasein. Ihr könnt den Fisch gleich aufs Feuer geben!« Durch das Küchenfenster sah Osman draußen im Garten seine Mutter.

Sie schlich dahin, begleitet von ihren Enkeln, und immer wieder blieben sie stehen und lugten zu der Baustelle hinüber, die Kinder neugierig, Nigân feindselig.

»Eins, zwei, drei, vier und sechs!« Osman ging die paar Stufen zum Wohnzimmer hinauf und nahm dabei, wie als Kind schon, die beiden letzten Stufen auf einmal. »Ich bin hier geboren! Vor dreiunddreißig Jahren!« Seit dreiunddreißig Jahren benutzte er diese kleine Treppe. Abgesehen von seinem Militärdienst und ein paar Auslandsreisen war er nie von hier fortgegangen. Er sah Nermin und Ayşe zusammensitzen, und weil er so gerne Leute auf frischer Tat ertappte, fragte er sie überfallartig: »Worüber redet ihr gerade? Raus mit der Sprache!« Aber dann fiel ihm wieder ein, warum er eigentlich so vergnügt war, und so setzte er sich und versteckte das Gesicht hinter einer Zeitung.

»Über Ayşes Verlobung haben wir geredet!« sagte Nermin.

»Was ich anziehen soll!« ergänzte Ayşe.

»Es ist aber noch viel Zeit bis dahin!« sagte Nermin lachend.

Osman ließ die Zeitung sinken und lächelte die beiden an. Zufrieden stellte er fest, was er mit diesem Lächeln alles ausdrückte, nämlich dass er zugleich den beiden zuhören, Zeitung lesen und einfach leben konnte. Dann fiel sein Blick auf das Foto seines Vaters. »Ich habe eine Geliebte, das ist eigentlich furchtbar! Aber ich wüsste ja gar nicht, wie ich leben und worauf ich mich freuen sollte, wenn ich sie nicht hätte!« In der Zeitung stand: »Johnny Weissmuller trennt sich von seiner Frau!« An so etwas hatte er selbst noch nie gedacht. »Als Hausfrau und Mutter meiner Kinder ist Nermin perfekt!« dachte er, aber sogleich stieg Groll in ihm hoch. »Bloß hat sie kein Verständnis für mich!« Nermin und Ayşe unterhielten sich immer noch. Osman blätterte um. »Wie ist es meinen Eltern wohl ergangen? Mein Vater hatte bestimmt zeit seines Lebens keine andere Frau als meine Mutter. Weil die eben verständnisvoll war! Heute hat sie schwache Nerven, aber früher war sie anders!« So ganz befriedigt war er von dieser Erklärung nicht. »Das waren eben noch Menschen vom alten Schlag!« Was das genau zu bedeuten hatte, darüber wollte er nicht nachdenken. »Wo bleibt denn das Essen?« Er warf die Zeitung auf den Tisch und stand auf. Zur Beruhigung zählte er innerlich auf: »Selâhattin hat auch eine, der Eisenhändler Mustafa genauso, und sogar Fuat soll mal eine gehabt haben! Und Mustafas Frau weiß angeblich sogar Bescheid und sagt keinen Mucks!«

»Was denkst du gerade?« fragte ihn Nermin.

»Wo Refik und Perihan bleiben!«

»Die kommen gleich!« sagte Ayşe.

»Das gehört sich einfach nicht!« rief Osman und fühlte sich dann bemüßigt zu erklären, was sich nicht gehörte: »Es gehört sich nicht, dass man nur an sich selber denkt!« Nermin und Ayşe gingen aber gar nicht darauf ein und redeten unter sich weiter. Osman ging nun zwischen dem Perlmuttzimmer und dem Treppchen zur Küche hinunter hin und her.

»Was bist du denn so nervös? Setz dich hin!« sagte Nermin. »Was hast du heute nachmittag vor?«

»Ich gehe in den Club!« Er setzte sich hin und griff wieder zur Zeitung. Jetzt würde er zuerst in den Club gehen müssen, dachte er verärgert. »Aber ich halt mich nicht lang auf dort! Ich lasse mich kurz blicken und gehe dann wieder. Da ist ja das Essen!«

Aber nicht Emine trat ein, sondern Nigân. Sie ging schwerfällig zum Tisch und fragte: »Wo ist denn Refik?«

»Noch nicht da!« erwiderte Osman.

»Aber der Fisch ist fast fertig! Fehlt nur noch, dass wir jetzt auch getrennt essen!«

»Die kommen gleich!« sagte Osman und stand auf.

»Wer hat gesagt, dass sie mit dem Fisch anfangen sollen?«

»Ich! Ich hab's gesagt, weil Refik gleich kommt!«

»Aber das geht doch nicht! Wenigstens bei Tisch müssen wir zusammensein. Wenn das jetzt auch noch wegfällt ...«

»Mama! Die sind gleich da!« Gereizt stellte Osman fest, dass er schon wieder zu den Zigaretten griff. »Wie soll man da nicht rauchen und zu anderen Frauen gehen!« dachte er, fast dankbar für diese Begründung.

»Ich habe mir angesehen, was sie nebenan machen«, sagte Nigân. »Weinen hätte ich können!«

Osman nickte nur und setzte sich wieder hin.

»Furchtbar, was sie aus unserem Nişantaşı machen!« sagte Nigân. »Und heiß ist es!«

»Ja, viel zu heiß!« erwiderte Nermin.

»Wo sind die Kinder?«

»Die waren doch mit Ihnen im Garten, oder?«

»Ja schon, aber –«

»Da kommen sie ja!«

»Und das Essen kommt auch!« Osman schrie das fast hinaus, was ihm befremdete Blicke eintrug. »Ich habe einen Bärenhunger! Und wie das duftet? Ist das Lorbeer?« Emine lächelte errötend, und Osman setzte sich zu Tisch. Seine Mutter dagegen machte keinerlei Anstalten, Platz zu nehmen, und so setzten sich auch Ayşe und Nermin nicht.

Osman rief ihnen zu, Refik und Perihan würden bestimmt jeden Augenblick kommen, er riss sogar Scherze darüber, aber es bedurfte noch vielen guten Zuredens durch Nermin, bis Nigân zu Tisch zu bewegen war. Zu Zeiten von Cevdet habe es so etwas nicht gegeben. Da klingelte es.

»Ah, da sind sie ja!« rief Osman.

»Ja, aber wir sitzen schon bei Tisch!«

Gleich danach kamen Refik und Perihan herein, noch immer in einer Unterhaltung begriffen. Perihan lächelte, als sie die Familie schon so dasitzen sah.

»Gut, dass ihr nicht auf uns gewartet habt!« sagte Refik.

»Von wegen gut! Gar nicht gut ist das!« murmelte Nigân.

»Wir haben eine Wohnung besichtigt!« verkündete Refik.

»Um vor uns davonzulaufen!« klagte Nigân.

Refik tätschelte seiner Mutter über den Tisch hinweg die Hand. »Wie kannst du nur so was denken!« Dann gingen die beiden hinauf, um sich frisch zu machen.

»Wie ist der Junge nur so geworden?« fragte Nigân.

»Mutter, es geht uns doch gut, sehr gut sogar, Gott sei Dank! Wir sind alle gesund, die Firma gedeiht, warum beklagst du dich eigentlich?« Ungehalten bemerkte Osman, wie nervös er mit den Beinen herumrutschte. Um vom Thema abzulenken, begann er dann eine lustige Begebenheit aus dem Büro zu erzählen, und als ihm einfiel, dass er die bereits zum besten gegeben hatte, sagte er nur noch, der Fisch schmecke vorzüglich.

»Wann beginnt eigentlich der Ramadan?« fragte Nigân.

»Am fünfzehnten Oktober!«

»Dann haben wir einen Monat später den fünfzehnten November.« Zu Ayşe gewandt, sagte Nigân: »Du verlobst dich also zwischen Zuckerfest und Opferfest? Wenn es da Orangen gibt, soll Yılmaz uns sein Orangenkadayıf machen! Geht das auch mit Mandarinen?« Refik und Perihan kamen herein. »Wo bleibt ihr denn? Der Fisch wird kalt!«

»Das arme Ding hat geweint!« sagte Perihan. Sie hatte Melek auf dem Arm. »Komm, setz dich da rein!« Sie setzte das Mädchen in den Hochstuhl, in den es kaum noch hineinpasste, und nahm neben ihr Platz.

Refik sagte: »Wir haben eine schöne Wohnung in Cihangir gefunden! Die mieten wir ab Oktober!«

»Das ist so ein Neureichenviertel!« murrte Nigân.

»Eine Wohnung mit Blick auf den Bosporus, Mama! Und mit Zentralheizung. Nagelneu, große Fenster, viel Licht, makellose Wände …«

»So, mit dem Fisch bin ich fertig!« sagte Osman. »Was gibt's zum Nachtisch?«

»Der ist ja auch noch ein Kind!« rief Nigân und musste lachen.

»Na, ich habe eben Hunger!« stimmte Osman in die Fröhlichkeit ein. Er dachte: »Wir haben es doch gut! Ich liebe diese Sonntage! So, es ist zwanzig nach eins. Jetzt muss ich bloß noch kurz im Club vorbeischauen!«

»Ihr kommt uns aber oft besuchen, ja?« bat Nigân. »Ich möchte doch meine kleine Melek sehen! Eine Woche nach Cevdets Tod ist sie gekommen und hat mich getröstet!«

59

ZUSAMMENBRUCH?

»Schon sehr interessant, dass Sie Ingenieur sind!«, sagte Gıyasettin Kağan.

»Warum das?«

»Na ja, ein Ingenieur, der vor allem an sein Volk denkt!« staunte der alte Professor. Er dachte wahrscheinlich an sich selbst.

»Sie meinen, weil Ingenieure alles vernachlässigen, was sich nicht exakt messen lässt?« fragte Muhittin.

»Genau, alles Unexakte!« Etwas verlegen sagte er dann: »Meine Abstammungstheorie finden die wohl auch zu wissenschaftlich und zu exakt?«

»Wer?«

»Na die eben! Ihre alten Freunde! Mahir Altaylı und seine Leute, die die Abstammungstheorie mit ihrer sogenannten Rassenpsychologie verwässern!«

»Ach so, ja!« erwiderte Muhittin nickend und zog die Augenbrauen hoch, als erführe er gerade eine überraschende Neuigkeit. Er war in das Haus Gıyasettin Kağans nach Üsküdar gekommen und hatte näher ausgeführt, was er dem Mann zuvor am Telefon schon angedeutet hatte, nämlich dass er mit Mahir Altaylı und den Seinen nicht mehr zusammenarbeiten könne und liebend gerne die Zeitschrift *Altmışık*, die ja auf seinen Namen laufe, mit ihm, dem verehrten Professor, weiterführen würde.

»Sie haben aber Ihre alten Freunde schnell vergessen!«

»Nein, habe ich nicht!« Muhittin stand auf und ging auf das Fenster des mit Büchern gefüllten Raumes zu.

»Die werden auch Sie nicht so leicht vergessen! Sie werden sich ja vorstellen, dass die eine Wut auf Sie haben!« raunte Giyasettin bedeutungsvoll.

»Das ist mir egal!« Muhittin sah aus dem Fenster in den gepflegten Garten des alten Konaks hinaus. Zwischen den Blättern dcr Obstbäume sah er einen Hühnerstall.

»Sie machen ja einen recht eifrigen Eindruck! Pah, Rassenpsychologie sagen die, noch dazu auf deutsch! Kann einer von denen das überhaupt richtig aussprechen?«

»Mahir kann Deutsch.«

»Deutsch … Alles übernehmen sie von den Deutschen. Und wir werden deshalb Faschisten genannt. Wir sind aber keine Faschisten, sondern türkische Nationalisten!« Er wurde sehr laut. »Das habe ich dem auch gesagt, aber er hat gemeint, das sei nur eine Finte und nicht mein wahres Denken. Aber was soll es denn für einen Unterschied zwischen dem wahren Denken und dem geben, was man sagt und tut? Wahr ist, was ich mache! Hören Sie mir eigentlich zu?«

Muhittin trat vom Fenster zurück. »Jaja, ich höre zu!«

»Tun Sie das! Also, was ist der Unterschied? Ich sage, wir sind keine Faschisten, weil wir Türken sind. Er ist mir böse, weil ich nicht offen genug bin. Aber das ist nicht der echte Grund. Können Sie mir folgen? Ich glaube, Sie verstehen mich gar nicht!«

Muhittin dachte wütend: »Für wen hält er sich eigentlich?«

»Aber Mahir ist nicht dumm. Er ist sogar recht intelligent. Für kluge, geschickte Leute habe ich auch dann etwas übrig, wenn sie meine Feinde sind. Und er ist nicht mal mein Feind. Sagen Sie ihm das!«

»Ich denke nicht, dass ich ihn noch mal sehen werde!«

»Doch, doch! Sie vertragen sich schon wieder! Wir sind insgesamt so wenige, wir raufen uns schon zusammen!«

»Der Meinung bin ich nicht, sonst wäre ich nicht gekommen!«

Gıyasettin Kağan blinzelte aus seinen kleinen alten Augen. Fast liebenswert sah er so aus. Behende wie ein Kind stand er auf und ging auf Muhittin mit einer Miene zu, die besagte: »Na, dann tu ich mal so, als ob ich dir glauben würde!«

»Ich möchte noch einmal betonen, dass ich mit denen keinen Kontakt mehr möchte!« sagte Muhittin.

»Schon gut!« erwiderte Gıyasettin Kağan lächelnd. »Wenn Sie das nicht möchten, dann will ich Ihnen das gerne glauben!« Er stand vor Muhittin. »Sie gehen also nicht mehr hin? Hm, er geht nicht mehr hin zu Mahir!« murmelte er. Nach einer Pause fügte er hinzu: »Was reden sie denn so über mich?«

Muhittin wusste genau, was er meinte, und fragte doch zurück: »Wer denn?« Er war irgendwie froh über diese Frage und sah Gıyasettin Kağan aufmerksam an.

»Na, die eben, Mahir und seine Leute!«

»Nichts Gutes!«

»Na sagen Sie schon, was denn?«

Muhittin tat so, als zierte er sich. »Den habe ich wohl überschätzt!« dachte er.

»Berichten Sie schon!«

»Nun ja, die sagen, Sie glaubten an Schädelvermessungen.«

»Pah, und wennschon! Dazu stehe ich! Weiter!«

»Sie denken, dass Sie ganz allgemein auf dem Holzweg sind.«

»Unwichtig! Was sagen sie über mich selber, über mich als Menschen?«

»Ach, wissen Sie, wir werden jetzt gemeinsam für die Zeitschrift arbeiten, da haben solche Dinge doch keine Bedeutung mehr. Wir haben mit denen gebrochen!«

Gıyasettin Kağan sah Muhittin durchdringend an. »Du Schlaukopf!« schien er zu denken. Er schüttelte langsam den Kopf und wandte sich dann von Muhittin ab. Er nahm eine Zigarette vom Tisch, zündete sie an und fragte dann beinahe flüsternd: »Und die jungen Leute, die er um sich hat, haben die noch Achtung vor mir?«

»Die sagen, dass Sie bloß noch Hühner züchten!«

Gıyasettin Kağan verzog schmerzlich das Gesicht. Wie von unsichtbarer Hand bewegt rutschten ihm die Wangen nach oben, während ihm das Kinn herunterklappte.

Muhittin dachte: »Ich weiß, ich weiß, das macht wieder mal furchtbar Spaß, aber ich sollte es bleibenlassen! Warum habe ich das bloß gesagt? Ich schaufle mir mein eigenes Grab!«

»Soso, Hühner? Ich bin also alt geworden? Alt und kraftlos? Das ist doch gemeint, oder?« Statt auf die Urheber jener Worte schien er auf den Überbringer wütend zu sein.

»Beachten Sie das doch gar nicht!« sagte Muhittin und dachte doch insgeheim: »Mehr macht ihm das nicht aus?«

»Wer genau behauptet das? Mahir? Der hat doch alles mir zu verdanken!«

»Wir alle haben Ihnen alles zu verdanken«, sagte Muhittin und setzte sich wieder hin, war aber befremdet, dass Gıyasettin Kağan seinerseits nicht wieder Platz nahm. »In dem Artikel über Sie habe ich das auch aufgeführt!«

»Sagen Sie mal, wenn man als Grundlage des Türkentums die Geschichte hernimmt, was bleibt dann noch für ein Unterschied zum Türkentum der Regierungspartei und ihrer Volkshäuser?«

»Ganz meine Meinung!«

»Außerdem ist jetzt Krieg, und wenn der eine neue Welt hervorbringt, dann müssen wir auch neue Dinge sagen. Es hat doch keinen Sinn, das von den Volkshäusern propagierte Türkentum einfach zu wiederholen, oder? Sagen Sie denen das!«

»Aber ich will doch mit denen –«

»Stimmt, haben Sie gesagt!« erwiderte Gıyasettin Kağan, und mit einem Lächeln, das Muhittin nicht zu enträtseln vermochte, setzte er sich wieder hinter seinen Schreibtisch, blickte auf die Papiere, die er vor sich hatte, auf die Bücher und dann auf die Uhr. »So, wie lässt sich also der Grund für Ihren Besuch zusammenfassen?«

Überrascht von diesem offiziellen Ton, sagte Muhittin, als klagte er einem Arzt sein Leid: »Ich möchte beim Herausbringen von *Altınışık* nicht mehr mit Mahir Altaylı und seinen Freunden zusammenarbeiten! Wenn wir zusammen –«

»Wie alt sind Sie denn?«

»Neunundzwanzig!«

»So jung noch! Und Ingenieur sind Sie … Was machen Sie sonst noch?«

»Sonst noch? Ich kümmere mich um die Zeitschrift!«

»Und was haben Sie früher gemacht?«

»Auch als Ingenieur gearbeitet …« erwiderte Muhittin und fragte sich, worauf der Alte hinauswollte.

»Nein, ich meine, Sie haben doch Gedichte geschrieben, soviel ich weiß?«

»Ja, es gibt einen schlechten Gedichtband von mir!« sagte Muhittin. Er hatte das Gefühl, dem Mann nicht so recht folgen zu können.

»Wieso soll der schlecht sein?«

»Weil ich damals noch an nichts glaubte!«

»Und an irgend etwas muss man also glauben?«

»Nicht an irgend etwas, an das Richtige!« Muhittin dachte: »Ist der Mann einfach intelligenter als ich?«

Gıyasettin deutete auf die Zeitung vor sich: »Freud ist gestorben! Was sagen Sie dazu?«

»Wie bitte?«

»Haben Sie es nicht gelesen? Wie finden Sie den Mann?«

Hin und her gerissen zwischen Glauben und Intelligenz, sagte Muhittin: »Ich habe was gelesen von ihm!«

Gıyasettin Kağan lächelte nachdenklich. »Ich habe ihn zufällig kennengelernt in Wien. Um nah am Orientalischen Seminar zu wohnen, hatte ich mich in der Berggasse 19 eingemietet. Ich wusste, dass im Erdgeschoss ein Institut untergebracht war, aber nicht, was für eines. Eines Abends teilte mir die Vermieterin mit, der Professor wolle mich sprechen. Es war Freud. Er bat mich, nach Möglichkeit zu Hause nur in Pantoffeln herumzugehen, wegen der empfindlichen Geräte in seinem Institut. Ich hatte eines seiner Bücher gelesen, mich aber nicht damit angefreundet. So sagte ich ihm, in der Türkei komme es nicht vor, dass ein siebzehnjähriges Mädchen seinen Vater sexuell anziehend finde oder ein halbwüchsiger Junge seine Mutter. Da lachte er nur.« Als wollte er Muhittin bei etwas ertappen, fragte Gıyasettin Kağan unvermittelt: »Was halten Sie von seiner Lehre?«

»In mancher Beziehung mag er schon recht haben …«

»Sehen Sie? Sehen Sie? Aus Ihnen wird nie ein richtiger Nationalist! Wusste ich's doch!« Er stand auf.

»Wie bitte?«

»Sie glauben gar nicht an das Türkentum!«

Muhittin erhob sich gleichfalls. »Was behaupten Sie da?« sagte er gequält.

»Ich denke, dass Sie an gar nichts glauben, dazu sind Sie viel zu frech und eingebildet! Sie möchten doch nur herauskehren, wie intelligent Sie sind!« Er ging ein paar Schritte auf Muhittin zu. Nach einer Pause sagte er mit mechanischer Betonung: »Sie hätten aber begreifen müssen, dass das einem Menschen wie mir gegenüber eine Beleidigung ist. Sie haben nur leider nicht an sich halten können. Wer so auf sein Selbstwertgefühl bedacht ist wie Sie, sollte sich gar nicht erst auf unsere Bewegung einlassen.« Er runzelte die Stirn. »Mahir hat Ihren Stolz verletzt, und darum kommen Sie jetzt zu mir, so ist es doch? Und morgen wenden Sie sich einem anderen zu! Los, machen Sie, dass Sie fortkommen! Ich kenne Mahir gut und unterhalte mich manchmal mit ihm. Sie sollen seine Tochter unverschämt angestarrt haben!« Er ging auf die Tür zu.

Auch Muhittin wandte sich zur Tür. »Ich werde jetzt nicht behaupten, das sei ein Fehler gewesen!«

»Er denkt ja immer noch an sich!« rief Gıyasettin Kağan und nahm schon den Türgriff in die Hand. »Und Freud soll also in mancher Beziehung recht haben! Sie wollen wohl zeigen, wie aufgeschlossen Sie sind! Sie können unmöglich Sohn eines Volkes sein, das mit dem Schwert in der Hand lebt!« Sein Gesicht schien plötzlich aufzuleuchten. »Ich habe alles aus Ihnen herausgekitzelt. Hühner also? Warum haben Sie das gesagt? Sie bilden sich wahnsinnig viel ein, aber ich habe Sie sofort durchschaut!« Er öffnete die Tür. »Sie einfältiger Kerl, Sie!«

Muhittin trat über die Schwelle und murmelte nur noch: »Schon gut, schon gut ...«

»Wie hieß denn Ihr Vater?«

Muhittin dachte: »Was will er jetzt mit meinem Vater? Mein Vater war Soldat!« Er ging zur Haustür.

»Wie hieß er gleich wieder? Haydar! Also ein Alevit!« Gıyasettin Kağan ging Muhittin nach. »Das hat mir Mahir erzählt. Er kannte Ihren Vater vom Militär her. Soll nicht gerade ein Mann von Ehre gewesen sein! Jetzt sind Sie verblüfft, was? Mahir hat mir auch verraten, wie er Sie geködert hat. Er brauchte nur zu behaupten, Ihr Vater sei ein großer Mann gewesen, und schon waren Sie Feuer und Flamme! Sie unreifer Junge, Sie!«

Muhittin dachte: »Er ist einen Schritt hinter mir und rückt mir zu dicht auf den Leib.«

Eine Tür ging auf, und ein junger Mann mit einem Teetablett kam heraus.

»Wir brauchen keinen Tee! Unser Gast geht gerade«, rief der Hausherr.

Da drehte Muhittin sich um: »Sie irren sich! Mein Vater war ein vorbildlicher Mensch!«

Gıyasettin Kağan öffnete die Haustür. »Ich mag mich irren, was Ihren Vater angeht, aber bei Ihnen nicht! Leute wie Sie kenne ich zur Genüge. Für ihren Stolz und ihre Intelligenz würden sie alles tun!«

»Ach, was Sie nicht alles wissen!« Muhittin versuchte sich in Spott zu retten.

»Eine ganze Menge weiß ich! Und vor allem weiß ich, dass mit Leuten wie Ihnen nicht zu arbeiten ist!« Er steckte die Hände in die Taschen.

»Schon gut!« murmelte Muhittin und wandte sich um. In ein paar Schritten war er durch den Vorgarten. »Bestimmt sieht er mir nach! Soll ich mich umdrehen? Ach, wozu!« Er trat auf die Straße und marschierte los.

Es dämmerte allmählich. Die Pflasterstraßen von Üsküdar waren voller Leute, der Himmel wolkenlos. Muhittin sah ein paar Möwen dahinfliegen. »Was ist da bloß passiert? Gerade vorhin war ich noch im Paradies, jetzt bin ich in der Hölle! Warum bin ich aus dem Paradies vertrieben worden? Meine Papiere waren wohl nicht in Ordnung. Wie lächerlich!« Er musste fast lachen. »Ich sollte mir im Rathaus bescheinigen lassen, dass ich nicht intelligent bin!« Eine Möwe kam im Tiefflug herangesegelt, stieß einen Schrei aus und drehte ab. »Bald regnet es. Regen … Diese Welt … Ich bin aus dem Paradies vertrieben worden … Warum?« So bald würde er darüber nicht hinwegkommen, das ahnte er schon, aber er riss sich zusammen. »Warum regte er sich denn so auf, der alte Kerl? Ist er verrückt geworden? Was war da eigentlich los?« Er ging auf die Anlegestelle zu. »Was war das bloß? Regt sich über das mit dem Hühnerzüchten auf! Dass die Jugend ihn nicht achtet, verträgt er nicht. Aber war es nur das? Nein! Ihn hat auch die Lobeshymne geärgert, die ich vor Monaten geschrieben habe. Er hat wohl begriffen, dass sie nicht ernst gemeint war. Warum hat er dann nicht davon geredet?« Betroffen blieb er stehen. »Er weiß alles! Mahir hat ihm alles über mich erzählt! Dabei sind sie doch zerstritten! Oder ist dieser Streit nur fingiert? Aber was Mahir so gesagt hat, kann doch nicht alles nur gespielt sein? Warum haben wir ihn dann so gelobt? Nein, nicht wir haben das gemacht, sondern ich allein! Sie haben mich angestiftet zu dieser Lobhudelei! Mich als Bauernopfer verwendet!« Er stutzte. »Was ist da bloß los? Alles nur wegen diesem Freud! Warum habe ich auch den Mund nicht halten können? Aber nein, das ist ein abgekartetes Spiel! Die treffen sich heimlich, und ich werde zwischen den Fronten zerrieben! Oder Mahir hat mich auf die Probe gestellt, und ich habe sie nicht bestanden! Ach!« Er kaufte sich eine Fahrkarte und wollte gar nicht weiter nachdenken, aber die Gedanken ließen ihn nicht los. »Regelrecht rausgeschmissen hat er mich, der Alte! Und irgendwie hat er sich zu Recht aufgeregt! Weil ich nämlich zu frech geworden bin und ihn verspotten wollte. Hühner züchten! Da sind ihm ganz schön die Gesichtszüge entgleist. Und jetzt bin ich draußen aus allem. Und warum? Zu frech gewesen und zu eingebildet auf meine Intelligenz!« Er erinnerte sich zurück an den Tag, den er im Sommer in Refiks Haus verbracht hatte, an die Diskussionen damals. »Von dem, was ich Ömer seinerzeit gesagt habe, habe ich nichts verwirklicht! Rausgeschmissen haben sie mich. Und bald wird das auch Mahir wissen. Mein Gott, was soll ich bloß machen? Wie soll ich nur weiterleben? Jedem werden sie es brühwarm weitererzählen! Etwa wie ich Mahirs Tochter angestarrt habe!« Letzteres hatte er doch nur gemacht, um sich in Mahirs Haus zu behaupten. »Und mein Vater soll Alevit gewesen sein! Lüge! Nur weil er Haydar hieß … Und ich habe ihn als vorbildlichen Menschen dargestellt, dabei habe ich mir doch früher geschworen, nur ja nicht zu werden wie er! Was ist nur aus dir geworden, Muhittin?« Er zündete sich eine Zigarette an. Bald darauf kam ein Jugendlicher und zündete sich seine Zigarette an der Muhittins an. »Wie alt ist der? Vielleicht achtzehn? Das hat er sich bei anderen abgeschaut! Ich habe mir früher die Zigaretten auch gern so angezündet. Jetzt bin ich ganz schön alt geworden. Neunundzwanzig! Wie alt ich bin, hat mich der Alte gefragt! Dabei weiß er alles! In vier Monaten bin ich dreißig!« Der Dampfer legte an, und die Fahrgäste strömten heraus. »Nun gut, dann bringe ich mich eben um!« Fast war er erleichtert. »Das war doch immer mein Ausweg. Und nach dem Tod ist nichts!« Das Zugangstor ging auf, und Muhittin ging langsam auf das Schiff zu. Der kühle Wind zerzauste ihm die Haare. Im Inneren des Dampfers war es sehr warm. »Dabei gäbe es noch soviel zu tun. Was soll ich machen? Wie komme ich aus dem Schlamassel wieder heraus? In der nächsten Nummer von *Altınışık* könnte ich zum Bei-

spiel schreiben: Die Intrigen von Mahir Altalı und Gıyasettin Kağan!
Nein, zu billig! Vielleicht eher so: Biologismus und Psychologismus
kratzen gemeinsam am Türkentum! Aber was mache ich dann mit so
vielen Feinden?« Er sah zum Fenster hinaus. »Ich muss alles noch
einmal überdenken. Mahir und Gıyasettin verstehen sich nicht gut,
stehen aber in Kontakt. Mahir reitet auf der Geschichte herum und
kritisiert die Schädelvermesserei. Warum wohl? Ist er etwa ein ver-
kappter Georgier oder Tscherkesse? Warum hat er dann das mit dem
Namen Haydar weitererzählt? Und warum hat er mir die Zeitschrift
übertragen? Was soll ich bloß tun? Am besten wieder Gedichte
schreiben. Echte Gedichte. Sowieso hassen mich jetzt alle!« Er ging
an die frische Luft und beschloss einen Tee zu trinken. Während er
darum anstand, beruhigte er sich ein wenig. Dann trank er in kleinen
Schlucken seinen Tee. In der Ferne sah er die Anlegestelle von Beşiktaş. »Ich werfe mich einfach zwischen Kai und Dampfer!« Schon als
Kind hatte ihn der Gedanke erschreckt, beim Ein- oder Aussteigen an
der Kaimauer zerquetscht zu werden. »Dann stehe ich in allen Zeitungen! Und die Kritiker schreiben über mein Buch! In seinen Gedichten herrschte eine Todesstimmung vor, wird es heißen. Und ich
habe dann Wort gehalten! Genau, das ist am besten!« Erregt sah er
sich um. »Noch eine Minute!« Ein großgewachsener, schlanker Mann
neben ihm rauchte eine Zigarette. »Dieses Gesicht werde ich also nie
mehr vergessen! Aber hätte ich nicht einen Brief hinterlassen sollen?
So einen richtig herzzerreißenden Abschiedsbrief? Aber wem? Refik? Nein. Was soll ich machen? Ach, diese verdammte Intelligenz!«
Fieberhaft dachte er über eine Lösung nach. »Alles bloß, weil ich zu
intelligent bin! Schuld trifft mich keine! Ach was, es braucht keinen
Abschiedsbrief! Ein Dichter, der Wort hält!« Der Dampfer manö-
vrierte an den Kai heran. »Genug geschwätzt! Zehn, neun … Bei zwei
springe ich!« Jetzt brachte er schon die Zahlen durcheinander! Ein
Tau wurde ans Ufer geworfen. »Jetzt!« Er stieß sich vom Dampfer
ab … »Hopp! O Gott!« Erschrocken setzte er auf der Kaimauer auf.

»Na, junger Mann, warum denn so eilig, Sie brechen sich ja den
Hals!«

Muhittin warf dem Angestellten einen strengen Blick zu. »Nicht
ohne Brief!« dachte er.

60

TAGEBUCH III

Dienstag, 26. September 1939
Warum ich in all dem Aufruhr beschlossen habe, wieder Tagebuch zu führen? Wohl wegen des Gefühls, dass die Zeit so schnell vergeht! Beim Verpacken meiner Bücher und Papiere bin ich wieder auf das Heft gestoßen. In vier Tagen ziehen Perihan und ich nach Cihangir um. Ich sitze in der Bibliothek, meinem Arbeitsraum, in dem wir früher immer Poker spielten, und horche auf die Geräusche im Haus. Ich habe das Heft noch einmal durchgesehen; der letzte Eintrag ist eineinhalb Jahre alt, und es ist darin von Kemah die Rede, von Herrn Rudolph und meinen Projekten. Mit Hilfe des Landwirtschaftsministeriums ist aus dem Unsinn, den ich damals verzapft habe, ein zu Recht so gut wie ungelesenes Buch geworden. Ich würde jetzt gerne so vieles auf einmal schreiben, aber ich muss der Reihe nach vorgehen. Ich gehe erst einmal zum Abendessen hinunter, und dann schreibe ich weiter.

Eineinhalb Stunden später! Es ist jetzt halb zehn. Wir haben gegessen. Köfte mit Bohnen. Jedesmal wenn ich mich ans Tagebuchschreiben mache, bin ich voller Eifer, und dann lasse ich es doch wieder sein, weil ich nicht weiß, was ich noch schreiben soll. In einem Schrank habe ich die Aufzeichnungen meines Vaters gefunden: »Ein halbes Jahrhundert Geschäftsleben«. Daneben noch kleinere Texte und Notizen.

Wir müssen alle einmal sterben.

Ich habe das gerade Geschriebene noch einmal durchgelesen. Zwischen dem, was dasteht, und meinen Gefühlen ist ein himmelweiter Unterschied.

Mittwoch, 27. September
Ich packe meine Bücher in Kisten und verliere viel Zeit dabei, weil ich ständig herumblättere. Vorhin ist mir *Der arme Necdet* in die Hände gefallen. So was von dürftig! Ich weiß noch, wie ich das mit

Sechzehn eines Abends voller Aufregung gelesen, aber mich am nächsten Tag beim Fußballspielen dafür geschämt habe. An manche Bücher habe ich so gut wie keine Erinnerung. Beim Wegpacken der Bücher von Hüseyin Rahmi ist mir eingefallen, wie zuwider mir immer seine Frauengestalten waren. Rousseau dagegen! Ich habe wieder in die *Bekenntnisse* hineingesehen, aber das ist nun mal kein Buch zum flüchtigen Herumblättern. Die Kisten sind –

Gerade ist Perihan gekommen und hat mich gefragt, ob wir den Schrank mitnehmen können, der vor unserem Zimmer auf dem Treppenabsatz steht. Ich weiß auch nicht so recht. Die meisten Möbel hier gehören einfach zum Haus und keinem einzelnen von uns. Es hat sie immer benutzt, wer wollte. Jetzt wird aufgeteilt in das, was uns und was den anderen gehört. Wie zum Beispiel dieser Schrank! Er wurde nicht speziell für uns gekauft, aber wir haben ihn seit jeher benutzt. Eigenes Geschirr haben wir auch nicht. Meine Mutter ist empört, dass die Sachen aufgeteilt werden. Ihre Blicke sind ein einziger Vorwurf. Sie bringt aber auch gar kein Verständnis auf. Ich denke, dass ich im Recht bin, und werde in dem Tagebuch genau darlegen, warum wir von hier ausziehen!

30. September

Wir sind umgezogen. Es ist drei Uhr in der Nacht. Perihan hat sich schlafen gelegt. Ich bin völlig erschöpft, habe aber trotzdem Angst, nicht einschlafen zu können, deshalb trinke ich noch etwas und schreibe das hier. Den ganzen Tag habe ich Möbel geschleppt. Wir werden uns hier schon eingewöhnen!

Sonntag, 1. Oktober

Als ich mitten beim Einrichten war, ist Yılmaz gekommen und hat mir zwei Briefe überbracht, einen von Osman und einen von Muhittin. Den von Osman habe ich sofort aufgerissen. Er schreibt darin, der Brief von Muhittin sei vor zwei Tagen eingetroffen und erst einmal liegengeblieben. Heute morgen nun sei Muhittin selbst gekommen und habe nach mir gefragt. Als er von meinem Umzug erfahren habe, habe er seinen Brief zurückgewollt, was Osman wohl überrascht hat (obwohl er nichts davon schreibt), jedenfalls habe er sich geweigert, den Brief zurückzugeben, denn da er nun mal zugestellt worden sei, sei er mein Eigentum! Daraufhin habe Muhittin nach meiner neuen Adresse gefragt, und selbst die habe Osman ihm nicht gegeben, um mich vor falschen Freunden zu schützen und weil er Muhittin ganz einfach nicht möge. Sobald Muhittin gegangen sei, habe er Yılmaz mit den beiden Briefen zu mir losgeschickt. Er führt dann noch eine ganze Reihe von Gründen auf, die gegen Muhittin sprechen, etwa Respektlosigkeiten gegenüber unserem Vater und später auch gegenüber Osman selbst ...

Danach habe ich sofort Muhittins Brief gelesen. Ein furchtbarer Brief. Da Muhittin vorhin gekommen ist und ihn zurückverlangt hat (er hat auf der Straße Yılmaz getroffen und von ihm die Adresse bekommen), kann ich nur aus dem Gedächtnis zitieren.

»Refik, ich habe beschlossen, mich umzubringen. Ich wollte das jemandem mitteilen, und da bist Du mir in den Sinn gekommen. Ich bringe mich nicht etwa deshalb um, weil ich kein guter Dichter geworden bin (und noch bin ich ja auch nicht dreißig), sondern weil ich noch nie glücklich war und es auch nie sein werde. Ich bin zum Glücklichsein zu intelligent.« Das war es im wesentlichen! Es folgten nur noch ein paar Zeilen über unsere Freundschaft und dass er mir im Leben alles Gute wünschte. Da er nicht tot war, hielt ich das Ganze für einen Scherz. Nachdem er den Brief eingeworfen hatte, musste es ihn gereut haben. Und vorhin sagte Muhittin ja auch, es sei ein Scherz gewesen.

Er ist also hierhergekommen und hat gesagt, er habe mir einen Brief nach Nişantaşı geschrieben. Als er erfuhr, dass ich den Brief bekommen und auch schon gelesen hatte, fragte er mich, wie ich seinen Scherz denn fände, und lachte. Und was Osman eigentlich habe, dass er den Brief sofort hierhergeschickt und ihm meine Adresse nicht gegeben habe? Als ich sagte, ich hätte seinen Scherz eher bestürzend gefunden und machte mir Sorgen, er könne sich einmal ernsthaft etwas antun, nannte er mich gleich wieder naiv. Wir beredeten das alles im Stehen, denn er wollte nicht hereinkommen, obwohl er immer wieder neugierig in die Wohnung lugte. Eben Muhittin, wie er leibt und lebt. Er beteuerte so eindringlich, dass es ein Scherz gewesen sei, das ich einlenkte, aber vielleicht war es doch ernst gemeint.

Wahrscheinlich war er vor seinem Entschluss dann zurückgeschreckt. Wozu aber der Brief?

Ich habe alles Perihan erzählt. Ihr tut Muhittin leid.

Muhittin hat gesagt, er wolle mich nie wiedersehen, auf keinen Fall mehr. Das hatte er allerdings auch schon gesagt, als wir zuletzt zusammen getrunken hatten. Ich habe auf ihn eingeredet, er solle doch bitte keine solchen Scherze machen, aber er hörte mir gar nicht zu und spähte nur immer wieder in die Wohnung hinein. Als er schon im Gehen war, machte er noch die Treppenhausbeleuchtung an, und da sagte ich spontan: »Mensch, Muhittin, du solltest heiraten!« Er lachte nur und ging.

Was ich jetzt geschrieben habe, gibt erneut das Geschehen nur unvollständig wieder!

Dienstag, 3. Oktober

Ich komme aus der Firma. Morgens gehe ich zu Fuß hin, und abends nehme ich entweder ein Taxi, oder ich fahre mit der Trambahn bis Taksim und gehe dann wie heute den Rest zu Fuß. Es ist sechs Uhr. Ich habe ein wenig mit Perihan geredet. Am Vormittag war sie mit Melek im Park und nachmittags zu Hause. Morgen fährt sie zu Sema. Dann habe ich mich mit einer Tasse Tee in dieses Zimmer zurückgezogen. Was soll ich nun in Angriff nehmen? Irgendwelche Projekte? Mein Programm?

Donnerstag, 5. Oktober

Ich komme aus der Firma. Hatte ich nicht vor, ab Herbst nicht mehr dorthin zu gehen? Ich bin erst mal umgezogen, und die Arbeit in der Firma gebe ich auf, wenn ich die Sache mit dem Verlag gründlich durchdacht habe. Sobald die Kleine schläft, gehen wir ins Kino. Ich muss regelmäßiger schreiben.

Sonntag, 15. Oktober

Seit dem Umzug sind zwanzig Tage vergangen, und noch immer sind wir mit dem Einrichten beschäftigt! Perihan hat Stoff für Bettüberzüge gekauft und ihn mir gezeigt, während ich gerade las (Schopenhauers Aphorismen!). Sie hält mir also den Stoff hin, und ich sehe zwar von meinem Buch hoch, schiele aber immer wieder hinein, und als sie mich nach meiner Meinung fragt, sage ich nur »Jaja, der ist gut!«, und sie sagt darauf, dass ich mich überhaupt nicht um sie kümmere und immer nur gleich in dieses Zimmer verschwinde, und als ich dann sage, dass ich nicht mein ganzes Leben mit Bett- und Vorhangstoffen verbringen will, schreien wir uns gegenseitig an, bis sie schließlich weint. Tränen, Versöhnung, Umarmung! Jetzt sitze ich hier mit meinem Tee und komme mir neben Schopenhauer erbärmlicher vor denn je.

Freitag, 20. Oktober

Ich muss endlich das Programm fertigbekommen, für das ich den ganzen Frühling und Sommer gearbeitet oder zumindest viele Bücher gelesen habe. Die Türkei braucht wirklich und wahrhaftig eine neue kulturelle Bewegung. Ich weiß, dass jeder diesen Gedanken für genauso utopisch hält wie meine früheren Projekte. Mein Traum von einer Dorfreform war allerdings tatsächlich von jeglicher Realität weit entfernt, während ich nun etwas vorhabe, das ich mit meinem eigenen Geld und meiner eigenen Arbeit verwirklichen kann. Ständig schreibe ich neue Bücher auf, die von jedermann gelesen werden sollten, und streiche andere wieder weg.

Freitag, 27. Oktober

Ich habe einen Brief von Süleyman Ayçelik bekommen. Er fragt mich nach meinen derzeitigen Ansichten, aber ich lese einen leisen Spott heraus, der mich sehr verärgert. Ich werde ihm nicht zurückschreiben.

Samstag, 28. Oktober

Ein Brief von Ömer. Er erzählt, was er so treibt. Er will den ganzen Winter dort verbringen und lädt uns ein. Schon im Sommer hatte er so etwas angedeutet. Sollen wir hin? Warum nicht!

Eine Stunde später. Ich habe mit Perihan darüber gesprochen. Zu meiner Überraschung war sie sofort Feuer und Flamme. »Dann fahren wir doch hin!« habe ich gesagt. Sie meint, nach dem Umzug und dem Einrichten der Wohnung könnten wir eine Pause gut gebrauchen. Ich bin ganz aufgeregt! Ich weiß ja, dass ich manchmal sehr kindlich reagiere. Wir fahren jetzt gemeinsam zu meiner Mutter zum Essen. Um diese alberne Sitte kommen wir nicht herum!

Es ist Abend, und wir kommen gerade erst vom Essen. Perihan und ich reden dauernd über die Reise. Wir fahren also hin! Beim Essen haben wir es den anderen gesagt, und da Perihan mitkommt, konnten sie nicht viel dagegen einwenden. Meine Mutter hat nur gefragt, was wir bei der Kälte nur dort wollen. Wäre uns doch irgendeine Notlüge eingefallen! Aber wir lassen ihr ja Melek.

Sonntag, 29. Oktober

Ich habe die Fahrkarte gekauft! Jetzt ist es also offiziell. Perihan holt schon die Wintersachen aus dem Schrank. Morgen nachmittag bringen wir Melek zu meiner Mutter. Ich habe Ömer geschrieben, dass wir morgen losfahren und er sich nicht wundern soll, wenn wir vor ihm stehen.

Montag, 30. Oktober

Wir sitzen im Zug! Ich benutze einen kleinen Koffer als Tisch und kämpfe beim Schreiben gegen das Gerüttel an. Wir werden zwei Tage im Zug verbringen! Ich habe mir vorgenommen, zu lesen und viel Tagebuch zu schreiben. Perihan liest auch, etwas von George Sand; scheint ihr aber nicht sehr zu gefallen, denn oft legt sie gähnend das Buch beiseite und sieht zum Fenster hinaus. Immer wieder luge ich zu ihr hinüber. Es ist angenehm warm im Abteil, aber die Fenster sind eiskalt. Ich bin vergnügt und rauche. Perihan sagt, bevor wir uns schlafen legen, soll ich nicht mehr rauchen, und wir müssen lüften. Was wollte ich gleich wieder schreiben?

Mir fällt ein, dass weder ich zu Osman etwas gesagt habe noch Perihan zu Nermin etwas darüber gesagt hat, dass jeder von den beiden ein Verhältnis hat. Gut, dass wir nach Cihangir gezogen sind, denn das Leben in Nişantaşı wird immer unerträglicher.

Warum fahren wir eigentlich zu Ömer? Weil uns die Luftveränderung guttut. Und damit Perihan etwas von der Türkei sieht und besser versteht, was für Krisen mich immer wieder packen. Das mit den »Krisen« hat Muhittin über mich gesagt. Was der wohl jetzt macht?

Nach der Sache mit dem seltsamen Brief hat er sich nicht mehr gemeldet. Ich habe zweimal bei ihm im Büro angerufen, aber entweder er war nicht da oder er hat sich verleugnen lassen.

Wir kommen durch İzmit. Gut, dass ich mein Tagebuch mitgenommen habe! Der Bahnhof und viele Fenster sind beflaggt. Am letzten Nationalfeiertag war ich in Ankara.

Dienstag, 31. Oktober

Mittag: Wir warten in Ankara auf die Abfahrt des Zuges. Vorbeikommende schielen in mein Tagebuch hinein. Perihan trinkt Tee. Ich habe zu ihr gesagt, dass sie ihren Tee noch immer so süß trinkt wie ein kleines Mädchen; wir albern herum. Gerade hat sie gefragt: »Was schreibst du da dauernd?« Ich lasse mir noch einen Tee bringen. Ach, das Leben ist eine Lust!

12.30 Uhr. Der Zug ist abgefahren. Ich lese in der *Ulus*-Zeitung, die ich mir gerade gekauft habe. Nachrichten vom Krieg.

Abend: Ich bin todmüde.

Mittwoch, 1. November

Es ist Morgen. Vom Schaffner habe ich erfahren, dass Sivas schon hinter uns liegt. Perihan ist mit George Sand fertig, ich lese Anatole France. Divrik! Ich bin kurz ausgestiegen, bis der Schaffner gepfiffen hat. Beim Anblick dieser Berge werde ich ganz aufgeregt. Ich unterhalte mich mit Perihan. Wieder hat sie gefragt, was ich schreibe. Jetzt ist es elf. Ein Tunnel nach dem anderen ... Zwölf Uhr. Bald sind wir da. Jetzt haben wir in Kemah gehalten. Die Burg auf dem Hügel ... Und in der Ferne ein Kuppelgrab ... Bis Alp ist es höchstens noch eine halbe Stunde. Ich habe mir kurz auf dem Bahnsteig die Beine vertreten. Im Gang des Zuges habe ich wieder das ewig gleiche Schild gelesen: Nicht aus dem Zug spucken. Der Zug ist losgefahren. Wir pakken unsere Sachen zusammen. Wir sind guter Dinge.

Abend: Was soll ich jetzt bloß schreiben? Ich habe Ömer gesehen. Perihan und ich denken nur das eine: Wären wir nur nicht gekommen! Womit soll ich anfangen? Der Generator funktioniert nicht. Wir sitzen bei Gasbeleuchtung in einem kalten Zimmer und frieren.

Wir sind in Alp ausgestiegen und etwa eine Viertelstunde einen schlammigen, leicht verschneiten Weg entlanggegangen. Ich kannte ja das Herrenhaus noch von früher. Als erstes hat uns Hacı gesehen, ganz überrascht. Er hat nach Ömer gerufen, und wir sind hinein. Da saß Ömer neben einem großen Ofen über einer Schachaufgabe. Er war verdutzt, als er uns gesehen hat. Den Brief hat er nicht bekommen. Wir haben uns zu ihm gesetzt und uns unterhalten. Ich habe die Sache mit Muhittins Brief erzählt und dann von Istanbul berichtet, von unserem Umzug und allem. Ömer hat gesagt, dass er kaum etwas anderes macht, als hin und wieder in Erzincan Poker zu spielen oder Tavla mit den Bahnbeamten oder eben Schach mit sich selber. Und dann war es auch schon aus mit dem Gespräch. Er hat uns ein Zimmer herrichten lassen, da haben wir unsere Sachen abgestellt und sind dann wieder hinunter. Aus unserem peinlichen Schweigen haben wir uns in Anekdoten aus der Unizeit geflüchtet. Ömer hat beim Erzählen meistens Perihan angeschaut. Wir sind wie alte Schulkameraden, die sich nach Jahren zufällig treffen und ein paar Stunden miteinander verbringen müssen. Was macht jetzt der? Und der? Hacı hat uns was gekocht, das haben wir gegessen, und vor einer halben Stunde sind wir herauf in das Zimmer. Warum sind wir bloß gekommen?

2. November

Wir sind mit dem Zug nach Kemah gefahren und haben uns dort umgesehen. Wir wurden von jedermann angestarrt, vor allem Perihan. Kinder liefen uns nach. Mit denen im Schlepptau gingen wir zur Festung hinauf. Das Tor war zu, aber ein Junge zeigte uns ein Loch in der Mauer. Perihan konnte dort nicht durchklettern, also stiegen wir unverrichteter Dinge wieder hinab. Als wir zum Bahnhof zurückgingen, schien jeder vor seinem Haus oder seinem Laden zu sitzen und nur auf uns zu warten, um uns anzustarren. Perihan sagte immer: »Gehen wir doch da mal hin oder dort, und was ist das da?« Am Bahnhof mussten wir vier Stunden warten. Der Bahnbeamte sagte: »Gehen Sie lieber nicht weg, er kann jeden Augenblick kommen, und dann schaffen Sie es nicht mehr her!« Am Morgen war noch schönes Wetter, am Nachmittag dann nicht mehr. Übermorgen fahren wir zurück, die Fahrkarten haben wir schon gekauft. Jetzt am Abend schreibe ich im Schein der Gaslampe. Ömer hat uns vorgeschlagen, morgen mit ihm nach Erzincan zu fahren, damit wir seine Freunde dort kennenlernen, aber ich habe abgewehrt: »Nein, lass nur!« Was hätten wir dort machen sollen? Jetzt allerdings frage ich mich, was wir morgen den ganzen Tag lang hier machen sollen. Vielleicht entwickelt sich ja ein Gespräch mit Ömer. Was er hier macht, was er vorhat und so … Ach, das Leben!

4. November, Nachmittag

Wir sind wieder im Zug. Vor einer Stunde hat Perihan zu weinen angefangen, und ich habe gefragt: »Warum weinst du denn?«, sie gab aber keine Antwort, und ich wusste ja, was sie hatte, denn mir war selber zum Weinen. Ich nahm sie in den Arm und tröstete sie. Dann bin ich aus dem Abteil raus und habe im Speisewagen zwei Plätze für uns gefunden.

Gestern sind wir den ganzen Tag mit Ömer im Haus geblieben. Ömer wollte mit mir reden, das spürte ich, aber er genierte sich vor Perihan. So haben wir stundenlang Schach gespielt. Hin und wieder habe ich gefragt, was er denn so vorhabe und wann er wieder nach Istanbul komme, aber er ist nie darauf eingegangen. Er sei zufrieden mit seinem Leben hier, sagte er. Er hat dann Witze gerissen, und wir haben so getan, als würden wir sie lustig finden. Dann hat Hacı uns wieder was zum Essen vorgesetzt. Am Nachmittag dann wieder das gleiche. Schließlich hat er Cognac hervorgeholt! So haben wir getrunken und Schach gespielt. Nach dem Abendessen dann wieder Schach! Perihan ist schließlich hinauf ins Zimmer gegangen. Ömer hat zuviel getrunken. »Ich spiele jetzt mal eine Partie, ohne aufs Brett zu schauen«, hat er dann gesagt. Das hatten wir früher manchmal versucht. Er hat dem Brett den Rücken zugekehrt, und wir haben ein paar Partien so gespielt; eine hat er sogar gewonnen. Er hat ständig getrunken, und ich eigentlich auch, am Schluss war ich ziemlich blau. Ich habe ihn dann noch einmal in aller Deutlichkeit gefragt, was zum Teufel er dort will, aber er hat nur gespottet. Dann ist es zu folgendem Dialog gekommen: »Weißt du was von Nazlı und Muhtar?« »Nein.« »Du erinnerst dich doch, wie ich damals bei der Verlobung war?« »Ja, sehr gut!« »Vergiss das alles! Ich habe das alles vergessen, das Handanhalten, die Verlobung, sogar die Zeit auf der Baustelle … Und fang bitte auch nicht mehr vom Studium an!« Dann lachte er. Aber heute morgen, als wir auf den Zug warteten, hat er selber eine Uni-Anekdote erzählte, wahrscheinlich, weil wir nichts mehr zum Reden fanden! Gestern abend haben wir noch einmal Schach gespielt. Ömer hat erzählt, ein Amerikaner habe mal sechs Blindpartien simultan gespielt. Danach sei er ins Krankenhaus eingeliefert worden. Dann hat Ömer noch gesagt: »Dieses völlig Vergeistigte, das muss doch das Höchste im Leben sein!« (Oder so etwas Ähnliches!) Dann waren wir fertig mit der Partie, und ich bin ins Bett gegangen. Am Morgen ist Ömer mit uns zum Bahnhof. Der Zug hatte Verspätung, und wir wussten nicht, worüber wir noch reden sollten. Ich habe noch von Muhittin erzählt, von Cihangir, und Ömer hat genickt. Er werde bestimmt nach Istanbul kommen, und schreiben werde er mir auch … Dann ist der Zug gekommen, und wir sind eingestiegen … Ein paar Stunden sind vergangen, dann hat Perihan angefangen zu weinen.

Warum tut sie das? Weint sie jetzt immer noch? Soll ich sie trösten? Ich sehe zum Fenster hinaus. Berge, Ebenen, Felsen, Bäume. Was haben die an sich? Wie soll man leben?

Montag, 6. November
Wieder zu Hause. Wir sind nach Nişantaşı, um Melek abzuholen. Wir haben dort gegessen und erzählt und sind dann heim.

Dienstag, 7. November
Was habe ich heute gemacht? Firma. Mit Perihan zu ihrer Freundin Sema gegangen. Deren Mann ist ein interessanter Mensch. Er hat in Frankreich Wirtschaft studiert und mir Bücher von Marx zu lesen gegeben. Bin neugierig.

Dienstag, 14. November 1939
Zuckerfest. Mittagessen in Nişantaşı. Nachmittag zu Hause. Etwas geschlafen. Kann mit Marx nichts anfangen.

Montag, 27. November

Zu Hause, Firma, Melek, Perihan, Nişantaşı, ein paar Bücher, Projekte, Projekte, Firma, Firma?

Dienstag, 28. November

Was ist jetzt mit dem Programm für ein richtiges Leben? Und mit seiner Anwendung? Aber das mit dem Verlag muss ich unbedingt machen!

Freitag, 1. Dezember

Ein Brief aus Amerika, von Herrn Rudolph ... Er schreibt vom Krieg und wieder von Licht und Finsternis usw. ... Ich weiß, dass alles nur Unsinn ist, und dennoch lebe ich weiter.

Samstag, 2. Dezember

Perihan hat gesagt, sie ist schwanger! Ich kann es gar nicht glauben! Wir haben doch so aufgepasst! Was soll jetzt werden? Bin ich alt geworden?

Sonntag, 10. Dezember

Ich bin dabei, Herrn Rudolph einen Brief zu schreiben. Jetzt muss ich aber nach Nişantaşı, zu Ayşes Verlobung. Perihan ist stark erkältet und kann nicht mit ... Mein Leben braucht unbedingt ein Ziel, ich muss ehrenvoll leben. In meinem Brief an Herrn Rudolph geht es wieder um das gleiche Dilemma: Finsternis, Licht? Trotz allem bin ich glücklich und danke der Natur, dass ich leben darf!

Zehn Minuten später: Nein! Alles ist so sinnlos. Ich werde niemandem einen Brief schreiben. Am liebsten würde ich für immer schweigen, aber ich weiß, dass ich das nicht kann. Weil ich ein Dummkopf bin.

61

EIN SPEKTAKEL

Ayşe öffnete die Tür und betrat die Küche. »Die sind schon wieder an der Arbeit!« dachte sie. »Ach, wenn wir die nicht hätten!«

»Ayşe, heute dürfen Sie aber nicht in die Küche rein!« sagte Emine.

»Warum denn? Ich kann doch helfen! Soll ich Orangen schälen? Für den Kadayıf?«

»Nein, heute rühren Sie mir nichts an! Ach, wenn ich mich verloben würde! Was hätte ich da Angst um mein Kleid! Schau nur, wie es ihr steht!« Sie wandte sie zu Yılmaz um. »Schau doch nur!«

Yılmaz warf ihr nur einen zaghaften Blick zu, als hätte er Angst, er könnte sie plötzlich anstarren.

Am liebsten hätte Ayşe gesagt: »Schau nur, heute darfst du!«, aber sie lächelte nur. »Sie mögen mich! Alle mögen mich! Da stehen sie in der Küche und kochen so feine Sachen für unsere Gäste. Schön warm ist es in der Küche … Da draußen unser Garten! Ich geh mal rüber zu den anderen!« Sie stieg die paar Stufen zum Wohnzimmer hinauf. »Zu wem soll ich? Ich kann zu jedem gehen, ein paar Worte wechseln, lachen … Dort werden Fotos gemacht. Also gehe ich auch zu Atiye.«

»Wartet, wartet, da kommt sie!« rief Güler und rückte für Ayşe ein wenig zur Seite.

Ayşe ging auf das Grüppchen zu und dachte: »Jetzt werden wir fotografiert. Zu dritt werden wir im Sessel sitzen, Leyâ, Güler und ich! Hinter uns stehen Osman, Fuat und Onkel Sait. Jahre später werde ich das Foto dann anschauen!«

Der Blitz leuchtete auf. »Noch eins!« sagte Atiye. »Remzi, stellen Sie sich doch dazu!«

Ayşe dachte: »Er ist ein richtiger Mann jetzt!«

Nach dem zweiten Foto stand Ayşe wieder auf. Vor dem Perlmuttzimmer unterhielt sich Fuat mit seinem Busenfreund Semih. Ayşe warf den beiden im Vorübergehen einen Blick zu, der besagen wollte: »Wenn ihr was zu mir sagen wollt, irgendeinen Scherz oder so, dann nur zu!« Sie bedeuteten ihr aber nur lächelnd, dass sie Ayşe voller

Freude und Wohlwollen sahen. »Sie haben mir zugelächelt!« dachte Ayşe. »Mein zukünftiger Schwiegervater Fuat und der Seifenhändler Semih!«

»Na, hast du dich an den Ring schon gewöhnt?« fragte Tante Şükran, die neben dem Klavier saß.

»Aber ja, Tantchen!«

»Ist sie nicht ein Schatz?« sagte Şükran zu Semihs Gattin.

Ayşe dachte: »Die kannten sich also schon! Jeder kennt jeden! Alle sind zusammen und lachen. Ich werde auch mal so sein wie sie! Ich werde leben!«

»Spielst du noch Klavier?«

»Wenn ich gerade Lust habe!«

»Hör bloß nicht auf, wenn du heiratest! Mag Remzi Klaviermusik?«

Als Antwort setzte sich Ayşe lächelnd ans Klavier, klappte den Deckel hoch und strich mit den Fingern über die Tasten, aber ohne zu spielen. »Mein geliebtes Klavier!« dachte sie. »In dem geliebten Perlmuttzimmer!« Lächelnd stand sie auf und sah die Möbel an. »Die Intarsien … Die Sessel … Als ich klein war, stach mich das Blattgold der Bezüge immer in die Beine, ich konnte mich gar nicht reinsetzen. Trotzdem mag ich die Sessel.« Als sie merkte, dass die beiden Frauen sich miteinander unterhielten, ging sie wieder ins Wohnzimmer hinüber. »Das schöne große Zimmer … Unser Kronleuchter … Die hohe Decke mit den Engeln, die mir früher immer angst gemacht haben … Der Lieblingssessel meines Vaters … Die samtbezogenen Sessel … Die Stehlampe mit den vielen Verzierungen … Das von meiner Mutter heißgeliebte Porzellan in der Buffetvitrine … Welches Service hat sie wohl gewählt heute? Das mit den blauen Rosen drauf? Davon ist ja schon so viel kaputtgegangen.« Um ihre Neugier zu stillen, ging sie zum Buffet und lächelte dabei Atiye und dem Rechtsanwalt Cenap zu. »Natürlich das rote!« Dann ging sie zu ihrer Mutter, die wie immer in ihrem Sessel saß.

»Na, mein Kind, bist du zufrieden?« fragte Nigân.

»Und wie!«

»Wir sind heute alle zufrieden!« sagte Osman. Er saß rauchend in Cevdets Sessel.

»Nur schade, dass Perihan nicht da ist!« bedauerte Nigân.

»Du weißt ja, wie krank sie ist, Mama!« betonte Refik. »Heute nachmittag hatte sie Fieber, achtunddreißig Grad. Er wandte sich zu Ayşe. »Ich brauche dir ja nicht zu sagen, wie gern sie gekommen wäre!«

»Natürlich! Und sie ist ja jetzt auch …« sagte Ayşe lächelnd. Sie dachte: »Perihan bekommt ein Kind!« Sie stand auf. »Und ich werde auch mal eins bekommen! Zu wem soll ich jetzt gehen? Zu meinem Verlobten! Ich werde auch ein Kind haben und Perlmuttmöbel und …«

Remzi sprach mit einem Freund. Da dieser hochgewachsen war, musste Remzi zu ihm aufsehen, wobei er einen leichten Buckel machte. Ayşe dachte: »Ja, ein bisschen dick ist er schon, aber das sind viele andere auch!« Sie stellte sich dicht neben Remzi, der von einem neugekauften Grammophon und von Schallplatten redete, wobei es ihm, wie neuerdings meist, vor allem um den Preis ging. Remzi hatte angefangen, bei Fuat in der Firma zu arbeiten. Sein Freund absolvierte gerade ein Praktikum bei einem Rechtsanwalt. Auch er würde sich wohl bald verloben. »Dann werden wir uns gegenseitig besuchen und essen und lachen!« dachte Ayşe und ging weiter. »Die reden … Wo soll ich jetzt hin? Da ist ja der Buchhalter Sadık! Warum stehen die da in der Ecke?« Sie nickte dem Ehepaar wohlwollend zu und lächelte dann einen kleinen Jungen an. Sie beugte sich zu ihm hinab. Da hörte sie ein Kleiderrascheln neben sich.

»Ach Kadriye, ist das etwa Ihrer?«

»Ja. Ganz schön groß geworden, was?«

»Aber er scheint sich zu langweilen.«

»Überhaupt nicht! Es geht ihm hier nur ein bisschen zu laut zu. Sag mal, weißt du eigentlich, dass du von Tag zu Tag mehr deiner Mutter ähnelst?«

»Tatsächlich?«

»Erst dachte ich ja, du siehst mehr deinem Vater gleich, aber wie du jetzt so blinzelst … Wie alt bist du denn jetzt?«

»Neunzehn!« Mit einem entschuldigenden Lächeln strebte sie davon, als ob sie irgendwohin müsstc.

Sie spürte, wie Kadriye ihr nachschaute. »Kadriye!« Sie war die

Frau des berühmten Gynäkologen Agâh. Ayşe kannte auch die Söhne der beiden. Sie stellte sich die ganze Familie vor und dachte: »So wie die werden wir auch mal! Und wir werden sogar noch mehr zustande bringen!« Osman hatte einmal gesagt, ihre Heirat sei für die beiden Firmen ein Glücksfall. »Unser Heim!« Ihr schwebte dabei immer eine schöne große Wohnung vor, eine glückverheißende Mischung aus diversen Zimmern, die ihr irgendwo gefallen hatten. Sait Nedim und Nermin kamen plaudernd auf sie zu. Auch Atiye war dabei. Sie sprachen über Sait Nedims Hund. Beim Anblick von Ayşe unterbrachen sie ihr Gespräch, doch als Atiye sich lobend über Ayşes Kleid ausließ, redeten sie weiter. »Sollen wir uns auch einen Hund zulegen?« dachte Ayşe, aber das kam ihr doch nicht passend vor. Und Remzi war wohl auch nicht ein Mensch, der für ein frech in der Wohnung herumtobendes Wesen zu haben war. »Was ist er dann für ein Mensch?« Sie hatte sogleich eine Antwort parat: »Ein guter, großzügiger, gutherziger Mensch. Ein Gentleman.« Es gab sicher noch andere Worte dafür, die ihr nur jetzt nicht einfielen. Als Sait Nedim vom Krieg zu reden begann, ging sie weiter.

»Wohin nun?« Sie erblickte ihren Bruder Refik und wurde traurig. »Warum ist er nur so geworden? So still und melancholisch?« Sie ging auf ihn zu. »Wo er früher doch so fröhlich war! Ich war damals immer mürrisch, und dann zog er mich an den Zöpfen und spottete über mich, aber ohne mir weh zu tun!« Sie setzte sich Refik gegenüber.

»Wie geht es Perihan?«

»Sie hat Fieber und ist wie zerschlagen. Na ja, eine Grippe …«

»Du hättest doch Melek bringen können«, monierte Nigân.

»Die soll sich nicht erkälten.«

»Ach was!« Nigân sah ihre drei Kinder nacheinander an. »Sobald ihr ein halbes Jahr alt wart, habe ich euch bei der größten Kälte spazierengefahren!«

»Ah, da tagt der Familienrat!« rief Sait Nedim schmunzelnd aus. Mit dem Thema Krieg war er fertig.

»Ach Cevdet!« seufzte Nigân und sah kopfschüttelnd auf das Foto an der Wand. »Setzen Sie sich doch, Sait! Sie kannten Cevdet ja gut. Im Konak Ihres Vaters haben wir damals –«

»Am besten kannte ihn Fuat! Der soll von ihm erzählen!« sagte Sait Nedim und stand auf. Er ging zu Fuat, der sich noch mit Semih unterhielt, und flüsterte ihm etwas zu. Fuat lächelte und kam dann gemessenen Schrittes herbei.

Nigân bat ihn zu erzählen, was er mit Cevdet erlebt hatte. Es herrschte ein nicht enden wollendes, sich immer wieder wellenartig fortsetzendes, glänzendes Stimmengewirr im Haus. Fuat berichtete, wie er Cevdet kennengelernt hatte, als er von Saloniki nach Istanbul gekommen war, um ein Geschäft zu eröffnen. Röchelnd versuchte er sich zu erinnern, in welchem Jahr das gewesen war.

Ayşe stand diskret auf und ging zu Remzi und seinem Freund. »Worüber redet ihr eigentlich?«

Die beiden lächelten. Bucklig stand Remzi da und gab seiner Verlobten Antwort. Ayşe lächelte und ging zum Geschirrbuffet. »Das Porzellan! Meine Tanten! Der alte Konak! Ich habe mich heute verlobt, und jetzt gehe ich in unserem großen Wohnzimmer umher. Ich bin neunzehn Jahre alt. Ich höre die Stimmen der vielen fröhlichen Menschen. Dieses süße Geplapper. Wohin jetzt? In die Küche! Die Armen müssen immer noch arbeiten … Wie still es hier ist!«

»Da ist sie ja schon wieder!« rief Emine.

»Ich wollte nur schauen, was ihr so macht!«

»Wir haben gerade den Kadayıf ins Rohr gesteckt!« sagte Yılmaz.

Ayşe dachte: »Endlich sagt er mal was!« Sie dachte an seinen Vater, den Koch Nuri. An ihren eigenen Vater. An Cezmi. Mechanisch machte sie den Kühlschrank auf und holte den Wasserkrug heraus. Während sie trank, schaute sie in die Zeitung auf dem Kühlschrank. Dann stellte sie ihr Glas ab und verließ die Küche, ging aber nicht ins Wohnzimmer, sondern in den dunklen Gang. Dort hatten sich geduldig die Gerüche aus der Waschküche, aus Emines Zimmer und aus dem Stehklo angesammelt, um sie wieder an ihre Kindheit zu erinnern. »Klipper, klapper, großer Storch … Europareisen, Feste …« Sie ging auf die Treppe zu. Stieg langsam die Stufen empor. »Häuser, Möbel, Zimmer, Kinder, Jahre, Fotos, Teppiche, Vorhänge und Stimmengewirr! Wie schön! So wie ich es verlassen habe … Durcheinander, Spektakel, Fröhlichkeit! Leben! Wohin jetzt?«

62

ALLES GUT

Fuat hatte mittlerweile von der ersten Begegnung mit Cevdet berichtet und war zu den folgenden Jahren übergegangen. Wie sich nach der Einführung der Konstitution die Geschäfte belebt hatten und wie hart Cevdet damals gearbeitet hatte ... Refik hatte jene Geschichten schon zu Lebzeiten seines Vaters vernommen, doch hörte er wieder aufmerksam zu und zog auch für sich den einen oder anderen Schluss. Wie es bei schuldbewussten Menschen oft vorkommt, hatte er sich in letzter Zeit oft mit anderen Leuten verglichen, um herauszufinden, wo er den falschen Weg gegangen war und wie er künftig solche Fehler vermeiden konnte. Manchmal ertappte er sich dabei, wie er diese Suche nach Vorbildern schon fast unbewusst betrieb. Als Fuat erzählte, Cevdet sei einer der wenigen Menschen gewesen, dem es gelungen sei, gute Beziehungen zur Partei der Jungtürken herzustellen, ohne selbst Freimaurer zu sein, dachte Refik wieder einmal, sein Vater sei doch wesentlich entschlossener und tatkräftiger gewesen als er selbst. Er ärgerte sich, dass er nun schon wieder auf der Suche nach einem Leitbild war, und wäre am liebsten sofort zu Perihan nach Hause gegangen. Fuat merkte aber, dass Refik ihm mehr zuhörte als Nigân und fixierte ihn daher beim Erzählen, so dass an einen Rückzug nicht zu denken war.

Schließlich wurde Fuats Anekdotenfluss aber von Atiye unterbrochen, die unbedingt fotografieren wollte. Alle gruppierten sich um Nigân herum, und nachdem mehrfach das Blitzlicht aufgeleuchtet hatte, konnte Refik sich hinauf in die Bibliothek schleichen. Er hatte irgendwie das Gefühl, als hätte er beim Umzug ein wichtiges Buch vergessen und als würde er darin eine Antwort auf so manche seiner Fragen finden. Kaum stand er aber in der Bibliothek, packten ihn sogleich wieder Reue und Schuldgefühl. »Ich habe mich immer noch nicht entschieden!« Hier würde er nichts finden, die Regale standen leer. In einem der früher mit seinen Büchern gefüllten Fächer lag Strickzeug, in einem anderen standen vier Marmeladengläser. Auf dem Tisch lagen ein Mathematik- und ein Lesebuch von Cemil. »Ich sollte Perihan nicht so lange warten lassen!« Dabei hatte sie gesagt, er solle sich amüsieren und ruhig spät nach Hause kommen. »Ich gehe jetzt heim, anstatt hier meine Zeit zu vertrödeln!« Um sich nicht in Erinnerungen zu verlieren, verließ er schnell den Raum und ging die Treppe hinunter, wo er wieder das Ticken der Uhr hörte. »Hoffentlich ist Ayşe dann nicht beleidigt!« Im Wohnzimmer suchte er nach seiner Schwester, grüßte dabei ein ihm völlig unbekanntes Gesicht und ärgerte sich, als er schon wieder Güler sah. »Ich muss zu Perihan!« dachte er gereizt. Dennoch schielte er zu Güler hin und merkte, dass sie ihn wieder betont verständnisvoll anschaute. »Ich gehe heim! Wo ist nur diese Ayşe?« Da sah er, wie Sait Nedim, der bei seiner Schwester gestanden hatte, auf ihn zukam. Er sah ihm an, dass er ihn etwas fragen wollte.

Sait Nedim hakte sich auch sogleich bei ihm unter. »Osman hat erzählt, dass Sie bei unserem Rastignac waren!«

»Bei unserem wem?«

»Unserem Rastignac! Ömer! So hatte ihn doch Atiye genannt, als wir uns im Zug trafen!«

»Ach ja, natürlich, stimmt!«

»Und, was macht er jetzt?«

Erst wusste Refik nicht recht, was er sagen sollte. »Der ist jetzt Landwirt!« entfuhr es ihm dann.

»Landwirt? Tatsächlich? Schön!« Er ließ sich das Wort ein paarmal auf der Zunge zergehen. »Ja gibt es denn sonst nichts zu tun?« fragte er dann süffisant lächelnd. »Dem ist hier wohl alles zu eng geworden!« Er runzelte die Stirn. »Hm, schade irgendwie! Der hatte so ein Feuer in sich. Er sagte, er sei so ehrgeizig, und das war er ja auch.« Sait Nedim winkte seine Frau zu sich. »Rat mal, von wem wir reden? Von deinem Rastignac!«

»Ach ja, wie geht es ihm denn? Wir haben Fotos von ihm und würden ihn gern mal wiedersehen!« Ein kleiner Junge kam auf sie zu, und sie streichelte ihm über den Kopf. »Na, was ist denn mit dir?« Mit ernster Miene hörte sie dem Jungen zu, dann sagte sie: »Ach so, na dann komm mal mit!« und ging ein wenig betreten zu Nermin. Sie flüsterte ihr etwas ins Ohr und drohte zugleich dem Jungen mit dem Zeigefinger.

»Siehst du, für einen Rastignac hat heute keiner mehr Verständnis!« rief Sait Nedim lachend. »Eroberer! Ach, die jungen Leute!« Dann legte er Refik auf einmal väterlich die Hand auf die Schulter. »Sie gefallen mir aber auch nicht! Sie reden kaum was, lachen nicht … Ständig scheinen Sie zu grübeln. Worüber denn?«

»Weiß auch nicht. Bin ich tatsächlich so?«

Sait Nedim lächelte ihn an. »Sie sollen von hier ausgezogen sein!«

»Na ja, wir dachten, das sei das beste für das Kind!«

»Für das Kind!« echote Sait Nedim, aber er hatte schon etwas anderes im Sinn. Er lächelte einer vorbeikommenden Frau zu und wollte sie auch schon ansprechen, aber dann ließ er es. Er nahm die Hand von Refiks Schulter. »Seien Sie doch ein bisschen fröhlicher, Refik!« Er sah drein, als versuchte er sich an etwas zu erinnern. »Seien Sie fröhlich, begeistern Sie sich für etwas, leben Sie! Nehmen Sie sich ein Beispiel an Ihrem Herrn Vater und gehen Sie Kompromisse ein, sonst machen Sie sich nur unglücklich! Mit der Zeit werden Sie einsehen, dass das ständige Grollen nichts bringt. Sagen Sie mal, stimmt das mit unserem Rastignac?«

»Es ist nicht ganz so, wie Sie denken. Außerdem hat Ömer vor, nach Istanbul zu –«

Sait Nedim hörte ihm nicht zu. »Leben Sie! Nehmen Sie teil am großen Dahinfließen! Was sind wir denn schon? Kaum ein Tröpfchen in dem riesigen Strom! Lassen Sie sich treiben!«

Refik war nicht danach, sich Lebensweisheiten anzuhören. »Das sind aber keine neuen Ansichten!« sagte er.

»Stimmt, so ähnlich sprach schon mein Vater! Neu sind die natürlich nicht! Ich kann Ihnen das am Beispiel unseres alten Konaks veranschaulichen. Ich weiß nicht, ob ich es erzählt habe, aber wir haben dort neue –«

»Sie haben es erzählt!« erwiderte Refik ungehalten.

»Ach so, habe ich? Ihr Vater ist auch ein schönes Beispiel! Was tun also? Lassen Sie ab von diesem Groll, der trägt keine Früchte! Der Mensch …«

Refik erwog kurz, ob er Sait Nedim erzählen sollte, dass er Rousseau und Defoe neu übersetzen und herausbringen wollte, aber dann erblickte er Ayşe, die neben ihrer Mutter stand.

»Was redest du da wieder?« sagte Güler. »Hat er Sie am Wickel? Er erzählt wohl wieder von unserem Vater, was?«

»Jaja«, murmelte Refik und lachte verlegen. »Ah, da sind sie ja!« sagte er dann, deutete entschuldigend in die Richtung, wo seine Mutter saß, und ging dorthin.

»Setz dich zu uns! Wo hast du denn gesteckt?« fragte Nigân und musste dann selber darüber schmunzeln, wie sie aus reiner Gewohnheit immer gleich einen Vorwurf formulierte.

Refik fragte Ayşe, ob sie ihm böse sei, wenn er schon gehe.

»Ach woher!« entgegnete sie.

Nigân sagte noch: »Sobald Perihan gesund ist, besucht ihr uns aber! Und bringt Melek mit!«, dann wandte sie sich der neben ihr sitzenden Leylâ zu und berichtete von ihrer Enkeln.

Ayşe begleitete Refik zur Tür. Refik umarmte sie gerührt und ging hinaus. Er sog die Stille ein. Die Gartenglocke klingelte. Über Nişantaşı stand ein wolkenloser blauer Himmel. Der Wind fuhr Refik in die Mantelschöße. »Wie ein sternenloser Sommerhimmel!« dachte Refik. Auf den Baustellenzaun nebenan waren Plakate geklebt worden. An einer Mauer hing ein Schild: »Zum Luftschutzraum!« Es ging auf sieben Uhr zu. »Perihan wird staunen! Wie es ihr wohl geht?« Es waren nicht viele Leute unterwegs, nur hier und da hastete jemand vermummt dahin. Refik ging zur Trambahnhaltestelle und sah dabei im Erdgeschoss eines neuen Gebäudes einen Imbissstand, der auch am Sonntag abend noch geöffnet war. »Ich könnte Perihan etwas mitbringen! Ob sie wohl Appetit hat? Oder etwas für Melek! Ach Melek! Und bald kommt ein zweites Kind! Was soll ich nur machen? Ich muss unbedingt umsetzen, was ich mir vorgenommen habe, aber … Rousseau … Ich wollte das auch Sait Nedim erzählen. Ein schrecklicher Kerl! Und Güler …« Er stellte sich an die Haltestelle, etwas verunsichert, dass dort niemand außer ihm wartete. »Nichts wie weg aus diesem schmutzigen Viertel! Meine ganze Kindheit und Jugend habe ich hier verbracht! Aber irgendwie mag ich doch die Bäume hier, den Wind …« Er fand ein Taxi und stieg ein. »Was soll ich zu Hause machen? Zuerst mal eine Suppe für Perihan. Dann mache ich der Kleinen was zu essen und setze mich danach an den Schreibtisch. Ja, und dann?« Er ärgerte sich. »Nicht einen einzigen vernünftigen Gedanken habe ich im Kopf! Hätte ich doch ein Zehntel vom Verstand Schopenhauers! Aber habe ich das nicht? Die kulturelle Bewegung! Die Übersetzungen! Ich liebe das Leben! Was wohl der Taxifahrer von mir denkt? Ich muss etwas machen, das auch im Leben dieses Mannes irgendeine Spur hinterlässt, und sei sie noch so klein! Zugegeben, mein Dorfprojekt war utopisch. Und Marx! Der hat mir auch nicht gebracht, was ich gesucht habe. Seine Gedanken wirken zwar schön klar, aber was ich konkret tun soll, hat sich mir nicht erschlossen. Bei der Lektüre habe ich fortwährend Schuldgefühle entwickelt … Ja, als erstes muss ich meine Fabrikanteile loswerden und den Verlag gründen! Und danach gute Übersetzungen anfertigen. Jeder soll diese Bücher lesen … Was wohl Ömer macht? Und Muhtar?« Er gähnte. »Was für ein Heidenlärm dort geherrscht hat! Wie habe ich das nur ausgehalten all die Jahre? Vielleicht hat Ömer ja recht und es geht nichts über die Stille der Natur … Gesunde, frische Luft! Ja, das brauche ich! Ich kann ja am Sonntag immer zum Fußball gehen! Aber für Perihan ist –« Der Fahrer fragte ihn, wo genau in Cihangir er hinwollte, und Refik beschrieb ihm den Weg. Wie immer auf dem Nachhauseweg ließ er sich durch den Kopf gehen, was er schon gemacht hatte und was er noch vorhatte. »Heute morgen habe ich ein wenig gelesen, und dann habe ich diese Verlobung hinter mich gebracht. Ayşe wird bald heiraten. Kinder … Mein zweites Kind … Hoffentlich wird es ein Junge. Und der soll nur ja nicht werden wie ich, sondern wie alle anderen. Darum geben wir ihm auch einen ganz gewöhnlichen Namen: Ahmet! Was er wohl für ein Mensch wird?« Das Taxi bog in die Straße ein, in der er wohnte. »Na ja, vorbei die Verlobung! Ich habe Remzi nicht gratuliert, ja mich nicht einmal von ihm verabschiedet! Ach, was soll's!« Er bezahlte den Taxifahrer und stieg aus. Als er Stockwerk um Stockwerk zu seiner Wohnung emporstieg, spürte er sein Herz. »Alt bin ich geworden!« Vor jeder Wohnungstür versuchte er sich vorzustellen, was sich dahinter wohl tat, aber er kam nicht weit damit, denn in den meisten Wohnungen wurde Griechisch gesprochen.

Als er aufsperrte, rief Perihan gleich: »Du bist schon da?«

»Ja. Wie geht's dir denn?«

»Gut!« Ihre Stimme klang auch so.

Refik zog ungeduldig den Mantel aus und ging noch mit Schuhen zu Perihan hinein. »Geht's dir wirklich gut?« Er setzte sich zu ihr ans Bett.

»Ich kann mich selber nur wundern«, sagte Perihan. »Das Fieber scheint weg zu sein!«

Refik küsste sie. »Wo ist das Thermometer? Miss lieber noch mal!« Er fand das Thermometer und reichte es ihr. Perihan steckte es in die Achselhöhle.

»Wie war die Verlobung?«

»Ach, wie soll sie schon gewesen sein! Bloß gut, dass wir hierhergezogen sind. Was macht die Kleine?«

»Vorhin hat sie für sich allein gespielt. Wer war denn da?«

»Na alle eben. Auch deine Güler.«

»Warum soll das meine Güler sein?«

Refik strich über die Bettdecke und sagte: »Wenn es ein Junge wird, soll er Ahmet heißen! Und weißt du, was ich mir gedacht habe?«

»Erzähl doch erst mal von der Verlobung! Was hatte Ayşe denn an?«

Refik wollte sich nicht die gute Laune verderben lassen. »Ein Kleid«, sagte er lächelnd. »Ein grünes, glaube ich …« Er stand auf.

»Du hast ja deine schmutzigen Schuhe noch an! Zieh sofort deine Pantoffeln an!«

Refik ging hinaus. »Pantoffeln!« Hatte nicht Ömer zu dem Thema mal was gesagt? »In Nişantaşı brauchten wir keine Pantoffeln, und hier plötzlich schon!« Er zog die Pantoffeln an und ging in sein Arbeitszimmer, wo sein Tagebuch aufgeschlagen auf dem Tisch lag. Er las die letzten Aufzeichnungen, las auch den Brief, den er an Herrn Rudolph geschrieben hatte, und war von beidem peinlich berührt. »Ich muss mich sofort an die Arbeit machen. An die Übersetzungen!« Er räumte Brief und Tagebuch weg und setzte sich an den Tisch.

Von drüben rief Perihan: »Das Fieber ist weg! Alles ganz normal!« Sie lachte vor sich hin.

DRITTER TEIL

1

EIN TAG BEGINNT

Ahmet reckte sich und sah auf die Uhr: halb eins. »Ins Bett bin ich um fünf. Macht siebeneinhalb Stunden! Das ist noch zuviel Schlaf!« Eilig stand er auf und zog gähnend seinen Schlafanzug aus. Beim Anziehen dachte er: »Ich habe schon wieder die Tür offengelassen!« Das Zimmer roch nach Leinöl und Gas. Irgendwo hatte er gelesen, Leinöl sei krebsfördernd. Seit fünf Jahre zuvor sein Vater an Krebs gestorben war, achtete er auf so etwas. »Ich muss mir aufschreiben, dass ich abends die Tür nicht vergessen darf!« Das erschien ihm dann doch wieder übervorsichtig. »Eigentlich mag ich keine so vorsichtigen Menschen, aber wenn die Cholera ausbricht, laufe ich als erster ins Krankenhaus! Na ja, ich will eben noch lange leben. Meine besten Bilder werde ich wahrscheinlich erst mit über Fünfzig malen. Goya ist zweiundachtzig geworden. Picasso malt noch immer. Russell ist erst dieses Jahr gestorben. Und Shaw, glaube ich, hat gesagt, man soll möglichst alt werden.« Über die wünschenswerte Dauer eines Künstlerlebens und die Vorteile eines langen Lebens im allgemeinen hatte er noch einiges andere gehört und gelesen, aber nun musste er erst einmal auf die Toilette. Unterwegs blieb er vor dem Bild stehen, das in seinem Arbeitsraum an der Wand lehnte. Er hatte vor kurzem damit begonnen und wollte an diesem Tag weiter daran arbeiten. Er tupfte mit dem Finger an die Leinwand und stellte zufrieden fest, dass sie trocken genug war.

Auf der Toilette ärgerte er sich, dass er schon wieder barfuß hineingegangen war, dann ging er im Geist seinen Tagesablauf durch. Da an Samstagen niemand bei ihm Französisch- oder Zeichenunterricht nehmen wollte, hatte er die ganze Zeit für sich. Am Abend würde

vielleicht İlknur kommen. »Wie es wohl Oma geht?« Seine Großmutter war in schlechter Verfassung; laut dem Arzt war mit dem
Schlimmsten zu rechnen. Von einer Krankenschwester überwacht,
lag sie den ganzen Tag im Bett und brabbelte vor sich hin. »Ach ja, ich
sollte doch von Opa ein Bild malen!« Er rasierte sich, wie jeden Morgen, um nicht wie ein heruntergekommener Bohemien auszusehen.
»Habe ich nicht ein bisschen was von Goya an mir?« dachte er vor
dem Spiegel. »Das ist ja ganz neu, dieser Goyafimmel!« schalt er sich
selbst und wusch sich das Gesicht. Er ging in den Korridor und hob
die Zeitung auf, die der Briefträger unter der Tür durchgeschoben
hatte. Es lag auch ein Umschlag daneben: eine Einladung zu einer
Ausstellung. »Von Gencay! Hat der Kerl doch tatsächlich eine Einladung drucken lassen! So oft haben wir über diese Ausstellung gesprochen, und trotzdem schickt er mir das Ding!« Schon wollte er
das als kleinbürgerlich abtun, aber dazu mochte er Gencay doch zu
sehr. Er setzte sich mit der Zeitung in eine Ecke.

Es war alles andere als erbaulich, was er dort las: »Große Trauerfeier: Fünftausend vorwiegend junge Trauergäste schwören Eid auf
Unabhängigkeit ... 12. Dezember 1970.« Auf dem Foto klammerte
sich eine Frau im schwarzen Tscharschaf an einen Sarg. »Die Mutter
von Hüseyin Aslantaş!« dachte er. Unter dem Foto stand: »Die ver-
zweifelte Mutter schluchzt am Sarg ihres Sonnes!« Ihn schauderte:
»Selbst die ernstesten Dinge werden in diesem Film mit ...« Sein
Blick blieb an einem anderen Artikel hängen: »Batur warnt Sunay!«
Aufgeregt las er die Meldung: »Der Oberbefehlshaber der Luftwaffe,
General Muhsin Batur, habe den Staatspräsidenten schon bei einem
Besuch am 24. November darauf hingewiesen, dass die türkischen
Streitkräfte auf allen Ebenen von großer Sorge erfasst seien ...« Er
ließ die Zeitung sinken. »Hatte Ziya also recht!« Am Vortag war der
Cousin seines Vaters, der pensionierte Oberst Ziya, bei Nigân zu Be-
such gewesen und hatte kurz bei Ahmet vorbeigesehen. In seiner
hintergründigen Art hatte er zu verstehen gegeben, dass die Armee
bald etwas unternehmen werde. Geflissentlich hatte er dann noch
Worte wie »Leibgarde« und »Kriegsakademie« fallenlassen, und an
seiner Miene war abzulesen, die Armee tue eben ihre Pflicht und
lasse sich nicht auf die Füße treten. Ahmet las weiter: »Eine Kopie

von Baturs Schreiben sei auch an Generalstabschef Tağmaç übermittelt worden … Im Verlauf der Unterredung habe sich abgezeichnet, dass Tağmaç Generals Baturs Ansichten im wesentlichen teile.« »Den hat er also herumgekriegt! Dann gibt es einen Putsch …« Er rief sich in Erinnerung, was er zu dem Thema schon gelesen hatte. »Kann das wirklich sein?« Erregt stand er auf. »Und wenn ja?« Er ging ein wenig auf und ab, dann setzte er sich wieder und las die Meldung noch einmal aufmerksam durch. Sie war in sehr vorsichtigem Ton geschrieben. »Wer hat das überhaupt der Presse zugespielt? Und was soll das heißen: von großer Sorge erfasst? Worum sorgen sie sich genau? Wer raubt ihnen den Schlaf? Nun, sagen wir mal, sie machen sich Gedanken über das Vaterland, über die gesellschaftlichen Probleme!« Ferner stand noch da: »Präsident Sunay hat diese Woche auch Ministerpräsident Demirel von dem Schreiben unterrichtet.« Er stand wieder auf. »Was der dann wohl gemacht hat?« Um seine Nervosität zu verringern, ging er auf die Terrasse hinaus, lehnte sich an die Brüstung und sah auf Nişantaşı hinunter.

Samstags waren dort so viele Leute unterwegs, dass der Verkehr zeitweise zum Erliegen kam. In der Mitte der Straße stand fuchtelnd ein Polizist und blies in seine Trillerpfeife. Einem Obus war der Stromabnehmer aus der Oberleitung gesprungen und hing auf die Straße herab. Der Fahrer stieg aus, und zwei Gymnasiasten in Schuluniform schauten ihm zu. Auf dem gegenüberliegenden Gehsteig verkauften Zigeuner Blumen. Von der Haltestelle der Sammeltaxis hörte man die dünne Stimme des Mannes, der dort für einen geregelten Ablauf sorgte. Alle drei Schuhputzer waren zugleich beschäftigt; ein Kunde musste sogar warten. Eine elegante Dame kam von ihren Samstagseinkäufen zurück. Vor dem Schaufenster einer Boutique stand ein junges Mädchen im Minirock. Ein Brotverkäufer, der weißeres Brot feilbot, als dies nach der Gemeindeverordnung erlaubt war, sah dem Obusfahrer bei seinen Bemühungen zu. Neben ihm stand ein Losverkäufer. Eine Frau mit Hund ging an ihnen vorbei. Vor der İş-Bank schubsten sich zwei Grundschüler. Nevzat, der Pförtner des Işıkçı Apartmanı, ging zum Krämer gegenüber. Mit dem Verkehr ging es wieder etwas voran. An den Losverkäufer an der anderen Ecke trat eine Frau mit Kopftuch heran. Ein Herr im Samtjackett ging in den

Kaffeeladen. »Ein Putsch!« dachte Ahmet. »Dann würde hier alles umgewälzt! Auf einen Schlag würde ganz Nişantaşı, die ganze Bourgeoisie hier erschüttert!« Er gähnte ausgiebig. »Ach, wird schon nicht passieren! Das Durcheinander da unten macht eher den Eindruck, als würde es noch Jahre so weitergehen. Und wenn doch ein Putsch kommt? Dann wird eben mal einen Tag lang kein Mensch auf die Straße gehen!« Er dachte an Ziya. »Der mag Nişantaşı genausowenig wie ich!« Die Linde, an der seine Großmutter so hing, schien ihre nackten Äste bis zu dem blassen, unentschlossenen Himmel emporzurecken, aber zwischen den Zweigen hindurch waren noch weitere Apartmenthäuser zu sehen. Ahmet wandte Nişantaşı den Rükken zu und sah auf die Fenster des Dachgeschosses. »Was bin ich für einer?«

Er lebte in dieser Dachwohnung, seit er vor vier Jahren nach seinem »Malereistudium« aus Paris zurückgekommen war. Nach langen Berechnungen war man damals zu dem Schluss gekommen, was ihm und seiner Schwester Melek von ihrem Vater her zustehe, habe allerhöchstens den Wert jener Mansarde, und da Melek dafür keine Verwendung hatte, war eben Ahmet in die zwei Zimmer eingezogen. Da er so keine Miete bezahlte, sich an den Heizkosten nicht beteiligen musste und sein Essen meist unten bei seiner Großmutter einnahm, brauchte er kaum Geld. Er verkaufte hin und wieder ein Bild, und per Zeitungsanzeige hatte er drei Leute gefunden, die bei ihm Französisch lernten, und einen Jungen, dem er das Zeichnen beibrachte. »Was bin ich für einer?« dachte er wieder, aber ohne dabei in Melancholie zu verfallen. »Ich weiß, was ich tue! Ich will vom Baum der Kunst eine Frucht pflücken; dem widme ich mein Leben!« Das hatte er zwar nur irgendwo aufgeschnappt, was ihn nun aber nicht weiter kümmerte. Er beschloss, nach seiner Großmutter zu sehen und sich dort satt zu essen. Er nahm den Schlüssel an sich und ging hinaus.

Laut dem Arzt war Nigâns Zustand »altersbedingt«. Es war Ahmet so, als habe er einmal das Wort Arteriosklerose gehört, aber als er die Treppe hinunterging, merkte er, wie wenig er sich bisher damit befasst hatte. Begriffen hatte er nur, dass wegen irgendeiner Geschichte das Gehirn Nigâns nicht hinreichend mit Blut versorgt wurde, so dass sie oft alles durcheinanderbrachte, Menschen, Orte, Zeiten. Das führte zu traurigen, manchmal aber auch kuriosen Situationen, und den Urenkeln Nigâns war denn auch in den letzten Wochen untersagt worden, zu ihrer Urgroßmutter hochzukommen, da ihnen deren Krankheit schon zu oft Anlass zur Belustigung gewesen war. Neugierig, wie es ihr wohl ging, sperrte Ahmet die Tür zu ihrer Wohnung auf und trat ein.

Drinnen hörte er die Wanduhr ticken, die am anderen Ende des Korridors hing. Er ging gleich in die Küche, um Yılmaz zu sagen, dass er Hunger hatte, aber die Küche war leer. Durch die Tür zum Wohnzimmer hörte er ein Lachen. Als er gleich darauf auch Yılmaz lachen hörte, streckte er den Kopf durch die Tür und erschrak regelrecht: Seine Großmutter hatte nämlich etwas sehr Seltsames auf dem Kopf, das sich bei näherem Hinsehen als eines der Häkeldeckchen entpuppte, die auf den Tischchen im Wohnzimmer lagen.

»Steht Ihnen hervorragend!« rief die Krankenschwester lachend. »Wie eine Braut sehen Sie aus!«

»Jetzt hört doch auf damit, bitte!« flehte Emine.

Yılmaz fragte: »Sagen Sie mal, was halten Sie eigentlich von mir? Mein Vater hat Ihnen dreißig Jahre lang das Essen gekocht, und nun koche ich Ihnen auch schon seit dreißig Jahren das Essen. Sind Sie eigentlich zufrieden mit mir?«

Ganz abwesend, als spreche sie mit irgendwelchen fernen Gestalten, sagte Nigân: »Ja, ich bin mit dir zufrieden.«

»Jetzt hört endlich auf! Ihr seht doch, was ihr anrichtet!« rief Emine.

»Möchten Sie rauchen?« fragte die Krankenschwester, und als Nigân nickte, zündete die Frau ihre eine Zigarette an und reichte sie ihr.

Nigân zog vergeblich an der Zigarette, die schließlich ausging. Daraufhin blies Nigân in die Zigarette hinein und murmelte dazu etwas. Yılmaz stieß ein lautes Lachen aus. Die Krankenschwester zündete die Zigarette wieder an und gab sie Nigân zurück. Da stand Emine murrend auf, entfernte der Kranken das Häkeldeckchen vom Kopf und wollte ihr auch die Zigarette wegnehmen, doch dagegen sträubte sich Nigân.

Um auf sich aufmerksam zu machen, schloss Ahmet die andere Küchentür betont geräuschvoll, hüstelte und trat dann ins Wohnzimmer. Er war wütend, dachte aber, dass ihm das letztendlich gar nicht zustand.

Die Krankenschwester deutete auf die Zigarette und sagte: »Das tut ihren Nerven gut!«

»Schadet ihr das nicht?« fragte Ahmet. »Wie geht es ihr denn?«

»Besser als gestern!« erwiderte die Krankenschwester.

»Soll ich Ihnen was zum Essen machen?« fragte Yılmaz. Er sah, dass Nigân noch immer an der Zigarette herumknetete, und sagte lächelnd: »Ach, es ist schon schlimm! Sie sehen mich hier lachen, Ahmet, aber wenn Sie wüssten, wie es hier drinnen bei mir aussieht! Was soll ich Ihnen machen? Soll ich Ihnen Eier kochen? Köfte wären da …«

»Ja, mach mir Eier! Und tu Joghurt mit aufs Tablett! Was eben so da ist!« sagte Ahmet und setzte sich zu seiner Großmutter ans Bett.

»Gott sei Dank geht es ihr besser heute!« sagte Emine, die sorgsam das Häkeldeckchen wieder an seinen Platz legte.

»Guten Morgen, Oma!«

»Ach, du bist es? Wo warst du denn?« murmelte Nigân.

Als redete er mit einem beschränkten Kind, betonte Ahmet jede Silbe: »Ich war oben, und jetzt bin ich heruntergekommen!«

»Wo ist dein Vater?«

»Mein Vater lebt doch nicht mehr!«

Es folgte ein Schweigen. Nigân überlegte angestrengt und sah dabei Ahmet durch ihre dicken Brillengläser misstrauisch an. Sie war anscheinend überzeugt, dass er vor ihr etwas verbarg, und versuchte herauszubekommen, was das sein mochte. »Los, hol deinen Vater!« forderte sie schließlich.

Die Krankenschwester sagte brüsk: »Sein Vater ist doch tot!« und nahm ihr die Zigarette ab.

»Ach ja, stimmt!« erwiderte Nigân. »Aber ich bin doch nicht schuld daran?! Er hätte diese Frau nicht heiraten sollen!«

Ahmet freute sich über diesen lichten Moment. »Wie fühlst du dich denn heute?«

»Ich höre immer dieses Singen im Ohr!« sagte sie. Zu ihren Be-

590

schwerden zählte auch, dass sie andauernd Lieder aus ihrer Kindheit zu hören glaubte.

»Die gleichen Lieder?«

»Die gleichen!«

Die Krankenschwester sagte: »Dann singen Sie uns doch eines vor!«, doch als Ahmet sie streng anblickte, stand sie auf und ging in die Küche.

Nigân sah ihr hinterher und fragte: »Wer ist das?«

»Das ist Zuhal! Die Frau Doktor!« sagte Emine. Sie ergriff Nigâns Hand, die nervös an der Decke herumzupfte, und legte sie behutsam zur Seite. Die von den vielen Infusionen ganz zerstochene und violett angelaufene Hand kam aber nicht zur Ruhe.

Ahmet wusste, wie schlecht seine Großmutter hörte, und sagte deshalb ganz unbefangen: »Isst sie immer noch nichts? Wie lange braucht sie die Infusionen noch?«

»Das muss die Krankenschwester wissen!« sagte Emine.

Yılmaz kam mit Ahmets Essen herein und stellte das Tablett auf ein Tischchen. »Möchten Sie auch Kompott?«

»Nein, schon gut!« Auf dem Tablett waren Joghurt, Eier und Köfte.

»Was redet ihr da?« fragte Nigân.

»Ich esse jetzt, Oma!«

»Wo warst du denn?«

»Ich war oben und habe gemalt!«

»Ach, dass du dieses Talent hast!« Nigâns Miene belebte sich. »Dieses Gottesgeschenk! Weißt du das auch zu schätzen?«

»Ich denke schon!« sagte Ahmet erfreut. »Ich male viel!«

»Die ganze Zeit?« fragte Nigân misstrauisch.

»Ja!«

»Und was ist mit dem Geld? Willst du nicht einmal heiraten? Bist du immer nur daheim?«

»Ich gehe schon mal auch auf die Straße«, entgegnete Ahmet lächelnd.

»Ich muss wieder mal zur Bank, in meinen Safe schauen!«

Ahmet nickte. Die Krankenschwester kam wieder herein. Yılmaz stand da, mit der Hand auf das Buffet gestützt, und sah zu Nigân.

Jeder schien darauf zu warten, dass irgend etwas passierte, was man hinterher bereden konnte. Yılmaz fragte Ahmet, ob die Köfte so richtig seien und ob er nicht doch Kompott wolle. Da hörten sie plötzlich die Wohnungstür aufgehen, und augenblicklich strebten die Leute an Nigâns Bett auseinander. An den Schritten erkannte Ahmet, dass Nermin und Osman kamen.

2

DAS APARTMENTHAUS IN NİŞANTAŞI

Osman ging zu seiner Mutter und rief: »Wie geht es dir, Mama?« Er war kaum weniger schwerhörig als seine Mutter.

»Wo warst du denn?«

»In der Fabrik!« Er merkte, dass sie nicht verstanden hatte. »In der Fabrik waren wir, bei Cemil!«

Nigân verzog das Gesicht. Als Nermin sich ihr näherte, sah sie gleich noch misstrauischer drein.

»Ich bin's! Erkennen Sie mich nicht?«

Nigân fragte Ahmet: »Wer ist das?«

»Das ist Nermin, Oma! Nermin!«

»Sie erkennt mich schon wieder nicht!« sagte Nermin. In den letzten zehn, elf Wochen hatte sich Nigâns Zustand so sehr verschlimmert, dass sie manche Leute überhaupt nicht mehr erkannte. Nermin empfand es als Ungerechtigkeit, dass sie dazugehörte.

»Perihan?« murmelte Nigân zweifelnd.

»Perihan hat doch einen anderen geheiratet! Ich bin's, Ihre Schwiegertochter! Erkennen Sie mich denn gar nicht?« rief Nermin. Dann wandte sie sich verärgert zu Osman: »Das macht sie mit Absicht!«

»Warum sollte sie das? Mein Gott, sie ist eben krank und erkennt dich nicht!«

Nermin setzte sich murrend in eine Ecke. Ahmet fürchtete, das Ganze würde in einen Streit zwischen den beiden ausarten. Osman zündete sich eine Zigarette an, worauf Nermin gleich sagte, er solle nicht rauchen. Osman knurrte nur etwas, dann schwiegen beide.

»Was habt ihr in der Fabrik gemacht?« fragte Nigân plötzlich.

»Was sollen wir schon gemacht haben?« erwiderte Osman gereizt. »Wir haben uns umgeschaut! Ob alles in Ordnung ist! Und das ist es auch! Die arbeiten alle brav!«

»Und was machen sie?«

»Glühbirnen machen sie, Mama! Glühbirnen!«

»Musste es so weit kommen mit uns!« jammerte Nigân. Sie hatte noch immer nicht den Streik verwunden, der die Fabrik zwei Jahre zuvor schwer getroffen hatte. Alles, was mit der Fabrik zusammenhing, versetzte sie seither in eine Katastrophenstimmung. Sie brachte alles mit der »dramatischen Lage« in Zusammenhang, von der in den Zeitungen die Rede war, und musste überhaupt bei jeder schlechten Nachricht daran denken, dass nichts so lief, wie es sollte.

»Keine Sorge, es ist alles in Ordnung!« beschwichtigte Osman.

»Wie soll ich mir keine Sorgen machen, wenn doch alles schiefgeht! Wer hätte das früher gedacht, dass es mit Cevdets Firma einmal soweit kommt? Hätte er das so gewollt? Keiner kennt mehr den anderen. Weißt du, was Ziya gestern gesagt hat?«

»Was hat er gesagt?« fragte Osman scharf.

»Dieser freche, unverschämte Mensch!«

Osman wandte sich zu Emine: »Lass ihn das nächstemal nicht mehr herein! Schick ihn zu uns runter! Also, was wollte er?«

»Er hat mit Ahmet gesprochen«, sagte Emine.

»Ach ja? Worüber?«

Ahmet sah Osmans besorgte Miene und sagte fast vergnügt: »Ach nichts!« Dabei dachte er: »Soll ich es ihm sagen? Dass ein Putsch kommt? Ein linker Putsch! Dann wird aufgeräumt in Nişantaşı!« Wieder einmal wünschte er sich einen solchen Putsch herbei.

»Was hat er dir erzählt?« fragte Osman. »Was für Lügen hat er verbreitet? Fünfundsiebzig ist er jetzt, aber das Lügen und Drohen kann er nicht lassen! Also, was hat er gesagt?«

Ahmet konnte sich nicht mehr beherrschen. »Dass die Armee wieder putscht, so wie 1960!«

»Woher will er das wissen? Und was geht das uns überhaupt an?«

Mit diebischer Freude erklärte Ahmet: »Es soll ein Putsch gegen die Montageindustrie sein, hat er gesagt! Ein linker Putsch gegen Demirel und gegen die Montageindustrie!«

Osmans Miene verfinsterte sich. Ahmet dagegen hätte am liebsten losgelacht.

In der öffentlichen Meinung gab es tatsächlich große Vorbehalte nicht nur gegen den Ministerpräsidenten, sondern auch gegen die angeblich zu sehr auf bloße Montage und nicht auf eigenständige Produktion ausgerichtete Industrie. Es war dies ein Thema, das Osman in Rage bringen konnte. Immer wieder beteuerte er, in seiner Fabrik werde nicht nur Montage betrieben, sondern richtig produziert, und das sei auch durch Zahlen zu beweisen.

»Hast du ihm wenigstens gesagt, dass wir keine Montagefirma sind?« Osman war bestrebt, seine Erregung zu kaschieren.

»Von unserer Fabrik war doch gar nicht die Rede!« sagte Ahmet und fügte schmunzelnd hinzu: »Und außerdem kenne ich die neuesten Zahlen gar nicht!«

»Wir sind jetzt bei vierundachtzig Prozent Eigenproduktion!«

»Na, das kann man ja nicht mehr Montage nennen!«

Gereizt fragte Osman: »Und was hat er noch gesagt?«

»Er hat über meinen Vater und meinen Großvater geredet.«

»Er kannte Refik doch kaum!«

»Vor allem hat er von seinem eigenen Vater erzählt, und zu dem habe ich ihm auch Fragen gestellt. Scheint ein interessanter Mensch gewesen zu sein, der sich mit Politik beschäftigt hat.«

»Ein Säufer war er! Das hat mein Vater immer gesagt!«

Verärgert benutzte Ahmet nun doch das Wort, das er sich zuvor noch verkniffen hatte: »Er war anscheinend ein Revolutionär!«

Osman lachte auf. »Ja, von den Phantastereien Nusrets hat mein Vater mir zur Genüge berichtet!«

»Es sollen da aber recht interessante Dinge passiert sein!« murmelte Ahmet, merkte aber gleich, dass er ein wenig zu weit ging.

»Was denn? Was hat der Kerl sich wieder aus den Fingern gesogen?« fragte Osman, und als er sah, dass seine Frage Ahmet eher belustigte, stand er wütend auf. »Gehörst du etwa auch zu denen? Was bist du eigentlich für ein Mensch?!« Yılmaz räumte gerade das leere

Tablett ab, und da fiel Osman etwas ein. Verschlagen lächelnd sagte er: »Ach ja, Ahmet, du kommst doch heute abend zu uns zum Essen?« Er drehte sich zu Nermin: »Das soll er doch, nicht wahr?«

»Ja, klar!« erwiderte Nermin. »Heute abend kommen so gut wie alle.«

Osman ging im Zimmer auf und ab. »Soso, dann behauptet er also, wir machen nichts weiter als Montage! Und du stopfst ihm nicht das Maul!«

Nermin sagte: »Reg dich bitte nicht schon wieder auf!«

»Ich bin jetzt vierundsechzig! Wenn's ums Geschäft geht, habe ich mich schon immer aufgeregt, und das wird sich auch nicht ändern!«

»Wo geht er denn hin?« fragte Nigân.

»Herrgott, nirgends gehe ich hin! Ich bin doch da, Mama!«

Nermin stand plötzlich auf und hielt mit durchtriebener Miene ihr Gesicht ganz nah an das von Nigân: »Wer bin ich? Erkennen Sie mich? Los, sagen Sie schon, wer bin ich?«

»Perihan bist du, und du hast früh geheiratet!«

Osman lachte schallend, und Nermin setzte sich geknickt wieder hin. Yılmaz fragte, wer Kaffee wolle. Nermin sagte missmutig, sie gehe jetzt hinunter.

Ahmet rückte an Osman heran und sagte: »Ich schau noch mal in Papas Zimmer rüber. Ich habe dort gestern alte Bücher gesehen!«

»Bücher … Und du hast ihm also keine Antwort gegeben! Wenn er noch mal kommt, dann schick ihn zu mir runter. Und vergiss nicht: Wenn man eine Industrie aufbauen will, dann ist Montage dazu ein notwendiges Vorstadium!«

»Ach, wenn du mich fragst, dann bin ich sowieso gegen einen Putsch!« erwiderte Ahmet und machte sich in das andere Zimmer auf. Dann dachte er: »Das stimmt zwar, aber das brauche ich ihm doch nicht zu sagen! Verdammter Moralismus!« Er ging durch den Korridor und hörte dabei das Ticken der Uhr. Nachdem Refik sich von Perihan getrennt hatte, hatte er die letzten zehn Jahre seines Lebens in jenem Zimmer verbracht. Nun hatte Ahmet, vielleicht bedingt durch die schlechte Verfassung seiner Großmutter, vor etwa einer Woche an den alten Sachen in der Wohnung zum erstenmal Interesse gezeigt. In den Bücherregalen und im Schrank seines Vaters hatte er sich zwar schon früher umgesehen und auch das eine oder andere Buch an sich genommen, doch förderte er auch jetzt wieder manches zutage, ein Heft etwa, das sich als Tagebuch seines Vaters herausstellte. Er hatte die alte arabische Schrift nicht lesen können und das Heft İlknur gegeben, die ihren Doktor in Kunstgeschichte machte. So würde er nicht nur erfahren, was in dem Heft stand, sondern auch, ob İlknur in der alten Schrift wirklich so firm war, wie sie behauptete. Vor der Tür fiel Ahmet ein, dass sich in dem Zimmer oft die Krankenschwester aufhielt, wenn sie am Bett Nigâns nicht gebraucht wurde. So klopfte er an, bevor er eintrat. Die Krankenschwester saß rauchend auf dem Bett.

»Entschuldigen Sie die Störung. Ich wollte mir nur ein paar Bücher anschauen!« Dabei dachte er: »Was bin ich wieder mal höflich!«

»Aber ich bitte Sie, Sie sind hier zu Hause!« erwiderte die Krankenschwester.

Ahmet ging zum Regal und betrachtete die Buchrücken. Er fand nichts Besonderes und fühlte sich von der Frau beobachtet. Zielstrebig öffnete er den Unterschrank, in dem er das Heft gefunden hatte, und kramte ein wenig darin umher – vergeblich.

»Sie sind mir doch nicht böse wegen vorhin?«

»Warum denn?«

»Ich hoffe, Sie denken nicht, dass ich mich Ihrer Großmutter gegenüber ungebührlich benommen habe.«

Noch über das Schrankfach gebeugt, sagte Ahmet: »Wie kommen Sie darauf?«

»Wir haben nur gescherzt! Wissen Sie, es ist nicht immer leicht als private Krankenschwester. Manchmal hat man es einfach über! Da gibt es Patienten – zum Glück nicht Ihre Großmutter –, die muss man wieder und wieder saubermachen ...«

»Ja, bestimmt schwierig!« sagte Ahmet.

»Wir haben also nur gescherzt. Manchmal gehen einem die Nerven durch.«

Ahmet suchte weiter in dem Schrank herum.

»Ich arbeite immer in guten Familien, so wie bei Ihnen. Kennen Sie die Gülmens? Da bin ich mit der Frau immer nachmittags an den Bosporus gefahren.«

Ahmet stieß auf ein Heft und schlug es erregt auf: wieder die arabische Schrift. Er schloss den Schrank und stand auf.

»Manchmal packt einen schon der Überdruss!« sagte die Krankenschwester. »Hätten Sie nicht einen guten Roman für mich? Da könnte ich mich schön reinlesen und alles vergessen. Sind das die Bücher Ihres Vaters? War er ein Professor?«

»Tja, wenn ich's wüsste!« murmelte Ahmet und ging hinaus. Im Wohnzimmer, das gehörig vollgestellt war, trat er vor das Foto Cevdets, auf dessen Grundlage er ein Porträt malen wollte. Nun, beim Betrachten, empfand er das als Projekt ohne rechten künstlerischen Anspruch und beschloss, es hintanzustellen. Dennoch blieb er noch eine Weile vor dem Foto stehen und dachte, hinter den Mann sei wohl gar nicht so leicht zu kommen.

»Was machst du da?« fragte ihn Nermin.

»Siehst du doch«, versetzte Osman, »er schaut das Foto an! Du solltest wirklich das Porträt bald einmal machen, Ahmet.«

Lächelnd wandte Ahmet sich um. Er sah zu seiner Großmutter. Beim Hinausgehen erinnerte ihn Nermin noch einmal daran, dass er am Abend zum Essen kommen solle. In seiner Mansarde ging er dann das zuletzt Gemalte durch, wie es nach dem Frühstück seine Gewohnheit war. Dem Urteil, zu dem er dabei kam, maß er mehr Gewicht bei als seinen Einschätzungen zu anderen Tageszeiten. Rasch wechselte er von Bild zu Bild. »Das da ist zu gewollt ... Überflüssig. Das da ist gut. Und das da reine Zeitverschwendung; warum habe ich das bloß gemacht? Bei dem mit den Essenden bin ich auf dem richtigen Weg. Und bei dem da war ich nur auf platte Wirkung aus. Das da soll ein bisschen zu sehr zeigen, dass ich mich als türkischer Maler mit der türkischen Realität befasse; ich mag es aber trotzdem. An die alten Leute da muss ich mich noch mal ranmachen. Und hier muss die Katze weg; an die Stelle kommt ein Blumentopf hin. Meine persönlichen Vorlieben dürfen beim Malen keine so große Rolle spielen! Bei dem da ist ganz klar der Einfluss von Goya zu spüren. Die Sitzenden da gefallen mir. Und die Fußballserie auch!« Er ließ seinen Blick noch einmal über alles schweifen, um sich einen Gesamteindruck zu verschaffen. Dann stellte er sich an das Bild, bei dem er zuvor überprüft hatte, ob die Farbe schon trocken war, und begann zu malen. Es war zwei Uhr. Er hatte es geschafft, sich an die Arbeit zu machen, ohne zuvor auf seine Goyareproduktionen zu sehen. Erfreulich.

3

DIE SCHWESTER

Als es an der Tür klingelte, sah Ahmet auf die Uhr: Es ging auf halb vier zu. »Ilknur!« war sein erster Gedanke, aber die konnte es nicht sein, denn bis er an der Tür war, klingelte es noch ein paarmal, und zwar rhythmisch. Er öffnete die Tür. Aus dem Dunkel des Hausgangs tauchte ein Körper auf, und schon spürte Ahmet weiche, duftende Frauenhaut an seiner Wange. »Melek!« Er hielt ihr auch die andere Wange hin.

»Na, was gibt's?« fragte Melek. »Wie geht's dir so? Fröhlich siehst du nicht gerade aus!« Sie war schon durchs halbe Zimmer geschossen und hatte sich prüfend umgeschaut.

»Doch, doch, mir geht's gut.«

»Ja? Schönes Hemd hast du da an! Wo hast du das gekauft?«

»Das ist doch ein uraltes –«

»Wie findest du meine Stiefel?«

»Sind die neu?«

»Ja! Hat mir dein Schwager mitgebracht!«

»Ist der nicht noch im Ausland?«

»Was bist du doch vergesslich, Ahmet!« rief Melek. Sie betrachtete die Bilder. »Dir hätte er Farben mitgebracht, aber du wolltest ja keine!«

»Dass er so schnell wieder da ist ...«

»Tja, du hockst nur immer hier herum! Das da ist schön!«

Neugierig sah Ahmet hin: Es war ein Bild, das ihm so unwichtig erschien, dass er es zu übermalen gedachte. »Was gefällt ihr denn daran?« dachte er, aber so erging es ihm oft.

»Die Farben sind toll! Mach doch mal eins von diesen komischen Bildern, wo man gar nichts drauf erkennt ...«

»Du meinst was Abstraktes ...«

»Ja, genau! Warum machst du nicht so was? Dein Schwager sagt, in Europa malen sie jetzt alle so! Woran arbeitest du gerade? Daran?«

»Ja.«

In ihrer ungenierten Art nahm sie das Bild von der Staffelei, hielt es sich vors Gesicht, roch daran, drehte es hin und her und hielt es dann vors Licht.

Ahmet dachte manchmal, die Objekthaftigkeit von Bildern erfasse niemand instinktiver als Melek. Er betrachtete den fast erschreckend massigen Körper seiner Schwester.

»Hm, ganz kapiert habe ich das nicht«, sagte Melek. »Es ist nicht abstrakt, und trotzdem verstehe ich es nicht. Was willst du denn damit aussagen?«

»Es ist ja noch nicht fertig!«

»Und wie wird es, wenn es fertig ist?«

»Weiß ich noch nicht!«

»Och!« rief Melek wie ein naseweises Kind, dem der Vater ein Rätsel aufgibt. Dann zeigte sie auf ein anderes Bild: »Das da ist doch fertig, oder? Was soll es ausdrücken? Eleganter Mann mit Krawatte und Frau mit Brille … Also, was willst du damit sagen?«

»Ich sage das, was das Bild sagt!«

»Ach, du redest dich immer heraus!« Dann sah sie sich wieder um, als habe sie sich nach dem ersten Überschwang nun ein Urteil gebildet. Schließlich sagte sie mit ernster Miene: »Oma geht es nicht besonders, was?«

»Nein.«

»Ich frage mich, ob –«

»Was denn?

»Ach, ich weiß auch nicht. Sie tut mir leid. Gestern habe ich sie die ganze Nacht –« Erschrocken stand sie von dem Hocker auf, auf den sie sich gerade gesetzt hatte.

»Bleib nur sitzen!« sagte Ahmet. »Die Farben sind total eingetrocknet.«

»Und ich dachte schon! Das sieht aber auch aus bei dir!«

»Jetzt beleidigst du mich aber! Ich räume eher zuviel auf …«

»Ach ja? Und wer kehrt hier mal durch? Emine?«

»Fatma kommt alle vierzehn Tage«, sagte Ahmet geniert.

»Ist das die von Cemil? Unsere ist uns abgehauen, weißt du das schon? Keine Ahnung, warum. Vor drei Tagen …« Seufzend sah sie Ahmet an. »Mir tut Oma so leid!«

»Ja.«

»Langweile ich dich? Lass mich wenigstens noch eine Zigarette rauchen, dann gehe ich. Oder ich rauche sie auch nicht, wenn's dich stört. Gegenüber Ferit stelle ich dich immer als Vorbild hin. Ich sage immer, der Junge hat vor vier Jahren auf einen Schlag aufgehört und seither durchgehalten!« Sie holte ein Feuerzeug aus der Tasche und machte es an. »Und weißt du, was er darauf sagt? Dass du eben ein Künstler bist! Dabei rauchen und saufen Künstler sonst, was sie nur können! Mensch, lass dir doch einen Bart stehen!«

»Du verbrennst dich noch!«

»Au, stimmt! Rede ich zuviel?«

Sie zündete ihre Zigarette endlich an. Ahmet setzte sich auf einen Stuhl.

»Sie tut mir wirklich leid!« wiederholte Melek.

»Warst du bei ihr?«

»Klar. Ich habe meinen Mantel und meine Einkäufe bei ihr gelassen.«

»Habt ihr euch unterhalten?«

»Natürlich, du weißt doch, wie gern sie mit mir redet! Sie hat mich sofort erkannt und sich gefreut. Dann hat sich mich gefragt, wie alt ich bin, und als ich gesagt habe, dreiunddreißig, hat sie wieder gesagt, dass ich eine Woche nach dem Tod von Cevdet geboren bin, um sie zu trösten, und dass ich deshalb etwas Besonderes für sie bin. Sie hat sich nach deinem Schwager erkundigt, und dann habe ich ihr noch Verschiedenes erzählt. Sie war richtig gut drauf.«

»Tatsächlich? Als ich bei ihr war –«

»Die Krankenschwester hat sich auch gewundert. Oma freut sich halt über mich. Die Krankenschwester hat mich dann fortgeschickt, damit Oma sich nicht so anstrengt. Mir tut sie so leid!«

»Ja.«

Sie schwiegen, und Ahmet dachte, seine Schwester werde sich bald langweilen und dann gehen, aber so leicht war sie nicht loszuwerden. Sie stand wieder auf und sah sich die Bilder an. Ahmet schaute auf ihren ungeschlachten Körper, die breiten Hüften, die langen, schweren Beine. Jedesmal wenn er sie so sah, fragte er sich, was wohl sein Schwager für ein Mensch war und worüber sie beim Abendessen reden mochten. Ferit war ein angesehener Anwalt.

Lächelnd wandte Melek sich wieder um. »Was machst du denn sonst so? Triffst du dich mit Leuten? Wo gehst du abends hin?«

Ahmet dachte: »Die führt doch was im Schilde!«

»Ferit hat dich nämlich an der Ecke der Polizeiwache mit einem Mädchen gesehen!«

»Ach ja?«

»Und die hat ihm gut gefallen! Ihr sollt an ihm vorbeigegangen sein, und da konnte sie sie gut beobachten. Na sag schon, wer ist die, was macht sie? Mensch, Ahmet, kann man über gar nichts reden mit dir? Dein Schwager hat gesagt, die macht einen vernünftigen Eindruck. Also, wer ist sie?« Als Ahmet immer noch keine Antwort gab, sagte sie: »Du Stoffel, du! Heirate endlich mal!«

»Wie kommst du jetzt darauf?«

Melek setzte sich. »Ferit meint, wenn du heiratest, kannst du es zu was bringen. Weil das Mädchen dich auf die richtige Bahn bringt!«

»Na schön«, knurrte Ahmet.

»Du weißt doch, wie sehr Ferit dich mag! Er sagt, als junger Kerl war er auch so wie du, so rebellisch veranlagt, aber als er mich kennengelernt hat, ist er zur Vernunft gekommen.«

»Ich bin immerhin schon dreißig!«

»Na eben! Ferit war achtundzwanzig, als wir uns kennengelernt haben. Und er sagt, obwohl er mal so war wie du, hat ihn das nicht davon abgehalten, ein erfolgreicher Anwalt zu werden. Also, wer ist das Mädchen?«

»Jetzt lass doch den Unsinn!«

»Schön. Und worüber reden wir dann? Na ja, ich gehe sowieso gleich.«

Ahmet merkte, dass sie nun doch eingeschnappt war, und sagte: »Setz dich doch wieder, du hast nicht einmal fertiggeraucht!«

»Und wenn ich fertig bin, kann ich gehen, das meinst du doch, oder? Jetzt sei mir nicht böse, aber deine Angst vor dem Zeitvertrödeln nimmt schon beängstigende Formen an. Entspann dich doch mal, geh raus aus deiner Bude! Hast du denn keine Künstlerfreunde? Sind die etwa alle so wie du? Glaube ich nämlich nicht. Man muss auch mal ausspannen. Ferit weiß, was er an seinem Urlaub hat. Er sagt, was ich in elf Monaten schaffe, würde ich in zwölf Monaten eben nicht schaffen. Verstehst du? Du weißt ja gar nicht, wie andere Menschen sich amüsieren. Neulich waren wir in einem Restaurant mit deinem Klassenkameraden Tuncer zusammen, vom Galatasaray-Gymnasium. Der –«

»Was macht er denn, der Einfaltspinsel?«

»Warum sagst du das? Das ist ein guter Kerl. Und er ist Anwalt und hat eine sehr nette Frau. Ferit sagt, der hat eine große Zukunft vor sich!«

»Was geht mich das an?«

»Mein Gott, wir unterhalten uns doch bloß!« Melek setzte eine betrübte Miene auf. »Was ist denn los mit dir, Ahmet? Du gefällst mir gar nicht. Du solltest dich ausruhen. Komm doch mal zu uns, zum Essen! Ferit würde sich wirklich freuen. Oder wir gehen ins Restaurant! Wenn du uns dann nicht für Kapitalisten hältst!«

»Ich denke nicht in so Modekategorien.«

»Bravo, bravo, bravo!« sagte Melek in spöttischem Singsang. »Was habe ich bloß für ein intelligentes Brüderchen! Ich bin stolz auf den Jungen!«

Ahmet dachte nur noch: »Wann komme ich endlich wieder zum Arbeiten?«

»Also abgemacht! Wir gehen zusammen ins Restaurant! In welches willst du denn?«

»Ins Abdullah!« sagte Ahmet. Dorthin hatten seine Schwester und sein Schwager ihn vor zwei Jahren schon ausgeführt. Zwei Tische weiter hatte damals Celal Bayar gesessen, so dass Ahmet vor lauter Glotzen kaum zum Essen gekommen war.

»Das Abdullah scheint es dir angetan zu haben!«

»Na, wenn zwei Tische neben dir ein ehemaliger Staatspräsident sitzt und mit den dritten Zähnen klappert, das ist schon amüsant! Und was er in sich reingestopft hat! Wenn es einem so schmeckt, dann wird er hundert, wenn nicht gar zweihundert!«

Zuerst schmunzelte Melek, aber dann sah sie wieder bekümmert drein. »Du hast so einen Groll in dir! Wo kommt der bloß her? Du warst doch früher nicht so! Als Kind warst du so was von fröhlich und lieb! Alle waren ganz begeistert von dir. Was haben wir uns mit dir amüsiert!«

»Gehst du manchmal zu Mama?«

»Vor drei Tagen war ich mal dort, am Nachmittag. Abends gehe ich nicht hin, damit ich den Kerl nicht sehen muss!«

»Warum das? Der ist doch auch Anwalt!« sagte Ahmet lachend. »Und ein berühmter noch dazu! Rechtsanwalt Cenap Sorar! Wenn ich den Namen sage, habe ich das Gefühl, ich würde aus der Zeitung vorlesen oder aus dem Zivilgesetzbuch!«

»Habe ich dir's schon erzählt? Der bohrt in der Nase! Kannst du mir sagen, warum Mama sich von Papa getrennt hat? Um den da zu heiraten?«

»Sie hatte schon recht …«

»Ja, du bist auf Perihans Seite und ich auf der Refiks!« Es schien ihr ein seltsames Vergnügen zu bereiten, bei der Erwähnung ihrer Eltern manchmal deren Vornamen zu benutzen.

»Was gibt es denn von Mama zu berichten?«

»Sie klagt über ihr Rheuma.«

»Und was macht sie so den ganzen Tag?«

»Was sie so macht?« Melek musste nachdenken. Lächelnd sagte sie dann: »Sie hat ein paar Freundinnen, und sie geht ins Kino.« Sie gähnte. »So, meine Zigarette habe ich fertiggeraucht, dann kann ich auch gehen. Wir haben Besuch heute abend. Sollte es Oma schlechtergehen, dann ruft mich doch bitte an!« Sie ging zur Tür.

Da fiel Ahmet etwas ein. »Kannst du dich an Onkel Ziya erinnern? Den Cousin von Papa?«

»Ich habe ihn mal gesehen, glaube ich.«

»Der war gestern da. Ich habe mit ihm geredet.«

»Wie ist der überhaupt die lange Treppe heraufgekommen?«

»Von wegen, der strotzt vor Gesundheit!« Ahmet wollte mit seinem Wissen nicht hinter dem Berg halten, fürchtete aber, als Schwarzseher zu gelten. »Der hat interessante Sachen gesagt. Sein Vater Nusret, also Papas Onkel, soll Revolutionär gewesen sein!«

»So was gab's damals?«

Ahmet dachte: »Nein, die begreift es nicht! Ich erzähle es lieber İlknur!«

»Du hast ja gestrichen hier! Schön geworden!« sagte Melek.

»Das Dach war undicht.«

»Es hat dir also reingeregnet! Wie in ein richtiges Künstleratelier!« Sie lächelte einschmeichelnd. Die Hand schon an der Tür, ließ sie ihren Blick noch einmal durchs Zimmer gleiten. Dann sah sie Ahmet eindringlich an und sagte: »Pass auf dich auf, ja? Entspann dich mehr und geh ein bisschen aus, dann bist du hinterher wieder produktiver. Ferit sagt ja auch, was er in elf Mon–«

»Es gibt einen Militärputsch!« platzte Ahmet heraus. »Und zwar einen linken!«

»Einen Putsch?«

»Onkel Ziya hat es gesagt!« Aufmerksam sah Ahmet Melek ins Gesicht.

»Und wann soll das sein?«

»Schon bald!«

»Dann darf man doch nicht auf die Straße, oder? Die sollen ihren Putsch machen, wann sie wollen, aber bitte nicht heute abend! Und für morgen nachmittag haben wir Kinokarten!« Sie lachte. Dann sah sie voller Verständnis in Ahmets ernstes Gesicht. »Der soll weg, dieser Demirel, was? Der dicke Kerl!« Sie lachte wieder, dann sagte sie nachdenklich: »Es geht auch nicht weiter so. Wo soll das noch hinführen? Neulich, auf dem Weg zu Mama, bin ich mitten in Nişantaşı von ein paar Typen belästigt worden. Das darf doch nicht wahr sein, mitten in Nişantaşı!«

»Was haben sie denn gesagt?«

Melek machte schon die Tür auf. »Na ja, so Sachen wie Schätzchen und so. Dabei zieh ich nicht mal besonders kurze Röcke an. Ferit hat gesagt, ich soll bloß aufpassen.«

»Erzähl doch dem das von dem linken Putsch!« sagte Ahmet vergnügt. »Bin neugierig, was er dazu meint.« Er stellte sich das Gesicht vor, das sein Schwager machen würde. »Und sag ihm, das stammt aus sicherer Quelle!«

»Er wird sich freuen, dass du an ihn denkst!« sagte Melek, küsste Ahmet auf beide Wangen, und schon war sie draußen.

Ahmet schämte sich ein wenig seiner Schadenfreude. »Dabei ist er ja Anwalt. Kleinbürgerliches Milieu. Ein Putsch wäre also nicht mal gegen ihn gerichtet.« Ein dummes Gesicht würde der Schwager aber doch machen. Letztendlich dachte Ahmet: »Was geht mich das an!« Er ging wieder auf die Terrasse und sah auf Nişantaşı hinunter. Es ging noch immer turbulent zu auf dem Platz, die gleiche zwischen Apartmenthäuser gedrängte Hektik wie früher. Vom anderen Ende der Terrasse her beäugten ihn misstrauisch zwei Tauben. »Wie spät ist es? Wann kommt İlknur endlich? Schon vier! Wie die Zeit vergeht!« Er hastete hinein. Im Zimmer lag noch der Duft seiner Schwester. Er fing wieder an zu arbeiten.

4

EIN FREUND

Es klingelte einmal kurz. Ahmet sah auf die Uhr. »Schon sechs! İlknur! Da ist ja mein Käferchen!« Er machte die Tür auf und erstarrte. Draußen stand Hasan.

»Was denn für ein Käferchen?« fragte Hasan. »Hallo!« Er umarmte Ahmet und küsste ihn auf die Wange.

»Hallo, wo kommst du denn her?«

»Ich war bloß in der Nähe, und da wollte ich mal vorbeischauen«, sagte Hasan. »Was anderes habe ich aber auch noch im Sinn!«

Ahmet dachte: »Ein guter Kerl! Na ja, ein Revolutionär eben!«

»Setz dich doch!« sagte er.

»Wenn du auf jemanden wartest oder zu tun hast, dann bleibe ich lieber nicht!«

»Ach was, setz dich hin! Reden wir ein wenig. Man sieht dich ja gar nicht mehr!«

»Das gleiche könnte ich von dir sagen!«

»Willst du Tee?«

»Gerne!« Er versetzte Ahmet einen ziemlich heftigen Faustschlag auf den Rücken. »Alles in Ordnung bei dir?«

Ahmet taumelte etwas unter dem Schlag, wollte sich aber nichts anmerken lassen. Während er den kleinen Gaskocher anmachte, spürte er, wie die Stelle auf seinem Rücken brannte.

Hasan rief hinüber: »Noch immer die Malerei, was?«

»Tja!«

»Eieiei! Mach schnell den Tee und komm!«

Ahmet setzte das Wasser auf und kam wieder ins Zimmer. Hasan saß rauchend auf einem Hocker, die gestiefelten Beine weit von sich gestreckt, und besah sich die Bilder. Da reizte es Ahmet, ihn ein wenig zu triezen.

»Sag mal, du bist jetzt bald dreißig und läufst immer noch wie ein Achtzehnjähriger in Parka und Stiefeln und mit diesem komischen Schnurrbart herum. Du warst schließlich mal auf dem Galatasaray-Gymnasium!«

»Ja, aber ich bin trotzdem ein Mann des Volkes! Nicht so, wie gewisse andere …« Er schwieg eine Weile. »Jedesmal wenn ich nach Nişantaşı komme, kriege ich wieder einen Hass! Diese Läden und Boutiquen, die aufgetakelten Weiber! Meine Wut auf die Bourgeoisie wird da richtig angestachelt!«

»Dann komm doch öfter, wenn dir das so hilft!«

»Ich brauche so was gar nicht! Du schon eher, aber du hast ja schon Schwielen auf dem Herzen!«

Sie lachten. Ahmet dachte: »Alles so wie immer! Er findet mich zu lahm, aber er mag mich trotzdem. So wie früher. Ach, früher!« Wehmütig dachte er zurück. Sie kannten sich schon von Galatasaray her, doch richtig angefreundet hatten sie sich erst nach Ahmets Rückkehr aus Frankreich. Hasan war drei Jahre jünger als Ahmet. »Das waren noch Zeiten!« Ahmet gab sich einen Ruck, um nicht rührselig zu werden. Er musterte Hasans Aufzug. »Mich kann er mit den Stiefeln und dem Parka nicht täuschen: Auch er ist älter geworden!«

»Was machst du jetzt so?« fragte Ahmet.

»Ich wohne mit meinem Alten zusammen. Du weißt ja, dass meine Mutter vor sechs Jahren gestorben ist?«

»Ja! Und, machst du noch Übersetzungen?«

»Ja. Ich komme so über die Runden.«

»Und dein Studium?«

»Weiß nicht. Ich gehe gar nicht hin!«

»Und die werfen dich nicht raus?«

»Ich darf ewig eingeschrieben bleiben. Stimmt, du hast ja in Paris studiert und kennst die hiesigen Gepflogenheiten nicht!«

Ahmet tat ein wenig beleidigt, aber er war es gar nicht. Aufziehen konnte man ihn höchstens mit seinem Malereistudium, nicht aber mit Paris. Er setzte sich Hasan gegenüber und sah ihm ins Gesicht. Hasan spürte das wohl, aber er wandte den Blick nicht von den Bildern ab. Er musterte sie ernsthaft, als ob er etwas herausläse. Dann wandte er sich lächelnd Ahmet zu.

»Na, wie findest du sie?« fragte dieser.

»Ach, weißt du, ich verstehe nichts von Malerei!«

»Du bist aber sehr vorsichtig!«

»Na, du musst reden!« rief Hasan und stand auf. »Du schimpfst dich doch immer noch unabhängiger Sozialist, oder?« Hasan selbst war Mitglied der Arbeiterpartei. Er war stolz darauf, so wie er auch stolz darauf war, dass sein Vater als Lehrer arbeitete.

»Es gibt jede Menge Sozialisten, die nicht Mitglied der Arbeiterpartei sind!« sagte Ahmet. »Und die machen sogar das meiste Getöse.«

»Ja, Getöse schon, aber nicht das, was geschehen sollte! Pass auf: Du solltest mich gar nicht vor allem als Parteimitglied sehen. Ein paar von uns suchen nach einem eigenen Weg zwischen der Parteilinie und den Abweichlern von der Nationalen Demokratischen Revolution. Mit diesen Leuten –«

»Du musst doch immer dein eigenes Süppchen kochen! Wenn's hart auf hart geht, verteidigst du nicht mehr die Partei, sondern dich selber!«

»Und du bist wohl verbiestert vom vielen Herumsitzen hier?«

»Du meinst doch, der Sozialismus würde durch Wahlen kommen! Und, hast du nicht gesehen, was bei den Wahlen los war?«

»Hatten wir das nicht schon längst ausdiskutiert?« fragte Hasan. »Es reicht jetzt damit.«

»Du machst dich über die unabhängigen Sozialisten lustig. Ich will aber gerade diese Unabhängkeit ein wenig auskosten!«

»Das machst du doch, seit du auf der Welt bist! Und findest immer noch Geschmack daran. Aber denkst du nicht, dass man dafür hin und wieder auch etwas tun sollte?« Er sagte das nicht, um Ahmet zu verletzen, sondern rein freundschaftlich.

Betroffen sagte Ahmet: »Ist es denn so schlimm, wenn ich nichts tue? Mir sagt eben nichts davon zu, was soll ich machen?«

»Wenn dir nichts davon zusagt, dann bring deine Kritik vor!«

Ahmet dachte: » Auch wieder wahr!« Er rang um eine Antwort, und alles mögliche ging ihm durch den Sinn. Schließlich deutete er auf seine Bilder und sagte: »Ich male eben!« Schuldbewusst lächelnd ging er dann hinüber in die Küche, um nach dem Tee zu sehen. »Vielleicht wirke ich armselig«, dachte er. »Aber Hasan ist ein guter Kerl und denkt nichts Schlechtes über mich.« Als er zurückkam, sah er Hasan wieder die Bilder mustern.

»Na, was sagst du dazu?«

»Wozu?«

»Na komm schon, zu den Bildern! Du schaust und schaust und tust keinen Mucks!«

»Na ja, da steckt bestimmt was dahinter, aber ich verstehe eben nichts davon!«

Es durchfuhr Ahmet kurz, aber dann beruhigte er sich wieder. »Hasan meint es ja gut«, dachte er. »Wären jetzt Metin oder Sacit hier, dann würden sie gleich wieder von Kapitulation schwadronieren und von mangelndem Vertrauen in die Volksmassen!«

»Sag doch irgendwas dazu! Was kommt dir so in den Sinn?«

»Was weiß ich? Dass du dir eben was denkst dabei. Aber das ist mir zu hoch, diese Feinheiten!« Hasan sah Ahmet an, dass er doch irgendwie Stellung beziehen musste. »Ich weiß irgendwie nicht, ob das alles ernst gemeint ist, oder ob du dich bloß lustig machst!«

»Wie bitte?«

»Wie bitte was?«

»Man sieht also nicht, ob mir ernst damit ist oder nicht?« In seiner Erregung schrie Ahmet geradezu. »Das ist ja das Allerschönste! Weißt du eigentlich, dass man das zu Goya auch gesagt hat? Dass man sich gefragt hat, ob er sich über die Aristokraten lustig macht oder sie einfach bewundert?«

»Na, dass du die da nicht bewunderst, das sieht man!« sagte Hasan und deutete auf die Bilder.

»Natürlich bewundere ich sie nicht!« rief Ahmet. »Aber ich bemühe mich um Verständnis für sie! Ich will sie begreifen und will die
Türkei –«

»Du bist ja ganz schön aus dem Häuschen!«

Ahmet seufzte auf, ging aber sogleich das Buch mit den Goyareproduktionen holen. Er blätterte in dem dicken Band und sagte immer wieder: »Schau hier! Und das da! Schau nur! Ich verstehe diesen
Goya erst jetzt so richtig!«

»Und machst du den jetzt nach?« fragte Hasan. Er beeilte sich hin-
zuzufügen: »Obwohl, die sehen ganz anders aus als deine Bilder!
Warte mal, ist das nicht die nackte Maja? Die kenne ich, da gab's doch
mal einen Film, hast du den gesehen? Macht er sich nun lustig über
dieses Nackte?«

Ahmet saß neben Hasan und blätterte eifrig in dem Buch auf seinem Schoß. Endlich fand er, was er gesucht hatte: *Die Erschießung
der Aufständischen*: »Was sagst du dazu?«

»Das … das nenne ich ein tolles Bild! Das habe ich schon mal gesehen.«

»Siehst du?« sagte Ahmet triumphierend. Dann fragte er sich
plötzlich, auf wen er nun stolz war, auf Goya oder auf sich selbst?
»Warum zeige ich ihm das eigentlich? Damit er mich versteht, oder?
Aber muss er erst Goya verstehen, um mich zu verstehen?« Ahmet
ärgerte sich, und ihm war nach Grobheiten zumute.

»Los, mach das zu! Du magst es nicht, und du verstehst es nicht!«

»Doch, da sind wirklich schöne Sachen drin«, sagte Hasan. Dann
spulte er mechanisch einen seiner praktischen Standardsätze ab:
»Wir haben die Kunst in letzter Zeit vernachlässigt.« Ahmet hatte
sich abgewandt, doch Hasan blätterte noch immer in dem Goyaband
herum. »Da schau, der hat auch Katzen gemalt, so wie du! Einen
Jungen mit einem Vogel und Katzen dazu.« Er besah sich die Bilder
jetzt mit kindlicher Freude. »Die da sind ja wirklich lächerlich! Kö-
nige, vornehme Frauen … Ha! Der gefällt mir, dieser Goya! Bravo!«
Er klappte das Buch zu, stand auf und streckte sich. Mit seinem Lächeln schien er zu sagen: »Danke, war echt amüsant, was du mir da
gezeigt hast!«

»Ich hole uns Tee!« sagte Ahmet. Er sah Hasan forschend an, wobei ihm wirre Gedanken über Revolution und Kunst durch den Kopf gingen.

Hasan wiederum widmete sich noch einmal Ahmets Bildern. Als erwachte er aus einem Traum, sagte er auf einmal ganz ernst: »Hier, du malst ja auch Katzen, und du hast diese Großbürger hier gemalt, oder was immer das für Leute sein sollen, und jetzt empfinde ich auf einmal etwas, wenn ich das so anschaue.« Verlegen setzte er hinzu: »Ja, ich fühle wirklich etwas! Aber du weißt ja wahrscheinlich genausogut wie ich: Mit so was lässt sich keine Revolution machen!«

»Das mag schon sein«, sagte Ahmet leise, »was aber nicht heißt, dass die Bilder keine Bedeutung hätten.«

»Keineswegs!« erwiderte Hasan erleichtert.

Ahmet dachte: »Wie kann ich das bloß so hinnehmen?« Aufgeregt rief er: »Und ob die nicht doch etwas zur Revolution beitragen, das muss erst mal diskutiert werden!«

»Schon, aber nicht jetzt!« sagte Hasan gähnend. Er zündete sich eine Zigarette an. »Ich habe mich neulich mit ein paar Genossen unterhalten, und da bist du mir eingefallen.«

»Warte, ich hol erst den Tee!« Auf dem Weg in die Küche dachte er: »Jetzt lässt er die Katze aus dem Sack!« Als er zurückkam, ging Hasan im Zimmer auf und ab. »Ja, du bist mir eingefallen!«

»Und warum? Wieviel Zucker?«

»Nehme ich mir schon selbst ... Wir bringen nämlich eine Zeitschrift heraus.«

»Aha! Eine Kunstzeitschrift?« fragte Ahmet, obwohl er haargenau wusste, dass dem nicht so war.

»Nein«, erwiderte Hasan ernst, »eine politische Zeitschrift.«

»Ihr könntet ja sagen ›Zeitschrift für Kunst und Politik‹, das kommt immer gut an!«

»Hör zu, Ahmet, ich meine es ernst. Ich wollte es dir vorhin schon erklären, aber da hast du mich nicht ausreden lassen. Wie gesagt gibt es da einige Genossen, die zwischen Arbeiterpartei und Nationaler Demokratischer Revolution schwanken. Wenn du willst, kannst du als Unabhängiger sie als ›Unentschlossene‹ titulieren, aber das trifft die Sache nicht. Ich jedenfalls gehöre zu diesen Leuten, obwohl ich ja Mitglied der Arbeiterpartei bin. Wir glauben also weder an den Parlamentarismus wie die Arbeiterpartei noch an den Klamauk, den die anderen veranstalten. Momentan sind wir dabei, uns zu organisieren, um beide Seiten gebührend kritisieren und unsere eigenen Ansichten auf den Tisch bringen zu können. Und dazu brauchen wir eben eine Zeitschrift. An dich hätte ich nun folgenden Wunsch: dass du uns bei der Gestaltung behilflich bist, also was Titelseite, Satz und diverse Zeichnungen angeht. Und noch was: Könntest du uns auch finanziell unterstützen, also uns direkt Geld geben?«

Ohne nachzudenken, sagte Ahmet: »Klar, mach ich!«

»Moment, überleg erst mal! Überstürz das nicht!«

»Ja soll ich dir helfen oder nicht?«

»Wenn ich das nicht wollte, wäre ich dann gekommen? Ich meine, hätte ich das Thema dann angeschnitten? Ich möchte lediglich, dass du erst mal drüber nachdenkst.«

»So: Nachgedacht habe ich! Bloß das eine muss ich dir sagen: Viel Geld habe ich nicht! Eigentlich gar keins!« Vergnügt fügte er hinzu: »Mein Vater hat alles durchgebracht! Ich besitze keinen roten Heller!« Und fast schon euphorisch sagte er: »Theoretisch gehört mir die Hälfte dieses Stockwerks, aber das wurde ohne Genehmigung gebaut, und wenn es nicht zu einer Bauamnestie kommt, muss das Stockwerk weg. Gehört nicht deinem Vater irgendwo ein Stockwerk, in Yalova oder so, und ein wenig Grund dazu?« Er sah Hasan lachend an. »Ich werde tun, was ich kann! Ich verdiene was mit Unterricht.«

Als wollte Hasan ihn trösten, sagte er: »Mensch, das Geld ist doch gar nicht so wichtig! Aber du sagst so schnell zu! Ich meine, liegen wir denn ideologisch auf der gleichen Linie?«

»Jetzt übertreib doch nicht die Unterschiede zwischen uns!«

»Tu ich gar nicht! Ich möchte nur eine solide Grundlage schaffen. Ohne Prinzipien und ohne Kritik ist ein Zusammenschluss nämlich zum Scheitern verurteilt.«

»Du redest ja wie ein Buch!«

Gereizt stand Hasan auf und ging zum Fenster. Es war schon dunkel draußen, so dass er wohl außer seinem Spiegelbild im Fenster nichts sah, aber trotzdem starrte er hinaus.

»Bist du jetzt beleidigt?« fragte Ahmet. »Tut mir leid, aber ich bin heute ganz durcheinander!«

»Mensch, mit dir kann man ja gar nicht mehr reden! In einem fort stichelst und spöttelst du!«

»Entschuldige!« sagte Ahmet. Auf einmal dachte er: »Es wird einen Putsch geben, und dann löst sich das alles auf. Soll er doch kommen, der Putsch!«

Hasan sagte: »Ich verstehe dich ja. Du sitzt hier ständig herum und bist –«

Es klingelte.

Ahmet dachte: »Oje, İlknur!« Er hatte keine Lust, dass Hasan İlknur zu Gesicht bekam, und stellte sich daher dicht vor die Tür, als er sie öffnete.

»Ich bin's wieder!« flötete es. Es war seine Schwester. »Ich bin unten hängengeblieben. Tante Ayşe und Mine waren da. Aber jetzt gehe ich heim, wir kriegen ja Besuch. Ich wollte dir nur noch kurz was sagen.« An der Art, wie Ahmet abwehrend dastand, merkte sie, dass jemand bei ihm war, und schon ging sie an ihm vorbei ins Zimmer. Beim Anblick von Hasan war sie ganz überrascht.

Ahmet dachte: »Sie hat wohl İlknur erwartet!«

»Ach Hasan!« sagte Melek, »Sie hätte ich ja fast nicht erkannt!«

Stiefelquietschend stand Hasan auf. »Guten Tag!«

Sie schüttelten sich die Hand. Ahmet musste schmunzeln. Die beiden fühlten sich unwohl, ließen aber nicht davon ab, den anderen neugierig zu mustern. »Mal sehen, wer länger durchhält!« dachte Ahmet. Schließlich wandte Hasan die Augen ab, und Ahmet schämte sich für ihn und auch für sich selbst. Seine Schwester ging zur Tür zurück.

»Ich wollte nur fragen, wann wir zum Essen gehen sollen.«

Ahmet war froh, dass sie das leise gesagt hatte. Nichtsdestotrotz rief er selber laut zurück: »Ins Restaurant? Wie wär's mit Mittwoch abend? Ich kann euch abholen!«

Melek wunderte sich über diese polternde Art. »Gut!« sagte sie nur und ging dann befremdet hinaus, ohne Ahmet noch einmal zu umarmen.

»Deine Schwester, was?«

»Ja. Sie hätten sie wohl fast nicht erkannt?« erwiderte Ahmet parodierend.

»Sie hat sich ganz schön verändert. Sie ist jetzt so –«

»Ja, sag's nur!« Ahmet sah, wie Hasan ganz ernst wurde. »Ach, du traust dich ja doch nicht! Du warst zwar in Galatasaray, aber dieses Verdruckte bist du nicht losgeworden!«

»Jetzt hör doch auf mit deinem Galatasaray!« rief Hasan lachend. Er stand auf. »Ich geh dann mal! Wir sind uns ja mehr oder weniger einig, oder? Wir stehen zwar noch ganz am Anfang, aber wenn sich um diese Zeitschrift herum etwas tut, dann kann sich allerlei ändern in der Türkei!«

Ahmet nickte und dachte: »Ich muss es ihm doch sagen mit dem Putsch!«

»Das ist ja auch leicht begreiflich bei den vielen Leuten, die an beiden Gruppen was auszusetzen haben und auf eine neue Bewegung geradezu warten. Mit einer guten Zeitschrift können wir diese Kräfte bündeln. So wie Lenin das in *Was tun?* erläutert hat …«

Ahmet hätte am liebsten »Was tun? Was tun?« geantwortet, aber er hielt sich zurück, um Hasan nicht zu ärgern.

»Zugegeben, das ist wirklich erst ein Anfang, aber wenn wir den bewältigen, dann wird da was draus. Wie bei *Was tun?* kommt wahrscheinlich eine Partei heraus. Ich wollte dir eben jetzt schon Bescheid sagen und nicht erst, wenn alles schon läuft.«

»Ist jemand dabei, den ich kenne?« fragte Ahmet.

Ernst fragte Hasan zurück: »Warum willst du das wissen?« Dann sagte er beschwichtigend: »Entschuldige! Aber ich spiele ja selber bei der Sache nur eine Nebenrolle!«

Ahmet versuchte sich seine Gekränktheit nicht anmerken zu lassen.

Hasan sagte: »Ich muss ja wohl nicht extra betonen, dass du das, was wir hier beredet haben, niemandem weitererzählen sollst!«

Wieder hätte Ahmet am liebsten Kontra gegeben, sagte dann aber irgendwie schuldbewusst: »Ich sehe doch sowieso keinen Menschen!«

Hasan ging zur Tür. »Das ist gar nicht gut. Geh doch ein bisschen raus. Schau, wenn das klappt mit der Zeitschrift, wirst du viel unter Leute kommen, also gewöhn dich schon mal dran. Wie heißt es doch bei Nâzım Hikmet?«

Ahmet fiel nichts Gemeines ein, also schaute er nur böse.

»Es heißt bei ihm: Was du suchst, ist nicht in deinem Zimmer, sondern draußen.«

»Das ist kein Zimmer hier, sondern ein Atelier!« sagte Ahmet, aber das schien ihm ungenügend. Nervös steckte er die Hände in die Taschen. »Es kommt ein Putsch! Ich weiß es aus sicherer Quelle!«

»Vom Geheimdienst? War nur ein Scherz! Na sag schon, von wem denn?«

Ahmet wollte nicht sagen »Von einem Cousin meines Vaters«, das erschien ihm zu lächerlich. »Von einem entfernten Verwandten, einem pensionierten Oberst! Ein seltsamer Mensch!« Fürsorglich fügte er dann hinzu: »Sag es auch den anderen!«

»Wir organisieren sowieso bald eine Woche gegen den Faschismus«, sagte Hasan. »Aber wird es nicht eher ein linker Putsch?«

»Ja, so wie mit Torres in Bolivien! Hast du heute schon Zeitung gelesen?«

Hasan nickte. Lächelnd blickten sie sich an. Auch Hasan hatte die Hände in die Taschen gesteckt. Ahmet war auf einmal ganz ergriffen.

»Komm, gehen wir ins Kino!« sagte Hasan.

»Nein, ich habe keine Zeit!« wehrte Ahmet ab. Ihm fiel wieder İlknur ein. »Wo die bloß steckt?«

»Du bist ja so was von häuslich!« sagte Hasan. »Du bist zwar recht stolz darauf, dass du nicht geheiratet hast und kein geregeltes Familienleben führst, aber das nutzt dem Proletariat nicht das geringste, lass dir das bloß gesagt sein!«

»Das weiß ich doch!« erwiderte Ahmet. »Obwohl: Was ist mit meinen Bildern?«

»Davon verstehe ich nichts!«

»Na gut.«

Hasan machte die Tür auf und trat in den Hausgang hinaus. »Ich mache dann mal, dass ich wegkomme aus diesem Nişantaşışchmutz!«

»Was meinst du zu der Sache mit dem Putsch?« fragte Ahmet. Nach Bestätigung heischend, setzte er hinzu: »Wird wahrscheinlich sowieso nichts draus, was? Typisch Türkei eben. Die legen los, eine Woche lang gibt es den höchsten Aufruhr, und danach schläft alles wieder ein, und es ist wie vorher. Was meinst du?«

»Ich weiß nicht …« Auch Hasan schien gerührt zu sein. »Na dann, mach's gut!« Er küsste Ahmet auf die Wange.

»Komm doch auch mal, wenn du nichts von mir willst!«

»Ich wollte ja wegen dir, dass das mit der Zeitschrift klappt!« sagte Hasan. Um sich von seinen Gefühlen nicht überwältigen zu lassen, versetzte er Ahmet nur noch einen Knuff und verschwand im Treppenhaus.

5

DAS TELEFON

Ahmet ging von Bild zu Bild. »Mit denen soll keine Revolution zu machen sein? Warum bin ich ihm nicht übers Maul gefahren?« Auf den Bildern waren alte Kaufleute, Hausfrauen, vornehme Mädchen, junge Burschen, Diener, Herren, allesamt im gleichen Halbdunkel von den immer gleichen Sachen umgeben; sie standen in blassen Gärten, auf Treppen, in Wohnzimmern, redeten miteinander, als warteten sie auf etwas, und wollten doch ohne dieses Etwas zu Rande kommen, und halb aufgeregt, halb verschlafen, wiederholten sie ein wenig ungeduldig immer wieder das gleiche. »Die sind allesamt nichts wert!« dachte Ahmet. »Wenn selbst Hasan das alles nichts sagt, warum arbeite ich dann so viel?« Zum Trost sah er sich seine Fußballserie an. Warteschlangen vor dem Stadion, Köfteverkäufer, begeisterte, anfeuernde Fans, verschlossene Gesichter von Fußballern. »Ach, mit denen ist doch auch nichts los! Was soll das alles? Wozu mache ich das? Für wen? Alles schlecht! Grob, oberflächlich, künstlich, unehrlich, banal! Nichts als schales Abkupfern von dem, was Goya, Bonnard und danach die Impressionisten schon zigmal gemacht haben!« Erschrocken versuchte er, wieder zu dem Urteil zurückzufinden, zu dem er vorhin noch, zu Beginn der Arbeit, gekommen war. »Ja, da haben sie mir noch gefallen! Da habe ich sie noch nicht alle in Grund und Boden verdammt, sondern ihre guten und schlechten Seiten abgewogen! Und genauso muss ich jetzt auch vorgehen!« Er sah sich die Bilder noch einmal eingehend an, um Unvoreingenommenheit bemüht, doch fand er sie schlichtweg alle furchtbar gewöhnlich und musste Hasan recht geben. Würde es ihn nicht reuen, seine Zeit und sein Leben an diese Bilder zu verschwenden? Es geschah nicht oft, dass ihn solche Gedanken plagten, und auch jetzt wollte er sich gar nicht erst darauf einlassen. »Wo bleibt denn İlknur?« Es war schon nach sieben. »Die kommt nicht mehr! Aber warum nicht? Wo ich sie heute so bräuchte!« Verärgert beschloss er, hinunterzugehen und sie anzurufen.

Er schloss wieder die Tür zur Wohnung seiner Großmutter auf und ging ins Wohnzimmer. An Nigâns Bett traf er Osman und die Krankenschwester an. Osman las Zeitung, und die Krankenschwester erzählte Nigân lebhaft etwas und legte hin und wieder die fahrige Hand der alten Frau beruhigend auf die Bettdecke.

»Es steht ganz einfach in der Zeitung!« sagte Osman.

»Wie bitte?«

»Das mit der Armee. Ziya hat das bloß aus der Zeitung!«

»Da steht es heute, aber Ziya hat es mir gestern gesagt!« entgegnete Ahmet. Er ging in die Ecke, in der das Telefon stand.

Osman rutschte in seinem Sessel hin und her und knurrte: »Gar nichts wird es geben!«

»Was ist denn los?« fragte die Krankenschwester. »Kommt wieder die Armee ans Ruder?«

Ahmet setzte sich ans Telefon. Ihn genierte, dass Osman und die Krankenschwester mithören würden. Unentschlossen starrte er den Hörer an. Noch mehr fürchtete er İlknurs Familie. Er war einmal dort zu Besuch gewesen und hatte sich nicht gerade willkommen gefühlt. Seither rief er bei İlknur so selten wie möglich an, und wenn, dann auch nur, wenn er mit ihr eine bestimmte Zeit ausgemacht hatte und bestimmt sie selbst ans Telefon gehen würde. Während er noch hin und her überlegte, kam jemand ins Wohnzimmer. Am Schritt erkannte er Nermin. »Jetzt ist es ganz vorbei!« dachte er. Nermin war immer sehr neugierig, was er so trieb. »Was soll ich jetzt machen? Am besten, ich gehe wieder rauf und arbeite! Ich brauche mich nicht als unverstandener Künstler zu gerieren, ja das darf ich nicht einmal.« Er hörte Nermins Stimme.

»Wir essen heute nicht bei uns, sondern unten bei Cemil.«

»Ach so?« sagte Osman.

»Ich habe mir gedacht, ich lade auch Ahmet ein. Sonst ist er wieder beleidigt und kommt nicht, und dann hungert er da droben. Ich war gerade bei ihm, aber er ist nicht da.« Osman musste daraufhin auf Ahmet gedeutet haben, denn Nermin rief: »Ach, hier ist er!« Sie lächelte Ahmet an, der in seinem Eckchen saß.

Ahmet versuchte so unbeteiligt wie möglich dreinzuschauen, aber es hatte ja wenig Sinn, so zu tun, als habe er nichts mitbekommen, also sagte er schließlich: »Ich esse hier. Yılmaz soll mir was machen!«

»Der hat heute Ausgang. Und die wollen dich auch wieder mal sehen!«

»Ich kann dir Eier machen, wenn du willst«, sagte Emine, die gerade hereinkam.

Ahmet sah das Dienstmädchen dankbar an. »Also esse ich hier!«

In beleidigtem Ton sagte Nermin: »Also ich bitte dich! Alle essen heute unten. Mine hat ausdrücklich gesagt, dass du kommen sollst. Du schaust nie bei ihnen vorbei. Was ist denn los mit dir?«

»Na gut!« lenkte Ahmet ein. »Um wieviel Uhr?«

»Komm in einer halben Stunde runter«, sagte Nermin. »Wolltest du telefonieren?«

»Nein, hat sich erledigt«, erwiderte Ahmet und stand auf. Er hoffte, dass Nermin gleich wieder gehen würde. Das tat sie zwar, aber als sie schon an Osman vorbei war, rief der ihr nach: »Vielleicht kennt dich meine Mutter jetzt! Frag sie doch mal!«

»Kindskopf!« zischte Nermin ihm zu und ging hinaus.

Ahmet setzte sich wieder ans Telefon und wählte hastig. »Was soll ich ihr bloß sagen?« Er spürte sein Herz klopfen.

Es meldete sich eine Frau. Das musste İlknurs Mutter sein.

»Ich würde gerne mit İlknur sprechen!« sagte Ahmet und ärgerte sich über sein höfliches Gesäusel. Er schielte zu Osman hinüber, der in seine Zeitung vertieft war.

»Wer sind Sie denn?«

»Ein Freund von ihr!«

Nach kurzem Zögern sagte die Frau: »Einen Augenblick bitte!« Ahmet merkte, dass sie am liebsten genauer nachgefragt hätte.

Den Hörer fest ans Ohr gepresst, wartete Ahmet ab. Er lauschte auf die Töne, die aus İlknurs Haus zu ihm drangen, fröhliches Lachen, lautes Durcheinanderreden, türkische Musik. »Na Sie sind gut, Nimet!« rief jemand. Ahmet sah auf Cevdets Foto an der Wand. Cevdet schien ihm zuzulächeln, wenn auch mahnend. »Ja, richtig, entschlossen vorgehen, aber immer schön vorsichtig!« Ahmet hörte wieder jemanden laut auflachen. Dann näherten sich Schritte. Das Herz klopfte ihm bis zum Hals.

»Hallo!

»Ich bin's! Warum bist du nicht gekommen?«

»Ach, du bist's! Tut mir leid, ich konnte nicht, wir haben Besuch!«

»Du hast aber gesagt, du kommst!«

»Ich habe gesagt, dass ich vielleicht komme!«

»Was geht dich denn der Besuch an?«

»Da ist jemand dabei, den ich zuletzt als Kind gesehen habe!«

»Wer denn? Soll das heißen, du kommst heute gar nicht?«

»Vielleicht am Abend!«

»Abend ist es jetzt schon«, sagte Ahmet sarkastisch. »Wann soll ich dich abholen?«

»Wie spät ist es jetzt? Halb acht. Komm so um neun vors Haus!«

»Um acht?«

»Um neun! Was hast du denn heute?«

»Ach, nichts! Ich bin nicht gut drauf. Was machst du so?«

»Na ja, wir haben halt Besuch! Also um neun, ja? Oder halt, nein, vielleicht komme lieber ich zu dir!«

»Was, um die Zeit? Von so weit weg?« İlknur wohnte in Teşvikiye, bis dahin waren es gerade mal zehn Minuten. Ahmet suchte nach einem anderen Vorwand und wurde auch gleich fündig: »Um die Zeit? Wo es doch heißt, es gibt einen Putsch!« Er ließ diesem Satz ein gekünsteltes Lachen folgen und blickte dann zu Osman hinüber, der immer noch las.

»Einen Putsch? Ach komm!«

»War nur ein Scherz! Ich erzähl dir's dann! Ich komme also um neun und warte unten!« Ahmet hätte ihr gerne noch andere Dinge gesagt, aber mit Blick auf Osman ließ er es bleiben. Dann aber fiel ihm noch ein: »Ach ja, nimm das Heft mit!«

»Welches Heft?«

»Das von meinem Vater, in der alten Schrift!«

»Ach so, ja, das habe ich gelesen!« sagte İlknur fröhlich. »Hochamüsant! Dein Vater muss schon ein besonderer Mensch gewesen sein!«

»Aha. Bring es auf jeden Fall mit.«

»Hochamüsant!« wiederholte İlknur.

»Du scheinst dich ja dort auch gut zu amüsieren!«

»Schon gut, schon gut!«

Ahmet legte auf. Mit den Fingern trommelte er nervös auf dem Telefontischchen herum und sah dabei zwischen dem Foto Cevdets und Osman hin und her. »Ja, ich muss Cevdet malen! Aber wie? Am besten zusammen mit den Waren im Lager, mit seinen Arbeitern, mit den Sachen hier in der Wohnung und der ganzen Familie …« Lächelnd stand er auf. »Ja genau, mit den ganzen Sachen!« Er sah sich in dem vollgestopften Zimmer um. Es wurde in der Familie noch immer darüber geredet, wie damals, als an der Stelle des alten Hauses das Apartmenthaus gebaut worden war, Nigân darauf bestanden hatte, in ihr Stockwerk so viel von den alten Möbeln mitzunehmen wie nur möglich. An den Wänden hingen Turbanständer, Gebetsketten, allerlei Zierat und Fotos von Cevdet, und vor lauter Sesseln, Stühlen, Tischen und mit Perlmutt eingelegten Möbeln konnte man sich kaum einen Weg durch das Zimmer bahnen. Auch das unbenutzte Klavier war mit wertvollem Porzellan, mit Majolikavasen, Teetassen und Tellern vollgestellt. Nigân hatte immer Angst, es könne etwas davon kaputtgehen, und ließ an diese Sachen niemanden heran, und da sie seit Monaten selbst nicht in der Lage war, dort sauberzumachen, war alles von einer dicken Staubschicht bedeckt. »Was die wohl wert sind?« dachte Ahmet auf einmal erschrocken. »Wenn ich davon ein paar Stück mitgehen lasse, kann Hasan ein halbes Jahr seine Zeitschrift finanzieren!« Am wertvollsten waren wohl die hinter Glas verschlossenen Sachen. »Aber wie soll ich an die rankommen?« Schon als Kind hatte er seine Großmutter mit einem klimpernden Schlüsselbund herumlaufen sehen. Er trat näher an das Buffet heran. »Der Schlüssel!« Zum erstenmal kam ihm das Porzellan in der Vitrine in greifbarer Reichweite vor. Den Schlüsselbund allerdings hatte er in den letzten Wochen weder gesehen noch klimpern hören. »Aber sowieso: Die würden es ja merken! Und die Schuld dann Emine geben oder sonst jemandem!«

»Was macht denn der vor dem Buffet?« fragte Nigân.

Ahmet drehte sich um. »Ich schau nur, Oma!« erwiderte er und dachte dabei: »Wahrscheinlich wirke ich schon verdächtig!« Er sah zu Osman.

»Dein Vater, weißt du, war ein großer Mann!« sagte Nigân.

»Wer?« fragte Ahmet skeptisch.

»Na, dein Vater! Cevdet! Der hat alles gegründet, die Firma, die Familie!« sagte Nigân und zwinkerte dabei mit den Augen.

Osman lächelte. Die Krankenschwester erklärte Nigân, dass Ahmet nicht ihr Sohn, sondern ihr Enkel sei, aber sie murmelte nur etwas vor sich hin.

Da Ahmet sich am Morgen die Bücher seines Vaters und den Schrank nicht richtig hatte ansehen können, ging er noch mal in das Zimmer hinüber. Er musste wieder daran denken, dass sein Vater dort zehn Jahre verbracht hatte und schließlich darin gestorben war. Er fand wieder nichts Besonderes, nahm aber ein vom Landwirtschaftsministerium gedrucktes Buch seines Vaters sowie einen Gedichtband Muhittin Nişancıs an sich. Um die beiden Bücher nicht zum Essen mitnehmen zu müssen, brachte er sie hinauf in seine Mansarde.

6

DAS ESSEN

Um Viertel vor acht ging Ahmet die drei Stockwerke hinunter und klingelte bei Cemil. Das Dienstmädchen öffnete die Küchentür und eilte dann nicht, wie sie es bei den anderen machte, hinüber zur richtigen Wohnungstür, um diese zu öffnen, sondern sie ließ Ahmet durch die Küche hinein und lächelte dabei verschmitzt. Ahmet blieb dann auch erst einmal in der Küche und trank ein Glas Wasser. Er besah sich, was es zu essen geben würde, und wollte das eifrige Treiben in der Küche auf sich wirken lassen, allein schon als Vorbereitung auf das, was ihn nebenan erwartete. Als er den wie in einer Zeitungsreklame dastehenden Kühlschrank wieder zumachte, dachte er: »Ja, ich bin Maler! Ich werde immer malen!« Dann ging er ins Wohnzimmer.

Dort kam ihm gleich seine Tante Ayşe entgegen, als hätte sie schon auf ihn gewartet. »Ich wäre schon fast zu dir hochgekommen! Bald heiratet die Tochter eines Freundes von uns, und der wollten wir als Hochzeitsgeschenk ein Bild von dir kaufen.«

»Aber Tantchen, das braucht ihr doch nicht zu kaufen! Kommt einfach und sucht euch eins aus!«

»Nein, nein, wir kaufen es!« Als sie Ahmets ablehnende Miene sah, sagte sie: »Sonst nehmen wir gar keins!« Sie rief ihrem Mann zu, der gerade an seinem Whisky nippte: »Remzi, er will uns das Bild schenken!«

Remzi saß mit Cemil, dem Hausherrn, und mit Lâles Mann Necdet zusammen. Sie sahen Ahmet nachdenklich an und riefen ihn zu sich. Das Zimmer war bereits stark verraucht. Auf einem Tisch standen Alkoholika und Knabberzeug. Necdet wies Ahmet einen Platz neben sich zu.

»Was willst du trinken?« fragte Cemil. »Whisky? Gin Tonic?«

»Nein danke, ich möchte nichts.«

Verständnislos fragte Cemil weiter: »Wein vielleicht? Raki? Oder Orangensaft? Sagen wir, Orangensaft!« Und er rief nach Lâle.

»Na, Cousin, wie geht's dir so? Du lässt dich ja gar nicht mehr blicken bei uns!« Dass sie Cousins waren, betonte er gerne.

Ahmet murmelte etwas und hörte dann den dreien zu. Necdet erzählte von seiner neuen Stereoanlage und wo genau er die Lautsprecher aufgestellt hatte. Er fragte Remzi, ob das der ideale Platz dafür sei, doch Remzi hatte Mühe, sich genau vorzustellen, wie es in Necdets Wohnzimmer aussah, so dass sie beschlossen, Remzi und Ayşe müssten in den nächsten Tagen einmal zum Essen kommen. Dann stellte Necdet Cemil eine versicherungstechnische Frage, und auch Remzi gab seine Meinung dazu ab. Cemil behauptete, sämtliche Tankwarte streckten ihr Benzin mit Wasser, und Necdet fragte Cemil, wie er mit seinem neuen Transistorradio zufrieden sei. Remzi erzählte, kürzlich habe er in einem Hotel in Ankara zum erstenmal ferngesehen, aber das Programm sei ihm noch sehr stümperhaft vorgekommen, typisch türkisch eben. Ahmet nippte währenddessen an dem Orangensaft, den Lâle ihm gebracht hatte. Er hörte, dass Necdets und Lâles Sohn Tamer, frisch vom Wehrdienst entlassen, erst einmal Wiedersehen mit seinen Freunden feiere und deshalb seine kranke Urgroßmutter noch nicht besucht habe. Ahmet fragte, was denn Tamers Schwester Füsun mache, aber da fiel ihm schon wieder ein, dass sie in Frankreich Philologie studierte. Schließlich sah Necdet Ahmet zwinkernd an und sagte: »Erzähl doch mal ein bisschen was! Du malst also?« Das sollte ganz offensichtlich bedeuten: »Du bist doch Künstler, wer weiß, was du da alles erlebst. In deinem Leben passieren wahrscheinlich die unglaublichsten Sachen; lass uns doch mal teilhaben daran!«

»Ja, ich male«, erwiderte Ahmet. In dem Bewusstsein, dass die drei etwas Amüsantes hören wollten, sagte er: »Ich mache jetzt Bilder, die mit Fußball zu tun haben!«

»Das ist ja interessant!« sagte Necdet. »Da muss man erst mal draufkommen! Gehst du zu Fußballspielen, um dich inspirieren zu lassen?«

Ahmet erzählte ein wenig von den Bildern, doch obwohl er nur ganz oberflächlich auf deren Problematik einging, merkte er bald, dass sich das alles viel zu trocken anhörte.

Necdet sah ihn an, als wollte er sagen: »Tja, du kommst halt auch beim Malen nicht aus deiner Haut heraus!« Dann breitete er die Arme aus und fragte: »Ein neues Bild, in der Größe da, was würde das ungefähr kosten?« Auf Ahmets unentschlossenen Blick hin wiederholte er: »Ungefähr nur!«

»So an die drei-, viertausend Lira!«

»Ach, über Kunst redet ihr!« sagte Mine und setzte sich zu ihnen. »Das Essen ist bald fertig!«

Um Unterhaltsamkeit bemüht, sprach Ahmet ein wenig von den Bilderpreisen. Erst fanden alle diese Preise zu hoch, aber als Ahmet zu bedenken gab, dass ein Maler pro Jahr vielleicht nur ein paar wenige Bilder verkaufe und die Kunst in der Türkei ohnehin nicht viel gelte, herrschte am Ende die Meinung vor, die Bilderpreise seien eher zu niedrig. Darauf gab Ahmet noch ein paar Anekdoten von sich, von denen er wusste, dass sie gut ankamen. Er erzählte, wie ein französischer Maler, auf den vor zehn Jahren noch kein Mensch etwas gegeben habe, inzwischen Millionär geworden sei. Und in einem deutschen Gefängnis sitze ein berühmter Bilderfälscher. Remzi fragte, wie der Mann denn die Signaturen der Maler nachgemacht habe, und Ahmet klärte ihn auf, das sei noch das einfachste. Viel schwieriger sei es, an alte Leinwände und Rahmen zu kommen und die Farbe auf eine ganz bestimmte Art trocknen zu lassen, und mittendrin dachte Ahmet: »Ach, hätte ich mir bloß von Emine Eier machen lassen!« Cemil erzählte, er habe mal einen Film über einen Bilderfälscher gesehen, und dann kam Osman herein, und alle standen auf und begaben sich zu Tisch. Ahmet sah auf seine Uhr: zehn nach acht.

»Du langweilst dich also jetzt schon! Wenn du so auf die Uhr schaust!« sagte Mine.

»Nein, gar nicht!«

»Warum kommst du denn nie zu uns?«

Früher war Ahmet tatsächlich oft zum Plaudern bei ihnen gewesen, aber nun fand er keine Zeit mehr dazu. Verlegen lächelnd stammelte er irgend etwas.

Er setzte sich zwischen Osman und Cemil. Das Essen wurde serviert: Filet und geröstete Kartoffeln, wie Ahmet schon in der Küche gesehen hatte. »Doch gut, dass ich nicht die Eier gegessen habe. Ich muss ein bisschen auf meine Ernährung achten!« dachte er und versuchte die schwarzen Gedanken zu verscheuchen. Er hielt seinen Teller hin.

»Was meinst du: Wird was passieren?« fragte Cemil und setzte dabei seine staatstragende Miene auf. Wenn er Ahmet sah, kam er gerne auf politische Themen zu sprechen.

»Ob was passieren wird? Ich denke schon!« antwortete Ahmet.

»Was denn?«

»Dass es einen Militärputsch gibt, meint er!« sagte Osman in belehrendem Ton zu seinem Sohn. Er, Osman, kümmere sich eben nicht nur um Haus und Firma, sollte das bedeuten.

»Stimmt, in der Zeitung stand so etwas!«

»Er hat es von Ziya!« sagte Osman. »Der ist gestern gekommen und hat behauptet, dass die Militärs übernehmen!«

»Ziya? Den habe ich seit Jahren nicht gesehen!« wunderte sich Cemil.

»Ahmet und ich haben über die Sache geredet und sind zu dem Schluss gekommen, dass wohl nichts passiert, nicht wahr, Ahmet?« sagte Osman.

»Ach ja, sind wir das?« murmelte Ahmet und schnippelte dabei hastig an seinem Filet.

»Onkel Ziya würde ich gern wieder mal sehen!« sagte Cemil. Zu Necdet gewandt, erklärte er: »Das ist ein Cousin meines Vaters. Ein pensionierter Oberst und anscheinend ein sehr interessanter Mensch.«

»Ich habe heute extra zu Hause gewartet, ob er nicht kommt, aber umsonst«, sagte Osman. »Also wird er wohl das nächstemal erst wieder nach Monaten oder Jahren kommen! Na ja, wenn er noch so lange lebt!« Plötzlich schämte er sich dieses Gedankens. »Ach, er kommt schon wieder! Immer wieder taucht er auf, wie ein Gespenst!«

»Ein Gespenst!« wiederholte Cemil.

Necdet sagte lachend: »Neulich waren wir bei Tarık eingeladen, da wollte seine Frau unbedingt eine spiritistische Sitzung veranstalten. Ich glaube ja an so was nicht und Lâle auch nicht, aber die haben keine Ruhe gegeben, also haben wir uns eben dazu an den Tisch gesetzt. Ich kann euch sagen, die Frau ist regelrecht weggetreten dabei, ich bin richtig erschrocken. Für Tarık tut mir das echt leid. Bei denen zu Hause liegen auch lauter solche Zeitschriften herum.«

»Seine Frau war doch mal depressiv, oder?« sagte Mine. »Kann ich noch etwas Salat haben?«

»Ganz richtig ist die nicht im Kopf!« sagte Cemil lachend.

»Und Tarık soll was mit einer anderen haben«, sagte Lâle.

»Doch nicht vor den Kindern, Lâle!«, tadelte Mine ihre Schwägerin sanft.

»Was heißt hier Kinder?« rief Cemil. »Kann man noch von Kindern reden, wenn sie sich schon das Auto ausleihen wollen?«

Alle drehten sich zu Cevdet und Kaya um.

»Was machst du nach dem Abitur, Cevdet?« fragte Remzi.

»Ich schicke ihn ins Ausland!« sagte Cemil. »Hier kann man ja nicht mehr studieren!« Nach Bestätigung heischend schaute er zu Osman hinüber. »Sein Großvater will das auch!«

»Ja, an den Unis geht es schlimm zu!« pflichtete Remzi ihm bei. »Gott sei Dank haben die unseren schon fertigstudiert!«

»Nicht bloß an den Unis!« warf Necdet ein. »Überall geht es schlimm zu! Aber der Fisch stinkt eben vom Kopf her, was soll da der Hintern machen?«

Sie lachten alle, aber dann wurde es leise.

»Necdet, trink nicht soviel!« mahnte Lâle.

»Mensch, er hat doch recht!« rief Cemil. »Jetzt mischen sie schon Wasser ins Benzin, habe ich doch erzählt, oder? Ja, wenn keiner das kontrolliert und die Leute bestraft, warum sollen sie es dann nicht machen? Da sagt sich jeder, alle anderen machen es, und ich soll der einzige Blöde sein? Ich habe mir jetzt auch schon gedacht, ob wir nicht bei uns in der Fabrik die Glühfäden –«

»Du trinkst auch zuviel!« unterbrach ihn Osman ungnädig.

Cemil warf seinem Vater einen gereizten Blick zu. Da Ahmet zwischen den beiden saß, fühlte er sich verpflichtet, beschwichtigende Worte zu sagen, allein, ihm fiel nichts ein. Doch schien von der Missstimmung an diesem Ende des Tisches sonst kaum jemand etwas mitbekommen zu haben.

»Neulich war ich beim Obsthändler Aziz«, erzählte Lâle. »Dem hatte doch Opa damals so geholfen. Er hat zwar auch meinen Eltern einen schönen Gruß bestellt, aber trotzdem hat er mir lauter schlechtes Obst in die Tüte getan!«

»Da sieht man's wieder!« sagte Necdet. »Warum macht der Mann das?«

Remzi hielt seinen Teller noch einmal hin und erwiderte: »Aus lauter Gewohnheit!«

»Du hast doch schon soviel gegessen!« sagte Ayşe.

»Das ist nicht einfach Gewohnheit, das liegt am ganzen verdorbenen System!« sagte Mine und sah dabei Ahmet an.

»Ja, genau!« fiel Cemil ein. »Das System ist verdorben! Das Kapitalistensystem! Dagegen sollten wir demonstrieren! Hahaha!« Er sah nun ebenfalls Ahmet an. »Ist jetzt ein Obsthändler auch schon ein Kapitalist?«

Resigniert erwiderte Ahmet: »Nein, aber ein Importeur ist einer und ein Exporteur auch.« Stichelnd fügte er hinzu: »Und natürlich die ganze Montageindustrie.«

»Schau, schau«, sagte Osman nur, aber er schien sich gar nicht angesprochen zu fühlen.

»Jeder beschwert sich immer über das verdorbene System, aber keiner tut was dagegen!« sagte Necdet. Er sah zu Ahmet. »Außer der Jugend!«

»Kennt ihr schon den neuesten Witz über den Staatspräsidenten?« fragte Cemil und begann ihn sogleich zu erzählen.

»Ja, kennen wir!« rief Necdet und erzählten einen anderen Witz, über den dann auch alle lachten. Als zweiter Gang wurde Spinat in Olivenöl serviert.

»Warum kommen wir eigentlich nicht öfter so zusammen!« sagte Mine. Dann fiel ihr wieder ein, warum sie überhaupt hier aßen und nicht oben.

»Wie es wohl Mama geht?« sagte Ayşe.

»Nach dem Essen gehen wir rauf zu ihr!« beruhigte sie Remzi.

»Ja, alle zusammen!« rief Lâle.

Cemil fragte: »Kommt heute der Arzt noch?«

Mine sagte: »Ja, nach dem Essen gehen wir alle zusammen zu ihr rauf!« Dann wiederholte sie zögernd ihre Frage: »Mal im Ernst, warum sitzen wir nicht viel öfter so zusammen?«

»Wann ist denn der nächste Bayram?« fragte Lâle.

»Mensch, der letzte war doch erst vor zwei Wochen!« versetzte Necdet.

»Ich meine ja gerade, wir sollten nicht immer nur auf Festtage warten, sondern auch so zusammenkommen!« forderte Mine. »Und auch deine Schwester einladen«, sagte sie zu Ahmet.

»An Silvester sind wir nicht hier«, sagte Necdet.

»Ach so!« sagte Mine seufzend. Sie sah zu Cemil.

Lâle sagte: »Wir kommen überhaupt nicht mehr mit Melek zusammen! Und mit Ferruh auch nicht! Der wollte uns doch mal nach Cennethisar einladen!«

»Wir haben ja auch ihn nicht nach Heybeliada eingeladen!«

Cemil fragte: »Wie heizt ihr dort eigentlich? Also bei Ferruh –«

»Der macht immer Feuer im Kamin. Einen Gasofen hat er auch. Und ruhig ist es dort! Hat mir sehr gut gefallen bei denen.« Er wandte sich zu seiner Frau: »Was meinst du? Ideal für einen Wochenendausflug! Ich lasse ihm jetzt in der Fabrik einen ganz besonderen Elektroofen bauen.«

»Wie geht es denn Ferruhs Frau?« fragte Mine. »Hatte es die nicht an der Brust?«

»Ja, ein kleiner Tumor war das. Wurde aber Gott sei Dank rechtzeitig erkannt. Die Frau ist eben vernünftig und lässt jedes Jahr einen Check-up machen!«

»Das sollte jeder tun!« sagte Mine. Zu ihrem Mann meinte sie: »Du passt ja gar nicht auf dich auf!«

»Ja wie soll ich denn das, bei der vielen Arbeit! Wenn alles so wie am Schnürchen laufen würde wie in Europa, dann könnte man sich schon daran gewöhnen, regelmäßig zum Arzt zu gehen, aber hier bei uns?«

»Hast völlig recht, Junge! Bei uns geht alles den Bach runter. Wo man hinschaut!« sagte Necdet.

Ahmet hatte seinen Spinat fertiggegessen und stand diskret auf. Er flüsterte Mine zu: »Ich muss jetzt weg, ich habe jemandem versprochen, dass ich –«

»Du gehst schon? Hast dich wieder gelangweilt, was? Dabei habe ich extra den Orangenkadayıf machen lassen, den du so gerne magst. Den musst du wenigstens noch probieren!« Sie rief nach dem Dienstmädchen.

Ahmet entschuldigte sich noch einmal und ging dann in die Küche. Er schnitt sich von dem Kadayıf ein Stück ab und stopfte es sich in den Mund. Dann ging er durch die hintere Küchentür ins Treppenhaus. Mit vollem Mund hastete er die Stufen hinab und kam sich dabei vor wie zu Grundschulzeiten. Schon war er draußen auf der Straße.

Es war Samstag abend gegen neun Uhr, und die Straßen waren voller Menschen. Die meisten Geschäfte waren schon geschlossen, doch in Konditoreien, Imbissstuben und Blumenläden herrschte noch Betrieb. Der Inhaber eincs Kaffeegeschäfts hatte die Ladentür offenstehen und röstete drinnen Kichererbsen. Der Losverkäufer stand noch immer an der gleichen Ecke. Der Verkehr wälzte sich zäh dahin. Der Zeitungsjunge hatte vor der Bank Posten bezogen. Aus einem Friseurladen floss schmutziges Putzwasser auf den Gehsteig. An der Bushaltestelle warteten viele Leute. Vor den Schulen standen Autos. An der Ecke der Polizeiwache staute sich wieder der Verkehr. An einem Polizeijeep rotierte das Blaulicht. Nachdem Ahmet eine Weile gegangen war und die frische Luft eingesogen hatte, fühlte er sich innerlich gereinigt. »Warum gehe ich aus dem Haus? Um das Leben zu sehen! Um Menschen zu sehen, um zu leben! Obwohl: Nehme ich denn wirklich teil an ihrem Leben? Dass ich das nicht kann, bedrückt mich manchmal. Wahrscheinlich wirke ich dann eingebildet. Im Grunde beneide ich sie, weil ich ihre Wonnen nicht mitgenießen kann.« Er kam an der Moschee vorbei. »Nun ja, so arg ist es auch wieder nicht! Sie haben darauf bestanden, dass ich komme, also bin ich hin. Und das Filet war gut!« Er bog links nach Teşvikiye ab. »İlknur!« Bald würde er alles mit ihr besprechen können! Um zwei Minuten vor neun bezog er unweit ihres Hauses Posten.

7

ZUSAMMEN

Bald darauf ging im Treppenhaus das Licht an, und İlknur erschien. Ahmet überquerte die Straße.

»Hallo, wartest du schon lange?«

»Nein, bin gerade gekommen«, sagte Ahmet. »Sag mal, du und deine Umhängetasche! Ohne deinen Parka und deine Umhänge–«

»Ich sollte doch dein Heft mitbringen, oder?« entgegnete sie scharf.

»Ach so, ja, entschuldige!« murmelte Ahmet kleinlaut.

Sie gingen los. »Warum ist sie so wütend?« fragte sich Ahmet. Sie schwiegen. »Dabei wollte ich ihr doch alles erzählen!« Geknickt dachte er: »Ich habe doch nichts als meine Arbeit, meine Bilder! Nicht einmal diese kleinen Fluchten sind mir mehr ein Trost. Dass ich Kraft aus ihnen beziehe, ist reine Einbildung! Bin ich manchmal nicht sogar froh, wenn sie wieder geht und ich arbeiten kann? Nein, nein! Ich sehne mich doch so nach ihr!« Er schielte zu İlknur hinüber. »Sie ist nicht sehr schön, aber furchtbar lieb! Ich könnte nicht mehr leben ohne sie! Warum sagt sie denn nichts?« Sie kamen an der Moschee vorbei. Ahmet suchte nach Worten, aber seine Laune war dahin. Sie sahen beide zu einer Katze hin, an der sie vorbeikamen, sprachen aber keinen Ton.

Vor der Polizeiwache sagte İlknur plötzlich: »Ich habe mich gestritten daheim!« An dem Jeep rotierte noch immer das Blaulicht.

»Ach so!« dachte Ahmet beruhigt. »Was war denn?« erkundigte er sich.

»Die haben gefragt, wohin ich um die Zeit noch will, und ich habe gesagt, ich gehe zu dir. Dann war wieder das gleiche Theater.«

»Die mögen mich nicht, was?«

»Das weißt du doch!«

»Ich bin auch niemand zum Mögen!« Ahmet versuchte sich an einem Lächeln.

Sie schwiegen wieder, aber Ahmet war nun nicht mehr besorgt. »Bald tauen wir wieder auf!« dachte er. Wie von selbst blieben sie beide vor der Buchhandlung neben der Schule stehen. Im Schaufenster waren billige Krimis und Liebesromane, Kalender, Neujahrsgeschenke und teure Bildbände ausgestellt. Zwei Tage zuvor hatte Ahmet dort ein Buch über Modigliani entdeckt und einen Blick hineinwerfen wollen. Das Buch war aber noch in Zellophan verpackt und mit einem Schleifchen von vornherein als Geschenkartikel deklariert gewesen, und der Buchhändler wollte es Ahmet auch nicht aufmachen. »Es sei denn, Sie kaufen es«, hatte er gesagt. Während sie nun vor dem Schaufenster standen, wollte Ahmet das erzählen, aber er traute sich nicht. Als sie wieder losgingen, fing İlknur zu reden an. Bei ihr zu Hause lese ihre Mutter immer vom Abreißkalender vor, was als Tagesmenü vorgeschlagen werde, und wenn ihrem Vater das jeweilige Essen nicht recht sei, dann reiße sie einfach das folgende Blatt ab und probiere es damit, und noch vor Ende Februar sei daher Jahr für Jahr der Kalender schon zerpflückt. Ihre Mutter hebe die Blätter aber auf und verwerte auch die anderen Rezepte. Ahmet lachte. İlknurs Eltern hatten also ihre liebenswerten Seiten. Schade, dass sie ihn nicht mochten. Er erzählte nun seine eigene Geschichte, und da er sie effektvoll vortrug, brachte er İlknur damit zum Lachen. »Jetzt ist alles wieder gut«, dachte er. Sie bogen um die Ecke und sahen schon das Licht, das im vierten Stock von Ahmets Haus brannte.

»Heute sind alle bei Cemil. Meiner Oma geht es nämlich wieder schlechter.«

Leise gingen sie die Treppe hinauf. Der Aufzug war seit zwei Wochen kaputt. Als sie im vierten Stock waren, hörten sie von drinnen Gelächter. Auf dem Stockwerk von Nigân war es mucksmäuschenstill. İlknur atmete schwer, als sie oben ankamen, und Ahmet tadelte sie scherzhaft wegen ihrer Raucherei. Er sperrte die Tür auf und machte Licht.

»Ah, schön!« rief İlknur beim Hineingehen. »Nach diesem Geruch hatte ich mich gesehnt!«

»Nach dem Geruch oder nach mir?« Ahmet ging in die Küche, um das Teewasser aufzusetzen, und stellte sich dabei vor, wie İlknur seine Bilder betrachtete. Schnell ging er wieder zu ihr hinüber.

»Und, wie findest du sie?«

»Das da hast du wohl zuletzt gemacht, oder? Gut geworden! Aber den alten Händler da hast du irgendwie verpfuscht.«

»Verpfuscht? Wieso?« fragte Ahmet aufgeregt nach.

»Na schau mal hier, die ganzen Details an seinem Gewand, die Karos, das gefältelte Taschentuch. Warum verlierst du dich in so unwichtigen Einzelheiten?«

Das versetzte Ahmet einen Schlag. Er hielt İlknur für seine unbestechlichste Kritikerin.

»Du fängst mit was an, willst was ausdrücken und tust es auch, aber aus irgendeinem Grund verzettelst du dich dann. Wen interessiert denn dieses Taschentuch! Und bei den Schatten willst du demonstrieren, dass du die auch wirklich gut malen kannst, wie jemand, der das gerade frisch gelernt hat. Oder nimm die Altersflecken auf der Hand von dem Mann, die waren vorher einfach nur da, man hat sie kaum wahrgenommen, aber jetzt stechen sie einem ins Auge, so stark hebst du sie hervor! Warum denn?«

»Vielleicht aus Mangel an Selbstvertrauen«, sagte Ahmet zögernd.

»Oder weil du dem Betrachter nicht traust! Oder aus Angst davor, unverstanden zu bleiben! Ich bin eine ziemliche Klugscheißerin, was?«

»Heute war Hasan da! Er hat behauptet, meine Bilder sagen ihm gar nichts!«

»Worauf du natürlich beleidigt warst!«

»Ein bisschen schon. Er hat aber auch gesagt, dass man bei meinen Bildern nicht weiß, ob sie ernst gemeint oder nur Spott sind!«

»Das passt dir schon eher, was? Da hältst du dich gleich wieder für Goya! Davon solltest du übrigens auch mal loskommen!«

»Doch, eine Klugscheißerin bist du schon!« sagte Ahmet lächelnd.

Auch İlknur lächelte. Aus ihrer Umhängetasche holte sie ein Zigarettenpäckchen hervor. Sie setzte sich wie gewohnt auf den Stuhl, von dem aus sie sowohl Ahmet als auch die Bilder sehen konnte, und zündete sich eine Zigarette an. Dann sah sie sich eine Weile in dem Zimmer um, gleichsam als Einstimmung auf das erwartete Vergnügen an ihrem Gespräch.

»Na, was hast du so gemacht, seit wir uns das letztemal gesehen haben? Vor fünf Tagen war das, ja? Was macht Hasan?«

»Kennst du den überhaupt?«

»So wie die anderen auch, aus deinen Erzählungen!«

»Fangen wir ganz von vorne an! Am Montag nachmittag haben wir uns zuletzt gesehen. Am Abend habe ich gearbeitet. Am Dienstag bin ich zu meinen beiden Französischschülern gegangen, aber da hat sich nichts Erzählenswertes getan. Am Mittwoch habe ich wieder diesem Wunderkind Zeichenunterricht gegeben. Mittendrin ist seine Mutter mit ein paar Gästen hereingekommen, nur zum Zusehen. Da hat das Wunderkind dann unter meiner Anleitung und unter den neugierigen Blicken dieser Leute Baumblätter ausgemalt, und zwar nicht einmal über den Rand hinaus, wohlgemerkt!«

İlknur sagte lachend: »Das habe ich noch nie geschafft, weder bei meinen Malbüchern noch später in der Schule!«

»Sag ich dir nicht immer, dass du keine Disziplin hast? Aber unterbrich mich bitte nicht: Sie hören weiter Nachrichten! Am Donnerstag habe ich wieder mit dieser aufgetakelten Frau französische Konversation betrieben. Dazu hat es kandierte Kastanien gegeben.

Zum Abendessen war ich bei Özer. Während seine Frau gekocht hat, haben wir den Tisch gedeckt und dabei über Kunst geredet. Aber zuerst hat er über seine Arbeit gejammert und gesagt, wie sehr er mich beneidet. Du weißt ja, er ist Graphiker in einer Werbeagentur. Aber gleich danach hat er mich beschuldigt, nur ein verspäteter Nachahmer klassischer Kunst zu sein. Und dann hat er mir seine Baklavabilder gezeigt. Hast du die schon mal gesehen? Kubistisch beeinflusst. Alles wird auf Parallelogramme reduziert. Wahrscheinlich hat er als Kind nicht genug Baklava gekriegt! Er stammt aus ziemlich armen Verhältnissen. Manchmal frage ich mich, warum er keine Dorfbilder malt, sondern lauter Baklava –«

»Du hast doch auch mal Dorfbilder gemalt, oder?«

»Sie hören nun weitere Nachrichten! Weißt du, worüber ich mit Özer noch geredet habe? Nein, pass auf, ich mach's lieber kurz. Ich habe also danach wie jede Nacht bis um fünf Uhr früh gearbeitet. Gestern habe ich am Nachmittag wieder Unterricht gegeben, und gegen Abend bin ich zu meiner Oma, der geht es immer schlechter. Und da habe ich Ziya getroffen, einen Cousin meines Vaters. Der ist schon an die Achtzig, ein pensionierter Oberst. Von ganz eigenem Schlag. Sein Vater soll mal ein Revolutionär gewesen sein.«

»Na ja, ein bürgerlicher Revolutionär«, wandte İlknur ein.

»Gratuliere, sehr beschlagen in Geschichte und Marxismus!« Er wollte İlknur aber nicht verärgern. »War nur ein Scherz! Pass auf, das Eigentliche kommt erst! Am Telefon habe ich's ja schon angedeutet. Ziya sagt, es wird zu einem Putsch kommen!«

»Mensch, das sagt doch jeder!«

»Er hat es aber schon gesagt, bevor die Presse davon Wind bekommen hat!«

»Aber Ahmet! Hast du vergessen, wo wir leben? So ein Gerücht kommt doch alle zwei Monate auf!«

»Du meinst also, darauf ist nichts zu geben?« Er fühlte sich übertrumpft. Ihm kamen wieder Ziyas Worte und sein ganzes Auftreten in den Sinn, und erregt stand er auf. »Er hat gesagt: Die Leibgarde haben wir schon in der Hand! Und dabei hat er so die Hand aufgehalten, als wäre die ganze Türkei darin enthalten! Warum sollte er so was einfach ins Blaue hinein sagen? Hm, warum?« Er dachte an

Osmans gereizten Zustand, an die Wut seiner Großmutter. »Ich begreife überhaupt nicht mehr, was in meiner Familie vorgeht. Apropos: das Heft. Du hast es doch gelesen, ja? Und von meinem Opa möchte ich ein Porträt machen!«

»Hör mal, du hast sowieso schon einen Hang zu allem, was zerfällt und vergeht, willst du da wirklich auch noch in alten Familiengeschichten herumwühlen?«

»Hast ja recht. Was Ähnliches hat Hasan wohl auch gemeint. Aber die Zeit und das Leben sind –«

»Was hat Hasan sonst noch gesagt?«

»Sonst noch?« Ahmet zögerte erst, aber dann redete er doch. »Er will eine Zeitschrift herausbringen, und ich soll ihm dabei helfen.«

»Was für eine Zeitschrift?«

»Du sagst das doch nicht weiter, ja?« bat Ahmet verlegen.

»Na hör mal! Also was für eine Zeitschrift?«

»Die wollen anscheinend Leute zusammentrommeln, die zwischen der Arbeiterpartei und der Nationalen Demokratischen Revolution lavieren. Aber das steckt noch in den Kinderschuhen; keine Ahnung, ob es was wird.« Ihm kam wieder der Putsch in den Sinn, aber er sagte rasch: »Ich habe ihm gesagt, dass ich mein Möglichstes tue. Es freut mich ja, wenn ich da mein Scherflein beitragen kann.«

»Ach, dein Scherflein?«

»Nein, bitte nicht eins von deinen Wortspielen!«

İlknur zündete sich wieder eine Zigarette an. »Und sonst?«

»Und sonst war noch meine Schwester hier.«

»Und was macht die so?«

»Das Übliche. Mein Schwager würde sagen, sie hat wieder eine ihrer Krisen. Ich mag sie aber trotzdem.«

»Das ist eben deine kompromisslerische Art.«

»Wie bitte?«

»War nur ein Scherz!«

»Mein Schwager soll uns übrigens zusammen gesehen haben, in Nişantaşı. Was mir gar nicht passt. Er scheint dich regelrecht gemustert zu haben.«

Zum erstenmal wirktc İlknur etwas verunsichert. »Was genau passt dir nicht daran?«

»Ich weiß nicht, irgendwie kommt mir alles besudelt vor dadurch. Der hat uns doch bestimmt gleich nach seinen eigenen Kategorien eingeordnet, verstehst du, was ich meine?«

»Na ja …«

»Begreif doch! In was für Kategorien denkt ein Kerl wie mein Schwager? Sexualität, Ehe, finanzielle Verhältnisse, Familie …« Er schämte sich seiner Worte. »Jemandem, der mich so beurteilt, möchte ich gar nicht unter die Augen treten!«

»Dann gehen wir eben nicht mehr auf die Straße!« rief İlknur.

»Genau, das machen wir. Ich weiß sowieso nicht, wieso ich hinausgehe. Hasan hat einen Vers von Nâzım Hikmet zitiert: Was du suchst, ist nicht in deinem Zimmer, sondern draußen.«

»Bravo! Dieser Hasan gefällt mir!«

»Wenn der Vers doch nicht von ihm ist! Was hast du so gemacht?«

»Nichts Besonderes. In die Uni gegangen.«

»Und wie war's da?«

»Wie soll's schon sein? Viel Geschwätz, diverse Intrigen, Pöstchenkämpfe.«

»Kriegst du die Assistentenstelle?«

»Die ist immer noch nicht geschaffen worden.«

»Das dauert ja ewig! Hau doch mal auf den Putz!«

»Bin schon dabei. Ich habe denen gesagt, dass ich nach Österreich gehe und dort meinen Doktor mache!«

»Wie bitte?«

»Das hatte ich sowieso schon vor. Ich habe mich auch beworben und bin sogar genommen worden.«

»Das heißt, du gehst weg von hier?« Ahmet versuchte seine Erregung zu verbergen.

»Bei denen komme ich auf keinen grünen Zweig. Da gehe ich lieber.«

»Vielleicht wird es ja doch was mit der Stelle …« Damit İlknur sein Gesicht nicht sah, murmelte Ahmet: »Der Tee!« und flüchtete sich in die Küche. Er hantierte verwirrt herum und dachte: »Jetzt geht die auch weg! Was soll ich nur machen?« Er riss sich zusammen. »Dann werde ich eben noch mehr malen. Und mit Hasan und seinen Leuten zusammenarbeiten. Ich kann ja nicht immer hier herumhocken, nur weil ich angeblich Maler bin!« Er sah sich im Geiste schon mit Hasan und seinen Freunden zusammensitzen. »Da lässt sich einiges machen!« dachte er aufgeregt. »Einiges!« Doch als der Tee dann gezogen hatte und er drüben wieder İlknur sah, sank ihm erneut der Mut.

»Und was ist mit der Doktorarbeit, die du hier angefangen hast?«

»Die? Na, die fandst du doch nicht gerade toll!« Das Thema war: »Das Streben nach Ganzheit in der osmanischen Architektur«.

Ahmet erinnerte sich schmerzlich daran, wie er İlknur damit aufgezogen hatte. »So ein Streben gibt es doch gar nicht!« hatte er immer wieder gesagt. »Das war doch nur ein Witz!« verteidigte er sich nun.

»Schon gut. Es ist ja noch nicht ganz sicher, ob ich gehe.«

»Aber doch ziemlich!«

Mit ihren Blicken bedeutete ihm İlknur, er solle das Thema doch bitte fallenlassen.

»Was hast du noch gemacht?« fragte Ahmet also.

»Nichts, das war's schon!«

»Wie kommt es dann, dass ich, der ich mich kaum aus meinem Kämmerchen wegrühre, immer mehr zu erzählen habe als du?« Stolz sprach er weiter: »Dass ich hier so einsam herumsitze, führt dich nämlich in die Irre. Ich lebe hier durchaus intensiv. Man kann ja am Tag mit hundert Leuten Umgang haben, aber das bleibt alles an der Oberfläche. Ich aber stoße in die Tiefe vor. Und das tue ich für die ganze Gesellschaft. Was könnte es Natürlicheres geben als mein reiches, volles Leben?« Er lächelte İlknur an, dachte aber dabei: »Warum lasse ich mich nur zu solchen Verstiegenheiten hinreißen?«

»So was wie mit dem reichen Leben steht auch im Tagebuch deines Vaters!« sagte İlknur.

»Ja genau, das wollten wir uns ja ansehen! Du hast also alles lesen können? Ich habe inzwischen noch so ein Heft gefunden.« Er ging es holen. »So, die Nachrichten sind zu Ende. Wir hören nun den Tageskommentar!« Er reichte İlknur das Heft. Ihm fiel wieder ein alter Scherz ein. »Was soll man mit seinem Leben anfangen, Katja Mihailowa? Was ist der Sinn des Lebens?«

»Mein lieber Stepan Stepanowitsch!« erwiderte İlknur lachend.

»Sie irren sich schon wieder! Niemand fragt mehr danach, was er mit seinem Leben anfangen soll. Sie hinken Ihrer Zeit hinterher. Heute fragen die Leute nicht nach dem Sinn des Lebens, sondern nach der Rettung des Vaterlands!«

Es waren dies Sätze, die sie sich manchmal im Spaß zuriefen. Einmal hatte Ahmet sogar gesagt, um dieses Scherzchen drehe sich im Grund die gesamte russische Literatur.

»Wenn wir doch einen Samowar oder eine Ofenbank hätten!« sagte İlknur.

Ahmet erwiderte vergnügt: »Das ist eben die Türkei hier! Wir haben nicht die Wirklichkeit vor uns, sondern eine schlechte Kopie davon!«

»Das meinst vielleicht du!«

»Na schön! Schauen wir uns doch mal das Tagebuch an. Mal sehen, wie die gelebt haben!«

8

DAS ALTE TAGEBUCH

»Das da habe ich heute gefunden«, sagte Ahmet. »Schau doch mal rein, was das ist!«

İlknur schlug das Heft hinten auf, fand aber nichts.

»Am Anfang müssen ein paar Seiten stehen«, sagte Ahmet.

»Dein Vater hat es genauso gemacht«, sagte İlknur. »Er hat zwar in arabischer Schrift von rechts nach links geschrieben, aber sein Tagebuch links angefangen, in europäischer Manier.«

»Tja, europäische Mentalität eben!« sagte Ahmet lachend.

»Stimmt aber wirklich. Ich hätte gedacht, wir seien europäischer, aber dein Vater war vom einfachen Volk viel weiter entfernt als wir.«

»Man hat immer eine viel zu ganzheitliche Vorstellung von den Leuten früher«, sagte Ahmet. »Vor allem, wenn man die Vergangenheit für ein Paradies hält.« Verlegen fügte er hinzu. »Wir haben doch immerhin den Marxismus studiert.«

»Dein Vater aber auch!«

»Tatsächlich? Unter seinen Büchern habe ich nichts davon gefunden.«

»Er schreibt, er hat sich das von einem Freund ausgeliehen.«

»Und warum hat sich so was nicht in Europa gekauft? Als er in Frankreich war, zum Beispiel.«

»Ach so, er war in Frankreich? Wann denn?«

»Ich war schon groß genug, dass ich mich daran erinnern kann.« Er deutete auf die Tagebücher. »Tja, mein Vater, der Märchenheld … Was ist jetzt mit dem anderen Heft?«

İlknur blätterte darin herum und sagte plötzlich lachend: »Ein Jahrhundert Geschäftsleben!«

»Lies vor! Das muss von meinem Großvater sein!«

»Da steht erst zehnmal hintereinander das gleiche. Und ich kann es auch kaum lesen. Die Schrift von deinem Vater sieht viel eher aus wie Druckschrift. Bei Handschriften sind die arabischen Buchstaben viel schwerer zu lesen.«

»Hm, dann machst du deinen Doktor wohl doch im Ausland!«

»Hör bloß damit auf!« Stockend las sie vor. »Nigân und ich sind heute zusammen … Berlin … War sehr lehrreich … Ein schönes Foto … Nein, da steht nichts Besonderes. Schauen wir lieber das andere an. Warum ist dein Vater nach Frankreich?«

»Was weiß ich? Wird ihm einfach eingefallen sein! Was hat er denn so geschrieben?«

»Seine Gedanken, seine Sorgen. Ein bisschen naiv muss er schon gewesen sein, dein Vater, aber interessant!«

»Jetzt lass hier deine Kommentare und lies vor!«

»Also gut: Montag,13. September 1937. Gestern habe ich mich in Beşiktaş mit Muhittin getroffen. Wir haben in einer Kneipe gesessen und geredet. Er konnte mir überhaupt nichts raten und hatte wieder dieses Spöttische an sich. Nach dem Gespräch ist mir das Alltagsleben wie verboten vorgekommen, jede Sekunde davon eine Sünde. Neue Zeile. Heute den ganzen Tag in der Firma gewesen.« Sie kicherte.

»Was gibt's denn da zu lachen?« fragte Ahmet gereizt. »Wenn man nicht gut drauf ist, schreibt man eben so Zeug.«

»Ist das dein Ernst?« İlknur wirkte enttäuscht. Um Ahmet einen Gefallen zu tun, las sie weiter vor. »Warum sind wir so, wie wir sind, und so anders als die Europäer? Warum lese ich gerne Rousseau und Voltaire, während mir Tevfik Fikret und Namık Kemal kaum etwas bedeuten?« Sie sah auf. »Was sagst du dazu?«

»Geht das immer so weiter?« fragte Ahmet.

»So in etwa. Aber er schreibt auch, was sich so tut.«

»Dass er zum Bäcker geht und so?«

»Wenn's dich nicht interessiert, warum hast du mir das Heft dann überhaupt gegeben?«

Sie las wieder vor. »Jeden Morgen schlage ich die Zeitung in der Hoffnung auf, dass irgend etwas darin mein Leben von Grund auf verändern wird.« Sie blätterte um. » Ich lese intensiv, über Wirtschaft und Philosophie.« Wieder blätterte sie weiter. »Ich habe mein Tagebuch noch einmal durchgelesen. Mein eigentliches Leben spiegelt sich darin nicht wider. Die meiste Zeit verbringe ich nämlich mit Perihan, mit meinen Neffen und Nichten, mit Ayşe und meiner Mutter, wir schwatzen und beschäftigen uns mit irgendwelchen Belanglosigkeiten.«

»Siehst du!« rief Ahmet. »Ein stinknormales Leben! Und ein Mensch, der an der Oberfläche bleibt!«

»Mag schon sein! Und trotzdem hörst du so gespannt zu!«

»Ein Tagebuch ist immer irgendwie interessant.«

»Ja. Ich habe mich beim Lesen auch gefragt, was mir daran gefällt. Bei deinem Vater paart sich eine Art Halbwissen mit wunderlicher Naivität. Du hast mir ja schon davon erzählt, und ich möchte auch noch mehr erfahren. Aber sag mal, wo hat man schon gesehen, dass ein reicher Kaufmann, der mit seiner Frau und seinen Kindern ein ruhiges Leben führt, so was schreibt wie dein Vater?«

»In der Türkei gibt es so was eben! Und gar nicht mal selten.«

»So? Dann nenn mir doch ein Beispiel! Und komm mir nicht mit irgendwelchen Pensionären und Kunstliebhabern, die ihre Memoiren schreiben. Er war ein Geschäftsmann und hat alles verloren. Sogar seine Frau!«

»Meine Mutter hatte schon recht!«

»Darum geht es jetzt ja gar nicht«, sagte İlknur beschwichtigend. »Ich les noch was vor; wirst sehen, dass ich recht habe.«

»Dann lies schon, wenn du unbedingt willst.«

»Montag, den 14. März 1938. Gestern abend wieder bei Herrn Rudolph gewesen.«

»Wer ist das denn?«

»Ein Deutscher. Bei den Sachen deines Vaters müssten Briefe von dem sein. Such doch mal. Und mit Süleyman Ayçelik hat er auch korrespondiert.«

»Na was denn? Willst du jetzt auch schon in altem, vergilbtem Zeug herumwühlen?«

Amüsiert nickte İlknur und fing erneut an vorzulesen: »Rudolph hat wieder aus seinem Hölderlin vorgetragen und erklärt, was er von der Seele des Orients und von Ömers Plänen hält. Auch über mich hat er sich ausgelassen und mir geraten, nicht vom Pfad des Rationalismus abzuweichen.« İlknur sah wieder auf. »Na, was sagst du dazu?«

»Gar nichts! Ich möchte was von Ereignissen hören. Ob es nun echte oder eingebildete waren!«

»Den hier aufgezeigten Plänen zur Entwicklung der Dörfer und der ganzen Türkei möchte ich mein ganzes Leben widmen.«

»Das hat er wohl in Kemah geschrieben.«

»Ja! Das wusstest du schon?«

»Meine Mutter hat davon erzählt. Seine Pläne sind auch veröffentlicht worden; hier ist das Buch.«

İlknur stand auf und nahm es vom Tisch. Als sie darin herumblätterte, rutschte ein Zeitungsausschnitt heraus. İlknur las vor: »Utopie und Realität! Da hat einer das Buch besprochen!«

»Ja, und die Überschrift zeigt schon, wie recht der Mann hatte! Mit der Realität hat sich mein Vater doch gar nicht befasst!«

»Stimmt! Ich behaupte ja auch nicht, dass dein Vater auf irgendeine Realität gestoßen ist, aber er selbst ist eine! Verstehst du, was ich meine? Gerade weil er sich mit Utopien beschäftigt hat, ist er so real!«

»Jaja, ich weiß schon, was du meinst«, erwiderte Ahmet, »aber das erscheint mir nicht so wichtig. Wie du ja selber schon gesagt hast, kommt das bloß von seiner europäischen Art.«

»Ach ja?«

»Ich meine, was findest du an diesem Tagebuch?«

»Weiß nicht. Soviel auch wieder nicht. Es interessiert mich eben.«

Mit neuem Schwung las İlknur wieder vor. »Dienstag, 26. September 1939. Warum ich in all dem Aufruhr beschlossen habe, wieder Tagebuch zu führen? Wohl weil ich das Gefühl habe, dass die Zeit so schnell vergeht!« Das fand sie nun selbst zu belanglos. Eine Weile las sie still vor sich hin, dann musste sie kichern. »Halb zehn Uhr. Wir haben gegessen. Köfte mit Bohnen!«

Unruhig stand Ahmet auf. »Warum liest du mir das noch vor? Soll das lustig sein? Allen Ernstes hat der Mann solches Zeug geschrieben und hat sich dann noch nicht mal dafür geschämt, sondern alles aufgehoben. Köfte mit Bohnen! Du meinst wahrscheinlich, das hört sich an wie diese modernen Erzählungen heute! Ich gebe es am besten Hasan, dann bringt er das in seiner Kunstzeitschrift raus! Hast du zum Beispiel *Verbrannte Konaks* gelesen? Köfte mit Bohnen … Was soll das? Hör auf mit dem Vorlesen, das macht mich ganz nervös.«

»Was hattest du denn erwartet?«

»Ich will doch dieses Porträt von meinem Großvater malen, und da habe ich mir eben gedacht, wenn du mir aus dem Tagebuch vorliest, dann tauch ich langsam in diese Atmosphäre ein. Ich habe mich aber getäuscht. Wenn ich mich damit beschäftige, begehe ich wieder genau den Fehler, von dem du vorhin schon gesprochen hast; du weißt schon, die Falten des Taschentuchs. Ja, du hast recht, ich bin darauf versessen, auf Details einzugehen, mein Talent zu zeigen. Das sind schlechte Neigungen! Und von dem, was du da vorliest, werden die bloß noch genährt. Wenn ich ein Porträt meines Großvaters malen will, darf ich nicht von so etwas ausgehen, sondern muss phantasieren und erfinden! Dann wird es nur um so echter! Diese dämlichen Details führen nur in die Irre! Um das Ganze geht es doch! Ich muss etwas Ganzes schaffen, und deshalb muss ich erfinden! Verstehst du, was ich meine? Deshalb bin ich so enttäuscht. Ich hatte gedacht, mit diesem Tagebuch würde ich das konkrete Leben zu fassen kriegen. Dabei muss ich zum x-tenmal voller Reue und Ernüchterung feststellen, dass ich einen ganz anderen Weg gehen muss, um das Leben zu packen. Und zwar muss ich phantasieren und spintisieren und durch Arbeit und noch einmal Arbeit meine Kunst schaffen!«

»Dann meinst du also, du kannst die tiefste Wahrheit erreichen, ohne dein Zimmer zu verlassen?«

»Ja! Habe ich nicht wenigstens damit recht?«

»Und alles, was da draußen ist, das ganze verworren dahinfließende Leben, die Geschichte, die ganze Welt, das ist alles nur für deine Bilder da?«

»Ich sehe es so. Und wenn ich daran nicht glauben würde, dann würde ich erst gar nicht malen!«

Etwas verschämt, aber doch entschlossen sagte İlknur: »Das ist aber eine sehr egozentrische Theorie! Ich kann mich nur wundern! Früher hast du nicht so geredet!«

»Ich weiß! Und ich weiß auch, wie schlecht sie ist! Aber ich möchte dich bitten, mich heute abend mal nicht nach dem zu beurteilen, was du so aus Büchern weißt. Hör auf das, was aus deinem Inneren kommt. Jetzt wirst du sagen, dass beides zusammengehört, aber versuche es heute einmal zu trennen! Was in den Büchern dazu steht, habe ich selber gelesen und finde es ja auch richtig. Und ich weiß sogar, dass das, was ich hier sage, eigentlich falsch ist!«

»Na schön!« sagte İlknur und sah Ahmet dabei sorgenvoll an. Dann fragte sie beinahe kindlich: »Ich soll also nicht weiter vorlesen? Gut. Was machen wir dann? Ich erzähl dir also, was sich im Leben deines Vaters getan hat. Nach allem, was da drinsteht, hat er es in dem Haus, das früher hier stand, eines Tages nicht mehr ausgehalten und ist nach Kemah gegangen, wie du ja weißt. Dort war ein gewisser Ömer, ein Freund von ihm. Wer ist das?«

»Du bist aber neugierig! Dieser Ömer oder Onkel Ömer, wie ich früher immer sagte, ist ein ehemaliger Kommilitone meines Vaters, ein gutaussehender, aber ziemlich aus dem Leim gegangener Mann. Ich denke, er lebt noch. Er kam oft in unsere Wohnung in Cihangir, und jedesmal war er noch dicker und breiter. Ich glaube, er besitzt Grund und Boden in Kemah. Was lässt sich noch über ihn sagen? Ach ja, an der Stirn hatte er zwei Male, wie Messerwunden, die mir früher angst gemacht haben. Von dem Erdbeben in Erzincan her, glaube ich.«

»War er verheiratet? Und was war er von Beruf?«

»Ja, er war verheiratet, seine Frau ist auch immer mit zu uns gekommen. Ein eher dümmliches Weib. Ich glaube, die beiden waren stinkreich, denn meine Mutter hat immer von der Perlenkette der Frau geredet und von ihrem besonderen Ring.«

»Deine Mutter ist eben kleinbürgerlich.«

»Sie ist eine Arzttochter. Hörst du mir eigentlich zu?«

»Ich verstehe nicht«, sagte İlknur versonnen.

»Was verstehst du nicht?«

»Na, wie die so gelebt haben! Dieser Ömer hat sich anscheinend in Kemah in so ein komisches altes Haus zurückgezogen und mit sich selber Schach gespielt. Warum bloß?«

»Aus lauter Überdruss! Oder was weiß ich, um besonders originell zu sein! Ich habe ihn nie gemocht. Er hat immer seine Scherzchen mit mir getrieben, aber nicht, um mich zu amüsieren, sondern um meine Eltern damit zu ärgern. Meine Schwester kennt ihn besser als ich.«

»Dann erzähl mir doch von diesem Muhittin!« sagte İlknur gähnend.

»Weißt du, wie der mit Nachnamen heißt?«

»Nein.«

»Nişancı. Er ist der konservative Abgeordnete Muhittin Nişancı.«

»Tatsächlich?«

»Da staunst du, was? Hier ist ein Gedichtband von ihm!«

Die beiden lächelten sich an. Ahmet reichte İlknur das Buch. Sie blätterte darin herum und las dann vor, was auf der ersten Seite stand: »Meinem Freund, dem jungen Kaufmann Refik, dessen Leben ich voller Interesse verfolge ...«

»Komm, mach das zu!« rief Ahmet. »Was haben wir damit zu schaffen? Mich geht das vielleicht noch ein bisschen was an, aber dich doch nicht!«

»Wie sind deine Eltern dann auseinandergegangen?«

»Mein Vater ist eines Tages wieder mal betrunken nach Hause gekommen. Ich war damals im Galatasaray-Internat. Er hat eine seiner Tiraden losgelassen, von wegen dass es eine Schande ist, nichts zu unternehmen, wo doch neunzig Prozent der türkischen Bevölkerung in Armut und Elend leben.«

»Das mit dem Betrunkensein und der Tirade ist wohl die Version deiner Mutter?«

»Jedenfalls hat er geredet und geredet und dann irgendwann gerufen: Es muss jetzt was geschehen!«

»Zu Recht!«

»Und meine Mutter hat gesagt: Jetzt geschieht auch gleich was, und zwar packe ich meine Koffer! Und das hat sie dann auch gemacht.«

»Ist ja hochdramatisch!«

»Macht auch nicht jeder. Meine Mutter ist seit Jahren stolz darauf.«

»Wie stand dein Vater damals finanziell da?«

»Miserabel. Seine Firmenanteile hatte er verkauft und mit dem Geld einen Verlag betrieben, bis nichts mehr da war. Und in Paris war er inzwischen auch.«

»Was hat er da gemacht? Und wann war das?«

»Ich weiß nicht, was er gemacht hat. Vielleicht nach dem Sinn des Lebens gesucht. 1951 war das, glaube ich.«

»Aber dein Vater wollte doch nicht nur sich selber retten, sondern die ganze Türkei! Wer gibt schon alles auf, um dann Bücher herauszubringen, die keiner will?«

»Ja, ein Robinson, der von seinem Zimmer aus das Vaterland retten will. Oder von seinem Hotelzimmer in Paris aus. Hm, das wird dich interessieren: In Paris hat er in einem Café einmal Sartre gesehen!«

»Ach ja?« rief İlknur aufgeregt. »Und was hat Sartre gemacht?«

»Dagesessen! Noch dazu auf einem ganz normalen Stuhl, wie jeder andere auch. Und Tee hat er getrunken, nein, warte, ich glaube, Kaffee war es!«

»Und was hat dein Vater gemacht?«

»Nichts! Hat wahrscheinlich nur gedacht: Ich sehe gerade Sartre! Warum fragst du das?«

»Ach, einfach so …« sagte İlknur verlegen.

»Na dann erzähl ich's dir: Mein Vater hat Sartre gefragt: Monsieur Sartre, was ist der Sinn des Lebens? Und wie kann ich mein Land retten?«

»Nein, er hat eher gefragt: Wie kann das Licht der Aufklärung in die Türkei kommen?«

»Und Monsieur Sartre hat geantwortet: Monsieur, wenn ich ein Intellektueller aus einem unterentwickelten Land wäre, dann würde ich nicht hier in Paris meinen Café au lait trinken, sondern in meinem Land als Lehrer arbeiten! Und dann hat Sartre an seinem eigenen Café au lait genippt!«

»Wie witzig!« Um Ahmet zu zeigen, wie abgeschmackt sie seine Scherze fand, sah sie demonstrativ in das Tagebuch hinein.

Besorgt fragte Ahmet: »Was ist denn mit dem Licht der Aufklärung?«

İlknur erwiderte gleichgültig: »Was soll schon sein? Dein Vater hatte eben einen Hang zu dieser Symbolik: Finsternis, Licht, Aufklärung … Und in seiner Unwissenheit wollte er alles allein damit erklären.«

»Aha! Jetzt gibst du mir also recht!« Ahmet gähnte und lachte dann. »Worüber reden wir eigentlich? Sagen Sie doch, liebste Katja Mihailowa, worüber reden wir denn?«

»Wir reden über Licht und Finsternis, über das Leben und seinen Sinn, über anderer Menschen Leben und über die Rettung des Vaterlandes!«

»Doch sollten wir dieses Kapitel nun beschließen, denn ich möchte von der Kunst sprechen!«

»Dann tun Sie das doch, Stepan Stepanowitsch! Aber bringen Sie mir zuerst Tee!«

»Stimmt, den haben wir vergessen!«

9

LEBEN – KUNST

Ahmet goss den Tee in frische Tassen und stellte sie auf das kleine Tablett. Damit ging er wieder hinüber.

»Was, schon fast zehn!« rief İlknur. »Ich muss bald weg!«

»Wir haben doch noch gar nicht geredet!«

»Haben wir nicht?« İlknur sah nachdenklich drein.

»Du bist ja gerade erst gekommen. Ich wollte dir doch erzählen –«

»Was denn?«

»Alles!«

»Von der Kunst hast du was gesagt.«

»Ja. Ich habe manchmal Angst, dass ich nicht mehr richtig an die Kunst glauben kann!« Ahmet sah İlknur aufmerksam an, ob sie irgendwie reagierte. »Und wenn ich nicht mehr an die Kunst glauben kann ...«

İlknur saß so ruhig da, als dächte sie nur: »Ich trinke jetzt meinen Tee, dann gehe ich die zehn Minuten bis nach Hause, ziehe mein Nachthemd an und lege mich schlafen!«

»Wenn ich an die Kunst nicht mehr glauben kann ...« wiederholte Ahmet.

»Ja, ich höre!«

»Aber so, wie man sich ein Märchen anhört!«

»Dann zünde ich mir eben eine Zigarette an. Beim Märchenhören raucht man doch nicht, oder?«

»Wenn ich an die Kunst nicht mehr glauben kann, dann ist das furchtbar!«

»Tja, für einen Künstler muss das schon schlimm ein.«

»Was heißt hier schlimm? Eine Katastrophe ist es! Und vor der habe ich Angst! Denn als Hasan gesagt hat, mit diesen Bildern ließe sich keine Revolution machen, hatte er vielleicht recht!« Ahmet wartete schweigend auf eine Antwort İlknurs. Nervös stand er dann auf. »Nun sag schon, was meinst du? Hat Hasan recht oder nicht? Sag mir, dass er unrecht hat!«

»Wie du willst: Hasan hat unrecht!«

Ahmet ging hin und her. Dann blieb er stehen und sah auf seine Bilder. »Was sollen die jetzt für einen Sinn haben?«

»Was ist denn mit deinen Kunsttheorien?« fragte İlknur.

»Was heißt hier mit meinen? Sind das nicht genausogut deine? Du machst doch einen Doktor in Kunstgeschichte.«

»Schon, aber im Bereich Architektur. Und Bauwerke brauchen nicht lange nach einer Rechtfertigung zu suchen. Erst recht keine osmanischen Bauwerke. Die Notwendigkeit einer Moschee wird wohl von keinem Baumeister in Zweifel gezogen. Zweifel kommen höchstens an der Form auf. Aber bei dir liegt der Fall ganz anders. Du zweifelst grundsätzlich, ob deine Bilder notwendig sind.«

»Ja! Was soll ich denn machen?« sagte Ahmet mutlos.

»Man hat doch eine viel zu ganzheitliche Vorstellung von den Leuten früher?« erwiderte İlknur. »Und man kann sich auch über das Streben nach Ganzheit in der osmanischen Architektur lustig machen?«

»Willst du dich jetzt rächen, oder willst du mir helfen?«

»Ich will nur sagen, was ich denke.«

»Dann sag's doch.«

»Du solltest dich entweder gar nicht mit solchen Gedanken herumplagen oder sie zu Ende denken.«

»Und wenn ich sie zu Ende denke?«

»Dann hörst du mit dem Malen auf. Oder malst keine solchen Bilder mehr. Oder du versuchst dich wieder an solchen Dorfbildern wie früher.«

»Dann kann ich ja gleich Politik betreiben, ganz ohne Umwege.«

»Nein, ich glaube nicht, dass die Alternative so aussieht. Es geht darum, realistisch zu sein.« Sie lächelte. »Aber ich verstehe schon, warum dir unwohl ist: Weil du beschlossen hast, Hasan zu helfen und bei seiner Zeitschrift mitzuarbeiten!«

»Wie kommst du darauf?«

»Hör mir nur zu! Warum willst du dort mitarbeiten? Du hast ähnliche Ansichten wie diese Leute, und als Hasan gekommen ist und dich um Hilfe gebeten hat, da hat es sich einfach gehört, ihn nicht zurückzuweisen, so war es doch, oder? Siehst du, ich glaube, das ist gar nicht das Entscheidende. Dich stört aber, und zwar ganz gewaltig, dass du denen recht gegeben hast, die immer gleich nach irgendeiner Tat schreien, und dass du selber beschlossen hast, aktiv zu werden oder zumindest etwas zu tun, dessen Nutzen und Notwendigkeit ganz unmittelbar zu begreifen ist. Und warum verspürst du so ein Bedürfnis überhaupt?« İlknur zeigte auf die Bilder. »Weil die da diese Funktion nicht erfüllen können. So kommt es dir zumindest vor. Weil diese Bilder nicht alles für dich sein können. Ist es nicht so?«

»Sagen wir mal, es ist so!«

»Sagen wir das nur, oder ist es tatsächlich so?«

»Jaja, es ist so!« rief Ahmet unwirsch.

»Du brauchst dich nicht aufzuregen! Deine Bilder sind für dich nicht alles, und durch deine Zusage an Hasan hast du das unbewusst eingestanden. Das nagt jetzt an dir!«

»Na gut, aber was soll ich jetzt machen?«

»Dich auf deine eigene Theorie besinnen!« sagte İlknur, trank ihren Tee aus und stellte die Tasse behutsam wieder ab.

»Meine Theorie! Die stammt doch gar nicht von mir, ich habe lediglich versucht, daran zu glauben. Daran, dass die Kunst eine Art Wissen vermittelt. Na und? Diese Bilder geben also ein Wissen weiter, aber ist es auch das richtige? Ganz abgesehen davon, dass nicht klar ist, ob dieses Wissen auch denjenigen erreicht, den es erreichen soll. Um solche Bilder zu machen, muss man schon etwas seltsam veranlagt sein, so wie ich eben! Die haben schon recht, die immer nach Taten schreien und mich nur belächeln. Wo hat man je gesehen, dass ein vernünftiger Mensch sich mit Kunst befasst? Sie sehen herab auf die Kunst, und sie haben recht damit. Aber wir fahren trotzdem immer solche Gegenpropaganda auf, dass die anderen sich sagen: Wir sollten diese Zuckerpüppchen nicht so grämen. Und dann kommen sie mit ihren großen Tröstungen daher: Die Bedeutung der Kunst ist selbstverständlich unleugbar! Viel zu sehr vernachlässigt haben wir die Kunst! Hasan hat vorhin auch so was gesagt. Trink doch bitte noch einen Tee!«

»Wenn es ein leichter ist und du ihn gleich bringst!«

Ahmet eilte in die Küche. »Ja, sie geht bestimmt weg. Ich bedeute ihr wahrscheinlich nicht viel. Ich schütte ihr hier mein Herz aus, und sie hat bloß im Sinn, rasch in ihr Bett zu kommen. Bestimmt geht sie nach Österreich. Und ich werde dann mit Hasan … Ich kann auch eine Stelle annehmen. Wenn ich mit Özer rede … Die Werbeagentur … Die nehmen mich gleich. Dann arbeite ich, und zugleich mache ich bei Hasans Bewegung mit …«

»Was brabbelst du da vor dich hin?«

Ahmet hatte İlknur gar nicht kommen hören. »Ich … Was soll ich tun?« stammelte er, und dann umarmte er İlknur plötzlich. Er küsste sie ungeschickt, dann wandte er sich abrupt wieder dem Herd zu.

Sie schwiegen. İlknur ging ins Zimmer zurück, und Ahmet folgte ihr mit dem Tablett.

»Was meinst du jetzt zu alledem?«

»Was soll ich meinen? Mach dir nicht so viele Gedanken!«

»Du gibst mir doch recht, oder? Es stimmt, was ich sage? Mit diesen Bildern ist nichts anzufangen!« Er deutete auf die Zeitung. »Da werden überall Leute umgebracht, und ich komme mit meinen Bildern daher ... Es ist Blödsinn, sich mit so was zu beschäftigen. Ach, was heißt Blödsinn, eine Frechheit ist es, purer Egoismus!«

»Das gilt dann aber auch für Kunst ganz allgemein, für Kunstgeschichte, ja für Wissenschaft jeglicher Art. Alles, was nicht direkt Politik ist, ist dann Unsinn.«

»Ja, Unsinn!« rief Ahmet. »Ist es Unsinn? Was meinst du?«

»Dass das so wohl nicht stimmen kann!«

»Mein Verstand sagt mir ja das gleiche, aber nicht mein Gefühl. Kann es denn richtig sein, dass ich Bilder von einem alten Kaufmann mache, während draußen Hüseyin Aslantaş umgebracht wird? Verstehst du, was ich meine? Was soll ich nur tun? Goya war dem Tod gegenüber doch auch nicht gleichgültig! Denk nur an *Die Erschießung der Aufständischen*!«

»Gleichgültig bist du ja auch nicht!«

»Was soll ich nur tun? Als Goya erfahren hat, dass Marats Soldaten Leute exekutierten, was hat er da wohl gedacht?«

»Ahmet, diese Zweifel gehen vorüber. In der Türkei ist an der Notwendigkeit der Kunst noch nie gezweifelt worden.«

»Ja, früher war das so, als die Kunst noch aus dem Volk heraus entstand oder im Sultanspalast. Aber heute? Weder gehöre ich zum Volk, noch erwartet irgend jemand von mir, das ich Kunst mache. Und noch dazu wird das, was man vor zehn, zwanzig Jahren nur über die Kunst andeuten konnte, heute ganz ohne Umschweife einfach ausgesprochen.«

»Du merkst wohl selber, wie das der Theorie von der Kunst als Wissensart widerspricht. Das offen ausgesprochene Wissen ist ein anderes als das über die Kunst vermittelte.«

»Jaja, weiß ich alles, weiß ich doch. Aber du siehst ja, dass ich trotzdem verunsichert bin. Sag mir irgend etwas, damit ich wieder wie früher voller Überzeugung arbeiten kann!«

»Du redest, als würdest du von nun an nicht mehr arbeiten können.«

»Vielleicht vergeht das ja auch wieder. Und wenn nicht, dann werde ich trotzdem arbeiten. Aber dieser Zweifel? Die Kunst soll alles für mich sein!«

»Kann sie eben nicht! Aber so schlimm ist dein Fall auch wieder nicht!« Sie lachte. »Was ist bloß los mit mir? Ich plappere einfach los!« Sie streckte sich. »Ach, bin ich müde! Gibt es denn kein Sprichwort, das zu deiner Lage passt? Doch, natürlich. Sagst du's? Von wem ist das noch mal? Ars longa, vita brevis. Hm, wie ich mir das gemerkt habe!« Sie gähnte. »Nichts wie heim und schlafen. Aber jetzt stehen mir noch meine Eltern bevor!«

Ahmet sagte eifrig: »Das stammt von Hippokrates! Die Kunst ist lang, und kurz ist unser Leben. Bei Goethe kommt es auch vor.«

»Ja, und du solltest es dieser Tage auch beherzigen!«

»Ich kann mir das noch so oft vorsagen, und es wird mich doch nicht beruhigen! Gut, dass Hasan gekommen ist! In der Türkei malen ist ja nichts anderes, als wenn du in einem Land, in dem die Leute sich schreiend unterhalten, einfach stumm bleibst.«

»Ach komm, und vorhin hast du noch gesagt, dass die ganze Außenwelt nur für deine Bilder da ist!«

»Das habe ich gesagt, ja?« erwiderte Ahmet verblüfft. Er musste schmunzeln. »Entschuldige schon, ich bin eben Künstler, wir widersprechen uns andauernd!«

»Habe ich schon begriffen! Und dass du jetzt wieder kalauern willst, auch!«

»Ja, was soll ich denn tun?« rief Ahmet in künstlichem Zorn.

»Nicht soviel an dich selber denken! Sei mir nicht böse, aber du übertreibst es schon ein wenig!«

»Ja, ich bin ein dreckiger Egoist!«

»Wenn du das so offen sagst oder auch mit Witzchen verbrämst, dann meinst du wohl, es wäre weniger schlimm. Du solltest dich ruhig davor fürchten, ein dreckiger Egoist zu sein. Und nicht gleich an deinen Überzeugungen rütteln, sobald ein leiser Zweifel kommt.«

»Und sonst?«

»Sonst sollst du mich nicht so böse anschauen.«

»Gehst du wirklich nach Österreich?«

»Jetzt gehe ich erst mal nach Hause!« Sie sah auf die Uhr. »Oje, so spät schon. Da kann ich mich auf was gefasst machen!« Sie stand auf.

»Bleib doch noch ein bisschen!«

»Nein, ich gehe jetzt!«

»Rauch noch eine, dann entspannst du dich!« Er griff jedoch zum Schlüssel, als İlknur auf die Tür zuging. Fieberhaft suchte er nach irgendeiner Anekdote, mit der er sie noch hätte aufhalten können. Als er zur Türklinke griff, rutschte ihm heraus: »Was ist denn dann der Sinn des Lebens?«

»Die Rettung des Vaterlands! Gut also, dass Hasan zu dir gekommen ist!«

»Und das ist alles? Dafür leben wir?«

»Ja! Nur dass ich gedacht hatte, du meinst das jetzt ernst!«

»Du sagst ja selber, dass es ein Scherz war!« Als İlknur das Gesicht verzog, fügte er verlegen hinzu: »Natürlich meine ich es ernst. Du kennst mich doch. Aber es kommt mir doch seltsam vor, dass alles auf diese Rettung hinauslaufen soll.«

»Tut es aber!« Eindringlich sah sie auf die Tür, so dass Ahmet nichts übrigblieb, als sie zu öffnen.

»Aber dann haben wir doch gar keinen eigenen Wert! Und sind nichts als Mittel zum Zweck! Dann bleibt uns doch gar nichts mehr!«

»Keine Angst, dir bleibt noch genug, und das weißt du auch. Mehr als genug bleibt dir. Deine Gedanken, deine Freude an der Introspektion, am Begreifen, am Sorgenmachen … Ist das etwa nichts?«

»Doch, doch«, sagte Ahmet nickend.

Sie stiegen die Treppe hinab. Auf der Etage Nigâns war es still. Als sie bei Osman vorbeikamen, vermeinte Ahmet die klagende Stimme Nermins zu vernehmen. Bei Cemil ging es immer noch hoch her. Irgend jemand sagte laut: »… den gesehen? Der ist ganz neu …« Auf den anderen Etagen war nichts zu hören. Beim Hausmeister war das Licht schon gelöscht. Ahmet merkte plötzlich, dass er auf Zehenspitzen ging. Als sie durch die Haustür hinaustraten, fragte İlknur: »Friert dich nicht in dem Pullover?«

Ahmet winkte nur mit männlicher Geste ab und murmelte: »Ach was!«

Sie gingen los. Der Platz war menschenleer. Vereinzelt fuhren noch Autos mit hoher Geschwindigkeit dahin, aber niemand musste an der Kreuzung mehr warten. Im schaumigen Wasser, das aus den Läden abgelaufen war und sich am Gehsteigrand unter Bäumen angesammelt hatte, spiegelte sich das Licht von Werbetafeln und Neonröhren. Es waren kaum Fußgänger unterwegs. Ein Mann mit einem Sack auf dem Rücken wühlte die aufgereihten Mülltonnen durch. Im Schaufenster eines Kleidergeschäfts stand barfuß ein Mann und schmückte einen Tannenbaum. Der Jeep vor der Polizeiwache war verschwunden. Auf der Höhe der Moschee kamen sie an einem elegant gekleideten Herrn mit Schirm vorbei. Als sie in Teşvikiye anlangten, schielte Ahmet zu İlknur hinüber. »Was sie wohl denkt? Bald wird sie schlafen. Aber zuvor kriegt sie es wegen mir noch mit ihren Eltern zu tun!« Daran wollte er gar nicht denken. Er gähnte.

Wie als kleiner Junge schon las er nacheinander die Namen der Apartmenthäuser und auch noch alles andere, was ihm unter die Augen kam: Restaurantnamen, an Laternen klebende Anzeigen von Beschneidern, die Schrift auf einem Friseurladen, das Ladenschild eines Blumengeschäfts, die künstlerisch gemalten Preise auf dem Schaufenster eines Lebensmittelmarkts, die Telefonnummern eines Immobilienmaklers.

Sie kamen bei İlknur an. Sie sagte: »Also dann« und kramte in ihrer Umhängetasche nach dem Schlüssel.

»Wann sehen wir uns wieder?« fragte Ahmet.

»Weiß nicht.«

»Am Mittwoch nachmittag?«

»Hast du da nicht dein Wunderkind?«

»Diese Woche nicht. Da hat mein Wunderkind eine Matheprüfung.«

Sie lachten.

»Na gut«, sagte İlknur. »Dann komme ich so zwischen vier und fünf zu meinem Wundermaler!«

»Ich warte auf dich«, sagte Ahmet nicht sehr überzeugend.

İlknur sperrte auf und fragte: »Was hast du denn schon wieder?

Immer noch das gleiche? Gnade!« Sie lachte. »Wir zwei werden noch gaaanz lang zusammensein. Wer weiß, was wir noch alles erleben!«

»Wirst du nach Österreich gehen?«

»Ich weiß es noch nicht.«

Ahmet setzte zu einer Geste an, brach aber dann ab und steckte die Hände in die Taschen. Mit seltsam erstickter Stimme fragte er: »Meinst du, wir heiraten mal?« Er hatte das Gefühl, sein Gesicht sei ganz verzerrt dabei.

»Du bist schon seltsam heute abend!« sagte İlknur, aber sie selbst konnte auch nicht so sein wie sonst. »Pass auf: Geh jetzt heim, denk nicht mehr soviel und arbeite ordentlich!« Sie ging ins Haus. »Ich freue mich auf Mittwoch!«

Mit einer Ruhe, die ihn selber wunderte, sagte Ahmet nur: »Gute Nacht!«

İlknur schloss die Tür und winkte noch kurz. Sie machte das Licht im Treppenhaus an und verschwand.

10

EIN LOB AUF DAS DAHINFLIESSEN
DER ZEIT

»Was habe ich da bloß gesagt?« dachte Ahmet. Er ging auf die Moschee zu. Um sich zu bestrafen und seine Scham noch zu verschlimmern, sagte er halblaut vor sich hin: »Heiraten!«, aber die erwartete Wirkung trat nicht ein. »Ach was, habe ich eben ein wenig Blödsinn geredet! İlknur versteht das schon!« Sinnierend ging er dahin. »Ob sie es wirklich versteht?« Er ging noch einmal durch, was er ihr alles erzählt hatte. »Leben! Kunst! Was ich machen soll! Ich bin wirklich zu impulsiv heute!« Ein paar Schritte weiter: »Aber sie versteht mich schon. Und sie gibt mir sogar recht! Ich bin ja auch nicht der einzige, der solche Probleme wälzt!« Ein Sportwagen röhrte an ihm vorbei. »Nein! Sie denkt wohl ganz anders. Sie hat ja gesagt, was sie denkt: Sie hält mich für egoistisch!« Er kam an der Moschee vorbei. »Und das zu Recht! Ich denke zuviel an meine eigenen Sorgen!« Er versuchte sich selbst auf die Schippe zu nehmen: »Die Leute verstehen nun mal meine Bilder nicht. Keiner, der sie sieht, geht danach hin und macht eine Revolution! Entnervend ist das!« Aber weder konnte er so richtig spotten, noch brachte er den rechten Ernst auf. »So schwanke ich immer hin und her zwischen zwei Wegen. Auf der einen Seite das Leben, auf der anderen die Kunst! Nein: auf der einen Seite die Revolution, und auf der anderen?« Nein, das traf es alles nicht, das tat ihm nur weh. »Was denke ich dann eigentlich? Zu welchem Urteil über mich selbst komme ich? Aus lauter Angst vor einem negativen Urteil rede ich um den heißen Brei herum. Und zwar so lange, bis gar kein Urteil herauskommt!« Aber war nicht auch das schon wieder Geschwätz? »Wie ich wirklich bin, das wissen nur andere!« Er dachte an Hasan. »Ein guter Junge! Aber eben noch ein Junge! Wie unbedingt er sofort an diese Zeitschrift glaubt! Aber wer weiß, vielleicht wird ja was draus!« Er malte sich aus, wie die Bewegung um die Zeitschrift herum erstarken und sich gar in eine Partei verwandeln würde. Womöglich fand er ja selbst seinen Platz darin? Da kam ihm der Putsch wieder in den Sinn. »Der Putsch wird alles ändern!« Er starrte auf den nassen Gehsteig. Ein Straßenköter musterte ihn misstrauisch. »Ach was, es wird schon nichts sein! Was wohl Hasan über mich denkt?« Ihm fiel wieder ein, dass Hasan einmal »Du bist doch nicht degeneriert!« zu ihm gesagt und er das kindisch gefunden hatte. Der Parka, die Stiefel und wie er Melek die Hand geschüttelt hatte! Ahmet musste lachen. Der Mann, der den Christbaum schmückte, stand noch immer in seinem Schaufenster. »Bald ist Silvester! Dann kommt wieder der als Weihnachtsmann verkleidete Losverkäufer.« Von Kindern wurde der Mann immer verspottet, aber Erwachsene kauften ihm ganz normal Lose ab. »Ein neues Jahr … Wieder ein Jahr vorbei … Ich denke ja schlagzeilenartig … 1970 … Die Bilder in den Zeitungen … Ein weißhaariger alter Mann verabschiedet sich und ein kleiner Wonneproppen mit einer ›1971‹-Schärpe wird begeistert empfangen. Die Karikatur in der Sonntagsbeilage: Hoffentlich sehnen wir uns dann nicht nach dem alten Jahr! Die Kleinbürger fürchten sich vor der Zukunft! Soll die Zeit doch dahinfließen! 1970! Die Arbeiterdemonstrationen im Juni! Die Geldabwertung! Meine Bilder! Und ein Putsch.

Siebzig minus vierzig: dreißig Jahre bin ich alt. Bin immer noch im Zentrum von allem und habe doch immer noch keine Wurzeln geschlagen.« Er dachte an den alten Oberst zurück, der ihm beim Militär mal einen Rat gegeben hatte. Der Mann hatte ihn gefragt, was er denn im Zivilleben so mache, und ihm daraufhin empfohlen, doch zu heiraten, sich niederzulassen, Wurzeln zu schlagen.»Und jetzt machen die Soldaten ... Mein Schwager ...« Am Nişantaşıplatz blieb er stehen. Er ging nicht gleich zum Haus hinüber, sondern erst zum Zeitungskiosk, wo auf einem Tisch und am Boden in bunter Folge Sex-, Kinder-, Film und Familienzeitschriften und die Zeitungen vom folgenden Tag aufgereiht waren.»Treffen der Befehlshaber ... Memorandum schlägt konstituierende Versammlung im Sinne Atatürks vor ...« Ahmet dachte:»Dann ist es wohl soweit!«»... sind aus der Gerechtigkeitspartei ausgetreten ... Ausgabe von Anleihen zum Bau der Bosporusbrücke angeregt ... Ärzte kündigen Streik an ...« Schließlich kaufte er doch keine Zeitung, sondern ging zum Haus.»Jetzt haben wir den Salat. Er kommt also, der Putsch! Torres! Aber was es wohl für einer wird? Die sollen wenigstens schnell machen und uns nicht lange zappeln lassen! Sofort her mit dem Putsch, damit die Warterei ein Ende hat!« Es musste lachen, und gähnend sperrte er dann die Haustür auf.»Zeit, fließ dahin!« Ihm sausten auf einmal Begriffe und Theorien im Kopf herum; um Kritik an Populismus und an Militärputschen ging es dabei. Auf Cemils Etage war es noch laut, bei Osman völlig still. Bei seiner Großmutter brannte Licht, und ihm war, als hörte er die Krankenschwester etwas rufen. Er sperrte seine Wohnungstür auf.»So, jetzt wird gearbeitet!« Der vertraute Bildergeruch in seiner Wohnung tat ihm gut. Er hatte Lust, jahrelang nur noch zu arbeiten. Voller Eifer sah er auf das Bild, an dem er am Nachmittag gearbeitet hatte. Er wollte sofort den ersten Pinselstrich tun, aber um nicht übereilt vorzugehen, brachte er zuerst den überquellenden Aschenbecher und die Teetassen in die Küche. Als er die Bücher und Hefte seines Vaters wegräumen wollte, beschloss er, sie gleich nach unten zu bringen, um sie nicht mehr vor Augen zu haben. Auf der Treppe dachte er, dass die Tagebücher ihm nichts gebracht hatten.

Er sperrte bei seiner Großmutter auf, und um sich kurz blicken zu lassen, ging er ins Wohnzimmer. Er merkte sogleich, dass etwas los war. Emine saß am Bett der Kranken und sah sie entsetzt an.

Die Krankenschwester wandte sich um, als sie Ahmet hereinkommen hörte. »Ich spüre ihren Puls nicht mehr!« sagte sie. Sie schwitzte.

»Ist er so schwach?« fragte Ahmet.

Die Krankenschwester schien in Panik zu geraten. Sie nahm wieder Nigâns Hand und legte den Finger auf den Puls. Ahmet sah ihr ins Gesicht, aus dem aber nichts abzulesen war. Die Großmutter lag da, als würde sie schlafen. Er sah wieder die Krankenschwester an, deren Gesicht aber völlig unverändert blieb. »Nun muss sie doch endlich was spüren!« dachte Ahmet. Die Krankenschwester versuchte es nun an anderen Stellen.

»Spüren Sie denn gar nichts?« fragte Ahmet.

Die Krankenschwester sah Nigân ins Gesicht und griff zur anderen Hand. »Ich weiß nicht, ob er noch schlägt!« sagte sie.

»Wie bitte?«

Sie gab keine Antwort. Während sie weiter nach dem Puls tastete, beugte sie ihr Gesicht über das von Nigân.

»Der Doktor! Ich rufe den Doktor an!« sagte Ahmet.

»Der kommt zu spät!« Die Krankenschwester griff auf einmal rüde zu Nigâns Brust und massierte sie. Nach einer Weile wandte sie sich zu Ahmet um, und ihr war anzusehen, dass sie selbst nicht an ihre Maßnahme glaubte. Dann nahm sie wieder ein Handgelenk, tastete lange, aber offensichtlich ohne jegliche Überzeugung. Seufzend untersuchte sie Nigâns Pupillen und warf dann Ahmet einen hoffnungslosen Blick zu. Sie seufzte wieder. »Er schlägt einfach nicht mehr!« sagte sie. So wie man eine kaputte Uhr auf einen Tisch legt, ließ sie Nigâns Hand auf den Bettrand herabsinken. Die von den vielen Infusionen ganz zerstochene Hand regte sich nicht.

»Sie ist tot!« dachte Ahmet. Am liebsten hätte er zu der Krankenschwester etwas Aufmunterndes gesagt.

Die Krankenschwester stand auf und wischte sich den Schweiß ab.

»Emine, sagen Sie unten Bescheid!«

»Was soll ich sagen?« fragte Emine aufgeregt.

»Dass sie tot ist!«

»Ach, die gnädige Frau!« wimmerte Emine. Achtsam wie immer schlich sie an den Möbeln entlang hinaus.

Die Krankenschwester sah Ahmet an. Aus Angst, sie würde nun gleich damit anfangen, wie es mit ihr weitergehen solle, wandte Ahmet sich Nigân zu, denn nur an sie wollte er jetzt denken. Er sah ihr aufmerksam ins Gesicht.

Er erinnerte sich, wie er als kleiner Junge mit seinem Vater von Cihangir hierhergekommen war; wie seine Großmutter immer jedem gezeigt hatte, wie schmutzig seine nackten Knie waren; wie sie mit ihren Pantoffeln geschlurft war und ihren Schlüsselbund hatte klirren lassen; wie sie an Festtagen immer ein wenig aufgeblüht war und wie sie oft auf das Foto Cevdets gedeutet hatte, das ihm stets ein wenig Furcht einflößte. Irgendwann merkte er beschämt, dass seine Gedanken zu seinem Vater, seiner eigenen Kindheit, seinem Leben und dem Tod im allgemeinen abdrifteten. Ihm wurde erst so richtig bewusst, dass er da eine Tote ansah, und so wandte er sich ab und ging zum Fenster. Wie als kleiner Junge lehnte er die Stirn an das Glas und sah auf den Platz hinab.

Bald darauf kamen Osman und Nermin. Osman rückte sich sofort einen Stuhl ans Bett und setzte sich zu seiner Mutter. Nermin murmelte etwas. Osman fragte die Krankenschwester, warum er nicht früher benachrichtigt worden sei. Sie entgegnete, es sei alles so schnell gegangen, und obwohl sie der Kranken nicht von der Seite gewichen sei, habe sie die Verlangsamung des Pulses zunächst nicht bemerkt. Danach habe sie getan, was in ihrer Macht gestanden habe, aber auch eine Brustmassage sei umsonst gewesen. Sie führte mit einer vagen Bewegung Ahmet als Zeugen an.

»Man hätte mir trotzdem Bescheid sagen sollen!« grummelte Osman. »Wo ist denn Yılmaz?«

»Der hat doch heute Ausgang!« sagte Nermin.

Ayşe kam herein und ging zum Bett ihrer Mutter. Sie sah die anderen an, dann begann sie zu weinen.

Ahmet fiel wieder ein, warum er überhaupt gekommen war. Er nahm die Bücher und Hefte wieder an sich und ging in den Korridor. Als er im Zimmer seines Vaters war, schloss er die Tür hinter sich. Irgendwie schuldbewusst stellte er die Bücher und Hefte wieder an ihren Platz zurück. Unentschlossen ließ er sich dann auf einen Stuhl fallen und starrte die Bücherreihen an, als würde er zu einem Fenster hinaussehen.

Da ging die Tür auf, und die Krankenschwester trat ein. Sie stutzte, als sie Ahmet sah. »Ach, hier sind Sie?«

»Ich wollte gerade wieder gehen«, sagte Ahmet. Er stand auf und ging zur Tür.

»Ich würde gerne heute abend noch nach Hause kommen«, sagte die Krankenschwester.

»Natürlich!«

Zaghaft setzte sie hinzu: »Meinen Sie, jemand könnte mich nach Lâleli bringen?«

»Cemil bringt Sie hin! Ich sag es ihm gleich.«

»Wenn es keine Umstände macht!«

Er ging hinaus, und als er im Korridor ein paar Schritte getan hatte, fehlte ihm auf einmal etwas: Die Uhr tickte nicht. Er drehte sich zu ihr um: Sie zeigte neun Uhr an. »Die Zeit soll doch fließen!« dachte er. Er überlegte schon, ob er die Uhr nicht aufziehen sollte, aber dann war ihm das zuviel Aufwand. Auf dem Weg zurück ins Wohnzimmer nahm er sich vor, hinaufzugehen und zu arbeiten.

Das Wohnzimmer war nun voller Leute. Aus Cemils Etage waren alle heraufgekommen. Das Zimmer war schon verraucht, und alle flüsterten miteinander. Überrascht sah Ahmet, dass Mine weinte. Remzi versuchte Ayşe zu trösten. Lâle sah ihre Großmutter aufmerksam an. Necdet sagte etwas zu Cemil. Als er Ahmet erblickte, stand er auf, ging zu ihm hin und klopfte ihm ein paarmal auf die Schulter. Dann blickte er sich zu seiner Frau um, ob die das auch mitbekommen hatte, und als ihm das der Fall zu sein schien, nickte er vielsagend, als habe er das alles kommen sehen.

Ahmet ging zu Cemil, der sich nun mit Osman unterhielt. »Die Krankenschwester möchte nach Hause!«

»Die soll noch etwas warten!« sagte Cemil und drehte sich wieder zu seinem Vater: »Ja, Papa?«

»Diesmal übernimmst du das alles!« sagte Osman.

»Gut!«

»Es soll alles so gestaltet werden, wie es sich für unsere Familie geziemt. Pass also gut auf!«

Cemil sagte zu Ahmet: »Das Auto haben die Kinder genommen. Ich weiß jetzt auch nicht, wer die Frau heimbringen kann. Die soll noch warten!« Dann wandte er sich wieder seinem Vater zu.

»Gib vor allem auf die Anzeigen acht!« flüsterte Osman. »Nicht dass wieder alle Namen falsch geschrieben sind, wie damals bei meinem Vater!«

»Klar, mache ich!« erwiderte Cemil und drehte sich zur Seite, um seinem Vater nicht den Rauch ins Gesicht zu blasen.

Ahmet erschien es auf einmal unziemlich, einfach nach oben zu gehen. Er setzte sich irgendwohin, doch kaum saß er, bat ihn Ayşe um ein Glas Wasser. So ging er in die Küche, sagte ein paar tröstende Worte zu der weinenden Emine und schenkte dann ein Glas Wasser ein, das er Ayşe brachte. Um nicht wieder Nigân ansehen zu müssen, ließ er seinen Blick über die Möbel gleiten, über die Fotos von Cevdet, die Porzellantassen, das Buffet. Beim Anblick der teuren Porzellansachen fielen ihm wieder Hasan und die Zeitschrift ein. Irgendwann stand er doch auf und ging hinaus, um zu arbeiten.

Er stieg die Treppe hinauf, aber droben merkte er, dass er doch nicht gleich würde arbeiten können, und trat auf den Balkon hinaus. Er lehnte sich an die Brüstung und sah auf Nişantaşı hinunter.

Der Platz war öde und leer. Ein Hund trottete mitten auf der Straße dahin. Neben dem Kiosk stand ein Auto mit geöffneter Tür. Gegen Ende der Straße zitterte irgendwo eine Neonreklame. Lärmend fuhr ein Taxi vorbei, dessen Melodiehupe von den Fenstern widerhallte. Bei dem Auto vor dem Kiosk wurde die Tür zugeschlagen, und es fuhr los. Dann wurde es ganz still. Ahmet hörte nur das Britzeln einer Leuchtreklame. Da scheppert es auf einmal. Ahmet beugte sich vor: Von einer Mülltonne war der Deckel heruntergekullert, und Katzen stoben davon. Als die Katzen merkten, dass weiter nichts passierte, schlichen sie wieder heran. Etwas aufgeheitert sah Ahmet zum nichtssagenden Himmel empor. Dann ging er hinein, um zu arbeiten.

1974–78

NACHWORT

Vierunddreißig Jahre nachdem ich mich im Alter von Zweiundzwanzig an die Niederschrift von *Cevdet und seine Söhne* gemacht hatte, kam mir in den Sinn, an zwei Stellen meines Romans *Museum der Unschuld*, der schließlich 2008 veröffentlicht wurde, wieder die Familie Işıkçı vorkommen zu lassen. Als Vecihe, die Mutter des Romanhelden Kemal, ihrem Sohn über Liebeskummer hinweghelfen möchte, spricht sie von einem Mädchen, das in Suadiye, wo die Familie ein Sommerhaus hat, zu einer von Nachbarn veranstalteten Party kommen soll, und sie erwähnt dabei das Motorboot der Familie Işıkçı. Da ich mich bis vor kurzem noch dagegen gesträubt habe, *Cevdet und seine Söhne* in andere Sprachen übersetzen zu lassen, dürfte nur wenigen Lesern aufgefallen sein, dass es sich bei den von Vecihe genannten Işıkçıs um die Helden meines ersten Romans handelte. Das Motorboot, mit dem sie 1976 bei den Nachbarn der Familie Basmacı anlegen, müssen sie sich nach Nigâns Tod im Jahre 1970 angeschafft haben, um von ihrem Sommerhaus auf Heybeliada bequemer Spazierfahrten unternehmen zu können. Dass Cevdets Enkel Ahmet, der Maler werden will, trotz guten Zuredens seiner liebevollen Schwester Melek zur Teilnahme an solchen Touren kaum zu bewegen ist, lässt sich denken. Und führe er doch mit, so würde er dabei gewiss, so wie ich selbst in jenem Alter, einerseits das fröhliche Familientreiben genießen und sich andererseits darüber aufregen, dass sich niemand in seiner Verwandtschaft für Bücher, Kunst oder Politik interessiert. Glück heißt für mich, dass man sich im Schoß einer unbekümmert lärmenden und lachenden Familie wärmen darf, aber dabei auch wieder genug Ungeduld und sogar Wut entwickelt, um danach im stillen Kämmerchen mit Pinsel oder Stift seine eigene Welt zu kreieren. Ähnlich war ja auch mein Verhältnis zu der halb bürgerlichen, halb osmanischen Istanbuler Familie, in der ich aufwuchs, und in den eher wütenden Phasen spöttelte ich auch gerne. So sieht man denn auch in einem anderen Kapitel des *Museums der Unschuld*, als die Işıkçıs zusammen mit anderen bürgerlichen Familien einer Verlobung im Hotel Hilton beiwohnen, wie an einem der hinteren Tische die Familie Pamuk sitzt und der im Jahre 1975 an *Cevdet und seine Söhne* arbeitende Orhan das ganze Treiben mit spöttischer Miene betrachtet.

Trotz der vielen Ähnlichkeiten zwischen Cevdets Familie und der Familie Pamuk gibt es doch auch einen grundlegenden Unterschied. Während Cevdet bereits in den letzten Jahren der Ära von Sultan Abdülhamit (1876–1909) ins Geschäftsleben einsteigt, kam die Familie Pamuk erst in den dreißiger Jahren, also nach Ausrufung der Republik, durch Aktivitäten meines Großvaters im Eisenbahnbau zu Wohlstand. Eine Schicht muslimischer Geschäftsleute bildete sich erst heraus, als die nichtmuslimische Bourgeoisie Istanbuls, also Griechen, Armenier und Juden, durch Sondersteuern und Schikanen aller Art nach und nach aus dem Land vertrieben wurde. Die Geschichte Cevdets lässt sich mit der des 1996 verstorbenen Vehbi Koç vergleichen, der in den Gründerjahren der Republik mit einer Bau- und Eisenwarenhandlung begann und sich zum reichsten Großindustriellen der Türkei hocharbeitete. In den sechziger Jahren zog er von Ankara in das Istanbuler Stadtviertel Osmanbey um, und von dort war es nur ein Katzensprung nach Nişantaşı, wo sowohl die Pamuks lebten als auch Cevdet oder der noch später zu Reichtum gelangte Kemal Basmacı aus dem *Museum der Unschuld*. Alle Familien von Nişantaşı kauften in denselben zwei Lebensmittelläden und bei dem exquisiten Obst- und Gemüseladen ein, der sich viel auf seine besonders schmackhaften Zitrusfrüchte und die zu Silvester importierten Ananas zugute hielt. Und die Familien kannten sich natürlich untereinander, genauso wie sich ihre Köche kannten, die die gleichen Gerüchte verbreiteten, etwa das von der angeblich reichsten Frau der Türkei, die dennoch mit ihrer Feilscherei den Obsthändler Hasan einmal schier zum Wahnsinn trieb.

Jene Familien, die über einen langen Zeitraum hinweg Nişantaşı zum wohlhabendsten (aber nicht gerade interessantesten) Viertel

Istanbuls machten, zogen ab den siebziger Jahren immer häufiger fort. Durch die zunehmende verkehrstechnische Erschließung der Hügel, die sich am Bosporus entlangreihen, wurde es immer attraktiver, dort alte Villen zu renovieren oder aber sie abzureißen und an ihrer Stelle Betonhäuser mit Meeresblick zu errichten.

Durch den Wegzug vieler Reicher veränderte sich auch das Straßenbild des Viertels, das als das bürgerlichste und zumindest dem äußeren Anschein nach europäisierteste Istanbuls gegolten hatte. Als erstes wurden die großen Garagen geschlossen, in denen die Leute abends vom Chauffeur ihre Limousinen abstellen ließen. Die Garagen in der Şair-Nigâr-Straße, in der Ka, der Held meines Romans *Schnee*, wohnte, wurden alsbald in Geschäfte umgewandelt. Niemand verfiel mehr auf den Gedanken, jeden Abend seinen Wagen mit Seifenwasser und riesigen Naturschwämmen waschen zu lassen, denn der Besitz eines Autos hatte an Statuswert eingebüßt. Als in den siebziger Jahren die türkische Autoproduktion begann und der Stadtverkehr sich allmählich zum Problem auswuchs, wurden sämtliche Straßen Nişantaşıs zu Einbahnstraßen, wodurch mir das Viertel schon leicht entfremdet wurde. In die für Familien konzipierten geräumigen Altbauwohnungen entlang der Hauptstraßen zogen nach und nach Architekten- und Reisebüros, Arztpraxen und die Geschäftstellen großer Firmen ein. Traditionelle Krämer- und Delikatessenläden, Metzgereien, Blumengeschäfte und die kleinen Lädchen, in denen man seine Wäsche bügeln und stärken lassen konnte, wurden immer mehr durch Bankfilialen, Apotheken, Schreibwarengeschäfte, Buchhandlungen, Kunstgalerien, Boutiquen und Cafés ersetzt.

Wo bis dahin alter Geldadel und die Nachfahren von Paşas wohnten, siedelten sich immer mehr Journalisten, Intellektuelle und Werbeleute an. Vor der Teşvikiyemoschee, in der die Trauerfeier für Cevdet oder für Kemal aus dem *Museum der Unschuld* abgehalten wurde, bauten Buchverkäufer jeden Tag ihre Stände auf, und wenn ich mit meiner Arbeit gerade nicht weiterkam, flüchtete ich mich hinaus auf die Straße, stöberte in den Büchern herum, aß eine Kleinigkeit in einer Kneipe und traf dabei bestimmt irgendeinen Bekannten, einen Maler oder Schriftsteller, mit dem sich ein Schwätzchen halten ließ.

Mitte der neunziger Jahre griff allerdings der Wandel von den Haupt- auf die Nebenstraßen über, und Nişantaşı wurde allmählich von einem Wohn- zu einem Geschäfts- und Einkaufsviertel. Die Gassen, in denen der Dichter Ka gelebt und der Kolumnist Celâl aus dem *Schwarzen Buch* seine Kindheit verbracht hatte, wurden von dem bis dahin dort wohnenden Mittelstand, den Rechtsanwälten, Ärzten und Versicherungsvertretern, überraschend schnell verlassen, und Einzug hielten oft genug Textilateliers, in denen junge Mädchen täglich zehn Stunden arbeiten mussten. In vielen Fällen wurde das Erdgeschoss eines Hauses als Geschäftsraum verwendet, während man auf den Etagen produzierte. So wie einst Nigân zum Schaufensterbummel von Nişantaşı nach Beyoğlu gefahren war, kamen nun Leute aus anderen Vierteln zum Einkaufen oder Essen nach Nişantaşı. Als ich Ende der neunziger Jahre wegen einer Wohnbescheinigung zum Bürgermeister musste, klagte dieser, wie wenige Familien überhaupt noch im Viertel wohnten. Die Fassaden an den Hauptstraßen waren nachts stockdunkel. Anfang 2000 wurde direkt gegenüber dem Pamuk Apartmanı das Gymnasium abgerissen, in dem ich die Mittelstufe besucht hatte, und da wusste ich, dass Nişantaşı für mich nicht mehr das gleiche war. Ein paar Jahre lang schrieb ich an meinen Romanen nicht mehr mit Blick auf meine alte Schule, sondern auf einen Parkplatz. Danach wurde an dessen Stelle ein hässliches Einkaufszentrum errichtet, an dessen Fassade auf einem riesigen Bildschirm Models zappelten. Es machte keine Freude mehr, in Nişantaşı zu wohnen.

Ohnehin musste ich damals wegen nationalistischer Hasskampagnen gegen mich der Türkei eine Weile fernbleiben, und als ich zurückkam, sah ich, dass man direkt vor dem Pamuk Apartmanı zu meinem Schutz eine Wachkabine der Polizei aufgestellt hatte. Ich kam nach Hause und war doch nicht mehr richtig zu Hause an dem Ort, an dem ich mein ganzes Leben verbracht hatte. Das Pamuk Apartmanı, das mir beim Verfassen von *Cevdet und seine Söhne* als Vorbild gedient hatte, war allerdings längst nicht mehr das von fröhlichem Lärmen erfüllte Haus von damals. Die Verwandten von mir, die noch darin wohnten, waren allesamt alte Leute, die hinter dicken Vorhängen still für sich hinlebten und das neue Treiben vor ihrer Haustür kaum mehr wahrnahmen.

Als ich 2001 an einem nebligen Dezembertag in Lübeck vor dem Geburtshaus von Thomas Mann stand, das im Krieg zerstört und danach wiederaufgebaut worden war, überfiel mich ein ähnliches Gefühl, denn käme Thomas Mann heute wieder dorthin, so würde der Gedanke, dies sei einmal sein Heim gewesen, ihn gewiss schmerzlich berühren. Dies sei erwähnt, da mir seinerzeit als Vorbild für *Cevdet und seine Söhne* sowohl *Anna Karenina* als auch die *Buddenbrooks* galten. Anders als die *Buddenbrooks* sollte mein Roman eher wie *Anna Karenina* eine ganze Gesellschaft widerspiegeln, so dass ich einen Teil der Handlung auch in Ankara spielen ließ. Ich weiß noch gut, wie ich mich kindlich darüber freute, dass bei mir Istanbul, Ankara und das abgelegene Kemah vorkamen, so wie bei *Anna Karenina* Sankt Petersburg, Moskau und Szenen auf dem Dorf. Um genauer beschreiben zu können, wie wohl die Eisenbauarbeiten an der Strecke Sivas–Erzincan verlaufen waren, an der mein Großvater damals als Unternehmer mitgewirkt hatte, und wie Ömer auf den Baustellen und in Kemah seine Tage verbracht hatte, habe ich mich nicht nur auf Familienerinnerungen verlassen, sondern mich an Ort und Stelle begeben. Es machte mir riesigen Spaß, in Kemah aus dem Zug zu steigen und durch den Ort zu spazieren, dessen seltsame Schönheit ich in meinem Roman zu schildern gedachte. Als ich zum Bahnhof zurückkehrte, um nach Erzincan weiterzufahren, erklärte mir der Bahnhofsvorstand halb im Spaß, halb im Ernst, der Zug könne in zwei Stunden eintreffen, aber auch erst in zwei Tagen. Nun, irgendwann kam er angeruckelt, und ich fuhr nach Erzincan und verbrachte dort zwei Tage. Fünfundzwanzig Jahre nach dieser Zugreise fuhr ich zu Recherchen für meinen Roman *Schnee* zum erstenmal nach Kars.

Wegen der Arbeit meines Vaters verbrachten wir von Mai 1960 bis zum Sommer 1962 zwei Jahre in Ankara, und so habe ich von der bürokratisch-autoritären Atmosphäre der Stadt genug mitbekommen, um sie in meinem Roman entsprechend schildern zu können. In Ankara erlebte ich 1960 die ersten Demonstrationen und den ersten Putsch. Knapp einen Monat nach unserem Umzug sah ich eines Morgens beim Aufstehen, dass meine Eltern und ihre Freunde seit dem Vorabend noch immer am Bridgetisch saßen und spielten. »Es hat einen Militärputsch gegeben«, sagte meine Mutter. »Man darf nicht raus auf die Straße, also sind sie hiergeblieben. Willst du Eier zum Frühstück?«Die Ausgangssperre wurde gleich wieder aufgehoben, doch der Ministerpräsident und zwei seiner Minister wurden ein Jahr später von den Militärs gnadenlos aufgehängt. Studenten aus dem Wohnheim gegenüber, die den Putsch begrüßten, bastelten damals gleich am Nachmittag in aller Eile ein Transparent und zogen damit los. Mein Bruder und ich hatten uns in Ankara schnell eingelebt, denn in unserem Viertel dort ging es viel nonchalanter zu als in Nişantaşı, und als wir beim Fußballspielen mit unseren neuen Kameraden die Studenten vorbeimarschieren sahen, schlossen wir uns ihnen sofort an, so dass der Demonstration ein Rattenschwanz lärmender und lachender Acht- bis Zehnjähriger folgte.

Für den Roman *Cevdet und seine Söhne* habe ich mich im nachhinein jahrelang ein wenig geschämt, war er doch sehr eng an die Tradition des europäischen »Familienromans« angelehnt und noch dazu mein erstes Buch. Heute denke ich, er hat seine stärksten Seiten darin, dass er fühlbar macht, wie die unbarmherzige Militär- und Staatsmacht Ankaras im Istanbuler Alltagsleben als dumpfe Bedrohung wahrgenommen wurde. Auf den letzten Romanseiten gehen Ahmet Işıkçı, dem Vertreter der dritten Generation, Putschgerüchte im Kopf herum, aber das ist leider nicht nur ein Phänomen der damaligen, sondern auch der heutigen Zeit. Im Gegensatz zu vielen türkischen Oberschichtintellektuellen, die in der Jugend modernen, westlichen Ideen anhängen oder gar mit dem Marxismus liebäugeln, doch mit zunehmenden Jahren immer nationalistischer und für einen Militärputsch empfänglicher werden, lässt sich von meinem Helden doch immerhin behaupten, er bemühe sich stets darum, ein guter Mensch zu sein.

Ende der achtziger Jahre zog die Familie Işıkçı von Nişantaşı auf einen Hügel mit Bosporusblick. Manchmal traf ich sie noch, wenn sie zum Einkaufen oder zum Essen in einem der schicken neuen Lokale nach Beyoğlu oder Nişantaşı herunterkamen. Cevdets Enkel Ahmet Işıkçı hat übrigens seinen Plan, Maler zu werden, nicht aufgegeben. Aufmerksamen Lesern wird nicht entgangen sein, dass er dankenswerterweise manchmal sogar bei der Umschlaggestaltung meiner Bücher mitwirkt. Jahrelang wohnte er im Dachgeschoss des Hauses seiner Familie in Nişantaşı. Immer wenn ich ihm begegne, denke ich zuerst, dass von den alteingesessenen Familien fast niemand mehr in Nişantaşı lebt, aber dann merke ich wieder, dass das ein Gedanke der ständig klagenden Nigân hätte sein können, und dann schmunzle ich über mich selbst.

Orhan Pamuk
2010

INHALT

Orhan Pamuk
im Carl Hanser Verlag

Der Koffer meines Vaters
Aus dem Leben eines Schriftstellers
Aus dem Türkischen von Ingrid Iren und Gerhard Meier
2010. 344 Seiten

»Ohne Pamuk, ohne seine Position, möchte man sich die Literatur seiner
Zeit lieber nicht vorstellen.« Christoph Bartmann, *Süddeutsche Zeitung*

Das Museum der Unschuld
Roman
Aus dem Türkischen von Gerhard Meier
2008. 576 Seiten

»Pamuks Roman verewigt das Istanbul der siebziger Jahre, erfindet eine Gestalt der Weltliteratur und erzählt die bewegende Geschichte einer unglücklichen Liebe.« Andreas Kilb, *Frankfurter Allgemeine Zeitung*

Istanbul
Erinnerungen an eine Stadt
Aus dem Türkischen von Gerhard Meier
Mit zahlreichen Abbildungen und einem Stadtplan von Istanbul
2006. 432 Seiten

»Orhan Pamuk hat Istanbul, dieser Weltstadt, ein wunderbares Denkmal gesetzt.« Joachim Sartorius, *Die Zeit*

Schnee
Roman
Aus dem Türkischen von Christoph K. Neumann
2005. 520 Seiten

»Die vermessene Behauptung, mit der Pamuk antritt, lautet: Es kann euch
nicht egal sein, was in dem anatolischen Kaff, dessen Namen ihr nie zuvor
gehört habt, vor mehr als zehn Jahren im Laufe einiger verschneiter Winter-
tage so oder so ähnlich geschehen sein könnte. Nach der Lektüre des Buches
ist es uns tatsächlich nicht mehr egal. Das ist kein Wunder, sondern Literatur.«
Hubert Spiegel, *Frankfurter Allgemeine Zeitung*

Rot ist mein Name
Roman
Aus dem Türkischen von Ingrid Iren
2001. 560 Seiten

»Dieser Roman ist ein wunderbar reiches Stück Weltliteratur.«
Ernst Osterkamp, *Frankfurter Allgemeine Zeitung*

Das schwarze Buch
Roman
Aus dem Türkischen von Ingrid Iren
1995. 512 Seiten

»Orhan Pamuk enthüllt in seinem Buch die Tiefen und Verborgenheiten
Istanbuls, enthüllt ihre aufeinanderfolgenden Gesichter und sich überlagern-
den Schichten, taucht hinab in die unterirdischen Gänge und Zisternen der
erloschenen Zivilisationen, auf denen die moderne Metropole sich erhebt.«
Juan Goytisolo